民族文字出版专项资金资助项目

༄། །རྩོམ་རིག་གི་གཏན་གྱི་འདུན་མ།

——བོད་ཀྱི་ནང་བསྟན་རྩོམ་རིག་ནས་དེང་ད་རབས་རྩོམ་རིག་གི་
བསམ་བློའི་རྒྱུན་འཚོལ་བ།

སྦྱིན་པ་དོན་གྲུབ་ཀྱིས་བརྩམས།

བོད་ལྗོངས་བོད་ཡིག་དཔེ་སྙིང་དཔེ་སྐྲུན་ཁང་།

图书在版编目（CIP）数据

文学的终极关怀: 试探藏族佛教文学至现当代文学的思想流变 : 藏文 / 边巴顿珠著. -- 拉萨 : 西藏藏文古籍出版社, 2022.12
ISBN 978-7-5700-0766-0

Ⅰ. ①文… Ⅱ. ①边… Ⅲ. ①藏族—少数民族文学—文学研究—中国—藏文 Ⅳ. ①I207.914

中国版本图书馆CIP数据核字(2022)第238565号

文学的终极关怀:试探藏族佛教文学至现当代文学的思想流变

作　　者	边巴顿珠
责任编辑	普琼旺堆
终　　审	索朗扎西
封面设计	格桑罗布
排　　版	索朗多吉
出版发行	西藏藏文古籍出版社
印　　刷	四川嘉创印务有限责任公司
开　　本	787×1092　1/16
印　　张	23
字　　数	246千
印　　数	01－2,000
版　　次	2023年11月第1版
印　　次	2023年11月第1次印刷
书　　号	SBN　978-7-5700-0766-0(藏)
价　　格	46.00元

དཀར་ཆག

སྔོན་འགྲོ།

རྩོམ་རིག་གི་གཏན་གྱི་འདུན་མ་ཞེས་པ་ནི་བཙམས་ཆོས་ཀྱི་མཐར་ཐུག་གི་བསམ་བློའི་རང་བཞིན་ལ་ཟེར། སྤྱིར་བཙམས་ཆོས་ཀྱི་བསྟན་བྱའི་སྙིང་པོར་གྲུབ་པའི་ཆོས་ལུགས་ཀྱི་འཁོར་བ་སྙིང་པོ་མེད་པར་སྨྲ་བ་དང་། མཚན་ཉིད་རིག་པའི་ངོ་བོ་ཉིད་མེད་པར་སྨྲ་བ་སྟེ། ཆོས་ལུགས་མཚན་ཉིད་རིག་པའི་གཏན་གྱི་འདུན་མའི[①]གྲུབ་དོན་སྟོང་པའི་མི་ཚེའི་རིན་ཐང་ལྟ་བར་ཟེར།

ཡེ་ཤུའི་ཆོས་ལུགས་ཀྱི་རྣམ་གཞག་ལྟར་ན། མིའི་འགྲོ་བས་སྐྱེ་འཆིའི་སྡུག་བསྔལ་གློག་བྱེད་ཀྱི་ཐབས་ཏེ། ཐར་པར་ཟེར། ཆོས་ལུགས་རིག་པའི་རྣམ་གཞག་ལྟར་ན། འཛམ་གླིང་གི་ཤར་ནུབ་ཕྱོལ་རྒྱུན་ཆོས་ལུགས་སོ་སོས་ཐུན་མོང་དུ་བཞེད་པའི་མི་ཚེའི་རིན་ཐང་ལྟ་བ་སྟེ། འཐོབ་བྱའི་མཐར་ཐུག་གི་གོ་འཕང་དང་། གྲུབ་དོན་སྟོང་པའི་རང་བཞིན་ལ་བྱའོ། །

རིགས་པའི་ས་བོན་ནི་ཡེ་ཤུའི་ཆོས་ལུགས་ཀྱི་ལྟ་གྲུབ་ལ་ཐུག་ཅིང་། ལུང་རིགས་ཀྱི་གཞི་འཛིན་ས་ཤར་ཕྱོགས་ཀྱི་ཆོས་ལུགས་ཏེ། རྒྱ་གར་སངས་རྒྱས་ཆོས་ལུགས་ཀྱི་ལྟ་གྲུབ་ལ་འདོད་པ་ཡོངས་གྲགས་ཀྱི་བཞེད་ཚུལ་ལོ། །ཆོས་ལུགས་རིག་པ་དང་། སྤྱི་ཚོགས་རིག་གནས་སྔེར་དར་བའི་ལོ་རྒྱུས་ཕྱི་མོད། ཆོས་ལུགས་རིག་པའི་རིག་

① གཏན་གྱི་འདུན་མ་ཞེས་པ་ནི་ཆོས་ལུགས་མཚན་ཉིད་རིག་པའི་བརྡ་ཆད་ཅིག་གོ། སྤྱིར་འཐོབ་བྱའི་མཐར་ཐུག་གི་གོ་འཕང་དང་། གྲུབ་དོན་སྟོང་པའི་རང་བཞིན་ལ་ཟེར། རྗེ་ཙོང་ཁ་པ་ཆེན་པོའི་ལམ་གཙོ་རྣམ་གསུམ་དུ"གཏན་གྱི་འདུན་མ་མྱུར་དུ་སྒྲུབས་ཤིག་བུ"ཞེས་པ་དང་། དུང་དཀར་ཚིག་མཛོད་ཆེན་མོར་ཡང་"གཏན་གྱི་འདུན་མ་ནི་སངས་མ་རྒྱས་པའི་བར་གྱི་སྐྱེ་བ་མང་པོའི་དོན་ཆེན་ལ་གོ་བའི་སྐབས་ཀྱང་ཡོད་"ཅེས་ཀྱང་གསུངས་སོ། །

ཚན་གྱི་སྡེར་གཏོགས་པ་གང་ཞིག ཆོས་ལུགས་མཚན་ཉིད་རིག་པའི་གྲུབ་དོན་སྟོང་པའི་མི་ཚེའི་རིན་ཐང་ལྟ་བ་ཡིན་པ་ཡོར་མ་ཆག

གྲུབ་དོན་ཏེ། ཆོས་ལུགས་ཀྱི་རྣམ་གཞག་ལྟར་ན། གཟུགས་འདས་སྨྲ་བའི་དད་པའི་ངོ་བོར་གྱུར་བའི་སྒྱུང་བ་རང་མཚན་པ་སྟེ། མཐར་ཐུག་གི་འཐོབ་བྱའི་གོ་འཕང་དང་། མཚན་ཉིད་རིག་པའི་རིགས་ལམ་ལྟར་ན། གྲུབ་དོན་སྟོང་པ་སྟེ། ངོ་བོ་ཉིད་མེད་པར་སྨྲ་བའི་དངོས་པོའི་གཤིས་ལུགས་སྟོང་པའམ། སྤྲོ་རྟོག་གི་སྤྲོས་པ་དང་བྲལ་བའི་ཆོས་དབྱིངས་སྟོང་པའི་རང་བཞིན་ལ་ཟེར།

རིགས་པ་འདི་ནི་འཇིག་རྟེན་རང་ག་བའི་འཚོ་ཆོས་ཀྱི་རྣམ་གཞག་གམ། འཇིག་རྟེན་ཆོས་བརྒྱད་ཀྱི་རྙེད་པ་ལས་འགོངས་པའི་སེམས་སམ་ཤེས་པའི་ཡོན་ཏན་དུ་གྲགས་པའི་གཟུགས་འདས་སྨྲ་བའི་མི་ཚེའི་རྟོགས་པ་ཡིན་ན། རིགས་རྒྱུད་དང་། དད་པས་རེས་སུ་མ་བཅད་པའི་མིའི་འགྲོ་བ་རེས་མེད་ཀྱིས་སྤྱོད་ཡུལ་དུ་གྱུར་བའི་ཆོས་ལུགས་མཚན་ཉིད་རིག་པའི་མཐར་ཐུག་གི་མི་ཚེའི་རིན་ཐང་ལྟ་བ་ཡིན་ནོ། །

མིའི་འགྲོ་བའི་ཤེས་རིག་བྱུང་འཕེལ་གྱི་ལོ་རྒྱའི་ཆུ་རྒྱུན་རིང་མོའི་ཀློང་“བདག་ཅི་ཞིག གང་ནས་འོངས། གང་དུ་ཆས”ཞེས་པ་དང་། “སྐྱེ་འཆིའི་སྡུག་བསྔལ་ནི་ཅི་ཞིག གྲུབ་དོན་སྟོང་པའི་རང་བཞིན་ནི་ཅི་ཞིག”ཅེས་པའི་ངག་ཚིག་རྣམ་པར་དག་པར་བདེན་པའི་མཐའ་མ་རྙེད་པའི་ཕྱིར་འཕོར་བར་སྙིང་པོ་མེད་པར་སྨྲ་བའི་ཆོས་ལུགས་རིག་པ་དང་། དངོས་པོའི་གནས་ལུགས་ལ་ངོ་བོ་ཉིད་མེད་པར་སྨྲ་བའི་མཚན་ཉིད་རིག་པ་སྟེ། ཆོས་ལུགས་མཚན་ཉིད་རིག་པའི་གཏན་གྱི་འདུན་མའི་རིགས་པའི་རྣམ་གཞག་གཞི་གྲུབ་ཅིང་། མིའི་འགྲོ་བའི་རྩོམ་རིག་གི་གཙོ་རྒྱུན་རྩོམ་སྤྲོལ་གྱི་སྤྲོག་གི་དབང་པོར་ཡང་གཏན་གྱི་འདུན་མའི་བསམ་བློའི་རླབས་རྒྱུན་གྱི་གཟུངས་གཞུག་འདི་རྙེད་དོ། །འདི་ནི་འཛམ་གླིང་གི་ཤར་ནུབ་རྩོམ་རིག་སྡེའི་རྩོམ་

རིག་གི་བསམ་བློའི་རིན་ཐང་ལྟ་བར་གསར་བརྗེའམ། བརྩམས་ཆོས་ཀྱི་མཐར་ཐུག་གི་བསམ་བློའི་རང་བཞིན་དར་དྲག་གི་རྩེ་མོར་སོན་པའི་དན་རྟགས་སོ། །

ཕྱི་གླག་ཏུ་ཡེ་ཤུའི་ཆོས་ལུགས་དང་། རྒྱ་གར་སངས་རྒྱས་ཆོས་ལུགས་ལ་སོགས་པ་ཆོས་ལུགས་མཚན་ཉིད་རིག་པའི་ལྟ་གྲུབ་དང་། དེང་རབས་རིང་ལུགས་ཀྱི་དུས་རབས་སུ་ཆོས་ལུགས་རིག་པ་དང་། མི་ཚུལ་རིག་པ། ཚད་རྟུལ་རིག་པ། གཞི་གྲུབ་རིང་ལུགས་ལ་སོགས་པ་ཆོས་ལུགས་དང་། རིགས་གསར། མཚན་ཉིད་རིག་པའི་ལྟ་གྲུབ་སྣ་ཚོགས་པ་དར་ཞིང་རྒྱས་པས། འཛམ་གླིང་གི་ཤར་ནུབ་རྩོམ་རིག་སྡེའི་གནད་ཀྱི་འདུན་མའི་ཟབ་དོན་གཙོ་རྒྱུན་རྩོམ་སྲོལ་གྱི་སྲོག་གི་དབང་པོར་གྱུར་སྟེ། མིའི་འགྲོ་བའི་རྩོམ་རིག་གསར་རྩོམ་གྱི་བརྗོད་གཞིར་བསམ་བློའི་རྒྱུགས་ཕྱི་གྱུ་ནོམ་པ་བསྐྱལ་ཏོ། །

བོད་ཀྱི་རྩོམ་བྱུང་ལོ་རྒྱུས་ལྟར་ན། ཉེ་རབས་རྩོམ་རིག་དུས་རབས་ཀྱི་ནང་བསྟན་རྩོམ་རིག་གི་གཙོ་རྒྱུན་རྩོམ་སྲོལ་གྱི་སྲོག་གི་དབང་པོར་གནད་ཀྱི་འདུན་མའི་ཟབ་དོན་ཤོག་བུ་སྟེམ་གྱིས་སྨགས་པ་ལྟར་གྱུབ་ཅིང་། དེང་ད་རབས་ཀྱི་རྩོམ་རིག①ལ་ཆ་མཚོན་ན། མི་ཚུལ་རིང་ལུགས་ཀྱི་མི་ལྟེ་བར་སྒྲུབ་དང་། གཞི་གྲུབ་རིང་ལུགས་ཀྱི་གྲུབ་དོན་སྟོང་པའི་རང་བཞིན་གྱི་རྩོམ་རིག་གི་གནད་ཀྱི་འདུན་མའི་ཟབ་དོན་སོ་སོར་ཕུན་སུམ་ཚོགས་པར་བསྟན་པའོ། །དེ་ལྟ་བུའི་བར་བརྒྱལ་ལམ། ཐོད་བརྒྱལ་རང་བཞིན་གྱི་རྩོམ་རིག་གསར་བརྗེའི་བསམ་བློའི་རླབས་རྒྱུན་གྱིས་བོད་ཀྱི་ནང་བསྟན་རྩོམ་རིག་ནས་དེང་ད་རབས་རྩོམ་རིག་གི་སྲོག་གི་དབང་པོར་གནད་ཀྱི་འདུན་མའི་བསམ་བློའི་རང་བཞིན་གཙོ་རྒྱུན་རྩོམ་སྲོལ་གྱི་རྣམ་པར་གྱུར་སྟེ། གསར་

① དེང་རབས་དང་ད་རབས་རྩོམ་རིག་དུས་མཚམས་ཀྱི་བསྡུས་མིང་སྟེ། བོད་ལ་ཞི་བས་བཅིངས་འགྲོལ་བཏང་བ་ནས་དུས་རབས་ཉི་ཤུའི་ལོ་རབས་དགུ་བཅུའི་བར་ནི་དེང་རབས་རྩོམ་རིག་དང་། དུས་རབས་ཉི་ཤུའི་ལོ་རབས་དགུ་བཅུ་ནས་ད་ལྟའི་བར་ནི་ད་རབས་རྩོམ་རིག་ལ་འཇོག་གོ །

རྩོམ་གྱི་བསམ་བློའི་གཟུངས་གཞུག་ཡར་ངོའི་ཟླ་ལྟར་འཕེལ་བའི་རྩོམ་རིག་གི་རྫོགས་ལྡན་དུས་རབས་ཤིག་བསུས་སོ། །

སྐབས་བབ་ཆོས་ལུགས་མཚན་ཉིད་རིག་པའི་གཏན་གྱི་འདུན་མའི་བརྟག་ཐབས་སྤྱོད་དེ། རྩོམ་རིག་བརྩམས་ཆོས་ཀྱི་མཐར་ཐུག་གི་བསམ་བློའི་རང་བཞིན་ལ་དཔྱོད་ཚུལ་འདི་ནི་རིགས་ལམ་གསར་པ་ཡིན་པ་གང་ཞིག རིགས་པའི་གནད་ཀྱང་ཤིན་ཏུ་ཕྲ་བས་རྟོགས་དཀའ་ན། རང་འདྲའི་ལས་དང་པོ་བ་རྣམས་རྟོགས་སླ་ཞིང་། གཞུང་གི་དང་བའི་སྤྲོ་སྣང་འཕེལ་ཕྱིར། གཅིག གཏན་གྱི་འདུན་མའི་ཟབ་དོན་དང་ཁ་འཁྲིད་པའི་གཞལ་བྱ་རིག་གནས་ཀྱི་ཁྱད་གཞི་དང་། འཇལ་བྱེད་ཡུལ་ཅན་གྱི་ཁྱད་ཆོས་ཏེ། རིག་གནས་ཀྱི་ངོ་བོ་དང་། མིའི་མཚན་ཉིད། མི་གཞིའི་ངོ་བོ། དད་པའི་སྤྱི་བཤད་ལ་སོགས་པའི་རྣམ་གཞག་ལ་འཛམ་གླིང་གི་ཤར་ནུབ་རིག་གནས་སྡེའི་རིགས་པའི་རྣམ་གྲངས་ཀྱི་རྒྱུས་བཏབ་སྟེ། གཙུ་ཁ་སྦྱར་ཚུལ་གྱིས་འཆད་པར་འགྱུར་རོ། །འདི་ནི་འཆད་བྱའི་འཁྲིས་པའི་ཡན་ལག་གོ།

གཅིག་ཤོས། རྩོམ་རིག་གི་གཏན་གྱི་འདུན་མའི་ཟབ་དོན་གྱི་གཞུང་ཤིང་དུ་བོད་ཀྱི་ནང་བསྟན་རྩོམ་རིག་གི་གཙོ་རྒྱུན་རྩོམ་སྲོལ་གྱི་སྲོག་གི་དབང་པོར་གྱུར་པའི་ནང་བསྟན་ཆོས་ལུགས་ཀྱི་མི་ཚེའི་རིན་ཐང་ལྟ་བ་དང་། དེང་དུ་རབས་རྩོམ་རིག་གི་གཏན་གྱི་འདུན་མའི་ཟབ་དོན་གྱི་ཡན་ལག་ཏུ་མི་ཚུལ་རིག་པའི་མི་ལྟེ་བར་སྨྲ་བ་དང་། གཞི་གྲུབ་རིང་ལུགས་ཀྱི་གྲུབ་དོན་སྟོང་པའི་མི་ཚེའི་རིན་ཐང་ལྟ་བ་སོ་སོར་འཆད་པར་འགྱུར་རོ། །འདི་ནི་འཆད་བྱའི་གཞུང་དངོས་སོ། །

ལེའུ་དང་པོ། གདན་གྱི་འདུན་མའི་རྣམ་བཤད།

སྤྱི་བཤད།

གདན་གྱི་འདུན་མ་ཞེས་པ་ནི་ཆོས་ལུགས་རིག་པའི་བརྗོད་ཚད་ཅིག་དང་། "དེང་རབས་མི་རྩལ་རིག་པའི་དར་སྲོལ་ཆེ་བའི་ཐ་སྙད་"[1]ཅིག་ཏུ་བཞེད་པ་ནུབ་ཕྱོགས་ཀྱི་ཆོས་ལུགས་རིག་པ་དང་། མཚན་ཉིད་རིག་པ་སྨྲ་བའི་ཐུན་མོང་གི་ལྟ་གྲུབ་ལས་མ་འདས། ཡོངས་གྲགས་སུ་འཇིག་རྟེན་བྱེད་པོ་ཡོད་པར་སྨྲ་བའི་ཡེ་ཤུ་པས་སྐྱེ་འཆིའི་སྡུག་བསྔལ་ཟློག་བྱེད་ཀྱི་ཐར་པ་སྟེ། ཚེ་སྔོག་གི་རིན་ཐང་ལྟ་བ་དང་། མི་ཚེའི་ལེགས་བྱས་ཀྱི་འབྲས་བུ་སྟེ། མཐར་ཐུག་གི་རྙེད་བྱའི་ཞེ་འདོད་དམ། བསྒྲུབ་བྱའི་གོ་འཕང་དུ་བཞེད་པའི་ཡེ་ཤུའི་ཆོས་ལུགས་ཀྱི་དད་པའི་ལྟ་གྲུབ་ཅིག་གོ། ཡེ་ཤུའི་ཆོས་ལུགས་ཀྱི་རྣམ་གཞག་ལྟར་ན། དཀོན་མཆོག་ནི་བཀའ་དང་། བྱམས་པ། སྐྱོབ་པ་པོ་བཅས་ཁྱད་ཆོས་གསུམ་ལྡན་གྱི་བདག་ཉིད་ཡིན་པ་གང་ཞིག རང་བཞིན་གྱིས་བདེན་པར་གྲུབ་པའི་སྐྱབས་གནས་མི་བསླུ་བ་རྟག་བརྟན་ཐེར་ཟུག་གི་ངོ་བོར་བཞེད། དེའང"ལུང་གི་ཆོས་གསུམ་ཏེ། དཀོན་མཆོག་དང་། རྟག་བརྟན། རང་དབང་"[2]ཞེས་པ་དང་། འབྲས་བུའི"སྐུ་གསུམ་ངོ་བོ་གཅིག་སྟེ། དཀོན་མཆོག་དང་། ཡེ་ཤུ། རྗེ་བོ་ཐྭ་བཅས་ངོ་བོ་གཅིག་ལ་ལྡོག་པ་ཐ་དད་དུ་སྣང་བ་"[3] ཡི"དཀོན་མཆོག་སྟེ། ཀུན་བཏུབ་པ་དང་། ཀུན་མཁྱེན་པ། ཀུན་ལ་བྱམས་པ་བཅས་

---

① 张志刚：《宗教学是什么》，〔M〕北京大学出版社2008/4第2版，P271

② 罗素：《宗教与科学》，〔M〕商务印书馆2015/5第4版，P83

③ 梯利：《西方哲学史》，〔M〕商务印书馆2015/11第1版，P158

ཁྱད་ཆོས་གསུམ་ལྡན་གྱི་བདག་ཉིད་”[①]དུ་གྲགས་པའི་མཐར་ཐུག་གི་སྐྱབས་གནས་དཀོན་མཆོག་བྱ་བ་གདན་གྱི་འདུན་མར་བཞེད་དོ། །

ཕྱི་བྲག་ཏུ་ལྟ་བའི་ཁུངས་དང་། ཤིང་རྟའི་སྲོལ་འབྱེད་པ་གཅིག་ཏུ་གྲགས་པའི་“ཡེ་ཤུ་པ་དང་། ཡ་ཧུ་ད་པ། མུ་སལ་མན་གསུམ་གས་ཀྱང་སྣང་སྲིད་ཀུན་གྱི་བྱེད་པོ་བདེ་སྡུག་ཀུན་གྱི་སྣང་འཛིན་པའི་ལྷ་གཙོ་བོ་གཅིག་པུ་ཞིག་ཡོད་ཅིང་། དེ་ཁོ་ན་སྐྱབས་གནས་སུ་འཛིན་”[②]ཅིང་། “ཡ་ཧུ་ད་པ་དང་། ཡེ་ཤུ་པས་ཡ་ཧོ་ཝའམ་ཇ་ཧོ་ཝར་འབོད་ཅིང་། མུ་སལ་མན་རྣམས་ཨ་ལ་ཞེས་འབོད་”[③]པ་བཅས་ནི་ཨ་རབ་དང་། ཡེ་ཤུ། ཁ་ཆེ་བཅས་ཀྱི་ཆོས་ལུགས་སོ་སོའི་ངེས་དོན་གྱི་གདན་གྱི་འདུན་མར་བཞེད། རྒྱ་གར་གྱི་མུ་སྟེགས་པ་རྣམས་ཀྱང་ཚངས་པར་དེ་ལྟར་ལྟ་ཞིང་། རྟག་གཅིག་རང་དབང་ཅན་གྱི་བདག་ཤེས་རིག་གི་སྐྱེས་བུ་སྡུག་བསྔལ་ཉེར་ཞིའི་ཐར་པ་ཐོབ་པ་གདན་གྱི་འདུན་མར་བཞེད་དོ། །

འཇིག་རྟེན་བྱེད་པོ་སྨྲ་བའི་ཆོས་ལུགས་གང་ཞིག་གི་གདན་གྱི་འདུན་མའི་གཤིས་ལུགས་གཅིག་ཁོ་ནར་མཐོང་བ་སྟེ། ཆོས་ཐམས་ཅད་ཀྱི་རང་བཞིན་བདེན་པར་གྲུབ་པའི་གཞི་དངོས་པོའི་ལྟ་བས་འཐོབ་བྱའི་མཐར་ཐུག་གི་གོ་འཕང་རྟག་ཅིག་རང་དབང་ཅན་གྱི་བདག་ཏུ་ལྟའོ། །དེའི་ཕྱིར་དད་པ་དག་སྣང་ཅན་གྱི་བསྒོམ་བྱའི་ཡུལ་ཙམ་ལས། ལམ་གྱི་གནས་སྐབས་ཀྱི་ཚོགས་གསོག་སྒྲིབ་སྦྱོང་ཇི་སྲིད་སྡུག་བསྔལ་གྱི་གཉེན་པོར་མི་འགྲོ་ན་དེ་སྲིད་སྡུག་བསྔལ་ཉེར་ཞིའི་ཐར་པ་ཙམ་ཡང་འཐོབ་མི་

① 路易斯·P·波伊曼：《宗教哲学是什么》，〔M〕中国人民大学出版社2014/1第1版，P55

② དགེ་འདུན་ཆོས་འཕེལ། 《དགེ་འདུན་ཆོས་འཕེལ་གྱི་གསུང་རྩོམ་》(དང་པོ)(M)བོད་ལྗོངས་བོད་ཡིག་དཔེ་སྙིང་དཔེ་སྐྲུན་ཁང་། ༢༠༡༢/༧པར་གཞི་གཉིས་པ། ཤ༣༤༩

③ དགེ་འདུན་ཆོས་འཕེལ། 《དགེ་འདུན་ཆོས་འཕེལ་གྱི་གསུང་རྩོམ་》(དང་པོ)(M)བོད་ལྗོངས་བོད་ཡིག་དཔེ་སྙིང་དཔེ་སྐྲུན་ཁང་། ༢༠༡༢/༧པར་གཞི་གཉིས་པ། ཤ༣༧༠

སྲིད་པ་དངོས་པོའི་གཞིས་ལུགས་ལས་མ་འདས། ཕྱིར་ཆོས་ལུགས་གང་ཞིག་གི་རང་ལུགས་འཐད་ལྡན་དུ་སྒྲུབ་བྱེད་ཀྱི་དད་པའི་རྟེན་ནས། འཐོབ་བྱའི་འབྲས་བུ་དང་བསྔོས་པའི་མཐར་ཐུག་གི་ཞེ་འདོད་དེ། བསྒྲུབ་བྱའི་ཡུལ་དཀོན་མཆོག་དང་བསྔོས་པའི་ཡུལ་ཅན་གྱི་དད་པ་དག་སྣང་མི་བསླུ་བ་ཞིག་ཡིན་ན། རང་རང་གྲུབ་མཐའི་ལྟ་གྲུབ་ཀྱི་རྐང་མར་དུ་གྲུབ་པའི་གདན་གྱི་འདུན་མའི་ཟབ་དོན་རྒྱ་ཆེ་གཏིང་ཟབ་ཅིག་ཡིན་པ་གོར་མ་ཆག

འདི་ནི་གདན་གྱི་འདུན་མའི་ཐོག་མའི་རྣམ་པའམ། རིགས་པའི་ས་བོན་ནོ། །རྩ་བ་ནི་ཡེ་ཤུའི་ཆོས་ལུགས་ཀྱི་ལྟ་གྲུབ་ལ་ཐུག་པ་ཡོངས་གྲགས་ཀྱི་གཏམ་མོ། །

གདན་གྱི་འདུན་མ་ཆོས་ལུགས་ཀྱི་ཐ་སྙད་ནས་ཆོས་ལུགས་རིག་པའི་བརྡ་ཆད་ཀྱི་རྣམ་གཞག་ཏུ་སྲོལ་འབྱེད་པ་པོ་ནི་གདན་གྱི་འདུན་མ་སྨྲ་བའི་ཤིང་རྟའི་སྲོལ་འབྱེད་པ་སྟེ། ཡེ་ཤུའི་ཆོས་ལུགས་གསར་མའི་ལྷ་ཆོས་རིག་པ་དང་། ཆོས་ལུགས་མཚན་ཉིད་རིག་པ། གཞི་གྲུབ་རིང་ལུགས་ཀྱི་མཚན་ཉིད་རིག་པ་སྨྲ་བ་ཕོའུ་ཐི་ལི་ཆ་ཡིན་པ་སྟེ། "གདན་གྱི་འདུན་མ་སྨྲ་བ་ནི་ཕོའུ་ཐི་ལི་ཆའི་དགོངས་པའི་སྙིང་པོ་ཡིན་"①ཞེས་པ་དང་། "ད་རབས་ཀྱི་ཆོས་ལུགས་སྤྱོད་པ་སྨྲ་བ་གྲགས་ཅན་ཕོའུ་ཐི་ལི་ཆའི་ཆོས་ལུགས་ཀྱི་ལྟ་བ་སྟེ། མིའི'གདན་གྱི་འདུན་མ' ཞེས་གྲགས་པའི་ཆོས་ལུགས་ཀྱི་བརྡ་ཆད་འདིའི་ལམ་སྲོལ་གཏོད་"②ཅེས་གསུངས་པ་ལྟར་རོ། །

ལུང་རིགས་ཀྱི་སྒྲུབ་བྱེད་དུ་ཡེ་ཤུའི་ཆོས་ལུགས་ཀྱི་སྲོལ་རྒྱུན་ལྟ་གྲུབ་ཀྱི་གཞུང་ཤིང་སྟེ། 《དམ་པའི་གསུང་རབ་སྙིང་པ་》ཏུ་དཀོན་མཆོག་ནི་ཚད་མས་མ་དམིགས་པའམ། ཚད་མའི་གཞལ་བྱ་མིན་པས་གཞི་མ་གྲུབ་ཅེས་ཡོངས་སུ་གྲགས་པ་ལྟར།

① 张志刚：《宗教学是什么》，〔M〕北京大学出版社2008/4第2版，P271

② 段德智：《哲学的宗教纬度》，〔M〕商务印书馆2014/10第1版，P243

དཀོན་མཆོག་ནི་ཡུལ་ཅན་གྱི་རང་བློ་ཚད་མའི་མངོན་སུམ་གྱི་སྤྱོད་ཡུལ་དུ་མ་གྱུར་བའི་ཡུལ་སྤྱི་མཚན་ནམ། རྟག་བརྟན་ཐེར་ཟུག་གི་ངོ་བོར་འདོད་པ་སྐྱོན་འབབ་ཞིག་ཏུ་མཐོང་སྟེ། "དཀོན་མཆོག་ནི་ཡུལ་ཡུལ་ཅན་ལྟོས་གྲུབ་ཀྱི་རང་བློ་ཚད་མའི་སྤྱོད་ཡུལ་དུ་བཞེད་པ་ཕོའུ་ཐེ་ལི་ཆའི་གཏན་གྱི་འདུན་མ་ཡིན་"[1]ཞེས་པའི་ཤིང་རྟ་ཆེན་པོའི་རིགས་པ་ཡང་དག་ལམ་ནས་ཡུལ་སྤྱི་མཚན་ཡིན་པ་གང་ཞིག དོན་དམ་པར་དོན་བྱེད་མི་ནུས་པའི་སྐབས་གནས་མཐར་ཐུག་དཀོན་མཆོག་གིས་སུ་ཞིག་ཀྱང་སྐྱོབ་པར་མི་ནུས་པ་རིགས་པས་བསྒྲུབས་ཏེ། ཡུལ་ཡུལ་ཅན་ལྟོས་གྲུབ་ཀྱི་གཞིར་གྱུར་ཅིང་། རང་བློ་ཚད་མའི་སྤྱོད་ཡུལ་དུ་གྱུར་བའི་དཀོན་མཆོག་རང་མཚན་པ་ནི་དད་པའི་རྟེན་ནམ། འཐོབ་བྱའི་མཐར་ཐུག་གི་ཞེ་འདོད་དམ་གྲུབ་དོན་དུ་བཞེད། ཡང་"ཡོངས་གྲགས་ཀྱི་དད་པ་ནི་གཏན་གྱི་འདུན་མའི་རྣམ་པའི་རིགས་ཤིག་གོ་"[2]ཞེས་པ་དང་། "དད་པ་ནི་མིའི་འགྲོ་བའི་རྣམ་ཤེས་ཀྱི་རྟེན་ཡིན་"[3]ཞེས་བསྒྲུབ་བྱའི་ཡུལ་དཀོན་མཆོག་རང་མཚན་པ་དང་། སྒྲུབ་བྱེད་ཡུལ་ཅན་གྱི་དད་པ་ལྟོས་གྲུབ་ཏུ་སྨྲོས། །དེའི་ཕྱིར་"ཕོའུ་ཐེ་ལི་ཆའི་གཏན་གྱི་འདུན་མ་ནི་བསྒྲུབ་བྱའི་ཡུལ་དཀོན་མཆོག་རང་མཚན་པ་དང་། སྒྲུབ་བྱེད་ཡུལ་ཅན་གྱི་དད་པ་ངོ་བོ་དབྱེར་མེད་དུ་སྨྲ་བའི་རིགས་པ་"[4]ཤ་སྟག་ཡིན་ནོ། །

ཁྱད་པར་དུ་"ཆོས་ལུགས་ཀྱི་དད་པ་ནི་མིའི་འགྲོ་བའི་འདུ་ཤེས་ཀྱི་མཐར་ཐུག་གམ། ཚད་མེད། རྐྱེན་མེད་བཅས་ཀྱི་འདུན་པའོ་"[5]ཞེས་པ་དང་། "དད་པ་ནི་

① 段德智：《哲学的宗教纬度》，〔M〕商务印书馆2014/10第1版，P244

② 张志刚：《宗教学是什么》，〔M〕北京大学出版社2008/4第2版，P272

③ 张志刚：《宗教学是什么》，〔M〕北京大学出版社2008/4第2版，P274

④ 张志刚：《宗教学是什么》，〔M〕北京大学出版社2008/4第2版，P276

⑤ 张志刚：《宗教学是什么》，〔M〕北京大学出版社2008/4第2版，P278-279

ཡུལ་ཡུལ་ཅན་ལྟོས་གྲུབ་ཀྱི་གཞིར་གྲུབ་ཅིང་། དེ་གཉིས་ལས་ཀྱང་འདས་པའོ་”① ཞེས་པ། དེ་བཞིན་“ཡུལ་ཡུལ་ཅན་ལྟོས་གྲུབ་ཀྱི་གཞིར་གྱུར་བའི་གདན་གྱི་འདུན་མའི་ཟབ་དོན་བརྗོད་དུ་མེད་པའི་སྤྲོས་པ་དང་བྲལ་ལོ་”②ཞེས་པ་སོགས་ལས་ཆོས་ལུགས་རིག་པའི་དད་པ་སྨྲ་བ་དང་། མཚན་ཉིད་རིག་པའི་རིགས་ཤེས་སྨྲ་བ་གང་ཞིག་ཡིན་རུང་། གདན་གྱི་འདུན་མ་དང་དད་པ་ནི་ཟུང་འཇུག་སྟེ། ཡུལ་ཡུལ་ཅན་ལྟོས་གྲུབ་ཀྱི་རིགས་ལམ་ཡིན་པ་གང་ཞིག ཡུལ་ཅན་གྱི་སྦྱོང་བ་རང་མཚན་པ་ལས་འདས་པའི་མཐར་ཐུག་གི་གྲུབ་དོན་ལ་བཞེད་དོ། །

བསྒྲུབ་བྱའི་ཡུལ་ཏེ། མཐར་ཐུག་གི་སྐྱབས་གནས་དཀོན་མཆོག་རང་མཚན་པ་སྒྲུབ་བྱེད་ཡུལ་ཅན་གྱི་དད་པའི་རྟེན་དུ་བཞེད་ཅིང་། མཐར་ཐུག་གི་ཞེ་འདོད་དམ། གྲུབ་དོན་བྱ་བའི་གདན་གྱི་འདུན་མའང་ཡུལ་ཅན་གྱི་སྦྱོང་བ་རང་མཚན་པ་ལས་འདས་པའི་དད་པ་ཡིན་པས། རང་རྒྱུད་ལ་བརྗོད་མེད་སྤྲོས་བྲལ་གྱི་མི་ཕྱེད་པའི་དད་པ་བརྟན་ཅིང་མི་གཡོ་བ་ལྡན་ན་དཀོན་མཆོག་རང་མཚན་པའི་གནང་བ་ཐོབ་ཅིང་། མིའི་འགྲོ་བས་ནམ་འཆི་ཆ་མེད་ཀྱི་མི་རྟག་པའི་ཡུལ་དུས་ལས་ཚེ་སྲོག་གི་འགྱུར་བའི་རང་བཞིན་དང་། མི་ཚེའི་སྡུག་བསྔལ་གྱི་རང་བཞིན་ཏེ། མིའི་འགྲོ་བའི་འཚོ་སྡོད་ཀྱི་ཁ་སྟབས་ལ་ངེས་ཤེས་འདྲོངས་ཏེ། མི་ཚེ་ནི་ཆུ་ལྦུར་ལྟར་སྐད་ཅིག་མར་འཇིག་སྲིད་ཅིང་། ཆུ་ཤིང་ལྟར་སྙིང་པོ་མེད་པར་སྣང་མོད། མེད་བཞིན་སྣང་བའི་སྒྱུ་མའི་རང་བཞིན་གྱི་འཚོ་སྡོད་ཀྱི་གཞིར་རང་རྩོལ་གྱི་ལེགས་བྱས་འབྲས་བུས་མི་རང་མཚན་པའི་ངོ་བོར་རྟོགས་སད་དང་། མིའི་གོ་བབ་ལ་རྩད་ཞིབ་ཀྱིས་དལ་བའི་རྟེན་གྱི་སྙིང་པོ་ལོན་ཐུབ་པར་བཞེད་དོ། །འདི་ལ་“གདན་གྱི་འདུན་མ་ནི་ཕོའུ་ཐི་ལི་ཆའི་དགོངས་པའི་སྙིང་པོ་དང་། འདི་པས་མི་ཚུལ་རིག་པའི་ཞིབ་འཇུག་

① 张志刚：《宗教学是什么》，〔M〕北京大学出版社2008/4第2版，P277

② 张志刚：《宗教学是什么》，〔M〕北京大学出版社2008/4第2版，P277

ལ་ཕྱུལ་བའི་ལེགས་སྐྱེས་ཤིག་ཡིན་”①ཞེས་ཀྱང་གྲགས་སོ། །

འདི་པས་གཏན་གྱི་འདུན་མ་ནི་ཡེ་ཤུའི་ཆོས་ལུགས་ཀྱི་ལྟ་གྲུབ་ཀྱི་རྨང་གཞིར་ཆོས་ལུགས་རིག་པའི་མཐར་ཐུག་གི་གྲུབ་དོན་དུ་བཞེད་པས། ཡོངས་གྲགས་སུ་ཡོ་རོབ་རིག་གནས་ལྟེ་བར་སྨྲ་བའི་ནུབ་ཕྱོགས་རིག་གནས་ཀྱི་ངོ་བོ་སྟེ། “ནུབ་ཕྱོགས་ཀྱི་ལྷ་ཆོས་རིག་པ་དང་། མཚན་ཉིད་རིག་པའི་ལྟ་བས་ཆོས་ལུགས་ཀྱི་སྣང་ཚུལ་ལ་གསལ་བཤད་བྱས་སོ་”②ཞེས་གསུངས་པ་བདེན་པའི་གཏམ་མོ། །

ཕྱིར་རིག་གནས་ཀྱི་ངོ་བོ་མི་མཚུངས་ན་ཆོས་ལུགས་ཀྱི་སྣང་ཚུལ་ཡང་མི་འདྲ་ཞིང་། ལར་ཆོས་ལུགས་རིག་པའི་ལམ་སྲོལ་སྣ་ཚོགས་དར་བས་གྲུབ་མཐའི་ལྟ་གྲུབ་ཀུ་ཤའི་རྩེ་མོ་ལྟར་མ་འདྲེས་སོ་སོར་གྱེས་རྒྱུ་ཆོས་ཉིད་ལས་མ་འདས། བྱེ་བྲག་ཏུ་ད་རབས་ཆོས་ལུགས་གཤིབ་བསྡུར་རིག་པ་སྨྲ་བ་དང་། ཆོས་ལུགས་མཚན་ཉིད་རིག་པ་སྨྲ་བ་གྲགས་ཅན་ནི་ནིན་ཡན་སེ་མར་ཐེས་ཆོས་ལུགས་བརྗོད་ཆད་རིག་པའི་རིགས་ལམ་གྱི་རྨང་གཞིར་“རིག་གནས་བར་བརྒྱལ་”ལམ་“འདུ་ཤེས་ཐོད་བརྒྱལ་”གྱི་བརྟག་ཐབས་སྤྱད་དེ། “འཛམ་གླིང་ཆོས་ལུགས་ཀྱི་སྣང་ཚུལ་དང་། ཁྱད་པར་དུ་ནུབ་ཕྱོགས་ཀྱི་མཁས་པའི་དོགས་གཞིར་མ་གྱུར་བའི་ཤར་ཕྱོགས་ཀྱི་སྲོལ་རྒྱུན་ཆོས་ལུགས་ལ་ཞིབ་འཇུག་”③བརྒྱུད་གཏན་གྱི་འདུན་མར་དད་པའི་རྗེས་འབྲང་གི་སྤྱོད་པ་དང་། གསང་བ་བསམ་གྱིས་མི་ཁྱབ་པའི་སྤྱོད་པ་ཞེས་རིགས་ཆེ་བ་གཉིས་སུ་བཀར། སྔ་མ་ནི་གཟུགས་སྐུའི་རྣམ་པའི་ཡེ་ཤུ་དང་། ཕྱི་མ་ནི་སངས་རྒྱས་ཆོས་ལུགས་ཀྱི་ཆོས་སྐར་བཞེད། མདོ་དོན་གྱི་སྙིང་པོར་ཡེ་ཤུ་ནི་“གཟུགས་སྐུའི་རྣམ་པར་འཆར་བས་གང་དེའི་མཐུ་དང་རྫུ་འཕྲུལ་ལ་མོས་ཏེ།

① 张志刚：《宗教学是什么》，〔M〕北京大学出版社2008/4第2版，P271

② 张志刚：《宗教学是什么》，〔M〕北京大学出版社2008/4第2版，P280

③ 张志刚：《宗教学是什么》，〔M〕北京大学出版社2008/4第2版，P281

ལྷའི་རྣམ་རོལ་གྱི་ངོ་བོ་དང་དབྱེར་མེད་འདྲེས་པའི་བདེ་བ་སྨྱོང་ཐུབ་”[1]ཅེས་པ་དང་། ཆོས་སྐུ་ནི་“སྤྱིར་‘ཤེས་པ་’ དང་ངོ་བོ་གཅིག་ལ་ལྡོག་པ་ཐ་དད་དེ། ‘སྣང་དུ་མེད་པ་’ འམ། ‘ངོ་བོ་དབྱེར་མེད།’ ‘སྟོང་པ།’ ‘ཤེས་རབ་’ འབའ་ཞིག་གོ་”[2] ཞེས་རྣམ་པ་མ་འདྲེས་པར་སོ་སོར་འབྱེད་ཅིང་། “དད་པ་དག་སྣང་གི་སྤྱོད་བས་གྲུབ་པའི་དཀོན་མཆོག་ནི་མཐུ་དང་རྫུ་འཕྲུལ་གྱི་ནུས་པའི་བདག་ཉིད་དུ་ངེས་པས། ཡེ་ཤུ་པས་དཀོན་མཆོག་ལ་དད་པ་མི་བྱེད་མི་སྲིད་”[3]ཅེས་པ་དང་། “སངས་རྒྱས་ཆོས་ལུགས་ཀྱི་ཐེག་ཆེན་པའི་གདན་གྱི་འདུན་མའི་སྐྱབས་གནས་མཐར་ཐུག་སངས་རྒྱས་ནི་འཇིག་རྟེན་བྱེད་པོ་དང་། དད་པའམ་བསྔོ་སྨོན་གྱི་ཡུལ་དུ་མི་འཛིན། ཅིའི་ཕྱིར་ཞེ་ན། སངས་རྒྱས་ནི་འཇིག་རྟེན་ལས་འདས་པ་སྟེ། ཐར་པ་དང་ཐམས་ཅད་མཁྱེན་པའི་གོ་འཕང་ཐོབ་པས་སོ་”[4]ཞེས་གདན་གྱི་འདུན་མའི་མཚན་གཞིར་བསྒྲུབ་བྱའི་ཡུལ་དང་བསྡོས་ཏེ། ཡོའུ་ཐེ་ལི་ཆའི་ལུགས་ཀྱི་ཡུལ་ཅན་གྱི་སྤྱོད་བ་ལས་འདས་པའི་དད་པའི་རྟེན་གྱི་དཀོན་མཆོག་རང་མཚན་པ་དང་། སངས་རྒྱས་ཆོས་ལུགས་ཀྱི་ཆོས་ཉིད་སྟོང་པའི་རང་བཞིན་དུ་གྲུབ་པའི་ཆོས་སྐུ་བཅས་སོ་སོར་རྣམ་པར་འབྱེད་ཅིང་། ཡུལ་ཅན་མིའི་གོ་བབ་དང་བསྡོས་ཏེ། འཇིག་རྟེན་བྱེད་པོ་སྨྲ་བའི་ཡེ་ཤུའི་ཆོས་ལུགས་ཀྱི་མི་གཞི་དྲི་བཅས་དང་། བདག་མེད་སྨྲ་བའི་སངས་རྒྱས་ཆོས་ལུགས་ཀྱི་མི་གཞི་དྲི་མེད་(མ་རིག་པ་ཉོན་མོངས་པའི་དྲི་མ་གློ་བུར་བར་བཞེད་)བཅས་ངོ་བོའི་ཕྲ་རགས་རྣམ་པར་ཕྱེས་ཏེ། འཛམ་གླིང་གི་ཤར་ནུབ་སྲོལ་རྒྱུན་ཆོས་ལུགས་ཀྱི་གདན་གྱི་འདུན་མའི་གྲུབ་དོན་གྱི་ལམ་སྲོལ་ཐོག

---

① 张志刚：《宗教学是什么》，〔M〕北京大学出版社2008/4第2版，P282

② 张志刚：《宗教学是什么》，〔M〕北京大学出版社2008/4第2版，P282

③ 张志刚：《宗教学是什么》，〔M〕北京大学出版社2008/4第2版，P282-283

④ 张志刚：《宗教学是什么》，〔M〕北京大学出版社2008/4第2版，P282

མར་ཞིགས་པར་བྱེའོ། །

འདི་པས་ཕོའུ་ཐེ་ལི་ཆའི་ལུགས་བསྐྱངས་པ་གང་ཞིག ཕྱིར་“ཆོས་ལུགས་མཚན་ཉིད་རིག་པ་དང་། ཆོས་ལུགས་སྣང་ཚུལ་རིག་པའི་གནས་ལ་ནང་བྱིན་ཆུད་”[1]ཅིང་། ལར་“རྒྱ་གར་སངས་རྒྱས་ཆོས་ལུགས་ལ་ཐོས་བསམ་གྱི་འཇུག་པ་ཡངས་”[2]པའི་རིགས་ལམ་གྱི་རྒྱང་གཞིར་སྣ་མང་ཆོས་ལུགས་སྤྲ་བ་དང་། ཆོས་ལུགས་ལྟོས་བཅས་རིང་ལུགས། ནུབ་ཕྱོགས་མཚན་ཉིད་རིག་པ་བཅས་ཀྱི་བརྟག་ཐབས་སྤྱད་དེ། གཏན་གྱི་འདུན་མའི་ཟབ་དོན་གྱི་སྙིང་པོ་གཞི་གཅིག་ཏུ་བསྡུ་ཕྱིར། “ཅི་ཞིག་ལ་གཏན་གྱི་འདུན་མ་ཟེར། དོན་དམ་དུ་འདི་ནི་ཨི་མན་ནེའུ་ཁན་ཐེའི་‘ཕྱི་དོན་བདེན་གྲུབ’ཀྱི་ཉེད་དོན་འཚོལ་སྟངས་ལས་མ་འདས་པས། གནད་དོན་གྱི་རྩ་བ་ནི་‘སྣང་ཚུལ’དང་། ‘གནས་ཚུལ’ཀྱི་འབྲེལ་བར་བརྟག་རྒྱུའོ་”[3]ཞེས་སྣང་ཚུལ(ཀུན་རྫོབ་བདེན་པ)དང་། གནས་ཚུལ(དོན་དམ་བདེན་པ)ཟུང་འཇུག་གི་མཐར་ཐུག་ཉེད་དོན་ཏེ། “ཡུལ་ཅན་གང་ཞིག་གི་དད་པའི་རྟེན་ནི་ཡེ་ཤུ་པས་དད་ཡུལ་གྱི་དཀོན་མཆོག་གམ། སངས་རྒྱས་པས་འཐོབ་བྱའི་གོ་འཕང་”[4]ལ་བཞེད་པས། “གཏན་གྱི་འདུན་མ་ནི་གྲུབ་མཐའི་བཅད་མཚམས་ལས་འདས་པ་སྟེ། ཡེ་ཤུ་པའི་ནུབ་ཕྱོགས་ཆོས་ལུགས་ཀྱི་སྒྲོང་བ་དང་། སངས་རྒྱས་པའི་ཤར་ཕྱོགས་ཆོས་ལུགས་ཀྱི་སྒྲོང་བ་ལྟར་ལུགས་གཉིས་སུ་གྱེས་སྲིད་ན། གཤིབ་བསྡུར་དང་། དགག་སྒྲུབ་ལམ་ནས་མཐུན་ཕྱོགས་འཚོལ་དགོས་”[5]ཞེས་ཆོས་ལུགས་རིག་གནས་རིག་པའི་མཐུན་ཐབས་སྨྲ་བའི་ལུགས་བསྐྱངས་སོ། །

① 张志刚：《宗教学是什么》，〔M〕北京大学出版社2008/4第2版，P285
② 张志刚：《宗教学是什么》，〔M〕北京大学出版社2008/4第2版，P281
③ 张志刚：《宗教学是什么》，〔M〕北京大学出版社2008/4第2版，P284
④ 张志刚：《宗教学是什么》，〔M〕北京大学出版社2008/4第2版，P285
⑤ 张志刚：《宗教学是什么》，〔M〕北京大学出版社2008/4第2版，P285

འདི་པས་གཏན་གྱི་འདུན་མ་ནི་མིའི་འགྲོ་བའི་མཐར་ཐུག་གི་དད་པའི་ལྷ་གྲུབ་དང་། དལ་བའི་རྟེན་གྱི་སྙིང་པོར་འདོད། ཁྱད་པར་དུ་འཛམ་གླིང་གི་ཤར་ནུབ་སྲོལ་རྒྱུན་ཆོས་ལུགས་ཀྱི་ལྟ་བའི་མཐུན་ཕྱོགས་བཙལ་ཏེ། གཏན་གྱི་འདུན་མ་ནི་ཡུལ་ཡུལ་ཅན་ལྷོས་གྲུབ་ཀྱི་དཀོན་མཆོག་རང་མཚན་པ་དང་། ཆོས་ཉིད་སྟོང་པའི་རང་བཞིན་གྱི་ཆོས་སྐུར་བཞེད་ཅིང་། ཡེ་ཤུ་པའི་མི་གཞི་དྲི་བཅས་སྡུག་བསྔལ་གྱི་གཉེན་པོར་མི་འགྲོ་བ་དང་། སངས་རྒྱས་ཆོས་ལུགས་ཀྱི་མི་གཞི་དྲི་མེད་དེ། མ་རིག་པ་ཉོན་མོངས་པའི་དྲི་མ་སྒློ་བུར་བ་ཡིན་ན། གསལ་རིག་སེམས་ཀྱི་རང་བཞིན་གནས་ཡོངས་སུ་གྱུར་བའི་ཆོས་སྐུའི་གོ་འཕང་འཐོབ་པར་བཞེད་དོ། །

ཆོས་ལུགས་གོ་བསྡུར་སྨྲ་བ་དང་། ཆོས་ལུགས་བཟྷ་ཆད་གཅིག་གྱུར་སྨྲ་བ་ནི་འཛམ་གླིང་ཆོས་ལུགས་མཚན་ཉིད་རིག་པའི་སྟེར་དར་སྲོལ་ཆེ་བའི་ད་རབས་སྨྲ་མང་ཆོས་ལུགས་སྨྲ་བའི་མགྲིན་ཚབ་པ་འཛོན་ཧར་ཤེར་ཏ་ཧིག་ཁའི་ཐུན་མིན་གྱི་བརྟག་ཐབས་ཤིག་གོ། འདི་པས"ཆོས་ལུགས་གོ་བསྡུར་སྨྲ་བ་ནི་གྲུབ་མཐའ་དང་། དད་པ། རིག་གནས་བཅས་ཀྱི་བཅད་མཚམས་ལས་འདས་པའི་བརྟག་ཐབས་ཤིག་རེད་"①ཅེས་འཛམ་གླིང་གི་ཤར་ནུབ་སྲོལ་རྒྱུན་ཆོས་ལུགས་གོ་བསྡུར་གྱི་ལམ་ནས་ཆོས་ལུགས་ཀྱི་བཟྷ་ཆད་གཅིག་གྱུར་བྱ་རྒྱུ་ནི་གཏན་གྱི་འདུན་མའི་གདགས་གཞི་གཏན་ལ་འབེབས་བྱེད་ཀྱི་བརྟག་ཐབས་སུ་བཞེད་པ་སྟེ། "བཟྷ་ཆད་མང་པོ་ཞིག་གདམ་གར་སྤྱོར་རུང་བ་སྟེ། དེའང་འཇིག་རྟེན་ལས་འདས་པའི་གོ་འཕང་དང་། མཐར་ཐུག་གི་གོ་འཕང་། ཟླ་ན་མེད་པའི་གོ་འཕང་། རྟག་བརྟན་གྱི་གོ་འཕང་། མཐར་ཐུག་གི་གྲུབ་དོན། དཀོན་མཆོག གྲུབ་དོན་ལ་སོགས་པ་ལྟ་བུའོ། །འོན་ཀྱང་གྲུབ་མཐའ་སོ་སོས་རང་ལུགས་ཀྱི་དད་ཞེན་ལྟར་རང་དགར་སྤྱོད་པ་ལས་གདམ་ག

① 张志刚：《宗教学是什么》，〔M〕北京大学出版社2008/4第2版，P305

ཡང་དག་སྤྱོར་མཁན་སྲིད་མཐའ་ཙམ་སོ་”①ཞེས་པ་དང་། “ཁོ་བོ་ནི་‘གྲུབ་དོན་’ཞེས་པའི་བརྗ་ཆད་འདི་སྤྱོད་པར་མོས། ཅིའི་ཕྱིར་ཞེ་ན། འདི་ནི་གྲུབ་མཐའ་ཅི་རུང་ཞིག་གིས་གཞན་ལུགས་དགག་པའི་བརྗ་ཆད་མིན་པ་སྟེ། ཡེ་ཤུའི་ཆོས་ལུགས་ལྟར་ན། ‘དཀོན་མཆོག་’ནི་‘ཚུགས་ཐུབ་ཀྱི་བདེན་གྲུབ་’ཏུ་བཞེད་པ་དེའི་‘གྲུབ་དོན་’དང་། ཁ་ཆེའི་ཆོས་ལུགས་ལྟར་ན། ‘ཨ་ལ་’ཡི་མཚན་གྱི་རྣམ་གྲངས་མང་མོད། ཐེ་བྲག་གི་སྐུ་སྤྱི་མཚན་པ་ནི་དེའི་‘གྲུབ་དོན།’ རྒྱ་གར་བྲམ་ཟེའི་ཆོས་ལུགས་ལྟར་ན། མཐར་ཐུག་གི་སྙིང་དོན་དུ་བཞེད་པའི་‘རིག་བྱེད་’ནི་དེའི་‘གྲུབ་དོན།’ སངས་རྒྱས་ཆོས་ལུགས་ཀྱི་ཐེག་ཆེན་པ་ལྟར་ན། མཐར་ཐུག་གི་སྙིང་དོན་དུ་བཞེད་པའི་‘སྟོང་པ་’འམ། ‘ཆོས་སྐུ་’ནི་དེའི་‘གྲུབ་དོན།’ རྒྱ་ནག་གི་སྲོལ་རྒྱུན་ཆོས་ལུགས་ལྟར་ན། མཐར་ཐུག་གི་ཞེ་འདོད་དུ་འདོད་པའི་‘དོན་དམ་’ནི་དེའི་‘གྲུབ་དོན་’བཅས་སོ་”②ཞེས་གདན་གྱི་འདུན་མ་ཞེས་པ་ནི་འཛམ་གླིང་གི་ཤར་ནུབ་སྲོལ་རྒྱུན་ཆོས་ལུགས་སོ་སོས་ཐུན་མོང་དུ་འདོད་པའི་མཐར་ཐུག་འཐོབ་བྱའི་གོ་འཕང་སྟེ། གྲུབ་དོན་ནམ། ཞེ་འདོད། སྙིང་དོན་ལྟ་བུ་ཆོས་ལུགས་མཚན་ཉིད་རིག་པའི་མཐར་ཐུག་གི་མི་ཚེའི་རིན་ཐང་ལྟ་བར་བཞེད་དོ། །

སྐབས་བབ་ཀྱི་གདན་གྱི་འདུན་མ་ཞེས་པ་ནི་ཡེ་ཤུའི་ཆོས་ལུགས་ལྟར་ན། དཀོན་མཆོག་དང་། ཁ་ཆེའི་ཆོས་ལུགས་ལྟར་ན། ཨ་ལ་ལྟ་བུ་ཡུལ་སྤྱི་མཚན་པར་བསྔོ་བའི་དད་པའི་ལྷ་གྲུབ་དང་། བྲམ་ཟེའི་ཆོས་ལུགས་ལྟར་ན། རྟག་གཅིག་རང་དབང་ཅན་གྱི་བདག་ཤེས་རིག་གི་སྐྱེས་བུ་སྡུག་བསྔལ་ཉེར་ཞིའི་ཐར་པ་ཐོབ་པ། སངས་རྒྱས་ཆོས་ལུགས་ལྟར་ན། ཡུལ་ཅན་གྱི་མ་རིག་པའི་ཉོན་སྒྲིབ་དང་། ཡུལ་གྱི་སྣང་བའི་ཤེས་སྒྲིབ་བསལ་བའི་ཆོས་སྐུའི་གོ་འཕང་། རྒྱ་ནག་གི་སྲོལ་རྒྱུན་ཆོས་

① 张志刚：《宗教学是什么》，〔M〕北京大学出版社2008/4第2版，P293

② 张志刚：《宗教学是什么》，〔M〕北京大学出版社2008/4第2版，P293

ལུགས་ལྟར་ན། སྣང་སྲིད་ཀྱི་ཆོས་ཀུན་ལ་ཁྱབ་པའི་རྟག་བརྟན་ཐེར་ཟུག་གི་དོན་དམ་བདེན་པ་བདེན་གྲུབ་ཏུ་འདོད་པ་བཅས་སོ། །འདི་པས་འཛམ་གླིང་གི་ཤར་ནུབ་སྲོལ་རྒྱུན་ཆོས་ལུགས་སོ་སོས་ཐུན་མོང་དུ་བཞེད་པའི་མཐར་ཐུག་གི་གོ་འཕང་སྟེ། གྲུབ་དོན་ནམ། ཞི་འདོད། ཉེད་དོན་གང་ཞིག་ནི་གྲུབ་མཐའ་དང་། དད་པས་རིས་སུ་མ་བཅད་པའི་གཏན་གྱི་འདུན་མའི་གདགས་གཞིར་བཞེད་དོ། །

གཞན་ཡང་ཡེ་ཤུའི་ཆོས་ལུགས་གསར་མའི་དཀོན་མཆོག་རང་མཚན་པར་བསྒོ་བའི་དད་པའི་ལྟ་གྲུབ་དང་། མུ་སྟེགས་གཉིས་མེད་སྨྲ་བའི་རང་བཞིན་མེད་པའི་ལྟ་བ། རྒྱ་ནག་ཧྭ་ཤང་གི་སྒོམ་བྱུང་ཁྱད་པར་བས་སོ་སོར་རྟོག་པའི་ཤེས་རབ་ལ་མི་དམིགས་པར་རྟོག་པ་བཀག་ཙམ་གྱི་བདེན་པས་སྟོང་པའི་སྟོང་པ་ལྟ་བུ་ལ་སོགས་པ་རང་རང་གྲུབ་མཐའི་ཐུན་མིན་གྱི་ལྟ་གྲུབ་ཏུ་བཞེད་ན། དེ་དག་ཀྱང་གཏན་གྱི་འདུན་མའི་གདགས་གཞིར་མི་འདུ་མི་སྲིད་དོ། །

འཇོན་ཐར་ཤོར་ཏ་ཧྲིག་ཁ་ནི་ཡོ་རོབ་རིག་གནས་ལྡེ་བར་སྨྲ་བའི་ནུབ་ཕྱོགས་ཀྱི་ཆོས་ལུགས་མཚན་ཉིད་རིག་པའི་ཐེར་འཚོ་གཞིས་གནང་ཞིང་། ཡེ་ཤུའི་ཆོས་ལུགས་ལ་མཁྱེན་རྒྱ་ཤིན་ཏུ་ཟབ། འདི་པས་ཆོས་ལུགས་གོ་བསྡུར་རིགས་པའི་གོ་སྐབས་ལས“ཅི་སྟེ་ཆོས་ལུགས་གང་ཞིག་ལ་གཏན་གྱི་འདུན་མའམ། མཐར་ཐུག་གི་གྲུབ་དོན་མེད་ཚེ། དད་པའི་ཡུལ་དུ་མི་འགྱུར་”[1]ཞེས་ཡེ་ཤུའི་ཆོས་ལུགས་ཀྱི་འཇིག་རྟེན་བྱེད་པོ་སྨྲ་བའི་ལྟ་གྲུབ་ལ་དགག་ཅིང་། ཤར་ཕྱོགས་ཀྱི་སྲོལ་རྒྱུན་ཆོས་ལུགས་ཏེ། རྒྱ་གར་སངས་རྒྱས་ཆོས་ལུགས་ཀྱི་བདག་མེད་སྨྲ་བའི་ལྟ་གྲུབ་དང་། མི་ཚུལ་རིག་པའི་དོན་སྙིང་གིས་ཕྱུག་པའི་གཏན་གྱི་འདུན་མའི་མཚན་ཉིད་རྣམ་པར་བཞག་པ་སྟེ། “ཡོངས་གྲགས་ཀྱི‘གཏན་གྱི་འདུན་མ’ནི་མིའི་འགྲོ་བའི་མཐར་ཐུག

① 张志刚：《宗教学是什么》，〔M〕北京大学出版社2008/4第2版，P361

གི་སྟོང་བ་དང་། དད་པའི་ནུས་པ་དཔག་མེད་ཅིག་ཡིན་པས། འདི་ནི་སྟོང་བ་རང་མཚན་པ་དང་། གཟུགས་སོགས་ཤེས་བྱའི་རྣམ་གྲངས་ལས་འདས་ཤིང་། "མཐར་ཐུག་གི་གྲུབ་དོན་" ཞེས་སྟོང་བའི་སྤྱོད་ཡུལ་ལས་འགོངས་པའི་རྟོགས་རིགས་བླ་ན་མེད་པ་ཞིག་སྟེ། 'ཚེ་སྲོག་གི་འབྱུང་རྩ་' དང་། 'ཆེས་མཐོའི་རིན་ཐང་།' 'མཐར་ཐུག་གི་གྲུབ་དོན་' ནོ། །དེའང་འཛམ་གླིང་གི་ཤར་ནུབ་སྲོལ་རྒྱུན་ཆོས་ལུགས་སོ་སོས་ཐུན་མོང་དུ་བཞེད་པའི་གོ་འཕང་སྟེ། མཐར་ཐུག་གི་བསྒྲུབ་བྱ་ཉེད་བྱའི་ཞེ་འདོད་འདི་ལས་འདའ་དབང་མེད་པས། སྙིང་པོ་མེད་པའི་མི་ཚེའི་སྡུག་བསྔལ་ལས་སྒྲོལ་བྱེད་ཀྱི་ཐབས་དམ་པའོ་"①ཞེས་གསུངས་སོ། །

གོང་དུ་སྨོས་པ་ནི་རྩ་བ་ཡེ་ཤུའི་ཆོས་ལུགས་ཀྱི་ལྟ་གྲུབ་ཀྱི་རྨང་གཞིར་གཏན་གྱི་འདུན་མའི་ཤིང་རྟའི་སྲོལ་འབྱེད་པ་ཕོའུ་ཐེ་ལི་ཆ་དང་། དེའི་ལུགས་འཛིན་པ་པོ་ནི་ནིན་ཡན་སེ་མར་ཐེ། དེ་བཞིན་འཛོན་ཏར་ཕྲོར་ཏ་ཧེག་ཁ་བཅས་ཀྱིས་ཡོངས་གྲགས་སུ་བཞེད་པའི་ཆོས་ལུགས་རིག་པའི་དད་པའི་ལྟ་གྲུབ་དང་། མཚན་ཉིད་རིག་པའི་མཐར་ཐུག་གི་གྲུབ་དོན་ཏེ། ཆོས་ལུགས་མཚན་ཉིད་རིག་པའི་མཐར་ཐུག་གི་མི་ཚེའི་རིན་ཐང་ལྟ་བའི་རྣམ་གཞག་འབའ་ཞིག་གོ།

ནུབ་ཕྱོགས་ཀྱི་ཤེས་དཔལ་འཕེལ་རྒྱས་ཀྱི་ལོ་ རྒྱའི་ཆུ་སྐྱུང་རིང་མོའི་ཁྲོད་ཆོས་ལུགས་རིག་པ་ལྟ་ཅི། རིག་གནས་མིའི་རིགས་རིག་པ་དང་། མི་རྩལ་རིག་པ། མཚན་ཉིད་རིག་པ། སེམས་ཁམས་དབྱེ་ཞིབ་རིག་པ། ཆོས་རིག ཐ་ན། ཚད་རྟུལ་རིག་པ་ལ་སོགས་པའི་མིའི་འགྲོ་བའི་ཤེས་རིག་གི་རྣམ་གྲངས་ལ་ཆོས་ལུགས་མཚན་ཉིད་རིག་པའི་མི་ཚེའི་རིན་ཐང་ལྟ་བའི་བག་ཆགས་ཟབ་ཅིང་། སེམས་སམ་ཤེས་པའི་ཡོན་ཏན་ཡར་ངོའི་ཟླ་ལྟར་འཕེལ་བྱེད་ཀྱི་མི་ཚེའི་རྟོགས་པའི་སྒོ་འཕར་ལེགས་པར་

---

① 张志刚：《宗教学是什么》，〔M〕北京大学出版社2008/4第2版，P295-296

ཕྱིའོ། །ཕྱིར་སངས་རྒྱས་ཆོས་ལུགས་ལྟར་གཞི་དངོས་པོའི་གནས་ལུགས་སམ། རང་བཞིན་བདེན་པར་མ་གྲུབ་པའི་བདག་མེད་སྨྲ་བའི་ལྟ་གྲུབ་རིགས་པའི་རྩ་བར་མི་བཞེད་ཀྱང་། མི་གཞི་དྲི་བཅས་ཀྱི་རང་བཞིན་ཅན་གྱི་སྐྱེ་བོ་ཞིག་གིས་ཅི་ཡང་སྲིད་པའི་སྲིད་པ་འཇིག་རྟེན་ཁམས་སུ་དཀོན་མཆོག་གཞི་གྲུབ་བམ་མ་གྲུབ། གྲུབ་དོན་ནམ། ཞེ་འདོད་ཡོད་དམ་མེད་ཅེས་དཔྱོད་བྱེད་ཀྱི་རིགས་པའི་ལྡེ་མིག་དང་། ལར་མི་ཚེའི་རིན་ཐང་ལྟ་བར་རྟོགས་པ་སད་ཅིང་། དལ་བའི་རྟེན་གྱི་སྙིང་པོ་ལས་མིའི་གོ་བབ་རྩད་ཞིབ་བྱས་ཏེ། མིའི་འགྲོ་བ་མི་ཚེའི་སྡུག་བསྔལ་གྱི་གཞི་ལས་སྒྲོལ་བྱེད་ཀྱི་ཐབས་དམ་པར་ལྟའོ། །

ཁ་ཅིག་ཆོས་ལུགས་མཚན་ཉིད་རིག་པའི་རྣམ་གཞག་ཏུ་མཐར་ཐུག་གི་གོ་འཕང་དང་། རིགས་པའི་གྲུབ་དོན། དོན་དམ་བདེན་པ། སྟོང་པ་ལ་སོགས་པའི་སྒྲ་ཙམ་སྨོས་པར་རང་བློ་རྩིང་པོ་ཆེས་དོགས་ཏེ། བརྒྱ་ལ་ལུང་རིགས་སྐམ་པོའི་བབ་ཅོལ་སྨྲས་པར་སྣམ་མོད། འཛམ་གླིང་ཆོས་ལུགས་མཚན་ཉིད་རིག་པའི་བྱུང་འཕེལ་ལོ་རྒྱུས་ལྟར་ན། མིའི་འགྲོ་བའི་སྲོལ་རྒྱུན་ཆོས་ལུགས་གང་ཞིག་གི་རིགས་ལམ་གྱི་རྣམ་གཞག་ལ་རྩ་བའི་དགག་བྱ་འདོད་མ་འདོད། སྡུག་བསྔལ་གྱི་གཉེན་པོར་འགྲོ་མ་འགྲོ། དཔྱད་མཐར་རིགས་ཤེས་ཀྱི་རྙེད་མ་རྙེད་ལ་སོགས་པའི་རིགས་པའི་སྒྲ་རགས་ཀྱི་ཁྱད་པར་སྣ་ཚོགས་མཆིས་མོད། རང་ལུགས་སུ་གཞི་ལམ་འབྲས་གསུམ་མི་འདོད་པའི་གྲུབ་མཐའ་སྲིད་མཐའ་ཙམ་ཡིན་པ་ཁ་གཅིག་གྲག་གི་གཏམ་མོ། །དེའི་ཕྱིར་རང་གཞན་རིས་སུ་བཅད་པའི་གྲུབ་མཐའི་སྟང་ཟླུག་གི་ཉེས་དམིགས་ཤིན་ཏུ་ཆེའོ་ཞེས་སྨྲ་བར་འོས་སོ། །

འོ་ན། སངས་རྒྱས་ཆོས་ལུགས་ལ་སྟོན་མ་དོར་རམ། དེ་དག་ནི་དབུ་མའི་གཞུང་གི་རྣམ་གཞག་འབའ་ཞིག་གོ་ཞེ་ན། དེ་ལ་འདི་སྐད་སྨྲ་བར་བྱ་སྟེ། དེ་ཡང་

དྲང་པོའི་གཏམ་མིན་ཏེ། "སྐྱེས་བུ་མགོ་བོ་ཧང་ལག་སོགས། །གོང་བུ་ཐ་དད་མཚན་ཉིད་ཕྱིར། །རྒྱལ་པོ་དེ་རྣམས་གང་ལ་ངས། །བདག་ཅེས་བྱ་བའི་ཐ་སྙད་བྱ། །སོགས་སོ། །འདི་དག་ལ་བལྟས་ཚེ་ཕྱི་ནང་གཉིས་ཀས་རལ་གྲི་གཅིག་གིས་བ་བསྒྲུངས་བ་དང་གསོད་པ་གཉིས་ཀ་བྱས་འདུག་ཅིང་། ཕུང་པོའི་ཡ་གྱལ་དང་། ཚོགས་པ་བདག་ཏུ་མི་འདོད་པ། ཐལ་འགྱུར་པ་དང་། ཕྱི་རོལ་བ་འདྲ་བར་སྣང་"①ཞེས་པ་དང་། "ལར་དེང་སང་གཉིས་མེད་སྨྲ་བའི་མུ་སྟེགས་ཤིག་དང་ཕྲད་ན། ང་ལྟ་བུ་ནི་ཕྱི་ནང་གི་ལྟ་བའི་ཁྱད་པར་འབྱེད་པ་ལ་སྙིང་ལུག་པ་བདེན་ནོ། །གོང་མཁས་པ་རྣམས་ཅི་ལྟར་གསུངས་གྲང་། འདི་ཁྱེད་ཀྱི་ལྟ་བ་མིན་གྱི་ངེད་ཅག་གི་རྗེས་ཟློས་ཡིན་ནོ་ཞེས་སྨྲ་མཆི་བ་ལ། འོ་ན་དེ་གས་ཚིག་པས་དེ་ག་སྒོམས་ཤིག་སྨྲའམ། དེ་ངེད་ཅག་གི་ཡིན་པས་ཁྱེད་ཀྱིས་སྒོམ་མི་ཚིག་སྨྲ་དགོས་"②ཞེས་པ་དང་། དེ་བཞིན་"ད་ལྟའི་མུ་སྟེགས་པ་རྣམས་ལ་སྟོང་ཉིད་དང་། བདེན་མེད། ལྟོས་མེད་ལ་སོགས་པ་ཚོས་སྐད་ཡོངས་གྲགས་ཤིག་ཡིན་ཞིང་། སྣང་སྲིད་ཐམས་ཅད་ངའམ་བདག་གི་རོལ་བ་ཙམ་ཡིན། ང་དེ་ནི་སྟོང་པ་ཆེན་པོ་མ་ཧ་ཤུནྱ་སོགས་ཡོད་མེད་ཀྱི་མཐའ་བརྒྱད་ལས་འདས་པ་སོགས་སྨྲ་ཡི། ངར་འཛིན་དཀྲུས་མ་འདི་བློ་མ་འཁྲུལ་བ་ཡིན་བྱ་བ་དང་། བདག་གསེར་གྱི་ཁ་དོག་ཅན་ཁོ་ནའི་ནང་ན་ཡོད་སོགས་སྨྲ་མཁན་གཅིག་ཀྱང་མེད་"③ཅེས་པ་ལ་སོགས་རང་སྐྱོན་རི་བོ་ལྟར་འགེབ་མཁན་གྱི་ སྤྲ་རྒོལ་ལ་ཐལ་བ་འཕངས་པ་ཙམ་གྱི་ཤུགས་ཀྱིས་དམ་བཅའ་སྐྱོན་ཅན་ཁེགས་ནུས་པའི་མཁས་

① དགེ་འདུན་ཆོས་འཕེལ། 《དགེ་འདུན་ཆོས་འཕེལ་གྱི་གསུང་རྩོམ་》(གཉིས་པ)(M)བོད་ལྗོངས་བོད་ཡིག་དཔེ་རྙིང་དཔེ་སྐྲུན་ཁང་། ༢༠༡༢/༧པར་གཞི་གཉིས་པ། ཤ༡༡༨-༡༢༠

② དགེ་འདུན་ཆོས་འཕེལ། 《དགེ་འདུན་ཆོས་འཕེལ་གྱི་གསུང་རྩོམ་》(གཉིས་པ)(M)བོད་ལྗོངས་བོད་ཡིག་དཔེ་རྙིང་དཔེ་སྐྲུན་ཁང་། ༢༠༡༢/༧པར་གཞི་གཉིས་པ། ཤ༡༢༣

③ དགེ་འདུན་ཆོས་འཕེལ། 《དགེ་འདུན་ཆོས་འཕེལ་གྱི་གསུང་རྩོམ་》(དང་པོ་)(M)བོད་ལྗོངས་བོད་ཡིག་དཔེ་རྙིང་དཔེ་སྐྲུན་ཁང་། ༢༠༡༢/༧པར་གཞི་གཉིས་པ། ཤ༣༨༥

པའི་དབང་པོ་དགེ་འདུན་ཆོས་འཕེལ་གྱིས་གསུངས་པའི་ངག་ཚིག་རྣམ་དག་འདི་དོན་མེད་པར་ཐལ་ལོ་ཞེས་སྨྲའོ། །

འདི་ཡང་འོལ་ཚོད་དུ་སྨྲས་སོ། །ཡིད་རྟོན་མི་བཏུབ་ཅེ་ན། དེ་ལའང་འདི་སྐད་སྨྲ་བར་བྱ་སྟེ། སྟག་ཚང་ལོ་ཙྪ་བ་ཤེས་རབ་རིན་ཆེན་གྱིས"འབྲས་བུ་ཐར་པ་དང་ཐམས་ཅད་མཁྱེན་པ་འཐོབ་བྱར་བྱེད་པ་དང་མི་བྱེད་པས་མ་ཡིན་ཏེ། སྔ་སྒྲིགས་གྲངས་ཅན་དང་གཅེར་བུ་པ་སོགས་ཀྱང་དེ་འདོད་པས་སོ་"①ཞེས་གསུངས་ཤིང་། ཡང་"སངས་རྒྱས་པ་དང་། ཡོ་ག་རྣལ་འབྱོར་སྤྱོད་པར་དཀའ་ཐུབ་སྤྱོད་པ་དང་། བསམ་གཏན་བསྒོམས་པའི་ཐུན་མོང་གི་ཁྱད་ཆོས་ལྡན་ཁར། འདུལ་བའི་བསླབ་ཁྲིམས་དང་། ལས་འབྲས་ཀྱི་རྣམ་གཞག སྒྲིབ་པ་དག་ཐབས་སོགས་ཀྱི་ཆའང་མཚུངས་སོ། །དེ་ལྟ་བུའི་ཁྱད་ཆོས་གཅེར་བུ་པ་དང་གྲུབ་མཐའ་གཞན་ལའང་མཆིས་སོ་"②ཞེས་པའི་འབེལ་གཏམ་འདི་ཀོ་མཁས་པའི་ངག་ཏུ་མི་མཛེས་སམ་ཞེས་ཀྱང་སྨྲའོ། །

དེ་ལྟ་ནའང་འདིའང་ཁས་ལེན་མེད་དེ། མདོ་སྡེ་ལ་མི་འཇུག འདུལ་བར་མི་སྣང་། མངོན་པའི་ཆོས་ཉིད་དང་འགལ་བའི་ཕྱིར་ཞུ་ཚུགས་ཀྱི་ཡུས་ཆེ་བར་སྣང་ཞེས་སྨྲས་ན། དེ་ནི་རང་ལུགས་སྒྲུབ་བྱེད་ཀྱི་ཐབས་ཙམ་ལས། གཞན་ལུགས་དགག་པའི་སྒྲུབ་བྱེད་དུ་མི་རུང་ཞིང་། དེ་ལྟ་བུའི་རྟུལ་ཞུགས་ནི་ཐོས་པ་འཚོལ་མཁན་གྱི་རིགས་པའི་གོལ་ས་ཡིན་ཞེས་ལན་མང་དུ་སྨྲའོ། །

ཁྱད་པར་དུ་ཆོས་ལུགས་གོ་བསྡུར་སྨྲ་བ་དང་། སྔ་མང་ཆོས་ལུགས་སྨྲ་བའི་གྲུབ་དོན་ལྟ་བུའི་རིག་གནས་ཁས་ལེན་ཀྱི་རྣམ་གཞག དེ་བཞིན་ནུབ་ཕྱོགས་ཀྱི་

① སྟག་ཚང་ལོ་ཙྪ་བ་ཤེས་རབ་རིན་ཆེན། 《གྲུབ་མཐའ་》(པོད་བཅུ་པ་)(M)མི་རིགས་དཔེ་སྐྲུན་ཁང་། ༢༠༠༩/༥པར་གཞི་དང་པོ། ཤ༣༠

② 舍尔巴茨基：《佛教逻辑》，〔M〕商务印书馆2015/6第5版，P26

མཚན་ཉིད་རིག་པ་དང་། ཆོས་ལུགས་རིག་པ། སྟོང་ཁམས་རིག་པ་སྨྲ་བ་ཕལ་མོ་ཆེས་སངས་རྒྱས་ཆོས་ལུགས་ལྟར་བདག་མེད་སྨྲ་བ་རིགས་པའི་རྩ་བར་མི་བཞེད་མོད། "རིགས་ཤེས་དང་། དོན་དམ་ཞེས་པ་ནུབ་ཕྱོགས་ཀྱི་སྲོལ་རྒྱུན་གཟུགས་འདས་རིག་པའི་བརྡ་ཆད་ཡིན་"①ཞེས་གསུངས་པ་དང་། གཞན་ཡང་ཧེ་ཁར་གྱི་"རྟོག་ངོར་གཞི་གྲུབ་ཅམ་གྱི་བདག་" དང་། ཨི་མན་ནེའུ་ཁན་ཐེའི་"ཕྱི་དོན་བདེན་གྲུབ།" ཧེ་ཀེལ་གྱི་"ལྟོས་མེད་ཤེས་པ།" ཧོ་ཕེན་ཧུར་གྱི་"མ་རིག་པ།" ནེས་ཆའི་"ང་ཙམ་ལ་དམིགས་པའི་འདུན་པ།" ཧེས་ཏེ་ཀར་གྱི་"ང་ཙམ་གྱི་གཞི་གྲུབ་" ལ་སོགས་པའི་རིགས་པའི་རྣམ་གཞག་ཏུ་སྣང་ཚུལ་དང་གནས་ཚུལ་ལྟོས་གྲུབ་སྨྲ་བའི་རྟེན་འབྲེལ་གྱི་རིགས་པ་དང་། རིགས་པའི་སྙིང་དོན་གྱི་བདག་རྫས་ཡོད་དམ་མཚན་འཛིན་དུ་འདོད་པའི་ལྟ་གྲུབ་ཡོད་བཞིན་དུ་ཁས་མ་བླངས་པའི་གནོད་བྱེད་འཇུག་སྲིད་ན། རང་བློ་གཟུ་བོས་རིགས་པ་དཀྲུ་སའི་ཐབས་ལ་འབད་རྒྱུ་ཤིན་ཏུ་གལ་ཆེའོ་ཞེས་ཀྱང་སྨྲོའོ། །

མདོར་ན་སྐབས་བབ་ཀྱི་གཏན་གྱི་འདུན་མ་ཞེས་པ་ནི་ཆོས་ལུགས་རིག་པའི་དད་པའི་ལྟ་གྲུབ་དང་། མཚན་ཉིད་རིག་པའི་གྲུབ་དོན་ཡིན་པ་གང་ཞིག ཆོས་ལུགས་མཚན་ཉིད་རིག་པའི་མཐར་ཐུག་གི་མི་ཚེའི་རིན་ཐང་ལྟ་བ་སྟེ། བསྒྲུབ་བྱ་སྙིང་བྱའི་ཞི་འདོད་དམ། འཐོབ་བྱའི་མཐར་ཐུག་གི་གོ་འཕང་དུ་བཞེད་ཅིང་། མིའི་འགྲོ་བས་མི་ཚེའི་སྡུག་བསྔལ་གྱི་གཞི་ལས་སྒྲོལ་བྱེད་ཀྱི་ཐབས་དམ་པ་ཡིན་པ་གང་ཞིག དངོས་པོའི་གཤིས་ལུགས་སྟོང་པར་དཔྱོད་བྱེད་ཀྱི་གྲུབ་དོན་སྟོང་པའི་རང་བཞིན་ལ་བཞེད་དོ། །འདི་ནི་གཏན་གྱི་འདུན་མའི་ཤིང་རྟའི་སྲོལ་འབྱེད་པ་ཕོའུ་ཐེ་ལི་ཆས་ཡེ་ཤུའི་ཆོས་ལུགས་ལྟེ་བར་སྨྲ་བའི་དད་པའི་ལྟ་གྲུབ་ཀྱི་རྣང་གཞིར་ནི་

① 詹妮·瓦蒂莫：《现代性的终结》，〔M〕商务印书馆2013/12第1版，P8

ནི་ཡན་སེ་མར་ཐེས་སྣ་མང་ཆོས་ལུགས་སྨྲ་བ་དང་། འཇོན་ཏར་ལྷོན་ཏ་ཏིག་ཁས་ཆོས་ལུགས་གོ་བསྟུར་སྨྲ་བའི་བརྟག་ཐབས་སྤྱོད་དེ། འཛམ་གླིང་གི་ཤར་ནུབ་ཕྱོགས་རྒྱུན་ཆོས་ལུགས་སོ་སོས་ཐུན་མོང་དུ་བཞེད་པའི་གོ་འཕང་ངམ། ཆོས་ལུགས་མཚན་ཉིད་རིག་པའི་མཐར་ཐུག་གི་མི་ཚེའི་རིན་ཐང་ལྟ་བ་དེའོ། །

སངས་རྒྱས་ཆོས་ལུགས་ལྟར་ན། ཐར་པ་དང་ཐམས་ཅད་མཁྱེན་པའི་“གོ་འཕང” ཏུ་འདོད་པ་སྟེ། ཐེག་པ་གསུམ་གྱི་གཞི་ལམ་འབྲས་བུའི་རྣམ་གཞག་ལྟར་ན། ཉན་ཐོས་ཐེག་པས་ཉོན་མོངས་ཅན་དང་ཉོན་མོངས་ཅན་མ་ཡིན་པའི་མི་ཤེས་པ་གཉིས་ལས། མི་རྟག་སོགས་བཅུ་དྲུག་བསྒོམས་པས། ཉོན་མོངས་ཅན་གྱི་མི་ཤེས་པ་གང་ཟག་གི་བདག་ཏུ་རྨོངས་པའི་མ་རིག་པ་ཙམ་སྤངས་ཏེ། ཉན་ཐོས་དགྲ་བཅོམ་པའི་གོ་འཕང་ཐོབ་པ་དང་། རང་རྒྱལ་ཐེག་པས་རྟེན་འབྲེལ་བཅུ་གཉིས་བསྒོམས་པ་སོགས་བསྐལ་པ་བརྒྱར་ཚོགས་བསགས་ཏེ། རང་རྒྱལ་དགྲ་བཅོམ་པའི་གོ་འཕང་ཐོབ་པ། ཐེག་ཆེན་པས་ཐེག་ཆེན་རིགས་ཅན་གྱིས་བསྐལ་པ་གྲངས་མེད་གསུམ་དུ་ཚོགས་བསགས་ཏེ། ཉོན་མོངས་ཅན་དང་། ཉོན་མོངས་ཅན་མ་ཡིན་པའི་མི་ཤེས་པའི་མུན་པ་གཉིས་ཀ་ས་བོན་དང་བཅས་པ་གཏན་དུ་སྤངས་ཏེ། ཆོས་སྐུའི་གོ་འཕང་ཐོབ་པ་བཅས་སུ་བཞེད་དོ། །

གྲུབ་མཐའ་བཞིའི་བདག་མེད་ཀྱི་རྣམ་གཞག་འཇོག་ཚུལ་གྱི་ཕྲ་རགས་ལྟར་ན། བྱེ་བྲག་སྨྲ་བས་རྟག་གཅིག་རང་དབང་ཅན་གྱི་བདག་གིས་སྟོང་པ་དང་། མདོ་སྡེ་པས་རང་རྐྱ་ཐུབ་པའི་རྫས་ཡོད་ཀྱི་བདག་མེད་པ། སེམས་ཙམ་པས་གཟུང་འཛིན་གཉིས་སྣང་ནུབ་པའི་དེ་ཁོ་ན་ཉིད། དབུ་མ་པར་བྱེ་བྲག་ཏུ་རང་རྒྱུད་པས་ཆོས་ཐམས་ཅད་ཚུལ་གསུམ་གྱི་རིགས་པར་བདེན་པར་གྲུབ་ཀྱང་དོན་དམ་པར་ངོ་བོ་ཉིད་མེད་པ། ཐལ་འགྱུར་པས་ཆོས་ཐམས་ཅད་ཀྱི་རང་བཞིན་བདེན་པར་གྲུབ་པ་

རྟུལ་ཙམ་མེད་ཀྱང་། རྟེན་འབྲེལ་སྒྱུ་མའི་སྣང་བར་བྱ་བྱེད་འཐད་པའི་སྣང་སྟོང་གཉིས་ཚོགས་ཀྱི་དེ་ཁོ་ན་ཉིད་བཅས་སུ་བཞེད་དོ། །ནང་བསྟན་ཆོས་བརྒྱུད་གྲུབ་མཐའ་མི་འདྲ་བའི་བདག་མེད་ཀྱི་ཕྲ་རགས་འབྱམས་ཀླས་ཤིང་། ལྟ་བའི་ཟབ་ཁྱད་ཀྱང་སྣ་ཚོགས་མོད། མཐར་ཐུག་གི་འཐོབ་བྱའི་གོ་འཕང་ཆོས་སྐུར་བཞེད་པ་ཐུན་མོང་གི་འདོད་ཚུལ་ལོ། །

དེའི་ཕྱིར་གཏན་གྱི་འདུན་མ་ནི་ཆོས་ལུགས་མཚན་ཉིད་རིག་པའི་མཐར་ཐུག་གི་མི་ཚེའི་རིན་ཐང་ལྟ་བའམ། གྲུབ་དོན་སྟོང་པའི་རང་བཞིན་ཏེ། སངས་རྒྱས་པའི་“ཆོས་སྐུ་”དང་། མུ་སྟེགས་པའི་“ཚངས་པ།”ཡེ་ཤུ་པའི་“དཀོན་མཆོག་”ཁ་ཆེ་པའི་“ཨ་ལཱ།”རྒྱ་ནག་པའི་“དོན་དམ་”ལྟ་བུ་འཛམ་གླིང་གི་ཤར་ནུབ་སྲོལ་རྒྱུན་ཆོས་ལུགས་སོ་སོས་ཐུན་མིན་དུ་བཞེད་པའི་མཐར་ཐུག་གི་འཐོབ་བྱའི་གོ་འཕང་ལ་བྱའོ། །དོན་དམ་དུ་སྣ་མང་ཆོས་ལུགས་སྨྲ་བ་དང་། ཆོས་ལུགས་གོ་བསྡུར་སྨྲ་བ་གཉི་གའི་རིག་གནས་ཁས་ལེན། ཡར་གཞི་གྲུབ་རིང་ལུགས་ཀྱི་མཚན་ཉིད་རིག་པའི་གྲུབ་དོན་སྟོང་པའི་རང་བཞིན་གྱི་ལྟ་གྲུབ་ལྟར་ན། ཤར་ཕྱོགས་ཀྱི་སྲོལ་རྒྱུན་ཆོས་ལུགས་ཏེ། རྒྱ་གར་སངས་རྒྱས་ཆོས་ལུགས་ཀྱི་ཐེག་ཆེན་པའི་མཐར་ཐུག་གི་འཐོབ་བྱའི་ཆོས་སྐུའི་གོ་འཕང་ཡོངས་གྲགས་ཀྱི་གཏན་གྱི་འདུན་མར་བཞེད་ཅིང་། དབུ་མའི་རྣམ་གཞག་རིགས་ལམ་གྱི་རྩ་བའི་གཞུང་ཤིང་དུ་མི་བཞེད་པ་མེད་དོ། །

འོ་ན་འདི་ལ་གཏན་གྱི་འདུན་མ་ཞེས་སྨོས་པ་དོན་མེད་པར་ཐལ། དབུ་མའི་རྣམ་གཞག་གི་དོན་དམ་དང་། དེ་ཁོ་ན་ཉིད། སྟོང་ཉིད། ཐར་པ་དང་ཐམས་ཅད་མཁྱེན་པའི་གོ་འཕང་ཡོད་བཞིན་དུ་མ་སྨོས་པ་ཅིའི་ཕྱིར་སྙམ་ན། སྤྱིར་གཏན་གྱི་འདུན་མ་ཞེས་པ་ཆོས་ལུགས་མཚན་ཉིད་རིག་པའི་གྲུབ་དོན་ནམ། མཐར་ཐུག་གི་འཐོབ་བྱའི་གོ་འཕང་དུ་བཞེད་མོད། བདག་མེད་སྨྲ་བ་བསྒྲུབ་བྱའི་སྙིང་པོ་མིན་

ནོ། །འདི་ནི་མིའི་འགྲོ་བ་མི་ཚེའི་སྡུག་བསྔལ་གྱི་གཞི་ལས་སྒྲོལ་བྱེད་ཀྱི་ཐབས་དམ་པ་ཡིན་པ་གང་ཞིག ཕྱི་དོན་དངོས་པོའི་གཤིས་ལུགས་སྟོང་པ་དཔྱོད་བྱེད་ཀྱི་གྲུབ་དོན་སྟོང་པ་སྟེ། ཆོས་ལུགས་མཚན་ཉིད་རིག་པའི་གཞུང་གི་བརྙ་ཆད་ཡོངས་གྲགས་ཤིག་ཡིན་ན། གཞུང་གི་གོ་བ་རྟོག་པའི་སྐྱོན་མི་འབྱུང་ཞིང་། རིག་གནས་ལྟོས་གྲུབ་སྨྲ་བའི་བརྟག་ཐབས་ལྷུར་ལེན་བྱས་པའི་དགེ་མཚན་རྨད་དུ་བྱུང་བ་ཡིན་ནོ། །

མདོ་དོན་གྱི་སྙིང་པོ་ལྟར་ན། "འཇིག་རྟེན་ལས་འདས་པའི་རང་བཞིན་ལ་དཔྱོད་ཚུལ་ནི་མི་ཚེའི་གདན་གྱི་འདུན་མའི་སྙིང་པོ་སྟེ། འདི་ནི་ཐོག་མཐའ་མེད་པའི་བརྟན་གཡོའི་སྲིད་པ་འཇིག་རྟེན་ཁམས་སུ་མི་ཚེའི་མཐར་ཐུག་གི་སྙིང་པོ་འཚོལ་སྟངས་ལས་མ་འདས་"[①]ཞེས་གསུངས་ན། འདི་ནི་འཚོ་ཆོས་དོན་གཉེར་ཅན་གྱི་འཇིག་རྟེན་རང་ག་བའི་བདེན་འཛིན་མ་རིག་པའི་ངོར་གནས་སྐབས་བསླུ་བའི་རང་བཞིན་དུ་གྲུབ་ཅིང་། འཇིག་རྟེན་པའི་ཤེས་རབ་ཀྱི་སྤྱོད་ཡུལ་མ་ཡིན། ལྟོག་སྟེ་གཟུགས་སམ་འཇིག་རྟེན་ལས་འདས་པའི་གཟུགས་འདས་སྨྲ་བའི་རིགས་པའི་རྣམ་གྲངས་ཏེ། གྲུབ་དོན་སྟོང་པའི་རང་བཞིན་ལ་དཔྱོད་བྱེད་ཀྱི་ཆོས་ལུགས་མཚན་ཉིད་རིག་པའི་མི་ཚེའི་རིན་ཐང་ལྟ་བའོ། །

སངས་རྒྱས་ཆོས་ལུགས་ཀྱི་དབུ་མའི་རྣམ་གཞག་ལྟར་ན། སྟོང་པ་ཉིད་དམ། དེ་ཁོ་ན་ཉིད་བྱ་བའི་ཆོས་ཀྱི་གནས་ལུགས་མཐར་ཐུག་དང་། ནུབ་ཕྱོགས་ཆོས་ལུགས་མཚན་ཉིད་རིག་པའི་རྣམ་གཞག་ལྟར་ན། འཛམ་གླིང་གི་ཤར་ནུབ་སྤྱིལ་རྒྱུན་ཆོས་ལུགས་ཐམས་ཅད་ཀྱིས་ཐུན་མོང་དུ་བཞེད་པའི་མཐར་ཐུག་གི་བསྒྲུབ་བྱ་རྙེད་བྱའི་གྲུབ་དོན་སྟོང་པའི་རང་བཞིན་བྱ་བ་དེའོ། །

① 周国平：《人文精神的哲学思考》，〔M〕长江文艺出版社2014/6第1版，P52

འགྲོས་དོན་གྱི་ཡན་ལག་བཤད་པ།

འདིར་ཆོས་ལུགས་མཚན་ཉིད་རིག་པའི་གཏན་གྱི་འདུན་མའི་ཟབ་དོན་གྱི་སྙིང་པོ་བསྟན་ཕྱིར་འགྲོས་དོན་གྱི་ཡན་ལག་སྟེ། གཅིག རྒྱུ་འབྲས་ཀྱི་འབྲེལ་བར་གྲུབ་པའི་རིག་གནས་དང་མིའི་རྣམ་བཤད་ཀྱི་ས་བཅད་དུ་རིག་གནས་ཀྱི་རྣམ་གཞག་དང་། མིའི་མཚན་ཉིད། གཅིག་ཤོས། རྟེན་བརྟེན་པའི་འབྲེལ་བར་གྲུབ་པའི་མི་གཞི་དང་དད་པའི་རྣམ་བཤད་ཀྱི་ས་བཅད་དུ་མི་གཞིའི་ངོ་བོ་དང་། དད་པའི་སྤྱི་བཤད་བཅས་བརྗོད་བྱ་ལུང་རིགས་ཡང་དག་གིས་བསྒྲུབས་ཏེ། སྐབས་བབ་ཀྱི་གཏན་གྱི་འདུན་མའི་ཟབ་དོན་དང་གཙོ་ཁ་སྒྱུར་ཚུལ་གྱིས་གཞུང་དོན་གསལ་བར་འཆད་པར་འགྱུར་རོ། །

ས་བཅད་དང་པོ། རིག་གནས་དང་མི།

རིག་གནས་དང་མི་ལྟ་བུའི་རྒྱུ་འབྲས་ཀྱི་འབྲེལ་བར་ལྟ་ཉེས་ཏེ། དཀར་གཞི་རིག་གནས་ཀྱི་ངོ་བོ་དང་། དཀར་ཆོས་མིའི་མཚན་ཉིད་ཡ་བྲལ་དུ་ལྟ་བའི་ལྟོས་མེད་སྨྲ་བ་དང་། མིའི་གོ་བབ་ཀྱིས་རིམ་སུ་བཅད་དེ། རིག་གནས་ལ་མཆོག་དམན་བཀར་བའི་ལུགས་སྲོལ་ངན་པ་དར་བ་ནི་རིགས་པ་སྨྲ་བའི་ཆད་ལྟ་ཆེན་པོར་གྲགས་སོ། །

འོ་ན་ཇི་ལྟར་བྱས་ཏེ་རིག་གནས་ཀྱི་ངོ་བོ་དང་། མིའི་མཚན་ཉིད་ཀྱི་འགལ་འདུ་ལྟོས་གྲུབ་ཏུ་སྨྲ་ཞེ་ན། འདི་ལ"རིག་གནས་ཀྱི་ངོ་བོ་ནི་སྐྱེས་བུ་སྒེར་གྱི་མི་གཞི་བཟང་པོ་གསོ་སྐྱོང་གི་རིགས་ལམ་གྱི་རྣམ་གཞག་ཡིན་པ་གང་ཞིག རིག་གནས་ཀྱང་མི་གཞི་བཟང་པོས་གོང་འཕེལ་འགྲོ་བར་རག་ལས་ན། ཕན་ཚུན་ལྟོས་གྲུབ་ཀྱི་འབྲེལ་བར་གྲུབ"①ཅེས་གསུངས་པ་ལྟར། རྒྱུའི་ངོ་བོར་གྲུབ་པའི་རིག་གནས་ཀྱི་རང་འབྲས་ནི་མི་གཞི་བཟང་པོ་ཡིན་ཞིང་། དེ་ལྟ་བུའི་མི་གཞི་བཟང་པོའང་རིག་གནས་གོང་འཕེལ་གྱི་གྲུབ་ཆར་གྱུར་བ་བསྟོན་མི་ནུས་སོ། །དེའི་ཕྱིར་རིག་གནས་ཀྱི་ངོ་བོ་མིའི་མཚན་ཉིད་ལས་འགོངས་ན། མི་ཉིད་རིག་གནས་ཀྱི་བྲན་ཁོལ་དང་། མི་གཞི་ཡང་རིག་གནས་ཀྱི་བྲན་གཤིས་སུ་གྱུར་ཏེ། རིག་གནས་གང་དེ་མིའི་སྤྱོད་ཡུལ་ལས་འདའ་སྲིད་ན། ངེས་པར་དུ་མིས་དགེ་ཕྱིག་བླང་དོར་གྱི་འཇུག་ལྡོག་ཡངས་པའི་རྣམ་དཔྱོད་ཀྱི་འབྲས་བུར་རིག་གནས་བསྐྱུན་དགོས་ཤིང་། རིག་གནས་གང་ཞིག་གིས་ཀྱང་མིའི་འགྲོ་བའི་འཕྲལ་ཕུགས་འདི་ཕྱིའི་བདེ་བ་མ་ལུས་པ་བསྒྲུབ་

① 夏建中：《文化人类学理论学派》，〔M〕中国人民大学出版社1997/7第1版，P196

རྒྱུར་མཐུན་རྐྱེན་སྦྱོར་དགོས། དེ་ལྟར་ན“རིག་གནས་ཀྱིས་མིའི་འགྲོ་བའི་རྩ་བའི་འདུན་པ་མ་ལུས་པ་བསྐངས་ནས་ནམ་ནམ་ཞར་ཞར་དུ་གནས་ཐུབ”①བོ། །གོ་ལྡོག་ན་མི་ཉིད་རིག་གནས་ཀྱི་བྲན་ཡོལ་དུ་གྱུར་ཅིང་། རིག་གནས་ཀྱང་མིའི་སྤྱོད་ཡུལ་ལས་འགོངས་ཏེ། འཇིག་རྟེན་དང་འཇིག་རྟེན་ལས་འདས་པའི་ཆོས་ཉིད་ལྟ་ཅི། ལམ་དང་རྒྱུན་ཤེས་ཙམ་ལའང་གོ་རྒྱ་མི་ཆོད་པའི་རྨོངས་པའི་གོལ་སར་ལྷུང་སླའོ། །འདི་ནི་སྨན་ནད་ཅིག་དང་འདྲ་བ་སྟེ། ཐབས་དང་ནུས་པ་གང་གིས་ཀྱང་གསོ་བྱར་མི་རུང་ངོ་། །

ཡོངས་གྲགས་སུ་རིག་གནས་ནི་མིའི་རྣམ་དཔྱོད་ཀྱི་འབྲས་བུ་ཡིན་པ་གང་ཞིག མིའི་མཚན་ཉིད་དང་། གོ་བབ་རྩད་ཞིབ་ཀྱིས་གཏུག་མའི་རང་བཞིན་ཏེ། མ་བཅོས་མི་གཞི་ཅི་ཡིན་གཏན་ལ་འབེབས་བྱེད་ཀྱི་རིགས་པའི་རྣམ་གཞག་ཅིག་ཏུ་འདོད་ན། རྒྱུ་འབྲས་གོ་ལྡོག་པའི་ཚུལ་གྱིས་མིའི་མཚན་ཉིད་དང་། གོ་བབ། ངོ་བོ་བཅས་ཀྱི་རྣམ་གཞག་ཕྲ་རགས་འཛོམ་ཚུལ་ཇི་སྙེད་པ་མ་རྟོགས་ལོག་རྟོག་ཚུལ་གྱིས་རིམ་སུ་བཅད་དེ། རིག་གནས་ལ་མཆོག་དམན་བཀར་བ་ནི་བྱིས་པ་སྨྲ་མི་མཁས་པའི་རྟགས་སོ། །འདི་ནི་མིས་རིག་གནས་ཉམས་ལེན་གནད་དུ་མ་སྦྱོར་བའི་རྟགས་མཚན་དང་། ལར་རིག་གནས་མིའི་རིགས་རིག་པའི་ལྟོས་གྲུབ་སྨྲ་བའི་གཞུང་གི་གོ་རྒྱ་ཆུང་བའི་སྐྱོན་ནོ། །དེའི་ཕྱིར་རིག་གནས་དང་མི་ལྟ་བུའི་རྒྱུ་འབྲས་ཀྱི་འབྲེལ་བར་ལུང་རིགས་ཡང་དག་གིས་བརྟགས་ཏེ། ཡ་བྲལ་དུ་ལྟ་བའི་ལྟོས་མེད་སྨྲ་བ་དང་། མཆོག་དམན་བཀར་བའི་ལམ་སྲོལ་ངན་པ་ལྡོག་སྟེ། ལྟོས་གྲུབ་སྨྲ་བའི་རིགས་ལམ་གྱི་རྣམ་གཞག་ཡང་དག་འཛོམ་རྒྱུ་ཤིན་ཏུ་གལ་ཆེའོ། །

① 威廉A.哈维兰等：《文化人类学—人类的挑战》，〔M〕机械工业出版社2014/9第1版，P35

གཅིག རིག་གནས་ཀྱི་རྣམ་གཞག

རིག་གནས་ནི་མིའི་རྣམ་དཔྱོད་ཀྱི་འབྲས་བུ་དང་། སྔ་དོན་འདྲེས་ཅུང་དུ་འཛིན་པའི་རྟོག་པའི་ཞེན་རིག་ཅིག་གོ། སྤྱིར་རྟོག་པས་མ་ཞེན་པ་སྣ་མེད་པས་རྣམ་གྲངས་མཐའ་ཡས་ཤིང་། རིགས་པའི་རྣམ་གཞག་ཀྱང་འབྱམས་ཀླས་སོ། །

འདིར་རིག་གནས་ཀྱི་མཚན་ཉིད་དང་། ངོ་བོ། བྱེད་ནུས་བཅས་ཀྱི་རྣམ་གཞག་ལ་རིག་གནས་མིའི་རིགས་རིག་པ་དང་། བོད་ཀྱི་རིག་གནས་སྤེའི་འདོད་ཚུལ་སོ་སོར་འཆད་དོ། །

7 རིག་གནས་མིའི་རིགས་རིག་པའི་འདོད་ཚུལ།

རིག་གནས་མིའི་རིགས་རིག་པ་ཞེས་པ་ནི་མི་དང་། རིག་གནས་ཞིབ་འཇུག་གི་ཡུལ་དུ་བྱེད་པའི་རིག་པའི་གཞུང་ལུགས་སམ། དཀར་གཞི་རིག་གནས་ལས་དཀར་ཚོས་མིའི་གོ་བབ་ཅི་ཡིན་རྩད་ཞིབ་བྱ་རྒྱུའི་རིགས་པའི་རྣམ་གཞག་ཅིག་གོ། ཡོངས་གྲགས་ཀྱི་ཤིང་རྟའི་སྲོལ་འབྱེད་པ་ནི་དུས་རབས་བཅུ་བདུན་པར་སྤྱོན་པའི་ལ་རྩྷི་ཐོར་འདོད་ཅིང་། དེ་བཞིན་ལེ་ལྷེ་སེ་མོར་ཁན་དང་། ཨེ་ཏ་ཕར་ཏ་ཕུར་ནེ་ཐེ་ཐི་ཡོར་བཞེད་པའང་ཡོད་མོད། ལུགས་འདི་ནི་ཨ་མེ་རི་ཁ་དང་། དབྱིན་ཇིའི་རིག་གནས་མིའི་རིགས་རིག་པའི་སྡེའི་འདོད་ཚུལ་བྱེ་བྲག་པའོ། །མིང་གི་རྣམ་གྲངས་ལ་"ཨ་མེ་རི་ཁར་རིག་གནས་མིའི་རིགས་རིག་པ་དང་། དབྱིན་ཇིར་སྤྱི་ཚོགས་མིའི་རིགས་རིག་པ། ཡོ་རོབ་དང་དམིགས་བསལ་དུ་འཇར་མན་ལ་མི་རིགས་རིག་པ"[1]ཞེས་ཟེར། ཡོངས་གྲགས་སུ་རིག་གནས་མིའི་རིགས་རིག་པ་ཞེས་བྱ། གཞུང་གི་

① 夏建中：《文化人类学理论学派》，〔M〕中国人民大学出版社1997/7第1版，P2

བརྗོད་བྱ་གཅིག་མཚུངས་ལས་མ་འདས་སོ། །

“རིག་གནས་མིའི་རིགས་རིག་པའི་དམིགས་ཡུལ་ནི་རིགས་པ་ཡང་དག་ལམ་ནས་མིའི་བྱ་བྱེད་ལ་དབྱེ་ཞིབ་བྱ་རྒྱུའོ་”①ཞེས་པ་དང་། “འཛམ་གླིང་གི་མི་རིགས་ཁག་དང་། རྒྱལ་ཁབ་སོ་སོའི་སྣང་ཚུལ་མི་འདྲ་བས། མིའི་བྱ་བྱེད་ཀྱི་སྣང་ཚུལ་དང་། རིན་ཐང་ལྟ་བར་ཡང་གནམ་ས་བླ་འོག་ལྟ་བུའི་ཁྱད་པར་མཆིས་སོ། །རིག་གནས་མིའི་རིགས་རིག་པ་སྨྲ་བས་དེ་ལྟ་བུའི་འཚོ་བའི་རྣམ་པར་རིགས་གསར་དང་མཐུན་པའི་སྐོ་ནས་ཤེས་རྟོགས་དང་། ངོས་འཛིན་བྱ་རྒྱུར་རྗེ་ཐོགས་ཐུབ། …… འདི་ནི་མིའི་འགྲོ་བའི་མ་བཅོས་མི་གཞིའི་རང་བཞིན་གསལ་བྱེད་ཀྱི་མེ་ལོང་ཞིག་དང་འདྲ་བ་སྟེ། མི་རྣམས་ཀྱིས་རང་ཉིད་ཅི་ཡིན་བཙལ་ན་རྙེད་ཐུབ་”②ཅེས་གསུངས་པ་ལྟར། རིག་གནས་ཀྱི་ངོ་བོ་ནི་རིགས་པ་ཡང་དག་ལམ་ནས་མིའི་བྱ་བྱེད་ལ་སྣངས་འཛིན་བྱ་གཞིའི་རྩ་བ་སྟེ། མ་བཅོས་མི་གཞིའི་གཏུག་གཤིས་བཙལ་ཏེ། མཐར་མིའི་གོ་བབ་རྩད་ཞིབ་བརྒྱུད་མི་རང་མཚན་པའི་ངོ་བོར་རྟོགས་པ་སད་རྒྱུ་ལས་མ་འདས། ཅི་སྟེ་རིག་གནས་དང་མི་ལྟོས་མེད་དུ་སྨྲས་ཏེ། རིག་གནས་ཀྱི་བརྗོད་གཞི་མིའི་མཚན་ཉིད་ལས་འདས་པའམ། མིའི་སྤྱོད་ཡུལ་དུ་མ་གྱུར་ན། རིག་གནས་ཀྱི་རང་འབྲས་སུ་གྱུར་བའི་མི་གཞིའི་ངོ་བོ་དང་། མིའི་གོ་བབ་གཏན་འབེབས་བྱ་རྒྱུ་ཚེགས་ཤིན་ཏུ་ཆེའོ། །

ཡོ་རོབ་ཀྱི་ལུགས་ལྟར་ན། རིག་གནས་ཞེས་པའི་ཡི་གེའི་བྱིངས་ནི་ལ་ཏིན་སྐད་ཀྱི་“cultura”ཞེས་པ་ལས་འབྱུང་ཞིང་། གོ་དོན་ནི་ཡུལ་ཅན་གྱི་བློའམ་རྟོག་

① 夏建中：《文化人类学理论学派》，〔M〕中国人民大学出版社1997/7第1版，P151

② 夏建中：《文化人类学理论学派》，〔M〕中国人民大学出版社1997/7第1版，P200

པའི་གཞལ་བྱ་ཡིན་པ་གང་ཞིག ཐོ་ཐེམ་མམ་རྟུས་བླའི་དད་མོས་ཀྱི་རྣམ་པར་འཛོག དེའང་གནའ་བོའི་ སྒྲི་རི་སི་དང་། རོ་མའི་དུས་སུ་སྤྱི་འབངས་ཀྱི་སྤྱི་ཚོགས་འཚོ་བ་དང་། ཆབ་སྲིད་ཀྱི་རྣམ་པའི་རང་བཞིན་ཏེ། ཤེས་བྱའི་རྣམ་གྲངས་དང་། སློབ་གསོའི་རྒྱུན་ཤེས། བསམ་བློའི་ཉེར་ལེན་སོགས་མི་རང་མཚན་པའི་བྱ་བྱེད་ཅི་རིགས་ལ་སྣང་ས་འཛིན་བྱ་གཞིའི་མི་ཆོས་ཀྱི་སྟོམ་ལ་བཞེད། དུས་རབས་བར་མར་འཛིག་རྟེན་བྱེད་པོ་སྨྲ་བའི་ཡེ་ཤུའི་ཆོས་ལུགས་ཀྱི་དད་མོས་ཏེ། དཀོན་མཆོག་ལ་བསྟོད་པ་དང། ཚོ་གའི་ཉམས་ལེན་ཁོ་ནར་བཞེད། རིག་རྩལ་བསྐྱར་དར་གྱི་དུས་སུ་དུས་རབས་བར་མའི་ལྷ་ཆོས་ཀྱི་རིན་ཐང་ལྟ་བ་དོར་ཅིང་། གནའ་བོའི་སྒྲི་རི་སི་དང་། རོ་མའི་མི་ཆོས་ཀྱི་སྙིང་པོ་སླར་གསོས་ཏེ། མི་ཉིད་མི་རང་མཚན་པར་འགྱུར་བྱེད་དང་། ཇི་ལྟར་འཕེལ་རྒྱས་བྱེད་ཐབས་ཀྱི་རིགས་པའི་རྣམ་གཞག་ལ་བཞེད། དུས་རབས་བཅོ་བརྒྱད་པའི་ཧྥ་རན་སིའི་བློ་འབྱེད་དུས་རབས་སུ་མིའི་འགྲོ་བ་ཐུན་མོང་གི་རིགས་པ་ཡང་དག་སྟེ། རྣམ་དཔྱོད་ཀྱི་འཇུག་ལྡོག་གམ། བླང་དོར་གྱི་རྣམ་གཞག་ཏུ་བཞེད། འཛར་མན་གྱི་གནའ་རབས་མཚན་ཉིད་རིག་པ་སྨྲ་བའི་དུས་སུ་རིག་གནས་འཕེལ་རྒྱས་ཀྱི་དོན་སྙིང་ནི་མིའི་འགྲོ་བའི་མཐར་ཐུག་གི་ཤེས་པའི་རང་དབང་སྟེ། གཟུགས་འདས་མཚན་ཉིད་རིག་པའི་གྲུབ་དོན་གྱི་ངོ་བོར་བཞེད་པ་སོགས་རྣམ་གཞག་འབྱམས་ཀླས་སོ། །

སྤྱི་ལོ་༡༩༥༢ལོར་ཨ་མེ་རི་ཁའི་རིག་གནས་མིའི་རིགས་རིག་པ་སྨྲ་བ་ཁོ་བེར་དང་། ཀླུ་ཏེ་ཁོ་གན་གྱིས་ཕྱོགས་སྡོམ་བྱས་པ་ལྟར་ན། སྤྱི་ལོ་༡༨༧༡ནས་༡༩༥༡བར་གྱི་ལོ་ངོ་བརྒྱད་ཅུའི་རིང་རིག་གནས་ཀྱི་མཚན་ཉིད་དམ་གོ་དོན་ཚད་ལྡན་༡༦༡ཡོད་པར་བཞེད་ཅིང་། ཕྱིས་སུ་ཧྥ་རན་སིའི་སྤྱི་ཚོགས་སེམས་ཁམས་རིག་པ་སྨྲ་བ་མོ་རེས་ཕྱོགས་སྡོམ་བྱས་པ་ལྟར་ན། དུས་རབས་ཉི་ཤུ་པའི་ལོ་རབས་བདུན་ཅུའི་བར་འཛམ

གླིང་ཡིག་ཚགས་སུ་རིག་གནས་ཀྱི་མཚན་ཉིད༢༥༠ཡོད་པར་བཞེད་དོ། །དེའི་ཕྱིར་རིག་གནས་ཀྱི་མཚན་ཉིད་དང་། ངོ་བོ། བྱེད་ནུས་སོགས་ཀྱི་རྣམ་གཞག་འཁྱམས་ཀླས་པ་ཡིན་པ་གང་ཞིག འདི་ནི་མིའི་འགྲོ་བའི་ཐུན་མོང་གི་མི་གཞིའི་ངོ་བོ་ཅི་ཡིན་འཆར་བྱེད་ཀྱི་མེ་ལོང་ཞིག་དང་འདྲ་བས། གཞུང་གི་དོགས་གནད་ཀྱི་ཕྲ་རགས་རྩད་ཞིབ་བྱ་རྒྱུའང་རིག་གནས་དང་མི་ལྷ་བུའི་རྒྱུ་འབྲས་ཀྱི་འབྲེལ་བ་ལྟོས་གྲུབ་ཏུ་ལྟ་བའི་རིག་གནས་མིའི་རིགས་རིག་པའི་ལྟོས་གྲུབ་སྨྲ་བའི་རིགས་པའི་བསྒྲུབ་བྱ་ཉག་གཅིག་ཡིན་ནོ། །

ཡོངས་གྲགས་སུ་“རིག་གནས་ཀྱི་མཚན་ཉིད་རང་མཚན་པ་ནི་དུས་རབས་བཅུ་དགུ་པའི་དུས་དཀྱིལ་དུ་དར་བའི་མི་རིགས་རིག་པས་གཏན་ལ་ཕབ་པ”①སྟེ། “རིག་གནས་སམ་ཤེས་རིག་བྱ་བ་སྨྲ་ཡངས་འཛུག་གི་མི་རིགས་རིག་པའི་གོ་དོན་ལྟར་ན། ཤེས་བྱ་དང་། དད་པ། སྒྱུ་རྩལ། ཀུན་སྤྱོད། བཅའ་ཁྲིམས། གོམས་སྲོལ། དེ་བཞིན་འཛིན་ཐང་དང་། གོམས་གཤིས་ལ་སོགས་ཅི་རུང་འདུས་པའི་ཚོགས་སྤྱིར་འདོད་”②ཅེས་པའི་ཨེ་ཏ་ཕར་ཏ་ཕུར་ནེ་ཐེ་ཐེ་ལོར་ལུགས་ཀྱི་རིག་གནས་ཀྱི་མཚན་ཉིད་ལྟ་བུའོ། །འདི་ལས་རིག་གནས་ཞེས་པ་ནི་འཛིག་རྟེན་རང་ག་བའི་འཚོ་ཆོས་དོན་གཉེར་གྱི་རྣམ་གཞག་ཕྲན་ཚེགས་ལས་འགོངས་པའི་མིའི་འགྲོ་བའི་མཚན་ཉིད་རིག་པ་དང་། ཆོས་ལུགས་རིག་པ། སྒྱུ་རྩལ་རིག་པ། སྤྱི་ཚོགས་རིག་པ་ལ་སོགས་པ་ཡུལ་ཅན་གྱི་ཤེས་པ་ཐུན་མོང་མ་ཡིན་པའི་མཐར་ཐུག་གི་གཞལ་བྱ་སྟེ། རྣམ་དཔྱོད་ཀྱི་འབྲས་བུར་གྱུར་བའི་ཤེས་རིག་ཉག་གཅིག་ཏུ་བཞེད་དོ། །འདི་ནི་རིག་གནས་མིའི་རིགས་རིག་པའི་སྟེང་ཡོངས་སུ་གྲགས་པའི་རིག་གནས་ཀྱི་མཚན་ཉིད་ཀྱི་ཕྱི་མོའོ། །

① 林耀华：《民族学通论》，〔M〕中央民族大学出版社1997/12第1版，P382

② 林耀华：《民族学通论》，〔M〕中央民族大学出版社1997/12第1版，P382

བྱེ་བྲག་ཏུ་གྲུབ་མཐའ་སོ་སོའི་རང་ལུགས་ཀྱི་མཚན་ཉིད་འཇོག་སྟངས་མི་འདྲ་མོད། ཆ་བའི་འདོད་ཚུལ་འདི་ལས་འདའ་མི་བཏུབ། དཔེར་ན། ནཱའུ་ཧྲ་ལིན་ཐོན་ལྟར་ན། "རིག་གནས་ཞེས་པ་གཟུགས་སོགས་དངོས་པོའི་སྣང་ཚུལ་ལས་འདས་པའི་བློའི་གཞལ་བྱ་སྟེ། སྤྱི་ཚོགས་ཀྱི་ཁོངས་མིའི་རང་རྩོལ་ལས་ཐོབ་ཅིང་། བསམ་བློ་དང་ཚོར་བ་བརྗེ་རེས། དེ་བཞིན་གོམས་གཤིས་དང་བྱ་བྱེད་ལ་སོགས་ཀྱི་བྱེད་ལུགས་སྤྱིར་འདོད་"①ཅེས་པ་དང་། ཀླུ་ཏེ་ཁོ་གན་ལྟར་ན། "རིག་གནས་ཀྱི་ཆ་བའི་སྙིང་པོར་གྲུབ་ཆ་གཉིས་ཏེ། སྲོལ་རྒྱུན་གྱི་བསམ་བློ་དང་། མིའི་འགྲོ་བའི་ལས་དབང་དང་འབྲེལ་བའི་རིན་ཐང་"②ཞེས་པ་དང་། ལེ་སེའུ་ཨའུ་ཝིན་ཕའི་ཐེ་ལྟར་ན། "རིག་གནས་ནི་ནང་རྐྱེན་ལས་གྲུབ། འདི་ནི་མིའི་འགྲོ་བར་ཐུན་མིན་དུ་དབང་བའི་བྱེད་ཐབས་ཤིག་སྟེ། མིའི་འགྲོ་བའི་འཚོ་གནས་དང་། འཚོ་སྡོད་ཀྱི་གནས་བབ་ལ་རྗེ་ཐོགས་བྱེད་ཀྱི་རིགས་པའི་རྣམ་གཞག་ཅིག་གོ་"③ཞེས་པ་ལ་སོགས་བཞེད་ཚུལ་སྣ་ཚོགས་སོ། །ལུགས་དེ་དག་གིས་རིགས་པའི་ཆ་བར་རིག་གནས་དང་མི་ལྷོས་གྲུབ་སྨྲ་ཞིང་། རིག་གནས་ལ་མཆོག་དམན་བཀར་བའི་ལམ་སྲོལ་ངན་པ་ལས་འགོངས་ཏེ། རིག་གནས་ནི་མིའི་འགྲོ་བ་ཐུན་མོང་ལ་དབང་བའི་ཐོས་བསམ་སྒོམ་གསུམ་གྱི་གཞིར་གྱུར་བའི་མཐར་ཐུག་གི་རིགས་པའི་བསྒྲུབ་བྱར་འདོད་པ་སྟེ། "རིག་གནས་མིའི་རིགས་རིག་པ་སྨྲ་བའི་འདོད་ཚུལ་ལྟར་ན། རིག་གནས་ཞེས་པ་སྤྱི་འབངས་ཡོངས་ཀྱིས་རེ་སྙིག་བྱ་གཞིའི་ཐུན་མོང་གི་ཕྱོགས་བསམ་དང་། རིན་ཐང་། དད་པ་

① 夏建中：《文化人类学理论学派》，〔M〕中国人民大学出版社1997/7第1版，P193

② 夏建中：《文化人类学理论学派》，〔M〕中国人民大学出版社1997/7第1版，P201

③ 夏建中：《文化人类学理论学派》，〔M〕中国人民大学出版社1997/7第1版，P220

བཅས་ཡིན་ན། སྤྱི་འབངས་གང་རུང་ཞིག་གིས་ཉམས་མྱོང་ཕྱོགས་སྡོམ་དང་། བྱ་བྱེད་མངོན་གྱུར་སྒྲོས་རིན་ཐང་ལྟ་བ་ཐུན་མོང་མ་ཡིན་པ་གཏོད་དགོས་”①ཞེས་པའི་སྡོམ་ཚིག་འཇོག་གོ །

གཞན་ཡང་རིག་གནས་འགྲེལ་བརྗོད་སྨྲ་བ་ཁེར་ཚོས་རིག་གནས་ནི་མཚོན་བྱེད་དང་། སྤྲིག་གཞི་རིང་ལུགས་ཀྱི་ཕུན་ལེན་སེམས་བཟ་རྟགས་སུ་བཞེད་པ་སོགས་ཀྱི་དགོངས་པ་ཟབ་ཅིང་རྒྱ་ཆེ་ལ། ཐུན་མིན་གྱི་ཁྱད་ཆོས་ཟབ་མོད། དེ་དག་ནི་གཞལ་བྱ་རིག་གནས་འཛལ་བྱེད་སློས་ཇི་ལྟར་འཛལ་ཚུལ་ལས། ངོ་བོར་དཔྱོད་སྟངས་ཀྱི་རྣམ་གཞག་མིན་པས་འདིར་མི་སྤྲོའོ། །

རྩ་བ་ནི་ཨེ་ཏ་ཕར་ཏ་པུར་ནེ་ཐེ་ཐི་ཡོར་གྱི་“མིའི་འགྲོ་བའི་ངོ་བོ་མཚུངས་པར་སྨྲ་བའི་ལུགས་ཀྱིས་བཞེད་པའི་མིའི་སེམས་ཀྱི་རང་བཞིན་གཅིག་སྟེ། རིགས་རྒྱུད་མི་འདྲ་རུང་། སེམས་དང་འདུ་ཤེས་ཀྱི་ངོ་བོ་མཚུངས་ཤིང་། བྱ་བྱེད་ཐམས་ཅད་ཀྱང་སེམས་ཀྱི་སྣང་ཚུལ་དུ་ངེས་པས། རིག་གནས་ཀྱི་ཆོས་ཉིད་ཀྱང་ཀུན་ཏུ་མཚུངས་སོ་”②ཞེས་པའི་དགོངས་པ་དང་། ཨ་ཏོ་ཀྲུ་པ་སེ་ཐེན་གྱི་“སེམས་ཀྱི་རང་བཞིན་གཅིག་ཏུ་སྨྲ་བ་”ཡི་ལུགས། དེ་བཞིན་“མི་རིགས་གཞན་གྱི་རིག་གནས་ཀྱི་གཤིས་ལུགས་ལ་གོ་བ་རྣལ་མ་ལོན་ཕྱིར། མི་རིགས་དེའི་རིག་གནས་ལ་དགག་གཞག་ལྟ་ཅི། ལོག་སྟེ་གོམས་སྲོལ་ཚུན་ཆད་ལའང་བློ་འདྲིས་ཆུ་ལ་འོ་མ་འདྲེས་པ་ལྟར་བྱ་རྒྱུའི་རིག་གནས་ལྟོས་གྲུབ་རིང་ལུགས་”③ཀྱི་རིག་གནས་ཁས་ལེན་ལ་སོགས་པའི་ལྟ་གྲུབ

① 威廉A.哈维兰等：《文化人类学—人类的挑战》，〔M〕机械工业出版社2014/9第1版，P56

② 夏建中：《文化人类学理论学派》，〔M〕中国人民大学出版社1997/7第1版，P21

③ 夏建中：《文化人类学理论学派》，〔M〕中国人民大学出版社1997/7第1版，P55

ཀྱི་བློ་འཁྱེད་ཡང་དག་ལས། ཕྱི་རི་སི་ལྟེ་བར་སྒྲ་བ་དང་། ནུབ་ཕྱོགས་ལྟེ་བར་སྒྲ་བ། ཤར་ཕྱོགས་ལྟེ་བར་སྒྲ་བ་བཅས་རིགས་རྒྱུད་དང་། དད་པས་རིས་སུ་བཅད་དེ། རིག་གནས་ལ་མཆོག་དམན་བཀར་བའི་ལམ་སྲོལ་ངན་པ་ལས་གྲོལ་བའི་རི་ཆར་ཏེ་རོར་ཐིའི་ལུགས་ཀྱི་རིག་གནས་ཀྱི་མཚན་ཉིད་དེ། "རིག་གནས་ཏེ། ཇོ་བོའི་ཆ་ནས་མིའི་འགྲོ་བའི་གདོད་མའི་ཤེས་རིག་རྣལ་མ་དར་སྐད་གི་གནའ་བོའི་དུས་རབས་མྱུལ་ཚེ། གཞི་ནས་མིའི་འགྲོ་བ་ཐུན་མོང་གི་གཤིས་མའི་རང་བཞིན་ནམ། མ་བཅོས་མི་གཞི་དང་ཁ་འཕྲོད་པའི་རིགས་པའི་རྣམ་གཞག་དེ་ཉིད་ཐུབ། འདི་ནི་རིག་གནས་མིའི་རིགས་རིག་པའི་མཐར་ཐུག་གི་ཉིད་དོན་དུ་གྱུར་བའི་རིག་གནས་སམ་ཤེས་རིག་བྱ་བ་དེའོ་"[①]ཞེས་གསུངས་པ་ནི་རིག་གནས་མིའི་རིགས་རིག་པས་བཞེད་པའི་རིག་གནས་ཀྱི་མཐར་ཐུག་གི་མཚན་ཉིད་དམ་རྣམ་གཞག་ཏུ་གྲགས་སོ། །

དེའི་ཕྱིར་ལུགས་འདིས་བཞེད་པའི་རིག་གནས་ཀྱི་མཐར་ཐུག་གི་རྣམ་གཞག་ཀྱང་མིའི་འགྲོ་བ་ཐུན་མོང་གི་གཤིས་གཤིས་འཚོལ་བྱེད་ཀྱི་རིགས་པའི་རྣམ་གཞག་སྟེ། རིགས་པ་ཡང་དག་ལམ་ནས་མིའི་འགྲོ་བ་ཐུན་མོང་གི་རྒྱུ་འབྲས་བླང་དོར་ལྟ་བུའི་བྱ་བྱེད་ཀྱི་རྣམ་གཞག་ལས་མི་གཞིའི་གཤིས་མའི་གཤིས་ལུགས་བཙལ་ཏེ། མིའི་ཁོ་བབ་བཅོས་མ་མ་ཡིན་པ་ལས་དལ་བའི་རྟེན་གྱི་སྙིང་པོ་ཅི་ཡིན་རྩད་ཞིབ་དང་། མི་རང་མཚན་པའི་མ་བཅོས་མི་གཞི་དང་ཁ་འཕྲོད་པའི་གཤིས་སེམས་དང་། རིགས་ཤེས། དེ་ལས་འདས་པའི་དད་པ་ལ་སོགས་ཤེས་པ་ཐུན་མོང་གི་གཞལ་བྱར་འདོད་པ་གང་ཞིག ཁ་གཏོད་ཡུལ་ནི་མི་རང་མཚན་པའི་འཕྲལ་ཕྱུགས་འདི་ཕྱིའི་བདེ་བ་བསྒྲུབ་ཕྱིར་རོ། །

འདི་ནི་རིགས་རྒྱུད་དང་། དད་པས་རིས་སུ་མ་བཅད་པའི་མིའི་འགྲོ་བ་ཐུན་

① 詹妮·瓦蒂莫：《现代性的终结》，〔M〕商务印书馆2013/12第1版，P197

མོང་གིས་སྤྱོད་ཡུལ་དུ་གྱུར་བའི་རིགས་པའི་རྣམ་གཞག་སྟེ། མིའི་བྱ་བྱེད་ཀྱི་འཇུག་ལྡོག་ལ་རྒྱུ་འབྲས་ཀྱི་བསླུ་བ་ཡོད་མེད། དྲི་མ་སེམས་སམ་མི་གཞིའི་རང་བཞིན་ཡིན་མིན། མིའི་རྣམ་དཔྱོད་དམ་རིགས་ཤེས་དོན་དམ་དཔྱོད་བྱེད་ཡིན་མིན། དལ་བའི་རྟེན་གྱི་མི་ལུས་ལ་སྙིང་པོ་ཡོད་མེད། གཞན་དོན་སེམས་བསྐྱེད་ཀྱི་དད་པ་ཤེས་རབ་ཀྱི་ཐབས་སུ་ཐུང་མིན་ལ་སོགས་པའི་རིགས་པའི་བསྒྲུབ་བྱ་དག་ལ་རྣམ་དཔྱོད་ཀྱི་རྟགས་ཡང་དག་ཐོན་ཏེ། འཕྲུལ་གྱི་བདེ་བ་སྟེ། འཇིག་རྟེན་རང་ག་བའི་བདག་གིར་འཛིན་པའི་འཚོ་ཚོས་ཀྱི་ཁ་སྐབས་ལས་འདས་ཤིང་། ལམ་དང་རྒྱུན་ཤེས་ཀྱི་གནད་ལ་མ་རྨོངས་པ་གང་ཞིག ནམ་འཆི་ཆ་མེད་ཀྱི་མི་རྟག་པའི་རང་བཞིན་རྟོགས་པའི་གོ་སྟོབས་ཀྱིས་ཚེ་སྲོག་གི་རིན་ཐང་ལྟ་བར་ངེས་ཤེས་འདྲོངས་ཏེ། སྙིང་རྗེའི་མཐུ་བསམ་གྱིས་མི་ཁྱབ་པས་རང་གཞན་ལེགས་བྱས་ཀྱི་ལམ་དུ་དགྲི་བར་ནུས་པའི་བདེ་བ། ཐུགས་ཀྱི་བདེ་བ་སྟེ། བདག་ཉིད་བདག་གི་མགོན་དུ་གྱུར་བའི་མི་རང་མཚན་པའི་གོ་བབ་བཙོས་མ་མ་ཡིན་པའི་དལ་བའི་རྟེན་གྱི་སྙིང་པོ་རུད་ཞིབ་བྱས་ཏེ། གཏུག་སེམས་དང་། རིགས་ཤེས། དེ་ལས་འདས་པའི་དད་པ་ལ་སོགས་པའི་ཤེས་པའི་ཡོན་ཏན་ཡར་ངོའི་ཟླ་ལྟར་འཕེལ་བ་གང་ཞིག མི་གཞིའི་གཏུག་མའི་རང་བཞིན་དྲི་མ་མེད་པའི་མ་བཙོས་སེམས་ཀྱི་རང་བཞིན་དང་ཁ་འཕྲོད་པའི་མཐར་ཐུག་གི་ཤེས་པའི་རང་དབང་ཚད་མེད་ཀྱི་བདེ་བ་བླ་ན་མེད་པ་འཐོབ་རྒྱུ་དེའོ། །

གོ་སླ་བའི་ཕྱིར་སངས་རྒྱས་ཆོས་ལུགས་ཀྱི་རྣམ་གཞག་ལྟར་བཤད་ན། མིའི་ངོ་བོ་སྟེ། ཉོན་མོངས་པའི་དྲི་མ་གློ་བུར་བས་བསླད་པའི་རྟོག་པའི་རང་བཞིན་ནོ། །མིའི་མཚན་ཉིད་དེ། རྣམ་དཔྱོད་ཀྱི་བདག་ཉིད་ཡིན་པ་གང་ཞིག ལས་འབྲས་རྟེན་གྱི་ང་ཙམ་མོ། །མི་གཞི་སྟེ། གསལ་རིག་སེམས་ཀྱི་རང་བཞིན་རྣམ་པར་དག་པའོ། །མིའི་གོ་བབ་སྟེ། བདག་ཉིད་བདག་གི་མགོན་དུ་གྱུར་བ་ལས་སྐྱབས་པ་པོ་གཞན་

སུ་ཡང་མེད་པའོ། །བྱ་བྱེད་དེ། རྒྱུ་འབྲས་བསླུ་བ་མེད་པའོ། །དལ་བའི་རྟེན་གྱི་སྙིང་པོ་སྟེ། གཞན་ཕན་སེམས་བསྐྱེད་ཀྱི་དད་པའི་རྟེན་ནོ། །ཆོས་དེ་དག་ནི་མིའི་འགྲོ་བ་ཐུན་མོང་ལ་དབང་བའི་ཀུན་རྫོབ་ཆོས་ཀྱི་རང་བཞིན་ནོ། །དེ་ལྟར་ན་ཉོན་མོངས་པའི་དྲི་མ་གློ་བུར་བས་བསླད་པའི་མི་ཉིད་ཤེས་རབ་དང་ཐབས་ཀྱིས་དབུལ་ཏེ། གསལ་རིག་སེམས་ཀྱི་རང་བཞིན་མི་འཚོལ་བ་གང་ཞིག རྒྱུ་འབྲས་བླང་དོར་ཁོ་ལྡོག་སྟེ་རང་རྩོལ་དོར་ཞིང་། གཞན་དོན་སྤྱངས་པའི་བྱ་བྱེད་དག་རིགས་པས་འཐད་པར་བསྒྲུབས་པ་སྡུག་བསྔལ་བདེན་འཛིན་གྱི་མ་རིག་པའི་དབང་གིས་ཡིན་པས། ལས་འབྲས་རྟེན་གྱི་ང་ཙམ་གྱིས་དངོས་པོའི་རང་བཞིན་ལ་དཔྱོད་བྱེད་ཀྱི་ཤེས་རབ་སྟོང་པ་ཉིད་ཐབས་སྙིང་རྗེ་ཆེན་པོ་དང་གཙུ་ཁ་སྦྱར་ཚུལ་གྱིས་སྣང་སྟོང་ཟུང་འཇུག་(དབྱིངས་རིག་འདྲེས་པ། བདེ་སྟོང་དབྱེར་མེད། གསལ་སྟོང་འཛིན་མེད་)གི་གཉིས་ཚོགས་ཀྱི་གོ་འཕང་འཐོབ་རྒྱུ་མཐར་ཐུག་གི་འཐོབ་བྱའི་འབྲས་བུ་ཉག་གཅིག་ཏུ་བཞེད་དོ། །

དེའི་ཕྱིར་རིག་གནས་མིའི་རིགས་རིག་པའི་སྟེས་བཞེད་པའི་རིག་གནས་ཀྱི་མཐར་ཐུག་གི་རྣམ་གཞག་སྟེ། མིའི་ངོ་བོ་དང་། མཚན་ཉིད། མི་གཞི། གོ་བབ། བྱ་བྱེད། དལ་བའི་རྟེན་གྱི་སྙིང་པོ་ལ་སོགས་པ་མིའི་འགྲོ་བ་ཐུན་མོང་གི་མ་བཅོས་མི་གཞིའི་རང་བཞིན་ནམ། གཙུག་གཤིས་ཀྱི་ཟབ་དོན་ཕུན་སུམ་ཚོགས་པར་བསྟན་པའི་གཞུང་ཆེན་མོའི་གོ་རྒྱ་བཅད་དེ། རིགས་རྒྱུད་དང་། དད་པས་རིམ་སུ་མ་བཅད་པའི་བློ་དཀྱིལ་ཟབ་ཅིང་བརླིང་ལ། རྣམ་དཔྱོད་ཀྱི་ཁོ་ལག་རྫོགས་པའི་ཤེས་རབ་ཀྱི་གྲོགས་སུ་སྙིང་རྗེའི་ཐབས་མཆོག་སྦྲན་ཏེ། བྱ་བྱེད་མི་བསླུ་བའི་བླང་དོར་གྱི་འཇུག་ལྡོག་མ་ནོར་བར་རང་ལམ་རང་གིས་གཏོད་ཅིང་། གཞན་ཕན་སྙིང་རྗེའི་གོ་ཆས་མི་རང་མཚན་པའི་མཐར་ཐུག་གི་མི་ཚེའི་རིན་ཐང་ལྟ་བ་སྟེ། མིའི་འགྲོ་བ་ཐུན་མོང་གི་

གཏུག་མའི་རང་བཞིན་ནམ། མ་བཅོས་མི་གཞིའི་རང་བཞིན་ཅི་ཡིན་འཚོལ་རྒྱུ་ལས་མ་འདས། མཚན་ཉིད་རིག་པའི་གཞུང་ལྟར་ན། བདག་ཅི་ཞིག གང་ནས་འོངས། གང་དུ་ཆས་ཞེས་པའི་རིགས་པའི་བསྒྲུབ་བྱ་འཚོལ་ཞིབ་བྱ་རྒྱུ་དེའོ། །

སྤྱིར་ཆོས་ལུགས་ཀྱི་འཁོར་བ་སྙིང་པོ་མེད་པར་སྨྲ་བ་དང་། མཚན་ཉིད་རིག་པའི་ངོ་བོ་ཉིད་མེད་པར་སྨྲ་བ། ཆོས་ལུགས་མཚན་ཉིད་རིག་པའི་གྲུབ་དོན་སྟོང་པའི་རང་བཞིན་མེད་པར་སྨྲ་བའི་ལུགས་ལྟར་འཛིག་རྟེན་རང་ག་བའི་འཚོ་ཚོས་དོན་གཉེར་ཅན་གྱི་སོ་སོ་སྐྱེ་བོའི་ངོར་བསླུ་བའི་རང་བཞིན་དུ་གྲུབ་མོད། མིའི་འགྲོ་བ་ཐུན་མོང་གི་མཐར་ཐུག་གི་རིགས་པའི་རྟེན་དོན་དུ་གྱུར་བའི་རིག་གནས་ཀྱི་རྣམ་གཞག་དེ་ཕོ་ནར་ངེས་སོ། །

ཁ་ཅིག་འདིར་སྨྲ་ཧྲི་བཞིན་དུ་ཁས་བླངས་ཏེ། རྣམ་པ་འདྲ་བ་ཙམ་རང་བཞིན་གཅིག་ཏུ་བསྒྲུབས་ནས་བབ་ཅོལ་སྨྲས་པར་སླམ་ན། སྤྱིར་ཨེ་ཏ་ཕར་ཏ་ཕུར་ནེ་ཐེ་ཐེ་ཡོར་ལུགས་ཀྱི་སེམས་ཁམས་ཀྱི་ངོ་བོ་རིག་གནས་ཀྱི་རྩ་བར་སྨྲ་བ་དང་། ཨ་ཧོ་སྦྲུ་པ་སེ་ཐེན་ལུགས་ཀྱི་སེམས་ཀྱི་རང་བཞིན་གཅིག་ཏུ་སྨྲ་བ། ཁྱད་པར་དུ་རི་ཆར་ཏེ་རོར་ཐེའི་ལུགས་ཀྱི་མིའི་འགྲོ་བའི་གཏུག་གཤིས་སྨྲ་བ་བཅས་ཀྱི་མིའི་རིགས་རིག་པའི་བསྟན་བཅོས་ཀྱི་གཞུང་ཆེན་མོའི་གོ་རྒྱ་བཅད་ན། རིགས་པ་སྨྲ་བ་གང་དག་གི་བདེན་པའི་ངག་ཚིག་ལ་ཡིད་རྟོན་རྣམ་པར་འཕེར་ཅིང་། བབ་ཅོལ་སྨྲས་པར་སླམ་པའི་ལོག་རྟོག་སེལ་ནུས་ཞེས་ཀྱང་སྨྲའོ། །

༢ བོད་ཀྱི་རིག་གནས་སྡེའི་འདོད་ཚུལ།

བོད་ཀྱི་རིག་གནས་སྡེའི་འདོད་ཚུལ་ལྟར་ན། བོད་ཀྱི་ས་གནས་ཆོས་ལུགས་ཏེ། ཞང་ཞུང་གི་ཤེས་རིག་གམ་བོན་གྱི་ཆོས་ལུགས་དང་། ནང་འདྲེན་ཆོས་ལུགས་ཏེ། བོད་བརྒྱུད་ནང་བསྟན་ཆོས་ལུགས་བཅས་བན་བོན་ཆོས་ལུགས་ཀྱི་ལྟ་གྲུབ་རིག་

གནས་ཀྱི་གཞུང་ཤིང་དུ་གྲགས་སོ། །འདིར་ཡང་ལུགས་འདི་གཉིས་ཀྱི་རིག་གནས་ཀྱི་བཞེད་ཚུལ་ལྟར་སོ་སོར་འཆད་པར་འགྱུར་རོ། །

དེའང་"རྒྱལ་པོ་ལས་ཀྱང་བོན་པོ་སྔ"[①]ཞེས་པ་དང་། "རྒྱལ་ཁྲིམས་མེད་པའི་གོང་དུ་བོན་ཁྲིམས་ཡོད་པའི་དོན་གྱིས་བོན་ཁམས་ཞེས་གྲགས་སོ་"[②]ཞེས་གསུངས་པ་ལྟར། སྤུར་རྒྱལ་བཙན་པོའི་གདུང་རབས་མ་བྱོན་གོང་གདོད་མའི་བོན་གྱི་ཆོས་ལུགས་དར་ཞིང་། "གཤེན་རབ་མི་བོ་ཆེའི་གོང་དུ་བདུད་བོན་དང་། གདོན་བོན་དང་། བཙན་བོན་ཞེས་སུ་གྲགས་པའི་བོན་རིགས་མི་འདྲ་བ་དུ་མ་ཞིག་ཡོད་"[③]པས་ཚོ་གའི་རྣམ་གྲངས་ཀྱང་འབྱམས་ཀླས་སོ། །ཡང་"གཉའ་ཁྲི་བཙན་པོའི་རིང་ལ་རྒྱུའི་བོན་ཤེས་པ་བཅུ་གཉིས་དར་"[④]ཞིང་། "རྒྱལ་བློན་འདི་གཉིས་ཀྱི་དུས་སུ་གཡུང་དྲུང་གི་བོན་དར་"[⑤]ཞེས་གསུངས་པ་ལས་བཙན་པོའི་གདུང་རབས་དགུ་བརྙེས་པའི་ཁྲི་ཐོག་དང་པོར་བོན་ཤེས་པ་ཅན་བཅུ་གཉིས་དང་། ཁྲི་ཐོག་དགུ་པར་གཡུང་དྲུང་བོན་གྱི་བསྟན་པ་དར་རོ། །ལོ་རྒྱུས་སྨྲ་བ་ནམ་མཁའི་ནོར་བུ་ལྟར་ན། ད་ར་བའི་དུས་ཀྱང་ཆེས་སྔ་བ་སྟེ། "ལོ་གྲངས༣༨༦༥འདས་པའི་གོང་གཤེན་རབ་མི་བོ་ཆེ་ཞང་ཞུང་འོལ་མོ་ལུང་རིང་དུ་སྐུ་བལྟམས་ནས་བོན་བསྟན་པའི་དུས་སྐབས་དེ་ནས་

① ནམ་མཁའི་ནོར་བུ། 《ཞང་བོད་གནའ་རབས་ཀྱི་ལོ་རྒྱུས་ནོར་བུའི་མེ་ལོང་》(M)སི་ཁྲོན་མི་རིགས་དཔེ་སྐྲུན་ཁང་། ༡༩༩༠/༥པར་གཞི་དང་པོ། ཤ༡༦༡

② ཤར་རྫ་བཀྲ་ཤིས་རྒྱལ་མཚན། 《ལེགས་བཤད་རིན་པོ་ཆེའི་གཏེར་མཛོད་》(M)མི་རིགས་དཔེ་སྐྲུན་ཁང་། ༡༩༨༥/༩པར་གཞི་དང་པོ། ཤ༡༥༩

③ ནམ་མཁའི་ནོར་བུ། 《ཞང་བོད་གནའ་རབས་ཀྱི་ལོ་རྒྱུས་ནོར་བུའི་མེ་ལོང་》(M)སི་ཁྲོན་མི་རིགས་དཔེ་སྐྲུན་ཁང་། ༡༩༩༠/༥པར་གཞི་དང་པོ། ཤ༣༥

④ ནམ་མཁའི་ནོར་བུ། 《ཞང་བོད་གནའ་རབས་ཀྱི་ལོ་རྒྱུས་ནོར་བུའི་མེ་ལོང་》(M)སི་ཁྲོན་མི་རིགས་དཔེ་སྐྲུན་ཁང་། ༡༩༩༠/༥པར་གཞི་དང་པོ། ཤ༡༦༦

⑤ དཔའ་བོ་གཙུག་ལག་ཕྲེང་བ། 《ཆོས་འབྱུང་མཁས་པའི་དགའ་སྟོན་》(M)མི་རིགས་དཔེ་སྐྲུན་ཁང་། ༢༠༡༢/༣པར་གཞི་གཉིས་པ། ཤ༨༨

བཟུང་། གཡུང་དྲུང་བོན་ཅེས་བྱ་བ་དེའི་དབུ་བརྙེས་”①སོ། །དེས་ན་བོད་དུ་མི་ལོ་ལྔ་སྟོང་ལྷག་གི་གོང་ནས་བོན་གྱི་ཆོས་ལུགས་དར་བ་རིགས་པས་བསྒྲུབ་ནུས་སོ། །

ཕྱུར་རྒྱལ་བཙན་པོའི་ཆབ་སྲིད་ཇི་ལྟར་བསྐྱངས་ཚུལ་སྐོར་འཆད་ན། “འདི་ཡན་གདུང་རབས་ཉི་ཤུ་རྩ་བདུན་དུ། །ཆབ་སྲིད་སྒྲུང་དང་ལྡེའུ་བོན་གྱིས་བསྐྱངས་”②ཞེས་པ་དང་། “གནམ་རི་སྲོང་བཙན་ཡན་རྒྱལ་རབས་སུམ་ཅུ་རྩ་གཅིག་ལ་ཆབ་སྲིད་བོན་དང་སྒྲུང་དང་ལྡེའུ་སོགས་ཀྱིས་བསྐྱངས་”③ཞེས་པ། “རྗེ་གཉའ་ཁྲི་བཙན་པོ་མན་ཆད་ནས། །གནམ་རི་སྲོང་བཙན་ཡན་ཆད་དུ། །ཆབ་སྲིད་འཛིན་པའི་རྒྱལ་པོ་རེ། །ཐར་ལམ་འདྲེན་པའི་སྐུ་གཤེན་རེ་”④ཞེས་པ། “རྗེ་གནམ་རི་སྲོང་བཙན་ཡན་ཆོད་ལ། འདི་ཡུལ་གང་པོ་ན་གཡུང་དྲུང་བོན་གྱི་ཆོས་ལུགས་འབའ་ཞིག་དར་”⑤ཞེས་པ་ལ་སོགས་པ་གསུངས་པ་ལྟར། གནམ་རི་སྲོང་བཙན་ཡན་དུ་ཆབ་སྲིད་བོན་སྒྲུང་ལྡེའུ་གསུམ་གྱིས་བསྐྱངས་པར་གྲགས་སོ། །

སྐབས་བབ་ཀྱི་བོན་སྒྲུང་ལྡེའུ་གསུམ་གོ་རིམ་རིམ་ཅན་གྱིས་འཆད་ན།

གཅིག བོན་ནི་“བཟླ་བ་”འམ་“གྱེར་བ་”ཡི་བརྗར་ཉིང་གི་གོ་དོན་ནོ། །ལོ་རྒྱུས་སྨྲ་བ་ནམ་མཁའི་ནོར་བུ་ལྟར་ན། “གཤེན་རབ་མི་བོ་ཆེ་བོད་ཡུལ་དུ་ཕེབས་པ་ནས

① ནམ་མཁའི་ནོར་བུ། 《ཞང་བོད་གནའ་རབས་ཀྱི་ལོ་རྒྱུས་ནོར་བུའི་མེ་ལོང་》(M)སི་ཁྲོན་མི་རིགས་དཔེ་སྐྲུན་ཁང་། ༡༩༩༠/༨པར་གཞི་དང་པོ། ཤ༣༨-༤༠

② དཔའ་བོ་གཙུག་ལག་ཕྲེང་བ། 《ཆོས་འབྱུང་མཁས་པའི་དགའ་སྟོན་》(M)མི་རིགས་དཔེ་སྐྲུན་ཁང་། ༢༠༡༢/༣པར་གཞི་གཉིས་པ། ཤ༩༠

③ ཤར་རྫ་བཀྲ་ཤིས་རྒྱལ་མཚན། 《ལེགས་བཤད་རིན་པོ་ཆེའི་གཏེར་མཛོད་》(M)མི་རིགས་དཔེ་སྐྲུན་ཁང་། ༡༩༨༥/༩པར་གཞི་དང་པོ། ཤ༡༥༣

④ ཤར་རྫ་བཀྲ་ཤིས་རྒྱལ་མཚན། 《ལེགས་བཤད་རིན་པོ་ཆེའི་གཏེར་མཛོད་》(M)མི་རིགས་དཔེ་སྐྲུན་ཁང་། ༡༩༨༥/༩པར་གཞི་དང་པོ། ཤ༡༣༣-༡༣༨

⑤ དགེ་འདུན་ཆོས་འཕེལ། 《དགེ་འདུན་ཆོས་འཕེལ་གྱི་གསུང་རྩོམ་》(གསུམ་པ)(M)བོད་ལྗོངས་བོད་ཡིག་དཔེ་རྙིང་དཔེ་སྐྲུན་ཁང་། ༢༠༡༢/༧པར་གཞི་གཉིས་པ། ཤ༢༡༨

བཟུང་གཡུང་དྲུང་གི་བོན་སྒོ་རྒྱ་ཆེ་ལ་གྲངས་མང་བ་ཞིག་ཡོད་པས་མཚོན། བོན་སྤྱི་དར་'ཤེས་པ་ཅན་བཅུ་གཉིས་ཀྱི་བོན་' དུ་གྲགས་"[1]པར་བཞེད་ཅིང་། གྲུབ་མཐའ་སྨྲ་བ་ཐུའུ་བཀྭན་བློ་བཟང་ཆོས་ཀྱི་ཉི་མ་ལྟར་ན། གཉའ་ཁྲི་བཙན་པོའི་དུས་སུ་དར་བའི་བརྡོལ་བོན་ནམ། རྒྱུའི་བོན་ཆབ་ནག་དང་། གྲི་གུམ་བཙན་པོའི་དུས་སུ་མུ་སྟེགས་དབང་ཕྱུག་པའི་གྲུབ་མཐའ་འཁྱར་བ་བོན་དང་འདྲེས་པའི་འཁྱར་བོན་གཉིས་སུ་བཞེད་དོ། །

གཉིས། སྒྲུང་ནི"མདོ་སྟེ་འབྱུང་བའི་ལྟས་སུ་སྒྲུང་རྣམས་དར། རོ་ལངས་གསེར་སྒྲུབ་ཀྱི་སྒྲུང་དང་། མ་སངས་ཀྱི་སྒྲུང་། མཆིལ་པའི་སྒྲུང་སོགས་"[2]ཞེས་པ་དང་། "བོན་གྱི་ལུགས་སུ་ཡ་ཐོག་སྲིད་པ་སྤྱིང་གི་སྒོ་ང་ལས། ལྷ་དང་ཀླུ་དང་གཉན་ནམ། མ་སངས་ཀྱི་འགྲོ་བ་རྣམས་བྱུང་སྟེ། དེ་རྗེས་གནམ་ས་དང་། བར་སྣང་སྟེ་འཇིག་རྟེན་གསུམ་གྱི་ནུས་མཐུའམ། སྟོབས་ཤུགས་དེ་ལ་དབང་བྱེད་པ་པོ་རྣམས་མཚོན་ཞིང་། དེ་དག་ལས་རིམ་གྱིས་མིའི་འགྲོ་བ་སྤྱི་དང་། ཁྱད་པར་དུ་ཞང་བོད་ཀྱི་རུས་ཚན་ཇི་ལྟར་ཆགས་ཚུལ་གྱི་ལོ་རྒྱུས་མི་ཉུང་བ་ཞིག་ཡོད་པ་དེ་རིགས་ལ'མ་སངས་ཀྱི་སྒྲུང་' ཞེས་གྲགས་ལ། དེ་དང་འབྲེལ་བ་འབངས་ཀྱི་རབས་དང་། བློན་པོའི་རབས། རྒྱལ་པོའི་རབས་ལ་སོགས་ཇི་སྙེད་ཅིག་བྱུང་སྒྲོང་བ་དེ་རིགས་ལ་སྒྲུང་ཞེས་བྱ་"[3]ཞེས་གསུངས་སོ། །དེས་ན་སྐབས་དེའི་སྒྲུང་ནི་

---

① ནམ་མཁའི་ནོར་བུ། 《ཞང་བོད་གནའ་རབས་ཀྱི་ལོ་རྒྱུས་ནོར་བུའི་མེ་ལོང་་》(M)སི་ཁྲིན་མི་རིགས་དཔེ་སྐྲུན་ཁང་། ༡༩༩༠/༨པར་གཞི་དང་པོ། ཤ༢༧༨

② དཔལ་བོ་གཙུག་ལག་ཕྲེང་བ། 《ཆོས་འབྱུང་མཁས་པའི་དགའ་སྟོན་》(M)མི་རིགས་དཔེ་སྐྲུན་ཁང་། ༢༠༡༢/༣པར་གཞི་གཉིས་པ། ཤ༥༨

③ ནམ་མཁའི་ནོར་བུ། 《ཞང་བོད་གནའ་རབས་ཀྱི་ལོ་རྒྱུས་ནོར་བུའི་མེ་ལོང་་》(M)སི་ཁྲིན་མི་རིགས་དཔེ་སྐྲུན་ཁང་། ༡༩༩༠/༨པར་གཞི་དང་པོ། ཤ༢༨༡

ཕྱ་ཐེམ་དུས་རབས་ཀྱི་གཏོ[1]ཡི་ཚ་གའི་རྣམ་པ་སྟེ། "གཏོ་ནི་རང་བྱུང་ཆོས་ཉིད་འཁྲུག་པོར་བརྫོད་ཅིང་། བྱ་བྱེད་ཀྱི་འཇུག་ལྟོག་ལེགས་པར་སྟོན་མི་ནུས་པའི་རིག་པ་ཞིག་གོ། འདི་ནི་རིགས་གསར་བཙོས་མ་དང་། ཕན་འབྲས་མངོན་སུམ་དུ་མི་མངོན་པའི་འཕྲུལ་སྣང་གི་རྣམ་པ་ཞིག་ཀྱང་"[2]ངོ་། །གཏོ་ཡི་ཚ་གའམ། གཏོ་ཚོག་གི་རྣམ་པའི་མ་སངས་ཀྱི་སྐྲུང་ལྡ་བུ་ནི་མདོ་སྡེའམ། རྒྱུའི་བོན་ཚབ་ནག་འབྱུང་རྒྱུའི་སྤ་ལྟས་ཡིན་པ་སྟེ། "གཏོ་ནི་ཆོས་ལུགས་ཀྱི་གོང་དུ་དར"[3]ཞེས་གསུངས་པ་ལས་རྟོགས་ནུས་སོ། །

གསུམ། ལྡེའུ་ནི་"མངོན་པའི་སྤེ་སྟོད་འབྱུང་བའི་ལྟས་སུ་ལྡེའུ་སྒྲོད། །སྲིད་ལ་ཐེམ་གཉེར་ལྷ་བ་ཆེ་ཅི་ཡིན། །པོར་མགོ་མགོ་ཅན་སྐྱིད་ཅིང་རྒྱུགས་ཅི་ཡིན་"[4]ཞེས་གསུངས་པ་ལྟར། འདི་ནི་"ཁྱིགས་"སམ་"ཁེད་"ཀྱི་གོ་དོན་དང་། "རིག་པ་ཞེས་བྱ་བ་དེ་དང་དོན་གཅིག་པ་ཡིན་"[5]ནོ། །ཆོས་ལུགས་ཀྱི་རྣམ་གཞག་ལྟར་ན། "གནའ་བོའི་ཐ་སྙད་དུ་ཡོངས་སུ་གྲགས་པའི་'ལྡེ་' འམ་'ལྡེའུ་' ཞེས་བྱ་བའི་གོ་དོན་རྣལ་མ་ནི་ཟབ་ཅིང་རྒྱ་ཆེ་བའི་རིག་པའི་གནས་སྒོ་དང་ཁྱད་པར་དུ་གནའ་རབས་སུ་དར་ཁྱབ་ཆེ་བ་གསང་གནད་བསྟན་པའི་རིག་པ། …… ལྡེའུ་འཕྲུལ་གྱི་མོ་ལ་བརྟེན་

① གཏོ་ནི་བསྲུང་བྱ་ལ་འགོ་ཞིང་འཚོས་པའི་ལྷ་སྲུ་གཉན་གསུམ་སོགས་ཀྱི་ཐུགས་དམ་བསྐངས་ནས་ལམ་ལ་བསྐྱལ་ཏེ་གནོད་འཚེ་ཐམས་ཅད་མཐུ་སྟོབས་ཀྱིས་བཟློག་པའི་ཚ་ག་ཞིག་ལ་ཟེར། བོད་ཀྱི་ཤེས་རིག་ཚིག་མཛོད་》ལས་དྲངས། སྐབས་བབ་《གཏོ་དང་ཆོས་ལུགས་ཞིབ་འཇུག་》ཅེས་པའི་བརྗ་ཆད་དེ། རྒྱ་ཡིག་གི་སྐད་དོད"巫术"ཟེར།

② J.G.弗雷泽：《金枝—巫术与宗教之研究》，（上册）〔M〕商务印书馆2012/10第1版，P25-26

③ 张志刚：《宗教学是什么》，〔M〕北京大学出版社2008/4第2版，P28

④ དཔལ་བོ་གཙུག་ལག་ཕྲེང་བ། 《ཆོས་འབྱུང་མཁས་པའི་དགའ་སྟོན་》(M)མི་རིགས་དཔེ་སྐྲུན་ཁང་། ༢༠༡༢/༣པར་གཞི་གཉིས་པ། ཤ༤༨

⑤ ནམ་མཁའི་ནོར་བུ། 《ཞང་བོད་གནའ་རབས་ཀྱི་ལོ་རྒྱུས་ནོར་བུའི་མེ་ལོང་》(M)སི་ཁྲོན་མི་རིགས་དཔེ་སྐྲུན་ཁང་། ༡༩༩༠/༦པར་གཞི་དང་པོ། ཤ༢༡༨

ནས་ལྡོག་འགྱུར་གྱི་གནས་ཚུལ་གསལ་པོར་རྟོགས་ཐུབ་པའི་རིག་པ་དེ་རྣམས་ལ་ངོས་འཛིན་དགོས་”①ཞེས་གསུངས་པའི་ལྡེའུ་སྒོ། རིག་པ་གྲོལ་བྱེད་ཀྱི་ལྡེ་མིག་ཏུ་བཞེད་དོ། །

སྤྱིར་སྤུར་རྒྱལ་བཙན་པོའི་རྒྱལ་རབས་སོ་གཅིག་ཡན་དུ་ཆབ་སྲིད་བོན་སྐྱོང་ལྡེའུ་གསུམ་གྱིས་བསྐྱངས་ཤིང་། བོན་གྱི་བསྟན་པའང་དར་ཞིང་རྒྱས་པར་གནས་པ་ལོ་རྒྱུས་སྨྲ་བ་ཐུན་མོང་གི་ངག་སྒྲོས་ཉག་གཅིག་ཏུ་ཟད་དོ། །དཀྱུས་སུ་བཞེད་ཚུལ་མི་འདྲ་བ་གསུམ་བརྗོད་ན།

གཅིག བོན་གྱི་ཆོས་འབྱུང་སྨྲ་བ་ཤར་རྫ་བཀྲ་ཤིས་རྒྱལ་མཚན་ལྟར་ན། “བོན་དར་སྟེ་བ་ནི་རྒྱུའི་བོན་རྣམས་ཏེ་ཚེ་ལོ་བརྒྱ་པའི་དུས་སུ་དར། …… འབྲས་བུའི་བོན་རྣམས་ཏེ་ཚེ་ལོ་དགུ་བཅུའི་དུས་སུ་དར་”②ཞེས་གསུངས་པ་ལྟར། རྒྱུའི་བོན་ཏེ། “གཉའ་ཁྲིའི་རིང་ལ་རྒྱུའི་བོན་ཤེས་པ་བཅུ་གཉིས་དར་ཏེ། …… ལྷ་ཡར་གསོལ་བས་མགོན་བྱེད་པ། གཡང་ཚུར་བླངས་པས་ནོར་ཕྱུགས་འཕེལ་བ། གླུད་པར་བཏང་བས་འདྲེ་ཚིམས་པ། ཤི་བ་འདུར་བས་བདེ་བ་ཐོབ་པ། …… མོ་ལྟ་དར་བས་ལེགས་ཉེས་མངོན་ཤེས་གསལ་བ”③དང་། འབྲས་བུའི་བོན་ཏེ། “མུ་ཁྲི་བཙན་པོ་ནས་གནམ་གྱི་ཁྲི་དྲུག་གི་བར་དུ་གསང་སྔགས་ཀྱི་བོན་རྣམས་དང་། ཁྱད་པར་སྤྱི་སྤུངས་ཀྱི་བོན་རྣམས་དར་”④བར་བཞེད་དོ། །

① ནམ་མཁའི་ནོར་བུ། 《ཞང་བོད་གནའ་རབས་ཀྱི་ལོ་རྒྱུས་ནོར་བུའི་མེ་ལོང་》(M)སི་ཁྲོན་མི་རིགས་དཔེ་སྐྲུན་ཁང་། ༡༩༩༠/༨པར་གཞི་དང་པོ། ཤ༢༡༨-༢༡༩

② ཤར་རྫ་བཀྲ་ཤིས་རྒྱལ་མཚན། 《ལེགས་བཤད་རིན་པོ་ཆེའི་གཏེར་མཛོད་》(M)མི་རིགས་དཔེ་སྐྲུན་ཁང་། ༡༩༨༥/༩པར་གཞི་དང་པོ། ཤ༡༥༡-༡༥༢

③ ཤར་རྫ་བཀྲ་ཤིས་རྒྱལ་མཚན། 《ལེགས་བཤད་རིན་པོ་ཆེའི་གཏེར་མཛོད་》(M)མི་རིགས་དཔེ་སྐྲུན་ཁང་། ༡༩༨༥/༩པར་གཞི་དང་པོ། ཤ༡༦༡-༡༦༢

④ ཤར་རྫ་བཀྲ་ཤིས་རྒྱལ་མཚན། 《ལེགས་བཤད་རིན་པོ་ཆེའི་གཏེར་མཛོད་》(M)མི་རིགས་དཔེ་སྐྲུན་ཁང་། ༡༩༨༥/༩པར་གཞི་དང་པོ། ཤ༡༦༢

གཉིས། ལོ་རྒྱུས་སྨྲ་བ་ནམ་མཁའི་ནོར་བུ་ལྟར་ན། “ལྷ་ཀླུ་གཉན་གསུམ་གྱིས་གཙོས་པའི་དབྱིངས་ཀྱི་ལྷ་ཚོགས་རྣམས་མཆོད་པ་དང་། མཁའི་དཔལ་མོ་བསྐངས་པ་དང་། གློང་གི་དམ་ཅན་བརྟེན་པ་དང་། ས་བདག་ཀླུ་གཉན་རྣམས་གཙོ་ཡིས་བཙོས་པའི་ཚུལ་གཤེན་རབ་མི་བོ་ཆེའི་མཛད་མདོ་རྒྱས་པ་དྲི་མེད་གཟི་བརྗིད་དུ་གསལ་”[①]ཞེས་པ་དང་། “གཤེན་རབ་མི་བོ་ཆེས་བསྟན་པའི་བོན་གྱི་རིགས་དེ་རྣམས་ལས་ཆེས་ཟབ་པ་དང་། བོན་རྣམས་ཀྱི་ཡང་སྙིང་དུ་གྲགས་པ་ནི་‘ཡང་དམག་པའི་སེམས་བོན་’ ཞེས་པའམ། ‘ཞང་ཞུང་གི་རྫོགས་ཆེན་’ ཞེས་བྱ་བ་དེ་ཁོ་ན་ཡིན་”[②]ཞེས་གསུངས་སོ། །སྤུ་ཕྱི་ལྟར་ན། “སྤུ་དེ་གུང་རྒྱལ་དང་ཏུ་ལས་སྐྱེས་གཉིས་ཀྱི་རིང་ལ། ཁམས་ཆེན་པོ་བརྒྱད་ལ་སོགས་པའི་བོན་པོའི་ཆོས་རྣམས་ཞང་ཞུང་ནས་བསྒྱུར་ཏེ་དར་རྒྱས་བྱུང་བ་དང་། དེར་མ་ཟད་དེ་དུས་ཀྱི་བོན་དུ་རྒྱུའི་བོན་རིགས་བཞི་དང་འབྲས་བུའི་བོན་རིགས་ལྔ་བཅས་བོན་ལ་རིགས་དགུར་ཕྱེ་སྲོལ་ཡོད་”[③]པར་བཞེད་དོ། །

གསུམ། གྲུབ་མཐའ་སྨྲ་བ་ཐུའུ་བཀྭན་བློ་བཟང་ཆོས་ཀྱི་ཉི་མ་ལྟར་ན། “གཉའ་ཁྲི་བཙན་པོ་ནས་རྒྱལ་རབས་དྲུག་པ་ཁྲི་ལྡེ་བཙན་པོའི་དུས་སུ་དབུས་འམ་ཤོད་ཡོན་བྱ་བར་ཏུས་གཤེན་ཡིན་པའི་བྱིས་པ་ལོ་བཅུ་གསུམ་ལོན་པ་ཞིག ...... དེ་དུས་ཀྱི་བོན་རྣམས་ལ་མར་འདྲེ་སྲིན་གནོན་པ་དང་། ཡར་རྒྱན་གྱི་ལྷ་མཆོད་པ། བར་ཁྱིམ་གྱི་ཐབ་འདོན་པ་ཙམ་ལས། བོན་ལུགས་ཀྱི་ལྟ་བ་སོགས་ཀྱི་ཐ་སྙད་མ་བྱུང་། ......

① ནམ་མཁའི་ནོར་བུ། 《ཞང་བོད་གནའ་རབས་ཀྱི་ལོ་རྒྱུས་ནོར་བུའི་མེ་ལོང་》(M)སི་ཁྲོན་མི་རིགས་དཔེ་སྐྲུན་ཁང་། ༡༩༩༠/༥པར་གཞི་དང་པོ། ཤ༡༡༧

② ནམ་མཁའི་ནོར་བུ། 《ཞང་བོད་གནའ་རབས་ཀྱི་ལོ་རྒྱུས་ནོར་བུའི་མེ་ལོང་》(M)སི་ཁྲོན་མི་རིགས་དཔེ་སྐྲུན་ཁང་། ༡༩༩༠/༥པར་གཞི་དང་པོ། ཤ༡༡༨

③ ནམ་མཁའི་ནོར་བུ། 《ཞང་བོད་གནའ་རབས་ཀྱི་ལོ་རྒྱུས་ནོར་བུའི་མེ་ལོང་》(M)སི་ཁྲོན་མི་རིགས་དཔེ་སྐྲུན་ཁང་། ༡༩༩༠/༥པར་གཞི་དང་པོ། ཤ༡༥༡-༡༥༢

དེ་ལ་རྒྱུའི་བོན་ཆབ་ནག་ཅེས་ཀྱང་གྲགས་སོ་”①ཞེས་གསུངས་པ་བརྫོལ་བོན་དང་། “རྒྱལ་པོ་གྲི་གུམ་བཙན་པོའི་གྲི་བཤིད་བོན་པོ་རྣམས་ཀྱིས་བྱེད་མ་ཤེས་ནས། ཁ་ཆེ་དང་། བྲུ་ཤ་དང་། ཞང་ཞུང་གསུམ་ནས་བོན་པོ་གསུམ་གྲི་བཤིད་ལ་བོས་པ་ལ། …… དེ་གསུམ་མ་བྱུང་ཕན་ཆད་དུ་བོན་ལ་ལྟ་བ་འདི་ཡིན་བྱ་བ་མེད། དེ་ཕྱིན་ཆད་ནས་བོན་གྱི་ལྟ་བ་ཅིག་བཟུང་སྟེ། མུ་སྟེགས་དབང་ཕྱུག་པའི་གྲུབ་མཐའ་འཁྱར་བ་བོན་དང་འདྲེས་པ་ཡིན་སྐད་”②ཅེས་གསུངས་པ་འཁྱར་བོན་ནོ། །ཡོངས་གྲགས་སུ་དེ་གཉི་གར་རྒྱུའི་བོན་བྱའོ། །“བསྒྱུར་བོན་ལ་གསུམ་ལས། དང་པོ་བསྒྱུར་བ་ནི་པཎྜིཏ་ཤམ་ཐབ་སྔོན་པོ་ཅན་གྱིས་ཆོས་ལོག་གཏེར་དུ་བཅུག་ནས་ཁོ་རང་གིས་བཏོན་པ་བོན་དང་འདྲེས་པ་ལ་ཟེར། གཉིས་པ་བར་དུ་བསྒྱུར་བ་ནི། ཁྲི་སྲོང་ལྡེ་བཙན་གྱི་དུས་བོན་རྣམས་ཆོས་ལ་འཇུག་དགོས་པའི་བཀའ་ཁྲིམས་བཅས་ཏེ་རྒྱལ་བའི་བྱང་ཆུབ་ཟེར་བ་ལ། རྒྱལ་པོའི་ཁྲིམས་བཅས་པས་ཁོ་ཁྲོས་ཏེ་བོན་དང་བསྡེབས་ནས་སངས་རྒྱས་ཀྱི་གསུང་རབ་འགའ་ཞིག་བོན་དུ་བསྒྱུར། …… བོན་རྣམས་སྐྲག་ནས་བསྒྱུར་འཕྲོ་དང་བཅས་པ་གཏེར་དུ་སྦས་པ་རྣམས་ཕྱིས་སུ་བཏོན་པ་ལ་བོན་གཏེར་མ་ཡིན་ཟེར། གསུམ་པ་ཐ་མར་བསྒྱུར་བ་ནི། གླང་དར་གྱིས་བསྟན་པ་བསྣུབས་རྗེས་གཙང་ཉང་སྟོད་ན་གཤེན་རྒྱུར་ཀླུ་དགའ་བྱ་བས། དར་ཡུལ་སྒྲོ་ལག་བྱ་བའི་དབུས་ཀྱི་བོན་གནས་ཤིག་ཏུ་སངས་རྒྱས་ཀྱི་བཀའ་མང་པོ་བོན་དུ་བསྒྱུར། …… དེའི་རྗེས་ཁྱུང་པོ་བོན་ཞིག་ལ་སོགས་པས་ཀྱང་དེ་འདྲ་མང་དུ་བསྒྱུར། བསྒྱུར་བོན་སྔ་ཕྱི་བར་གསུམ་པོ་དེ་ལ་ཆབ་དཀར་ཟེར་ཏེ་འབྲས་བུའི

① ཐུའུ་བཀྭན་བློ་བཟང་ཆོས་ཀྱི་ཉི་མ། 《ཐུའུ་བཀྭན་གྲུབ་མཐའ་》(M)ཀན་སུའུ་མི་རིགས་དཔེ་སྐྲུན་ཁང་། ༡༩༨༩/༥པར་གཞི་དང་པོ། ཤ༣༨༠-༣༨༡

② ཐུའུ་བཀྭན་བློ་བཟང་ཆོས་ཀྱི་ཉི་མ། 《ཐུའུ་བཀྭན་གྲུབ་མཐའ་》(M)ཀན་སུའུ་མི་རིགས་དཔེ་སྐྲུན་ཁང་། ༡༩༨༩/༥པར་གཞི་དང་པོ། ཤ༣༨༡

བོན་ཞེས་མིང་བཏགས་”①ཞེས་གསུངས་པ་ལྟར། རྒྱུའི་བོན་ཏེ། བཛོལ་བོན་དང་། འཁྲུར་བོན་གཉིས་སོ། །འབྲས་བུའི་བོན་ཏེ། བསྒྱུར་བོན་དང་། ཕྱི་ཐུག་ཏུ་བསྒྱུར་བོན་ལ་སྔ་ཕྱི་བར་གསུམ་ཡོད་པར་བཞེད་དོ། །

གོང་དུ་སྨོས་པ་ནི་བན་བོན་ཆོས་ལུགས་ཀྱི་ཡིག་ཚང་ནས་དྲངས་པའི་དཔྱད་གཞི་ཚད་ལྡན་འབའ་ཞིག་གོ། སྤྱིར་རྒྱུའི་བོན་གྱི་བཞེད་ཚུལ་མཚུངས་མོད། འབྲས་བུའི་བོན་གྱི་སྐོར་ལ་བོན་གྱི་ཆོས་ལུགས་ལྟར་ན། ཤར་རྫ་བས་གསང་སྔགས་ཀྱི་བོན་དང་། སྤྱི་སྤྱངས་ཀྱི་བོན་དུ་བཞེད། ནམ་མཁའི་ནོར་བུས་དམག་པའི་སེམས་བོན་ནམ། ཞང་ཞུང་གི་རྫོགས་ཆེན་ཞེས་གཡུང་དྲུང་བསྟན་པའི་ལྟ་བའི་སྙིང་པོར་བཞེད་དོ། །ནང་བསྟན་ཆོས་ལུགས་ལྟར་ན། ཐུའུ་བཀྭན་བློ་བཟང་ཆོས་ཀྱི་ཉི་མས་བསྒྱུར་བོན་སྔ་ཕྱི་བར་གསུམ་གྱི་གནས་སྐབས་སུ་པཎྜི་ཏ་ཤམ་ཐབ་སྔོན་པོ་ཅན་གྱིས་ཆོས་ལོག་གཏེར་དུ་བཅུག་པ་ཕུད། ཕལ་མོ་ཆེ་སངས་རྒྱས་ཀྱི་གསུང་རབ་བོན་དུ་བསྒྱུར་བ་ལས་གཞི་གྲུབ་པའི་འབྲས་བུའི་བོན་ཞེས་པའི་ལྟ་བའི་ཐ་སྙད་བྱུང་བར་བཞེད་དོ། །

འོ་ན་གསང་སྔགས་ཀྱི་བོན་དང་། སྤྱི་སྤྱངས་ཀྱི་བོན་དུ་གྲགས་པའི་ཞང་ཞུང་རྫོགས་ཆེན་བྱ་བ་གཡུང་དྲུང་བོན་གྱི་ལྟ་བའམ། སངས་རྒྱས་ཀྱི་གསུང་རབ་བོན་དུ་བསྒྱུར་བའི་ལྟ་གྲུབ་ཅི་ཞིག་ཡིན་ཞེ་ན། འདི་ལ“དྲན་མེད་དུ་ཧད་དེ། གཏད་མེད་དུ་ཆོད་དེ། རྟོག་མེད་དུ་ཟེན་ནེ། འཛིན་མེད་དུ་ཧྲིག་གེ་བ་དེ་ལ་རང་བྱུང་རིག་པའི་ཡེ་ཤེས་བྱ། …… བོན་སྐུ་འོད་ཀྱི་གོང་བུ་གནས་ཏེ། དེ་ནི་ངོ་བོ་སྟོང་པས་རྟག་པར་མ་སོང་། རིག་ཅིང་གསལ་བས་ཆད་པར་མ་སོང་། …… འདི་དག་ནི་ཕྱིས་ཀྱི་རྫོགས་ཆེན་པས་ཟེར་ལུགས་དང་མཚུངས་པར་འདུག་པས་བོན་རྫོགས་

① ཐུའུ་བཀྭན་བློ་བཟང་ཆོས་ཀྱི་ཉི་མ། 《ཐུའུ་བཀྭན་གྲུབ་མཐའ་》(M)ཀན་སུའུ་མི་རིགས་དཔེ་སྐྲུན་ཁང་། ༡༩༨༨/༥པར་གཞི་དང་པོ། ཤ༣༨༧-༣༨༨

གཉིས་ཐུགས་ནང་གཞིན་པོ་ཡོད་འདྲའོ་”①ཞེས་པ་དང་། “ཡང་བོན་གཞུང་འདུས་པ་རིན་པོ་ཆེའི་རྒྱུད་བྱ་བ་ན། ཀུན་རྫོབ་ཏུ་ནི་དངོས་རྣམས་ཞེན་པས་ཡོད། །དམ་པའི་དོན་ལ་ཆགས་པ་སྤངས་པས་མེད། ། …… ཞེས་སོགས་ཀྱི་བཤད་ཚུལ་ནི། བཀའ་དང་བསྟན་བཅོས་ནས་བཤད་པ་དང་དོན་འདྲ་བར་སྣང་ཞེས་སྤྱན་སྔ་བློ་གྲོས་རྒྱལ་མཚན་གྱིས་གསུངས། ཡང་ཀུན་མཁྱེན་ཤེར་འོད་དང་། སྟག་ཚང་ལོ་ཙཱ་བས་བོན་གྱི་ཐེག་པ་དགུ་པ་རྙིང་མའི་རྫོགས་ཆེན་དང་མཐུན་པར་ཡང་གསུངས་སྣང་ངོ་”②ཞེས་གསུངས་པ་ལས་རྙིང་མའི་རྫོགས་ཆེན་གྱི་ལྟ་བ་དང་རིགས་མཐུན་པ་སྟེ། སངས་རྒྱས་ཀྱི་གསུང་རབ་བོན་དུ་བསྒྱུར་བའི་ལྟ་གྲུབ་ཡིན་པར་བཞེད་དོ། །

རྙིང་མའི་རྫོགས་ཆེན་གྱི་ལྟ་གྲུབ་དང་ཇི་ལྟར་འདྲ་ཞེ་ན། རྙིང་མ་ལྟར་ན། སློབ་དཔོན་པདྨ་འབྱུང་གནས་ཀྱི་གསང་སྔགས་རྙིང་མ་ཁྱུངས་སུ་བྱས་པའི་ཆོས་བརྒྱུད་གྲུབ་མཐར་འདོད། བོན་གྱི་ཆོས་ལུགས་ལྟར་ན། “རྫོགས་ཆེན་ཞེས་པའི་ཐ་སྙད་དེ་ནི་གསང་བ་སྙིང་པོའམ་ཡང་ན་དེ་འདྲ་བའི་གསང་སྔགས་ཀྱི་གཞུང་ཞིག་ལས་མཆེད་པར་འདོད་”③ཅིང་། “གནའ་བོའི་སངས་རྒྱས་ཆོས་ལུགས་ཀྱི་གྲགས་ཅན་མི་སྣའི་གྲས་ལས་སངས་རྒྱས་སྲས་པ་ནི་རྫོགས་ཆེན་གཞུང་ལུགས་ཀྱི་ཆུ་འགོ་ལྟ་བུ་ཡིན་ལ། …… རྫོགས་ཆེན་གྱི་བསྟན་བཅོས་གཙོ་གྲས་ཤིག་ཡིན་པར་འདོད་པའི་《རིག་པའི་ཁུ་བྱུག་》ནི་བཻ་རོ་ཙ་ནས་ཕབ་སྒྱུར་བྱས་པར་”④བཞེད་དོ། །

① ཐུའུ་བཀྭན་བློ་བཟང་ཆོས་ཀྱི་ཉི་མ། 《ཐུའུ་བཀྭན་གྲུབ་མཐའ་》(M)ཀན་སུའུ་མི་རིགས་དཔེ་སྐྲུན་ཁང་། ༡༩༨༤/༤པར་གཞི་དང་པོ། ཤ༣༨༢-༣༨༣

② ཐུའུ་བཀྭན་བློ་བཟང་ཆོས་ཀྱི་ཉི་མ། 《ཐུའུ་བཀྭན་གྲུབ་མཐའ་》(M)ཀན་སུའུ་མི་རིགས་དཔེ་སྐྲུན་ཁང་། ༡༩༨༤/༤པར་གཞི་དང་པོ། ཤ༣༨༥-༣༨༦

③ མཁར་རྨེའུ་བསམ་གཏན། 《མདའ་དང་འཕང་》(སྟོད་ཆ)(M)ཀྲུང་གོའི་བོད་རིག་པ་དཔེ་སྐྲུན་ཁང་། ༢༠༠༧/༩པར་གཞི་དང་པོ། ཤ༡༦༡

④ མཁར་རྨེའུ་བསམ་གཏན། 《མདའ་དང་འཕང་》(སྟོད་ཆ)(M)ཀྲུང་གོའི་བོད་རིག་པ་དཔེ་སྐྲུན་ཁང་། ༢༠༠༧/༩པར་གཞི་དང་པོ། ཤ༡༦༢

སྦྱོར་བན་བོན་ཆོས་ལུགས་ཀྱི་གྲུབ་མཐའ་སོ་སོས་རང་ལུགས་སུ་འདོད་པའི་རྩོགས་ཆེན་ལྟ་བའི་སྒྲུབ་བྱེད་གང་ཞིག་རྣམ་པར་དག་མིན་ཁ་ཚོན་གཅོད་དཀའ། ལར་འབྲས་བུའི་བོན་གྱི་མཐར་ཐུག་གོ་འཕང་'བོན་སྐུ' དང་། སངས་རྒྱས་ཆོས་ལུགས་ཀྱི་མཐར་ཐུག་གོ་འཕང་'ཆོས་སྐུ' གཉིས་ཀྱི་རང་བཞིན་ཡང་དབྱེ་འབྱེད་ཤིན་ཏུ་ངལ་བ་མངོན་སུམ་མཐོང་ཆོས་སུ་གྱུར་བར་སུ་ཞིག་གིས་བསྙོན་ནུས། ནམ་མཁའི་ནོར་བུས་"ཕྱིས་ཀྱི་བོན་པོ་ཚོས་ཆོས་ཀྱི་ཤན་ཞུགས་པའི་བོན་ལུགས་ལ་མཆོག་ཏུ་འཛིན་ཞིང་། གནའ་དུས་ཀྱི་གདོད་མའི་བོན་ལུགས་ལ་'རྒྱུའི་བོན' ཞེས་མཐོང་ཆུང་བྱེད་སྲོལ་ཡོད་འདུག་པ་དེ་ནི་ནོར་ཆབས་ཤིན་ཏུ་ཆེན་པོ་ཞིག་རེད་"①ཅེས་དགག་གཞག་མཛད་མོད། ལུང་རིགས་ཀྱི་རིགས་བསྒྲི་ལྟར་ན། "དེ་ལྟ་ན་བོད་ཀྱི་གཤེན་རབ་རྗེས་འབྲང་དང་བཅས་པ་རྣམས་དེར་འགྱུར་ལ། འདོད་མི་ནུས་ཏེ། བདག་མེད་ཀྱི་རྣམ་གཞག་རྒྱས་པར་ཁས་ལེན་དགོས"②ཞེས་གསུངས་པའི་སྟག་ཚང་ལོ་ཙཱ་བའི་སྒྲུབ་ངག་འདི་སུས་ཀྱང་བཟློག་མི་ནུས་པ་གང་ཞིག གྲུབ་མཐའ་སྨྲ་བ་ཐུའུ་བཀྭན་བློ་བཟང་ཆོས་ཀྱི་ཉི་མས་ཀྱང་"ཆོས་དང་བོན་ཞེས་འགལ་བའི་ཚད་བྱེད་ཀྱང་། །ཆོས་ལ་བོན་འདྲེས་བོན་ལ་ཆོས་འདྲེས་པས། །ཆོས་མིག་རྟུལ་བྲལ་མི་ལྡན་བདག་ལྟ་བུ། །ཆོས་བོན་རྣམ་དབྱེ་འབྱེད་ལ་སྒྲིད་ལུག་གྱུར་"③ཅེས་བན་བོན་དབྱེ་འབྱེད་ཤིན་ཏུ་དཀའ་བར་གྱུར་ན། "བོན་ལ་ཆོས་འདྲེས། ཆོས་ལ་བོན་འདྲེས་པ"ཆོས་འབྱུང་ཕལ་མོ་ཆེའི་ཐུན་མོང་གི་དགོངས་པའི་དངོས་གཞི་ཡིན་པས། བོན་བསྟན་པའི་རིག

① ནམ་མཁའི་ནོར་བུ། 《ཞང་བོད་གནའ་རབས་ཀྱི་ལོ་རྒྱུས་ནོར་བུའི་མེ་ལོང་》(M)སི་ཁྲོན་མི་རིགས་དཔེ་སྐྲུན་ཁང་། ༡༩༩༠/༦པར་གཞི་དང་པོ། ཤ༡༦༧

② སྟག་ཚང་ལོ་ཙཱ་བ་ཤེས་རབ་རིན་ཆེན། 《གྲུབ་མཐའ་》(བོད་བཅུ་པ)(M)མི་རིགས་དཔེ་སྐྲུན་ཁང་། ༢༠༠༦/༥པར་གཞི་དང་པོ། ཤ༣༢-༣༣

③ ཐུའུ་བཀྭན་བློ་བཟང་ཆོས་ཀྱི་ཉི་མ། 《ཐུའུ་བཀྭན་གྲུབ་མཐའ་》(M)ཀན་སུའུ་མི་རིགས་དཔེ་སྐྲུན་ཁང་། ༡༩༨༦/༦པར་གཞི་དང་པོ། ཤ༣༨༧

གནས་ཀྱི་རྣམ་གཞག་ཀུང་རྒྱུའི་བོན་ནམ། གདོད་མའི་བོན་གྱི་ཚོ་གའི་རྣམ་པ་ཙམ་ཡིན་པ་ལས། གཞི་ལམ་འབྲས་གསུམ་གཞི་གྲུབ་པའི་འབྲས་བུའི་བོན་ནམ། གཡུང་དྲུང་བོན་གྱི་ཪྫོགས་ཆེན་གྱི་ལྟ་གྲུབ་ཏུ་འདོད་མི་ནུས་པར་སྙམ་མོ། །

མདོ་དོན་གྱི་སྙིང་པོ་ལྟར་ན། བོད་ཀྱི་གདོད་མའི་རིག་གནས་ཀྱི་རྣམ་གཞག་འདི་ལྟ་སྟེ། གཅིག་བོན་གྱི་ཆོས་ལུགས་ལྟར་ན། རྒྱུའི་བོན་ཏེ། བོན་ཆབ་ནག་གམ། བདུད་བོན། གདོན་བོན། བཙན་བོན་བཅས་སུ་བཞེད། འདི་ནི་སྤུར་རྒྱལ་བཙན་པོའི་ཁྲི་ཐོག་དང་པོར་དར་བའི་བོན་ཤེས་པ་ཙན་བཅུ་གཉིས་ཀྱི་བོན་ནམ། སྣང་གཤེན་བལ་ཐོད་ཅན་གྱི་གདོད་མའི་བོན་བྱ་བ་དེའོ། །ཕྱི་བྲག་ཏུ་བཟློལ་བོན་ནམ་འཛོལ་བོན་གྱི་ཐ་སྙད་མི་འདོགས་ཏེ། “བཟློལ་བོན་ནམ་འཛོལ་བོན་དང་། འཁྱར་བོན་དང་། བསྒྱུར་བོན་བྱ་བའི་ཐ་སྙད་ཀྱི་རྣམ་དབྱེ་དེ་དག་ནི་བོད་ཀྱི་བན་དེ་ཚོས་བློ་ལ་གང་སྣང་བ་དང་། དེ་དག་གི་མཐོང་ཚོད་ཀྱི་སྒོ་ནས་བཏགས་པའི་མིང་ཤ་སྟག་ཡིན་”①ཞེས་གསུངས་པས་སོ། །

གཅིག་ཤོས། ཐུའུ་བཀྭན་བློ་བཟང་ཆོས་ཀྱི་ཉི་མ་ལྟར་ན། རྒྱུའི་བོན་ཏེ། བོན་ཆབ་ནག་གམ། བཟློལ་བོན་བྱ་བ་དེའོ། །འདི་ནི་དབང་ཕྱུག་པའི་གྲུབ་མཐའ་འཁྱར་བའི་འཁྱར་བོན་དང་། སངས་རྒྱས་ཀྱི་གསུང་རབ་འདྲེས་པའི་བསྒྱུར་བོན་གྱི་ཡ་གྱལ་ཏེ། སྤུར་རྒྱལ་བཙན་པོའི་ཁྲི་ཐོག་དང་པོ་ནས་དྲུག་པའི་བར་དར་བའི་ཏུས་གཤེན་བྱ་བའི་བྱིས་པ་ལོ་བཅུ་གསུམ་ཞིག་གིས་སྤྲོལ་གཏོད་པའི་གསོལ་མཆོད་དང་། ཡས་སྟག་གཏོང་ལུགས་ཀྱི་ཚོ་གའི་རྣམ་པ་ཅན་གྱི་གདོད་མའི་བོན་ཆོས་སུ་བཞེད་དོ། །

དེས་ན་རྒྱུའི་བོན་ནམ། གདོད་མའི་བོན་གྱིས་ཡ་ཐོག་སྲིད་པ་སྒོ་ངའི་གློང་ནས་ཆགས་པའི་སྐྱུང་ལས། ལྷ་ཀླུ་གཉན་གསུམ་གྱིས་གཙོས་པའི་དབྱིངས་ཀྱི་ལྷ་ཚོགས་

① ནམ་མཁའི་ནོར་བུ། 《ཞང་བོད་གནའ་རབས་ཀྱི་ལོ་རྒྱུས་ནོར་བུའི་མེ་ལོང་》(M)སི་ཁྲིན་མི་རིགས་དཔེ་སྐྲུན་ཁང་། ༡༩༩༠/༥པར་གཞི་དང་པོ། ཤ༢༣༣

ཏེ། སྲིད་པའི་ངོ་བོར་གྱུར་བའི་ལྷ་ཚོགས་མཆོད་ཅིང་། མཁའི་དབལ་མོ་བསྐངས་བ། གློང་གི་དམ་ཅན་བརྟེན་པ། ས་བདག་ཀླུ་གཉན་གསུམ་གཙོ་ཡིས་བཙོས་པ་ལ་སོགས་པ་ཡར་རྒན་གྱི་ལྷ་མཆོད་པ་དང་། བར་ཁྲིམ་གྱི་ཐབ་འདོན་པ། མར་འདྲེ་སྲིན་གནོན་པ་བཅས་འཆི་བསླུ་གཙོའི་ཚ་ག་དར་ཏེ། སྣགས་བཟླ་བའམ། གྱེར་བའི་བོན་བྱུང་། སྲྱིར་ལྷ་གསོལ་པས་མགོན་བྱེད་པ་དང་། གཡང་བཀུགས་པས་ནོར་ཕྱུགས་འཕེལ་བ། གླུད་བཏང་བས་འདྲེ་ཚིམས་པ། ཤི་བ་འདུར་བས་བདེ་བ་ཐོབ་པ་ལ་སོགས་པའི་ཚ་ག་སྣ་ཚོགས་བསྒྲུབས་པ་ལས། གཡུང་དྲུང་བསྟན་པའི་འབྲས་བུའི་བོན་ནམ། ཞང་ཞུང་རྫོགས་ཆེན་གྱི་བསྒྲུབ་བྱ་རྙེད་བྱའི་མཐར་ཐུག་གི་གོ་འཕང་སྟེ། བོན་སྐུ་འོད་ཀྱི་གོང་བུར་བཞེད་པའི་རིགས་པའི་ལྷ་གྲུབ་ཡང་དག་ཅི་ཡང་དར་མེད། རིམ་བཞིན་ལྷེའུ་ཞེས་རིག་པའི་ལྷེ་མིག་གི་ངོ་བོར་གྲུབ་པའི་ཁྱིགས་སམ། ཁྱད་ཀྱི་རྣམ་པ་ལས་མོ་ལྷ་དར་ཏེ། ལེགས་ཉེས་བརྟགས་པའི་མོ་ཕྱྭ་པྲ་ཕབ་ཀྱི་ཚ་ག་དར་མོད། རྫོགས་ཆེན་ལྷ་གྲུབ་ཀྱི་རིགས་པའི་རྣམ་གྲངས་བྱ་བ་གླེང་མི་བཏུབ་བོ། །

སྲིད་པའམ་ལྷ་སྟེ། ལྷ་ཀླུ་གཉན་གསུམ་གྱིས་གཙོས་པའི་དབྱིངས་ཀྱི་ལྷ་ཚོགས་མགོན་པོར་བསྟེན་ཏེ། མདོས་དང་། གླུད། གཏོ། ཡུགས་ལ་སོགས་པ་གཏོ་ཚོག་ཚ་ག དེ་བཞིན་བསང་ཚོག་དང་། གཡང་ཚོག གཏོ་ཚོག་བཅས་སྐུ་རིམ་གྱི་ཚ་ག སེལ་གྱི་སྒོ་དང་། སྲི་ཡི་སྒོ། གླུད་ཀྱི་སྒོ། གཏོ་ཡི་སྒོ་བཅས་བོན་གྱི་སྒོ་བཞི་ལ་སོགས་པའི་ཚ་གའི་རྣམ་པ་སྟེ། སྔགས་ཀྱི་མཐུ་དང་། རྫས་ཀྱི་ནུས་པས་ལྷ་ཀླུ་འདྲེ་སྲིན་ས་བདག་བཅས་ཀྱི་གནོད་པ་བཟློག་ཅིང་། ནད་ཞི་བ་དང་། ཚེ་བསྲིངས་པ། རིགས་རྒྱུད་སྤེལ་བ་ལ་སོགས་པ་སྔགས་བཟླས་པ་པོ་ནའི་ཚ་ག་ཕྱག་ལེན་གཙོ་བོར་བསྒྲུབས་སོ། །དེའི་ཕྱིར་རྒྱུའི་བོན་ཏེ། དབྱིངས་ཀྱི་ལྷ་ཚོགས་མཆོད་པ་དང་། ཚ་ག་སྙིང་པོར་བསྒྲུབས་པའི་གདོད་མའི་བོན་གྱི་ཚ་ག་ཕྱག་ལེན་གྱི་རྣམ་པ་ཙམ་དར་བ་

ལས། འབྲས་བུའི་བོན་ཏེ། གཡུང་དྲུང་བོན་བསྟན་པའི་ཇོགས་ཆེན་ལྟ་བའི་རིགས་ལམ་གྱི་ལྟ་གྲུབ་ཚད་ལྡན་དར་མེད་པར་སླམ་མོ། །

རིག་གནས་ཀྱི་རྣམ་གཞག་འདི་ནི་མིའི་འགྲོ་བའི་ཤེས་རིག་གི་དཀྱིགས་མཚམས་གསུམ་སྟེ། ལྷའི་དུས་རབས་དང་། དཔའ་བོའི་དུས་རབས། མིའི་དུས་རབས་བཅས་ལས་སྔ་མ་ལྷའི་དུས་རབས་ཀྱི་ཁོངས་སུ་གཏོགས། སྤྱིར་འཇིག་རྟེན་བྱེད་པོ་སྨྲ་བའི་རིགས་པའི་ས་བོན་ཏེ། ཐོ་ཐེམ་མམ། ཉུས་བླའི་དད་མོས་ཀྱི་གཏོ་ཡི་རྣམ་པ་དང་། དབྱིངས་ཀྱི་ལྷ་ཚོགས་ལ་བར་སྨྲ་བའི་ཚ་གའི་རིག་གནས་ཤིག་གོ། ལོག་སྟེ་ཆོས་ལུགས་ཀྱི་རྣམ་གཞག་ཏུ་གཞི་གྲུབ་མེད། ཅིའི་ཕྱིར་ཞེ་ན། ཚ་གའི་རྣམ་པ་གང་ཞིག་ནི་སྨན་དང་། རྫས་ཀྱིས་ཐོན་པའི་ནུས་པ་ལྷ་གླུ་གཉན་གསུམ་གྱི་བྱིན་རླབས་དང་། སྔགས་ཀྱི་མཐུར་རློམ་པས་སོ། །འདི་ནི་གནའ་མི་བྱིས་བློ་ཅན་གྱི་བླ་གློའི་གནས་སྐབས་ཀྱི་བག་ཆགས་ཕྲ་མོའི་མངོན་ཚུལ་ཡིན་པ་ལས། མིའི་གོ་བབ་རྩད་ཞིབ་བརྒྱུད་མི་རང་མཚན་པའི་འཚོ་སྡོད་ཀྱི་ཁ་སྟབས་དང་ལྟོས་གྲུབ་ཏུ་གྱུར་བའི་རིགས་ཤེས་དང་། དད་པ་ལྟ་བུའི་ཤེས་པའི་ཡོན་ཏན་ཆ་བསགས་ཀྱིས་ཡར་ངོའི་ཟླ་ལྟར་འཕེལ་ཏེ། འཇིག་རྟེན་དང་འཇིག་རྟེན་ལས་འདས་པའི་རིགས་ལམ་གྱི་རྣམ་གཞག་གཞི་གྲུབ་པའི་རིག་གནས་དར་མེད་པའི་ཕྱིར་རོ། །སྐབས་གནས་ལྷ་ཚོགས་སུ་རློམ་པའི་ཚ་གའི་རིག་གནས་ཀྱིས་མིའི་གོ་བབ་རྩད་ཞིབ་དང་། མི་རང་མཚན་པའི་ངོ་བོར་ངེས་ཤེས་འཛྲོངས་རྒྱུ་ལྟ་ཅི། ཅི་ཡང་སྲིད་པའི་སྲིད་པ་སྒྱུ་མའི་འཇིག་རྟེན་ཁམས་སུ་ཚེ་འདིའི་སྣང་བ་རགས་པའི་རང་བཞིན་ཙམ་ཡང་བཟློག་མི་ནུས་པ་གང་ཞིག སྐྱེ་འཆིའི་སྡུག་བསྔལ་གྱི་རྩ་བ་སྲིད་པའམ། ལྷའི་རྣམ་རོལ་དུ་ངོས་བཟུང་སྟེ། ཉོན་མོངས་པའི་དྲི་མ་གློ་བུར་བས་བསླད་པའི་མི་གཞིའི་དྲི་མའམ། ངར་འཛིན་ལྷན་སྐྱེས་ཀྱི་མ་རིག་པ་འཇིག་རྟེན་རྒྱུད་པའི་རྩ་བར་འདོད་མི་ནུས་

སོ། །ལར་ལྷ་ཚོགས་ནི་སྣང་སྲིད་ཀྱི་བྱེད་པོ་དང་། བདེ་སྡུག་གི་སྐྱངས་འཛིན་དུ་འདོད་ན། གདོད་མའི་རྒྱུའི་བོན་ནི་སྣང་སྲིད་ཀྱི་འཇིགས་སྐྲག་ཟློག་བྱེད་ཀྱི་ཚོ་གའི་རྣམ་པ་འབའ་ཞིག་གོ།

གཙོའི་ནུས་པས་ལྷ་ཀླུ་གཉན་གསུམ་གྱི་གོ་འཕང་ཇི་སྲིད་མཐོ་ན་མིའི་གོ་བབ་དེ་སྲིད་དམའ་ཞིང་། མི་རང་མཚན་པའི་འཕྲུལ་ཤུགས་འདི་ཕྱིའི་བདེ་བ་བསྒྲུབ་རྒྱུ་ལྟ་ཅི། བླང་དོར་འཇུག་ལྡོག་དང་། ལམ་དང་རྒྱུན་ཤེས་ལ་སོགས་པའི་རིགས་པའི་རྣམ་གྲངས་ཅི་རིགས་པ་སྲིད་པའམ། ལྷའི་མཐུ་དང་ནུས་པ་འབའ་ཞིག་ཏུ་རྨོངས་སྟེ། འཇིག་རྟེན་བྱེད་པོ་སྨྲ་བའི་ཆོས་ལུགས་ལས་ཀྱང་ཐ་ཆད་པའི་རྣམ་གཞག་འཛོག་རྒྱུ་གདོན་མི་ཟ། འདི་ནི་མིའི་ངོ་བོ་དང་། མཚན་ཉིད། མི་གཞི། གོ་བབ། བྱ་བྱེད། དལ་བའི་རྟེན་གྱི་སྙིང་པོ་ལས་གོ་ལྡོག་པའི་གནའ་མི་བྱིས་བློ་ཅན་གྱི་འཚོ་ཆོས་འཕྱིད་ཐབས་ཀྱི་འཚོ་སྡོད་ཀྱི་རིག་གནས་ཤིག་སྟེ། ཆོས་ལུགས་རིག་པ་ལྟར་ན། མིའི་འགྲོ་བའི་གདོད་མའི་རིགས་པའི་ས་བོན་ཏེ། ཆོས་ལུགས་མ་དར་གོང་གི་གཙོའམ། ཚོ་གའི་རིག་གནས་ཀྱི་རྣམ་པ་དང་། མཚན་ཉིད་རིག་པ་ལྟར་ན། ཡ་ཐོག་གམ། གདོད་མའི་གནའ་མི་བྱིས་བློ་ཅན་གྱི་ཤེས་རབ་ནར་མ་སོན་པའི་གནས་སྐབས་སུ་སྐྱབས་གནས་ལྷ་ཏུ་རློམ་པའི་ལྷའི་དུས་རབས་སམ། མི་རང་མཚན་པའི་ཤེས་པ་ནར་མ་སོན་པའི་ཡ་ཐོག་གདོད་མའི་ཤེས་རིག་གི་རྣམ་གྲངས་ཤིག་གོ།

འདིར་མེས་པོའི་ཤེས་རབ་ཀྱི་རྩལ་ལས་འབྲུངས་པའི་རྒྱུའི་བོན་ནམ། གདོད་མའི་བོན་ལ་སྐད་འདོགས་ཕྱིར་བབ་ཙོལ་སྨྲས་པ་མ་ཡིན། གང་ལགས་ཤེ་ན། འདི་ནི་མིའི་འགྲོ་བ་ཐུན་མོང་གི་གདོད་མའི་ཤེས་རིག་བྱུང་འཕེལ་གྱི་མ་བཅོས་གཤིས་སུ་གྲུབ་པའི་རིགས་པའི་སྤྱི་སྲོལ་ཉག་གཅིག་ཡིན་པའི་ཕྱིར་རོ། །ཅི་སྟེ་སྐད་འདོགས་པར་སྙམ་ཚེ། རིག་གནས་དང་མི་ལྡོས་གྲུབ་ཏུ་སྨྲ་བའི་གཞུང་གི་གོ་རྒྱ་ཆུང་བའི་

རང་མཚང་ཡིན་ཞེས་ཀྱང་སྨྲ་འདོད་དོ། །

མདོར་ན་གདོང་མའི་བོན་གྱི་ལྷ་གྲུབ་ལས་འཕྲོས་པའི་རིག་གནས་ཀྱི་རྣམ་གཞག་འདི་ནི་དབྱིངས་ཀྱི་ལྷ་ཚོགས་ལྟེ་བར་སྨྲ་བའི་ཚ་གའི་རིག་གནས་སམ། ལྷ་ཆོས་རིག་གནས་ཀྱི་ས་བོན་ཏེ། ལྷ་ཚོགས་མཆོད་པ་དང་། ཚ་ག་སྙིང་པོར་བསྒྲུབས་པའི་ཐོ་ཐེམ་མམ། ཉུས་སླའི་དད་མོས་ཀྱི་གཙོ་ཡི་རྣམ་པའོ། །འདི་ནི་དད་པ་དང་ཤེས་པའི་གཞལ་བྱར་གྱུར་བའི་འཇིག་རྟེན་དང་འཇིག་རྟེན་ལས་འདས་པའི་དམ་པའི་ལྷ་ཆོས་ཀྱི་རྣམ་གཞག་ཅིག་མིན། ལྟོག་སྟེ་སྣང་སྲིད་ཀྱི་འཇིགས་སྐྲག་ལྷ་ཚོགས་ཀྱི་རྣམ་རོལ་དུ་ངོས་བཟུང་བའི་ཡ་ཐོག་གདོང་མའི་གནའ་མི་བྱིས་བློ་ཅན་གྱི་འཚོ་ཆོས་འཕྲིད་ཐབས་ཀྱི་འཚོ་སྟོད་ཀྱི་རིག་གནས་ཤིག་སྟེ། འཇིག་རྟེན་བྱེད་པོ་སྨྲ་བའི་རིག་གནས་ཀྱི་ངོ་བོར་ཟད་པས། མི་ལྟེ་བར་སྨྲ་ཞིང་། རིག་གནས་དང་མི་ལྟོས་གྲུབ་ཏུ་སྨྲ་བའི་རིགས་པའི་རྣམ་གཞག་ཅིག་མ་ཡིན་ནོ། །

ཞར་བྱུང་གཡུང་དྲུང་བོན་གྱི་རིགས་པའི་རྣམ་གཞག་གམ། བོན་གྱི་ལྟ་གྲུབ་ཡང་དག་པར་རྫོགས་པའི་འབྲས་བུའི་བོན་ལྔ་ནི“གཤེན་རབ་མི་བོ་ཞེས་གྲགས་པའི་རྗེས་འབྲང་བོན་ཐེག་པ་རིམ་པ་དགུ་སྟེ། རྒྱུའི་བོན་བཞི་དང་། འབྲས་བུའི་བོན་བཞི། ཐེག་པ་བླ་ན་མེད་པའི་བོན་ནོ། ། …… དང་པོ་བཞི་ནི་བོད་ཀྱི་ལྷ་འདྲེས་བསྟན། བར་པ་བཞི་ནི་འདུལ་མཛོད་ཕར་ཕྱིན་རྣམས་འདྲ་མིན་དུ་བསྒྱུར་”① ཞེས་གསུངས་པ་ལྟར། འབྲས་བུའི་བོན་བཞིའམ་ལྔ་བྱ་བ་ནི་གཡུང་དྲུང་བོན་གྱི་བསྟན་པའི་སྙིང་པོར་གྲགས་པའི་ཞང་ཞུང་རྫོགས་ཆེན་བྱ་བ་དེའོ། །དེའང་འདུལ་མཛོད་ཕར་ཕྱིན་ལ་སོགས་པའི་གསུང་རབ་བོན་དུ་བསྒྱུར་ཅིང་། མཐར་ཐུག་འཐོབ་བྱའི་གོ་འཕང་བོན་སྐུ་བྱ་བའང་ཆོས་སྐུ་ལྟར་འདོད་ཀྱི་གོང་བུར་གྲུབ་པར་བཞེད་ན།

① སྟག་ཚང་ལོ་ཙཱ་བ་ཤེས་རབ་རིན་ཆེན། 《གྲུབ་མཐའ་》(བོད་བཅུ་པ)(M)མི་རིགས་དཔེ་སྐྲུན་ཁང་། ༢༠༠༩/༥པར་གཞི་དང་པོ། ༣༧༡

གཡུང་དྲུང་བོན་གྱི་རིགས་པའི་རྣམ་གཞག་ཀྱང་གོང་དུ་སྨོས་པའི་རྙིང་མའི་རྫོགས་པ་ཆེན་པོའི་ལྟ་གྲུབ་ལས་རྣམ་པར་འཕྱེད་རྒྱུ་ཤིན་ཏུ་ངལ་ལོ། །དེའི་ཕྱིར་གཡུང་དྲུང་བོན་གྱི་རིགས་པའི་རྣམ་གཞག་ཀྱང་རྙིང་མའི་ལྟ་གྲུབ་དང་དཔྱེར་མ་མཆིས་པ་ཤིན་ཏུ་རྟོགས་སླའོ། །

ནང་བསྟན་ཆོས་ལུགས་ནི་བོད་ཀྱི་རིག་གནས་སྤྱིའི་རིག་གནས་ཀྱི་གཞུང་ཤིང་དུ་གྲགས་པ་ཁ་གཅིག་གྲག་གི་གཏམ་མོ། །འདིར་མདོ་དོན་གྱི་སྙིང་པོ་ལྟར་དཀྱུས་སུ་བརྗོད་ན། "དཔང་ཀོང་ཕྱག་རྒྱ་མདོ་སྡེ་ཟ་མ་ཏོག། ཡིད་དུ་འོང་བའི་གླེགས་བམ་རྣམ་གཉིས་དང་། །གསེར་གྱི་མཆོད་རྟེན་མུ་དྲའི་ཕྱག་རྒྱ་དང་། །ཙིན་ཏ་མ་ཎིའི་སྐོས་ཕོར་རྣམ་དྲུག་བབ་"[①]ཅེས་གསུངས་པ་ལྟར། ཁྲི་ཐོག་ཉེར་བརྒྱད་པ་ལྷ་ཐོ་ཐོ་རི་གཉན་བཙན་གྱི་དུས་སུ་མིང་གཉན་པོ་གསང་བར་བཏགས་ནས་མཆོད་དེ་དམ་ཆོས་ཀྱི་དབུ་བརྙེས། "མི་རབས་ལྔ་ནས་འདིའི་དོན་ཤེས་པར་འགྱུར་རོ་"[②]ཞེས་སྲོང་བཙན་སྒམ་པོའི་དུས་སུ"ལོ་ཙྪ་བ་ཐོན་མི་སམ་བྷོ་ཊ་དང་། དེའི་མཆན་བུ་དྷ་རྨ་ཀོ་ཥ་དང་ལྷ་ལུང་རྡོ་རྗེ་དཔལ་སོགས་ཀྱིས་འདུས་པ་རིན་པོ་ཆེ་ཏོག་གི་གཟུངས། ཟླ་བ་སྒྲོན་མ། དཀོན་མཆོག་སྤྲིན་སོགས་བསྒྱུར་ཅིང་ཤེར་ཕྱིན་སྟོང་ཕྲག་བརྒྱ་པ་ཡང་བསྒྱུར་"[③]ཏེ། དམ་པའི་གསུང་རབ་ཀྱི་ལོ་རྒྱའི་དབུ་བརྙེས། ཁྲི་སྲོང་ལྡེ་བཙན་གྱི་དུས་སུ་ལོ་ཙྪ་བ་ཆེ་དགུར་གྲགས་པས་ཐེག་པ་ཆེན་པོའི་མདོ་རྒྱུད་བསྟན་ཆོས་མ་ལུས་པ་བསྒྱུར་ཅིང་། སད་མི་བདུན་རབ་ཏུ་བྱུང་ནས་དགེ་འདུན་གྱི་སྡེ་ཐོག་མར་

① དཔའ་བོ་གཙུག་ལག་ཕྲེང་བ། 《ཆོས་འབྱུང་མཁས་པའི་དགའ་སྟོན་》(M)མི་རིགས་དཔེ་སྐྲུན་ཁང་། ༢༠༡༢/༣པར་གཞི་གཉིས་པ། ཤ༩༠-༩༡

② དཔའ་བོ་གཙུག་ལག་ཕྲེང་བ། 《ཆོས་འབྱུང་མཁས་པའི་དགའ་སྟོན་》(M)མི་རིགས་དཔེ་སྐྲུན་ཁང་། ༢༠༡༢/༣པར་གཞི་གཉིས་པ། ཤ༩༢

③ དཔའ་བོ་གཙུག་ལག་ཕྲེང་བ། 《ཆོས་འབྱུང་མཁས་པའི་དགའ་སྟོན་》(M)མི་རིགས་དཔེ་སྐྲུན་ཁང་། ༢༠༡༢/༣པར་གཞི་གཉིས་པ། ཤ༩༩

དར། སློབ་དཔོན་ཀ་མ་ལ་ཤཱི་ལས་ཧྭ་ཤང་རྩོད་པས་ཕམ་པར་མཛད། "ཞི་འཚོ་དང་། ཀ་མ་ལ་ཤཱི་ལའི་ལུགས་ཀྱི་དབུ་མ་རང་རྒྱུད་པའི་ལྟ་བ"[①]དར་བ་ལ་སོགས་པ་བཤད་གྲྭའི་བསྟན་པ་དར་ཞིང་རྒྱས་པར་གྱུར།

བཙན་པོ་འུ་དུམ་བཙན་གྱི་དུས་སུ"ལྷ་ས་བསམ་ཡས་གཉིས་ཀར་དང་པོ་བཤས་ཁང་བྱས། ཕྱིས་ཤ་ཚང་སྤྱང་ཚང་བཅས། གཞན་ལྷ་ཁང་མང་པོ་བཞེངས། གསུང་རབ་གང་ཉེད་མེར་བསྲེགས་ལ་ཆུར་བསྐྱུར། ལ་ལ་སའི་འོག་ཏུ་སྦས། ...... སྐྱེས་བུ་དམ་པ་མང་པོ་བཀྲོངས། རབ་ཏུ་བྱུང་བ་ཕལ་ཆེར་ས་མཐར་བྲོས་ཤིང་མ་ཐར་བ་རྣམས་ཁྱིམ་པར་ཕབ"[②]སྟེ། འདུལ་བའི་བསྟན་པ་མ་ལུས་པ་བསྣུབས། འདི་ཡན་ལ་ཡོངས་གྲགས་ཀྱི་བསྟན་པ་སྔ་དར་བྱ།

བསྟན་པ་ཕྱི་དར་གྱི་དུས་སུ་བླ་ཆེན་དགོངས་པ་རབ་གསལ་གྱིས་བསྟན་པའི་མི་རོ་སླད་ནས་གསོས་པར་སླད་འདུལ་བར་གྲགས་ཤིང་། ལྷ་བླ་མ་ཡེ་ཤེས་འོད་ཀྱི་དུས་སུ་ལོ་ཙྪ་བ་རིན་ཆེན་བཟང་པོས་ར་ཛཱི་སྐར་རྒྱལ་གྱི་ཆོས་ལོག་དང་། སྔགས་ལོག་པ་ཚར་བཅད་དེ། འདུལ་བའི་བསྟན་པ་གསོས། "ལོ་ཆེན་འདིའི་ལྟ་བ་ནི་རབ་ཏུ་མི་གནས་པའི་དབུ་མ་བ་ཡིན་པར་བཤད་"[③]དོ། །དེའི་ཕྱིས་ནས་ཞང་ཞུང་བ་རྒྱལ་བའི་ཤེས་རབ་ཀྱི་སློབ་བརྒྱུད་ལ་སོགས་པས་སྡོམ་ནས་གསོས་པར་སྡོམ་འདུལ་བ་དང་། མངའ་བདག་ལྷ་ལྡེའི་དུས་ཀྱི་ཁ་ཆེ་པཎ་ཆེན་ཤཱཀྱ་ཤྲཱིའི་སྡོམ་རྒྱུན་ལ་པཎ་ཆེན་སྡོམ་རྒྱུན་ཞེས་གྲགས་སོ། །འོན་ཀྱང་"ལོ་ཆེན་རིན་ཆེན་བཟང་

---

① ཐུའུ་བཀྭན་བློ་བཟང་ཆོས་ཀྱི་ཉི་མ། 《ཐུའུ་བཀྭན་གྲུབ་མཐའ་》(M)ཀན་སུའུ་མི་རིགས་དཔེ་སྐྲུན་ཁང་། ༡༩༨༩/༩པར་གཞི་དང་པོ། ཤ༥༧

② དཔའ་བོ་གཙུག་ལག་ཕྲེང་བ། 《ཆོས་འབྱུང་མཁས་པའི་དགའ་སྟོན་》(M)མི་རིགས་དཔེ་སྐྲུན་ཁང་། ༢༠༡༢/༣པར་གཞི་གཉིས་པ། ཤ༢༢༣

③ ཐུའུ་བཀྭན་བློ་བཟང་ཆོས་ཀྱི་ཉི་མ། 《ཐུའུ་བཀྭན་གྲུབ་མཐའ་》(M)ཀན་སུའུ་མི་རིགས་དཔེ་སྐྲུན་ཁང་། ༡༩༨༩/༩པར་གཞི་དང་པོ། ཤ༥༣

པོས་མངའ་རིས་སྟོད་ནས་གསོས་པས་དབུས་གཙང་གི་ལྷོངས་སུ་དགེ་འདུན་གྱི་སྡེ་འཕེལ་བར་གྱུར་མོད། འགའ་ཞིག་འདུལ་བ་ལ་མོས་བློས་སྔགས་ཁྱད་དུ་གསོད། འགའ་ཞིག་སྔགས་ལ་མོས་བློས་འདུལ་བ་ཁྱད་དུ་གསོད་པས་བསྟན་པ་ཕྱོགས་རེ་བར་སོང་”①སྟེ། ཨ་ཙ་ར་དམར་པོ་དང་། པཎྜིཏ་ཤམ་ཐབས་སྔོན་པོའི་སྦྱོར་སྒྲོལ་གྱི་ཆོས་ལོག་དར་བས། དབོན་པོ་བྱང་ཆུབ་འོད་ཀྱི་དུས་སུ་ཇོ་བོ་རྗེ་དཔལ་ལྡན་ཨ་ཏི་ཤ་སྤྱན་དྲངས། བསྟན་པར་དག་ཐེར་སྐོས་མདོ་སྔགས་ཀྱི་གནད་ཐམས་ཅད་བསྡུས་ནས་ཉམས་སུ་ལེན་པའི་རིམ་པ་དྲིལ་བའི་གཞུང་བྱང་ཆུབ་ལམ་གྱི་སྒྲོན་མ་མཛད་དེ། ལྷ་སྤྱོད་རྣམ་དག་གི་བསྟན་པ་རྒྱས་པར་མཛད་ཅིང་། མདོ་སྔགས་ཚ་གྲང་ལྟར་འགལ་བར་འཛིན་པའི་ལོག་རྟོག་མ་ལུས་པ་སེལ། ཇོ་བོ་རྗེ་གཞི་ཐམས་ཅད་ཡོད་པར་སྨྲ་བའི་སྡོམ་རྒྱུན་བཞེས་ཀྱང་། ལྟ་བ་ཐལ་འགྱུར་པའི་ལུགས་སོ། །

སྤྱིར་རྙིང་མ་ཕུད། “བཀའ་བརྒྱུད་པ་དང་། ས་སྐྱ་བ་དང་། དགེ་ལྡན་པར་གྲགས་པ་འདི་རྣམས་ཀྱང་ཇོ་བོ་རྗེའི་འཕྲིན་ལས་ལ་བརྟེན་ནས་བྱུང་བ་ཤ་སྟག་ཡིན་”②ཞེས་གསུངས་པ་ལྟར་སྔ་གཞུག་ཏུ་རྙིང་མ་དང་། བཀའ་གདམས། བཀའ་བརྒྱུད། ཞི་བྱེད། ས་སྐྱ། ཇོ་ནང་། དགེ་ལུགས་ལ་སོགས་པའི་ཆོས་བརྒྱུད་གྲུབ་མཐའ་རིམ་བཞིན་དར། ལར་རྙིང་མའི་རྫོགས་པ་ཆེན་པོ་དང་། བཀའ་གདམས་པའི་ཇོ་བོའི་གདམས་པ། བཀའ་བརྒྱུད་ཀྱི་ཕྱག་རྒྱ་ཆེན་པོ། ཞི་བྱེད་པའི་ཤེར་ཕྱིན་གྱི་བརྒྱུད་པའི་བཀའ་བབ་དྲུག ས་སྐྱའི་གསལ་སྟོང་འཛིན་མེད་དམ་ཡོད་མིན་མེད་མིན་གྱི་མ་ཡིན་དགག ཇོ་ནང་པའི་གཞན་སྟོང་བདེ་གཤེགས་སྙིང་པོ། དགེ་ལུགས་ཀྱི་སྣང་

① ཐུའུ་བཀྭན་བློ་བཟང་ཆོས་ཀྱི་ཉི་མ། 《ཐུའུ་བཀྭན་གྲུབ་མཐའ་》[M]ཀན་སུའུ་མི་རིགས་དཔེ་སྐྲུན་ཁང་། ༡༩༨༤/༨པར་གཞི་དང་པོ། ཤ༨༣

② ཐུའུ་བཀྭན་བློ་བཟང་ཆོས་ཀྱི་ཉི་མ། 《ཐུའུ་བཀྭན་གྲུབ་མཐའ་》[M]ཀན་སུའུ་མི་རིགས་དཔེ་སྐྲུན་ཁང་། ༡༩༨༤/༨པར་གཞི་དང་པོ། ཤ༨༤

སྟོང་གཉིས་ཚོགས་ཀྱི་རང་སྟོང་མེད་དགག་ལ་སོགས་པ་རང་ལུགས་ཐལ་འགྱུར་བར་མི་བཞེད་མཁན་གཅིག་ཀྱང་མེད་པའི་ཆོས་བརྒྱུད་གྲུབ་མཐའ་སྣ་ཚོགས་དར། ཁྱད་པར་དུ་གསང་ཕུའི་བཤད་གྲྭ་ཆེན་མོའི་འཕྲིན་ལས་ཀྱི་དབུ་བརྙེས་ཏེ། གྲྭ་སྐོར་གྱི་ལམ་སྲོལ་དར་ཞིང་རྒྱས་པས། ཚད་མའི་ལྟ་གྲུབ་སྣ་ཚོགས་དར་བ་གང་ཞིག བོད་སྔ་ཕྱིའི་ལྟ་བ་ཞེས་པའི་མདོ་རྒྱུད་མཚན་ཉིད་རིག་པའི་བསྟན་པ་ཡར་ངོའི་ཟླ་ལྟར་འཕེལ་བའི་རྗོགས་ལྡན་གྱི་དུས་རབས་ཤིག་འཆར་རོ། །

སྐབས་དོན་དཀྱུས་སུ་བརྗོད་ཕྱིར་ལུགས་དེ་གཉིས་ཀྱི་ལྟ་བའི་སྙིང་པོ་སོ་སོར་འཆད་པར་འགྱུར་རོ། །

བོད་སྔ་རབས་པ་ལྟར་ན། "ཅི་མེད་ཅང་མེད་ཀྱི་ཆད་སྟོང་ནམ་མཁའ་ལྟ་བུར་སོང་བ་མ་ཡིན་པར། ཅི་ཡང་འཆར་དུ་རུང་བའི་གསལ་ཙམ་རིག་ཙམ་དུ་འདུག་པ་དེའི་རང་ངོ་ལ་ཅེར་གྱིས་བལྟས་པས་རང་བཞིན་གང་དུ་ཡང་གཟུང་དུ་མི་འདུག"[①] ཅེས་གསལ་རིག་སེམས་ཀྱི་རང་བཞིན་སྟོང་པ་འཚོལ་རྒྱུ་ལྟ་བའི་མཐར་ཐུག་ཏུ་བཞེད་དོ། །

བོད་ཕྱི་རབས་པ་ལྟར་ན། "རང་གིས་ངོ་བོས་གྲུབ་པའི་རང་བཞིན་རྡུལ་ཙམ་མེད་པ་ལ་བསྐྱེད་བྱ་དང་སྐྱེད་བྱེད་འགོག་པ་དང་སྒྲུབ་པ་སོགས་འཁོར་འདས་ཀྱི་རྣམ་གཞག་ཐམས་ཅད་ཁས་བླངས་པས་ཆོག་པ་ནི་དབུ་མ་པའི་ཁྱད་ཆོས་ཡིན་"[②]ཞེས་སྣང་སྟོང་གཉིས་ཚོགས་ཀྱི་མཐའ་བྲལ་རྟེན་འབྱུང་ལྟ་བའི་མཐར་ཐུག་ཏུ་བཞེད་དོ། །

---

① ཐུའུ་བཀྭན་བློ་བཟང་ཆོས་ཀྱི་ཉི་མ། 《ཐུའུ་བཀྭན་གྲུབ་མཐའ་》(M)ཀན་སུའུ་མི་རིགས་དཔེ་སྐྲུན་ཁང་། ༡༩༩༤/༤པར་གཞི་དང་པོ། ཤ༢༠༥

② རྗེ་ཙོང་ཁ་པ། 《རྗེ་ཙོང་ཁ་པ་ཆེན་པོའི་གསུང་འབུམ་བཞུགས་སོ་》(པ)(M)མཚོ་སྔོན་མི་རིགས་དཔེ་སྐྲུན་ཁང་། ༢༠༠༨/༣པར་གཞི་གཉིས་པ། ཤ༥༩༣

བོད་སྤུ་ཕྱིའི་ལྷ་གྲུབ་ལས་འཕྲོས་པའི་རིག་གནས་ཀྱི་རྣམ་གཞག་ནི་སྣང་སྟོང་གཉིས་ཚོགས་ཀྱི་དབུ་མའི་ལམ་ནས་མཐར་ཐུག་མིའི་འགྲོ་བའི་རྒྱུད་ཀྱི་གདུག་སེམས་སམ། ཡུལ་ཅན་གྱི་གསལ་རིག་སེམས་ཀྱི་རང་བཞིན་སྟོང་པ་འཚོལ་བྱེད་ཀྱི་རིགས་ལམ་ཞིག་ཏུ་འདོད་པ་གོར་མ་ཆག འདི་ནི་བོད་ཀྱི་རིག་གནས་སྤེའི་རིག་གནས་ཀྱི་རྣམ་གཞག་གམ། དབུ་མ་ཐལ་འགྱུར་བར་གྲགས་པའི་ལྟ་བའི་མཐར་ཐུག་སྟེ། དོན་དམ་དཔྱོད་བྱེད་ཀྱི་རིགས་པའི་སྙིང་དོན་བྱ་བ་དེའོ། །འདི་ལ་རྣམ་བཤད་རིགས་པ་ལྟར་ན། "ཆོས་ནི་ཤེས་བྱ་ལམ་དང་ནི། །མྱ་ངན་འདས་དང་ཡིད་ཀྱི་ཡུལ། །བསོད་ནམས་ཚེ་དང་གསུང་རབ་དང་། །འབྱུང་འགྱུར་ངེས་དང་ཆོས་ལུགས་ལའོ་"[①]ཞེས་གསུངས་ཤིང་། སྐབས་བབ་ཀྱི་དམ་པའི་ཆོས་བྱ་བའི་ངོ་བོ་ཡང་"སྡུག་བསྔལ་དག་ནི་ཐམས་ཅད་དང་། །སྒྲིབ་ཀུན་སེལ་བྱེད་དམ་པའི་ཆོས་"[②]ཞེས་པ་དང་། འདི་ཡང་མཐར་གཏུགས་ན། ཚིག་གསལ་ལས། "འགྲོ་བ་ངན་པར་འགྲོ་བ་ལས་འཛིན་པའི་དོན་ཉིད་ཀྱིས་ཆོས་ཀྱི་སྒྲར་བཤད་དོ་"[③]ཞེས་པ་དང་། "གང་ཞིག་སེམས་རྣམ་པ་གསུམ་བསྟན་པ་དེ་ནི་ཆོས་ཞེས་བྱ་སྟེ། བཟློག་པ་ནི་ཆོས་མ་ཡིན་"[④]ཞེས་སོགས་གསུངས་པ་ལྟར། ཇི་སྐད་དུ་ཆོས་ནི་རང་གི་ངོ་བོ་འཛིན་པ་གང་ཞིག འགྲོ་བ་ངན་པར་འགྲོ་བ་ལས་འཛིན་པ་སྟེ། སྡུག་བསྔལ་གྱི་རྩ་བ་མ་རིག་པ་སེལ་བྱེད་དང་། བྱམས་པའི་སེམས་ལ་སོགས་པའི་སེམས་རྣམ་པ་གསུམ་གྱི་ངོ་བོའི་རང་བཞིན་

① གོང་སྤྲུལ་ཡོན་ཏན་རྒྱ་མཚོ། 《ཤེས་བྱ་ཀུན་ཁྱབ་》སྟོད་ཆ།(M)མི་རིགས་དཔེ་སྐྲུན་ཁང་། ༡༩༨༢/༢པར་གཞི་དང་པོ། ཤ༣༣༨

② གོང་སྤྲུལ་ཡོན་ཏན་རྒྱ་མཚོ། 《ཤེས་བྱ་ཀུན་ཁྱབ་》སྟོད་ཆ།(M)མི་རིགས་དཔེ་སྐྲུན་ཁང་། ༡༩༨༢/༢པར་གཞི་དང་པོ། ཤ༣༣༨

③ སློབ་དཔོན་ཟླ་བ་གྲགས་པ། 《དབུ་མ་རྩ་བའི་འགྲེལ་པ་ཚིག་གསལ་ཞེས་བྱ་བ་བཞུགས་སོ་》(M)སེར་གཙུག་ནང་བསྟན་དཔེ་སྙིང་འཚོལ་བསྡུ་ཕྱོགས་བསྒྲིགས་ཁང་། ཤ༢༧༨

④ སློབ་དཔོན་ཟླ་བ་གྲགས་པ། 《དབུ་མ་རྩ་བའི་འགྲེལ་པ་ཚིག་གསལ་ཞེས་བྱ་བ་བཞུགས་སོ་》(M)སེར་གཙུག་ནང་བསྟན་དཔེ་སྙིང་འཚོལ་བསྡུ་ཕྱོགས་བསྒྲིགས་ཁང་། ཤ༢༧༥

སྟོན་བྱེད་ཀྱི་བསྟན་བཅོས་སུ་བཞེད་དོ། །འདི་ནི་བོད་ཀྱི་ནང་བསྟན་ཆོས་ལུགས་ཀྱི་མཚན་ཉིད་རིག་པའམ། སྐབས་བབ་ཀྱི་བོད་ཀྱི་རིག་གནས་སྤེལ་ཐུན་མོང་དུ་བཞེད་པའི་རིག་གནས་ཀྱི་མཐར་ཐུག་གི་རྣམ་གཞག་གོ།

ཞར་བྱུང་ཆོས་རྗེ་ས་པཎ་ལུགས་ཀྱི་བཅུ་ཕྲག་རིག་གནས་ཏེ། སྒྲ་རིག་པ་དང་། ཚད་མ་རིག་པ། བཟོ་རིག་པ། གསོ་བ་རིག་པ། ནང་རིག་པ་བཅས་རིག་གནས་ཆེ་བ་ལྔ་དང་། སྙན་ངག་དང་། ཟློས་གར། སྡེབ་སྦྱོར། སྐར་རྩིས། མངོན་བརྗོད་བཅས་རིག་གནས་ཆུང་བ་ལྔའི་རྣམ་གཞག་ནི་རིག་གནས་ཀྱི་རྣམ་གྲངས་འདྲེན་པའི་ཁུངས་སུ་མཛད་མོད། ཕྱི་རབས་པ་ཁ་ཅིག་གིས་རིག་གནས་ཆེ་བ་ལྔར་གཙུག་ལག་རིག་གནས་དང་། ཆུང་བ་ལྔར་ཐ་སྙད་རིག་གནས་ཞེས་པའི་གདགས་གཞི་སྦྱར་ཏེ། གྲྭ་ས་ཁག་ཏུ་དར་སྲོལ་ཆེ་བའི་“རིག་གནས་ལ་མཁས་ཀྱང་། དཔེ་ཆར་མི་མཁས”ཞེས་པའི་བཤད་ཡམས་ཀྱི་ཤུགས་བསྟན་ལས། ཐ་སྙད་རིག་གནས་སམ། རིག་གནས་ཆུང་བ་ལྔར“རིག་གནས”ཞེས་པ་དང་། གཙུག་ལག་རིག་གནས་སམ། རིག་གནས་ཆེ་བ་ལྔར“དཔེ་ཆ”ཞེས་པའི་རིགས་དབྱེས་རིག་གནས་ལ་མཆོག་དམན་བཀར་བའི་ལམ་སྲོལ་ངན་པ་དར་བར་སྣམ། འདི་ནི་རིགས་པ་སྨྲ་བའི་ཆད་ལྟ་ཆེན་པོའོ། །

གཞན་ཡང་ཚད་མའི་འཆད་ཉན་དར་བས། “བློའི་ཡུལ་དུ་བྱ་རུང་བ་ཤེས་བྱའི་མཚན་ཉིད”ཅེས་པའི་རྟོག་གེའི་རྣམ་གཞག་དང་། བསྡུས་གྲྭའི“ཤེས་བྱ་དང་། ཡོད་པ། གཞི་གྲུབ། གཞལ་བྱ། དམིགས་པ། ཆོས་རྣམས་དོན་གཅིག”[①]ཅེས་གསུངས་པའི་སྐབས་དོན་གྱི་ཤེས་བྱ་དང་། ཆོས་གཉིས་ཀྱི་རྣམ་འབྱེད་ལ་རབ་ཏུ་མ་རྫོངས་ཀྱང་། དགོས་པའི་དབང་གིས་མདོ་སེམས་དངོས་སྨྲའི་ཚད་གཞུང་གི་གཞིའི་ལྟ་བ་ཐལ་འགྱུར་པའི་མཐར་ཐུག་གི་རིགས་པའི་སྙིང་དོན་འབེབས་བྱེད་ཀྱི་རིགས་པ་ཕྲ

① དམུ་དགེ་བསམ་གཏན། 《ཤེས་བྱའི་རྣམ་གྲངས་བློ་གསལ་རིགས་སྒོ་》(དང་པོ)(M)མཚོ་སྔོན་མི་དམངས་དཔེ་སྐྲུན་ཁང་། ༢༠༠༢/༨པར་གཞི་གསུམ་པ། ཤ༣༣༥

མོར་འདོད་ཅིང་། དོན་དམ་བློ་ཡི་སྤྱོད་ཡུལ་དུ་བཞེད་པའི་རྩོད་པའམ་སྐྱབ་པའི་དམ་བཅའ་ལྟར་ལེན་ནོ། །འདི་ནི་བོད་སྔ་ཕྱིའི་རིགས་པའི་བརྒྱལ་བརྡག་དང་། ལྟ་བའི་ས་མཚམས་ཕྲ་རགས་ཀྱི་གནད་ཀྱི་མཐར་ཐུག་ཀྱང་ཡིན་ནོ། །

བོད་ཕྱི་རབས་པ་ལྟར་ན། "འཁོར་འདས་ཀྱི་ཆོས་ཐམས་ཅད་རང་རང་གི་གདགས་གཞིའི་ངོས་ནས་དོན་དམ་པར་གྲུབ་པ་རྡུལ་ཙམ་མེད་ཀྱང་གདགས་གཞིའི་སྟེང་དུ་མིང་དང་རྟོག་པས་ཕར་བཞག་ཙམ་དེ་ཐ་སྙད་ཚད་མས་གྲུབ་ལ། ……འདི་ནི། རྗེ་བདག་ཉིད་ཆེན་པོ་ཁོ་ནས་རྗེ་བཙུན་འཇམ་དཔལ་དབྱངས་ཀྱི་བཀའ་དྲིན་ལ་བརྟེན་ནས་རྙེད་ཅིང་གསལ་བར་འདོམས་པར་མཛད་པ་ལས། གཞན་སྔོན་བྱོན་པའི་བོད་ཀྱི་མཁས་པ་སུས་ཀྱང་ཇི་ལྟ་བ་བཞིན་གཏན་ལ་ཕབ་ནས་གསུངས་པ་མ་མཆིས་སོ་"[①]ཞེས་ཐ་སྙད་ཚད་གྲུབ་སྟེ། "ཐ་སྙད་ཤེས་ལ་པ་གྲགས་པ་ཡིན་པ་དང་ཇི་ལྟར་གྲགས་པའི་དོན་དེ་ལ་ཐ་སྙད་པའི་ཚད་མ་གཞན་གྱིས་གནོད་པ་མེད་པ་དང་། དེ་ཁོ་ན་ཉིད་ལའང་རང་བཞིན་ཡོད་མེད་ཚུལ་བཞིན་དུ་དཔྱོད་པའི་རིགས་པས་གནོད་པ་མི་འབབ་པ་ཞིག་ནི་ཐ་སྙད་དུ་ཡོད་པར་འདོད་"[②]ཅེས་ཐ་སྙད་ཚད་མས་གྲུབ་པར་རྗེ་རིན་པོ་བཞེད་ཅིང་། དེ་ལྟར་རིགས་ཤེས་ཀྱིས་རང་བཞིན་མེད་པར་རྙེད་པ་ཐལ་འགྱུར་པའི་མཐར་ཐུག་གི་རྙེད་དོན་དམ་གྲུབ་དོན་དུ་བཞེད་དོ། །

བོད་སྔ་རབས་པ་ལྟར་ན། ཀུན་མཁྱེན་གོ་བོ་རམས་འབྱམས་པས"རྗེ་ཙོང་ཁ་པ་སྔར་ཡོངས་འཛིན་དམ་པ་ལ་བརྟེན་ནས་གསུང་རབ་ཀྱི་དོན་ལ་སྦྱངས་པ

① ཐུའུ་བཀྭན་བློ་བཟང་ཆོས་ཀྱི་ཉི་མ། 《ཐུའུ་བཀྭན་གྲུབ་མཐའ་》(M)ཀན་སུའུ་མི་རིགས་དཔེ་སྐྲུན་ཁང་། ༡༩༨༩/༨པར་གཞི་དང་པོ། ཤ༣༥༧

② རྗེ་ཙོང་ཁ་པ། 《རྗེ་ཙོང་ཁ་པ་ཆེན་པོའི་གསུང་འབུམ་བཞུགས་སོ་》(པ)(M)མཚོ་སྔོན་མི་རིགས་དཔེ་སྐྲུན་ཁང་། ༢༠༠༨/༣པར་གཞི་གཉིས་པ། ཤ༥༨༣

བྱས་པའི་དུས་སུ་མ་བྱུང་ལ། དུས་ཕྱིས་བླ་མ་དབུ་མ་པས། མདོ་ཁམས་ནས་གདན་དྲངས་པའི་འཇམ་དཔལ་དབྱངས་དང་མཇལ་ཕྱིན་ཆད་དབུ་མའི་གནད་ལའང་ཐུན་མོང་མ་ཡིན་པའི་དམ་བཅའ་འདི་ཙམ་དང་། …… ཐུན་མོང་མ་ཡིན་པའི་གྲུབ་མཐའ་རབ་ཏུ་མང་པོ་བཅས་པ་ཡིན་ལ། དེ་དག་རང་ཉིད་ཀྱིས་ཀྱང་སྔོན་གྱི་མཁས་པ་སུས་ཀྱང་མ་ཐོན་པའི་གྲུབ་མཐའ་ཡིན་པར་སྒྲོགས་ཤིང་། གཞན་གྱིས་ཀྱང་དེ་ལྟར་མཐོང་ངོ་། །འོན་ཀྱང་ཡི་དམ་ལྷས་བསྟན་པའི་གྲུབ་མཐའ་དེ་མདོ་རྒྱུད་ཀྱི་གནད་དང་མཐུན་ན་ཡི་དམ་གྱི་ལྷ་མཚན་ཉིད་པས་བསྟན་པ་ཡིན་པས་གང་ཟག་དེ་གང་བཞུགས་པའི་ས་ཕྱོགས་ཀྱང་མཆོད་པར་འོས་ཤིང་རྗེས་འཇུག་གི་གདུལ་བྱ་རྣམས་ཀྱང་སྐྱབས་ཐག་ཉེ་བ་ཡིན་ལ། མདོ་རྒྱུད་ཀྱི་གནད་དང་མི་མཐུན་ན་ཐབས་ལ་བསླུ་བའི་བདུད་ཡི་དམ་གྱི་གཟུགས་སུ་བརྫུས་ནས་ཆོས་ལོག་སྟོན་པ་ཡིན་”①ཞེས་གསུངས་ཤིང་། སྟག་ཚང་ལོ་ཙཱ་བས་ཀྱང་“དབུ་ཚད་སྦྲེལ་བར་བཞེད་པའི་རྟོག་གེར་གོམས་པའི་ཤུགས་ཆེ་པས་ཐ་སྙད་མཚན་ཉིད་གསུམ་ལྡན་མ་ཚང་ན་བློས་བཏགས་མིང་རྐྱང་ཙམ་ལ་བྱ་བྱེད་འཇོག་མ་མཁྱེན་པའི་སྒོ་ནས་སྟོང་པ་དང་རྟེན་འབྱུང་དོན་གཅིག་པའི་མཚན་ཉིད་ལ་ཟུང་ཟད་འཁྲུལ་པའི་ཕྱིར་”②ཞེས་པ་དང་། “ཕྱིས་བྱོན་པའི་བོད་ཀྱི་བསྟན་འཛིན་མཁས་པ་ཆེན་པོ་དག་གིས། སྐུ་ཚེའི་སྟོད་ལ་བླ་གྲགས་ཀྱི་ལུགས་སྒྲ་དྲང་ཐད་དུ་ཞལ་གྱིས་བཞེས་པ་དང་། ཕྱིས་རྣམ་དཔྱོད་རྣམ་པར་འཕེལ་བ་མ་ཡིན་མོད་ཀྱི། བོད་ཡུལ་སྤྱིར་རྟོག་གེ་དང་ཚ་བསྡུས་ལ་བརྟེན་པའི་ཐ་སྙད་ཀྱིས་གང་”③ཞེས་སོགས་གསུངས་ཏེ། རིགས་པའི་རྩ་བ་ཐ་

① པཎ་ཆེན་ཤཱཀྱ་མཆོག་ལྡན། 《ལྟ་བའི་སྐོར་ལས་འཕྲོས་པའི་མཁས་པའི་ལེགས་བཤད་གཅེས་སྒྲིག》(M)སེར་གཙུག་དཔེ་རྙིང་འཚོལ་བསྡུ་ཕྱོགས་བསྒྲིགས་ཁང་། ཤོག༢༩༥-༢༩༨

② སྟག་ཚང་ལོ་ཙཱ་བ་ཤེས་རབ་རིན་ཆེན། 《གྲུབ་མཐའ་》(པོད་བཅུ་པ)(M)མི་རིགས་དཔེ་སྐྲུན་ཁང་། ༢༠༠༩/༥པར་གཞི་དང་པོ། ཤོག༧༥༥

③ སྟག་ཚང་ལོ་ཙཱ་བ་ཤེས་རབ་རིན་ཆེན། 《གྲུབ་མཐའ་》(པོད་བཅུ་པ)(M)མི་རིགས་དཔེ་སྐྲུན་ཁང་། ༢༠༠༩/༥པར་གཞི་དང་པོ། ཤོག༧༥༧

སྣད་ཚད་གྲུབ་ལ་དགག་པ་མཛད་དོ། །

བོད་སྔ་ཕྱིའི་རིགས་པའི་བརྒྱལ་བརྟག་གི་རྩ་བའང་། སྤྱོད་འཇུག་ལས། "དོན་དམ་བློ་ཡི་སྤྱོད་ཡུལ་མིན། །བློ་ནི་ཀུན་རྫོབ་ཡིན་པར་འདོད་" ཅེས་པ་དང་། མདོ་ལས། "སྨྲ་བསམ་བརྗོད་མེད་ཤེས་རབ་ཕ་རོལ་ཕྱིན་" ཞེས་པ་དང་། "སོ་སོ་རང་རིག་ཡེ་ཤེས་སྤྱོད་ཡུལ་བ་" ཞེས་པ་སོགས་ཀྱི་ལུང་གི་དྲང་ངེས་ཀྱི་གོ་ཚུལ་ཏེ། སྒྲ་ཇི་བཞིན་པར་ཁས་བླངས་མ་བླངས་པའི་གནད་ལ་ཐུག་པར་བཞེད། འདི་ནི་བོད་སྔ་ཕྱིས་རང་ལུགས་ཀྱི་ལྟ་བ་ཐལ་འགྱུར་པ་ཡིན་མིན་དང་། ལྟ་བའི་དཀའ་གནད་དྲང་ངེས་ཀྱི་ལུང་ལ་བརྟེན་མིན་གྱི་རིགས་པའི་རྩ་བ་ཡིན་མོད། ཕྱིར་"བློའི་ཡུལ་དུ་བྱ་རུང་བ་ཤེས་བྱའི་མཚན་ཉིད་" ཅེས་པའི་བློའི་ཡུལ་དུ་བྱ་རུང་བ་སྟེ། བློས་རྟོགས་རྒྱུའམ། ཤེས་རྒྱུ་ཡོད་པའི་ཕྱིར་ཤེས་བྱ་སྟེ། འདིས་ནི་"འཇིག་རྟེན་པའི་ཤེས་རབ་ཀྱིས་ཤེས་བྱའི་དོན་ལ་དཔྱོད་པར་བྱེད་པ་ཡིན་ལུགས་ཀྱི་མྱ་ངན་ལས་འདས་པ་དང་རྗེས་སུ་མཐུན་པའི་ལམ་མེད་པ་"[1]ཡོད་པར་ལྟ་བའི་ལོག་ལྟ་ཆེན་པོ་སྐྱེ་བར་འགྱུར་རོ། ། དེའི་ཕྱིར་རྟོག་གེ་དང་། བསྡུས་གྲྭ། མདོ་སེམས་དངོས་སྨྲའི་ལུགས་ཀྱི་ཚད་གཞུང་གི་དངོས་པོའི་མཚན་ཉིད་དེ། ཚ་བ་མེའི་རང་བཞིན་དུ་གྲུབ་པར་སྨྲ་བ་དང་། ཚད་མའི་མིང་དུ་བཏགས་པའི་བློ་ཀུན་རྫོབ་པའི་སྤྱོད་ཡུལ་དུ་གྱུར་བའི་འཇིག་རྟེན་ཤེས་རབ་ཀྱི་རྣམ་གཞག་དག་སྐབས་བབ་ཀྱི་བོད་ཀྱི་རིག་གནས་ཀྱི་རྣམ་གཞག་ཏུ་མི་འདོད། འོ་ན་གང་འདོད་ཅེ་ན། ཐལ་འགྱུར་པའི་ལྟ་བའི་མཐར་ཐུག་སྟེ། དོན་དམ་པ་དང་། སྟོང་པ་ཉིད། དེ་ཁོ་ན་ཉིད་ཅེས་པའི་ཆོས་དབྱིངས་སྟོང་པའི་རང་བཞིན་ལ་དཔྱོད་བྱེད་ཀྱི་རིགས་པའི་རྣམ་གཞག་ལ་འདོད་དོ། །

ཐལ་འགྱུར་པ་སྟེ། ནང་བསྟན་མཚན་ཉིད་རིག་པའི་རིག་གནས་ཀྱི་རྣམ་གཞག

① སྟག་ཚང་ལོ་ཙཱ་བ་ཤེས་རབ་རིན་ཆེན། 《གྲུབ་མཐའ་》(བོད་བཙུ་པ)(M)མི་རིགས་དཔེ་སྐྲུན་ཁང་། ༢༠༠༩/༥པར་གཞི་དང་པོ། ཤ༣༥

འདི་ནི་རིགས་པ་ཡང་དག་ལམ་ནས་འཇིག་རྟེན་རྒྱུད་པའི་རྩ་བ་ངར་འཛིན་གྱི་ལྷན་སྐྱེས་མ་རིག་པའི་གཉེན་པོར་སྟོང་ཉིད་རྟོགས་པའི་ཤེས་རབ་བསྟེན་ཅིང་། སྣང་བ་སྒྱུ་མའི་རྟེན་འབྲེལ་ཐར་པའི་ཐེམ་སྐས་སུ་ངེས་ཏེ། སྒྲིབ་གཉིས་བསལ་བའི་མཐར་ཐུག་གཉུག་སེམས་སྟོང་པའམ། གསལ་རིག་སེམས་ཀྱི་རང་བཞིན་སྟོང་པ་དང་དབྱིངས་འདྲེས་པའི་སངས་རྒྱས་ཀྱི་ངོ་སྙོམས་ས་ཞེས་བྱ་བའི་ཆོས་སྐུའི་གོ་འཕང་འཐོབ་རྒྱུ་དེའོ། །འདི་ནི་རིགས་རྒྱུད་དང་། དད་པས་རིས་སུ་མ་བཅད་པའི་མིའི་འགྲོ་བ་ཐུན་མོང་གི་གཉུག་མའི་རང་བཞིན་འཚོལ་བྱེད་ཀྱི་རིགས་པའི་རྣམ་གཞག་ཅིག་གོ།

ཁ་ཅིག་འདི་ནི་འཇིག་རྟེན་ལས་འདས་པའི་རིགས་པའི་རྣམ་གཞག་སྟེ། རིག་གནས་དང་མི་ལྟོས་མེད་དུ་སྨྲས་པ་གང་ཞིག སོ་སོ་སྐྱེ་བོའི་གནས་སྐབས་ལས་འདས་པའི་སངས་རྒྱས་བྱང་སེམས་འཕགས་པ་ཁོ་ནའི་སྤྱོད་ཡུལ་ཡིན་ཞེས་སྨྲ་སྲིད་མོད། དེ་ལ་འདི་ལྟར་སྨྲ་བར་བྱ་སྟེ། གཏན་གྱི་འདུན་མའམ། འཐོབ་བྱའི་མཐར་ཐུག་གི་གོ་འཕང་ཞེས་པ་ནི་ཕྱི་ཡུལ་གྱི་དངོས་པོའི་གནས་ལུགས་སྟོང་པ་(ཤེས་སྒྲིབ་བསལ་བས་ཡུལ་གྱི་སྣང་བ་དག་)དང་། ནང་ཡུལ་ཅན་གྱི་གསལ་རིག་སེམས་ཀྱི་རང་བཞིན་སྟོང་པ་(ཉོན་སྒྲིབ་བསལ་བས་ཡུལ་ཅན་གྱི་འཛིན་པ་ཟད་)རོ་གཅིག་འདྲེས་པའི་སངས་རྒྱས་ཀྱི་ངོ་སྙོམས་ས་ཞེས་པའི་གོ་འཕང་ལ་བྱའོ། །འདི་ནི་བདག་ཅག་ལྟ་བུ་གཟུང་འཛིན་གཉིས་སྣང་ཅན་གྱི་རྟོག་པའི་དྲི་མས་བསླད་པའི་སོ་སོ་སྐྱེ་བོས་(མི་རང་མཚན་པ་)མ་མཐོང་མ་རྙེད་པའི་གདོད་མའི་དངོས་པོའི་ཁམས་སྟོང་པ་དང་། ཀ་དག་སེམས་ཀྱི་རང་བཞིན་སྟོང་པ་མེད་པར་རྙེད་པའི་མཐར་ཐུག་གི་གྲུབ་དོན་ནོ། །དེའི་ཕྱིར་འཛིན་པ་ཡུལ་ཅན་གྱི་ཉོན་སྒྲིབ་དང་། གཟུང་བ་ཡུལ་སྣང་གི་ཤེས་སྒྲིབ་སྟེ། སྒྲིབ་གཉིས་ཀྱི་དྲི་མས་བསླད་པའི་རྟོག་པའི་ར་བ་ལས་མ་བརྒལ་བའི་སོ་སོ་སྐྱེ་བོའི་གནས་སྐབས་སུ་བསྡུ་བའི་རང་བཞིན་ལྡན་པ་གང་ཞིག འཚོ་ཚིས་འཕྲིད་

ཐབས་ཀྱི་སྒོམས་ལས་འབའ་ཞིག་དོན་དུ་གཉེར་བ་གདན་གྱི་འདུན་མར་རྫོམ་སྲིད། འདི་ནི་རང་ཉིད་ཅོལ་ཆུང་བླུན་པོ་ཐབས་ཚུལ་ལ་མི་མཁས་པའི་རང་མཚང་ངོ་། ། ཚེ་འདིའི་དལ་བའི་རྟེན་གྱི་སྙིང་པོ་ཆུད་མི་འཛའ་བར་ཤེས་རབ་སྟོང་པ་ཉིད་ཀྱི་རྩ་བ་ཐབས་སྙིང་རྗེ་ཆེན་པོའི་ཆབ་ཀྱིས་བྲན་པའི་གཉིས་ཚོགས་ཀྱི་ཁུར་ཐེག་མི་བཟོད་མོད། འཇིག་རྟེན་རང་ག་བའི་རིགས་པ་དང་། རྟོག་གེའི་རིགས་པ། འཇིག་རྟེན་ཤེས་རབ་བཅས་ཀྱི་རིགས་པའི་ལིང་ཏོག་སྤུག་པོའི་འཛིག་ལྟ་ཆེན་པོ་དོར་ཆོ། ཅི་ཡང་སྲིད་པའི་སྲིད་པ་སྒྱུ་མའི་འཇིག་རྟེན་ཁམས་སུ་ལས་འབྲས་ཀྱི་རྟེན་དུ་གྱུར་བའི་ང་ཙམ་ནི་སྔགས་རྫས་ཀྱི་མཐུས་བཏབ་པའི་ལྟད་མོར་སྔགས་མཁན་རང་ཉིད་ཀྱང་འཁྲུལ་བའི་རྫུན་པའི་བློས་གར་ཡིན་པ་རྟོགས་སྲིད། དེའི་ཕྱིར་འཕྲུལ་ཞུགས་འདི་ཕྱིའི་ཐབས་ཚུལ་བཟང་པོ་རྟོགས་ཕྱིར་ཆོས་ལུགས་མཚན་ཉིད་རིག་པའི་མི་ཚེའི་རིན་ཐང་ལྟ་བར་ངེས་ཤེས་འདྲོངས་རྒྱུ་ཤིན་ཏུ་གལ་ཆེ། འདི་ནི་མི་གཞི་དྲི་མེད་དེ། ཇི་སྙེད་པའི་ཉོན་མོངས་པའི་དྲི་མ་གློ་བུར་བས་བསྒྲིབས་པའི་སེམས་ཀྱི་རང་བཞིན་སྟོང་པ་ཇི་ལྟ་བར་མཐོང་ཐུབ་པའི་དལ་བའི་རྟེན་ཅན་གྱི་མི་རང་མཚན་པ་ཞིག་གི་མཐར་ཐུག་གི་མི་ཚེའི་རིན་ཐང་ལྟ་བ་ཡིན་པ་གོར་མ་ཆག ཕྱིར་མ་བཅོས་མི་གཞི་དང་། གཙུག་སེམས་ཕྲ་མོ་འཚོལ་བྱེད་ཀྱི་ཆོས་ལུགས་མཚན་ཉིད་རིག་པའི་རིགས་ལམ་དུ་གྲགས་པས། སྐྱེ་བོ་ཞིག་གིས་འཁོར་བ་སྙིང་པོ་མེད་པར་སྨྲ་བའི་ཆོས་ལུགས་ཀྱི་དད་པར་བརྟེན་ནས་མི་ཚེའི་སྐྱོ་ཤས་བཟློག་ཅིང་། ངོ་བོ་ཉིད་མེད་པར་སྨྲ་བའི་མཚན་ཉིད་རིག་པའི་ཤེས་རབ་ལ་བརྟེན་ནས་དངོས་པོའི་དེ་ཁོ་ན་ཉིད་རྟོགས་རྒྱུ་གདོན་མི་ཟའོ། །འདི་ནི་རིག་གནས་དང་མི་ལྟ་བུའི་རྒྱུ་འབྲས་ཀྱི་འབྲེལ་བ་ལྟོས་མེད་དུ་སྨྲ་བ་མ་ཡིན་ནོ། །

བོད་ཀྱི་རིག་གནས་སྤྱིར་གྲགས་པའི་རིག་གནས་ཀྱི་རྣམ་གཞག་ནི་མི་དང་རིག་

གནས་ལྟོས་གྲུབ་ཏུ་སྨྲ་བའི་རིགས་ལམ་ཡིན་མོད། སྤྱིར་གདོད་མའི་རྒྱུའི་བོན་གྱི་ལྷ་གླུ་གཉན་གསུམ་ལྷ་བུའི་དབྱིངས་ཀྱི་ལྷ་ཚོགས་མཆོད་པའི་གཏོའི་བག་ཆགས་དང་། ལམ་གྱི་རིམ་པའི་གནས་སྐབས་སུ་བཤེས་གཉེན་བསྟེན་ཚུལ་གྱི་སྲོལ་རྒྱུན་སློབ་གསོའི་ལམ་ལུགས། དེ་བཞིན"སྤྱིར་ཐེག་པ་ཆེན་པོ། ཡང་སྒོས་སུ་རྡོ་རྗེའི་ཐེག་པ་ནས་བསྟན་པ་ཐམས་ཅད་ལ་བླ་མ་སངས་རྒྱས་སུ་ལྟ་བའི་རིགས་པ་འདི་ནས་བཟུང་རང་ཉིད་རྡོ་རྗེ་འཆང་དུ་བསྒོམས་པ་དང་ལུས་དཀྱིལ་འཁོར་ཡོངས་རྫོགས་གྲུབ་པར་ཡིད་ཆེས་པའི་བར་འདི་དག་"[①]ནི་ཐ་མལ་པའི་རྣམ་རྟོག་རྟོག་གེའི་རིགས་པ་དང་ལྷན་ཅིག་ཏུ་ཐལ་བའི་རྡུལ་དུ་བརླག་པའི་དོན་དུ་གསུངས་པ་ཡིན་མོད། བསྐྱེད་རིམ་དུ་ཡི་དམ་ཞི་ཁྲོའི་ལྷ་ཚོགས་བསྒོམས་ཏེ། རྫོགས་རིམ་དུ་ངོ་བོ་དབྱེར་མེད་དུ་གྲུབ་པའི་གསང་སྔགས་རྡོ་རྗེ་ཐེག་པའི་བསྟན་པ་གྲུབ་དོན་གྱི་སྙིང་པོར་ལྟ་བ་ཐལ་དྲགས་པ་ལ་སོགས་པའི་དབང་གིས"གདོད་མའི་སངས་རྒྱས་ཆོས་ལུགས་ནི་ལྷ་མེད་སྨྲ་བ་དང་། བདག་མེད་སྨྲ་བའི་ལུགས་"[②]ལས་འགོངས་ཏེ། རང་སྡེའི་གྲུབ་མཐའ་བཞི་པོ་གང་གིས་ཀྱང་མི་འདོད་པའི་འཇིག་རྟེན་བྱེད་པོའམ་སྐྱོབ་པ་པོ་ཡོད་པར་འདོད་པའི་ལོག་རྟོག་སྟེ། ཁ་ཅིག་ཐུབ་རྣམས་སྡིག་པ་ཆུ་ཡིས་བཀྲུ་བའི་རང་བཟོའི་རྣམ་ཐར་ལ་ཡིད་རྟོན་ཏེ། བདག་ཉིད་བདག་གི་མགོན་དུ་མི་བཀུར་བ། ཁ་ཅིག་ཚེ་རབས་སྔོན་མའི་ལས་ཀྱི་བསྐོས་ཐང་གཙིགས་ཆེར་བཟུང་སྟེ། ཚེ་འདིའི་སྙོམས་ལས་འབབ་ཞིག་གི་ཕྱིར་སྐྱིད་འདོད་ལེ་ལོས་དུས་འདའ་བ། ཁ་ཅིག་མི་ཆོས་ཀྱི་བླང་དོར་འཇུག་ལྡོག་དང་ལམ་དང་རྒྱུན་ཤེས་ལ་རྫོངས་ཏེ། དལ་འབྱོར་མི་ལུས་ཀྱི་རྟེན་ཆུད་འཛའ་ཞིང་། མིའི་གོ་བབ་ཁ་ནང་གི་མཆིལ་མ་ལྟར་དོར་བ། ཁ་ཅིག་

① དགེ་འདུན་ཆོས་འཕེལ། 《དགེ་འདུན་ཆོས་འཕེལ་གྱི་གསུང་རྩོམ་》(གཉིས་པ)(M)བོད་ལྗོངས་བོད་ཡིག་དཔེ་སྙིང་དཔེ་སྐྲུན་ཁང་། ༢༠༡༢/༧པར་གཞི་གཉིས་པ། ཤ༣༠༧-༣༠༨

② 舍尔巴茨基：《佛教逻辑》，〔M〕商务印书馆2015/6第5版，P10

ཞིས་རབ་སྟོང་པ་ཉིད་ལ་ལྟ་ཉེས་ཏེ། ཅི་ཡང་སྙིང་པོ་མེད་ཅེས་རང་མལ་ཡང་མི་སྲུང་། འདི་དག་ནི་རིག་གནས་ཉམས་ལེན་གནད་དུ་མ་སོང་བའི་དན་རྟགས་ཏེ། རིག་གནས་དང་མི་ལྟོས་མེད་དུ་སྨྲ་བའི་ལམ་སྲོལ་ངན་པའོ། །

གཉིས། མིའི་མཚན་ཉིད།

མིའི་མཚན་ཉིད་ནི་ཆོས་ལུགས་དང་། ཆོས་ལུགས་རིག་པ། མཚན་ཉིད་རིག་པ་བཅས་ཀྱིས་མིའི་གཏུག་གཤིས་སམ་མ་བཙོས་མི་གཞི་རྟོགས་བྱེད་ཀྱི་རིགས་པའི་རྣམ་གཞག་ཅིག་གོ།

འདིར་ནུབ་ཕྱོགས་མཚན་ཉིད་རིག་པ་དང་། ནང་བསྟན་མཚན་ཉིད་རིག་པའི་འདོད་ཚུལ་ལྟར་སོ་སོར་འཆད་པར་འགྱུར་རོ། །

༡ ནུབ་ཕྱོགས་མཚན་ཉིད་རིག་པའི་འདོད་ཚུལ།

ནུབ་ཕྱོགས་ཀྱི་རིག་གནས་སྟེང་"ལྷ་ཆོས་དང་། ཚན་རིག ཆབ་སྲིད། སྤྱི་ཚོགས་རིག་པ། སྐྱེ་ཁམས་རིག་པ། སེམས་ཁམས་རིག་པ། རིགས་རྒྱུད་རིག་པ། དེ་བཞིན་དཔལ་འབྱོར་རིག་པ་ལ་སོགས་པའི་རིགས་པ་སྨྲ་བས་རང་ལུགས་སུ་མིའི་མཚན་ཉིད་བཞག"[1]པའི་རྣམ་གཞག་སྣ་ཚོགས་མཆིས་མོད། འདིར་གནའ་བོའི་ཤྲི་རི་སི་ནས་གཞི་གྲུབ་རིང་ལུགས་བར་བྱོན་པའི་ཆོས་ལུགས་དང་། ཆོས་ལུགས་རིག་པ། མཚན་ཉིད་རིག་པ་བཅས་ཀྱི་རིགས་པ་སྨྲ་བས་ཐུན་མོང་དུ་བཞེད་པའི་མིའི་མཚན་ཉིད་ཡོངས་སུ་གྲགས་པ་དག་འཆད་པར་འགྱུར་རོ། །

གནའ་བོའི་ཤྲི་རི་སིའི་མཚན་ཉིད་རིག་པ་སྨྲ་བ་ཕེ་ལ་ཐོས"མི་ནི་རྣམ་དཔྱོད་ཅན་གྱི་འགྲོ་བའི་རིགས་ཡིན"ཞེས་གསུངས་ཤིང་། ཨ་རི་སི་ཏོ་ཏལ་གྱིས་ཀྱང་དེ་

① 卡希尔：《人伦》，〔M〕吉林出版集团有限责任公司2014/11第1版，P30

ལྟར་བཞིན་དོ། །ལུགས་འདི་ནི་སོ་ཁི་ར་ཐེའི་“ཡོན་ཏན་ནི་སྤྱོད་པ་ལའང་བྱ་”[1]ཞེས་པའི་ཐབས་དང་ཤེས་རབ་ངོ་བོ་གཅིག་ཏུ་སྨྲ་བའི་མཚན་ཉིད་རིག་པའི་ལྟ་གྲུབ་ཀྱི་རྩ་བ་ལས་གྲོས་པ་ཞིག་གོ། ཕྱིས་སུ་“ནུབ་ཕྱོགས་མཚན་ཉིད་རིག་པ་སྨྲ་བ་ཕལ་མོ་ཆེས་རྣམ་དཔྱོད་ནི་མིའི་འགྲོ་བ་ཉིད་འགྲོ་བའི་རིགས་ལས་དགར་བྱེད་ཀྱི་འབྱེད་ཆོས་”[2]སུ་བཞིན་ཅིང་། མི་ལྟོ་བར་སྨྲ་བའི་མི་ཚུལ་རིག་པས་ཀྱང་“མིར་གཙོགས་ཆེན་དང་། མིའི་རྣམ་དཔྱོད་ཀྱི་འཇུག་ལྟོག་ལ་ཡིད་རྟོན་ཏེ། མིའི་ཤེས་རབ་ལྟོ་བར་སྨྲ་བ་”[3]རིགས་ལམ་གྱི་སྙིང་པོར་བཞིན་དོ། །

དུས་རབས་བར་མར་ཆོས་གྲྭའི་མཚན་ཉིད་རིག་པ་སྨྲ་བ་ཨུ་གུ་སེ་ཐིན་གྱིས་“ཨ་ཏམ་གྱི་ཉེས་དམིགས་ལས་མིའི་གཉུག་གཤིས་དྲི་བཅས་སོ་”[4]ཞེས་པའི་ལུང་ཁུངས་སུ་དྲངས་ཏེ། “ཡེ་ཤུའི་ཆོས་ལུགས་གོང་གི་མཚན་ཉིད་རིག་པ་ཐམས་ཅད་ཀྱི་ལྟ་བའི་གོལ་སའམ། ཐལ་ལྟ་བའི་རྩ་བ་ནི་རྣམ་དཔྱོད་མིའི་ཤེས་པའི་བདག་ཉིད་དུ་འདོད་པ་དེའོ་”[5]ཞེས་བསྟད་ཅིང་། འཇིག་རྟེན་བྱེད་པོ་སྨྲ་བའི་ཡེ་ཤུའི་ཆོས་ལུགས་ཀྱི་ལྟ་གྲུབ་སྟེ། མི་གཞི་དྲི་བཅས་ལྟ་ཅི། རྣམ་དཔྱོད་ཀྱང་ཚད་མས་མ་དམིགས་པས། དཀོན་མཆོག་ཁོ་ན་ཚད་མའི་སྐྱེས་བུར་འདོད་པ་སྟེ། “རྣམ་དཔྱོད་ཀྱིས་དོན་དམ་རྟོགས་པའི་ཤེས་རབ་སྐྱེ་མི་ནུས། ཅིའི་ཕྱིར་ཞེ་ན། དེའང་ཚད་མས་མ་ངེས་ཤིང་། ཡེ་ཤུའི་ལུང་ལ་བརྟེན་ནས་ཚད་མར་བསྒྲུབ་དགོས་པའི་ཕྱིར་”[6]ཞེས་སྨྲས་ཏེ། ཡེ་ཤུའི་ཆོས་གྲྭ་སྨྲ་བའི་ལྷ་ཆོས་མཚན་ཉིད་རིག་པའི་མིའི་གོ་བབ་སྟེ། “དཀོན་མཆོག་

① 梁展：《颠覆与生存》，〔M〕上海文艺出版总社2007/11第1版，P26

② 周国平：《人文精神的哲学思考》，〔M〕长江文艺出版社2014/6第1版，P6

③ 周国平：《人文精神的哲学思考》，〔M〕长江文艺出版社2014/6第1版，P6

④ 卡希尔：《人伦》，〔M〕吉林出版集团有限责任公司2014/11第1版，P15

⑤ 卡希尔：《人伦》，〔M〕吉林出版集团有限责任公司2014/11第1版，P15

⑥ 卡希尔：《人伦》，〔M〕吉林出版集团有限责任公司2014/11第1版，P15

གིས་བསམ་གྱིས་མི་ཁྱབ་པའི་དག་ཞིང་དུ་མི་ཞིག་ལ་སྐྱེས་པ་ནས་འཆི་བའི་བར་མགོན་སྐྱབས་མཛད་ཅིང་། བདེ་བ་ཅན་དུ་བསྒྲོད་བྱེད་ཀྱི་ལམ་ཡིག་ཀྱང་གནང་སྲིད། ལྡོག་ན་མི་ཉིད་བདག་ཉིད་བདག་གི་མགོན་དུ་འགྱུར་མི་བཏུབ་”①ཅེས་དཔལ་བའི་རྟེན་གྱི་སྙིང་པོ་མེད་པར་སྨྲོ། །

རིག་རྩལ་བསྐྱར་དར་གྱི་དུས་སྐབས་སུ་“རིག་གནས་བཙོས་སྒྱུར་སྨྲ་བས་གནའ་བོའི་རིག་གནས་ཀྱི་སྙིང་པོ་ལེན་ཕྱིར། གྲི་རི་སི་དང་། རོ་མའི་རིག་གནས་བསྐྱར་གསོའམ་སླར་གསོ་བྱས་པ་སྟེ། འདི་ལ་རིག་རྩལ་བསྐྱར་དར་བྱ། ཉིང་དགོས་ནི་མི་གཞི་བཙལ་ཏེ་ཆེད་རྒྱུ་སྟེ། འདི་ལ་མི་ཚུལ་རིག་པ་བྱ།”②ཞེས་གསུངས་པ་ལྟར། མི་གཞིའི་གཙུག་གཉིས་ལས་མིའི་གོ་བབ་བཙོས་མ་མ་ཡིན་པ་རྩད་ཞིབ་བྱས་ཏེ། མི་རང་མཚན་པའི་ངོ་བོར་རྟོགས་པ་སད་རྒྱུ་ཉིང་དགོས་སོ། །ཕྱི་བྲག་ཏུ་ཕི་ལ་ཐོ་སྨྲ་བ་ཕྱི་ཁོ་ནོ་ནི་དུས་སྐབས་དེའི་མི་ཚུལ་རིག་པའི་མཚན་ཉིད་སྨྲ་བའི་ཁྱུ་མཆོག་ཏུ་འདོད་ན། ལུགས་འདིས“མི་ནི‘དཀོན་མཆོག་གི་མཁྲིན་ཚབ་པར’ འདོད་ཅིང་། མིའི་རྣམ་ཤེས་ཀྱིས‘རྣམ་དཔྱོད་དང་འདུན་པ་སྟེ། ཕི་ལ་ཐོས་བཞེད་པའི་ཐབས་ཤེས་ཀྱི་གཤོག་ཟུང་ལ་བརྟེན་ཚེ། གཞི་ནས་ཆོས་ཐམས་ཅད་དབང་དུ་བསྡུ་ཐུབ་ཅིང་། ལྷའི་ངོ་བོར་ཡང་འགྱུར་རོ’ ཞེས་བསྔགས་པ་”③ལྟར་ཕི་ལ་ཐོ་ལུགས་ཀྱི་མིའི་མཚན་ཉིད་ཁས་བླངས་ཏེ། མི་ཉིད་བརྟན་གཡོའི་ཆོས་ཀུན་གྱི་བྱེད་པོར་སྨྲོ། །

རིགས་ཤེས་རིང་ལུགས་ཀྱི་དུས་སྐབས་སུ་ལུགས་འདིའི་རིགས་པ་སྨྲ་བ་རྣམ་གཉིས་ཏེ། ཏེ་ཁར་ལྟར་ན། “མི་ནི་རྟོག་ངར་གཞི་གྲུབ་པ་ཙམ་གྱི་བདག་ཉིད་དུ་

① 梯利：《西方哲学史》，〔M〕商务印书馆2015/11第1版，P174

② 梯利：《西方哲学史》，〔M〕商务印书馆2015/11第1版，P254

③ 傅佩荣：《西方哲学史》，〔M〕中华书局2014/8第5版，P128

འདོད་”[1]ཅེང་། ཨི་མན་ནེའུ་ཁན་ཐེ་ལྟར་ན། “མི་ནི་རྣམ་དཔྱོད་ལྡན་པའི་གཞི་གྲུབ་ཀྱི་ཡུལ་ཅན་ཏེ། རྣམ་དཔྱོད་ཀྱིས་མིའི་ཤེས་རབ་སྐྱེ་བས་སོ། །དེའི་ཕྱིར་མི་ནི་མཐར་ཐུག་གི་གྲུབ་དོན་དཔྱོད་བྱེད་ཀྱི་གཞི་ཡིན་པ་ལས། གནས་སྐབས་ཀྱི་རྐྱེན་ཙམ་དུ་མི་བཞེད་”[2]དོ། །དོན་དམ་དུ་ སྤྱི་གཉིས་ཀས་མི་ལྟེ་བར་སྒྲོའོ། །ཡོངས་གྲགས་སུ་“དོན་དམ་རྣམ་དཔྱོད་(རིགས་ཤེས་)ཀྱི་སྤྱོད་ཡུལ་ཡིན་མིན་མཚན་ཉིད་རིག་པའི་རིགས་པ་ཁྲ་མོའི་དཀའ་གནད་དང་། ལོ་ངོ་ཉིས་སྟོང་ལྷག་གི་ནུབ་ཕྱོགས་མཚན་ཉིད་རིག་པའི་རིགས་པའི་རྙེད་དོན་དུ་བཞེད་དོ། །འོན་ཀྱང་ཉེ་རབས་ཀྱི་མཚན་ཉིད་རིག་པ་སྨྲ་བ་ཨི་མན་ནེའུ་ཁན་ཐེས་རྣམ་དཔྱོད་ཀྱི་ནུས་པར་དོགས་སློང་མཛད་”[3]ཅེང་། “ཨི་མན་ནེའུ་ཁན་ཐེ་དང་། འཇོན་པོ་ལི་པེ་ཧྲི་ཆ་ཐེ། སེ་ཆ་ལིང་བཅས་ཀྱིས་ཧེ་གེལ་བར་ཕྱིན་པའི་འཇར་མན་གྱི་སེམས་གཙོ་སྨྲ་བའི་མཚན་ཉིད་རིག་པ་སྨྲ་བ་དག་ནི་དོན་དམ་དུ་བདག་ཉིད་བརྟགས་པའི་ཤེས་པ་སྙིང་པོར་སྨྲ་བའི་ལུགས་པོ་ན་ཡིན་”ཞེས་ནུབ་ཕྱོགས་སེམས་གཙོ་རིང་ལུགས་ཀྱི་ལྟ་གྲུབ་སྟེ། གཞི་གྲུབ་ཀྱི་ཡུལ་ཅན་བདག་བྱ་བ་ཤེས་པ་དང་། འདུན་པ། བྱ་བྱེད་གང་ཞིག་ཏུའང་གཞི་མ་གྲུབ་པར་སྨྲ་ལ། གཏན་གྱི་འདུན་མའམ། གྲུབ་དོན་ཅིར་ཡང་བདེན་པར་མ་གྲུབ་པས། མིའི་རྣམ་དཔྱོད་ཀྱི་སྤྱོད་ཡུལ་མིན་པར་བཞེད་དོ། །ཁྱད་པར་དུ་“ནུབ་ཕྱོགས་ཀྱི་ཉེ་རབས་མཚན་ཉིད་རིག་པས‘བདག་ཉིད’བྱ་བའི་ཡུལ་ཅན་གྱི་ངོ་བོ་དོར་ཡང་། ‘བདག་ཉིད’ཀྱི་ངོ་བོ་གཞན་ཞིག་སྟེ། ཡུལ་ཅན་ནི་སྙིང་རྗེ་ལྟ་བུའི་སྤྱོད་པའི་རྐྱེན་དུ་བཞེད་”[4]པའི་རྣམ་གཞག་ལྟར་ན། ཕི་ལ་ཐོའི་རྣམ་དཔྱོད་སྨྲ་བའི་ལུགས་ཀྱི་

① 卡希尔：《人伦》，〔M〕吉林出版集团有限责任公司2014/11第1版，P23

② 傅佩荣：《西方哲学史》，〔M〕中华书局2014/8第5版，P173

③ 周国平：《人文精神的哲学思考》，〔M〕长江文艺出版社2014/6第1版，P222

④ 梁展：《颠覆与生存》，〔M〕上海文艺出版总社2007/11第1版，P5

བསྒྲུབ་བྱའི་སློ་ཚད་མ་སྒྲུབ་བྱེད་ཀྱི་ཤེས་པ་དང་། འདུན་པ། བྱ་བྱེད་བཅས་ཀྱི་རྟེན་གང་ཞིག་ཏུའང་མ་གྲུབ་ཅིང་། དོན་དམ་ཡང་རྣམ་དཔྱོད་ཀྱི་སྤྱོད་ཡུལ་མིན་ཞེས་མིའི་རྣམ་དཔྱོད་ལྟེ་བར་མི་སྨྲོ། །དེ་ནས་བཟུང་ནུབ་ཕྱོགས་མཚན་ཉིད་རིག་པ་དངོས་སུ་གཟུགས་འདས་རིག་པའི་རིགས་ལམ་དུ་གྱུར་ཅིང་། མཚན་ཉིད་རིག་པའི་སྙིང་དོན་ནམ། ངེས་དོན་དང་། དེ་བཞིན་ཆོས་ལུགས་རིག་པའི་གྲུབ་དོན་བཅས་ཀྱི་བརྗོད་ཆད་ཀྱི་ལམ་སྲོལ་ཡང་ཐོག་མར་ཕྱེའོ། །

བྱེ་བྲག་ཏུ་ཨི་མན་ནེའུ་ཁན་ཐེ་རིང་ལུགས་གསར་མ་དང་། རིག་གནས་མཚན་ཉིད་རིག་པའི་ཤིང་རྟའི་སྲོལ་འབྱེད་པ་ཨེན་སེ་ཐེ་ཁ་སོར་གྱིས“ཡོངས་གྲགས་ཀྱི་མཚན་ཉིད་རིག་པ་ནི་དོན་དམ་དུ་མི་གཞི་སྨྲ་བའི་རྣམ་གཞག་སྟེ། མིའི་རིག་པའོ”[①] ཞེས་པ་དང་། “མི་ནི་རིག་གནས་ཀྱི་བདག་ཉིད་ཡིན”[②]ཞེས་པ། ཡང་ན“རིག་གནས་ཀྱི་ངོ་བོ་ནི་མི་གཞི་རྩད་ཞིབ་བརྒྱུད་གཙུག་སེམས་ཀྱི་བདེ་བ་འཐོབ་བྱེད་ཡིན་ན། ལྷ་སྲུང་དང་ཆོས་ལུགས་ནི་གནའ་བོའི་མ་བཅོས་མི་གཞིའི་གཙུག་གཤིས་གསལ་བྱེད་ཀྱི་མེ་ལོང་ཡིན”[③]ཞེས་པ་ལ་སོགས་ཀྱི་གསུང་སྒྲོས་ལས་རིག་གནས་མཚན་ཉིད་རིག་པ་སྟེ། ལྷ་སྲུང་ངམ། ཆོས་ལུགས་ནི་རིག་གནས་ཀྱི་རྩ་བའི་རྣམ་པ་དང་། མཐར་གཏུགས་ན་བརྗོད་རྟགས་ཀྱི་ངོ་བོར་བཞེད་པའི་ལུགས་དར་ཅིང་། དེ་ལྟར“རྣམ་དཔྱོད་ཚད་མར་མ་གྲུབ་ཅིང་། རིག་གནས་ཀྱི་རྩ་བའི་རྣམ་པའང་བརྗོད་རྟགས་ཀྱི་ངོ་བོར་ཟད་ན། མིའི་མཚན་ཉིད་དེ། མི་ནི་བརྗོད་རྟགས་རང་བཞིན་གྱི་འགྲོ་བའི་རིགས་སུ་གཏོགས་པ་ལས། རྣམ་དཔྱོད་ཅན་གྱི་འགྲོ་བའི་རིགས་མ་

① 张志刚：《宗教学是什么》，〔M〕北京大学出版社2008/4第2版，P151

② 张志刚：《宗教学是什么》，〔M〕北京大学出版社2008/4第2版，P151

③ 张志刚：《宗教学是什么》，〔M〕北京大学出版社2008/4第2版，P153

ཡིན་”[1]པར་བཞེད་དོ། །ལུགས་འདིས་གདོད་མའི་རིག་གནས་ཀྱི་རྣམ་པར་བརྟེན་ཏེ། ཆོས་ལུགས་ཀྱི་རིགས་ལམ་ནས་མིའི་གཉུག་གཤིས་རྩད་ཞིབ་དང་། ལྷ་སྲུང་གི་ཚོ་གའི་བརྡ་རྟགས་ཀྱི་རྣམ་པ་ལས་མིའི་མཚན་ཉིད་རྟོགས་པར་འདོད་པའི་རིག་གནས་མཚན་ཉིད་རིག་པའི་འདོད་ཚུལ་བཟུང་སྟེ། རྣམ་དཔྱོད་མིའི་མཚན་ཉིད་དུ་སྨྲ་བའི་གཞན་ལུགས་སུན་འབྱིན་པར་གྱུར་ཏོ། །

གཞི་གྲུབ་རིང་ལུགས་ཀྱི་དུས་སྐབས་སུ་ལུགས་འདིའི་ཤིང་རྟའི་སྲོལ་འབྱེད་པ་ཁིའར་ཁེ་གར་ཐེ་དང་། ཁྱད་པར་དུ་“ཧེས་ཏེ་གེར་དང་། སར་ཐར་གཙོ་བོར་གྱུར་བའི་གཞི་གྲུབ་རིང་ལུགས་སྨྲ་བས་ཡུལ་ཅན་རང་མཚན་པའི་ངོ་བོ་སྟེ། ‘བདག་ཉིད’ བྱ་བ་ཐུག་མཐའ་བྲལ་བའི་སྲིད་པ་ཁམས་སུ་གནས་པ་ཙམ་ཡིན་”[2]ཞེས་གསུངས་པ་ལས། “གཞི་གྲུབ་རིང་ལུགས་ནི་གྲུབ་དོན་ལས་གཞི་གྲུབ་གཙོས་སུ་སྨྲ་བའི་མཚན་ཉིད་རིག་པ་ཞིག་”[3]ཏུ་གྲུབ། ཧེས་ཏེ་གེར་གྱིས་ཀྱང་“དུས་རབས་ཁ་ཤས་རིང་རྣམ་དཔྱོད་གཙོས་སུ་སྨྲ་བ་བསམ་བློའི་གཉེན་པོར་རྟོགས་ཚེ། གཞི་ནས་དཔྱོད་ཤེས་ཀྱི་ཁོ་ལག་རྒྱས་ཐུབ་”[4]ཅེས་རྣམ་དཔྱོད་སྨྲ་བའི་ལུགས་ལ་དགག་གཞག་མཛད་རྒྱུ་རང་ལུགས་ཀྱི་གྲུབ་མཐའི་ཐུན་མིན་གྱི་ལྟ་གྲུབ་ཏུ་བཞེད་དོ། །

སྐབས་བབ་ཀྱི་“གཞི་གྲུབ་”ཅེས་པ་ནི་བསྡུས་གྲྭའི་གཞུང་ནས་བསྟན་པའི་ཚད་མས་གྲུབ་པ་གཞི་གྲུབ་ཀྱི་མཚན་ཉིད་ཅེས་པའི་དོན་མིན། འདི་ནི་དབྱིན་ཇིའི་སྐད་དོད་དུ་“Being” ཞེས་བྱ་ཞིང་། ནུབ་ཕྱོགས་མཚན་ཉིད་རིག་པའི་ངེས་དོན་རང་བཞིན་གྱི་བརྡ་ཆད་དཀའ་གནད་ཅན་ཞིག་སྟེ། ཧེ་གེལ་ལྟར་ན། “གཅིག་ནི་ཡུལ་

① 卡夫卡：《卡夫卡谈话录》，〔M〕漓江出版社2015/1第1版，P35

② 梁展：《颠覆与生存》，〔M〕上海文艺出版总社2007/11第1版，P5

③ 威廉·巴雷特：《非理性的人》，〔M〕译文出版社2012/11第1版，P135

④ 威廉·巴雷特：《非理性的人》，〔M〕译文出版社2012/11第1版，P272

གྱི་ཚུགས་ཐུབ་གཞི་གྲུབ་དང་། གཅིག་ཤོས་ནི་བདག་ཉིད་བརྟགས་པའི་ཤེས་པའི་ཚུགས་ཐུབ་ཀྱི་གཞི་གྲུབ་”①ཅེས་གཟུང་འཛིན་གྱི་ཡུལ་ཡུལ་ཅན་གྱི་ཚུགས་ཐུབ་གཞི་གྲུབ་ཏུ་བཞེད་ཅིང་། ཧེས་ཏེ་གེར་ལྟར་ན། “སྟོང་པ་ནི་རྟོགས་བྱའི་ཡུལ་མིན་ན། གཞི་གྲུབ་ཀྱང་མིན་”②ཞེས་པ་དང་། “ཧྥི་རི་སིའི་སྐད་དོད་དུ་‘Parousia’ ཟེར་ཞིང་། གོ་དོན་ནི་རང་ངོས་ནས་ཚུགས་ཐུབ་ཀྱིས་གྲུབ་ཅིང་། ང་ཙམ་གྱི་རྣམ་པའི་མངོན་ཚུལ་ལོ་”③ཞེས་ལྟོས་མེད་དམ་ཚུགས་ཐུབ་ཀྱི་ངོ་བོ་སྟེ། སྤྱིར་“ང་ཙམ་ཏེ། (དབྱིན་ཇིའི་སྐད་དོད་དུ་‘Dasein’ བྱའོ) བདག་གཞི་གྲུབ་ཀྱི་ངོ་བོར་དམིགས་པའི་ཡུལ་ཅན་གྱི་རྟེན་ལ་བཞེད་”④དོ། །

ཡོངས་གྲགས་ཀྱི་ཅ་སེ་ཕེར་སིའི་ལུགས་ལྟར་ན། “གཞི་གྲུབ་ལ་ཕྲ་རགས་དབང་གི་འདོད་ཚུལ་གསུམ་ལས། རགས་པ་ཕྱི་དོན་ཏེ། གཟུགས་ལ་སོགས་པའི་ཡུལ་གྱི་སྣང་ཚུལ། ...... ཕྲ་བ་བདག་ཉིད་ཀྱི་གཞི་གྲུབ་སྟེ། གཞི་གྲུབ་རང་མཚན་པ། ...... ཆེས་ཕྲ་བ་ཐར་པ་སྟེ། འདི་ནི་གཞི་གྲུབ་ སྔ་མ་གཉིས་ཀྱི་མཐར་ཐུག་གི་ཚུགས་ཐུབ་ཀྱི་རྣམ་པའོ་”⑤ཞེས་གསུངས་སོ། །དེའི་ཕྱིར་གཞི་གྲུབ་ཅེས་པ་རང་བཞིན་ནམ། ཚུགས་ཐུབ་ཏུ་གྲུབ་པའི་ངོ་བོ་ཡིན་པ་གང་ཞིག འདི་ནི་ཕྱི་དོན་དང་། ང་ཙམ། ཐར་པ་བཅས་སོ་སོར་བཞེད་དོ། །ཕྱི་ཐག་ཏུ་ཧེས་ཏེ་གེར་གྱི་འདོད་ཚུལ་

① 安东尼·肯尼：《牛津西方哲学史》，〔M〕中国人民大学出版社2014/1第1版，P310

② 吉姆·霍尔特：《世界为何存在？》，〔M〕北京大学出版社2015/5第1版，P258

③ 马丁·海德格尔：《存在与时间》，〔M〕生活·读书·新知三联书店1987/12第1版，P265

④ 梁展：《颠覆与生存》，〔M〕上海文艺出版总社2007/11第1版，P19

⑤ 伯特兰·罗素：《西方的智慧》，〔M〕中央编译出版社2007/11第1版，P351-352

ཏེ། སྟོང་པ་ནི་རང་བཞིན་གྱིས་ཅིར་ཡང་མ་གྲུབ་ཀྱང་། རང་ངོས་ནས་ཚུགས་ཐུབ་ཏུ་གནས་ཤིང་། ང་ཙམ་གྱི་རྟེན་དུ་གྱུར་བའི་ངོ་བོ་གང་ཞིག་གཞི་གྲུབ་ཏུ་བཞེད་པ་ནི་གཞི་གྲུབ་རིང་ལུགས་ཀྱིས་འདོད་པའི་མཚན་ཉིད་དམ་པའོ། །

མདོར་ན"ཙ་སེ་ཕེར་སེའི་གཞི་གྲུབ་རིང་ལུགས་ཀྱི'ཐར་པའི' ངེས་དོན་ལ་ཁའར་ཁེ་ཀར་ཐེའི་ལུགས་ལྟར་ཆོས་ལུགས་ཀྱི་ཟབ་དོན་ཕུན་སུམ་ཚོགས་ཤིང་། ཏེས་ཏེ་ཀེར་གྱི་ལུགས་ལྟར་གཟུགས་འདས་རིག་པའི་ལྟ་གྲུབ་ཀྱིས་ཕྱུག"[①]པ་གང་ཞིག་སར་ཐར་གྱིས་ཀྱང"མི་ཕན་ཚུན་དབར་སྣངས་འཛིན་གྱི་བྱེད་པོ་མེད་པར་དཔོན་གཡོག་གི་འབྲེལ་བར་གྲུབ་ཅིང་། ...... ཕ་རོལ་པོ་ནི་དམྱལ་བའོ། ། ...... མི་ནི'གྲུབ་དོན་ལས་གཞི་གྲུབ་གཙོགས་སུ་སྨྲ་བ' ཞིག་སྟེ། གཞི་གྲུབ་གྱི་གདམ་ག་མ་འཕྲུག་པར་བདག་ཉིད་ཀྱི་ངོ་བོ་འཚོལ་དགོས"[②]ཞེས་གསུངས་པ་ལྟར། "མི་ཚེ་སྙིང་པོ་མེད་པ་སྟེ། སྡུག་བསྔལ་གྱི་རང་བཞིན་དུ་སྨྲ་བའི་གཞི་གྲུབ་རིང་ལུགས"[③]ནི་ཆོས་ལུགས་དང་། གཟུགས་འདས་རིག་པའི་ལྟ་གྲུབ་ཀྱི་རྨང་གཞིར་གྲུབ་དོན་སྟོང་པར་སྨྲ་བའི་ནུབ་ཕྱོགས་མཚན་ཉིད་རིག་པའི་རྙེད་དོན་ཏེ། གྲུབ་དོན་དང་། གཞི་གྲུབ་ཟུང་འཇུག་རིགས་པའི་རྩ་བར་བཞེད་ཅིང་། མི་ཚེ་སྡུག་བསྔལ་ལམ། གྲུབ་དོན་སྟོང་པར་འདོད་ཀྱང་། གཞི་གྲུབ་རིགས་པས་འཐད་པར་འཇོག་པའི་ལྟོས་གྲུབ་ཀྱི་རིགས་པས་རྣམ་དཔྱོད་མིའི་མཚན་ཉིད་དུ་མི་བཞེད་དོ། །ཕྱིར་མི་ནི་བྱ་བྱེད་ཀྱི་རྟེན་ཙམ་ཏེ། སྣང་བ་སྒྱུ་མའི་ཚུལ་གྱི་ང་ཙམ་མིའི་མཚན་ཉིད་དུ་བཞེད་དོ། །ཁ་ཅིག་གིས་ལུགས་འདི་ནི་མི་ཚེ་སྙིང་པོ་མེད་པར་སྨྲ་བ་འབའ་ཞིག་སྟེ། སྤྱོད་ལུག་པའི་མཚན་ཉིད་རིག་པ་ཞེས་བསྙད་མོད། ནུབ་ཕྱོགས་སུ་མི་ཚེ་སྡུག་བསྔལ་གྱི་རང་

① 伯特兰·罗素：《西方的智慧》，〔M〕中央编译出版社2007/11第1版，P353

② 傅佩荣：《西方哲学史》，〔M〕中华书局2014/8第5版，P248

③ 伯特兰·罗素：《西方的智慧》，〔M〕中央编译出版社2007/11第1版，P249

བཞིན་དང་། གྲུབ་དོན་སྟོང་པར་སྨྲ་བའི་མཚན་ཉིད་རིག་པ་སྟེ། གཏན་གྱི་འདུན་མའི་གྲུབ་དོན་ལ་དཔྱོད་བྱེད་ཀྱི་མཚན་ཉིད་རིག་པའི་རིགས་ལམ་རྣམ་པར་དག་པ་འདི་ལས་གཉིས་པ་ཞིག་མེད་སྐད།

མིའི་མཚན་ཉིད་བྱུང་འཕེལ་ལོ་རྒྱུས་ཀྱི་སྟ་ཕྱི་ལྟར་ན། རྣམ་དཔྱོད་མིའི་མཚན་ཉིད་དུ་འདོད་མིན་རིགས་པའི་གཞུང་ཤིང་ལྟ་བུར་བརྟེན་ཏེ། སྔ་མ་སྔ་མས་འདོད་པ་ཕྱི་མ་ཕྱི་མས་བཀག་པ་སྟེ། གནའ་བོའི་ གྲེ་རི་སིའི་ཕེ་ལ་ཊོའི་ལུགས་ཏེ། མི་ནི་རྣམ་དཔྱོད་ཅན་གྱི་འགྲོ་བའི་རིགས་སུ་བཞེད་ཅིང་། རིགས་ཤེས་རིང་ལུགས་ཀྱི་ཨི་མན་ནེའུ་ཁན་ཐེའི་ལུགས་ཏེ། མི་ནི་མཐར་ཐུག་གི་དམིགས་བྱ་ལས། གནས་སྐབས་ཀྱི་རྟེན་ཙམ་དུ་མི་བཞེད། རིག་གནས་མཚན་ཉིད་རིག་པ་སྨྲ་བ་ཨེན་སེ་ཐེ་ཁ་སོར་གྱི་ལུགས་ཏེ། མི་ནི་བརྡ་རྟགས་རང་བཞིན་གྱི་འགྲོ་བའི་རིགས་སུ་བཞེད། གཞི་གྲུབ་རིང་ལུགས་ཀྱི་ལུགས་ཏེ། མི་ནི་བྱ་བྱེད་ཀྱི་རྟེན་དུ་གྱུར་བའི་ང་ཙམ་དུ་བཞེད་པ་སོགས་ཤིན་ཏུ་གྲགས་ཆེའོ། །

ཕྱིར་གཏན་གྱི་འདུན་མའི་གྲུབ་དོན་ལྟར་ན། གཞི་གྲུབ་རིང་ལུགས་ཀྱི་མིའི་མཚན་ཉིད་དེ། མི་ཚེ་སྡུག་བསྔལ་དང་། གྲུབ་དོན་སྟོང་པའི་རང་བཞིན་དུ་འདོད་ཀྱང་། གཞི་གྲུབ་ཀྱི་སྣང་བ་སྒྱུ་མའི་ངོར་བྱ་བྱེད་འཐད་པའི་རྟེན་ང་ཙམ་མིའི་མཚན་ཉིད་དུ་བཞེད་པ་སྐབས་བབ་ཀྱི་མིའི་མཚན་ཉིད་དུ་འདོད་དོ། །

༢ ནང་བསྟན་མཚན་ཉིད་རིག་པའི་འདོད་ཚུལ།

བོད་ཀྱི་རིག་གནས་སྟེང་མིའི་མཚན་ཉིད་སྐོར་ལ་རང་ལུགས་དམིགས་བསལ་ཅན་བཞག་པ་མེད་ཀྱང་། འདིར་དབུ་ཚད་ཀྱི་ལྟ་གྲུབ་ལས་འཕྲོས་ཏེ། ཚད་མའི་གཞུང་སྟེ། རྟོག་གེ་བ་དང་། དངོས་སྨྲ་བ། དབུ་མའི་གཞུང་སྟེ། ཐལ་འགྱུར་པར་གྲགས་པའི་ནང་བསྟན་མཚན་ཉིད་རིག་པའི་འདོད་ཚུལ་ལྟར་བོད་སྔ་ཕྱིའི་ལྟ་གྲུབ

ཀྱི་སྙིང་པོ་ལས་འཕྲོས་ཏེ་འཆད་པར་འགྱུར་རོ། །

སྤྱིར་རྟོག་གེ་བའམ། དངོས་སྨྲ་བའི་ཐུན་མོང་གི་ཁྱད་ཆོས་ནི་དངོས་པོའམ་ཤེས་པ་རྫས་སུ་འདོད་ཅིང་། མཚན་འཛིན་གྱི་བདེན་པས་ཚ་བ་མེའི་རང་བཞིན་དུ་འདོད་པ་གང་ཞིག རང་བློ་ཚད་མར་ཞེན་ནས་དོན་དམ་བློ་ཡི་སྤྱོད་ཡུལ་ཏེ། རྟོག་པ་ཚད་མར་ཞེན་པ་འབའ་ཞིག་གོ། སྤྱི་མ་རྟོག་གེ་བར་ཕྱི་རོལ་མུ་སྟེགས་པ་དང་། རང་སྡེའི་མདོ་སེམས་ཐུན་མོང་བའི་ཚད་གཞུང་དག་འདུའོ། །ཕྱི་མ་དངོས་སྨྲ་བར་རང་སྡེའི་རང་རྒྱུད་པ་མན་ཆད་ཀྱི་གྲུབ་མཐའ་འོག་མ་ཐམས་ཅད་འཛོག་གོ།

རྟོག་པ་ཚད་མར་ཞེན་པའི་ལུགས་ཏེ། རྟོག་གེ་བ་དང་། དངོས་སྨྲ་བའི་འདོད་ཚུལ་ལྟར་ན། མི་རང་མཚན་པ་ནི་ཉོན་མོངས་པའི་དྲི་མ་སྒྲོ་བུར་བས་བསླད་པའི་རྟེན་གང་ཟག་ཏུ་བཞེད་དོ། །མཚན་ཉིད་ལའང་"མི་ཞེས་བྱ་བ་ནི་ཡིད་དམ་ཤེད་ཅན་ལ་འཇུག་པའི་མ་ནུཥྱའི་སྒྲ་ལས་ཤེད་བུའམ་ཡིད་རྟོག་དཔྱོད་ཀྱི་འཇུག་པ་ཤས་ཆེ་བས་མི་ཞེས་གྲགས་"①ཞེས་གསུངས་པ་ལྟར། ཤེད་ཅན་ཏེ། ཡིད་དམ་སེམས་ཀྱི་ངོ་བོ་ལྡན་ཞིང་། རྟོག་དཔྱོད་ཀྱི་འཇུག་པ་ཤས་ཆེ་བའི་ཤེད་བུའམ་སྐྱེས་བུར་བཞེད་དོ། །དེ་ལྟ་བུའི་མིའམ། ཤེད་ཅན། ཤེད་བུ་བྱ་བའང་"བདག་དང་སེམས་ཅན་དང་སྲོག་དང་གསོ་བ་དང་སྐྱེས་བུ་དང་གང་ཟག་དང་ཤེད་ལས་སྐྱེས་དང་ཤེད་བུ་དང་བྱེད་པ་པོ་དང་ཚོར་བ་པོ་སྨྲ་སྟེ་ཚོགས་ཀྱིས་བཤད་པར་བྱ་བ་བདག་པོ་མེད་པ་ལ་བདག་པོ་ལྟ་བུར་བསྟན་པ་"②ཡི་བྱེད་པའི་སྐྱེས་བུ་བཅུ་གཉིས་ཏེ། བདག་པོ་མེད་པར་བདག་པོར་ལྟ་བའི་གང་ཟག་ལ་བྱ་བའོ། །འདིའང་ཐ་སྙད་ཤེས་

① ཀོང་སྤྲུལ་ཡོན་ཏན་རྒྱ་མཚོ། 《ཤེས་བྱ་ཀུན་ཁྱབ་》སྟོད་ཆ། (M)མི་རིགས་དཔེ་སྐྲུན་ཁང་། ༡༩༨༢/༢པར་གཞི་དང་པོ། ༤༡༨༦

② མཉམ་མེད་རྗེ་ཙོང་ཁ་པ། 《དྲང་ངེས་ལེགས་བཤད་སྙིང་པོ་》(M)སེར་གཙུག་ནང་བསྟན་དཔེ་རྙིང་འཚོལ་བསྡུ་ཕྱོགས་བསྒྲིགས་ཁང་། ༤༡༡༦

ངོར་“ཡིད་ཀྱི་ལས་ཀྱི་མཚན་ཉིད་ཅན་སེམས་མངོན་པར་འདུ་བྱེད་པ་སེམས་པ་ཞེས་བྱ་བའི་”①མཚན་གཞིར་བསྟན་པའི་རྗེན་གང་ཟག་གམ། ཡིད་དམ། སེམས་དང་། ཤེད་དེ། རྟོག་དཔྱོད་ཀྱི་འཇུག་པ་ཤས་ཆེ་བའི་རྗེན་གང་ཟག་ཏུ་འདོད་དོ། །སྤྱིར་རྟོག་པའི་དྲི་མས་བསླད་པའི་རྗེན་གང་ཟག་མིའི་མཚན་ཉིད་དུ་བཞེད་པ་ཤེན་ཏུ་རྟོགས་སླའོ། །

ཡང་“སྨྲ་ཤེས་དོན་གོ་བ་མིའི་མཚན་ཉིད་”དུ་གྲགས་མོད། འདི་ནི་རྩོད་གྲྭའི་རྟགས་གསལ་དཀྱུས་མའི་སྐབས་སུ་ཕྱི་རྒོལ་གྱིས་སྔ་རྒོལ་ལ་གནོད་བྱེད་འཚོལ་བྱེད་ཀྱི་ཐབས་ཙམ་ལས། མཁས་པ་སུས་ཀྱང་བསྟན་བཅོས་གང་ཞིག་ཏུ་རང་ལུགས་བཞག་པའི་རིགས་ལམ་གྱི་རྣམ་གཞག་མེད་ན། ཕལ་པའི་ངོར་གྲགས་པའི་ཀླན་ཀ་འཚོལ་བྱེད་ཀྱི་ཐབས་ཚུལ་ཙམ་ལས། ལུང་རིགས་སྨྲ་བའི་རིགས་པའི་རྣམ་གཞག་ཅིག་མ་ཡིན་ནོ། །

ཁ་ཅིག་རྣམ་འགྲེལ་ལུགས་སུ་“རྣམ་དཔྱོད་ཅན་མིའི་མཚན་ཉིད་”དུ་བཞེད་པར་སྣམ་མོད། འདི་ཡང་གྲགས་ཚོད་ཙམ་སྟེ། པཎ་ཆེན་ཤཱཀྱ་མཆོག་ལྡན་གྱིས་“ལྐོག་པ་གཞན་སེལ་དངོས་ཀྱི་གཞལ་བྱར་བྱེད་པའི་མངོན་སུམ་ནི་རྣམ་འགྲེལ་མཛད་པའི་རིགས་པས་ཁེགས་སོ་”②ཞེས་གསུངས་ཏེ། “རྟོག་མེད་ཀྱི་ཤེས་པས་ལྐོག་པ་མེད་དགག་སྣང་ཡུལ་དུ་བྱས་ནས་འཛིན་པ་ནི་ཆོས་གྲགས་ཀྱི་རིགས་པ་དང་འགལ་”③བར་བསྟན་པས་སོ། །གང་ལགས་ཤེ་ན། རྟོག་མེད་རིགས་ཤེས་ཀྱི་

① སློབ་དཔོན་ཟླ་བ་གྲགས་པ། 《དབུ་མ་རྩ་བའི་འགྲེལ་པ་ཚིག་གསལ་ཞེས་བྱ་བ་བཞུགས་སོ་》(M)སེར་གཙུག་ནང་བསྟན་དཔེ་རྙིང་འཚོལ་བསྡུ་ཕྱོགས་བསྒྲིགས་ཁང་། ༡༢༧༨

② པཎ་ཆེན་ཤཱཀྱ་མཆོག་ལྡན། 《ལྟ་བའི་སྐོར་ལས་འཕྲོས་པའི་མཁས་པའི་ལེགས་བཤད་གཅེས་སྒྲིག་》(M)སེར་གཙུག་དཔེ་རྙིང་འཚོལ་བསྡུ་ཕྱོགས་བསྒྲིགས་ཁང་། ༡༦༧

③ པཎ་ཆེན་ཤཱཀྱ་མཆོག་ལྡན། 《ལྟ་བའི་སྐོར་ལས་འཕྲོས་པའི་མཁས་པའི་ལེགས་བཤད་གཅེས་སྒྲིག་》(M)སེར་གཙུག་དཔེ་རྙིང་འཚོལ་བསྡུ་ཕྱོགས་བསྒྲིགས་ཁང་། ༡༧༣

སྤྱོད་ཡུལ་དུ་གྱུར་བའི་ལྡོག་པ་མེད་འགག་མངོན་སུམ་གྱི་སྣང་ཡུལ་དུ་མི་བཞེད་པ་སློབ་དཔོན་ཆོས་ཀྱི་གྲགས་པའི་རིགས་པ་སྨྲ་མོ་སྟེ། ལུགས་འདིས་སྤྱི་མཚན་སྣང་ཡུལ་དུ་གྱུར་བའི་མངོན་སུམ་མེད་པར་བཞེད་དོ། །དེའི་ཕྱིར་ལུགས་འདི་ནི་དངོས་སྨྲ་བའི་མཚན་འཛིན་ལྟ་བུའི་རིགས་པའི་ས་མཚམས་ནས་རབ་ཏུ་གྲོལ་ན། རྟོག་པ་ལྟ་ཅི། སྒོ་ལྔའི་ཤེས་པ་དང་། ཡིད་ཤེས་ལྟ་བུའི་རྣམ་ཤེས་ཚོགས་དྲུག་ཀྱང་ཚད་མར་མི་འདོད་པས། རྟོག་པའམ། རྣམ་དཔྱོད་ཁས་ལེན་པའི་གོ་སྐབས་ནམ་ཡང་མི་འཇུག་གོ།

རང་སྡེའི་དངོས་སྨྲ་བའི་གྲུབ་མཐའ་འོག་མའི་ལུགས་སུ་ལས་འབྲས་ཀྱི་རྟེན་དུ་གྱུར་བའི་བཅིངས་གྲོལ་གྱི་གཞིའམ། གང་ཟག་གི་མཚན་གཞིར་ཕྱི་བྲག་སྨྲ་བས་ཚད་མི་ཟ་བ་དང་། མདོ་སྡེ་པས་ཐོབ་པ། སེམས་ཙམ་པས་ཀུན་གཞིའི་རྣམ་ཤེས། རང་རྒྱུད་པས་ཡིད་ཀྱི་རྣམ་ཤེས་བཅས་སོ་སོར་བཞེད་དོ། །ཕྱི་བྲག་ཏུ་གནས་མ་བུ་པའི་བརྗོད་དུ་མེད་པའི་བདག་ལྟ་བུ་རང་རྐྱ་ཐུབ་པའི་རྫས་ཡོད་དུ་བཞེད་པ་ཕུད་གྲུབ་མཐའ་འོག་མ་ཐམས་ཅད་ཀྱིས་ཕུང་པོ་ལས་དོན་གཞན་དུ་གྲུབ་པའི་བདག་མི་འདོད་ཀྱང་། ཕུང་པོ་ཉིད་བདག་ཏུ་འདོད་པའི་གང་ཟག་གི་མཚན་གཞིར་འཛོག་གོ། དེའི་ཕྱིར་གང་ཟག་སོགས་ཐ་སྙད་དུ་རང་ངོས་ནས་གྲུབ་པ་ཤ་སྟག་སྨྲའོ། །

ཕྱི་མ་དབུ་མའི་ལུགས་ཏེ། གྲུབ་མཐའི་རྩེ་མོར་སོན་པའི་དབུ་མ་ཐལ་འགྱུར་པའི་ལུགས་སུ་གང་ཟག་གི་མཚན་གཞི་འཛོག་ཚུལ་ཐུན་མོང་མ་ཡིན་པ་ཡོད་ཚུལ་གྲགས་པ་སྟེ། "ཕུང་པོ་ལ་བརྟེན་ནས་བཏགས་པའི་བདག་འཛིག་ལྟ་ལྷན་སྐྱེས་ཀྱི་དམིགས་པར་གསུངས་ཤིང་། ཕུང་པོ་བདག་མ་ཡིན་པར་མ་ཟད་བཏགས་དོན་བཙལ་ནས་རྙེད་པའི་ཆོས་གཅིག་ཀྱང་མི་བཞེད་" [1]པས། "ཐལ་འགྱུར་པས་ནི་

① ཐུའུ་བཀྭན་བློ་བཟང་ཆོས་ཀྱི་ཉི་མ། 《ཐུའུ་བཀྭན་གྲུབ་མཐའ་》(M)ཀན་སུའུ་མི་རིགས་དཔེ་སྐྲུན་ཁང་། ༡༩༨༥/༨པར་གཞི་དང་པོ། ཤ༣༨

འཇོག་བྱེད་དེ་ཚུལ་མི་བཞེད་”①དོ། །འོན་ཀྱང་ཐ་སྙད་པའི་ཤེས་ངོར་“རང་གིས་ངོ་བོས་གྲུབ་པའི་རང་བཞིན་ཅམ་ལ་བདག་ཏུ་བཞག་པ་དང་ངའོ་སྙམ་པ་ཙམ་གྱི་བློའི་ཡུལ་ལ་བདག་ཏུ་བྱས་པ་གཉིས་ལས། དང་པོ་ནི་རིགས་པའི་དགག་བྱ་ཡིན་ལ་ཕྱི་མ་ནི་ཐ་སྙད་དུ་འདོད་པས་མི་འགོག་”②ཅེས་ངའོ་སྙམ་པ་ཙམ་གང་ཟག་གི་མཚན་གཞིར་རྗེ་རིན་པོ་ཆེ་བཞེད་ཅིང་། “ངར་འཛིན་ལྷན་སྐྱེས་ཀྱི་ངའོ་སྙམ་དུ་བཟུང་བའི་དམིགས་ཡུལ་གྱི་ང་ཙམ་ཐ་སྙད་དུ་ཡོད་པ་དབུ་མ་ཐལ་འགྱུར་པའི་ལུགས་ཡིན་”③ཞེས་ང་ཙམ་ཐ་སྙད་དུ་ཡོད་པ་གང་ཟག་གི་མཚན་གཞིར་ཀུན་མཁྱེན་གོ་བོ་རབ་འབྱམས་པའང་བཞེད་པ་བཙས་བཏགས་དོན་གྱིས་བཙལ་ནས་མ་རྙེད་པའི་བདག་བཏགས་པ་བ་ངའོ་སྙམ་པའམ། ང་ཙམ་ལས་འབྲས་ཀྱི་རྟེན་དུ་འདོད་པ་བོད་སྔ་ཕྱིར་གྲགས་པའི་དབུ་མ་ཐལ་འགྱུར་པ་ཐུན་མོང་གི་ལུགས་སོ། །

དཀྱུས་སུ་བཏགས་དོན་གྱིས་བཙལ་ནས་རྙེད་མ་རྙེད་འཇོག་ཚུལ་གྱི་རིགས་པའི་ཕྲ་རགས་དང་། དོན་དམ་བློ་ཡི་སྤྱོད་ཡུལ་ཡིན་མིན་གྱི་ལྟ་བའི་ཟབ་ཁྱད་ལས་འཕྲོས་ཏེ། སྐབས་བབ་ཀྱི་མིའི་མཚན་ཉིད་བོད་སྔ་ཕྱིའི་ལུགས་ལྟར་ཞིབ་ཅིང་ཕྲ་བར་འཆད་དོ། །

བོད་ཕྱི་རབས་པ་ལྟར་ན། “གང་ཟག་རང་གི་ངོ་བོ་ཉིད་ཀྱིས་གྲུབ་པར་འཛིན་པ་ཡིན་པས་རང་གི་མཚན་ཉིད་ཀྱིས་གྲུབ་པའི་ངའོ་སྙམ་དུ་འཛིན་པའོ། །ང་ཡིར་འཛིན་པའི་འཇིག་ལྟ་ཡང་དེས་མཚོན་ནས་ཤེས་པར་བྱའོ། །ང་དང་ངའོ་སྙམ་དུ་མི་

① ཐུའུ་བཀྭན་བློ་བཟང་ཆོས་ཀྱི་ཉི་མ། 《ཐུའུ་བཀྭན་གྲུབ་མཐའ་》(M)ཀན་སུའུ་མི་རིགས་དཔེ་སྐྲུན་ཁང་། ༡༩༨༨/༨པར་གཞི་དང་པོ། ཤ༣༡

② རྗེ་ཙོང་ཁ་པ། 《རྗེ་ཙོང་ཁ་པ་ཆེན་པོའི་གསུང་འབུམ་བཞུགས་སོ་》(པ)(M)མཚོ་སྔོན་མི་རིགས་དཔེ་སྐྲུན་ཁང་། ༢༠༠༨/༣པར་གཞི་གཉིས་པ། ཤ༤༡༢

③ པཎ་ཆེན་ཤཱཀྱ་མཆོག་ལྡན། 《ལྟ་བའི་སྐོར་ལས་འཕྲོས་པའི་མཁས་པའི་ལེགས་བཤད་གཅེས་སྒྲིག་》(M)སེར་གཙུག་དཔེ་རྙིང་འཚོལ་བསྡུ་ཕྱོགས་བསྒྲིགས་ཁང་། ཤ༢༡༩

འཛིན་པའི་གང་ཟག་རྫས་སུ་ཡོད་པར་འཛིན་པ་ནི་གང་ཟག་གི་བདག་ཏུ་རྨོངས་པའི་མ་རིག་པ་ཡིན་པས་ཉོན་མོངས་མ་ཡིན་པར་མི་འགྱུར་རོ། །དེ་ལྟར་ན་རང་གིས་ངོ་བོས་གྲུབ་པའི་རང་བཞིན་ཙམ་ལ་བདག་ཏུ་བཞག་པ་དང་ངའོ་སྙམ་པ་ཙམ་གྱི་བློའི་ཡུལ་ལ་བདག་ཏུ་བྱས་པ་གཉིས་ལས། དང་པོ་ནི་རིགས་པའི་དགག་བྱ་ཡིན་ལ་ཕྱི་མ་ནི་ཐ་སྙད་དུ་འདོད་པས་མི་འགོག་"①ཅེས་གསུངས་པ་ལྟར། འཛིན་པའི་བདག་གམ་རང་བཞིན་རིགས་པའི་དགག་བྱ་དང་། གདགས་གཞིའམ་དམིགས་པའི་ང་ཙམ་ལས་འབྲས་ཀྱི་རྟེན་དུ་བཞེད་དོ། །སྐབས་ཅིག་ཏུ་"ཞིག་པ་དངོས་པོར་སྒྲུབ་ཚུལ་ཚིག་གསལ་དང་རིགས་པ་དྲུག་ཅུ་པའི་འགྲེལ་པ་ལས་གསུངས་"②པ་ཁུངས་སུ་མཛད་དེ། "དྲན་པའི་དངོས་པོ་ནི་འདས་པའི་དངོས་པོ་ཡིན་ནོ། །……འདས་པའི་དངོས་པོ་རྣམ་པ་ཐམས་ཅད་དུ་མེད་པ་མ་ཡིན་ཏེ། དྲན་པར་བྱ་བའི་ཕྱིར་དང་དེའི་འབྲས་བུ་མཐོང་བའི་ཕྱིར་རོ་"③ཞེས་པ་དང་། "སྔར་མ་མྱོང་བ་དྲན་པ་མི་སྲིད་པས་དྲན་པ་ནི་མྱོང་བ་ལས་སྐྱེ་ལ། དེ་ཡང་སྔར་འདི་མཐོང་ངོ་ཞེས་ཡུལ་དང་ངས་མཐོང་ངོ་ཞེས་ཡུལ་ཅན་དྲན་པ་ཡོད་"④ཅེས་རང་རིག་བཀག་ཅིང་། ཞིག་པ་དངོས་པོར་བསྒྲུབས་ཏེ། ཐ་སྙད་པའི་ཤེས་ངོར་རིགས་པས་མི་གནོད་པའི་ལས་འབྲས་ཀྱི་རྟེན་ངའོ་སྙམ་པ་ཙམ་ཡོད་པར་བཞེད་དོ། །

འདི་འདྲའི་ངའོ་སྙམ་པ་ཙམ་ལས་འབྲས་དང་། གྲོལ་བ་དོན་གཉེར་ཅན་གྱི་

---

① རྗེ་ཙོང་ཁ་པ། 《རྗེ་ཙོང་ཁ་པ་ཆེན་པོའི་གསུང་འབུམ་བཞུགས་སོ་》(པ)(M)མཚོ་སྔོན་མི་རིགས་དཔེ་སྐྲུན་ཁང་། ༢༠༠༨/༣པར་གཞི་གཉིས་པ། ཤ༤༧༤-༤༧༩

② མཉམ་མེད་རྗེ་ཙོང་ཁ་པ། 《དྲང་ངེས་ལེགས་བཤད་སྙིང་པོ་》(M)སེར་གཙུག་ནང་བསྟན་དཔེ་སྙིང་འཚོལ་བསྡུ་ཕྱོགས་བསྒྲིགས་ཁང་། ཤ༢༢༣

③ རྗེ་ཙོང་ཁ་པ། 《རྗེ་ཙོང་ཁ་པ་ཆེན་པོའི་གསུང་འབུམ་བཞུགས་སོ་》(པ)(M)མཚོ་སྔོན་མི་རིགས་དཔེ་སྐྲུན་ཁང་། ༢༠༠༨/༣པར་གཞི་གཉིས་པ། ཤ༥༥༤

④ མཉམ་མེད་རྗེ་ཙོང་ཁ་པ། 《དྲང་ངེས་ལེགས་བཤད་སྙིང་པོ་》(M)སེར་གཙུག་ནང་བསྟན་དཔེ་སྙིང་འཚོལ་བསྡུ་ཕྱོགས་བསྒྲིགས་ཁང་། ཤ༢༢༣

རྟེན་དུ་གྱུར་བའི་ངའོ་སྙམ་པ་ཙམ་ཡིན་པ་གང་ཞིག"ཡང་དག་པའི་དོན་ཐོས་པ་དང་བསམས་པ་དང་བསྒོམས་པ་ལས་བྱུང་བའི་ཤེས་པ་ཐམས་ཅད་ནི་ཕྱིན་ཅི་མ་ལོག་པའི་ཡུལ་ཅན་ཡིན་པའི་ཕྱིར་"[①]ཞེས་ཐོས་བསམ་སྒོམ་གསུམ་གྱི་གཞིར་གྱུར་བའི་རང་བཞིན་དཔྱོད་བྱེད་ཀྱི་རིགས་ཤེས་ཀྱི་ཡུལ་ཅན་དུ་བཞེད་ཅིང་། "དབང་ཤེས་ལ་སོགས་པ་རྟོག་མེད་ཤེས་པའི་འཛིན་སྟངས་ཐམས་ཅད་ནི་ནམ་ཡང་རིགས་པས་སུན་འབྱིན་པ་མིན་ནོ། །དེའི་ཕྱིར་རིགས་པས་འཛིན་སྟངས་སུན་དབྱུང་བར་བྱ་བའི་བློ་ནི་ཡིད་ཤེས་རྟོག་པ་ཁོ་ན་"[②]ཞེས་རྟོག་པ་གང་ཡིན་དགག་བྱ་མིན་པའི་ཞིབ་ཆ་མཛད་དེ། "ཆོས་རྣམས་ལ་རང་གིས་ངོ་བོས་གྲུབ་པའི་རང་བཞིན་ཡོད་མེད་ཚུལ་རིགས་པའི་ཤེས་ངོར་འཇོག་"[③]ཐུབ་ཅེས་དོན་དམ་རིགས་ཤེས་ཀྱི་སྤྱོད་ཡུལ་དུ་བཞེད་ཅིང་། "དོན་དམ་པར་རྡུལ་ཙམ་མ་གྲུབ་པ་དང་། ཐ་སྙད་དུ་ཐམས་ཅད་སྒྱུ་མ་ལྟ་བུའི་རྟེན་འབྲེལ་གྱིས་རྟོགས་པ་དགོས་པས་ཁས་བླངས་པར་བྱ་བ་ཡོད་ལ། དེ་ཡང་དེ་གཉིས་ཀྱི་ལྡོག་ཕྱོགས་དོན་དམ་དུ་ཡོད་པ་དང་། ཐ་སྙད་དུ་མེད་པར་འདོད་པའི་སྨྲ་བ་ངན་པ་བཀག་ནས་བཞག་དགོས་པས། དགག་སྒྲུབ་ཀྱི་དོན་རྟོགས་པའི་ཚད་མ་ཡོད་པ་དང་རང་གིས་རྟོགས་པ་ལྟར་གཞན་ལ་ཕྱིན་ཅི་མ་ལོག་པར་སྟོན་པའི་དབུ་མ་པའི་ངག་དམིགས་པའི་ཕྱིར་དང་། དེ་དག་རྣམ་པར་གཞག་པ་ལ་རྒོལ་བ་རྣམས་ཀྱིས་ཆོས་དང་མཐུན་པའི་ཀླན་ཀ་རྡུང་ཟད་ཀྱང་མེད་པས་ལུགས་འདི་ནི་ཆེས་ཡོངས་སུ་དག་པ་ཡིན་ནོ། །དེ་ལྟ་ན་མཁས་པ་དབུ་མ་པའི་

① རྗེ་ཙོང་ཁ་པ། 《རྗེ་ཙོང་ཁ་པ་ཆེན་པོའི་གསུང་འབུམ་བཞུགས་སོ་》(པ)(M)མཚོ་སྔོན་མི་རིགས་དཔེ་སྐྲུན་ཁང་། ༢༠༠༨/༣པར་གཞི་གཉིས་པ། ཤ༤༢༣

② རྗེ་ཙོང་ཁ་པ། 《རྗེ་ཙོང་ཁ་པ་ཆེན་པོའི་གསུང་འབུམ་བཞུགས་སོ་》(པ)(M)མཚོ་སྔོན་མི་རིགས་དཔེ་སྐྲུན་ཁང་། ༢༠༠༨/༣པར་གཞི་གཉིས་པ། ཤ༤༥༧

③ རྗེ་ཙོང་ཁ་པ། 《རྗེ་ཙོང་ཁ་པ་ཆེན་པོའི་གསུང་འབུམ་བཞུགས་སོ་》(པ)(M)མཚོ་སྔོན་མི་རིགས་དཔེ་སྐྲུན་ཁང་། ༢༠༠༨/༣པར་གཞི་གཉིས་པ། ཤ༤༣༧

སྐྱོན་དང་བྲལ་བའི་ལུགས་རང་གིས་འཛོག་མ་ཤེས་ནའང་དེ་མེད་ཅེས་སྨྲར་བ་མི་གདབ་པར་རྟེན་ཅིང་འབྲེལ་བར་འབྱུང་བའི་རིགས་པ་ཁས་བླངས་པ་ཉིད་ཀྱིས་ལྟ་ངན་གྱི་དྲ་བ་མཐའ་དག་གཅོད་ལ། ཁོང་གཟོ་བའི་བློ་གྲོས་ཅན་རྣམས་ཀྱིས་ནི་དབུ་མ་པའི་ལུགས་རྣམ་པར་བཞག་ནས་འགལ་འདུ་ཐམས་ཅད་དང་བྲལ་བར་བྱ་ཡི། བསྙོན་འདིང་བ་ལ་རེ་བ་མི་བྱའོ་" ①ཞེས་དོན་དམ་བློ་(གཉིས་སྣང་ཅན་གྱི་བློའི་མངོན་སུམ་གྱི་སྤྱོད་ཡུལ་མིན་)ཡི་སྤྱོད་ཡུལ་དུ་བཞེད་ཅིང་། རིགས་ཤེས་དང་ཐ་སྙད་ཤེས་པ་གཉི་ག་ཚད་མར་གྲུབ་པར་བཞེད་པ་གང་ཞིག སྤྱིར་"མགོན་པོ་ཀླུ་སྒྲུབ་དང་ཟླ་བ་གྲགས་པའི་ལུགས་ལ་རང་འདོད་དང་ཁས་ལེན་དང་དམ་བཅའ་ནི་ཡོད་པ་ཡིན་" ②པས་"ལུང་ལ་བརྗོད་བྱ་དང་ཤེས་པ་ལ་ཤེས་བྱ་དང་རྟགས་ལ་བསྒྲུབ་བྱ་མེད་ཅེས་སྨྲ་བར་མི་བྱའོ་" ③ཞེས་དབུ་མ་པར་རང་ལུགས་ཀྱི་དམ་བཅའ་དང་ཁས་ལེན་ཡང་ཡོད་པར་བཞེད་པ་སོགས་བོད་ཕྱི་རབས་པར་གྲགས་པའི་དབུ་མ་ཐལ་འགྱུར་པའི་རང་ལུགས་ཐུན་མོང་མ་ཡིན་པའི་ཤིང་རྟའི་སྲོལ་འབྱེད་དོ། །

སྤྱིར་རྗེ་བདག་ཉིད་ཆེན་པོས་རིགས་ཤེས་ཀྱིས་བཀག་ཙམ་གྱི་མཐའ་བྲལ་རྟེན་འབྱུང་གི་རིགས་པ་སྟེ། སྟོང་པ་རྟེན་འབྱུང་གི་དོན་དུ་གོ་བའི་མེད་དགག་ནི་དཔལ་ལྡན་ཟླ་བ་གྲགས་པའི་ལུགས་ཀྱི་ཐལ་འགྱུར་པའི་ལྟ་བའི་མཐར་ཐུག་དང་། གྲོལ་བ་དོན་གཉེར་གྱི་ལྟ་བའི་ཡང་རྩེར་བཞེད་དོ། །དེའི་ཕྱིར་གྲོལ་བ་དོན་གཉེར་ཅན་གྱི་སྐྱེས་བུའི་རྒྱུད་ཀྱི་རིགས་ཤེས་ཀྱིས་དོན་དམ་མམ། རང་བཞིན་ཡོད་མེད་ཚུལ་བཞིན་

① རྗེ་ཙོང་ཁ་པ། 《རྗེ་ཙོང་ཁ་པ་ཆེན་པོའི་གསུང་འབུམ་བཞུགས་སོ་》(པ)(M)མཚོ་སྔོན་མི་རིགས་དཔེ་སྐྲུན་ཁང་། ༢༠༠༨/༣པར་གཞི་གཉིས་པ། ཤ༥༣༩

② རྗེ་ཙོང་ཁ་པ། 《རྗེ་ཙོང་ཁ་པ་ཆེན་པོའི་གསུང་འབུམ་བཞུགས་སོ་》(པ)(M)མཚོ་སྔོན་མི་རིགས་དཔེ་སྐྲུན་ཁང་། ༢༠༠༨/༣པར་གཞི་གཉིས་པ། ཤ༥༩༥

③ མཉམ་མེད་རྗེ་ཙོང་ཁ་པ། 《དྲང་ངེས་ལེགས་བཤད་སྙིང་པོ་》(M)སེར་གཙུག་ནང་བསྟན་དཔེ་སྙིང་འཚོལ་བསྡུ་ཕྱོགས་བསྒྲིགས་ཁང་། ཤ༣༧༢

དཔྱོད་རྒྱུ་གདོན་མི་ཟ། སྤྱིར་ལུགས་འདིའི་མིའི་མཚན་ཉིད་དེ། རིགས་ཤེས་ཀྱི་ཡུལ་ཅན་ཡིན་པ་གང་ཞིག ལས་འབྲས་ཀྱི་རྟེན་དུ་གྱུར་བའི་ངའོ་སྙམ་པ་ཙམ་ལ་བཞེད་དོ། །འདི་ནི་རང་བཞིན་བདེན་པར་གྲུབ་པ་རྡུལ་ཙམ་མེད་ཀྱང་། ཐ་སྙད་པའི་ཤེས་པ་གནོད་མེད་ཀྱི་ངོར་བྱ་བྱེད་ཅི་ཡང་འཐད་པའི་ལས་འབྲས་ཀྱི་རྟེན་ཡིན་ནོ། །

བོད་སྔ་རབས་པ་ལྟར་ན། "རྗེ་བཙུན་ཤེས་བྱ་ཀུན་རིག་གི་ཞལ་སྔ་ནས་ཀྱང་། ཟླ་བའི་བཞེད་པ་ལ། ཕུང་པོ་ལ་བརྟེན་ནས་ངར་འཛིན་ལྷན་སྐྱེས་ཀྱིས་གཞི་མེད་ལ་ངའོ་སྙམ་དུ་བཟུང་བའི་ཡུལ་དུ་གྱུར་པའི་ང་ཙམ་ཐ་སྙད་དུ་ཡོད་པར་གསུངས་ཤིང་། འཇུག་པ་རྩ་འགྲེལ་ལས་ཀྱང་ཤིན་ཏུ་གསལ་བས་ཁོ་བོ་ནི་འདི་འགོག་པ་ལ་བརྩོན་པར་མི་བྱེད་དོ་"①ཞེས་ཐ་སྙད་པའི་ཤེས་ངོར་ལས་འབྲས་ཀྱི་རྟེན་ང་ཙམ་གྲུབ་མོད། རིགས་པའི་དཔྱད་བཟོད་དུ་ཁས་མི་ལེན་པ་སྟེ། "གང་ཟག་དང་ང་ཙམ་སོགས་བྱེད་པའི་སྐྱེས་བུ་བཅུ་གཉིས་སོགས་ཚད་གྲུབ་ཏུ་ཁས་བླངས་པས་མུ་སྟེགས་པ་དང་མཚུངས་" པར་པཎ་ཆེན་ཤཱཀྱ་མཆོག་ལྡན་བཞེད་ཅིང་། ཀུན་མཁྱེན་གོ་བོ་རབ་འབྱམས་པས་ཀྱང་"རང་སྡེའི་དངོས་སྨྲ་བ་རྣམས་ཀྱིས་ལས་འབྲས་ཀྱི་རྟེན་དུ་ཆུད་མི་ཟ་བ་དང་། ཐོབ་པ་དང་། ཀུན་གཞིའི་རྣམ་ཤེས་ཁས་ལེན་པ་དང་། ཁྱིད་ཞིག་པ་དངོས་པོ་བ་ཁས་ལེན་པ་རྣམས་དབུ་མ་ཐལ་འགྱུར་པའི་ལུགས་ནས་འབྲུལ་པ་ཡིན་པ་མཉམ་པོ་ལ། སྔ་མ་གསུམ་ནི་སངས་རྒྱས་པའི་གྲུབ་མཐའ་སྨྲ་བ་རེ་རེའི་ལུགས་ཡིན་ལ། ཞིག་པ་དངོས་པོ་བ་ནི་ཆོས་འདི་པ་ལས་ཕྱི་རོལ་དུ་གྱུར་པ་མུ་སྟེགས་བྱེ་བྲག་པའི་གྲུབ་མཐའ་ཡིན་གྱི། ནང་པའི་གྲུབ་མཐའ་ལ་མེད་པས་ཤིན་ཏུ་མི་འཐད་པའི་གནས་སོ་"②ཞེས་པ་དང་། "ཐ་སྙད་བཏགས་པའི་དོན་བཙལ་

① པཎ་ཆེན་ཤཱཀྱ་མཆོག་ལྡན། 《ལྟ་བའི་སྙོར་ལས་འཕྲོས་པའི་མཁས་པའི་ལེགས་བཤད་གཅེས་སྒྲིག་》(M)སེར་གཙུག་དཔེ་རྙིང་འཚོལ་བསྡུ་ཕྱོགས་བསྒྲིགས་ཁང་། ཤ༢༢༠

② པཎ་ཆེན་ཤཱཀྱ་མཆོག་ལྡན། 《ལྟ་བའི་སྙོར་ལས་འཕྲོས་པའི་མཁས་པའི་ལེགས་བཤད་གཅེས་སྒྲིག་》

བའི་ཚེ་ན་མི་རྙེད་ཅེས་སྨྲ་ཙམ་སྨྲས་ཀྱང་དོན་ལ་བཙལ་ནས་རྙེད་པར་བྱས་འདུག་སྟེ། ལས་ཀྱིས་འབྲས་བུ་བསྐྱེད་པའི་ཚུལ་ལ་རིགས་པས་བརྟགས་ཤིང་དཔྱད་པའི་ཚེ་ན། ལས་འབྲས་ཀྱི་རྟེན་དུ་གྱུར་པའི་ཞིག་པ་དངོས་པོ་བ་ཁས་བླངས་པའི་ཕྱིར་”① ཞེས་གསུངས་པ་ལས་ཐ་སྙད་པའི་ཤེས་ངོར་ང་ཙམ་ལས་འབྲས་ཀྱི་རྟེན་དུ་གྲུབ་པ་ཐལ་འགྱུར་པའི་ཐུན་མོང་གི་ལུགས་ཡིན་མོད། རིགས་པའི་དཔྱད་བཟོད་དུ་གྲུབ་ན། བཏགས་དོན་བཙལ་ནས་རྙེད་པའི་ཕྱི་རོལ་མུ་སྟེགས་པའི་བདག་ཏུ་ལྟ་བ་ཡིན་ཞེས་བོད་ཕྱི་རབས་པའི་ལུགས་སུ་དགག་གཞག་མཛད་དོ། །

དེ་བཞིན་པཎ་ཆེན་ཤཱཀྱ་མཆོག་ལྡན་གྱིས་“ཡུལ་ཅན་རིགས་ཤེས་ཀྱི་འཛིན་ཚུལ་ནི། ཇི་སྐད་དུ་བཤད་པའི་རིགས་པ་ལ་བརྟེན་ནས་བདག་མེད་པའི་དོན་རྟོགས་པའི་རིགས་ཤེས་རྗེས་དཔག་ལ་ནི་དགག་བྱ་བདག་ཕུང་གཉིས་དང་རྫས་ཐ་དད་སོགས་བཀག་པ་ཙམ་མ་གཏོགས་བདག་མེད་པའི་མཚན་མ་མངོན་འགྱུར་མི་འཆར་ཏེ། རྟོག་པ་ལ་དེ་ལྟར་དུ་ཤར་ན་མཚན་འཛིན་དུ་སོང་བས་རིགས་ཤེས་སུ་བཞག་པ་མི་ནུས་པའི་ཕྱིར་”②ཞེས་གསུངས་ཤིང་། འདི་ནི་དབུ་མ་སྣང་བ་དང་། རྒྱན་གཉིས་ཀར་དོན་དམ་རྣམ་གྲངས་པའམ། དོན་དམ་རྗེས་མཐུན་པའི་རྣམ་གྲངས་སུ་དྲངས་པའི་ཡན་ལག་སྟེ། སྤྱིར་སྨྲ་རྟོག་གི་སྤྲོས་པ་གཅོད་བྱེད་ཀྱི་དོན་དམ་རྣམ་གྲངས་པ་ཡིན་པ་ལས། དོན་དམ་མཚན་ཉིད་པར་མི་བཞེད། ལར་“དོན་དམ་མཚན་ཉིད་པ་ནི། དེ་ལྟར་སོ་སོ་སྐྱེ་བོའི་གནས་སྐབས་སུ། མཐའ་བཞིའི་སྤྲོས་པ་རེས་འཇོག་ཏུ་བཀག་ནས་བསྒོམས་པས། ཐེག་ཆེན་གྱི་མཐོང་ལམ་སྐྱེས་པའི་ཚེ།

(M)སེར་གཙུག་དཔེ་རྙིང་འཚོལ་བསྡུ་ཕྱོགས་བསྒྲིགས་ཁང་། ཤ༢༧༣

① པཎ་ཆེན་ཤཱཀྱ་མཆོག་ལྡན། 《ལྟ་བའི་སྐོར་ལས་འཕྲོས་པའི་མཁས་པའི་ལེགས་བཤད་གཅེས་སྒྲིག་》(M)སེར་གཙུག་དཔེ་རྙིང་འཚོལ་བསྡུ་ཕྱོགས་བསྒྲིགས་ཁང་། ཤ༢༧༢

② པཎ་ཆེན་ཤཱཀྱ་མཆོག་ལྡན། 《ལྟ་བའི་སྐོར་ལས་འཕྲོས་པའི་མཁས་པའི་ལེགས་བཤད་གཅེས་སྒྲིག་》(M)སེར་གཙུག་དཔེ་རྙིང་འཚོལ་བསྡུ་ཕྱོགས་བསྒྲིགས་ཁང་། ཤ༨༨

མཐའ་བཞིའི་སྤྲོས་པ་ཅིག་ཅར་དུ་འགགས་ནས་རྟོགས་བྱའི་ཆོས་ཉིད་དང་རྟོགས་བྱེད་ཀྱི་བློ་གཉིས་སོ་སོར་མི་སྣང་བར། བློ་དེ་ཉིད་སྤྲོས་བྲལ་དང་དབྱེར་མེད་པའི་མངོན་དུ་གྱུར་པའི་ཡུལ་དེ་ཉིད་ལ། དོན་དམ་བདེན་པ་ཞེས་པའི་ཐ་སྙད་བཏགས་པ་ཡིན་གྱི། དེའི་ཚེ་ཡང་དོན་དམ་བདེན་པ་འདིའོ་ཞེས་ཙུང་ཟད་ཀྱང་བཟུང་བར་བྱ་བ་མེད་”①ཅེས་ཀུན་མཁྱེན་གོ་བོ་རབ་འབྱམས་པས་གསུངས་སོ། །དེའི་ཕྱིར་དོན་དམ་བློ་ཡི་སྤྱོད་ཡུལ་མ་ཡིན་པ་སྟེ། སྟག་ཚང་ལོ་ཙཱ་བ་ཤེས་རབ་རིན་ཆེན་གྱིས་ཀྱང“ཡུལ་གྱི་གནས་ཚུལ་དང་བློའི་སྣང་ཚུལ་མཐུན་པ་ཉིད་ལ་བློས་ཡུལ་རྟོགས་པར་ཐ་སྙད་གདགས་”②ཞེས་གསུངས་པའི་ཕྱིར་རོ། །གཞན་ཡང་དབུ་མ་པར་རང་ལུགས་ཀྱི་ཁས་ལེན་དང་དམ་བཅའ་མེད་པར་འདོད་པ་སྟེ། མཁས་དབང་དགེ་འདུན་ཆོས་འཕེལ་གྱིས“གཞན་གྲགས་ཀྱི་གཏན་ཚིགས་བྱ་བ་དང་ཐལ་འགྱུར་བྱ་བ་ལ་ཁྱད་ཅི་ཡང་མེད་པས། གཞན་ལ་གྲགས་པའི་རྣམ་གཞག་ཙམ་གྱིས་གཞན་གྱི་འཐད་པ་སུན་འབྱིན་པ་ཙམ་ཡིན་པས། ཆོས་ཅན་མཐུན་སྣང་བ་མེད་ན་རང་རྒྱུད་ཀྱི་སྦྱོར་བ་མི་འབྱུང་ངོ་བྱ་བ་དང་ཁྱད་མེད་པས། རང་ལུགས་རང་རྒྱུད་དུ་ཞལ་གྱིས་མི་བཞེད་པའི་ཟླ་བའི་ལུགས་ལ་སུན་འབྱིན་པའི་སྐབས་མེད་”③ཅེས་གསུངས་པ་སོགས་རིགས་པ་མཐའ་ཡས་སོ། །

ལུགས་འདིས་ལས་འབྲས་ཀྱི་རྟེན་ང་ཙམ་རིགས་པའི་དཔྱད་བཟོད་དུ་མི་གྲུབ་པ་དང་། དོན་དམ་བློ་ཡི་སྤྱོད་ཡུལ་མིན་པ། དབུ་མ་པར་རང་ལུགས་ཀྱི་ཁས་ལེན་

① པཎ་ཆེན་ཤཱཀྱ་མཆོག་ལྡན། 《ལྟ་བའི་སྙིང་ལས་འཁྲོས་པའི་མཁས་པའི་ལེགས་བཤད་གཅེས་སྒྲིག་》(M)སེར་གཙུག་དཔེ་རྙིང་འཚོལ་བསྡུ་ཕྱོགས་བསྒྲིགས་ཁང་། ཤ༢༥༣

② སྟག་ཚང་ལོ་ཙཱ་བ་ཤེས་རབ་རིན་ཆེན། 《གྲུབ་མཐའ་》(པོད་བཅུ་པ)(M)མི་རིགས་དཔེ་སྐྲུན་ཁང་། ༢༠༠༩/༥པར་གཞི་དང་པོ། ཤ༡༨༠

③ དགེ་འདུན་ཆོས་འཕེལ། 《དགེ་འདུན་ཆོས་འཕེལ་གྱི་གསུང་རྩོམ་》(དང་པོ)(M)བོད་ལྗོངས་བོད་ཡིག་དཔེ་རྙིང་དཔེ་སྐྲུན་ཁང་། ༢༠༡༢/༧པར་གཞི་གཉིས་པ། ཤ༣༥༣

དང་དམ་བཅའ་མེད་པ་སོགས་དཔལ་ལྡན་ཟླ་བ་གྲགས་པའི་ལུགས་ཀྱི་ཐལ་འགྱུར་པའི་དགོངས་པའི་མཐར་ཐུག་ཏུ་བཞེད་ཅིང་། རྗེ་བདག་ཉིད་ཆེན་པོའི་རང་བཞིན་མེད་དགག་དོན་དམ་རྣམ་གྲངས་པ་ཡིན་པ་ལས། མཐར་ཐུག་གི་སྟོང་པ་ཉིད་དམ། དོན་དམ་མཚན་ཉིད་པ་ནི་མཐའ་བཞི་སྤྲོས་བྲལ་གྱི་ཡོད་མིན་མེད་མིན་གྱི་ལྟ་བར་བཞེད་དེ། བོད་སྔ་རབས་པ་ཞེས་ཡོངས་སུ་གྲགས་པའི་རང་ལུགས་ཐུན་མོང་མ་ཡིན་པའི་ཤིང་རྟའི་སྲོལ་འབྱེད་དོ། །

དོན་དམ་བློ་ཡི་སྤྱོད་ཡུལ་མིན་ཞེས་བྱ་བ་ནི་ཡུལ་ཅན་གྱི་བློའི་སྣང་ཚུལ་སྟོང་པས་ཡུལ་གྱི་གནས་ཚུལ་སྟོང་པ་རྟོགས་སུ་མེད་པ་སྟེ། རྟོགས་བྱ་རྟོགས་བྱེད་མེད་པའི་ཚུལ་གྱིས་ཆོས་དབྱིངས་སྟོང་པའི་རང་བཞིན་དང་རོ་གཅིག་ཏུ་འདྲེས་པར་སྟོང་ཉིད་རྟོགས་པའི་ཐ་སྙད་མཛད་པ་ལྟར། ཆོས་དབྱིངས་སྟོང་པའི་རང་བཞིན་དང་། སེམས་སྟོང་པའི་རང་བཞིན་ངོ་བོ་དབྱེར་མེད་དུ་འདྲེས་པར་སྟོང་ཉིད་རྟོགས་པ་ཞེས་བྱ་བ་ལས། མཚན་འཛིན་གྱི་རྟོག་པ་ཐམས་ཅད་བཀག་པའི་དོན་མིན་ཏེ། སོ་སོ་སྐྱེ་བོའི་གནས་སྐབས་སུ་རིགས་ཤེས་ཀྱིས་མཐའ་བཞིའི་སྤྲོས་པ་རེས་འཇོག་ཏུ་བཀག་ནས་བསྒོམས་པ་ཁས་ལེན་པའི་ཕྱིར་རོ། །

བོད་སྔ་རབས་པའི་རིགས་པའི་སློབ་དཔོན་ཆོས་རྗེ་རོང་སྟོན་ཤེས་བྱ་ཀུན་རིག་ཤཱཀྱ་རྒྱལ་མཚན་གྱི་དགོངས་པ་ཟླ་བའི་ལུགས་ཀྱི་དབུ་མ་ཐལ་འགྱུར་པ་ཡིན་པ་གང་ཞིག ཕྱིས་སུ་བྱོན་པའི་གོ་སྟག་ཤཱཀ་གསུམ་ནི་རིགས་པ་སྨྲ་བའི་གྲུ་མཆོག་ཏུ་གྲགས་ན། གྲོལ་བ་དོན་གཉེར་ཅན་གྱི་སོ་སོ་སྐྱེ་བོའི་གནས་སྐབས་སུ་རིགས་ཤེས་ཀྱིས་མཐའ་བཞིའི་སྤྲོས་པ་རེས་འཇོག་ཏུ་བཀག་ནས་བསྒོམས་ཤིང་། ཐེག་ཆེན་མཐོང་ལམ་པའི་གནས་སྐབས་སུ་ཡུལ་ཡུལ་ཅན་དབྱེར་མེད་ཚུལ་གྱིས་རྟོགས་བྱ་རྟོགས་བྱེད་མེད་པར་རོ་གཅིག་ཏུ་འདྲེས་ཏེ་སྟོང་ཉིད་རྟོགས་རྒྱུ་གདོན་མི་ཟ་བོ། །

དེའི་ཕྱིར་ལུགས་འདིའི་མིའི་མཚན་ཉིད་ཀྱང་། རིགས་ཤེས་ཀྱི་ཡུལ་ཅན་ཡིན་པ་གང་ཞིག ལས་འབྲས་ཀྱི་རྟེན་དུ་གྱུར་པའི་ང་ཙམ་ལ་བཞེད་དོ། །འདི་ནི་རང་བཞིན་བདེན་པར་མ་གྲུབ་ཅིང་། རིགས་པས་དཔྱད་བཟོད་དུ་མ་གྲུབ་པའི་ཐ་སྙད་པའི་ཤེས་ངོའི་ལས་འབྲས་ཀྱི་རྟེན་ནོ། །

མདོར་ན་བོད་སྔ་ཕྱིར་གྲགས་པའི་དབུ་མ་ཐལ་འགྱུར་པའི་ཐུན་མོང་མ་ཡིན་པའི་ལྟ་གྲུབ་ཀྱི་ཟབ་ཁྱད་ལས་འཕྲོས་པའི་རང་ལུགས་འཐད་ལྡན་གྱི་མིའི་མཚན་ཉིད་རྣམ་པར་བཞག་མོད། རིགས་ཤེས་ཀྱི་ཡུལ་ཅན་ཡིན་པ་གང་ཞིག ལས་འབྲས་ཀྱི་རྟེན་དུ་གྱུར་པའི་ང་ཙམ་ལ་བཞེད་པ་ཐུན་མོང་གི་འདོད་ཚུལ་མཐར་ཐུག་གོ།

སྔ་ཕྱི་བྱུང་འཕེལ་གྱི་ལོ་རྒྱུས་ཀྱི་འཕྲེད་གཞུང་ནས་བལྟས་ན། སྔ་མ་རྟོག་གེ་བ་དང་། དངོས་སྨྲ་བའི་ལུགས་ལྟར་ན། རྟོག་པའི་འཇུག་པ་ཤས་ཆེ་བའི་གང་ཟག་ནི་མིའི་མཚན་གཞིའམ། མི་རང་མཚན་པའི་མཚན་ཉིད་དུ་བཞེད་ཅིང་། ཕྱི་མ་དབུ་མ་པའི་ལུགས་ལྟར་ན། གཟུགས་ནས་རྣམ་མཁྱེན་བར་གྱི་ཆོས་ཐམས་ཅད་ཀྱི་རང་བཞིན་བདེན་པར་གྲུབ་པ་རྡུལ་ཙམ་མེད་ཀྱང་། རྟེན་འབྲེལ་སྒྱུ་མའི་ཚུལ་གྱིས་བྱ་བྱེད་ཅི་ཡང་འཐད་པའི་གཞིར་ལས་འབྲས་ཀྱི་རྟེན་དུ་གྱུར་པའི་ང་ཙམ་མམ། དབུ་མ་ཐལ་འགྱུར་པའི་མིའི་མཚན་ཉིད་དེ། རིགས་ཤེས་ཀྱི་ཡུལ་ཅན་ཡིན་པ་གང་ཞིག ལས་འབྲས་ཀྱི་རྟེན་དུ་གྱུར་པའི་ང་ཙམ་དུ་བཞེད་པ་བཅས་རང་ལུགས་གཉིས་སུ་གྱེས་སོ། །ཕྱི་མ་དབུ་མ་ཐལ་འགྱུར་པའི་ལུགས་ཀྱི་མིའི་མཚན་ཉིད་སྐབས་བབ་ཀྱི་གཏན་གྱི་འདུན་མའི་མིའི་མཚན་ཉིད་དུ་འདོད་དོ། །

མདོ་ལས། དེ་ལྟ་བུའི་ལས་འབྲས་ཀྱི་རྟེན་དུ་གྱུར་པའི་ང་ཙམ་ཡང་“བདག་ཉིད་བདག་གི་མགོན་ཡིན་ཏེ། །གཞན་དག་སུ་ཞིག་མགོན་དུ་འགྱུར། །ལེགས་དང་ཉེས་པ་ཅི་བྱས་པ། །བདག་ཉིད་བདག་གི་མགོན་ཡིན་ནོ་”ཞེས་པ་དང་། “བདག་

ཉིད་བདག་གི་མགོན་ཡིན་གྱི། །གཞན་ནི་སུ་ཞིག་མགོན་དུ་འགྱུར། །བདག་ཉིད་ལེགས་པར་དུལ་བས་ནི། །མཁས་པས་མཐོ་རིས་ཐོབ་པར་འགྱུར་" ཅེས་གསུངས་པ་ལྟར། ང་ཙམ་ནི་གཞི་དངོས་པོའི་གནས་ལུགས་ཏེ། ཆོས་ཐམས་ཅད་ཀྱི་རང་བཞིན་བདེན་པར་གྲུབ་པ་རྡུལ་ཙམ་མེད་པར་གསུངས་མོད། འཇིག་རྟེན་གཞན་གྲགས་ཀྱི་ལས་འབྲས་ཀྱི་རྟེན་ཡིན་པ་ལས། སྙིང་པོ་མེད་པར་མི་བཞེད་པས། གཏན་གྱི་འདུན་མ་སྟེ། མཐར་ཐུག་ཆོས་སྐུའི་གོ་འཕང་འཐོབ་བྱེད་ཀྱི་ལས་འབྲས་ཀྱི་རྟེན་དུ་གྱུར་བའི་ང་ཙམ་དུ་བཞེད་དོ། །དེའི་ཕྱིར་དེ་ལྟ་བུའི་རྟེན་ལ་འཕྲལ་ཕུགས་འདི་ཕྱིའི་གཏན་གྱི་འདུན་མ་ཐོབ་ན་ལྷ་རབ་དང་། མ་ཐོབ་ནའང་དམ་པའི་ལྷ་ཆོས་ཀྱི་དགེ་སྡིག་ལྟ་བུའི་ལས་འབྲས་དང་། མི་ཆོས་ཀྱི་གླང་དོར་ལྟ་བུའི་འཇུག་ལྡོག་གི་རྟེན་དུ་གྱུར་ཏེ། ལམ་དང་རྒྱུན་ཤེས་ལ་མ་རྨོངས་ཤིང་། མ་བཅོས་མི་གཞིའི་གཙུག་གཤིས་ལ་རྫོགས་པ་སད་པའི་སྐྱེས་བུ་དམ་པར་འགྱུར་རྒྱུ་ཆོས་འཇིག་རྟེན་གཉིས་ཀའི་ལུགས་ལ་མི་གནོད་པའི་གཏམ་དུ་གྲགས་ན། འཇིག་རྟེན་བྱེད་པོ་ལྟ་བུའི་སྐྱབས་གནས་ལ་མ་བཀུར་ཅིང་། བདག་ཉིད་ཀྱི་རང་རྩོལ་ལ་བརྟེན་ཏེ། དབང་རྣོན་གྱིས་གཏན་གྱི་འདུན་མའི་ཟབ་དོན་དཔྱོད་ཅིང་། དབང་རྟུལ་གྱིས་འཕྲལ་ཕུགས་འདི་ཕྱིའི་མི་ཚེའི་རིན་ཐང་ལྟ་བ་མངོན་གྱུར་བྱ་རྒྱུ་ཤིན་ཏུ་གལ་ཆེའོ། །

འདི་ལ་སངས་རྒྱས་ཆོས་ལུགས་ཀྱི་མི་ཆོས་རིག་པ་ཞེས་ཀྱང་བྱ་སྟེ། ལུགས་འདིས་མི་དང་རིག་གནས་ལྟོས་གྲུབ་ཏུ་སྨྲས་པ་གང་ཞིག བདག་ཉིད་བདག་གི་མགོན་དུ་གྱུར་བའི་མིའི་གོ་བབ་ལས་དལ་བའི་རྟེན་གྱི་སྙིང་པོ་ཡོད་པར་སྨྲས་པས་སོ། །དེའི་ཕྱིར་མཁས་པ་བློ་གྲོས་དང་ལྡན་པ་དག་གིས་ལམ་བཟང་འདིར་འཇུག་རྒྱུ་རང་ཉིད་ལེགས་ལམ་དུ་དགེ་བྱེད་ཀྱི་ཐབས་དམ་པ་ཕོ་ནར་ལྟ་བར་བྱའོ། །

ས་བཅད་གཉིས་པ། མི་གཞི་དང་དད་པ།

མི་གཞི་ནི་མིའི་གཤིས་ཀ་མའི་རང་གཤིས་ཀྱི་མ་བཅོས་རང་བཞིན་དང་། དད་པ་ནི་ཤེས་རབ་ལས་ཀྱང་འདས་པའི་སྙིང་རྗེའི་རང་བཞིན་གྱི་སེམས་ཁྱད་ཡང་དག་ཅིག་གོ། སྤྱིར་མིའི་འགྲོ་བའི་རྒྱུད་ཀྱི་ཐུན་མོང་མ་ཡིན་པའི་སེམས་ཁྱད་ཀྱི་རྣམ་གཞག་ཅིག་སྟེ། ཆོས་ལུགས་དང་། ཆོས་ལུགས་རིག་པ། མཚན་ཉིད་རིག་པ། སེམས་ཁམས་དབྱེ་ཞིབ་རིག་པ་བཅས་ཀྱི་རིགས་པའི་གྲུབ་དོན་འབའ་ཞིག་གོ།

མི་གཞི་དང་། དད་པའང་རྟེན་བརྟེན་པའི་འབྲེལ་བ་སྟེ། རྟེན་མི་གཞི་ལ་བརྟེན་པ་དད་པ་ནི་ཏིལ་ལ་ཏིལ་མར་གྱི་ཚུལ་ལྟར་ངོ་བོ་དབྱེར་མེད་དུ་གྲུབ་ན། འདིར་ཡང་མིའི་གོ་བབ་བཅོས་མ་མ་ཡིན་པའི་དལ་བའི་རྟེན་གྱི་སྙིང་པོ་ཡོན་ཕྱིར། ལྟོས་གྲུབ་སྨྲ་བའི་རིགས་པའི་བརྟག་ཐབས་སྤྱད་དེ། ངོ་བོ་མ་འདྲེས་པར་སོ་སོར་རྣམ་པར་འབྱེད་པའི་ཚུལ་གྱིས་འཆད་པར་འགྱུར་རོ། །

གཅིག མི་གཞིའི་ངོ་བོ།

མི་གཞིའམ། མིའི་གཤིས་ཀ་མའི་རང་བཞིན་ཅི་ཡིན་གྱི་གནད་དོན་སྐོར་ལ་ཤར་ནུབ་རིག་གནས་སྨྲ་བའི་སྔོའི་ཆོས་ལུགས་དང་། ཆོས་ལུགས་རིག་པ། མཚན་ཉིད་རིག་པ། སེམས་ཁམས་དབྱེ་ཞིབ་རིག་པ་ལ་སོགས་ཀྱི་རིགས་པ་སྨྲ་བའི་ལྟ་བའི་རྣམ་གཞག་འབྱམས་ཀླས་མོད། ཡོངས་གྲགས་སུ་རིགས་ཆེ་བ་གཉིས་ཏེ། མི་གཞི་དྲི་མེད་དང་། དྲི་བཅས་སྨྲ་བ་གཉིས་སོ། །

སྐབས་བབ་རིགས་པ་ཡང་དག་ལམ་ནས་མི་གཞིའི་ངོ་བོ་སྟོ། མིའི་གཙུག་གཉིས་དྲི་མེད་སྨྲ་བའི་རྣམ་གཞག་རིགས་པའི་གཞུང་ཤིང་དུ་བརྟེན་ཏེ། མིའི་གོ་བབ་བཅོས་མ་མ་ཡིན་པའི་ངེས་དོན་ཉིད་ཕྱིར། ནུབ་ཕྱོགས་མཚན་ཉིད་རིག་པའི་ཕྱི་བྲག་ཏུ་གྱུར་བའི་སེམས་ཁམས་དཔྱེ་ཞིབ་རིག་པ་དང་། ནང་བསྟན་གྱི་སེམས་སེམས་བྱུང་སྨྲ་བའི་ལྟ་བའི་སྙིང་པོ་སོ་སོར་འཆད་དོ། །

༧ སེམས་ཁམས་དཔྱེ་ཞིབ་རིག་པའི་འདོད་ཚུལ།

སེམས་ཁམས་དཔྱེ་ཞིབ་རིག་པ་ནི་ནུབ་ཕྱོགས་མཚན་ཉིད་རིག་པའི་རིག་ཚན་གྱི་ཡ་གྱལ་ཏེ། སེམས་སེམས་བྱུང་དང་། ཀླད་པ་དབང་རྩ་བཅས་ཞིབ་འཇུག་གི་ཡུལ་དུ་བྱས་ཏེ། སེམས་བྱུང་གི་རྣམ་པའི་རྟོག་པ་དང་། དེ་ལས་འདས་པའི་རྟོག་མེད་ཀྱི་ངོ་བོའམ། རྣམ་པ་ཅི་ཡིན་སེམས་ཀྱི་རང་བཞིན་དུ་སྨྲས་ཏེ། མིའི་འགྲོ་བའི་གཙུག་མའི་རང་གཤིས་སམ། མི་གཞི་ཅི་ཡིན་རྩད་ཞིབ་བྱེད་པའི་རིགས་པའི་རྣམ་གཞག་ཅིག་གོ། རིགས་པའི་ཡན་ལག་ཏུ་དབང་རྩ་སེམས་ཁམས་རིག་པ་དང་། དབང་རྩ་སྐྱེ་ཁམས་རིག་པ། གསོ་རིག སེམས་ཁམས་དཔྱེ་ཞིབ་རིག་པ་བཅས་འདུའོ། །

ཡོངས་གྲགས་སུ་ཕྲེ་ལིམ་འཛེམ་སེ་དང་། ཧྥི་རེའུ་ཏེ། ཁའར་ཁྲུ་སེ་ཐླ་ཅོང་གེ་བཅས་ནི་སེམས་ཁམས་དཔྱེ་ཞིབ་རིག་པའི་མཁས་པ་རྣམ་གསུམ་དུ་གྲགས་སོ། །

ཕྲེ་ལིམ་འཛེམ་སེ་ནི་ཉེར་མཁོ་སྨྲ་བའི་མཚན་ཉིད་རིག་པ་བ་དང་། ཨ་མེ་རི་ཁའི་སེམས་ཁམས་རིག་པའི་ཤིང་རྟའི་སྲོལ་འབྱེད་པར་གྲགས། སྤྱིར་དབང་རྩ་སྐྱེ་ཁམས་རིག་པ་དང་། སེམས་ཁམས་རིག་པའི་གནས་ལ་ཤིན་ཏུ་མཁས། ཐུན་མིན་གྱི་རྣམ་གཞག་ལ་"སེམས་ཀྱི་འཕྲོ་འདུ་སྨྲ་བའི་རྣམ་གཞག་གཏོད་ཅིང་། རྟོག་པ་རང་ཡན་གྱི་ལུགས་གཙོགས་སུ་འཛིན་"[1]ནོ། །ཁྱད་པར་དུ་"རྟོག་པའི་བྱེ་བྲག་ལ་ཞིབ་

---

[1] 威廉·詹姆斯：《心理学原理》，〔M〕中国人民大学出版社2015/6第2版，P56

འཇུག་བྱེད་པའི་སྒྲིག་གཞི་སྨྲ་བའི་གཞན་ལུགས་དགག་སྟེ། རྟོག་པ་ནི་སེམས་ཀྱི་འགྲོ་འདུ་ཡིན་ན། དབང་རྩའི་རྐྱེན་གྱིས་བསླངས་པའི་རྣམ་འགྱུར་ཅི་རིགས་ཀླད་རྩར་བརྟེན་ཀྱང་། རྟོག་པ་རང་ཡན་སྟོབས་གང་ཆེས་སེམས་ཀྱི་སྣང་ཚུལ་སྣ་ཚོགས་ལུས་ངག་ཏུ་ཤར་བས། སེམས་ཀྱི་འགྲོ་འདུ་དབང་རྩའི་སྐྱེ་ཁམས་ཀྱི་སྟོན་འགྲོར་སྐྱེ་བའི་རང་ལུགས་བསྒྲུབས་”①ཏེ་སེམས་ཀྱི་འགྲོ་འདུ་སྨྲ་བ་ལུགས་འདིའི་ལྟ་བའི་སྙིང་པོ་དང་། རྟོག་པ་རང་ཡན་སྟོབས་གང་ཆེས་སེམས་བྱུང་སྣ་ཚོགས་སྐྱེ་བར་བཞེད་དོ། །

རིགས་པའི་མཐའ་སྟོམ་དུ། ཏར་ཞིན་གྱི་འཕེལ་འགྱུར་སྨྲ་བ་དང་། ཉེར་མཁོ་སྨྲ་བའི་མཚན་ཉིད་རིག་པའི་རྣམ་གཞག་ལྟར། གཅིག རྟོག་པ་ཐམས་ཅད་རྟོག་པ་རང་ག་བ་ལས་སྐྱེ་བ། གཉིས། རྟོག་པ་ནི་བསྐྱར་ཟློས་ཀྱིས་མི་སྐྱེ་བ། གསུམ། རྟོག་པའི་རྒྱུན་མི་ཆད་པར་སྐྱེ་བ། བཞི། རྟོག་པར་རང་འཇུག་ཡུལ་གྱི་ཡུལ་ཡོད་པ། ལྔ། རྟོག་པར་རང་དབང་གི་གདམ་ག་ཡོད་པ་བཅས་སུ་བཞེད་དོ། །

དེའི་ཕྱིར་རྟོག་པའི་མཐར་ཐུག་བཙལ་ཆེ། རྟོག་པ་ལས་འདས་པའི་རིན་ཐང་བླ་ན་མེད་པ་སྟེ། བསམ་གཏན་གྱི་གནས་སྐབས་སུ་“སེམས་ཀྱི་ཁོང་དང་། རྣམ་ཤེས་ཀྱི་གཏིང་”②ནས་“དཀོན་མཆོག་དང་ངོ་བོ་དབྱེར་མེད་དུ་འདྲེས་པའི་སྐད་ཅིག་མར་ཡུལ་གྱི་སྣང་བ་འགགས་ཤིང་། ལུས་སེམས་ལ་སྦྱོས་བྲལ་གྱི་བདེ་བ་བླ་ན་མེད་པ་ཐོབ་”③པར་བཞེད་དོ། །ཁ་ཅིག་འདི་ནི་ཞི་གནས་གནས་སྐབས་ཀྱི་ལུས་སེམས་ཤིན་སྦྱངས་ཀྱི་བདེ་བ་དང་། མཉམ་གཞག་གནས་སྐབས་ཀྱི་བླ་མེད་བདེ་བ་ཡིན་པའི་ཕྱིར། བབ་ཅོལ་སྨྲ་བར་སྙམ་ན། དེ་ལ་འདི་སྐད་སྨྲ་བར་བྱ་སྟེ། འདི་ནི་ལྷེ་ལིམ་འཛེམ་སེའི་《སེམས་ཁམས་རིག་པའི་རྣམ་བཤད་》དུ་ཡེ་ཤུའི་ཆོས་པ་

---

① 张志刚：《宗教学是什么》，〔M〕北京大学出版社2008/4第2版，P69

② 张志刚：《宗教学是什么》，〔M〕北京大学出版社2008/4第2版，P71

③ 张志刚：《宗教学是什么》，〔M〕北京大学出版社2008/4第2版，P75

རྣམ་དག་ཅིག་གི་མངོན་སུམ་མྱོང་བ་དཔེར་འཛུལ་བའི་སྐྱོམ་བྱུང་གནས་སྐབས་ཀྱི་མྱོང་བ་ཡིན་པ་གང་ཞིག བསམ་གཏན་གྱི་མྱོང་སྟོབས་སེམས་ཁམས་དབྱེ་ཞིབ་ཀྱི་བརྟག་ཐབས་སུ་སྤྱད་པ་ཡོངས་གྲགས་ཀྱི་གཏམ་ཡིན་ན། མངོན་སུམ་ལ་བསྟེན་པ་ནི་རང་བློ་གཟུ་བོ་མིན་པའི་རྟགས་སོ་ཞེས་སྨྲོ། །

མཐར་གཏུགས་ན"ཆོས་ལུགས་ཀྱི་མྱོང་བ་ནི་མིའི་གཙུག་གཤིས་ཀྱི་སྒྱུ་མའི་སྣང་བ་"[①]སྟེ། "མྱོང་བ་འདི་རིགས་དབང་ཤེས་ཀྱི་མངོན་སུམ་སྤྱོད་ཡུལ་ལྟར་རང་མཚན་དུ་གྲུབ་པ་ལས། རྗེས་སུ་དཔག་པའི་གཏན་ཚིགས་ཀྱིས་དཔོག་མི་ཐུབ། ……འདི་ནི་མ་བཅོས་མི་གཞིའི་ངོ་བོར་གྱུར་བའི་རྟོག་མེད་ཤེས་པ་ཡིན་"[②]ཞེས་པའི་ལྟ་གྲུབ་ཁས་ལེན་ནོ། །

ལུགས་འདིས་ཆོས་ལུགས་ཀྱི་མྱོང་བ་ནི་རྟོག་པའི་མཐར་ཐུག་གི་རིན་ཐང་དུ་སྨྲ་ཞིང་། འདི་ནི་མིའི་གཙུག་གཤིས་ཀྱི་སྒྱུ་མའི་སྣང་བ་འབའ་ཞིག་དང་། རྟོག་མེད་ཤེས་པའི་མྱོང་ཚར་བཞིན་དོ། །ཕྱིར་སེམས་བྱུང་སྨྲ་བའི་ལུགས་ལྟར་རྟོག་པའི་སྣང་ཚུལ་སྐྱད་པའམ། དབང་རྩའི་བྱེད་ནུས་སུ་ཁས་མི་ལེན་པར། རྩ་བ་དབང་ཤེས་དང་། ཡིད་ཤེས་ལྟ་བུའི་རྟོག་མེད་ཤེས་པར་གཏུགས་ཤིང་། དགེ་བར་དམིགས་པའི་སེམས་བྱུང་ནི་མ་བཅོས་མི་གཞིའི་གཙུག་མའི་རང་བཞིན་དུ་བཞེད་དོ། །

ཕྲི་རེའུ་ཏི་ནི་རྟོག་པ་དབྱེ་ཞིབ་རིག་པ་དང་། རྩི་ལམ་བརྟག་ཐབས་སྨྲ་བའི་ཤིང་རྟའི་སྲོལ་འབྱེད་པར་གྲགས་ཤིང་། སྨྱོ་ནད་སེམས་ཁམས་རིག་པའི་སྔེར་ཐུན་མོང་དུ་གྲགས་པའི་གསོ་རིག་སེམས་ཁམས་རིག་པ་སྨྲ་བ་དང་། སེམས་ཁམས་རིག་པའི་སྔེར་གྲགས་པའི་མཁས་པ་ཇོད་གཞི་ཅན་ཞིག་གོ།

ལུགས་འདིས"མིའི་འགྲོ་བའི་རྣམ་རྟོག་གམ་སེམས་ཁམས་སྣང་ཚུལ་གྱི་རྩ་བ

① 张志刚：《宗教学是什么》，〔M〕北京大学出版社2008/4第2版，P78
② 张志刚：《宗教学是什么》，〔M〕北京大学出版社2008/4第2版，P79

རྟོག་པ་འོག་འགྱུ་ལས་རྟོག་པར་ཐུག་མེད་ན། རྟོག་པ་འོག་འགྱུའི་ངོ་བོར་གྲུབ་པ་ལས། རྟོག་པའི་གཞིར་མ་གྲུབ། དཔེར་ན། རྣམ་རྟོག་གམ་སེམས་ཁམས་ཀྱི་སྣང་ཚུལ་ཅི་རིགས་མཚོ་ཐོག་ཏུ་གཡོ་བའི་འཁྲུགས་རི་ཞིག་དང་མཚུངས་ན། མཚོ་ངོས་སུ་འཕྱོ་བའི་ཆ་ཤས་ནི་རྟོག་པ་དང་། མཚོ་འཛིངས་སུ་བྱིངས་པའི་གྲུབ་ཆ་ཏིལ་པོ་ནི་རྩད་ཞིབ་ཀྱི་ཡུལ་དུ་མ་གྱུར་བའི་རྟོག་པ་འོག་འགྱུ་བྱ་བ་དེའོ་”[①]ཞེས་རྟོག་པ་འོག་འགྱུ་རིགས་པའི་རྩ་བར་སྨྲ་བ་སྟེ། མ་བཅོས་མི་གཞིའི་གཉུག་མའི་རང་བཞིན་དང་། །རྩད་ཞིབ་མ་ཐུབ་པའི་རྟོག་པ་འོག་འགྱུ་སེམས་ཁམས་སྣང་ཚུལ་གྱི་འབྱུང་རྩར་བཞེད་དོ། །

འདི་པས་“བདག་གི་རྨི་ལམ་གྱི་འཕྲུལ་སྣང་རྟོག་བྱེད་ཀྱི་ལྡེ་མིག་འདིས་སེམས་ཁམས་སྣང་ཚུལ་གྱི་སྒྲུ་མའི་ཕོ་བྲང་གི་སྒོ་མོ་འབྱེད་ཐུབ་”[②]ཅེས་གསོ་རིག་སེམས་ཁམས་རིག་པའི་རྨི་ལམ་བརྟག་ཐབས་ཀྱི་རྣམ་གཞག་ལས་སྒྱུ་ནད་སེམས་ཁམས་ཀྱི་སྣང་ཚུལ་ལ་བརྟགས་ཏེ། རྟོག་པའི་གྲུབ་ཆར་“རྟོག་པ་དང་། རྟོག་པ་འོག་འགྱུའམ་རྟོག་འདང་། རྟོག་མེད་བཅས་རིགས་གསུམ་”[③]དུ་ཕྱེ་ཞིང་། བྱེ་བྲག་ཏུ་“འཁྲིག་པའི་བག་ཆགས་ནི་རྟོག་པ་འོག་འགྱུར་གནས་ཤིང་། འདིས་མིའི་འདུ་ཤེས་ཀྱི་འཚོ་བར་དཔོག་དཀའ་བའི་ཕན་ཡོན་བྱེད་དོ། །སྔོང་པོར་བཤད་ན། འཁྲིག་པའི་འདོད་ཆགས་ནི་མིའི་ལྷན་སྐྱེས་ཀྱི་བག་ཆགས་ཤིག་དང་། འདུ་ཤེས་སམ་སེམས་ཁམས་སྣང་ཚུལ་གྱི་རྐྱེན་ངམ་པའོ་”[④]ཞེས་རྟོག་པ་འོག་འགྱུ་ནི་སེམས་ཁམས་སྣང་ཚུལ་གྱི་རྩ་བ་དང་། འདི་ནི་འཁྲིག་པའི་འདོད་ཆགས་ཀྱིས་སྐྱེས་པའི་ལྷན་སྐྱེས་ཀྱི་བག་

① 张志刚：《宗教学是什么》，〔M〕北京大学出版社2008/4第2版，P82

② 弗洛伊德：《梦的解析》，〔M〕吉林大学出版社2014/6第1版，P370

③ 弗洛伊德：《弗洛伊德自传》，〔M〕国际文化出版公司2013/2第1版，P214

④ 张志刚：《宗教学是什么》，〔M〕北京大学出版社2008/4第2版，P82

ཆགས་སུ་བཞེད་དོ། །

རིགས་པའི་སྒྲུབ་བྱེད་གསུམ་ལས། སྔ་མ། ལི་པི་ཏོ་སྨྲ་བ་སྟེ། "མིའི་འདུ་ཤེས་སམ་སེམས་ཁམས་ཀྱི་སྣང་ཚུལ་ནི'ཚོར་བ' སྟེ། རིགས་འདིར་ལི་པི་ཏོ་(Libido)ཞེས་ཐ་སྙད་དུ་བྱས་སོ་"[①]ཞེས་པ་ལྟར། གསོ་རིག་གཞུང་དུ་རེག་པའི་ཚོར་བར་གོ་ཞིང་། ལུགས་འདིར་འཁྲིག་པའི་བག་ཆགས་ཀྱི་བདེ་བར་བཞེད་པས། "ཡོངས་གྲགས་ཀྱི་རྟོག་པ་དབྱེ་ཞིབ་རིག་པའམ། སེམས་ཁམས་རིག་པ་ཚད་ལྡན་བྱ་བ་ནི་ལི་པི་ཏོའི་རྣམ་གཞག་བསྟན་པའི་གཞུང་ལ་ཟེར་"[②]ཞེས་ཀྱང་སྨྲོས། །

བར་མ། ཨོ་ཏི་པུ་སེའི་ཆགས་སེམས་སམ་མར་བརྩེ་བའི་ཆགས་སེམས་ཏེ། ཕྱི་རི་སིའི་ལྷ་སྒྲུང་དུ་སྔོ་པེ་རྒྱལ་ཁབ་ཀྱི་རྒྱལ་པོ་ལ་ཨི་ལྕུ་སི་དང་། བཙུན་མོ་ཡོ་ཁ་སི་ཐའི་སྲས་ཨོ་ཏི་པུ་སི་བཙས་མ་ཐག་ཆུར་སྐྱུགས་པ་སླར་རྒྱལ་པོའི་ཁབ་ཏུ་འཁོར་ཅིང་། ཕྱིས་ཕ་བསད་ཅིང་མ་བག་མར་བླངས་པའི་གཏམ་རྒྱུད་ལས། མ་བག་མར་བླངས་པ་ནི་མིའི་འགྲོ་བའི་འཁྲིག་པའི་བག་ཆགས་ཀྱི་བདེ་བའི་རྟགས་དང་། ཕ་བསད་པ་ནི་མར་བརྩེ་བའི་ཆགས་སེམས་ཀྱི་རྐྱེན་དུ་སྨྲོས། །

ཕྱི་མ། ཐོ་ཐེམ་གྱི་ལུགས་ཏེ། རིག་གནས་མིའི་རིགས་རིག་པའི་ལུགས་ལྟར་ན། ཐོ་ཐེམ་མམ། རུས་མླའི་དད་མོས་གསོལ་ཕྱིར་ཐོ་ཐེམ་གྱི་མཆོད་རྫས་(དམར་མཆོད་ལ་འབུལ་རྒྱུའི་སྲོག་ཆགས་ཀྱི་རིགས་)ཕུལ་བ་ནི་མེས་རབས་ལ་དད་གུས་མཚོན་བྱེད་ཀྱི་རྟགས་སུ་འདོད། བྱེ་བྲག་ཏུ"གདོད་མའི་མིས་ཐོ་ཐེམ་གྱི་མཆོད་རྫས་ལ་དད་པ་དང་འཇིགས་སྣང་གི་བློ་རྩེ་གཉིས་འཛིན། སྔ་མ་ནི་ཐོ་ཐེམ་གྱི་མཆོད་རྫས་མེས་རབས་སམ་ཨ་ཕའི་སྣང་བརྙན་གྱི་མཚོན་བྱེད་ཡིན་པ་དང་། ཕྱི་མ་ནི་མར་བརྩེ་བའམ་བག་མར་ལེན་རྒྱུའི་འཕོན་འགྲུས་ཀྱི་འཇིགས་སྣང་ངོ་། ། ……

① 张志刚：《宗教学是什么》，〔M〕北京大学出版社2008/4第2版，P82

② 张志刚：《宗教学是什么》，〔M〕北京大学出版社2008/4第2版，P83

དེའང་ཚེ་གའི་གོ་རིམ་ལྟར། དམར་མཆོད་ཀྱི་རྫས་སུ་སྲོག་ཆགས་བསད་པ་ལས་ཨ་ཕར་བཅངས་པའི་ཞེ་འཁོན་སེལ་བ་དང་། ཤ་ཟ་ཁྲག་འཐུང་བྱས་པ་ལས་ཨ་ཕར་བཟུང་བའི་འཇིགས་སྣང་སེལ་བ། བྱ་བྱེད་དེ་དག་ཀྱང་མིའི་ཀུན་སྤྱོད་ལས་འདས་ན། སྔོ་བ་ལྟ་བུའི་དུས་ཆེན་གྱི་ཚེ་གའི་རྣམ་པས་སེམས་གཙང་གི་སྒྲོ་ཡུས་སངས་ཤིང་། མཐར་སྟེ་མི་ཐམས་ཅད་ཀྱིས་རང་ཉིད་ཀྱང་མཆོད་རྫས་སུ་རློམ་སྟེ། སྲོག་ཆགས་གང་དེའི་གཟུགས་དང་སྒྲ་ལ་ལད་མོས་དེའི་རྣམ་པར་གྱུར་བའི་ཚུལ་ལས་རང་ཉིད་ཀྱང་ཨ་ཕའི་གཟུགས་སུ་རློམ་མོ། ། …… དེ་དག་ཀྱང་མཐར་གཏུགས་ན་ཨོ་ཏི་ཕུ་སེའི་ཆགས་སེམས་ལས་མ་འདས་པ་སྟེ། ཡོངས་གྲགས་ཀྱི་ཐེ་ཐོམ་བྱ་བའང་ཨ་ཕའི་སྣང་བརྙན་གྱི་ཚབ་ཏུ་གྱུར་བའི་དམར་མཆོད་ཀྱི་རྫས་སུ་འདོད་པར་”[①] སྨྲའོ། །འདི་ནི་ཡོངས་སུ་གྲགས་པའི་《ཐོ་ཐེམ་དང་འཇོམ་བྱ་》ཞེས་པའི་གྲགས་ཆོས་ཀྱི་ལྟ་བའི་སྙིང་པོའོ། །

ལུགས་འདིས་རྟོག་པ་འོག་འགྱུ་རིགས་པའི་རྩ་བར་སྨྲས་ཏེ། རྟོག་པ་དང་། རྟོག་མེད་ལས་ཀྱང་འདས་པའི་རྟོག་པ་འོག་འགྱུ་ནི་གཉུག་གཤིས་ཀྱི་བག་ཏུ་ཞ་བའི་འཁྲིག་པའི་བག་ཆགས་སམ། རྩད་ཞིབ་མ་ཐུབ་པའི་སེམས་ཁམས་སྣང་ཚུལ་གྱི་འབྱུང་རྩར་བཞེད་དོ། །སྤྱིར་མིའི་འགྲོ་བ་ཐུན་མོང་གི་མ་བཅོས་མི་གཞིའི་བག་ཏུ་ཞ་བའི་བག་ཆགས་ཏེ། མཐར་གཏུགས་ན་འཁྲིག་པའི་འདོད་ཆགས་ཀྱི་བག་ཆགས་ཞེས་པ་དེའོ། །རྒྱེན་འདིས་སྨྱོ་བའམ་རྣམ་ཤེས་འཚོལ་བའི་སེམས་ཁམས་ཀྱི་སྣང་ཚུལ་ཅི་རིགས་ཐོན་ན། མིའི་ལྷན་སྐྱེས་ཀྱི་འཁྲིག་པའི་བག་ཆགས་སེལ་བར་འཁྲིག་སྤྱོད་རང་དབང་གི་ལམ་སྲོལ་ཐབས་དམ་པར་ལྟ་བའོ། །རིགས་ལམ་གྱི་རྩ་བར་མི་ནི་འཁྲིག་པའི་བག་ཆགས་ཀྱི་དལ་བའི་རྟེན་དང་། མི་གཞིའི་གཉུག་མའི་གཤིས་

---

① 张志刚：《宗教学是什么》，〔M〕北京大学出版社2008/4第2版，P87-88

ལུགས་ནི་འཁྲིག་པའི་བག་ཆགས་ཀྱིས་བསྐྱོད་པའི་དྲི་བཅས་སུ་བཞེད་པས། སེམས་ཁམས་རིག་པའི་སྟེར་འཁྲིག་པའི་བག་ཆགས་ཐལ་ལྷར་སྨྲ་བའི་ལུགས་ངན་ཞེས་ཀུན་གྱིས་བསྐྱད་བྱུར་གྱུར་ཏོ། །

གཞན་ཡང་འདི་པའི་གྲགས་རྩོམ་"《ཐོ་ཐེམ་དང་འཛེམ་བྱ་》ཞེས་པར་གནོད་བྱེད་གཉིས་བཀོད་པ་སྟེ། གཅིག འདི་ནི་མིའི་རིགས་རིག་པའི་གྲགས་རྩོམ་དང་འདྲ་བར་ལུགས་དེའི་མཁས་པ་ཚད་ལྡན་གྱི་ལུང་དྲངས་མོད། མིའི་རིགས་རིག་པ་སྨྲ་བ་ཕལ་མོ་ཆེས་བབ་ཅོལ་ལམ་རིགས་པའི་དཔྱད་བཟོད་དུ་མ་གྲུབ་པར་བཞེད་དོ། །གཅིག་ཤོས། ཆོས་ལུགས་རིག་པ་སྨྲ་བས་འདི་ནི་དཔྱད་གཞི་ཁུངས་ཐུབ་ཕོན་ཆེན་དྲངས་པའི་གདོད་མའི་ཆོས་ལུགས་ཀྱི་སྣང་ཚུལ་བརྟགས་པའི་གྲགས་རྩོམ་དང་མཚུངས་མོད། གཞུང་གི་གོ་རྒྱ་ཆོད་པའི་སློག་པ་པོ་ཞིག་གིས་བསླུགས་ཆེ། གཟུགས་འགྱུར་བའི་མེ་ལོང་ཞིག་དང་འདྲ་བར་ཅི་ཡང་མི་སྣང་ཞིང་། སྣང་ཡང་ཕྱིན་ཅི་ལོག་པ་ཤ་སྟག་ལས་མ་འདས་པས། རིགས་ལམ་འཁྱོག་བཤད་ཀྱི་བབ་ཅོལ་ལམ་ལོག་པར་སྨྲ་བའི་གཞུང་ཡིན་"[1]ཞེས་ལུང་རིགས་ཡང་དག་གིས་སུན་འབྱིན་མཛད་དོ། །

ཕྱིས་སུ་འདི་པས《བདག་ཉིད་དང་ང་ཙམ་》ཞེས་པར་རྟོག་པ་གསུམ་དང་བསྟུས་པའི་རྟོག་པའི་གདགས་གཞི་སྟེ། "ང་ཙམ་དང་། བདག་ཉིད། བདག་ཉིད་ལས་འདས་པའི་ངའོ་ཞེས་པའི་ལམ་སྲོལ་གསར་དུ་ཕྱེ"ཞིང་། ཐེ་བྲག་ཏུ"ང་ཙམ་ནི་རྟོག་པ་འོག་འགྱུའི་གྲུབ་ཆ་སྟེ། ལྷན་སྐྱེས་ཀྱི་བག་ཆགས་དང་། རྩ་བའི་ཉོན་མོངས་ཀྱི་ཟག་པ་དང་བཅས་པའི་ཕུང་པོའི་རང་བཞིན་ཡིན་ཞིང་། བདག་ཉིད་ནི་རྟོག་མེད་ཀྱི་གྲུབ་ཆ་སྟེ། ང་ཙམ་དང་ཡུལ་གྱི་བར་དུ་གནས་མོད། ང་ཙམ་གྱི་རང་བཞིན་མིན་ནོ། །འདི་ནི་འདུན་པའི་རང་བཞིན་ནོ། ། …… བདག་ཉིད་ལས་

[1] 张志刚：《宗教学是什么》，〔M〕北京大学出版社2008/4第2版，P90

འགོངས་པའི་ངའོ་སྙམ་པ་ནི་བདག་ཉིད་ལས་གྱེས་པའི་རྟོག་པའི་གྲུབ་ཆ་སྟེ། བདག་ཉིད་ཡང་དག་ཏུ་འཛིན་ཞིང་། ང་ཙམ་གྱི་ང་རྒྱལ་འགོག་གོ། ཡོངས་གྲགས་ཀྱི་དགེ་བར་དམིགས་པའི་སེམས་བྱུང་ཞེས་བྱ་བ་དེའོ་”①ཞེས་སྨྲར་ཁས་བླངས་པའི་འཁྲིག་པའི་བག་ཆགས་ཕྱིས་དགེ་བར་དམིགས་པའི་སེམས་བྱུང་ལ་བཞེད་པའི་རིགས་པའི་ནང་འགལ་ལས། རྟོག་པ་འོག་འགྱུ་རྟོག་མེད་ཤེས་པར་བཞེད་པ་གང་ཞིག དགེ་བར་དམིགས་པའི་སེམས་བྱུང་དུ་འདོད་པ་རིགས་པ་འཚོལ་བའི་རྟགས་སུ་གྲུབ་མོད། སེམས་ཁམས་རིག་པའི་སྟེར་རྟོག་པའི་གདགས་གཞིའི་རྣམ་གཞག་འདི་ཉིད་ཧྥི་རེའུ་ཊིའི་རང་ལུགས་ཐུན་མོང་མ་ཡིན་པ་གང་ཞིག བདག་ཉིད་སེམས་ཁམས་རིག་པའི་རྩ་བའི་ལྟ་གྲུབ་ཏུ་ཡོངས་གྲགས་སུ་བཞེད་དོ། །

མདོར་ན་རྟོག་པ་འོག་འགྱུར་བསྙད་པའི་འཁྲིག་པའི་བག་ཆགས་མ་བཅོས་མི་གཞིའི་རང་བཞིན་དུ་བཞེད་པ་ལུགས་འདིའི་ཡོངས་གྲགས་ཀྱི་རང་ལུགས་དང་། རྟོག་པའི་གདགས་གཞི་གསུམ་གྱི་ཡ་གྱལ་ཏེ། བདག་ཉིད་ལས་འདས་པའི་ངའོ་སྙམ་པའི་གཞིའི་དགེ་བར་དམིགས་པའི་སེམས་བྱུང་ནི་ང་ཙམ་གྱི་ང་རྒྱལ་འགོག་བྱེད་དེ། ལྷན་སྐྱེས་ཀྱི་བག་ཆགས་སམ་འཁྲིག་པའི་བག་ཆགས་ཀྱི་ཤེད་གནོམ་པོར་གཏོང་བྱེད་ཀྱི་ཐབས་དམ་པར་བཞེད་དོ། །འདི་ནི་སེམས་བྱུང་གི་རྣམ་པ་སེམས་ཀྱི་རང་བཞིན་དུ་སྨྲ་བའམ། དྲི་མ་སེམས་ཀྱི་རང་བཞིན་དུ་བཞེད་པའི་མི་གཞི་དྲི་བཅས་སྨྲ་བའི་ལུགས་སོ། །

ཁའར་ཁྲུ་སི་ཐྭ་ཙོང་གེ་ནི་སེམས་ཁམས་དབྱེ་ཞིབ་རིག་པ་དང་། མི་གཞི་སེམས་ཁམས་རིག་པའི་ཤེང་རྟའི་སྲོལ་འབྱེད་པར་གྲགས་ཤིང་། ཧྥི་རེའུ་ཊིས་“བདག

① 弗洛伊德：《弗洛伊德自传》，〔M〕国际文化出版公司2013/2第1版，P214-215

གི་སློབ་མའི་མཆོག་”①ཅེས་བསྟགས་པ་ལྟར། ཀུན་གྱི་ཁས་ལེན་དུ་གྱུར་པའི་ཕྲི་རེའུ་ཏི་ཕྱི་མའི་ལུགས་ཀྱི་སེམས་ཁམས་རིག་པ་སྨྲ་བ་གྲགས་ཅན་ཞིག་ཡིན།

འདི་པས་《རྟོག་མེད་སེམས་ཁམས་རིག་པའི་ཞིབ་འཇུག་》ཅེས་པ་བརྩམས་ཏེ། ཕྲི་རེའུ་ཏིའི་འཁྲིག་པའི་བག་ཆགས་སྨྲ་བའི་ལུགས་ལ་དགག་གཞག་དང་བཅས་རང་ལུགས་འཐད་ལྡན་ཏེ། མི་གཞི་སེམས་ཁམས་རིག་པའི་ལམ་སྲོལ་ཕྱེ། དེའང་“ཡོངས་གྲགས་ཀྱི་མི་གཞི་ནི་རྟོག་པ་ཧྲིལ་པོར་ཟེར་བས། རྟོག་པའི་གྲུབ་ཆར་རྟོག་པ་དང་། འདོད་ཉོན་གྱི་རྟོག་པ་འོག་འགྱུ། བག་ཆགས་ཀྱི་རྟོག་པ་འོག་འགྱུ་”②ཞེས་རིགས་གསུམ་ཕྱེ་ཞིང་། བྱེ་བྲག་ཏུ་“རྟོག་པ་ནི་དབང་ཤེས་དང་། ཚོར་བ། དྲན་པ། སྣང་བ་བཅས་ལ་ཟེར། འདི་ནི་མི་གཞིའི་གྲུབ་ཆ་ཐོག་མ་སྟེ། བདག་ཉིད་ལ་གོ། འདོད་ཉོན་གྱི་རྟོག་པ་འོག་འགྱུ་ནི་སྣང་བར་མ་ཤར་བའི་དྲན་པ་དང་། ཚོར་བའི་ཤེད་གནོམ་པོར་གྱུར་བའི་སྣང་བ། འདོད་ཉོན་རིགས་ཀྱི་རྨི་ལམ་སྟེ། དཔེར་ན། ཕྲི་རེའུ་ཏིའི་ལུགས་ཀྱི་རྟོག་པ་འོག་འགྱུ་ལྟ་བུའོ། །འདི་ནི་མི་གཞིའི་གྲུབ་ཆ་བར་མ་སྟེ། ཕར་བརྩེ་བའི་ཆགས་སེམས་དང་། འཁྲིག་པའི་བག་ཆགས་ལྟ་བུའི་ཆགས་སེམས་ལ་གོ། བག་ཆགས་ཀྱི་རྟོག་པ་འོག་འགྱུ་ནི་མེས་རབས་ཀྱི་རྒྱུད་པ་དང་ཐ་དད་དུ་མ་གྱུར་བའི་རིགས་ཀྱི་བག་ཆགས་སམ། མ་བཅོས་མི་གཞིའི་རང་བཞིན་དུ་བསླད་པའི་བག་ཆགས་ལ་ཟེར། འདི་ནི་མི་གཞིའི་གྲུབ་ཆ་ཕྱི་མཐའམ་རྩ་བ་སྟེ། མིའི་གཉུག་གཤིས་ལ་གོ་”③ཞེས་གསུངས་པ་ལྟར། བག་ཆགས་ཀྱི་རྟོག་པ་འོག་འགྱུ་ནི་མི་གཞིའི་གྲུབ་ཆ་ཕྱི་མོའམ་རྩ་བ་སྟེ། འདི་ནི་མིའི་གཉུག་གཤིས་ཀྱི་རང་བཞིན་དུ་འདོད་པ་རིགས་པའི་རྩ་བར་སྨྲའོ། །

① 张志刚：《宗教学是什么》，〔M〕北京大学出版社2008/4第2版，P91

② 张志刚：《宗教学是什么》，〔M〕北京大学出版社2008/4第2版，P94

③ 荣格：《分析心理学的理论与实践》，〔M〕译林出版社2014/10第1版，P168

སྤྱིར་“ཁའར་ཁུ་སེ་ཐྲ་ཅོང་གི་རྒྱ་གར་དུ་ཕྱོན་སྐྱོང་ཞིང་། རྒྱ་གར་གྱི་སངས་རྒྱས་ཆོས་ལུགས་དང་། བྲམ་ཟེའི་ཆོས་ལུགས་སོགས་ཀྱི་གཞུང་ནས་བསྟན་པའི་སེམས་ཁམས་རིག་པར་མཁྱེན་རྒྱ་ཤིན་ཏུ་ཟབ་”[1]ཅིང་། བདག་གིས་“ཅི་སྟེ་རྒྱ་གར་སངས་རྒྱས་ཆོས་ལུགས་ཀྱི་ཡོ་ག་རྣལ་འབྱོར་དང་། བྲམ་ཟེའི་གཞུང་གི་སེམས་ཁམས་རིག་པར་ཞིབ་འཇུག་ལེགས་པོ་ཐུབ་ཚེ། རྟོག་པའི་ཟབ་ཚད་ཀྱི་རྩ་བ་ཅི་ཡིན་རྟོགས་ཐུབ་”[2]ཅེས་གསུངས་པ་ལྟར། བག་ཆགས་ཀྱི་རྟོག་པ་འོག་འགྱུ་བྱ་བའི་རིགས་ལམ་བློ་རིག་གཞུང་གི་སེམས་སེམས་བྱུང་གི་རྣམ་གཞག་དང་མཐུན་པར་སྨྲའོ། །

འོ་ན་ལུགས་འདིས་བཞེད་པའི་མ་བཅོས་མི་གཞིའི་རང་བཞིན་ནམ། མིའི་གཉུག་གཤིས་བྱ་བ་ཅི་ཡིན་ཞེ་ན། འདི་ལ་“རྣམ་ཤེས་ནི་ཕུང་པོ་དང་འདྲ་བར་འདས་པའི་སྐྱོང་བ་དང་། དེ་དྲན་པའི་རྟེན་ཡིན་”[3]ཞེས་པ་དང་། “བྱིས་པ་བཙས་མ་ཐག་ཏུ་རྟོག་པ་ཡོད་མི་སྲིད་ཀྱང་། རྣམ་ཤེས་ནི་དྲི་མས་མ་བསླད་པའི་མེ་ལོང་ལྟ་བུ་མིན་”[4]ཞེས་ཀྱང་གསུངས་ན། ཉོན་མོངས་པའི་དྲི་མའམ་བག་ཆགས་སེམས་ཀྱི་རང་བཞིན་དུ་ཞུགས་པའི་ཕྱིར། བག་ཆགས་ཀྱི་རྟོག་པ་འོག་འགྱུ་དང་བཅས་པའི་མ་བཅོས་སེམས་ཀྱི་རང་བཞིན་དྲི་བཅས་སུ་སྨྲའོ། །

ཅི་སྟེ་བག་ཆགས་སེམས་ཀྱི་རང་བཞིན་ཡིན་ན། སེལ་བྱེད་ཀྱི་གཉེན་པོས་སེལ་མི་ནུས་སོད། “མིའི་ལྷན་སྐྱེས་ཀྱི་ཞེ་འདོད་ཀྱི་རྩ་བ་བག་ཆགས་ཀྱི་རྟོག་པ་འོག་འགྱུའི་མིའི་གཉུག་གཤིས་སུ་གནས་”[5]པ་དང་། “སྤྱིར་‘རྣམ་ཤེས་ཀྱི་ཐུན་མིན་གཤིས་ལུགས་’ བྱ་བ་དོན་དམ་དུ་‘མིའི་གཉུག་གཤིས་ཀྱི་ངོ་བོ་འཚོལ་བའི་’ དང་ཚུལ་ལས་

① 张志刚：《宗教学是什么》，〔M〕北京大学出版社2008/4第2版，P123
② 荣格：《分析心理学的理论与实践》，〔M〕译林出版社2014/10第1版，P7
③ 荣格：《分析心理学的理论与实践》，〔M〕译林出版社2014/10第1版，P42
④ 荣格：《分析心理学的理论与实践》，〔M〕译林出版社2014/10第1版，P42
⑤ 张志刚：《宗教学是什么》，〔M〕北京大学出版社2008/4第2版，P94

མ་འདས་”[①]ཞེས་གསུངས་པ་ལྟར། རྣམ་ཤེས་ཀྱི་ཐུན་མིན་གཤིས་ལུགས་བྱ་བའི་མིའི་གཤིས་ཀྱི་ངོ་བོ་འཚོལ་སྐབས་ཏེ། ལུགས་འདིའི་མི་གཞིའི་གྲུབ་ཆ་གསུམ་ལས། རྟོག་པའི་གདགས་གཞི་བདག་ཉིད་དང་། འདོད་ཉོན་གྱི་རྟོག་པ་འོག་འགྱུའི་གདགས་གཞི་ཆགས་སེམས་གཉིས་ཀྱི་ངོའི་མི་གཞིའི་དྲི་མ་སེལ་ཏེ། བག་ཆགས་ཀྱི་རྟོག་པ་འོག་འགྱུའི་གདགས་གཞི་མིའི་གཤིས་ཀྱི་ངོའི་མི་གཞིའི་རང་བཞིན་ཅེ་ཡིན་ཉེད་པར་བྱ་རྒྱུ་མཐར་ཐུག་གི་དམིགས་བྱ་ཞིག་གཅིག་གོ།

ལུགས་འདིས་བག་ཆགས་ཀྱི་རྟོག་པ་འོག་འགྱུ་མི་གཞིའི་གྲུབ་ཆའི་རྩ་བ་དང་། དེའི་གདགས་གཞི་མིའི་གཤིས་ནི་མ་བཅོས་མི་གཞིའི་རང་བཞིན་དུ་བཞེད་ཅིང་། ཇི་སྲིད་རྣམ་ཤེས་ཀྱི་ཐུན་མིན་གཤིས་དང་ཁ་ཐག་ཉེ་ན་དེ་སྲིད་གཤིས་མའི་གཤིས་ལུགས་ཀྱི་ངོ་བོ་ཉེད་པར་བཞེད་དོ། །ཕྱིར་བག་ཆགས་སེམས་ཀྱི་རང་བཞིན་དུ་སྨྲ་བས། འདི་ཡང་སེམས་བྱུང་གི་རྣམ་པ་སེམས་ཀྱི་རང་བཞིན་དུ་འཁྲུལ་ཏེ་སྨྲ་བའི་ལུགས་སོ། །

མདོར་ན་འཇེམ་སེའི་དགེ་བར་དམིགས་པའི་སེམས་བྱུང་སྨྲ་བ་དང་། ཧྲི་རིའུ་ཏིའི་འཁྲིག་པའི་བག་ཆགས་སྨྲ་བ། ཙོང་གེའི་མིའི་གཤིས་གཤིས་སྨྲ་བ་བཅས་ནི་ནུབ་ཕྱོགས་ཀྱི་སེམས་ཁམས་རིག་པའི་སྡེར་ཡོངས་སུ་གྲགས་པའི་མི་གཞི་སྨྲ་བའི་རྣམ་གཞག་ཚད་ལྡན་དག་གོ།

ནུབ་ཕྱོགས་སེམས་ཁམས་རིག་པའི་སྡེར་རང་ལུགས་རིགས་པས་དཔྱད་བཟོད་དུ་མ་གྲུབ་པ་གཅིག་ཀྱང་མེད་པར་འདོད་མོད། སེམས་ཀྱི་རང་བཞིན་དང་མི་གཞི་ལྟོས་མེད་དུ་སྨྲའམ། སེམས་བྱུང་གི་རྣམ་པ་སེམས་ཀྱི་རང་བཞིན་དུ་འཁྲུལ་ཏེ། སེམས་ཀྱི་རང་བཞིན་དྲི་བཅས་སུ་སྨྲ་བ་ཐུན་མོང་གི་ལུགས་ཡིན་ན། མཁས་

① 张志刚：《宗教学是什么》，〔M〕北京大学出版社2008/4第2版，P95

པ་རྣམ་གསུམ་གྱིས་མ་བཅོས་མི་གཞི་མཚན་འཛིན་དུ་སྨྲ་བ་སྟེ། སེམས་ཀྱི་རང་བཞིན་སྟོང་པ་གང་ཞིག་དྲི་བཅས་ཀྱི་ངོ་བོར་བཞེད་པའི་ཕྱིར་རོ། །ཅེ་བྲག་ཏུ་ཙྪི་རའུ་ཏིས་ཡེ་ཤུའི་ཆོས་ལུགས་ཀྱི་མི་གཞི་དྲི་བཅས་ཀྱི་ངོ་བོ་ལས་ཀྱང་འགོངས་ཏེ། རྟོག་པ་འོག་འགྱུའི་འཁྲིག་པའི་བག་ཆགས་མ་བཅོས་མི་གཞིར་སྨྲ་བ་རིགས་པ་འཚོལ་བའི་རྟགས་སོ། །

འདིར་ཁའར་ལུ་སེ་ཐྲ་ཙོང་གེའི་ལུགས་ཏེ། བག་ཆགས་ཀྱི་རྟོག་པ་འོག་འགྱུའི་མིའི་གཞུག་གཉིས་མ་བཅོས་མི་གཞིར་བཞེད་པ་དྲི་མ་སེམས་ཀྱི་རང་བཞིན་དང་། སེམས་དྲི་བཅས་སུ་སྨྲ་བའི་སྐྱོན་འཇུག་མེད། སྐབས་བབ་ཀྱི་གཏན་གྱི་འདུན་མའི་ཟབ་དོན་དང་ཁ་འཕྲོད་པའི་ནུབ་ཕྱོགས་སེམས་ཁམས་དབྱེ་ཞིབ་རིག་པའི་སྡེའི་མི་གཞིའི་རྣམ་གཞག་ཏུ་གནས་སྐབས་སྨྲོ། །

༢ ནང་བསྟན་གྱི་སེམས་སེམས་བྱུང་སྨྲ་བའི་འདོད་ཚུལ།

ནང་བསྟན་གྱི་སེམས་སེམས་བྱུང་སྨྲ་བའི་སྡེར་མངོན་པ་གོང་འོག་ལུགས་ཀྱི་སེམས་སེམས་བྱུང་གི་རྣམ་གཞག་ལས་བསྟན་པའི་བློ་རིག་དང་། ཐེག་པ་ཆེན་པོའི་ལུགས་ཀྱི་སེམས་ཀྱི་རང་བཞིན་བསྟན་པའི་བདེ་གཤེགས་སྙིང་པོའི་རྣམ་གཞག་བྱང་ཆུབ་སེམས་འགྲེལ་གྱི་དགོངས་པ་བཅས་འདུ་བས། འདིར་ཡང་བློ་རིག་གི་རྣམ་གཞག་དང་། རྒྱུད་བླའི་བསྟན་བཅོས། བྱང་ཆུབ་སེམས་འགྲེལ་གྱི་དགོངས་པའི་དངོས་གཞི་སོ་སོར་འཆད་པར་འགྱུར་རོ། །

མངོན་པ་གོང་འོག་གི་སེམས་སེམས་བྱུང་གི་ཐུན་མོང་གི་བཞེད་ཚུལ་འདྲ་ཡང་། བྱེ་བྲག་ཏུ་རྣམ་ཤེས་ཀྱི་དབྱེ་ཚུལ་ལ། ཚོགས་དྲུག་དང་། ཚོགས་བརྒྱད། སེམས་བྱུང་གི་དབྱེ་ཚུལ་ལའང་། ལྔ་གཅིག་དང་། ཞེ་དྲུག་བཅས་སོ་སོར་བཞེད་དོ། །

སྐབས་བབ་ཀྱི་སེམས་ཞེས་བྱ་བ་ཅི་ཡིན་ཞེ་ན། "མངོན་པ་མཛོད་ལས། རྣམ་

ཤེས་སོ་སོར་རྣམ་རིག་གཡོ་”①ཞེས་པ་དང་། “མངོན་པ་ཀུན་བཏུས་ལས། རྣམ་པར་ཤེས་པའི་ཕུང་པོའི་རྣམ་པར་བཞག་པ་གང་ཞེ་ན། སེམས་དང་ཡིད་གང་ཡིན་པ་དང་། རྣམ་པར་ཤེས་པ་ཡང་དེ་བཞིན་ནོ་”②ཞེས་གསུངས་པ་ལྟར། “ཡུལ་གྱི་ངོ་བོ་ཙམ་རིག་པ་ནི་སེམས་”③ཞེས་སེམས་དང་། ཡིད། རྣམ་ཤེས་བཅས་དོན་གཅིག་ཏུ་བཞེད་པས། སེམས་ནི་སེམས་བྱུང་ལྟར་ཡུལ་གྱི་ཁྱད་པར་རང་སྟོབས་ཀྱིས་མི་འབྱེད་པའི་ངོ་བོ་ཙམ་རིག་པའི་རྣམ་རིག་ཏུ་གཉི་གས་བཞེད་དོ། །

འོ་ན་སེམས་ཇི་ཙམ་ཕྲ་བར་ཐུག་ན་ཡུལ་ལ་མི་འཇུག་གམ་སྙམ་ན། འདི་ལ་“ནང་སེམས་སམ་རིག་པ་ཇི་ཙམ་ཕྲ་ཡང་སེམས་སྐད་ཅིག་སྔ་ཕྱིའི་ཆ་དང་བཅས་ཤིང་། ཀུན་འགྲོ་ལྔ་ལ་སོགས་པའི་སེམས་བྱུང་དུ་མ་དང་འགྲོགས་ཏེ། རྟེན་དབང་པོ་ལ་བརྟེན་ནས་གསལ་རིག་གམ་ཡུལ་གྱི་རྣམ་པ་འཛིན་ནུས་སུ་སྐྱེ་དགོས་སོ་”④ཞེས་པ་དང་། “མངོན་པ་མཛོད་ལས་ཀྱང་། སེམས་དང་སེམས་བྱུང་ངེས་ལྡན་ཅིག”⑤ཅེས་གསུངས་པ་ལྟར། དུས་མཉམ་ལྡན་ཅིག་སོགས་ངོ་བོ་མཚུངས་པར་བཞེད་པ་སྟེ། “མངོན་པ་མཛོད་ནས་ཇི་ལྟར་བཤད་པ་ནི། རྟེན་མཚུངས་པ་དང་། དམིགས་པ་མཚུངས་པ། རྣམ་པ་མཚུངས་པ། དུས་མཚུངས་པ། རྫས་མཚུངས་པ་རྣམས་སོ་”⑥

① ཡོངས་འཛིན་ཡེ་ཤེས་རྒྱལ་མཚན། 《བློ་རྟགས་བསྡུས་གསུམ་དང་སེམས་སེམས་བྱུང་གི་ཕྱོགས་བསྒྲིགས་》(M)སེར་གཙུག་དཔེ་སྙིང་ཕྱོགས་བསྒྲིགས་ཁང་། ཤ༨༥

② ཡོངས་འཛིན་ཡེ་ཤེས་རྒྱལ་མཚན། 《བློ་རྟགས་བསྡུས་གསུམ་དང་སེམས་སེམས་བྱུང་གི་ཕྱོགས་བསྒྲིགས་》(M)སེར་གཙུག་དཔེ་སྙིང་ཕྱོགས་བསྒྲིགས་ཁང་། ཤ༡༣༨

③ ཡོངས་འཛིན་ཡེ་ཤེས་རྒྱལ་མཚན། 《བློ་རྟགས་བསྡུས་གསུམ་དང་སེམས་སེམས་བྱུང་གི་ཕྱོགས་བསྒྲིགས་》(M)སེར་གཙུག་དཔེ་སྙིང་ཕྱོགས་བསྒྲིགས་ཁང་། ཤ༨༣

④ མཁས་དབང་བློ་བཟང་རྒྱ་མཚོ། 《མཁས་དབང་བློ་བཟང་རྒྱ་མཚོའི་བློ་རིག་བཞུགས་སོ་》(M)སེར་གཙུག་ནང་བསྟན་དཔེ་སྙིང་འཚོལ་བསྡུ་ཕྱོགས་བསྒྲིགས་ཁང་། ཤ༨༣

⑤ ཡོངས་འཛིན་ཡེ་ཤེས་རྒྱལ་མཚན། 《བློ་རྟགས་བསྡུས་གསུམ་དང་སེམས་སེམས་བྱུང་གི་ཕྱོགས་བསྒྲིགས་》(M)སེར་གཙུག་དཔེ་སྙིང་ཕྱོགས་བསྒྲིགས་ཁང་། ཤ༨༣

⑥ ཡོངས་འཛིན་ཡེ་ཤེས་རྒྱལ་མཚན། 《བློ་རྟགས་བསྡུས་གསུམ་དང་སེམས་སེམས་བྱུང་གི་ཕྱོགས་བསྒྲིགས་》(M)སེར་གཙུག་དཔེ་སྙིང་ཕྱོགས་བསྒྲིགས་ཁང་། ཤ༨༩

ཞེས་པ་དང་། "མངོན་པ་ཀུན་བཏུས་ལས་བཤད་ཚུལ་ནི། རྫས་མཚུངས་པ་དང་། དམིགས་རྣམ་མཚུངས་པ། ངོ་བོ་མཚུངས་པ། དུས་མཚུངས་པ། ཁམས་དང་ས་མཚུངས་པ་རྣམས་སོ་"[①]ཞེས་མཚུངས་པ་ལྔ་ལྡན་གྱི་སྒོ་ནས་ངོ་བོ་མཚུངས་པས་ཐ་དད་པར་མི་བཞེད་དོ། །

སྤྱིར་"མདོ་སྡེ་པ་ཡན་ཆད་ཀྱི་གཞུང་ལུགས་གང་དུའང་སེམས་འདི་དང་འདི་ལྟ་བུའི་འཁོར་དུ་སེམས་བྱུང་འདི་དང་འདི་ལྟ་བུ་འབྱུང་ངོ་ཞེས་གྲངས་ཚད་ཀྱི་རྣམ་གཞག་མཛད་པ་མ་མཐོང་བས། འདིར་ཡང་དེ་ལྟར་བཤད་པར་ག་ལ་ནུས། འོན་ཀྱང་ཉུང་མཐའ་ནས་བརྩིས་ན་སེམས་ཡིན་ན་རང་གི་འཁོར་དུ་ཀུན་འགྲོ་ལྔ་ངེས་པར་དུ་འབྱུང་བས་ཁྱབ་ཅིང་། དགེ་བའི་སེམས་ཡིན་ན་རང་གི་འཁོར་ཀུན་འགྲོ་ལྔའི་ཐོག་ཡུལ་ངེས་ལྔ་དང་དགེ་བ་བཅུ་གཅིག་ཅི་རིགས་བྱུང་བས་ཁྱབ་"[②]ཅེས་གསུངས་པ་ལྟར། སེམས་ལ་དགེ་བའི་རྩ་བ་བསགས་ན། སེམས་ཡོངས་སུ་དག་པ་དང་། འདི་ནི་དགེ་མི་དགེ་ལུང་མ་བསྟན་གསུམ་གང་དུའང་མ་དམིགས་པའི་རྣམ་རིག་ཅིག་ཏུ་བཞེད་དོ། །

ཁྱད་པར་དུ་"སློབ་དཔོན་དབྱིག་གཉེན་ལ་སོགས་པའི་ལུང་གི་རྗེས་འབྲངས་པའི་སེམས་ཙམ་པ་རྣམས་རྣམ་ཤེས་ཚོགས་བརྒྱད་དུ་བཞེད་དོ། །ཕྱོགས་གླང་ཡབ་སྲས་ལ་སོགས་པ་རིགས་པའི་རྗེས་འབྲངས་ཀྱི་སེམས་ཙམ་པ་རྣམས་རྣམ་ཤེས་ཚོགས་དྲུག་ཏུ་འདོད་ལ། ཀུན་གཞི་དང་ཉོན་ཡིད་གཉིས་མི་འདོད་ཅེས་པ་དང་། རྣམ་ཤེས་ཚོགས་བརྒྱད་དུ་འདོད་པའི་ལུགས་གཉིས་བོད་དུ་བྱུང་"[③]ཞེས་པ་ལས་

① ཡོངས་འཛིན་ཡེ་ཤེས་རྒྱལ་མཚན། 《བློ་རྟགས་བསྡུས་གསུམ་དང་སེམས་སེམས་བྱུང་གི་ཕྱོགས་བསྒྲིགས་》(M)སེར་གཙུག་དཔེ་རྙིང་ཕྱོགས་བསྒྲིགས་ཁང་། ཤ༨༥

② མཁས་དབང་བློ་བཟང་རྒྱ་མཚོ། 《མཁས་དབང་བློ་བཟང་རྒྱ་མཚོའི་བློ་རིག་བཞུགས་སོ་》(M)སེར་གཙུག་ནང་བསྟན་དཔེ་རྙིང་འཚོལ་བསྡུ་ཕྱོགས་བསྒྲིགས་ཁང་། ཤ༡༤༧

③ གུང་ཐང་རྒྱལ་མཚན་བཟང་པོ། 《གུང་ཐང་རྒྱལ་མཚན་བཟང་པོའི་སྟོང་ཐུན་》(M)སེར་གཙུག་ནང་བསྟན་དཔེ་རྙིང་འཚོལ་བསྡུ་ཕྱོགས་བསྒྲིགས་ཁང་། ཤ༩༧

སེམས་ཅམ་པའི་ཐུན་མོང་ལུགས་སུ་རྣམ་ཤེས་ཚོགས་བརྒྱད་རྩ་བར་བཞེད་ན། “རང་གི་དམིགས་ཡུལ་དུ་གྱུར་པའི་དབང་དོན་བག་ཆགས་གསུམ་པོ་གང་རུང་ལ་དམིགས་ནས་རྣམ་པ་རིས་སུ་མ་ཆད་པའི་མ་སྒྲིབ་ལུང་མ་བསྟན་གྱིས་ཕྱེ་བའི་རྣམ་རིག ཀུན་གཞིའི་མཚན་ཉིད་”①ཅེས་གསུངས་པ་ལྟར། རྩ་བའི་རྣམ་ཤེས་སམ་ཀུན་གཞི་རྣམ་ཤེས་ནི་གཙོ་སེམས་སམ་སེམས་ཀྱི་ངོ་བོར་བཞེད་ཅིང་། ངོ་བོ་མ་བསྒྲིབས་པས་གསལ་རིག་དང་། དགེ་མི་དགེ་གང་དུའང་མ་དམིགས་པས་ལུང་མ་བསྟན་ཏེ། “ཀུན་གཞི་རྣམ་ཤེས་ཀྱི་ངོ་བོ་སྣང་ལ་མ་ངེས་”②ཞེས་གསུངས་པ་ལྟར་རོ། །ཡང་ཐོག་མ་མེད་པའི་དགེ་མི་དགེའི་བག་ཆགས་ཀུན་འཛོག་པའི་གཞི་ཡིན་པའི་ཕྱིར་བག་ཆགས་སེམས་ཀྱི་རང་བཞིན་དུ་མི་བཞེད་ཀྱང་། སེམས་དྲི་བཅས་ཀྱི་ངོ་བོར་འདོད་ཅིང་། ཉོན་ཡིད་ཀྱི་བདག་ཏུ་སྨྲ་བའི་གཞི་ཡིན་པས། ལྡོག་པའི་གཉེན་པོས་སེལ་ནུས་པར་ཡང་བཞེད་དོ། །

བག་ཆགས་ཇི་ལྟར་བསྔོ་ཚུལ་ནི་“ཀུན་གཞིའི་སྟེང་དུ་ཏིལ་ལ་ཏིལ་མར་ཚུལ་དུ་འཛོག་ཅིང་གནས་”③ཞེས་ཐོག་མ་མེད་པའི་བག་ཆགས་ཀུན་གཞིར་འཛོག་པས། སེམས་དྲི་བཅས་ཀྱི་ངོ་བོར་སྨྲའོ། །འོ་ན་ཇི་ལྟར་སེལ་ཞེ་ན། དེའང་རྟོག་པའི་བག་ཆགས་དང་། ཉོན་ཡིད་ཀྱི་བག་ཆགས། རྣམ་སྨིན་གྱི་རྒྱུའི་བག་ཆགས་དག་འགག་པ་མངོན་དུ་ཕྱོགས་པའི་ཚེ། ཟག་མེད་ཡེ་ཤེས་ཀྱི་ས་བོན་གྱི་ངོ་བོར་མ་བསྒྱུས་པར་བཞེད་པ་སྟེ། “ས་བོན་དང་བག་ཆགས་ཀྱི་ཁྱད་པར་ནི། ལྷན་ཅིག་བྱེད་རྐྱེན་གང་

① མཁས་དབང་བློ་བཟང་རྒྱ་མཚོ། 《མཁས་དབང་བློ་བཟང་རྒྱ་མཚོའི་བློ་རིག་བཞུགས་སོ་》(M)སེར་གཙུག་ནང་བསྟན་དཔེ་རྙིང་འཚོལ་བསྡུ་ཕྱོགས་བསྒྲིགས་ཁང་། ༢༡༢༧

② མཁས་དབང་བློ་བཟང་རྒྱ་མཚོ། 《མཁས་དབང་བློ་བཟང་རྒྱ་མཚོའི་བློ་རིག་བཞུགས་སོ་》(M)སེར་གཙུག་ནང་བསྟན་དཔེ་རྙིང་འཚོལ་བསྡུ་ཕྱོགས་བསྒྲིགས་ཁང་། ༢༡༢༧

③ མཁས་དབང་བློ་བཟང་རྒྱ་མཚོ། 《མཁས་དབང་བློ་བཟང་རྒྱ་མཚོའི་བློ་རིག་བཞུགས་སོ་》(M)སེར་གཙུག་ནང་བསྟན་དཔེ་རྙིང་འཚོལ་བསྡུ་ཕྱོགས་བསྒྲིགས་ཁང་། ༢༡༢༢

དང་ཕྲད་ན་རང་གི་ནུས་པ་ཡོངས་སུ་སྨིན་ཏེ། འབྲས་བུ་འབྱིན་ནུས་པ་གང་ཡིན་པ་ནི་ས་བོན་ཞེས་བྱ་ལ། ལྷན་ཅིག་བྱེད་རྐྱེན་གང་དང་ཕྲད་ཀྱང་ནུས་པ་སྨིན་མི་ནུས་པ་དེ་ནི་བག་ཆགས་ཙམ་ཞེས་བྱའོ་”①ཞེས་གསུངས་ཤིང་། “ལང་གཤེགས་ལས་ཀྱང་། དེ་བཞིན་གཤེགས་པའི་སྙིང་པོ་ནི། །རྣམ་ཤེས་བདུན་དང་ལྷན་ཅིག་གནས་” ཞེས་པའི་ཉོན་མོངས་ཀྱི་ཟག་པ་ཟད་པའི་ཟག་མེད་ཡེ་ཤེས་ཀྱི་ས་བོན་སྟོབས་ཆེ་བས། རྐྱེན་དང་ཕྲད་ན་ནུས་པ་སྨིན་ནས་འབྲས་བུ་འབྱིན་ནུས་པ་དང་། བག་ཆགས་གསུམ་པོ་རྐྱེན་དང་ཕྲད་ཀྱང་འབྲས་བུ་ལྟ་ཅི། ནུས་པའང་སྨིན་མི་ནུས་པས། བག་ཆགས་སད་པར་མངོན་དུ་ཕྱོགས་པའི་ཚེ། ཟག་མེད་ཡེ་ཤེས་ཀྱི་ས་བོན་གྱི་ངོ་བོར་གྱུར་བ་སྟེ། རྟེན་རྣམ་སྨིན་གྱི་ཀུན་གཞིའི་བག་ཆགས་སད་དེ། བརྟེན་པ་ས་བོན་གྱི་ཀུན་གཞིའི་ངོ་བོར་གྱུར་བར་བཞེད་དོ། །

ལུགས་འདིས་“རྣམ་འགྲེལ་ལས། སེམས་ཀྱི་རང་བཞིན་འོད་གསལ་བ་”②ཞེས་པ་དང་། “སེམས་རང་གི་ངོ་བོ་གསལ་རིག་གི་རྣམ་པར་གནས་”③ཞེས་གསུངས་པ་ལྟར། གསལ་རིག་སེམས་ཀྱི་ངོ་བོར་འདོད་པ་སྟེ། བག་ཆགས་སེམས་ཀྱི་རང་བཞིན་དུ་མི་བཞེད་ཅིང་། ཕྱིར་དགེ་མི་དགེའི་ལུང་མ་བསྟན་གསུམ་གང་དུའང་མ་དམིགས་པས། དགེ་བའི་རྩ་བ་བསགས་ན་སེམས་ཡང་དག་པར་མངོན་པར་ཕྱོགས་པར་བཞེད་དོ། །འདི་ནི་མངོན་པ་མཛོད་ཀྱི་བློ་རིག་འོག་མ་དང་། མངོན་པ་ཀུན་བཏུས་ཀྱི་བློ་རིག་གོང་མས་ཐུན་མོང་དུ་བཞེད་པའི་བློ་རིག་གི་རྣམ་གཞག་

① མཁས་དབང་བློ་བཟང་རྒྱ་མཚོ། 《མཁས་དབང་བློ་བཟང་རྒྱ་མཚོའི་བློ་རིག་བཞུགས་སོ་》(M)སེར་གཙུག་ནང་བསྟན་དཔེ་སྙིང་འཚོལ་བསྡུ་ཕྱོགས་བསྒྲིགས་ཁང་། ༤༡༢༢

② མཁས་དབང་བློ་བཟང་རྒྱ་མཚོ། 《མཁས་དབང་བློ་བཟང་རྒྱ་མཚོའི་བློ་རིག་བཞུགས་སོ་》(M)སེར་གཙུག་ནང་བསྟན་དཔེ་སྙིང་འཚོལ་བསྡུ་ཕྱོགས་བསྒྲིགས་ཁང་། ༤༨

③ མཁས་དབང་བློ་བཟང་རྒྱ་མཚོ། 《མཁས་དབང་བློ་བཟང་རྒྱ་མཚོའི་བློ་རིག་བཞུགས་སོ་》(M)སེར་གཙུག་ནང་བསྟན་དཔེ་སྙིང་འཚོལ་བསྡུ་ཕྱོགས་བསྒྲིགས་ཁང་། ༤༡༡༨

ལས་བསྟན་པའི་སེམས་ཀྱི་ངོ་བོའམ་རང་བཞིན་ནོ། །

རྒྱུད་བླ་མ་ནི་རྗེ་བཙུན་བྱམས་པ་མགོན་པོས་མཛད་པའི་བྱམས་ཆོས་ཕྱི་མའི་གཞུང་གི་ཐེག་ཆེན་གྱི་བསྟན་བཅོས་སུ་གྲགས། ལར་སློབ་དཔོན་ཐོགས་མེད་ཀྱི་གཞིའི་ལྟ་བ་སེམས་ཙམ་པར་གནས་མོད། ཐེག་པ་ཆེན་པོའི་སློབ་དཔོན་དུ་འཇོག་པ་ནི་རྒྱུད་བླ་ཐོགས་འགྲེལ་མཛད་པའི་ཕྱིར་ཞེས་གྲུབ་མཐའ་རིས་མེད་ཀུན་ཏུ་གྲགས་ན། འདིར་ཡང་ཐེག་པ་ཆེན་པོའི་ལུགས་ཀྱི་སེམས་ཀྱི་རང་བཞིན་ཇི་ལྟར་བསྟན་པའི་རྣམ་གཞག་ཏུ་འདི་ཉིད་སྙིང་པོར་འཆད་ཅིང་། སློབ་དཔོན་ཀླུ་སྒྲུབ་ཀྱི་བསྟོད་ཚོགས་ཏེ། བྱང་ཆུབ་སེམས་འགྲེལ་གྱི་དགོངས་པ་ཐལ་འགྱུར་པའི་སློབ་དཔོན་ཆེན་མོས་བཀྲལ་བའི་མདོ་དོན་གྱི་སྙིང་པོའི་རྩ་བ་ལྟར་འཆད་པར་འགྱུར་རོ། །

རྒྱུད་བླ་མའི་བསྟན་བཅོས་ནས་བསྟན་པའི་བདེ་གཤེགས་སྙིང་པོར་དེ་བཞིན་གཤེགས་པའི་སྙིང་པོའམ་ཁམས་བདེ་གཤེགས་སྙིང་པོ་ཞེས་ཀྱང་བྱ། འདི་ནི་སེམས་ཅན་ཐམས་ཅད་ཀྱི་རྒྱུད་དུ་ཡོད་པའི་འཚང་རྒྱ་རུང་གི་ས་བོན་ནམ། མ་དག་པའི་གནས་སྐབས་ཀྱི་སེམས་ཀྱི་རང་བཞིན་འོད་གསལ་ལམ། རང་བཞིན་རྣམ་དག་ཅེས་བྱ་བ་དེའོ། །ཕྱེ་བྲག་ཏུ་དྲི་བཅས་དང་དྲི་མེད། མ་དག་པའི་གནས་སྐབས་དང་ཤིན་ཏུ་དག་པའི་གནས་སྐབས། དེ་བཞིན་བོད་སྤྱ་ཕྱིས་རང་བཞིན་གནས་རིགས་དང་རྒྱས་འགྱུར་གྱི་རིགས། གཞན་སྟོང་དབུ་མ་ཆེན་པོས་རྟག་དངོས་སོགས་སུ་འདོད་པའི་བཞེད་ཚུལ་སྣ་ཚོགས་མཆིས་སོ། །

དེ་བཞིན་གཤེགས་པའི་སྙིང་པོ་ནི་རིགས་སམ། ཁམས། ས་བོན་བཅས་ཀྱི་དོན་དུ་འཇུག་པ་སྟེ། “མདོ་སྡེ་རྒྱན་གྱི་འགྲེལ་བཤད་ལས། ཁམས་ཞེས་བྱ་བ་དང་ས་བོན་ཞེས་བྱ་བ་དང་རིགས་ཞེས་བྱ་བ་དག་ནི་དོན་གཅིག་མིང་གི་རྣམ་གྲངས་ཀྱིས་ཐ་

དད་པ་ཙམ་དུ་ཟད་དོ་ཞེས་གསུངས་པའི་ཕྱིར་རོ་”[1]ཞེས་པ་ལྟར་རིགས་སམ། ས་བོན། ཁམས་བཅས་ནི་དེ་བཞིན་གཤེགས་པའི་སྙིང་པོ་སྟེ། གློ་བུར་ཉོན་མོངས་དྲི་མས་བསྒྲིབས་པའི་སེམས་ཀྱི་རང་བཞིན་རྣམ་དག་གམ། མ་དག་པའི་གནས་སྐབས་ཀྱི་སེམས་ཅན་གྱི་ཁམས་ཞེས་བྱ་བ་དེའོ། །ཕྱི་བྲག་ཏུ་སེམས་ཅན་ཐམས་ཅད་ཀྱི་རྒྱུད་དུ་གདོད་མ་ནས་ཡོད་པའི་དྲི་མ་དང་བཅས་པའི་དེ་བཞིན་ཉིད་དུ་ལུགས་འདིས་བཞེད་ཅིང་། རང་བཞིན་གནས་རིགས་ཏེ། ཡིད་ཀྱི་རྣམ་པར་ཤེས་པའམ། སེམས་རྣམ་པར་དག་པའི་ངོ་བོར་བོད་སྔ་ཕྱི་གཉིས་གས་བཞེད་དོ། །

དྲི་མ་དང་བཅས་པའི་དེ་བཞིན་ཉིད་ཀྱང་དཔེ་དགུས་བསྟན་པ་སྟེ། “སངས་རྒྱས་པད་ངན་སྦྲང་རྩི་སྦྲང་མ་ལ། །སྦུན་པ་སྙིང་པོ་མི་གཙང་ནང་ན་གསེར། །ས་ལ་གཏེར་དང་མྱུག་སོགས་འབྲས་ཆུང་དང་། །གོས་རྲུལ་ནང་ན་རྒྱལ་བའི་སྐུ་དང་ནི། །བུད་མེད་ངན་མའི་ལྟོ་ན་མི་བདག་དང་། །ས་ལ་རིན་ཆེན་གཟུགས་ཡོད་ཅི་ལྟ་བར། །གློ་བུར་ཉོན་མོངས་དྲི་མས་བསྒྲིབས་པ་ཡི། །སེམས་ཅན་རྣམས་ལ་དེ་བཞིན་ཁམས་འདི་གནས་”[2]ཞེས་གསུངས་པ་ལས“ཉོན་མོངས་པ་ནི་པདྨ་ངན་པའི་སྦུབས་དང་འདྲ་ལ། དེ་བཞིན་གཤེགས་པའི་ཁམས་ནི་པདྨ་ལྟ་བུ་སྟེ། …… ཉོན་མོངས་པ་ནི་སྲོག་ཆགས་སྦྲང་མ་དང་འདྲ་ལ། དེ་བཞིན་གཤེགས་པའི་སྙིང་པོ་ནི་སྦྲང་རྩི་ལྟ་བུ་སྟེ། …… ཉོན་མོངས་པ་ནི་ཕྱི་ཡི་སྦུན་པ་དང་འདྲ་ལ། དེ་བཞིན་གཤེགས་པའི་ཁམས་ནི་ནང་གི་སྙིང་པོ་བཞིན། …… ཉོན་མོངས་པ་ནི་མི་གཙང་བའི་ལྷན་ལྷིན་གྱི་གནས་དང་འདྲ་ལ། …… དེ་བཞིན་གཤེགས་པའི་ཁམས་ནི་གསེར་བཞིན་ཏེ།

① བྱང་རྩེ་མཁན་ཟུར། 《དེ་བཞིན་གཤེགས་པའི་སྙིང་པོའི་དོན་རྒྱ་བོད་མཁས་པའི་བཞེད་སྲོལ་གསལ་བྱེད་ཟླ་གཞོན་》(M)སེར་གཙུག་ནང་བསྟན་དཔེ་སྙིང་འཚོལ་བསྡུ་ཕྱོགས་བསྒྲིགས་ཁང་། ༤༣༦

② རྗེ་བཙུན་བྱམས་པ་མགོན་པོ། 《བྱམས་ཆོས་སྡེ་ལྔ་》(M)མི་རིགས་དཔེ་སྐྲུན་ཁང་། ༡༩༩༡/༡༢པར་གཞི་དང་པོ། ༤༡༡༧

…… ཉོན་མོངས་པ་ནི་སའི་མཐིལ་དང་འདྲ་ལ། དེ་བཞིན་གཤེགས་པའི་ཁམས་ནི་རིན་པོ་ཆེའི་གཏེར་བཞིན་ཏེ། …… ཉོན་མོངས་པ་ནི་ཤུན་པའི་སྦུབས་དང་འདྲ་ལ། དེ་བཞིན་གཤེགས་པའི་ཁམས་ནི་ས་བོན་གྱི་མྱུ་གུ་ལྟ་བུ་སྟེ། …… ཉོན་མོངས་པ་ནི་གོས་རྒྱལ་པོ་དང་འདྲ་ལ། དེ་བཞིན་གཤེགས་པའི་ཁམས་ནི་རིན་པོ་ཆེའི་སྐུ་ལྟ་བུ་སྟེ། …… ཉོན་མོངས་པ་ནི་སེམས་ཅན་ཞུགས་པའི་མི་མོ་དང་འདྲ་ལ། དེ་བཞིན་གཤེགས་པའི་ཁམས་ནི་མེར་མེར་པོའི་འབྱུང་བ་ཆེན་པོ་ལ་གནས་པའི་འཁོར་ལོས་བསྒྱུར་བ་ལྟ་བུ་སྟེ། …… ཉོན་མོངས་པ་ནི་སའི་འདམ་གོས་པ་དང་འདྲ་ལ། དེ་བཞིན་གཤེགས་པའི་ཁམས་ནི་གསེར་གྱི་གཟུགས་བཞིན་ཏེ་”[①]ཞེས་དེ་བཞིན་གཤེགས་པའི་སྙིང་པོ་ཉོན་མོངས་པའི་དྲི་མ་གློ་བུར་བས་བསྒྲིབས་པ་དཔེ་དགུས་རིམ་ཅན་དུ་བསྟན་པ་ལྟར་རོ། །

འདི་ལ་“དྲི་མ་དང་བཅས་པའི་དེ་བཞིན་ཉིད་ནི་ཉོན་མོངས་པའི་སྦུབས་ལས་མ་གྲོལ་བའི་ཁམས་ལ་དེ་བཞིན་གཤེགས་པའི་སྙིང་པོ་ཞེས་བརྗོད་པ་གང་ཡིན་པའོ་”[②]ཞེས་པ་དང་། “སེམས་ཅན་ཁམས་ཀྱི་ཉོན་མོངས་སྦུབས། །མ་འབྲེལ་ཐོག་མ་མེད་པ་ན། །སེམས་ཀྱི་རང་བཞིན་དྲི་མེད་ནི། །ཐོག་མ་མེད་པ་ཡིན་པར་བརྗོད་”[③]ཅེས་གསུངས་པ་ལྟར། ཉོན་མོངས་པའི་དྲི་མ་གློ་བུར་བ་ནི་སེམས་ཀྱི་རང་བཞིན་དུ་མ་ཞུགས་པའི་ཕྱིར། སེམས་ཀྱི་རང་བཞིན་ཐོག་མ་མེད་པ་ནས་རྣམ་པར་དག་པ། འགྱུར་མེད་རྟག་བརྟན་སྟོང་པ་ནམ་མཁའི་རང་བཞིན་དུ་བཞེད་པ་སྟེ། “ཇི་

① སློབ་དཔོན་ཐོགས་མེད། 《རྒྱུད་བླ་ཐོགས་འགྲེལ་》(M)སེར་གཙུག་ནང་བསྟན་དཔེ་སྙིང་འཚོལ་བསྡུ་ཕྱོགས་བསྒྲིགས་ཁང་། ཤ༢༧-༢༥

② སློབ་དཔོན་ཐོགས་མེད། 《རྒྱུད་བླ་ཐོགས་འགྲེལ་》(M)སེར་གཙུག་ནང་བསྟན་དཔེ་སྙིང་འཚོལ་བསྡུ་ཕྱོགས་བསྒྲིགས་ཁང་། ཤ༢༥

③ རྗེ་བཙུན་བྱམས་པ་མགོན་པོ། 《བྱམས་ཆོས་སྡེ་ལྔ་》(M)མི་རིགས་དཔེ་སྐྲུན་ཁང་། ༡༩༩༧/༡༢པར་གཞི་དང་པོ། ཤ༡༢༧

ལྟར་སྣང་བཞིན་ཕྱིས་དེ་བཞིན། །འགྱུར་བ་མེད་པའི་ཆོས་ཉིད་དོ། །ཇི་ལྟར་ནམ་མཁའ་ཀུན་སོང་བ། །ཕྲ་ཕྱིར་ཉེ་བར་གོས་པ་མེད་”①ཅེས་པ་དང་། “སེམས་ཀྱི་རང་བཞིན་འོད་གསལ་གང་ཡིན་པ། །དེ་ནི་ནམ་མཁའ་བཞིན་དུ་འགྱུར་མེད་དེ། །ཡང་དག་མིན་རྟོག་ལས་བྱུང་འདོད་ཆགས་སོགས། །གློ་བུར་དྲི་མས་དེ་ཉོན་མོངས་མི་འགྱུར་”②ཞེས་“ཉོན་མོངས་པ་འདི་དག་ནི་སེམས་ཅན་རྣམས་ཀྱི་སེམས་ཀྱི་རང་བཞིན་འོད་གསལ་བར་ཞུགས་པ་མ་ཡིན་ནོ། །ཉོན་མོངས་པ་དག་ནི་གློ་བུར་བ་སྟེ། ཡང་དག་མ་ཡིན་པའི་ཀུན་དུ་རྟོག་པས་བསྐྱེད་པའོ་”③ཞེས་སེམས་ཀྱི་རང་བཞིན་ཉོན་མོངས་པའི་དྲི་མ་གློ་བུར་བས་མ་བསྒྲིབས་པའི་ཕྱིར་གདོད་མ་ནས་མ་བཅོས་རང་བཞིན་རྣམ་པར་དག་པ་སྟེ། ཐོག་མ་མེད་པ་ནས་རང་བཞིན་འོད་གསལ་བ་པོ་ནའི་ངོ་བོར་གནས་པར་བཞེད་དོ། །

འོ་ན་སེམས་ཀྱི་རང་བཞིན་འོད་གསལ་འདི་ཉིད་སེམས་ཅན་ཐམས་ཅད་ཀྱི་རིགས་སམ། ཁམས། ས་བོན་དུ་རང་ཆས་སུ་ཡོད་དམ་སྙམ་ན། “རིགས་ཡོད་ཕྱིར་ན་ལུས་ཅན་ཀུན། །རྟག་ཏུ་སངས་རྒྱས་སྙིང་པོ་ཅན་”④ཞེས་པ་དང་། “དེ་བཞིན་གཤེགས་པའི་ཡེ་ཤེས་མཐའ་དག་མ་ཞུགས་པའི་སེམས་ཅན་དེ་ནི་སེམས་ཅན་གྱི་རིས་ན་འགའ་ཡང་མེད་དོ། །འོན་ཀྱང་འདུ་ཤེས་ཀྱིས་འཛིན་པས་དེ་བཞིན་གཤེགས་པའི་ཡེ་ཤེས་མི་མངོན་ནོ། ། …… དཔེར་ན་སྟོང་གསུམ་གྱི་སྟོང་ཆེན་པོའི་འཇིག་

① རྗེ་བཙུན་བྱམས་པ་མགོན་པོ། 《བྱམས་ཆོས་སྡེ་ལྔ་》(M)མི་རིགས་དཔེ་སྐྲུན་ཁང་། ༡༩༩༡/༡༢པར་གཞི་དང་པོ། ཤ༡༡༣

② རྗེ་བཙུན་བྱམས་པ་མགོན་པོ། 《བྱམས་ཆོས་སྡེ་ལྔ་》(M)མི་རིགས་དཔེ་སྐྲུན་ཁང་། ༡༩༩༡/༡༢པར་གཞི་དང་པོ། ཤ༡༡༦

③ སློབ་དཔོན་ཐོགས་མེད། 《རྒྱུད་བླ་ཐོགས་འགྲེལ་》(M)སེར་གཙུག་ནང་བསྟན་དཔེ་སྙིང་འཚོལ་བསྡུ་ཕྱོགས་བསྒྲིགས་ཁང་། ཤ༢༡༨

④ རྗེ་བཙུན་བྱམས་པ་མགོན་པོ། 《བྱམས་ཆོས་སྡེ་ལྔ་》(M)མི་རིགས་དཔེ་སྐྲུན་ཁང་། ༡༩༩༡/༡༢པར་གཞི་དང་པོ། ཤ༡༡༡

རྙེན་གྱི་ཁམས་ཀྱི་ཚད་དང་མཉམ་པའི་དར་ཡུག་ཆེན་པོ་གཅིག་ཡོད་པར་གྱུར་ལ། དར་ཡུག་ཆེན་པོ་དེ་ལ་ཡང་སྟོང་གསུམ་གྱི་སྟོང་ཆེན་པོའི་འཇིག་རྟེན་གྱི་ཁམས་རྫོགས་པར་བྲིས་པར་གྱུར་ཏོ་”①ཞེས་གསུངས་པ་ལྟར། སེམས་ཀྱི་རང་བཞིན་འོད་གསལ་བ་འདི་ཉིད་སེམས་ཅན་གྱི་རིས་སུ་གྱུར་བ་ཐམས་ཅད་ཀྱི་རྒྱུད་དུ་དར་ཡུག་ཆེན་པོའི་གཞིར་སྟོང་གསུམ་གྱི་སྟོང་ཆེན་པོའི་འཇིག་རྟེན་གྱི་ཁམས་རྫོགས་པར་འབྲི་ནུས་པར་གྱུར་བའི་དཔེ་དང་བཅས་ཡོད་པར་བསྟན་པའོ། །འདི་ནི་ཀུན་རྟོག་གི་འཛིན་པས་སམ། ཉོན་མོངས་པའི་དྲི་མ་གློ་བུར་བས་བསྒྲིབས་པའི་དྲི་བཅས་དང་བཅས་མ་མངོན་པ་ལས། སེམས་ཀྱི་རང་བཞིན་གདོད་མ་ནས་འོད་གསལ་ཡིན་པར་བཞེད་དོ། །

མ་དག་པའི་གནས་སྐབས་ཀྱི་སེམས་ཀྱི་རང་བཞིན་འོད་གསལ་དེ་ཉིད་ཀྱང་“སེམས་གང་ཡིན་པ་དེ་ནི་ཉོན་མོངས་པ་དང་སྡུག་བསྔལ་མཐའ་ཡས་པ་དང་རྗེས་སུ་འབྲེལ་ཀྱང་རང་བཞིན་འོད་གསལ་བ་ཉིད་ཀྱིས་རྣམ་པར་འགྱུར་བ་ལ་མི་སྟོན་པ་དེའི་ཕྱིར་གསེར་བཟང་པོ་བཞིན་དུ་གཞན་དུ་མི་འགྱུར་བའི་དོན་གྱིས་དེ་བཞིན་ཉིད་ཅེས་བརྗོད་དོ་” ཞེས་སེམས་ཉིད་ཉོན་མོངས་པའི་དྲི་མ་གློ་བུར་བས་བསྒྲིབས་ཀྱང་། རང་བཞིན་དུ་མ་ཞུགས་པའི་ཕྱིར་གསེར་བཟང་པོའི་ཁ་དོག་མི་འགྱུར་བའི་དཔེ་ལྟར་འོད་གསལ་ཉིད་ཀྱིས་རྣམ་པ་གཞན་དུ་མི་འགྱུར་རོ། །

གོང་དུ་སྨོས་པ་ནི་དྲི་མ་དང་བཅས་པའི་དེ་བཞིན་ཉིད་དམ། མ་དག་པའི་གནས་སྐབས་ཀྱི་སེམས་ཀྱི་རང་བཞིན་འོད་གསལ་བའི་རང་ལུགས་དང་། བོད་སྤྱིའི་ལུགས་ཀྱི་རང་བཞིན་གནས་རིགས་ཀྱི་རིགས་ཞེས་བྱ་བའི་རྣམ་གཞག་དག་གོ། འདི་དག་ནི་མ་བཅོས་མི་གཞི་རྩད་ཞིབ་ཀྱི་སྐབས་བབ་བརྗོད་བྱ་དཀྱུས་སུ་བརྗོད་

① སློབ་དཔོན་ཐོགས་མེད། 《རྒྱུད་བླ་ཐོགས་འགྲེལ་》[M]སེར་གཙུག་ནང་བསྟན་དཔེ་སྐྲིང་འཚོལ་བསྡུ་ཕྱོགས་བསྒྲིགས་ཁང་། ༡༢༨

ཚུལ་ལོ། །གཞན་ཡང་དྲི་མ་མེད་པའི་དེ་བཞིན་ཉིད་དམ། ཤིན་ཏུ་དག་པའི་གནས་སྐབས་ཀྱི་གནས་ཡོངས་སུ་གྱུར་བའི་རང་ལུགས་དང་། བོད་སྔ་ཕྱིའི་ལུགས་ཀྱི་རྒྱུས་འགྱུར་རིགས་ཀྱི་རྣམ་གཞག་ནི་སྐབས་དོན་མིན་པས་གནས་སྐབས་མི་སྤྲོའོ། །

ལུགས་འདིས་དྲི་མ་དང་བཅས་པའི་སེམས་ཀྱི་རང་བཞིན་ཏེ། ཉོན་མོངས་པའི་དྲི་མ་གློ་བུར་བས་བསྒྲིབས་པ་ཙམ་ལས། དྲི་མ་སེམས་ཀྱི་རང་བཞིན་དུ་མ་ཞུགས་པའི་ཕྱིར་སེམས་ཀྱི་རང་བཞིན་གདོད་མ་ནས་རྣམ་པར་དག་པའམ། འོད་གསལ་གྱི་ངོ་བོར་བཞེད་ཅིང་། འདི་ནི་ནམ་མཁའ་སྟོང་པའམ། གསེར་བཟང་པོའི་ཁ་དོག་ལྟར་འགྱུར་མེད་འོད་གསལ་གྱིས་རྣམ་པ་གཞན་དུ་མི་འགྱུར་ཞིང་། སེམས་ཅན་གྱི་རིས་སུ་གྱུར་བ་ཐམས་ཅད་ཀྱི་རྒྱུད་དུ་ཡོད་པར་བཞེད་དོ། །ནམ་ཞིག་དྲི་མ་གློ་བུར་བ་བསལ་ཚེ། དྲི་མ་མེད་པའི་དེ་བཞིན་ཉིད་དམ། གཉུག་སེམས་སམ་གསལ་རིག་སེམས་ཀྱི་རང་བཞིན་འོད་གསལ་གྱི་ངོ་བོར་གནས་ཡོངས་སུ་འགྱུར་བར་བཞེད་དོ། །

ཐེག་པ་ཆེན་པོའི་སེམས་ཀྱི་རང་བཞིན་བསྟན་པའི་རྣམ་གཞག་ཕལ་མོ་ཆེ་རྒྱུད་བླའི་བསྟན་བཅོས་ཀྱི་དགོངས་པར་གཏུགས་པ་འདྲ་མོད། ཐལ་འགྱུར་པའི་ལུགས་ཕལ་མོ་ཆེས་བྱང་ཆུབ་སེམས་འགྲེལ་གྱི་དགོངས་པ་རྩ་བར་བཟུང་ངོ་། །བསྟན་བཅོས་འདི་ནི་སློབ་དཔོན་ཀླུ་སྒྲུབ་ཀྱིས"སྒོམ་པས་ཉམས་སུ་མྱོང་བྱའི་སྟོང་པ་ཉིད་གཙོ་བོར་སྟོན་པ་བྱང་ཆུབ་སེམས་འགྲེལ་དང་། སེམས་ཀྱི་རྡོ་རྗེ་ལ་བསྟོད་པ་སོགས་ཐ་མར་མཛད"[①]ཅེས་གསུངས་པ་ལྟར། སེམས་ཀྱི་རང་བཞིན་བདེན་པར་མ་གྲུབ་པར་སྟོང་པའི་ངོ་བོ་སྟེ། འདི་ནི་སྐྱེ་འགག་གི་རང་བཞིན་མེད་པ་ཉིད་སྟོན་ཕྱིར་ཕྱི་མར་མཛད་པ་ཞིག་གོ།

① པཎ་ཆེན་ཤཱཀྱ་མཆོག་ལྡན། 《ལྟ་བའི་སྙིང་ལས་འཕྲོས་པའི་མཁས་པའི་ལེགས་བཤད་གཅེས་སྒྲིག》[M]སེར་གཙུག་དཔེ་རྙིང་འཚོལ་བསྡུ་ཁྲིགས་བསྒྲིགས་ཁང་། ༤༧༧

དེའང་“རང་སེམས་གདོད་ནས་མ་སྐྱེས་པ། །སྟོང་པ་ཉིད་ཀྱི་རང་བཞིན་ནོ་”① ཞེས་པ་དང་། “སྟོང་པ་མཁའ་དང་མཚུངས་པར་མཁྱེན་”②ཞེས་གསུངས་པ་ལྟར། སེམས་གདོད་མ་ནས་རང་བཞིན་གྱིས་མ་སྐྱེས་པས་བདེན་པར་མ་གྲུབ་ན། སྟོང་པ་ནམ་མཁའི་རང་བཞིན་དང་འདྲ་བར་བསྟན་ནོ། །

འོ་ན་ཀུན་རྫོབ་ཀྱི་ངོར་རྣམ་རྟོག་གི་བྱ་བྱེད་ཇི་ལྟར་འཐད་ཅེ་ན། “སེམས་ནི་མེད་ཀྱང་གཡོ་བར་གྱུར། །...... སེམས་ནི་མིང་ཙམ་ཡིན་པ་སྟེ། །མིང་ལས་གཞན་དུ་འགའ་ཡང་མེད། །མིང་ཙམ་དུ་ནི་རྣམ་རིག་བལྟ། །མིང་ཡང་རང་བཞིན་མེད་པ་ཡིན་”③ཞེས་སེམས་རང་བཞིན་གྱིས་མ་སྐྱེས་ཀྱང་། མིང་ཙམ་བཏགས་ཡོད་དབང་གིས་རྣམ་རྟོག་གི་བྱ་བྱེད་འཐད་ཅིང་། ཀུན་གཞི་རྣམ་ཤེས་དང་། ཡིད་ཀྱི་རྣམ་ཤེས་སོགས་ཀྱང་འཐད་པར་འཇོག་གོ། འོན་ཀྱང་མིང་ཡང་རང་བཞིན་གྱིས་མ་གྲུབ་པས། སེམས་ཙམ་པའི་ཀུན་གཞི་རྣམ་ཤེས་དང་། རང་རྒྱུད་པའི་ཡིད་ཀྱི་རྣམ་ཤེས་ལྟ་ཅི། སེམས་ཉིད་ཀྱང་“རྒྱལ་བ་རྣམས་ཀྱིས་སེམས་མ་རྙེད། །དེའི་ཕྱིར་སྒྱུ་མའི་རང་བཞིན་སེམས། །ཁ་དོག་དབྱིབས་ཀྱི་དབྱེ་བའམ། །གཟུང་བ་དང་ནི་འཛིན་པའམ། །སྐྱེས་པ་བུད་མེད་མ་ནིང་སོགས། །ངོ་བོ་སེམས་ནི་གནས་པ་མིན་”④ ཞེས་རྟེན་འབྲེལ་སྒྱུ་མའི་ངང་ཚུལ་གྱིས་ཅིར་ཡང་སྣང་མོད། དོན་དམ་དཔྱོད་པའི་རིགས་ངོར་སེམས་ནི་དབྱིབས་དང་། ཁ་དོག གཟུང་འཛིན་སོགས་ལས་འདས་ཏེ།

① སློབ་དཔོན་ཀླུ་སྒྲུབ། 《དབུ་མ་རིགས་པའི་ཚོགས་དྲུག་དང་བྱང་ཆུབ་སེམས་འགྲེལ་བཞུགས་སོ་》(M)བོད་ལྗོངས་མི་དམངས་དཔེ་སྐྲུན་ཁང་། ༤༡༣༨

② སློབ་དཔོན་ཀླུ་སྒྲུབ། 《དབུ་མ་རིགས་པའི་ཚོགས་དྲུག་དང་བྱང་ཆུབ་སེམས་འགྲེལ་བཞུགས་སོ་》(M)བོད་ལྗོངས་མི་དམངས་དཔེ་སྐྲུན་ཁང་། ༤༡༥༣

③ སློབ་དཔོན་ཀླུ་སྒྲུབ། 《དབུ་མ་རིགས་པའི་ཚོགས་དྲུག་དང་བྱང་ཆུབ་སེམས་འགྲེལ་བཞུགས་སོ་》(M)བོད་ལྗོངས་མི་དམངས་དཔེ་སྐྲུན་ཁང་། ༤༡༥༣

④ སློབ་དཔོན་ཀླུ་སྒྲུབ། 《དབུ་མ་རིགས་པའི་ཚོགས་དྲུག་དང་བྱང་ཆུབ་སེམས་འགྲེལ་བཞུགས་སོ་》(M)བོད་ལྗོངས་མི་དམངས་དཔེ་སྐྲུན་ཁང་། ༤༡༥༣

སྟོང་པའི་རང་བཞིན་འབའ་ཞིག་ཡིན་པར་གསུངས་སོ། །

སེམས་ཀྱི་རང་བཞིན་མཐར་གཏུགས་ན། "སེམས་ལ་དམིགས་པ་མེད་པ་ཡི། །གནས་པ་ནམ་མཁའི་མཚན་ཉིད་ཡིན་" ཞེས་དགེ་མི་དགེ་ལུང་མ་བསྟན་གསུམ་གང་དུའང་མ་དམིགས་ཤིང་། སྟོང་པ་འགྱུར་མེད་ནམ་མཁའི་མཚན་ཉིད་དང་མཚུངས་ཤིང་། "ཐོག་མ་ཉིད་ནས་སེམས་ཀྱི་ནི། །རང་བཞིན་རྟག་ཏུ་མེད་པར་གྱུར་" ཅེས་གདོད་མ་ནས་སྐྱེ་འགག་གི་རང་བཞིན་དུ་མ་གྲུབ་པའི་ངོ་བོར་གསུངས་སོ། །

 གཞིར་"ཀུན་རྫོབ་ཉོན་མོངས་ལས་ལས་བྱུང་། །ལས་ནི་སེམས་ལས་བྱུང་བ་ཡིན། །སེམས་ནི་བག་ཆགས་རྣམས་ཀྱིས་བསགས། །བག་ཆགས་བྲལ་ན་བདེ་བ་སྟེ། །བདེ་བའི་སེམས་ནི་ཞི་བ་ཉིད་"①ཅེས་གསུངས་པ་ལྟར། ཐོག་མ་མེད་པའི་བག་ཆགས་སེམས་ཀྱི་རང་བཞིན་དུ་མ་ཞུགས་པའི་ཕྱིར་དེ་དང་བྲལ་ན་ཞི་བ་སྟེ། "མཚན་མ་མེད་དང་དོན་དམ་ཉིད། །བྱང་ཆུབ་སེམས་མཆོག་དེ་ཉིད་དང་། །སྟོང་ཉིད་དུ་ཡང་བཤད་པ་ཡིན་"②ཞེས་སེམས་སྟོང་པའི་རང་བཞིན་དང་། ཡུལ་སྟོང་པའི་རང་བཞིན་ངོ་བོ་དབྱེར་མེད་དམ་རོ་གཅིག་འདྲེས་པའི་བླ་ན་མེད་པའི་བྱང་ཆུབ་ཀྱི་གོ་འཕང་ཐོབ་པར་བཞེད་དོ། །

ལུགས་འདིས་སེམས་ཀྱི་རང་བཞིན་བདེན་པར་མ་གྲུབ་པས། གདོད་མ་ནས་སྐྱེ་འགག་གི་ཆ་དང་བྲལ་བ། འདི་ནི་སྟོང་པ་འགྱུར་མེད་ནམ་མཁའི་མཚན་ཉིད་དང་མཚུངས་པར་བསྟན་ནོ། །

---

① སློབ་དཔོན་ཀླུ་སྒྲུབ། 《དབུ་མ་རིགས་པའི་ཚོགས་དྲུག་དང་བྱང་ཆུབ་སེམས་འགྲེལ་བཞུགས་སོ་》(M)བོད་ལྗོངས་མི་དམངས་དཔེ་སྐྲུན་ཁང་། ཤ༡༩༦-༡༩༧

② སློབ་དཔོན་ཀླུ་སྒྲུབ། 《དབུ་མ་རིགས་པའི་ཚོགས་དྲུག་དང་བྱང་ཆུབ་སེམས་འགྲེལ་བཞུགས་སོ་》(M)བོད་ལྗོངས་མི་དམངས་དཔེ་སྐྲུན་ཁང་། ཤ༡༩༧

ཕྱིས་གྲུབ་མཐའ་སྨྲ་བ་ཕལ་མོ་ཆེས་རྒྱུད་བླའི་བསྟན་བཅོས་ཀྱི་དགོངས་འགྲེལ་དང་། བསྟོད་ཚོགས་ཀྱི་རྗེས་སུ་འབྲངས་ཏེ། སེམས་ཀྱི་རང་བཞིན་སོ་སོའི་གྲུབ་མཐའི་རང་ལུགས་ལྟར་སྨྲ་བ་སྟེ། ཡོངས་གྲགས་སུ་སྙིང་མའི་རྫོགས་པ་ཆེན་པོ་དང་། བཀའ་བརྒྱུད་ཀྱི་ཕྱག་རྒྱ་ཆེན་མོ། ས་སྐྱའི་གསལ་སྟོང་འཛིན་མེད། ཇོ་ནང་གི་གཞན་སྟོང་བདེ་གཤེགས་སྙིང་པོ། དགེ་ལུགས་ཀྱི་ཕྱག་ཆེན་ལ་སོགས་པའི་དགོངས་པའི་ཕྱག་སྲོལ་ལས། སེམས་ཀྱི་རང་བཞིན་འོད་གསལ་བ་དང་། གསལ་རིག སྟོང་པ་བཅས་ཀྱི་རང་བཞིན་ཏེ། རང་བཞིན་རྣམ་དག་ཁོ་ནར་བཞེད་དོ། །ཇོ་བྲག་ཏུ་ཀུན་མཁྱེན་ཇོ་ནང་ཆེན་པོའི་གཞན་སྟོང་ལུགས་ཀྱིས་གཞན་དབང་བདེན་མེད་སྟོབས་ཀྱིས་སེམས་ཀྱི་རང་བཞིན་རྟག་པར་སྨྲ་བ་རང་སྡེའི་གྲུབ་མཐའི་ལྟ་གྲུབ་ལས་ཐུན་མོང་མ་ཡིན་པར་སྨྲོའོ། །འདི་དག་ནི་ཐལ་འགྱུར་པའི་ལུགས་ཀྱིས་བཞེད་པའི་སེམས་ཀྱི་རང་བཞིན་བསྟན་པའི་གྲུབ་མཐའི་རྣམ་གཞག་གོ།

མདོར་ན་མདོན་པ་གོང་འོག་ལུགས་ཀྱི་བློ་རིག་གི་རྣམ་གཞག་དང་། བདེ་གཤེགས་སྙིང་པོའི་རྣམ་གཞག བྱང་ཆུབ་སེམས་འགྲེལ་གྱི་དགོངས་པ་བཅས་སུ་སེམས་ཀྱི་རང་བཞིན་རྒྱ་ཆེར་བསྟན་ཅིང་། ཐུན་མོང་གི་བཞེད་ཚུལ་ལྟར་ན། སེམས་ཀྱི་རང་བཞིན་ནི་གསལ་རིག་དང་། འོད་གསལ། སྟོང་པའི་རང་བཞིན་འབའ་ཞིག་སྟེ། རང་བཞིན་རྣམ་དག་ལས་མ་འདས་སོ། །ཁྱད་པར་དུ་རྒྱུད་བླའི་བསྟན་བཅོས་སུ་བདེ་གཤེགས་སྙིང་པོ་ཞེས་བྱ་བ་མིའི་འགྲོ་བ་ལྟ་ཅི། སེམས་ཅན་གྱི་རིས་སུ་གྱུར་བ་ཐམས་ཅད་ཀྱི་རྒྱུད་དུ་ཉོན་མོངས་པའི་དྲི་མ་གློ་བུར་བས་བསྒྲིབས་པའི་དྲི་བཅས་ཀྱི་སེམས་ཏེ། མ་དག་པའི་གནས་སྐབས་ཀྱི་སེམས་ཀྱི་རང་བཞིན་འོད་གསལ་བ་འདི་ཉིད་གདོད་མ་ནས་རང་ཆས་སུ་ཡོད་པར་བསྟན་ན། མིའི་འགྲོ་བའི་མ་བཅོས་མི་གཞི་ཡང་གདོད་མ་ནས་དྲི་མེད་ཀྱི་ངོ་བོར་གནས་པའི་རང་བཞིན་རྣམ་དག

ཏུ་བཞེད་པ་ཐེག་ཆེན་གྲུབ་མཐའ་སྨྲ་བ་ཐུན་མོང་གི་དགོངས་པའོ། །དེ་ལྟ་བུའི་སེམས་ཀྱི་རང་བཞིན་དྲི་མེད་དུ་སྨྲ་བའི་རྣམ་གཞག་ནི་སྐབས་བབ་ཀྱི་གཏན་གྱི་འདུན་མའི་ཟབ་དོན་དང་ཁ་འཁྲིད་པའི་མ་བཅོས་མི་གཞིའམ། མིའི་གཞུག་གཤིས་ཉག་གཅིག་གོ།

གཉིས། དད་པའི་སྤྱི་བཤད།

དད་པ་ནི་ཤེས་རབ་ལས་ཀྱང་འདས་པའི་སྙིང་རྗེའི་རང་བཞིན་གྱི་སེམས་བྱུང་ཡང་དག་ཅིག་སྟེ། སེམས་དགེ་བའི་ངོ་བོར་དམིགས་པའི་འདུན་པའི་རྟེན་ནོ། །འདི་ནི་ཡིད་ཆེས་པ་དང་། དང་བ། འདོད་པ་སྟེ། འདུན་པའི་རྟེན་བྱེད་པའི་ལས་ཅན་ནོ། །སྤྱིར་ཆོས་ལུགས་དང་། ཆོས་ལུགས་རིག་པའི་གཞུང་ནས་བསྟན་པའི་རྣམ་གཞག་ཅིག་ཡིན་ན། འདིར་ཆོས་ལུགས་རིག་པ་དང་། ནང་བསྟན་ཆོས་ལུགས་ཀྱི་ལྟ་གྲུབ་ལྟར་སོ་སོར་འཆད་པར་འགྱུར་རོ། །

7 ཆོས་ལུགས་རིག་པའི་འདོད་ཚུལ།

ཆོས་ལུགས་རིག་པ་ནི་ཆོས་ལུགས་ཀྱི་རྩ་བའི་རྣམ་གཞག་གི་རྨང་གཞིར་མི་རང་མཚན་པའི་མིའི་གོ་བབ་དང་། མིའི་འགྲོ་བའི་མི་ཚེའི་རིན་ཐང་ལྟ་བ་རྩད་ཞིབ་བྱས་ཏེ། མི་ཚེའི་སྙིང་པོ་འཚོལ་ཞིབ་དང་། སྐྱེ་འཆིའི་སྡུག་བསྔལ་བཟློག་ཕྱིར། མི་ལྟེ་བར་སྨྲ་བའི་རིགས་པ་དང་གཞུ་ཁ་སྦྱར་ཚུལ་གྱིས་ཆོས་ལུགས་རིག་གནས་རིག་པའི་ལྟ་གྲུབ་སྙིང་པོར་སྨྲ་བའི་རིགས་པའི་རྣམ་གཞག་ཅིག་གོ།

ནུབ་ཕྱོགས་སུ་དར་བའི་ལོ་རྒྱུས་སྟེ་ཞིང་། ཕལ་མོ་ཆེས་ཆོས་ལུགས་རིག་གནས་རིག་པ་སྟེ། ལྷ་ཆོས་རིག་གནས་ཀྱི་རྩ་བའི་གྲུབ་ཆར་མི་དང་རིག་གནས་ལྟོས་གྲུབ་

ཏུ་སྨྲས་ཏེ། དམ་པའི་ལྷ་ཆོས་ཀྱི་མི་ཚེའི་རིན་ཐང་ལྟ་བ་ལས་འཇིག་རྟེན་མི་ཆོས་ཀྱི་གནས་ལུགས་དང་མཐུན་པའི་མི་རང་མཚན་པའི་འཕྲུལ་ཐུགས་འདི་ཕྱིའི་བདེ་བ་དོན་གཉེར་གྱི་རིགས་པའི་རྣམ་གཞག་ཅིག་ཏུ་བཞེད་དོ། །

སྤྱིར་དམ་པའི་ལྷ་ཆོས་ཀྱི་སྙིང་པོ་དཀོན་མཆོག་དང་། འཇིག་རྟེན་མི་ཆོས་ཀྱི་སྙིང་པོ་མི་རང་མཚན་པ་ལྟེ་བར་སྨྲ་མོད། རྩ་བའི་ལྟ་གྲུབ་ཆོས་ལུགས་ཀྱི་རྣམ་གཞག་དང་མཐུན་ཞིང་། ཡོངས་གྲགས་ཀྱི་གཏན་གྱི་འདུན་མ་མཐར་ཐུག་གི་གྲུབ་དོན་དུ་བཞེད་དོ། །ལུགས་འདིས་དད་པ་ནི་དངོས་པོའི་གཤིས་ལུགས་དཔྱོད་བྱེད་ཀྱི་རིགས་ཤེས་དང་། འདུན་པའི་རྟེན་གྱི་ལས་ཅན་ཏེ། དད་པའི་སེམས་ཁྱུང་གི་རྟེན་ཡིན་པ་གང་ཞིག མིའི་འགྲོ་བ་ཐུན་མོང་གི་རྣམ་ཤེས་ངོའི་དགེ་བར་དམིགས་པའི་འདུན་པའི་རྟེན་གྱི་སེམས་ཁྱུང་ཡང་དག་ཅིག་ཏུ་བཞེད་དོ། །

རིགས་པའི་ས་བོན་ནི་ཡི་ཤུའི་ཆོས་ལུགས་ཀྱི་ལྟ་གྲུབ་སྟེ། "ཡོངས་གྲགས་ཀྱི་ཆོས་ལུགས་ལ་རྩ་བའི་གོ་དོན་གཉིས་ཏེ། གཅིག་ནི་ཡ་ཧུ་ད་པའི་ཆོས་ལུགས་དང་། ཡི་ཤུའི་ཆོས་ལུགས། རྒྱ་གར་གྱི་ཆོས་ལུགས་བཅས་སྲོལ་རྒྱུན་ཆོས་ལུགས་ཁག་དང་། གཅིག་ཤོས་ནི་མིའི་དད་པའི་བག་ཆགས་ལ་གོ་" [1]ཞེས་གསུངས་པ་ལྟར། ཆོས་ལུགས་ནི་དད་པའི་ངོ་བོར་དཔྱོད་བྱེད་ཀྱི་རིགས་པའི་རྣམ་གཞག་ཡིན་པ་གང་ཞིག དད་པ་ནི་ཆོས་ལུགས་ཀྱི་རྩ་བའི་ལྟ་གྲུབ་ཏུ་བཞེད་དོ། །ཡི་ཤུའི་ཆོས་ལུགས་ལྟར་ན། "དད་པའི་ངོ་བོ་ནི་བྱམས་པ་དང་བཀའི་བདག་ཉིད་" [2]ཅེས་"རྣམ་ཤེས་དང་སྐྱི་བ་སྔ་ཕྱི་ཡོད་མེད་དཔྱོད་བྱེད་ཀྱི་སེམས་ཁྱུང་ཁྱད་པར་བ་ཞིག་" [3]དང་། "ལྷའམ་

① 张志刚：《宗教学是什么》，〔M〕北京大学出版社2008/4第2版，P6

② 张志刚：《宗教学是什么》，〔M〕北京大学出版社2008/4第2版，P312

③ 罗素：《宗教与科学》，〔M〕商务印书馆2015/5第4版，P52

དཀོན་མཆོག་གི་བྱམས་པ་རྗེས་སུ་སྙོང་བའི་དྲན་པའོ་”①ཞེས་ཡེ་ཤུ་པ་ཐུན་མོང་གིས་བྱམས་པ་དང་བཀའི་ངོ་བོར་དམིགས་པའི་དགེ་བའི་སེམས་བྱུང་དུ་བཞེད་དོ། །འདི་ནི་ཆོས་ལུགས་ཀྱི་དད་པའི་རྣམ་པ་ཐོག་མའོ། །

ཅི་སྟེ་དད་པ་བྱ་བའི་དགེ་བར་དམིགས་པའི་སེམས་བྱུང་ཁྱད་པར་བ་འདི་མེད་ཚེ། རྣམ་ཤེས་དང་། སྐྱེ་བ་སྔ་ཕྱི། ལས་འབྲས་སོགས་ཆད་པར་ལྟ་བའི་ལུགས་སུ་གྲགས་པ་སྟེ། “ཡེ་ཤུའི་དུས་རབས་ཀྱི་ཡ་ཧུ་ད་པའི་ཕྱ་རི་སེཙུ་སེ་པས་རྣམ་ཤེས་ཡོད་པར་འདོད་ཅིང་། སད་ཧུ་ཁེ་སེ་པས་རྣམ་ཤེས་མེད་པར་འདོད་”②ཅེས་གསུངས་པ་ལྟར། སྤྱི་ལོའི་དུས་རབས་གཉིས་པའི་གོང་གི་སད་ཧུ་ཁེ་སེ་པ་ལྟ་བུའི་ཡེ་ཤུའི་ཆོས་ལུགས་ཀྱི་གྲུབ་མཐའ་འདི་བཞིན་ནོ། །ལུགས་འདིས་རྣམ་ཤེས་དང་། སྔང་དོར། ལས་འབྲས། ཐར་པ་སོགས་མེད་པར་སྨྲ་ཞིང་། དབང་དང་འབྱོར་པ་མཚན་སྙན་མི་ཚེའི་སྙིང་པོར་རློམ་སྟེ། ཚེ་འདིའི་བདེ་བ་དོན་གཉེར་ཕྱིར་སྙིང་རྗེའི་རང་བཞིན་བྲལ་བའི་ཐྭ་ཐློའི་རྩུབ་སྤྱོད་ཀྱིས་ལས་འབྲས་མཆིལ་མ་ལྟར་དོར་རོ། །རྩ་བ་ནི་དགེ་བར་དམིགས་པའི་འདུན་པའི་རྟེན་གྱི་ལས་ཅན་གྱི་དད་པའི་སེམས་བྱུང་མེད་པའི་ཕྱིར་རོ། །དེ་འདྲའི་གྲུབ་མཐའ་ངན་པས་བློ་བསྒྱུར་བ་གང་ཞིག་ནི་ཤིན་ཏུ་ཐ་ཆད་པས། དེ་དང་འགྲོགས་ཡུན་རིང་ན་རང་གཞན་ལྟ་ཅི། ལུགས་ཟུང་གི་རིན་ཐང་ལྟ་བའང་ཕྱིན་ཅི་ལོག་ཏུ་གྱུར་བ་མཐོང་ཆོས་སུ་གྱུར་ན། ཐམས་ཅད་ཀྱིས་བག་ཟོན་བྱའོ། །

འོ་ན་ཡེ་ཤུའི་ཆོས་ལུགས་ཀྱི་དད་པའི་ངོ་བོ་གང་ཡིན་ཞེ་ན། དེའང་རྣམ་ཤེས་ཁས་ལེན་གྱི་རྩ་བར་སྐྱེ་བ་སྔ་ཕྱི་དང་། ལས་འབྲས་འདོད་ཅིང་། བྱམས་དང་སྙིང་རྗེ་ལྟ་བུ་དགེ་བར་དམིགས་པའི་སེམས་བྱུང་ལ་ཟེར། གཙོ་བོ་ནི་ཡེ་ཤུའི་ཆོས་ལུགས་ཀྱི་ཚད་མེད་སྙིང་རྗེ་སྟེ། དད་པ་དང་། འདུན་པ། བྱམས་པ་བཅས་ཀྱི་སེམས་བྱུང་

① 段德智：《哲学的宗教纬度》，〔M〕商务印书馆2014/10第1版，P326

② 罗素：《宗教与科学》，〔M〕商务印书馆2015/5第4版，P77

གི་ངོ་བོར་གྱུར་ཅིང་། མིའི་འགྲོ་བའི་གཞན་དོན་གྱི་ཁུར་ཐེག་བཟོད་པའི་དགེ་བའི་སེམས་བྱུང་ཞིག་གོ། ཆོས་ལུགས་རིག་པའི་དད་པའི་ལྟ་གྲུབ་ཀྱང་རྩ་བ་འདི་ལས་བསྐྲིངས་པའི་འབྲུ་གུ་སྟེ། འབྲས་སྨུག་ལྟ་བུའི་རྒྱུ་འབྲས་ཀྱི་འབྲེལ་བར་གྱུར་པོ། །

སྤྱིར་ཤར་ནུབ་ཆོས་ལུགས་ཐུན་མོང་གི་དད་པའི་རྩ་བ་དང་ལྡན་པའི་སེམས་བྱུང་ཁྱད་པར་བ་ཞིག་ལ་ཐུག་ན། ཆོས་ལ་ལྷག་བསམ་དག་མིན་དང་། ལྟ་གྲུབ་དག་མིན་གྱི་རྩ་བ་དད་པར་རག་ལས་པ་གང་ཞིག དད་ལྡན་པའི་མི་འབོར་ལའང་འབྲེལ་བ་དམ་ཟབ་ཡོད་པ་གོར་མ་ཆག

འདིར་འཛམ་གླིང་ཆོས་ལུགས་ཀྱི་དད་ལྡན་པའི་མི་འབོར་རག་རྩིས་ཕྱོགས་སྡོམ་གྱི་དཔྱད་གཞིའི་རྒྱུ་ཆ་དྲངས་ན། "༡༩༩༨ལོར་རག་རྩིས་བྱས་པ་ལྟར་ན། ཆོས་ལུགས་ཁག་གི་དད་ལྡན་པས་འཛམ་གླིང་མི་འབོར་གྱི་ལྔ་ཆ་བཞི་ཟིན་ཞིང་། བྱེ་བྲག་ཏུ་ཆོས་ལུགས་ཆེན་པོ་གསུམ་གྱི་དད་ལྡན་པའི་མི་འབོར་ཏེ། ཡེ་ཤུའི་དད་ལྡན་པ་དུང་ཕྱུར་༡༩.༥༥ཡིས་འཛམ་གླིང་མི་འབོར་གྱི༣༣.༧%དང་། ཁ་ཆེའི་དད་ལྡན་པ་དུང་ཕྱུར་༡༡.༢༧ཡིས་འཛམ་གླིང་མི་འབོར་གྱི༡༩.༩% སངས་རྒྱས་ཆོས་ལུགས་ཀྱི་དད་ལྡན་པ་དུང་ཕྱུར༣.༡༡ཡིས་འཛམ་གླིང་མི་འབོར་གྱི༦%བཟུང་ཞིང་། ༢༠༠༡ལོར་རག་རྩིས་བྱས་པ་ལྟར་ན། འཛམ་གླིང་མི་འབོར་དུང་ཕྱུར༦༡.༢༤ལས་ཡེ་ཤུའི་དད་ལྡན་པ་དུང་ཕྱུར༢༠.༢༩དང་། ཁ་ཆེའི་དད་ལྡན་པ་དུང་ཕྱུར༡༢.༡༣ སངས་རྒྱས་པའི་དད་ལྡན་པ་དུང་ཕྱུར༣.༦༣བཟུང་"[①]ཞེས་པ་ལས་འཛམ་གླིང་མི་འབོར་གྱི་ལྔ་ཆ་བཞི་ཆོས་ལུགས་དད་ལྡན་པ་ཡིན་པར་གཞི་གྲུབ་བོ། །དེའི་ཕྱིར་ཆོས་ལུགས་ཁག་གི་དད་ལྡན་པས་རང་ལུགས་ཀྱི་ལྟ་གྲུབ་ལྟར་དགེ་སྡིག་ལས་འབྲས་མིག་འབྲས་ལྟར་སྲུང་ཞིང་། དགེ་བའི་ངོ་བོར་བཅས་པའི་བྱམས་དང་སྙིང་རྗེའི་རང་བཞིན་དུ་གྱུར་

① 张志刚：《宗教学是什么》，〔M〕北京大学出版社2008/4第2版，P11-12

བའི་དད་པའི་སེམས་བྱུང་ལ་དམིགས་ཏེ། མིའི་འགྲོ་བ་ཐུན་མོང་གི་གཞན་དོན་གྱི་ཁུར་ཐེག་བཟོད་པ་གདོན་མི་ཟའོ། །འདི་ལ་དད་པའི་སྟོབས་བྱ་བ་སྟེ། "མིའི་རང་རྟོན་གྱི་འདུན་པ་དང་། རང་སྟོབས་ཀྱི་དམིགས་པ། ལས་འབྲས་སྨྲུང་བའི་དད་པ་སྟེ། རྣམ་ཤེས་དང་། སྐྱེ་བ་སྔ་ཕྱི་ཡོད་པར་ཡིད་རྟོན་ཏེ། མེས་རབས་ལ་མཆོད་ཅིང་། བྱམས་དང་སྙིང་རྗེའི་རང་བཞིན་ལྡན་ཆེ། ཆོས་ལུགས་ཀྱི་དད་པ་གང་ཞིག་རྣམ་ཤེས་གསོ་སྐྱོང་གི་བདུད་རྩིར་འགྱུར་སྲིད་"[①]པར་གྲགས་སོ། །གོ་ཐོག་ན་ཡ་ཏུ་དཔའི་སད་ཏུ་ཁེ་སེ་པའི་རིགས་ལྟར་ཆེ་འདིའི་སློམས་ལས་འབའ་ཞིག་དོན་དུ་གཉེར་བ་ལས། བྱམས་དང་སྙིང་རྗེའི་དབང་གིས་དགེ་བར་དམིགས་པའི་དད་པའི་སྟོབས་ཀྱིས་ལས་འབྲས་སྨྲུང་བའི་གོ་སྐབས་ནམ་ཡང་མི་འཇུག་གོ།

ཡོངས་གྲགས་ཀྱི་དད་པའི་ཉམས་ཉེན་བྱ་བ་ནི་ཆོས་ལུགས་ཕྱོགས་རིས་སྨྲ་བའི་ཆགས་སྡང་དྲག་པོས་རང་གཞན་གྲུབ་མཐའ་རིས་སུ་བཅད་དེ། རང་སྡེ་མཆོག་ཏུ་ལྟ་ཞིང་། གཞན་སྡེར་སྡང་ཟུག་གིས་གཙེས་པའི་སྤྱོར་བ་སྐབས་བབ་ཀྱི་དད་པའི་ངོ་བོ་མ་ཡིན་ནོ། །དཔེར་ན། "ས་ཐན་དང་དཀོན་མཆོག་གཉིས་ཀྱི་མཐུ་དང་ནུས་པ་ཆེ་མོད། ས་ཐན་གྱིས་ནག་ཕྱོགས་སྐྱུང་ཞིང་། དཀོན་མཆོག་གིས་དཀར་ཕྱོགས་སྐྱོང་"[②]ཞེས་པའི་ལུང་གི་རྙེད་པ་འཐོབ་ཕྱིར་དཀོན་མཆོག་སྐྱབས་གནས་སུ་འཛིན་པའི་ཡེ་ཤུ་རྣམ་དག་པ་དང་། ས་ཐན་སྐྱབས་གནས་སུ་འཛིན་པའི་ཆོས་ལོག་པ་སོགས་ཡེ་ཤུའི་གྲུབ་མཐའ་ནང་ཁུལ་གྱི་དད་པའི་ཞེ་འཁོན་དྲག་པོ་ལྟ་བུའོ། །དེ་བཞིན་དུས་རབས་བར་མའི་ཕྱི་བའི་རིམས་ནད་དང་། ༡༩༤༨ལོའི་རིམས་ནད་ལ་སོགས་པ་ས་ཐན་གྱི་ངན་རྟགས་སུ་རློམ་སྟེ། གཏོ་ཆོག་གི་ཚེ་གར་"ཆོས་ལོག་པའི་གྲུབ་མཐའ་

① 张志刚：《宗教学是什么》，〔M〕北京大学出版社2008/4第2版，P89
② 罗素：《宗教与科学》，〔M〕商务印书馆2015/5第4版，P55

འཛིན་པའི་ཡ་ཧུ་ད་པ་ཁྲི་ཚོ་གཅིག་དང་ཉིས་སྟོང་དམར་གསོད་བཙམས་”①ཤིང་། ཡང་འབྱུང་བཞི་འཁྲུག་པའི་རང་བྱུང་གི་བགེགས་བར་མཁའ་འགྲོ་མ②ཡི་མཐུ་དང་ངན་སྔགས་ཀྱི་རྟགས་སུ་རྩོམ་སྟེ། “ཆོས་ལུགས་གསར་མའི་དད་ལྡན་པའང་གནམ་བདག་ཆོས་པ་ལྟར་མཁའ་འགྲོ་མར་རྣམ་པ་ཀུན་ཏུ་གཙེས་”③པའི་ཀླ་ཀློའི་རྒྱབ་སྐྱོད་སྲིལ་ལོ། །གཞན་ཡང་ཁ་ཆེའི་ཆོས་ལུགས་སྨྲ་བས་རང་སྡེའི་དད་པ་ཀུན་ཁྱབ་ཏུ་སྨྲ་ཞིང་། གཞན་སྡེར་སྡང་ཟུག་དྲག་པོས་དམག་འཁྲུག་གི་སྦྱོར་བ་བཙམས་པ་ལྟ་བུའོ། །འདི་དག་ནི་ཆོས་ལུགས་ཐུན་མོང་གི་རྩ་བའི་ལྟ་གྲུབ་ཀྱི་དད་པར་ལྟ་ཉེས་པའི་དད་པའི་ཉམས་ཉེན་ནོ། །

གོང་དུ་སྨོས་པ་ནི་ཡེ་ཤུའི་ཆོས་ལུགས་དང་། ལར་ནུབ་ཕྱོགས་ཆོས་ལུགས་ཐུན་མོང་གི་དད་པའི་ལྟ་གྲུབ་བོ། །ལུགས་འདིས་དད་པ་ནི་དགེ་བའི་ངོ་བོར་དམིགས་ཤིང་། རྣམ་ཤེས་དང་སྐྱེ་བ་སྔ་ཕྱི་ཡོད་མེད་དཔྱོད་བྱེད་ཀྱི་སེམས་བྱུང་ཡིན་པ་གང་ཞིག བྱམས་དང་སྙིང་རྗེའི་རང་བཞིན་གྱི་དགེ་བར་དམིགས་པའི་སེམས་བྱུང་ཡང་དག་ཅིག་ཏུ་བཞེད་དོ། །ངོ་བོ་ནི་རྣམ་ཤེས་ཁས་ལེན་གྱི་རྩ་བར་སྐྱེ་བ་སྔ་ཕྱི་དང་། ལས་འབྲས་འདོད་ཅིང་། དགེ་སྡིག་ལས་འབྲས་ཀྱི་རྣམ་གཞག་མིག་འབྲས་ལྟར་སྲུང་སྟེ། སྐྱེ་འཆིའི་སྡུག་བསྔལ་ཟློག་བྱེད་ཀྱི་ཐབས་སམ། དགེ་བར་དམིགས་པའི་སེམས་བྱུང་དུ་བཞེད་དོ། །འདི་ནི་དད་ལྡན་པའི་རྒྱུད་ཀྱི་མི་ཕྱེད་པའི་དད་པ་དག་སྣང་གི་སེམས་བྱུང་ཞིག་ཡིན་པ་གདོན་མི་ཟའོ། །

ཆོས་ལུགས་རིག་པ་ལྟར་ན། དད་པ་ནི་དད་ལྡན་པའི་རྒྱུད་ཀྱི་དགེ་བར་

① 罗素：《宗教与科学》，〔M〕商务印书馆2015/5第4版，P49

② མཁས་དབང་དགེ་འདུན་ཆོས་འཕེལ་གྱི་གསུང་སྒྲོས། མཁའ་འགྲོ་མ་ནི་རང་རེའི་སེམས་ལ་འཆར་ཚུལ་དང་ཡེ་མི་འདྲ། བུད་མེད་ངན་སྔགས་ཤེས་ཤིང་མི་ཤ་ཟ་བ་སོགས་བྱེད་པའི་མ་ཧུང་མཐར་ཐུག་ཅིག་ལ་འདོད།

③ 罗素：《宗教与科学》，〔M〕商务印书馆2015/5第4版，P54

དམིགས་པའི་སེམས་བྱུང་ཡིན་པ་རྩ་བར་འདོད་མོད། དད་ལྡན་པ་ཡིན་མིན་གྱིས་དད་པ་ཡོད་མེད་རྣམ་པར་མི་ཕྱེ་བ་སྟེ། "དད་པ་ནི་དད་ལྡན་པ་ཡིན་མིན་དང་། ཆོས་ལུགས་གང་ཞིག་ལ་དད་པ་ཡོད་མེད་ཀྱི་རྣམ་པས་མི་ཕྱེ་བ་སྟེ། དད་ལྡན་པ་ཞིག་ལ་ཆ་མཚོན་ན། རང་ཉིད་དད་ལྡན་པ་ཡིན་པ་ཙམ་གྱིས་དད་པ་ཡོད་པས་མི་ཁྱབ། དད་པ་ཡོད་མེད་ཀྱི་རྩ་བ་རྣམ་ཤེས་ངོར་དགེ་བར་དམིགས་པའི་སེམས་བྱུང་གི་རྟེན་ཡོད་མེད་ལ་རག་ལས་པའི་ཕྱིར།"①ཞེས་གསུངས་པ་ལྟར་དད་ལྡན་པ་ཙམ་མ་ཡིན་པའི་མིའི་འགྲོ་བ་ཐམས་ཅད་ཀྱི་རྒྱུད་དུ་མཆིས་པའི་དགེ་བར་དམིགས་པའི་སེམས་བྱུང་ཞིག་ཏུ་བཞེད་དོ། །

ཁྱད་པར་དུ་ཕོའུ་ཐི་ལི་ཆས"ཡོངས་གྲགས་ཀྱི་དད་པ་ཞེས་པ་ནི་གཏན་གྱི་འདུན་མའི་རྣམ་པའི་རིགས་ཤིག་གོ"②ཞེས་རྣམ་དཔྱོད་དང་། རིགས་ཤེས་ལས་འདས་པའི་སེམས་བྱུང་ཁྱད་པར་བ་ཞིག་སྟེ། གཏན་གྱི་འདུན་མ་དཔྱོད་བྱེད་ཀྱི་སྤྱོད་པ་རང་མཚན་པར་བཞེད་དོ། །ཡང་"དད་པ་ནི་མིའི་འགྲོ་བའི་རྣམ་ཤེས་ཀྱི་རྟེན་ཡིན"③ཞེས་རྣམ་དཔྱོད་ཀྱི་ཐབས་སུ་དད་པའི་སྤྱོད་པ་ལྟོས་གྲུབ་ཏུ་སྨྲ་བའོ། །

ཅི་སྟེ་ཤེས་རབ་རྩལ་གྱི་ཁོ་ལག་རྫོགས་ཀྱང་། དད་པའི་སྤྱོད་པ་ཐབས་སུ་མ་གྱུར་ན། གཏན་གྱི་འདུན་མའི་ཟབ་དོན་དཔྱོད་རྒྱུ་ལྟ་ཅི། ཆོས་ལུགས་ཀྱི་དགེ་སྡིག་ལྟ་བུའི་ལས་འབྲས་ཀྱི་རྣམ་གཞག་དང་། འཇིག་རྟེན་པའི་སྣང་ངོར་ལྟ་བུའི་མི་ཆོས་ཀྱི་རྣམ་གཞག་ཀྱང་ཁ་ནང་གི་མཆིལ་མ་ལྟར་འཕེན་ཏེ། ལུགས་གཉིས་ཀྱི་རྒྱུ་འབྲས་གོ་ལྡོག་པའི་ཟླ་ཟློའི་ཛུབ་སྤྱོད་མི་སྲིལ་མི་སྲིད་དོ། །དད་པ་ནི་མིའི་འགྲོ་བ་ཐུན་མོང་གི་རྣམ་ཤེས་ཀྱི་རྟེན་དང་། འདི་ཡང་དགེ་བར་དམིགས་པའི་སེམས་བྱུང་ཡིན་ན།

① 周国平：《人文精神的哲学思考》，〔M〕长江文艺出版社2014/6第1版，P160

② 张志刚：《宗教学是什么》，〔M〕北京大学出版社2008/4第2版，P272

③ 张志刚：《宗教学是什么》，〔M〕北京大学出版社2008/4第2版，P274

དགེ་བའི་བག་ཆགས་ཀྱིས་དཀར་པོའི་ལས་ལ་འཇུག་པ་དད་པའི་སྟོབས་སོ། །

ནེ་ཉེན་ཡན་སེ་མར་ཐེས་ཀྱང་"དད་པའི་སྤྱོད་བར'འདུན་པའི་སྤྱོབས་པ' མངའ་བ་སྟེ། དད་ལྡན་པས'གཏན་གྱི་འདུན་མའམ་མཐར་ཐུག་གི་གྲུབ་དོན' ལ་རྩེ་གཅིག་ཏུ་དམིགས་དུས། འདི་ནི་དབང་རྟུལ་དད་པའི་རྗེས་འབྲང་ལྟར་མིན་པར། 'དཀོན་མཆོག་གི་གོ་འཕང་གི་གྲུབ་དོན' འཐོབ་རྒྱུར་ཡིད་རྟོན་པའི་སེམས་བྱུང་རང་མཚན་པ་ཞིག་གོ" ①ཞེས་དད་པ་ནི་ཡུལ་ཅན་གྱི་དང་བ་དང་། མོས་པ་ཙམ་མ་ཡིན་པར་རྣམ་དཔྱོད་ཀྱི་ངོ་བོར་གྱུར་བའི་འདུན་པའི་རང་བཞིན་གྱི་དགེ་སེམས་སྟོབས་ཆེན་ཞིག་ཏུ་འདོད། འཇོན་ཧར་ཕྲོན་ཏ་ཧིག་ཁས་ཀྱང་"འཛམ་གླིང་གི་ཤེས་རིག་ཕལ་མོ་ཆེའི་རྩ་བ་དད་པ་མི་འདྲ་བར་ཐུག་ན། དེ་དག་ལ་དགེ་སྡིག་གི་སྣང་ཚུལ་སྣ་ཚོགས་མཆིས་སོ" ②ཞེས་དད་པ་དང་ཤེས་རིག་རྒྱུ་གཉིས་ཀྱི་རྣམ་པར་སྨྲའོ། །འདི་དག་ནི་ཆོས་ལུགས་རིག་པའི་མཁས་པ་རྣམ་གསུམ་གྱིས་བཞེད་པའི་དད་པའི་རྣམ་གཞག་གོ།

འོ་ན་དད་པ་དང་། ཤེས་རབ་ཀྱི་འགལ་འབྲེལ་ཇི་ལྟར་ཡིན་ཞེ་ན། འདི་ལ་ཕོའུ་ཐི་ལི་ཆས་"གཅིག ཤེས་རབ་ནི་དད་པའི་སྔོན་འགྲོ་སྟེ། ཤེས་རབ་ཅན་གང་ལ་གཏན་གྱི་འདུན་མའི་གྲུབ་དོན་མངའ་ལ། ཤེས་རབ་ཀྱི་སྟོབས་ཀྱི་དབང་པོས་མ་བཟུང་བའི་དད་པ་ནི་རང་ག་བའོ། །གཅིག་ཤོས། དད་པ་ནི་ཤེས་རབ་ལས་འདས་པ་སྟེ། ཤེས་རབ་ནི་ཚད་ཡོད་དང་། དད་པ་ནི་གཏན་གྱི་འདུན་མའི་གྲུབ་དོན་དཔྱོད་བྱེད་ཀྱི་སྤྱོད་བ་ཡིན་པས་སོ" ③ཞེས་རིགས་པའི་རྗེས་སུ་འབྲངས་པའི་ཡིད་ཆེས་ཀྱི་དད་པ་ཡིན་པ་གང་ཞིག ཤེས་རབ་ལས་ཀྱང་འདས་པའི་གཏན་གྱི་འདུན་མའི་གྲུབ་དོན་

① 张志刚：《宗教学是什么》，〔M〕北京大学出版社2008/4第2版，P361

② 张志刚：《宗教学是什么》，〔M〕北京大学出版社2008/4第2版，P328

③ 张志刚：《宗教学是什么》，〔M〕北京大学出版社2008/4第2版，P275

དཔྱོད་བྱེད་ཀྱི་སྒྲོང་བ་རང་མཚན་པ་སྟེ། མཐར་ཐུག་གི་ཞེ་འདོད་དཔྱོད་བྱེད་ཀྱི་སྒྲོང་བ་ཚད་མས་གྲུབ་པ་ཞིག་ཏུ་བཞེད་ཅིང་། ཡང་“དད་པ་དང་ཤེས་རབ་འགལ་བ་མེད་པ་སྟེ། ཡིན་ཁྱབ་མཉམ་དུ་འདོད་”①ཅེས་ལྟོས་གྲུབ་ཀྱི་ངོ་བོར་སྨྲའོ། །

ལུགས་འདིའི་ལྟ་གྲུབ་ཀྱི་རྩ་བའང་“ཡོངས་གྲགས་ཀྱི་ཆོས་ལུགས་ཀྱི་དད་པ་ནི་མིའི་འགྲོ་བའི་ཤེས་པའི་ཐུན་མིན་གྱི་ནུས་པ་མིན་པར། གང་དེའི་རྐྱེན་གྱི་དམ་པའོ་”②ཞེས་པ་དང་། “ཆོས་ལུགས་ཀྱི་དད་པའི་དམིགས་པ་ནི་མིའི་འགྲོ་བའི་ཤེས་པས་མཐར་ཐུག་གི་ཞེ་འདོད་དམ། གཏན་གྱི་འདུན་མའི་གྲུབ་དོན་དཔྱོད་ཐུབ”③ཅེས་གསུངས་པ་ལྟར། ཆོས་ལུགས་ཀྱི་དད་པའི་རྩ་བའི་རྣམ་གཞག་ཁས་བླངས་ཏེ། ཤེས་རབ་བམ་རིགས་ཤེས་ཀྱི་ངོ་བོར་གྱུར་ཅིང་། དེ་ལས་ཀྱང་འདས་པའི་གཏན་གྱི་འདུན་མའི་གྲུབ་དོན་དཔྱོད་བྱེད་ཀྱི་སྒྲོང་བ་རང་མཚན་པར་བཞེད་དོ། །

མདོ་དོན་གྱི་སྙིང་པོ་ལྟར་ན། ཕོའུ་ཐི་ལི་ཆས“དད་པ་ནི་རྟོག་མེད་ཤེས་པ་དང་། རྟོག་པའི་ངོར་མ་གྲུབ་ཅིང་། འདི་ནི་ཤེས་རབ་དང་ཡིན་ཁྱབ་མཉམ་ཡིན་པ་གང་ཞིག དེ་ལས་ཀྱང་འདས་པའི་གཏན་གྱི་འདུན་མ་དཔྱོད་བྱེད་ཀྱི་སྒྲོང་བ་རང་མཚན་པ་”ཡིན་པར་བཞེད། འདི་ནི་ཆོས་ལུགས་རིག་པའི་སྟེར་བཞེད་པའི་ཡོངས་སུ་གྲགས་པའི་དད་པའི་རྣམ་གཞག་གོ།

ལུགས་འདིས་དད་པ་ནི་མིའི་རྣམ་ཤེས་ཀྱི་རྟེན་དང་། ཤེས་རིག་གི་རྩ་བར་འདོད་ཅིང་། འདི་ནི་ཤེས་རབ་བམ། རིགས་ཤེས་དང་ཡིན་ཁྱབ་མཉམ་ཡིན་པ་གང་ཞིག དེ་ལས་ཀྱང་འདས་པའི་གཏན་གྱི་འདུན་མ་དཔྱོད་བྱེད་ཀྱི་སྒྲོང་བ་རང་མཚན་པར་བཞེད་དོ། །

① 张志刚：《宗教学是什么》，〔M〕北京大学出版社2008/4第2版，P275

② 张志刚：《宗教学是什么》，〔M〕北京大学出版社2008/4第2版，P277

③ 张志刚：《宗教学是什么》，〔M〕北京大学出版社2008/4第2版，P278

མདོར་ན་ཡེ་ཤུའི་ཆོས་ལུགས་ཀྱིས་རྣམ་ཤེས་ཁས་ལེན་གྱི་རྩ་བར་སྐྱེ་བ་སྔ་ཕྱི་དང་། ལས་འབྲས་འདོད་ཅིང་། བྱམས་དང་སྙིང་རྗེ་ལྟ་བུ་དགེ་བར་དམིགས་པའི་སེམས་བྱུང་དད་པའི་ངོ་བོར་བཞེད་དོ། །འདི་ནི་དད་ལྡན་པའི་རྒྱུད་ཀྱི་སེམས་བྱུང་ཕོ་ནར་སྨྲོ། །ཆོས་ལུགས་རིག་པས་དད་པ་ནི་དད་ལྡན་པ་ཕོ་ནའི་རྒྱུད་ཀྱི་སེམས་བྱུང་ཙམ་ལ་མི་འདོད་པར། མིའི་འགྲོ་བ་ཐུན་མོང་གི་རྣམ་ཤེས་ངོའི་དགེ་བར་དམིགས་པའི་སེམས་བྱུང་ཡང་དག་ཅིག་སྟེ། ཆོས་འཛིག་རྟེན་གཉེ་གའི་ལུགས་སུ་ཏུང་བའི་འདུན་པའི་རྟེན་གྱི་ལས་ཅན་ནོ། །ཁྱད་པར་དུ་ཤེས་རབ་བམ། རིགས་ཤེས་དང་ཉོམས་གྲུབ་ཏུ་སྨྲས་པ་གང་ཞིག དེ་དག་ལས་ཀྱང་འདས་པའི་གཏན་གྱི་འདུན་མ་དཔྱོད་བྱེད་ཀྱི་སྟོང་བ་རང་མཚན་པར་བཞེད་དོ། །

༢ ནང་བསྟན་ཆོས་ལུགས་ཀྱི་འདོད་ཚུལ།

ནང་བསྟན་ཆོས་ལུགས་ལྟར་ན། དད་པའི་སྐོར་ལ་ཚད་གཞུང་ནས་དགེ་བ་བཅུ་གཅིག་གི་སེམས་བྱུང་དང་། ལམ་རིམ་གྱི་གཞུང་ནས་བཤེས་གཉེན་བསྟེན་ཚུལ་གྱི་སློབ་མའི་རྒྱུད་ཀྱི་དད་པ། ཐེག་ཆེན་གྱི་བསྟན་བཅོས་ནས་བྱང་ཆུབ་སེམས་དཔའི་སེམས་བསྐྱེད་བཅས་རྒྱས་པར་བསྟན་ན། འདིར་ཡང་བློ་རིག་དང་། ལམ་རིམ་གྱི་གཞུང་ཆེན་མོ། ཐེག་ཆེན་བློ་སྦྱོང་གི་རྣམ་གཞག་བཅས་ཀྱི་ལྟ་གྲུབ་སོ་སོར་འཆད་པར་འགྱུར་རོ། །

བློ་རིག་གི་རྣམ་གཞག་ལྟར་ན། དད་པ་ནི་དགེ་བ་བཅུ་གཅིག་གི་སེམས་བྱུང་གི་ཡ་གྲལ་ཏེ། “དད་པའི་ངོ་བོ་ནི། མངོན་པ་ཀུན་བཏུས་ལས། དད་པ་གང་ཞེ་ན། ཡོད་པ་ཉིད་དང་། ཡོན་ཏན་ཅན་དང་། ནུས་པ་རྣམས་ལ་མངོན་པར་ཡིད་ཆེས་

པ་དང་། དང་བ་དང་། འདོད་པ་སྟེ། འདུན་པའི་རྟེན་གྱི་ལས་ཅན་ནོ་”[①]ཞེས་གསུངས་པ་ལྟར། ཡིད་ཆེས་པ་དང་། དང་བ། འདོད་པ་གང་རུང་གི་རྣམ་པ་ཅན་ཡིན་པ་གང་ཞིག འདུན་པའི་རྟེན་བྱེད་པའི་ལས་ཅན་ཏེ། མ་དད་པའི་གཉེན་པོ་ཅན་གྱི་སེམས་བྱུང་དུ་བཞེད་དོ། །

དབྱེ་ན་རྣམ་པ་གསུམ་ཏེ། “དང་བའི་དད་པ་དང་། ཡིད་ཆེས་ཀྱི་དད་པ། མངོན་འདོད་ཀྱི་དད་པ་རྣམས”[②]སོ། །ཕྱི་ མ་ཏུ“དང་བའི་དད་པ་ནི། དཀོན་མཆོག་གསུམ་སོགས་ཡོན་ཏན་ཅན་གྱི་ཡོན་ཏན་མཐོང་བས་སེམས་དང་བའོ། །……ཡིད་ཆེས་ཀྱི་དད་པ་ནི། རྒྱལ་བས་གསུངས་པའི་རྟེན་འབྲེལ་ལས་དང་འབྲས་བུའི་ཚུལ་སོགས་ལ་བསམས་ནས་ཡིད་ཆེས་རྙེད་པའོ། །……མངོན་འདོད་ཀྱི་དད་པ་ནི། བདེན་པ་བཞིའི་ཚུལ་ལ་བསམས་ནས་སྡུག་ཀུན་གཉིས་སྤང་བྱ་དང་། འགོག་ལམ་གཉིས་འཐོབ་བྱར་ངེས་ཤེང་། ཚུལ་བཞིན་འབད་ན་འཐོབ་ནུས་པར་ཤེས་ནས་ངེས་པར་ཐོབ་པར་བྱའོ་སྙམ་པའི་དད་པ་ལྟ་བུའོ་”[③]ཞེས་རྩ་བའི་སྐྱབས་འགྲོ་དང་། བར་གྱི་རྟེན་འབྲེལ་ལས་འབྲས་ཀྱི་གནས་ལུགས། ཐ་མའི་འཐོབ་བྱ་འགོག་ལམ་གཉིས་ཀྱིས་འདུས་པའི་ཆོས་ཐམས་ཅད་ཀྱི་རང་བཞིན་ལ་ཡིད་རྟོན་བྱེད་ཀྱི་དགེ་བའི་སེམས་བྱུང་ཡིན་པ་གང་ཞིག འཁོར་བའི་ཉེས་དམིགས་ལ་ཁོང་ནས་འཇིགས་ཤེང་ཡིད་ཆེས་པའི་སེམས་བྱུང་ཞིག་ཀྱང་ངོ་། །དེ་ལྟར་སྡུག་བསྔལ་གྱི་རྩ་བ་རྙེད་ན་འགོག་ལམ་གཉིས་ཀྱི་རང་བཞིན་ལ་རིགས་པ་ཡང་དག་གིས་ཡིད་རྟོན་པ་དང་

① ཡོངས་འཛིན་ཡེ་ཤེས་རྒྱལ་མཚན། 《བློ་རྟགས་བསྡུས་གསུམ་དང་སེམས་སེམས་བྱུང་གི་ཕྱོགས་བསྒྲིགས་》[M]སེར་གཙུག་དཔེ་རྙིང་ཕྱོགས་བསྒྲིགས་ཁང་། ༡༨༨

② ཡོངས་འཛིན་ཡེ་ཤེས་རྒྱལ་མཚན། 《བློ་རྟགས་བསྡུས་གསུམ་དང་སེམས་སེམས་བྱུང་གི་ཕྱོགས་བསྒྲིགས་》[M]སེར་གཙུག་དཔེ་རྙིང་ཕྱོགས་བསྒྲིགས་ཁང་། ༡༨༢

③ ཡོངས་འཛིན་ཡེ་ཤེས་རྒྱལ་མཚན། 《བློ་རྟགས་བསྡུས་གསུམ་དང་སེམས་སེམས་བྱུང་གི་ཕྱོགས་བསྒྲིགས་》[M]སེར་གཙུག་དཔེ་རྙིང་ཕྱོགས་བསྒྲིགས་ཁང་། ༡༨༢-༨༣

པའི་སྟོབས་ཞག་གཅིག་གོ།

འོ་ན་དད་པའི་བྱེད་ལས་གང་ཞེ་ན། འདུན་པའི་རྟེན་བྱེད་པའི་ལས་ཅན་ཡིན་ཞེས་གསུངས་པ་ལྟར། "ཡོན་ཏན་ཐམས་ཅད་ཀྱི་རྒྱུ་བརྩོན་འགྲུས་དང་། བརྩོན་འགྲུས་སྐྱེ་བ་ལ་དོན་གཉེར་གྱི་འདུན་པ་དགོས་ཤིང་། འདུན་པ་སྐྱེ་བ་ལ་ཡོན་ཏན་མཐོང་ཞིང་ཡིད་ཆེས་པའི་དད་པ་དགོས་པས་དད་པ་ཡོན་ཏན་ཐམས་ཅད་ཀྱི་གཞིར་གསུང་རབ་དགོངས་འགྲེལ་དང་བཅས་པ་ལས་ལན་ཅིག་མིན་པར་བསྔགས་པ་"①སྟེ། "དཀོན་མཆོག་ཏ་ལ་ལའི་གཟུངས་ལས། དད་པ་སྔོན་འགྲོ་མ་ལྟར་སྐྱེད་པ་སྟེ། །ཡོན་ཏན་ཐམས་ཅད་སྲུང་ཞིང་འཕེལ་བར་བྱེད། །དོགས་པ་སེལ་ཞིང་ཆུ་བོ་རྣམས་ལས་སྒྲོལ། །དད་པ་བདེ་ལེགས་གྲོང་ཁྱེར་མཚོན་བྱེད་ཡིན། །དད་པ་རྙོག་པ་མེད་ཅིང་སེམས་དང་བྱེད། །ང་རྒྱལ་སྤོང་ཞིང་གུས་པའི་རྩ་བ་ཡིན། །དད་པ་ནོར་དང་གཏེར་དང་རྐང་པའི་མཆོག །ལག་པ་བཞིན་དུ་དགེ་སྡུད་རྩ་བ་ཡིན་"②ཞེས་གསུངས་པ་ལྟར་རོ། །

"ཆོས་བཅུ་པ་ལས་ཀྱང་། གང་གིས་འདྲེན་པ་ངེས་འབྱུང་བས། །དད་པ་ཐེག་པའི་མཆོག་ཡིན་ཏེ། །དེ་ཕྱིར་བློ་དང་ལྡན་པའི་མིས། །དད་པའི་རྗེས་སུ་འབྲང་བ་བསྟེན། །མ་དད་པ་ཡི་མི་དག་ལ། །དཀར་པོའི་ཆོས་རྣམས་མི་སྐྱེ་སྟེ། །ས་བོན་མེ་ཡིས་ཚིག་པ་ལ། །མྱུ་གུ་སྔོན་པོ་འདི་བཞིན་ནོ་"③ཞེས་དཀར་པོའི་ཆོས་ཐམས་ཅད་དད་པའི་རྗེས་སུ་འགྲོ་བར་གསུངས་སོ། །ཡང་"བསླབ་བཏུས་ལས་ཀྱང་། དད་པའི་

① ཡོངས་འཛིན་ཡེ་ཤེས་རྒྱལ་མཚན། 《བློ་རྟགས་བསྡུས་གསུམ་དང་སེམས་སེམས་བྱུང་གི་ཕྱོགས་བསྒྲིགས་》(M)སེར་གཙུག་དཔེ་རྙིང་ཕྱོགས་བསྒྲིགས་ཁང་། ༣༨

② པོ་དོང་ཕྱོགས་ལས་རྣམ་རྒྱལ། 《སྐྱེས་བུ་གསུམ་གྱི་ལམ་གྱི་རིམ་པ་རྒྱས་པའི་ཁྲིད་བྱང་ཆུབ་ལམ་གྱི་སྒྲོན་མ་》(M)བོད་ལྗོངས་མི་དམངས་དཔེ་སྐྲུན་ཁང་། ༣༡༧

③ ཡོངས་འཛིན་ཡེ་ཤེས་རྒྱལ་མཚན། 《བློ་རྟགས་བསྡུས་གསུམ་དང་སེམས་སེམས་བྱུང་གི་ཕྱོགས་བསྒྲིགས་》(M)སེར་གཙུག་དཔེ་རྙིང་ཕྱོགས་བསྒྲིགས་ཁང་། ༣༨

རྒྱ་བ་བརྟན་བྱས་ལ”[①]ཞེས་དད་པ་ལམ་ཐམས་ཅད་ཀྱི་རྒྱ་བར་གསུངས་སོ། །

ལུགས་འདིས་དད་པ་ནི་འདུན་པའི་རྟེན་བྱེད་པའི་ལས་ཅན་ཏེ། མ་དད་པའི་གཉེན་པོ་ཅན་གྱི་སེམས་བྱུང་ཡིན་པ་གང་ཞིག སྐྱབས་འགྲོའི་རྒྱ་བ་ལས་མི་འགལ་ཞིང་། རྟེན་འབྲེལ་ལས་འབྲས་ཀྱི་གནས་ལུགས་དང་། འགོག་ལམ་གཉིས་ཀྱི་རང་བཞིན་ལ་རིགས་པ་ཡང་དག་གིས་ཡིད་རྟོན་པའི་དགེ་བར་དམིགས་པའི་སེམས་བྱུང་ངོ་། །འདི་ནི་ཡོན་ཏན་ཐམས་ཅད་ཀྱི་གཞི་དང་། དཀར་པོའི་ཆོས་ཐམས་ཅད་ཀྱི་རྗེས་སུ་འགྲོ་བ། ལམ་ཐམས་ཅད་ཀྱི་རྒྱ་བར་ངེས་པའི་བྱེད་ལས་ཅན་གྱི་སེམས་བྱུང་དུ་འདོད་དོ། །ལོག་ན་མ་དད་པ་སྟོབས་གང་ཆེས་སྐྱབས་འགྲོའི་དམ་བཅས་པ་ལས་འགལ་བ་དང་། རྟེན་འབྲེལ་གྱི་གནས་ལུགས་དང་། འགོག་ལམ་གཉིས་ཀྱི་རང་བཞིན་ལ་ཡིད་མི་རྟོན་པས། ཡོན་ཏན་སྐྱེ་བའི་གཞི་མེད་པ་དང་། དཀར་པོའི་ལས་ལ་མི་འཇུག་པ། ལམ་ཐམས་ཅད་ཀྱི་རྒྱ་བ་མེད་པ་བཅས་འདོད་ཆགས་ལ་སོགས་པ་རྒྱ་ཉོན་དྲུག་སྟོབས་གང་ཆེས་སེམས་རབ་ཏུ་མ་ཞི་ཞིང་། སྡུག་བསྔལ་བསྐྱེད་པའི་ལས་ཅན་གྱི་རྟེན་དུ་གྱུར་བར་བཞེད་དོ། །

ལམ་གྱི་རིམ་པའི་གནས་སྐབས་ཀྱི་བཤེས་གཉེན་བསྟེན་ཚུལ་གྱི་ཁྲིད་ནི་བྱང་ཆུབ་ལམ་གྱི་སྒྲོན་མའི་གདམས་པའི་རྒྱ་བར་བེའུ་བུམ་སྔོན་པོ་དང་། དཔེ་ཆོས་ལ་སོགས་པ་བཀའ་གདམས་པའི་གསུང་རབ་དག་ཏུ་གྲགས་ཆེ་ན། འདིར་ཡང་ལུགས་འདི་གཉིས་ཀྱི་འདོད་ཚུལ་དཀྱུས་སུ་འཆད་དོ། །དེའང“དད་པ་ལ་བཞི་སྟེ། དང་བའི་དད་པ་དང་། འདོད་པའི་དད་པ། ཡིད་ཆེས་པའི་དད་པ། ཕྱིར་མི་ལྡོག་པའི་དད་པ་”[②]བཅས་རྣམ་པ་བཞིར་ཐུན་མོང་དུ་བཞེད་དོ། །ཕྱི་བྲག་ཏུ“དང་བའི་དད་

① ཡོངས་འཛིན་ཡེ་ཤེས་རྒྱལ་མཚན། 《བློ་རྟགས་བསྡུས་གསུམ་དང་སེམས་སེམས་བྱུང་གི་ཕྱོགས་བསྒྲིགས་》(M)སེར་གཙུག་དཔེ་རྙིང་ཕྱོགས་བསྒྲིགས་ཁང་། ༩༨༥

② པོ་ཏོང་ཕྱོགས་ལས་རྣམ་རྒྱལ། 《སྐྱེས་བུ་གསུམ་གྱི་ལམ་གྱི་རིམ་པ་རྒྱས་པའི་ཁྲིད་བྱང་ཆུབ་ལམ་གྱི་སྒྲོན་མ་》(M)བོད་ལྗོངས་མི་དམངས་དཔེ་སྐྲུན་ཁང་། ༩༧༨

པ་ནི། ཝོ་སྐོལ་ལས་དང་པོའི་དུས་ན་ཆོས་དང་གང་ཟག་དམ་པ་རྣམས་ཀྱི་སྤྱོད་ཡུལ་མཐོང་བས། དེ་དག་ལ་དགའ་བ་དང་། སྤྲོ་བ་དང་། དང་བ་ཁྱད་པར་ཅན་སྐྱེས་པ། དཔེར་ན་འདོད་ཆགས་ཅན་གྱིས་བུད་མེད་མཛེས་མ་མཐོང་བ་ལྟ་བུ་ལ་ཟེར། འདོད་པའི་དད་པ་ནི། འཁོར་བ་མཐའ་དག་སྡུག་བསྔལ་དུ་ཤེས་ཤིང་སྐྱོ་ཤེས་འཇིགས་པས། ཆོས་དང་བླ་མ་སྙིང་ལ་འདོད་པ། དཔེར་ན་སྐོམ་པ་ཆུ་འཚོལ་བ་ལྟ་བུ་གཅིག་ལ་ཟེར་བ་ཡིན། ཡིད་ཆེས་པའི་དད་པ་ནི། བླ་མ་དམ་པ་དང་མཇལ་ཏེ། ཆོས་ཐོས་ཙམ་ན། ཆོས་དང་བླ་མ་ལ་ཡིད་ལྷན་གྱིས་ཆེས་པ། དཔེར་ན་མ་དང་བུ་ཕྲད་པ་ལྟ་བུ་ལ་ཟེར་བ་ཡིན། ཕྱིར་མི་ལྡོག་པའི་དད་པ་ནི། ཆོས་ལ་ཐོས་བསམ་སྒོམ་གསུམ་བྱེད་པ་ལ་ན་ཚ་སྡུག་བསྔལ་དགྲ་བགེགས་ལ་སོགས་པའི་རྐྱེན་གང་གིས་ཀྱང་བར་དུ་མི་ཆོད་པ། དཔེར་ན་གླང་པོ་ཆེ་ཆུ་རུ་འཇུག་པ་ལྟ་བུ་ཅིག་ལ་ཟེར་བ་ཡིན་”[①] ཞེས་གསུངས་པ་ལྟར། ཆོས་དང་བླ་མའི་ཡོན་ཏན་ལ་དང་བའི་མོས་པས་འཁོར་བ་དང་སྐྱེ་འཆིའི་སྡུག་བསྔལ་གྱི་ཉེས་དམིགས་ལ་འཇིགས་ཏེ། ཆོས་དང་བླ་མར་སྙིང་ནས་དད་ཅིང་། དེའི་ཡོན་ཏན་འཐོབ་ཕྱིར་བརྩོན་པ་བར་མི་ཆོད་པའི་འདུན་པ་ཞིག་གོ། འདི་ནི་མདོ་སྡེ་རྒྱན་ལས་དུལ་བ་ལ་སོགས་ཆོས་བཅུ་ལྡན་པའི་བཤེས་གཉེན་བསྟེན་ཚུལ་གྱི་སློབ་མའི་རྒྱུད་ཀྱི་དད་པའམ། བཀའ་གདམས་པའི་མན་ངག་བྱ་བ་སྟེ། “པོ་ཏོ་བའི་གསུང་སྒྲོས་ལས་ཀྱང་། མན་ངག་ཐམས་ཅད་བསྡུས་པའི་མགོ་ནི་བཤེས་གཉེན་དམ་པ་མི་བཏང་བ་ཡིན་”[②]ཞེས་པ་དང་། “རྗེ་བོའི་ཞལ་ནས། ཐེག་ཆེན་གྱི་ཡོན་ཏན་ཆེ་སྐྱེ་ཆུང་སྐྱེ་ཐམས་ཅད་བླ་མ་ལ་བསྟེན་ནས་སྐྱེ་བ་

① པོ་ཏོ་བ་རིན་ཆེན་གསལ། 《དཔེ་ཆོས་དང་དཔེ་ཆོས་རིན་ཆེན་སྤུངས་པ་བཞུགས་སོ་》(M)སེར་གཙུག་ནང་བསྟན་དཔེ་སྙིང་འཚོལ་བསྡུ་ཕྱོགས་བསྒྲིགས་ཁང་། ཤ༢༢-༢༣

② བོ་དོང་ཕྱོགས་ལས་རྣམ་རྒྱལ། 《སྐྱེས་བུ་གསུམ་གྱི་ལམ་གྱི་རིམ་པ་རྒྱས་པའི་ཁྲིད་བྱང་ཆུབ་ལམ་གྱི་སྒྲོན་མ་》(M)བོད་ལྗོངས་མི་དམངས་དཔེ་སྐྲུན་ཁང་། ཤ༢༧

ལ། ཁྱོད་བོད་ལ་བླ་མ་ཐ་མལ་པའི་འདུ་ཤེས་ལས་མི་འདུག དེ་འདྲ་ལ་ག་ནས་སྐྱེ་གསུངས། ཡང་ཇོ་བོ་ལ། ཨ་ཏི་ཤ་གདམས་ངག་ཞུ། ཞེས་སྐད་ཆེན་པོས་ཞུས་པས། ཧཱི་ཁོ་བོ་ལ་རྣ་བ་གསང་པོ་དག་བདོག་སྟེ། མན་ངག་བྱ་བ་དད་པ་ལགས། དད་པ་དད་པ་གསུངས་”①ཞེས་ལྷུང་ལྷར་གྲགས་པ་ལྟར་རོ། །

འོ་ན་དད་པའི་ངོ་བོ་ཅི་ཡིན་ཞེ་ན། “ཡོན་ཏན་ཐམས་ཅད་ཀྱི་རྩ་གཞི་དད་པ་ཡིན། དད་པ་ཡོད་ན་དཀར་པོའི་ཆོས་ཡོད། དད་པ་མེད་ན་དཀར་པོའི་ཆོས་མེད། དད་པ་འཕེལ་ན་དཀར་པོའི་ཆོས་འཕེལ། དད་པ་འགྲིབས་ན་དཀར་པོའི་ཆོས་འགྲིབ། དེས་ན་ཆོས་ཐམས་ཅད་ཀྱི་རྩ་བ་དད་པར་རག་ལས་”②ཞེས་དད་པ་ནི་ཡོན་ཏན་ཐམས་ཅད་ཀྱི་གཞི་དང་། དཀར་པོའི་ཆོས་ཐམས་ཅད་ཀྱི་རྗེས་སུ་འགྲོ་བ། ལམ་མམ་ཆོས་ཐམས་ཅད་ཀྱི་རྩ་བར་འདོད་པ་བློ་རིག་གི་རྣམ་གཞག་དང་མཐུན་པར་གཉེ་གས་བཞེད་དོ། །ཕྱོག་ན་མ་དད་པའི་སྟོབས་ཀྱིས་ང་རྒྱལ་གྱི་ཉེས་དམིགས་ཆེ་ཞིང་། ཡོན་ཏན་གྱི་གཞིར་མི་རུང་བ་སྟེ། “དགེ་བཤེས་སྟོན་པའི་ཞལ་ནས། ང་རྒྱལ་གྱི་སྐང་བུ་ལ་ཡོན་ཏན་གྱི་ཆུ་མི་འཁྲུག”③ཅེས་གསུངས་པ་ལྟར་རོ། །

ཡང་ལུགས་འདིས་བཞེད་པའི་དད་པ་དང་ཤེས་རབ་ཀྱི་འགལ་འདུ་ཅི་ཡིན་ཞེ་ན། “གཏིང་ནས་དད་པ་ཞིག་མེད་ན་ཤེས་རབ་ཆེ་ཡང་ལོག་པའི་ཤེས་རབ་ཏུ་འགྲོ”④ཞེས་པ་དང་། “དད་པ་ཅིག་ཡོད་ན་ཤེས་རབ་ཆུང་ངུ་འདུག་ཀྱང་ཆོས་མི་གཏོང་

① པོ་ཏོང་ཕྱོགས་ལས་རྣམ་རྒྱལ། 《སྐྱེས་བུ་གསུམ་གྱི་ལམ་གྱི་རིམ་པ་རྒྱས་པའི་ཁྲིད་བྱང་ཆུབ་ལམ་གྱི་སྒྲོན་མ་》(M)བོད་ལྗོངས་མི་དམངས་དཔེ་སྐྲུན་ཁང་། ཤ༣༠

② པོ་ཏོ་བ་རིན་ཆེན་གསལ། 《དཔེ་ཆོས་དང་དཔེ་ཆོས་རིན་ཆེན་སྤུངས་པ་བཞུགས་སོ་》(M)སེར་གཙུག་ནང་བསྟན་དཔེ་སྙིང་འཚོལ་བསྒྲུ་ཕྱོགས་བསྒྲིགས་ཁང་། ཤ༢༣

③ པོ་ཏོང་ཕྱོགས་ལས་རྣམ་རྒྱལ། 《སྐྱེས་བུ་གསུམ་གྱི་ལམ་གྱི་རིམ་པ་རྒྱས་པའི་ཁྲིད་བྱང་ཆུབ་ལམ་གྱི་སྒྲོན་མ་》(M)བོད་ལྗོངས་མི་དམངས་དཔེ་སྐྲུན་ཁང་། ཤ༢༥

④ པོ་ཏོང་ཕྱོགས་ལས་རྣམ་རྒྱལ། 《སྐྱེས་བུ་གསུམ་གྱི་ལམ་གྱི་རིམ་པ་རྒྱས་པའི་ཁྲིད་བྱང་ཆུབ་ལམ་གྱི་སྒྲོན་མ་》(M)བོད་ལྗོངས་མི་དམངས་དཔེ་སྐྲུན་ཁང་། ཤ༡༨

བ་ཅིག་ཡོད་སྟེ། ཤེས་རབ་ཀྱང་དང་དམ་ཤུགས་ཀྱིས་ཇེ་ཆེ་འགྲོ་”①ཞེས་གསུངས་པ་ལྟར། དད་པ་ནི་ཤེས་རབ་ཀྱི་ས་བོན་ནམ་རྩ་བ་ཡིན་པ་གང་ཞིག རྒྱུ་འབྲས་ཀྱི་འབྲེལ་བར་བཞེད་ན། ཡོན་ཏན་ཆེ་སྐྱེ་ཆུང་སྐྱེ་ཐམས་ཅད་ཀྱི་རྩ་བ་དད་པར་ཐུག་གོ།

ལུགས་འདིས་བློ་རིག་གི་རྣམ་གཞག་ལྟར། དད་པ་ནི་ཡོན་ཏན་ཐམས་ཅད་ཀྱི་གཞི་དང་། དཀར་པོའི་ཆོས་ཐམས་ཅད་ཀྱི་རྗེས་སུ་འགྲོ་བ། ལམ་མམ་ཆོས་ཐམས་ཅད་ཀྱི་རྩ་བར་འདོད་ཅིང་། ཁྱད་པར་དུ་ཆོས་ཐམས་ཅད་སློབ་པའི་མན་ངག་ལྟ་བུ་དང་། ཤེས་རབ་སྐྱེ་བྱེད་ཀྱི་ས་བོན་ནམ་རྩ་བར་འདོད་དོ། །ཕྱོག་ན་སྟོང་པ་དང་རྟེན་འབྱུང་གི་རང་བཞིན་ལ་ཡིད་རྟོན་རྒྱུ་ལྟ་ཅི། བླ་མ་ཐ་མལ་བའི་ངོ་བོར་བཟུང་སྟེ། ཆོས་སློབ་པའི་མན་ངག་མེད་བཞིན་དུ་བ་སླད་མི་ཁྱུར་འཇུག་པའི་གོ་སྐབས་ཀྱང་ཆུད་ཟོས་པར་བཞེད་དོ། །འདི་ནི་བཀའ་གདམས་པའི་གསུང་རབ་ཕལ་མོ་ཆེར་གྲགས་པའི་ལམ་གྱི་རིམ་པའི་གནས་སྐབས་ཀྱི་བཤེས་གཉེན་བསྟེན་ཚུལ་གྱི་སློབ་མའི་རྒྱུད་ཀྱི་དད་པ་བྱ་བ་དེའོ། །

ཐེག་ཆེན་བློ་སྦྱོང་གི་རྣམ་གཞག་ཏུ་བྱང་ཆུབ་སེམས་དཔའི་སེམས་བསྐྱེད་དེ། "སྦྱོད་པ་གཙོ་བོར་གྱུར་པའི་གདམས་ངག་ནི་ཐེག་ཆེན་བློ་སྦྱོང་གི་གདམས་པ་རྣམས་ཏེ། བདག་པས་གཞན་གཅེས་པའི་བྱང་ཆུབ་ཀྱི་སེམས་མ་སྐྱེས་པ་བསྐྱེད་པ་དང་། སྐྱེས་ཟིན་གོང་འཕེལ་དུ་བྱས་པའི་སྒོ་ནས་ལམ་བགྲོད་པའི་ཚུལ་”②རྒྱས་པར་བསྟན་ཏོ། །འདི་ནི་བཀའ་གདམས་གཞུང་པ་དང་། གདམས་ངག་པ། མན་ངག་པ་བཅས་གསུམ་གྱིས་ཐུན་མོང་དུ་བསྟེན་བྱའི་བློ་སྦྱོང་གི་གཞུང་དང་། ཕྱིས་

---

① པོ་ཏོ་བ་རིན་ཆེན་གསལ། 《དཔེ་ཆོས་དང་དཔེ་ཆོས་རིན་ཆེན་སྤུངས་པ་བཞུགས་སོ་》(M)སེར་གཙུག་ནང་བསྟན་དཔེ་སྙིང་འཚོལ་བསྡུ་ཕྱོགས་བསྒྲིགས་ཁང་། ཤ༢༢༣

② ཐུའུ་བཀྭན་བློ་བཟང་ཆོས་ཀྱི་ཉི་མ། 《ཐུའུ་བཀྭན་གྲུབ་མཐའ་》(M)ཀན་སུའུ་མི་རིགས་དཔེ་སྐྲུན་ཁང་། ༡༩༨༨/༨པར་གཞི་དང་པོ། ཤ༩༦

གྲུབ་མཐའ་ཐུན་མོང་གིས་བསྟེན་བྱའི་སྤྱོད་འཇུག་བྱ་བ་སྟེ། བྱང་ཆུབ་སེམས་དཔའི་སྤྱོད་པ་ལ་འཇུག་པའི་རྣམ་གཞག་གི་དགོངས་པ་དང་མཐུན་ན། འདིར་ཡང་ཐེག་ཆེན་བློ་སྦྱོང་གི་རྣམ་གཞག་དང་། སྤྱོད་འཇུག་གི་ལུགས་ལྟར་འཆད་དོ། །

བློ་སྦྱོང་དོན་བདུན་མ་ལས། "དང་པོ་སྔོན་འགྲོ་དག་ལ་བསླབ་" ①ཅེས་གསུངས་པ་ལྟར། "དལ་འབྱོར་རྙེད་དཀའ་ཞིང་དོན་ཆེ་བའི་ཚུལ་བསམ་པ། ཚེ་འདིར་རིང་དུ་མི་སྡོད་པ་འཆི་བ་མི་རྟག་པའི་ཚུལ་བསམ་པ། ལས་རྒྱུ་འབྲས་སེམས་པ། འཁོར་བའི་ཉེས་དམིགས་བསམ་པའོ་" ②ཞེས་པའི་རྩ་བར་སྐྱེས་བུ་གསུམ་གྱི་བློ་རིམ་པས་སྦྱོང་ངོ་། །ཁྱེ་བྲག་ཏུ་སྨོན་འཇུག་གི་སེམས་གཉིས་ཏེ། "བྱང་ཆུབ་ལ་དམིགས་པའི་སྨོན་པའི་སེམས་བསྐྱེད་དང་ནི་བྱང་ཆུབ་ལ་དམིགས་པའི་འཇུག་པའི་སེམས་བསྐྱེད་གཉིས་ཡིན་" ③ཞེས་པའོ། །འདི་དག་ནི་སྔོན་འགྲོར་སློབ་ཚུལ་ལོ། །

"དངོས་གཞི་བྱང་ཆུབ་ཀྱི་སེམས་གཉིས་སྦྱང་བ་ལ། དོན་དམ་དང་ཀུན་རྫོབ་གཉིས་" ④སོ། །ཁྱེ་བྲག་ཏུ་"ཀུན་རྫོབ་པའི་སེམས་བསྐྱེད་ནི་གཟུགས་ཀྱི་སྐུ་ལ་སོགས་སངས་རྒྱས་ཀྱི་ཀུན་རྫོབ་པའི་སྐུ་ལ་དམིགས་པས་བཞག་ལ། དོན་དམ་པའི་བྱང་ཆུབ་ཀྱི་སེམས་ནི་སངས་རྒྱས་ཀྱི་དོན་དམ་པའི་གནས་ལུགས་མངོན་སུམ་དུ་རྟོགས་པའི་སེམས་དེ་ཉིད་ཡིན་" ⑤ཞེས་སྔ་མ་ནི་ཐ་སྙད་པའི་ཤེས་ངོར་སངས་རྒྱས་ཀྱི་

① ཇོ་བོ་རྗེ་དཔལ་ལྡན་ཨ་ཏི་ཤ། 《བློ་སྦྱོང་བརྒྱ་རྩ་ཕྱོགས་སྒྲིག་》(M)བོད་ལྗོངས་མི་དམངས་དཔེ་སྐྲུན་ཁང་། ཤ༥༠

② ཇོ་བོ་རྗེ་དཔལ་ལྡན་ཨ་ཏི་ཤ། 《བློ་སྦྱོང་བརྒྱ་རྩ་ཕྱོགས་སྒྲིག་》(M)བོད་ལྗོངས་མི་དམངས་དཔེ་སྐྲུན་ཁང་། ཤ༩༨

③ རྒྱལ་ཚབ་དར་མ་རིན་ཆེན། 《སྤྱོད་འཇུག་རྩ་འགྲེལ་ཆེན་མོ་》(M)སེར་གཙུག་ནང་བསྟན་དཔེ་རྙིང་འཚོལ་བསྡུ་ཕྱོགས་སྒྲིག་ཁང་། ཤ༢༧

④ ཇོ་བོ་རྗེ་དཔལ་ལྡན་ཨ་ཏི་ཤ། 《བློ་སྦྱོང་བརྒྱ་རྩ་ཕྱོགས་སྒྲིག་》(M)བོད་ལྗོངས་མི་དམངས་དཔེ་སྐྲུན་ཁང་། ཤ༥༠

⑤ རྒྱལ་ཚབ་དར་མ་རིན་ཆེན། 《སྤྱོད་འཇུག་རྩ་འགྲེལ་ཆེན་མོ་》(M)སེར་གཙུག་ནང་བསྟན་དཔེ་རྙིང་འཚོལ་བསྡུ་ཕྱོགས་སྒྲིག་ཁང་། ཤ༢༢-༢༣

གཟུགས་སྐུར་དམིགས་པའི་དད་པ་དང་། ཕྱི་མ་ནི་མཐར་ཐུག་གི་དོན་དམ་ཆོས་སྐུར་དམིགས་པའི་རིགས་ཤེས་སམ་ཤེས་རབ་སྟོང་པ་ཉིད་བྱ་བ་དེའོ། །ཕྱིར་"ཐེག་ཆེན་སེམས་བསྐྱེད་པའི་མཚན་ཉིད་དེ། གཞན་གྱི་དོན་དུ་ཡང་དག་པར་རྫོགས་པའི་བྱང་ཆུབ་དོན་གཉེར་གྱི་འདུན་པ་དང་མཚུངས་ལྡན་གྱི་སེམས་སོ་"[1]ཞེས་གསུངས་ན། འདི་ནི་རང་གཞན་སེམས་ཅན་ཐམས་ཅད་ཀྱི་ཕྱིར་གྲོལ་བ་དོན་གཉེར་གྱི་འདུན་པའི་རྟེན་བྱེད་པའི་ཐབས་ཤེས་ཟུང་འཇུག་གི་སེམས་བྱུང་ཚད་མས་གྲུབ་པ་ཞིག་གོ།

འོ་ན་བྱང་ཆུབ་ཀྱི་སེམས་བསྐྱེད་པའི་ངོ་བོ་ཅི་ཡིན་ཞེ་ན། "འདི་ལ་སེམས་བསྐྱེད་པ་འདི་ནི་སེམས་ཅན་ཚད་མེད་པའི་སྐྱེ་བོའི་ཚོགས་རྣམས་ཀྱིས་བདེ་བ་མཆོག་སྐྲ་འབབ་བ་ལ་སོགས་པའི་དགའ་སྤྱོད་ལ་བལྟོས་པ་མེད་པར་ལམ་བདེ་བླག་ཉིད་དུ་ཐོབ་པར་བྱེད་ནུས་པའི་ས་བོན་ལྟ་བུ་ཡིན་པའི་ཕྱིར་"[2]ཞེས་པ་དང་། "སྡོང་པོ་བཀོད་པ་ལས། རིགས་ཀྱི་བུ་བྱང་ཆུབ་ཀྱི་སེམས་ནི་སངས་རྒྱས་ཀྱི་ཆོས་ཐམས་ཅད་ཀྱི་ས་བོན་ལྟ་བུའོ། །འགྲོ་བ་ཐམས་ཅད་ཀྱི་དཀར་པོའི་ཆོས་རྣམ་པར་འཕེལ་བར་བྱེད་པའི་ཞིང་ལྟ་བུའོ། ། …… བསམ་པ་ཐམས་ཅད་ཡོངས་སུ་རྫོགས་པར་བྱེད་པས་བུམ་པ་བཟང་པོ་ལྟ་བུའོ། །ཉོན་མོངས་པའི་དགྲ་ཕམ་པར་བྱེད་པ་ལ་མདུང་ཐུང་ལྟ་བུའོ་"[3]ཞེས་གསུངས་པ་ལྟར། སངས་རྒྱས་ཐམས་ཅད་ཀྱི་ས་བོན་དང་། དཀར་པོའི་ཆོས་འཕེལ་བྱེད་ཀྱི་ཞིང་། བསམ་པའམ་འདུན་པ་ཡོངས་སུ་རྫོགས་བྱེད་ཀྱི་བུམ་བཟང་། མ་དད་པའི་སྟོབས་ཀྱི་ང་རྒྱལ་ཁེང་ཁྲེའི་དགྲ་བོ་ཕམ་

① རྒྱལ་ཚབ་དར་མ་རིན་ཆེན། 《སྤྱོད་འཇུག་རྩ་འགྲེལ་ཆེན་མོ་》(M)སེར་གཙུག་ནང་བསྟན་དཔེ་སྐྲིང་འཚོལ་བསྡུ་ཚོགས་བསྒྲིགས་ཁང་། ༡༢༧-༢༢

② རྒྱལ་ཚབ་དར་མ་རིན་ཆེན། 《སྤྱོད་འཇུག་རྩ་འགྲེལ་ཆེན་མོ་》(M)སེར་གཙུག་ནང་བསྟན་དཔེ་སྐྲིང་འཚོལ་བསྡུ་ཚོགས་བསྒྲིགས་ཁང་། ༡༧༥

③ རྒྱལ་ཚབ་དར་མ་རིན་ཆེན། 《སྤྱོད་འཇུག་རྩ་འགྲེལ་ཆེན་མོ་》(M)སེར་གཙུག་ནང་བསྟན་དཔེ་སྐྲིང་འཚོལ་བསྡུ་ཚོགས་བསྒྲིགས་ཁང་། ༡༢༧

བྱེད་ཀྱི་མདུང་ཐུང་ལྟ་བུ་སྟེ། བྱམས་པ་དང་། སྙིང་རྗེ། སྙིང་རྗེ་ཆེན་པོ་ལ་སོགས་པའི་ཐབས་ཀྱི་ཆ་གཙོ་བོར་བསྟན་པའོ། །འདི་ནི་"བྱང་ཆུབ་ཀྱི་སེམས་སྟོང་ཉིད་སྙིང་རྗེའི་སྙིང་པོ་ཅན་"[①]ཞེས་བྱ་བ་དེའོ། །

འཇུག་པ་རང་འགྲེལ་ལས་ཀྱང་། "སྙིང་རྗེའི་སེམས་དང་གཉིས་སུ་མེད་བློ་དང་། །བྱང་ཆུབ་སེམས་ནི་རྒྱལ་སྲས་རྣམས་ཀྱི་རྒྱུ་"[②]ཞེས་གསུངས་པ་ལྟར། "འདི་ནི་བྱང་ཆུབ་སེམས་དཔའི་བྱང་ཆུབ་ཀྱི་སེམས་ཞེས་བགྱིའོ། །སེམས་ཅན་ཐམས་ཅད་ལ་ཕན་པ་དང་བདེ་བའི་སེམས་དང་། བླ་ན་མེད་པའི་སེམས་དང་། བྱམས་པས་གཉེན་པའི་སེམས་དང་། སྙིང་རྗེས་མི་ཟློག་པའི་སེམས་དང་། དགའ་བས་འགྱོད་པ་མ་མཆིས་པའི་སེམས་དང་། བཏང་སྙོམས་ཀྱི་དྲི་མ་མ་མཆིས་པའི་སེམས་དང་། །སྟོང་པ་ཉིད་ཀྱིས་མི་འགྱུར་བའི་སེམས་དང་། མཚན་མ་མཆིས་པས་སྒྲིབ་པ་མ་མཆིས་པའི་སེམས་དང་། སྨོན་པ་མ་མཆིས་པས་མི་གནས་པའི་སེམས་ཞེས་ཇི་སྐད་བསྟན་པ་བཞིན་ནོ་"[③]ཞེས་གསལ་བར་བསྟན་ཏོ། །

ལུགས་འདིས་དད་པ་ནི་རང་གཞན་སེམས་ཅན་ཐམས་ཅད་ཀྱི་དོན་དུ་ཡང་དག་པར་རྫོགས་པའི་བྱང་ཆུབ་དོན་གཉེར་གྱི་འདུན་པ་དང་མཚུངས་ལྡན་གྱི་སེམས་ཡིན་པ་གང་ཞིག ཐབས་སྙིང་རྗེ་ཆེན་པོའི་ངོ་བོར་བཞེད་དོ། །འདི་ནི་སངས་རྒྱས་ཐམས་ཅད་ཀྱི་ས་བོན་ནམ་རྒྱལ་སྲས་རྣམས་ཀྱི་རྒྱུ་དང་། དཀར་པོའི་ཆོས་འཕེལ་བྱེད་ཀྱི་ཞིང་། བསམ་པའམ་འདུན་པ་ཡོངས་སུ་རྫོགས་བྱེད་ཀྱི་རྟེན། མ་དད་པའི་

① བུ་སྟོན་ཐམས་ཅད་མཁྱེན་པ། 《སྤྱོད་འཇུག་འགྲེལ་པ་བྱང་ཆུབ་ཀྱི་སེམས་གསལ་བར་བྱེད་པ་ཟླ་བའི་འོད་ཟེར་》(M)ཀྲུང་གོ་བོད་རིགས་པ་དཔེ་སྐྲུན་ཁང་། ༡༧༧

② སློབ་དཔོན་ཟླ་བ་གྲགས་པ། 《དབུ་མ་འཇུག་པའི་རང་འགྲེལ་》(M)སེར་གཙུག་ནང་བསྟན་དཔེ་རྙིང་འཚོལ་བསྡུ་ཕྱོགས་སྒྲིག་ཁང་། ༡༥

③ སློབ་དཔོན་ཟླ་བ་གྲགས་པ། 《དབུ་མ་འཇུག་པའི་རང་འགྲེལ་》(M)སེར་གཙུག་ནང་བསྟན་དཔེ་རྙིང་འཚོལ་བསྡུ་ཕྱོགས་སྒྲིག་ཁང་། ༡༥

སྐོབས་ཀྱི་ང་རྒྱལ་ཁོང་ཁྲོ་ལ་སོགས་རྩ་ཉོན་དྲུག་གི་གཉེན་པོར་བཞེད་དོ། །

ཕྱིར་མདོ་རྒྱུད་ཕལ་མོ་ཆེར་ཐབས་ཤེས་ཟུང་འཇུག་ནི་ཆོས་སྐུ་འཐོབ་བྱེད་ཀྱི་རྒྱུ་གཙོ་བོ་དང་། སྙིང་རྗེ་ཆེན་པོ་དང་བྱང་ཆུབ་སེམས་ནི་དམ་པའི་ཆོས་ཀྱི་རྩ་བར་ཡང་ཡང་བསྔགས་ན། ལུགས་འདིའི་དད་པ་ནི་ཀུན་རྫོབ་ཀྱི་རྟེན་འབྲེལ་ལ་སྐུར་བ་མི་འདེབས་པའི་སྤྱོད་པ་ནུབས་ཆེན་ཏེ། ལས་འབྲས་དང་། ས་ལམ། ཐར་པ་དང་ཐམས་ཅད་མཁྱེན་པའི་གོ་འཕང་ལ་ཡིད་རྟོན་པའི་བྱམས་པ་དང་། སྙིང་རྗེ། སྙིང་རྗེ་ཆེན་པོ་ལྟ་བུའི་ཐབས་ཀྱི་རྩ་བར་གྱུར་བའི་དད་པའི་སེམས་བྱུང་ཡིན་པ་གང་ཞིག རང་གཞན་སེམས་ཅན་ཐམས་ཅད་ཀྱི་དོན་དུ་དེ་འདྲའི་དོན་དམ་ཆོས་སྐུའི་གོ་འཕང་ཐོབ་ན་ཅི་མ་རུང་སྙམ་པའི་དངོས་དང་དངོས་མེད་ཀྱི་མཐའ་གཉིས་དང་བྲལ་བའི་ཤེས་རབ་དང་བཅས་པའི་བྱང་ཆུབ་ཀྱི་སེམས་ཏེ། སངས་རྒྱས་ཐམས་ཅད་ཀྱི་ས་བོན་ནམ་རྒྱལ་སྲས་རྣམས་ཀྱི་རྒྱུ་རུ་བཞེད་པ་དེའོ། །

མདོར་ན་བློ་རིག་གི་རྣམ་གཞག་ལས་དད་པ་ནི་མ་དད་པའི་གཉེན་པོ་ཡིན་པ་གང་ཞིག བདེན་པ་གཉིས་ལ་ཡིད་རྟོན་པའི་སེམས་བྱུང་ཞིག་གོ། འདི་ནི་ཡོན་ཏན་ཐམས་ཅད་ཀྱི་གཞི་དང་། དཀར་པོའི་ཆོས་ཐམས་ཅད་ཀྱི་རྗེས་སུ་འགྲོ་བ། ལམ་ཐམས་ཅད་ཀྱི་རྩ་བར་འདོད་དོ། །ལམ་གྱི་རིམ་པའི་རྣམ་གཞག་ལྟར་ན། དད་པ་ནི་ཆོས་ཐམས་ཅད་སློབ་པའི་མན་ངག་ལྟ་བུ་དང་། ཤེས་རབ་སྐྱེ་བྱེད་ཀྱི་ས་བོན་ནམ་རྩ་བར་བཞེད་དོ། །ཐེག་ཆེན་བློ་སྦྱོང་གི་རྣམ་གཞག་ལྟར་ན། དད་པ་ནི་རང་གཞན་རིས་མེད་སེམས་ཅན་ཐམས་ཅད་ཀྱི་དོན་དུ་བྱང་ཆུབ་དོན་གཉེར་གྱི་འདུན་པ་དང་མཚུངས་ལྡན་གྱི་སེམས་ཡིན་པ་གང་ཞིག ཐབས་སྙིང་རྗེ་ཆེན་པོ་དང་། ཤེས་རབ་སྟོང་པ་ཉིད་ཀྱི་རང་བཞིན་ལ་ཡིད་རྟོན་པའི་བྱང་ཆུབ་སེམས་ཏེ། སངས་རྒྱས་ཐམས་ཅད་ཀྱི་ས་བོན་ནམ་རྒྱལ་སྲས་རྣམས་ཀྱི་རྒྱུ་རུ་བཞེད་པ་དེའོ། །སྐབས་བབ་

ཀྱི་གཏན་གྱི་འདུན་མའི་དད་པ་བྱའང་ཐེག་ཆེན་བློ་སྦྱོང་གི་རྣམ་གཞག་ལས་བསྟན་པའི་དད་པ་དེ་ཁོ་ནར་ངེས་སོ། །

མཇུག་སྡོམ།

གཏན་གྱི་འདུན་མ་ཞེས་པ་ནི་ཆོས་ལུགས་མཚན་ཉིད་རིག་པའི་བརྗོད་ཆད་ཅིག་སྟེ། འཛམ་གླིང་གི་ཤར་ནུབ་སྤྱོལ་རྒྱུན་ཆོས་ལུགས་སོ་སོའི་ཐུན་མོང་གི་བསྒྲུབ་བྱ་ཉིད་བྱའམ། འཁོབ་བྱའི་མཐར་ཐུག་གི་གོ་འཕང་ལ་བཞེད། ཡོངས་གྲགས་སུ་ཆོས་ལུགས་ཀྱི་སྙིང་པོ་མེད་པར་སྨྲ་བ་དང་། མཚན་ཉིད་རིག་པའི་ངོ་བོ་ཉིད་མེད་པར་སྨྲ་བའི་མི་ཚེའི་རིན་ཐང་ལྟ་བའི་ཞེ་འདོད་དམ་གྲུབ་དོན་སྟོང་པའི་རང་བཞིན་ལ་ཟེར།

རིགས་པའི་ས་བོན་ནི་ཡེ་ཤུའི་ཆོས་ལུགས་ཀྱི་ལྟ་གྲུབ་པོ། །ཕྱིར་མཐར་ཐུག་འཁོབ་བྱའི་དཀོན་མཆོག་གི་གོ་འཕང་ལ་ཟེར། དེའང་མི་ཞིག་གིས་ནམ་འཆི་ཆ་མེད་ཀྱི་ཡུལ་དུས་སུ་ཚུ་ཤིང་ལྟར་སྙིང་པོ་མེད་པའི་མི་ཚེའི་ཆོས་ཉིད་ལ་རྟོགས་པ་སད་དེ། ཚེ་སྲོག་གི་རིན་ཐང་ལྟ་བར་ངེས་ཤེས་འདྲོང་བྱེད་ཀྱི་མཐར་ཐུག་གི་ཞེ་འདོད་དུ་འདོད་ན། དོན་དམ་དུ་མིའི་འགྲོ་བ་སྡུག་བསྔལ་གྱི་གཞི་ལས་སྒྲོལ་བྱེད་ཀྱི་ཐར་པ་སྟེ། སྐྱེ་འཆིའི་སྡུག་བསྔལ་ཟློག་བྱེད་ཀྱི་ཐབས་དམ་པའོ། །འདི་ནི་གཏན་གྱི་འདུན་མའི་ཐོག་མའི་རྣམ་པའོ། །

རིག་གནས་བར་བརྒྱལ་ལམ་འདུ་ཤེས་ཐོད་བརྒྱལ་གྱི་བརྟག་ཐབས་སྨྲ་བ་དང་། སྔ་མང་ཆོས་ལུགས་སྨྲ་བ། ཆོས་ལུགས་ལྟོས་བཅས་རིང་ལུགས། ཆོས་ལུགས་གོ་བསྡུར་སྨྲ་བ། ཆོས་ལུགས་བརྗོད་ཆད་གཅིག་གྱུར་སྨྲ་བ་ལ་སོགས་པ་སྟེ། ཆོས་ལུགས་རིག་པའི་མདོ་དོན་གྱི་སྙིང་པོ་ལྟར་ན། འདི་ནི་འཛམ་གླིང་གི་ཤར་ནུབ་སྤྱོལ་རྒྱུན་

ཆོས་ལུགས་སོ་སོའི་ཐུན་མོང་གི་འཐོབ་བྱའི་མཐར་ཐུག་གི་གོ་འཕང་ལ་བཞེད། དེའང་གྲུབ་དོན་ཏེ། ཆོས་ལུགས་ཀྱི་རྣམ་གཞག་ལྟར་ན། འཇིག་རྟེན་ལས་འདས་པའི་སྒྲོང་བ་རང་མཚན་པ་དང་། མཚན་ཉིད་རིག་པའི་རིགས་ལམ་ལྟར་ན། གྲུབ་དོན་སྟོང་པ་སྟེ། དངོས་པོའི་གཤིས་ལུགས་སྟོང་པར་དཔྱོད་བྱེད་ཀྱི་ཆོས་ཉིད་སྟོང་པའི་རང་བཞིན་ནོ། །འདི་ནི་ཡོངས་གྲགས་ཀྱི་གཏན་གྱི་འདུན་མའོ། །དེ་དག་འཕྲོས་དོན་གྱི་ཡན་ལག་ཏུ་རྒྱས་པར་བསྟན་ཟིན་ཏོ། །

རིགས་པ་འདི་ནི་སྨན་གྱི་རྒྱལ་པོ་ཨ་རུ་ར་ལྟར་རོ་དྲུག་གི་ནུས་པས་ནད་ཀུན་སེལ་ཞིང་། རྩ་བ་དྲུངས་ནས་ཕྱིན་པ་ལས། ནད་ཀྱི་གཏར་གཙོག་རྒྱུ་ཉིང་དགོས་མིན་ན། འཇིག་རྟེན་རང་ག་བའི་འཚོ་ཆོས་དོན་གཉེར་ཅན་དང་། བདེན་འཛིན་མ་རིག་པའི་ངོར་གནས་སྐབས་བསླུ་བའི་རང་བཞིན་དུ་གྲུབ་པ་བདེན་ནོ། །དཔེར་ན། གཏར་དྲག་པོས་མ་བཟོད་པའི་ནད་པས་སྨན་གྱི་རྒྱལ་པོ་བསྟེན་པའི་གནས་སྐབས་ཀྱི་གདུང་བ་ལྟར་རོ། །དེའི་ཕྱིར་འཇིག་རྟེན་རྒྱུད་པའི་རྩ་བ་ངར་འཛིན་ལྷན་སྐྱེས་མ་རིག་པ་སྟེ། ང་ཡི་བ་ཞེས་ཚུགས་ཐུབ་ཡིང་ངེར་བདེན་པར་གྲུབ་སྙམ་པའི་བདེན་འཛིན་གྱི་ནད་གདོན་འདི་གོའི་རྩ་བ་དྲུངས་ནས་འབྱིན་རྒྱུར་སྨན་གྱི་རྒྱལ་པོ་འདི་མི་བསྟེན་མཐུ་མེད་དོ། །ཇི་སྲིད་བསྟེན་ན་དེ་སྲིད་རྩ་བ་དྲུངས་ནས་ཕྱིན་ཏེ། གཟུང་འཛིན་གཉིས་སྣང་ཅན་གྱི་རྟོག་པའི་དྲི་མས་བསླད་པའི་མི་རང་མཚན་པ་ཞིག་གིས་གདོད་ནས་མ་མཐོང་མ་རྙེད་པའི་གཞི་དངོས་པོའི་གནས་ལུགས་སྟོང་པ་དང་། ཀ་དག་སེམས་ཀྱི་རང་བཞིན་སྟོང་པའི་གྲུབ་དོན་རྙེད་ཐུབ། འདི་ནི་སྨན་གྱི་རྒྱལ་པོས་ཉོན་མོངས་པའི་ནད་ཀུན་སེལ་ཞིང་། མ་རིག་པའི་ལིང་ཏོག་སྟུག་པོའི་འཇིག་ལྟ་ཆེན་པོའི་རྩ་བ་དྲུངས་ནས་ཕྱིན་པའི་བདེ་བ་བླ་ན་མེད་པ་དེའོ། །

ཁ་ཅིག་འདི་ནི་ཆོས་ལུགས་ཀྱི་འཕོར་བ་སྙིང་པོ་མེད་པར་སྨྲ་བ་དང་། མཚན་

ཉིད་རིག་པའི་ངོ་བོ་ཉིད་མེད་པར་སྨྲ་བའི་གྲུབ་དོན་ནོ། །དེའི་ཕྱིར་ཁས་ལེན་མེད་ཅེ་ན། དེ་ལ་འདི་ལྟར་སྨྲ་བར་བྱ་སྟེ། འཚོ་ཆོས་ཀྱི་ནོམ་པ་གྲུ་ནོམ་ཞིང་། མཚན་སྙན་གྱི་བ་དན་སྲིད་རྩེར་གཡོ་བ་སོགས་ནི་འཇིག་རྟེན་ཆོས་བརྒྱད་ཀྱི་རང་བཞིན་ལས་མ་འདས། དཔེར་ན། རྨི་ལམ་སྒྱུ་མ་ལྟར་མེད་བཞིན་སྣང་བའི་སྒྱུ་མའི་ཟློས་གར་བཞིན་ནོ། །འདི་ལ་མི་ཚེའི་སྙིང་པོའམ་བདེ་བ་ཞེས་བྱར་མི་བཏུབ་སྟེ། ཆོས་ཀུན་ངོ་བོས་གྲུབ་པའམ། ཆོས་ཐམས་ཅད་ཀྱི་རང་བཞིན་བདེན་པར་གྲུབ་པ་ནི་རྟེན་འབྲེལ་སྒྱུ་མའི་འགྱུར་བག་ཙམ་མོ། །མ་བརྟགས་མ་དཔྱད་པའི་འཇིག་རྟེན་གྲགས་པའི་གཞན་ངོར་ཡོད་ཡོད་འདྲ་བ་ལས། དོན་དམ་པར་བདེན་པར་གྲུབ་པ་རྡུལ་ཙམ་ཡང་མེད། ཐ་ན་སྐྱེ་འཆིའི་སྡུག་བསྔལ་ཟློག་བྱེད་ཀྱི་ཐབས་དམ་པའང་སྲིད་མཐའ་ཙམ་ཡིན་ན། རིགས་པ་འདི་ནི་སྒྱུ་མའི་སྐྱེས་བུ་འདྲ་བའི་མི་རང་མཚན་པ་ཞིག་ལ་ཆ་མཚོན་ན། འཕྲུལ་ཞུགས་འདི་ཕྱི་ལེགས་ལམ་དུ་འདྲེན་བྱེད་ཀྱི་དཔལ་བའི་མིག་འབྲས་དང་། ཡང་ན་དམུས་ལོང་གི་དམིགས་བུ་ལྟར་ཤིན་ཏུ་གལ་ཆེའོ། །

འོ་ན་ཇི་ལྟར་བྱས་ཏེ་མི་ཚེ་དོན་ཡོད་བྱ་ཞེ་ན། སྤྱིར་རྟེན་འབྲེལ་ཏེ། ཁམས་གསུམ་སྒྱུ་མའི་ཆོས་ཀྱི་རང་བཞིན་བདེན་པར་མ་གྲུབ་ཀྱང་། འཇིག་རྟེན་གྲགས་པའི་སྒོ་དང་བསྟུན་ཏེ། སྙིང་རྗེའི་གོ་སྐབས་ཀྱིས་ལྷ་ཆོས་ཀྱི་ལས་འབྲས་དང་། མི་ཆོས་ཀྱི་བླང་དོར་སྲོག་ཏུ་ལྟ་ཞིང་། རིགས་ཤེས་ཀྱི་གོ་སྐབས་ཀྱིས་ཆོས་ཀྱི་གནས་ལུགས་རྣམ་པར་དཔྱད་དེ། སྒྱུ་མའི་སྐྱེས་བུ་ལྟ་བུའི་བཅིངས་འགྲོལ་གྱི་གཞིའི་ང་ཙམ་གྱི་དལ་བའི་རྟེན་གྱི་སྙིང་པོ་སྟེ། མི་ལུས་རིན་ཆེན་དག་པ་དོན་གཉེར་གྱི་ལས་སུ་སྐུལ་ཏེ། རང་ལམ་རང་གིས་གཏོད་ཅིང་། བདག་ཉིད་བདག་གི་མགོན་དུ་གྱུར་བར་བྱའོ། །འདི་ལ་ཇི་སྐད་དུ་བདག་ཅེས་བྱ་བའི་རང་བཞིན་བདེན་པར་མ་གྲུབ་པ་ལས། སྙིང་པོ་མེད་པར་མ་གསུངས་པའི་ཕྱིར་རོ། །

འོ་ན་ཇི་ལྟར་བྱས་ཏེ་གཞུང་གི་གོ་རྩལ་ལྟར་ཉམས་ལེན་བྱ་ཞེ་ན། དེའང་འཕྲོས་དོན་གྱི་ཡན་ལག་ཏུ་གཞལ་བྱ་རིག་གནས་ཀྱི་ཁྱད་གཞི་སྟེ། རིག་གནས་ཀྱི་རྣམ་གཞག་དང་། འཇལ་བྱེད་གང་ཟག་གི་ཁྱད་ཆོས་ཏེ། མི་ཡི་མཚན་ཉིད་དང་། མི་གཞིའི་ངོ་བོ། དད་པའི་སྤྱི་བཤད་བཅས་ལུང་རིགས་དང་གཏུ་ཁ་སྦྱར་ཚུལ་གྱིས་ལྟོས་གྲུབ་ཏུ་སྨྲས་ཟིན་པ་སྟེ།

༧ གཞལ་བྱ་རིག་གནས་ཀྱི་ཁྱད་གཞི།

རིག་གནས་མིའི་རིགས་རིག་པ་དང་། བོད་ཀྱི་རིག་གནས་སྡེའི་ཐུན་མོང་གི་འདོད་ཚུལ་ལྟར་ན། རིག་གནས་ཀྱི་རྣམ་གཞག་ཅེས་པ་ནི་མིའི་འགྲོ་བའི་གཉུག་སེམས་སམ། མ་བཅོས་མི་གཞི་འཚོལ་བྱེད་ཀྱི་རིགས་པའི་རྣམ་གཞག་ཏུ་བཞེད་ཅིང་། ཆོས་ལུགས་རིག་པ་ལྟར་ན། གཏན་གྱི་འདུན་མ་ཞེས་པ་ནི་གྲུབ་དོན་སྟོང་པ་སྟེ། ཆོས་ལུགས་མཚན་ཉིད་རིག་པའི་མཐར་ཐུག་གི་མི་ཚེའི་རིན་ཐང་ལྟ་བའི་ཞེ་འདོད་ལ་ཟེར། འདི་ནི་འཇིག་རྟེན་ལས་འདས་པའི་སྤྱོད་པ་རང་མཚན་པ་དང་། དངོས་པོའི་གཤིས་ལུགས་སྟོང་པར་དཔྱོད་བྱེད་ཀྱི་རིགས་ལམ་ལ་བཞེད་དོ། །

སྤྱིར་རིག་གནས་ལྟོས་གྲུབ་རིག་པའི་བརྟག་ཐབས་ལྟར་ན། གྲུབ་དོན་སྟོང་པ་ནི་གཞི་དངོས་པོའི་གནས་ལུགས་སྟོང་པའི་རང་བཞིན་ཏེ། ཡུལ་གྱི་གདགས་གཞི་དང་། གཉུག་སེམས་ནི་གསལ་རིག་སེམས་ཀྱི་རང་བཞིན་ཏེ། ཡུལ་ཅན་གྱི་གདགས་གཞི་ལས་མ་འདས་ན། གྲུབ་དོན་སྟོང་པའམ་གཉུག་སེམས་སྟོང་པ་འཚོལ་བྱེད་ཀྱི་རིགས་ལམ་གང་ཞིག་ནི་ངོ་བོ་གཅིག་ལ་ལྡོག་པ་ཐ་དད་དོ། །དེའི་ཕྱིར་རིགས་པ་འདི་ནི་རིགས་རྒྱུད་དང་། དད་པས་རེས་སུ་མ་བཅད་པའི་མིའི་འགྲོ་བ་ཐུན་མོང་གི་སྤྱོད་ཡུལ་དུ་གྱུར་བའི་རིགས་པའི་རྣམ་གཞག་ཅིག་ཡིན་པ་གོར་མ་ཆག

འོ་ན་གཞལ་བྱ་རིག་གནས་ཀྱི་ཁྱད་གཞི་དེ་ལྟར་ཡིན་ན། ཉེ་བར་ལེན་པ་པོའི་

ཡུལ་ཅན་གང་ཟག་གི་ཁྱད་ཆོས་ཅི་ལྟར་ཡིན་ཞེ་ན། དེའང་འགྲེས་དོན་གྱི་ཡན་ལག་ཏུ་ཤོད་གྲུབ་ཏུ་སྨྲས་ཟིན་པ་སྟེ།

༢ འཇལ་བྱེད་གང་ཟག་གི་ཁྱད་ཆོས།

ཀ མི་ཡི་མཚན་ཉིད།

ནུབ་ཕྱོགས་མཚན་ཉིད་རིག་པ་དང་། ནང་བསྟན་མཚན་ཉིད་རིག་པའི་བསྒྲུབ་བྱ་མི་འདྲ་ཞིང་། ལྟ་བའི་ཟབ་ཁྱད་ཀྱང་མི་མཚུངས་པས། ཉེ་བར་ལེན་པ་པོའི་ཡུལ་ཅན་གང་ཟག་གམ་མི་ནི་རྣམ་དཔྱོད་ཅན་གྱི་གདགས་གཞིར་འདོད་མིན་མི་མཚུངས་ཀྱང་། ཐུན་མོང་གི་འདོད་ཚུལ་ལྟར་ན། རིགས་ཤེས་ཀྱི་ཡུལ་ཅན་ཡིན་པ་གང་ཞིག བྱ་བྱེད་དམ་ལས་འབྲས་ཀྱི་རྟེན་དུ་གྱུར་བའི་ང་ཙམ་མི་ཡི་མཚན་ཉིད་དུ་བཞེད་དོ། །

སྤྱིར་ནང་བསྟན་མཚན་ཉིད་རིག་པ་དང་། གཞི་གྲུབ་རིང་ལུགས་ཀྱི་མཚན་ཉིད་རིག་པའི་གཞུང་གི་གོ་ཚུལ་ལྟར་ན། གང་ཟག་གི་གདགས་གཞི་ང་ཙམ་འདི་ནི་རྫས་སུ་མེད་པ་བཏགས་པ་བའི་རང་བཞིན་དུ་ཟད་ན། དེ་ལྟ་བུའི་གང་ཟག་སྟེ། རིགས་ཤེས་ཀྱི་ཡུལ་ཅན་ཡིན་པ་གང་ཞིག བྱ་བྱེད་དམ་ལས་འབྲས་ཀྱི་རྟེན་དུ་གྱུར་བའི་ང་ཙམ་ནི་མིའི་འགྲོ་བའི་གཉུག་སེམས་སམ། གྲུབ་དོན་སྟོང་པའི་རིགས་ལམ་གྱི་དཔྱོད་པ་པོའམ་ཉེ་བར་ལེན་པ་པོའོ། །

འདི་ནི་རིག་གནས་དང་མི་ཤེས་གྲུབ་ཏུ་སྨྲ་བའི་ལུགས་ཏེ། རིག་གནས་ཉིད་མིའི་ངོ་བོ་ལས་མ་འགོངས་ཤིང་། མི་ཉིད་རིག་གནས་ཀྱི་བྲན་ཁོལ་དུ་མ་གྱུར་བས་སོ། །

ཁ། མི་གཞིའི་ངོ་བོ།

སེམས་ཁམས་དབྱེ་ཞིབ་རིག་པ་དང་། སེམས་སེམས་བྱུང་ཕྲ་བའི་ལྟ་བའི་ཟབ་ཁྱད་མི་འདྲ་བས། བག་ཆགས་སེམས་ཀྱི་རང་བཞིན་ཡིན་མིན་གྱི་བཞེད་ཚུལ་མི་མཚུངས། སྔ་མས་བག་ཆགས་སེམས་ཀྱི་རང་བཞིན་དུ་ཞུགས་པ་ཙམ་གྱིས་མི་གཞི་དྲི་བཅས་སུ་བཞེད་ཅིང་། ཕྱི་མས་ཉོན་མོངས་པའི་དྲི་མ་གློ་བུར་བ་ཡིན་ན། སེམས་ཀྱི་རང་བཞིན་དུ་མ་ཞུགས་པས་མི་གཞི་དྲི་མེད་དུ་བཞེད་དོ། །དེ་ལྟར་ནང་ཐུན་མོང་གི་འདོད་ཚུལ་ལྟར་ན། མིའི་འགྲོ་བའི་གཉུག་སེམས་སམ་མ་བཅོས་མི་གཞི་སྟེ། སེམས་ཀྱི་རང་བཞིན་ནི་གསལ་རིག་དང་། འོད་གསལ། སྟོང་པ་བཅས་ཀ་ནས་དག་པར་བཞེད་དོ། །

ཕྱིར་ནང་བསྟན་མཚན་ཉིད་རིག་པའམ། དབུ་མའི་གཞུང་ལྟར་ན། སྐྱེ་འགག་ཅིར་ཡང་མ་གྲུབ་པའི་སེམས་ཀྱི་རང་བཞིན་སྟོང་པ་ནམ་མཁའ་ལྟ་བུ་ཡིན་པ་གང་ཞིག གཉུག་སེམས་སྟོང་པ་ཡུལ་སྟོང་པའི་ངོ་བོར་རོ་གཅིག་འདྲེས་པར་སྟོང་ཉིད་རྟོགས་པའི་ཐ་སྙད་མཛད་ཅེས་གསུངས་ན། མི་གཞི་དྲི་མེད་ཅན་གྱི་གང་ཟག་གང་ཞིག་ནི་གྲུབ་དོན་སྟོང་པའི་ཉེ་བར་ལེན་པ་པོ་ཡིན་ནོ། །

ག དད་པའི་རང་བཞིན།

ཆོས་ལུགས་རིག་པ་དང་། ནང་བསྟན་ཆོས་ལུགས་ཀྱི་ཐུན་མོང་གི་འདོད་ཚུལ་ལྟར་ན། དད་པ་ནི་ཤེས་རབ་ལས་ཀྱང་འདས་པའི་སྙིང་རྗེའི་རང་བཞིན་གྱི་སེམས་བྱུང་ཡང་དག་ཅིག་སྟེ། སེམས་དགེ་བའི་ངོ་བོར་དམིགས་པའི་འདུན་པའི་རྟེན་དུ་བཞེད་དོ། །དེ་ལྟ་བུའི་དད་པ་ནི་ཤེས་རབ་ལས་ཀྱང་འགོངས་པའི་སྤྱོད་བ་རང་མཚན་པ་ཞིག་གོ།

ཕྱིར་ཐེག་པ་ཆེན་པོའི་བསྟན་བཅོས་སུ་ཡང་ཡང་གསུངས་པའི་བྱང་ཆུབ་ཀྱི་

སེམས་སྟོང་ཉིད་སྙིང་རྗེའི་སྙིང་པོ་ཅན་ཏེ། མཐའ་བྲལ་རྟེན་འབྱུང་ཞེས་བྱ་བའི་དོན་དམ་དཔྱོད་བྱེད་ཀྱི་རིགས་ཤེས་ཀྱི་ངོ་བོར་གྲུབ་ན། དགེ་བར་དམིགས་པའི་སེམས་བྱུང་ཡིན་པ་གང་ཞིག ཤེས་རབ་ལས་ཀྱང་འདས་པའི་སྤྱོད་བ་རང་མཚན་ཅན་གྱི་གང་ཟག་དེ་ནི་གྲུབ་དོན་སྟོང་པའི་ཉེ་བར་ལེན་པ་པོ་ཡིན་པ་བསྙོན་མི་ནུས་སོ། །

དེ་དག་འཕྲོས་དོན་གྱི་ཡན་ལག་ཏུ་རྒྱས་པར་བསྟན་པའི་ཉིང་དགོས་ཀྱང་གཏན་གྱི་འདུན་མའི་ཟབ་དོན་དཔོག་དཀའ་བ་རྟོགས་སླ་བའི་ཕྱིར་རོ། །

སྤྱིར་གཏན་གྱི་འདུན་མ་ནི་ཆོས་ལུགས་མཚན་ཉིད་རིག་པའི་མི་ཚེའི་རིན་ཐང་ལྟ་བ་རྣམ་པར་བསྟན་པའི་གཟུགས་འདས་སྨྲ་བའི་མི་ཚེའི་རྟོགས་པ་སྟེ། རིགས་རྒྱུད་དང་། དད་པས་རེས་སུ་མ་བཅད་པའི་མི་འགྲོ་བ་རིས་མེད་ཀྱི་མཐར་ཐུག་གི་མི་ཚེའི་རིན་ཐང་ལྟ་བར་འདོད་པ་ཡོངས་གྲགས་ཀྱི་གཏམ་མོ། །དེའི་ཕྱིར་འཇིག་རྟེན་རང་ག་བའི་ངོར་གནས་སྐབས་བསླུ་བའི་རང་བཞིན་དུ་གྲུབ་པ་བསྙོན་མི་ནུས་སོད། མདོ་ལས། སྟོང་ཉིད་ཀྱི་སྒྲ་ཙམ་ཐོས་པས་སྲིད་པ་རྟུལ་པོར་འགྲོ་གསུངས་ན། ཚིག་ཙམ་རྟོགས་ཀྱང་རྒྱུད་ལ་བག་ཆགས་འཇོག་རྒྱུ་གདོན་མི་ཟའོ། །

ཅི་སྟེ་སོ་སོ་སྐྱེ་བོ་གང་ཞིག་དད་པའི་ས་བོན་ཆེག་ཅིང་། མི་གཞིའི་ལྷག་ཆུ་ཚད་པའི་རིག་གནས་ཀྱི་སྨྱུ་ངམ་ཐང་དུ་སྨྱུལ་བའི་སྡུག་བསྔལ་ཉེ་བར་ལེན་པ་པོ་ཡིན་ན། ཇི་སྲིད་འཚོ་ན་དེ་སྲིད་མ་རིག་པའི་གོལ་སར་ལྷུང་ཞིང་། སྟོང་པ་ནམ་མཁའ་ལྟ་བུའི་གཏན་གྱི་འདུན་མའི་སེམས་ཀྱི་ལྷ་མོའི་ཕ་སར་ནམ་ཡང་སླེབས་མི་སྲིད། དེའི་ཕྱིར་བདེ་སྟོང་དབྱེར་མེད་རོ་གཅིག་འདྲེས་པའི་གྲུབ་དོན་སྟོང་པའི་ཡུལ་མཆོག་བགྲོད་བྱེད་ཀྱི་ལམ་ཡིག་རག་རྒྱུར་རྩོལ་བ་མི་ལྡོད་པ་ཞུའོ།། །།

ལེའུ་གཉིས་པ། རྩོམ་རིག་གི་གདན་གྱི་འདུན་མའི་རྣམ་བཤད།

རྩོམ་རིག་གི་གདན་གྱི་འདུན་མ་ཞེས་པ་ནི་བརྩམས་ཆོས་ཀྱི་བསྟན་བྱའི་སྙིང་པོར་བསྟན་པའི་ཆོས་ལུགས་ཀྱི་ལྤོར་བ་སྙིང་པོ་མེད་པར་སྨྲ་བ་དང་། མཚན་ཉིད་རིག་པའི་ངོ་བོ་ཉིད་མེད་པར་སྨྲ་བ་སྟེ། ཆོས་ལུགས་མཚན་ཉིད་རིག་པའི་མཐར་ཐུག་གི་མི་ཚེའི་རིན་ཐང་ལྟ་བར་ཟེར། དེའང་བརྩམས་ཆོས་ཞིག་གི་མཐར་ཐུག་གི་བསམ་བློའི་རང་བཞིན་དུ་གྲུབ་པའི་ཆོས་ལུགས་མཚན་ཉིད་རིག་པའི་གཟུགས་འདས་སྨྲ་བའི་གྲུབ་དོན་སྟོང་པའི་མི་ཚེའི་རྟོགས་པར་ཟེར།

སྤྱིར་ཆོས་ལུགས་མཚན་ཉིད་རིག་པའི་གཟུགས་འདས་སྨྲ་བའི་གྲུབ་དོན་སྟོང་པའི་རང་བཞིན་ཏེ། "ཆོས་ལུགས་ནི་མིའི་འགྲོ་བའི་རྣམ་ཤེས་ཀྱི་གཉུག་མའི་རང་བཞིན་དང་། རྩ་བ། ས་བོན་བཅས་ལ་དཔྱོད་བྱེད་ཀྱི་རིགས་པའོ་"[1]ཞེས་པ་དང་། "མཚན་ཉིད་རིག་པ་ནི་གྲུབ་དོན་སྟོང་པ་དང་། སྒྱུ་མའི་གཞི་གྲུབ་ལྟོས་གྲུབ་ཏུ་སྨྲ་བའི་གཟུགས་འདས་རིག་པའི་རྣམ་གཞག་ཅིག་གོ་"[2]ཞེས་གསུངས་པ་ལྟར། སྔ་མས་རྣམ་ཤེས་མིའི་འགྲོ་བའི་རྟེན་དུ་བཞེད་པ་གང་ཞིག གཉུག་སེམས་ནི་ཡུལ་ཅན་གྱི་བདག་ཅི་ཡིན་འཚོལ་བྱེད་ཀྱི་ཐབས་སུ་བཞེད། ཕྱི་མས་གྲུབ་དོན་སྟོང་པ་དང་གཞི་གྲུབ་ལྟོས་གྲུབ་ཏུ་སྨྲས་ཏེ། ཆོས་ལུགས་མཚན་ཉིད་རིག་པའི་མཐར་ཐུག

① 张志刚：《宗教学是什么》，〔M〕北京大学出版社2008/4第2版，P279

② 唐纳德·帕尔默：《看，这是哲学》，〔M〕北京联合出版公司2016/2第1版，P283

གི་མི་ཚེའི་རིན་ཐང་ལྟ་བ་བསྟན་པའོ། །འདི་ནི་ཆོས་ལུགས་རིག་པའི་གཞུང་ནས་བསྟན་པའི་རྩོམ་རིག་གི་གདན་གྱི་འདུན་མའི་ཐོག་མའི་ངོ་བོའོ། །

ཡོངས་གྲགས་སུ་བཙམས་ཆོས་ཀྱི་ཕྱིའི་རྣམ་པའི་མཛེས་པ་ནི་མཚོན་ཐབས་ཀྱི་གྲུབ་ཆ་སྟེ། གཅིག དོན་བརྗོད་རྩོམ་ལུས་ལྟར་ན། གཏམ་རྒྱུད་སྤྲོས་བརྗོད་ཀྱི་ལམ་ནས་དོན་གྱི་བྱུང་བ་བརྗོད་པའི་རྟོགས་བརྗོད་རྩོམ་རིག་གམ། བྱུང་རིམ་ཞིབ་འབྲིའི་ལམ་ནས་དཔེ་གཞི་ཅན་གྱི་མི་སྣའི་སྣང་བརྙན་འབྲི་བཞེངས་བྱེད་པའི་བཙམས་སྒྲུང་གང་རུང་ཞིག་གི་དོན་བརྗོད་ཀྱི་ཁོངས་ཐིག་དང་། གཅིག་ཤོས། ཡིད་འགྱུར་རྩོམ་ལུས་ལྟར་ན། ཡིད་འགྱུར་གྲིམ་ལྷོད་ཀྱི་ལམ་ནས་ཚོར་བའི་ཆགས་སྣང་མངོན་པར་མཚོན་བྱེད་ཀྱི་ཚོར་འདུའི་འགྲོས་རིམ་གྱིས་ལེགས་པར་གྲུབ་པོ། །དེ་ལྟ་བུའི་ཕྱིའི་རྣམ་པའི་མཛེས་པའང་སྒྲ་ཇི་བཞིན་པའི་སྤྲོས་བརྗོད་ཀྱི་རྣམ་པ་ལས་འགོངས་པའི་མཛེས་དཔྱོད་ཀྱི་ཁམས་ཤིག་ལས་མ་འདས་པས། རྩོམ་རིག་གི་གདན་གྱི་འདུན་མའི་ཟབ་དོན་ཡང་ཏིལ་ལ་ཏིལ་མར་གྱི་ཚུལ་ལྟར་ངོ་བོ་དབྱེར་མེད་དུ་བག་ཏུ་ཞ་ཞིང་། ཀློག་པ་པོས་ཀྱང་རང་རང་གི་ཁམས་དང་མོས་པ་མི་འདྲ་བའི་གོ་ཚུལ་ལྟར་སྨྲོང་རོལ་ཅི་རུང་བྱས་ཆོག

འོ་ན་བཙམས་ཆོས་ཀྱི་བསྟན་བྱའི་སྙིང་པོར་ཇི་ལྟར་བསྟན་ཅེ་ན། འདི་ལ་ཞོའུ་ཐེ་ལི་ཆས"མཛེས་དཔྱོད་སྨྲ་བའི་སྐྱེར་གདན་གྱི་འདུན་མ'མཐར་ཐུག་གི་འདུན་པའི' ངོ་བོར་མཚོན་པ་སྟེ། སྤྱིར་རྩོམ་པ་པོ་དང་། སྒྱུ་རྩལ་པས་བཙམས་ཆོས་ཀྱི་བསྟན་བྱའི་སྙིང་པོར་བསྟན་པའི་སྒྱུ་རྩལ་སྣང་བརྙན་གྱི་མཚོན་དོན་དུ་གྱུར་པའི'གདན་གྱི་འདུན་མའི་གྲུབ་དོན' གྱི་ངོ་བོ་མི་མངོན་པར་མཚོན་སྟངས་ཤིག་ཡིན་"① ཞེས་གསུངས་པ་ལྟར་རོ། །

---

① 张志刚：《宗教学是什么》，〔M〕北京大学出版社2008/4第2版，P279

འཛམ་གླིང་ཚོམ་བྱུང་ལོ་རྒྱུས་ལྟར་ན། ཤར་ནུབ་ཚོམ་རིག་སྨྲ་བ་ཐུན་མོང་གི་ལུགས་སུ་གདན་གྱི་འདུན་མ་ཞེས་པ་ནི་རིགས་རྒྱུད་དང་། དད་པས་རིས་སུ་མ་བཅད་པའི་མིའི་འགྲོ་བ་ཐུན་མོང་གི་མཐར་ཐུག་གི་མི་ཚེའི་རྟོགས་པར་བཞེད། ཡོངས་གྲགས་སུ་ཆོས་ལུགས་མཚན་ཉིད་རིག་པའི་མི་ཚེའི་རིན་ཐང་ལྟ་བ་སྟེ། གྲུབ་དོན་སྟོང་པའི་རང་བཞིན་ཞེས་པ་དེའོ། །དེའང་ཚོམ་པ་པོས་སེམས་སམ་ཤེས་པའི་ཡོན་ཏན་ལྟ་བུའི་གཟུགས་འདས་རིག་པའི་རྣམ་གཞག་ཚོམ་གཞིར་བྱས་ཏེ། མིའི་འགྲོ་བ་ཐུན་མོང་སྐྱེ་འཆིའི་སྡུག་བསྔལ་ལས་སྒྲོལ་བྱེད་ཀྱི་མཚོན་དོན་དུ་དཀོན་མཆོག་གི་སྣང་བརྙན་བཞེངས་ཤིང་། མི་རྟག་པའི་རང་བཞིན་ལས་ཚེ་སྲོག་གི་རིན་ཐང་ལྟ་བ་མངོན་པར་མཚོན་ནོ། །མ་གཞིར་སྐྱེ་འཆིའི་སྡུག་བསྔལ་ནི་མིའི་འགྲོ་བ་ཐུན་མོང་གི་མཐར་ཐུག་གི་མི་ཚེའི་གདམ་ག་ཡིན་ན། མཚོན་དོན་འདི་ནི་ཚོམ་རིག་གི་གདན་གྱི་འདུན་མའི་བསམ་བློའི་ས་བོན་གྱི་ཐོག་མའི་མངོན་ཚུལ་ལོ། །

བྱེ་བྲག་ཏུ་སྐྱེ་འཆིའི་སྡུག་བསྔལ་ལས་སྒྲོལ་བྱེད་ནི་ཐབས་དམ་པ་སྟེ། འདི་ལ་ཐར་པ་ཞེས་ཆོས་ལུགས་གྲུབ་མཐའ་ཐམས་ཅད་ཀྱིས་བསྟགས་པ་དོན་དུ་གནས། འོན་ཀྱང་མིའི་འགྲོ་བ་ཐུན་མོང་གི་གདན་གྱི་འདུན་མ་ནི་སྐྱེ་འཆིའི་འཇིགས་པ་ལས་བསྒྲལ་བ་ཙམ་ལ་མི་ཟེར། འོ་ན་ཅི་ཞིག་ལ་བྱ་ཞེ་ན། ཡོངས་གྲགས་ལྟར་ན "བདག་ཅི་ཞིག" ཅེས་པའི་མཚན་ཉིད་རིག་པའི་ངག་ཚིག་འདིའམ། འདིའི་འཕྲོས་དོན "གང་ནས་འོངས། གང་དུ་ཆས" ཞེས་པའི་འདྲི་ཚིག་གི་རྣམ་པ་འདི་དག་གོ། མདོ་དོན་གྱི་སྙིང་པོ་ལྟར་ན། བདག་ཅི་ཞིག་ཅེས་པའི་ཚིག་ཟིན་ལས་ཡུལ་ཅན་གྱི་བདག་ཟླས་ཡོད་ཡིན་མིན་དང་། གང་ནས་འོངས། གང་དུ་ཆས་ཞེས་པའི་ཚིག་ཟིན་ལས་ཡུལ་གྱི་དངོས་པོ་བདེན་པར་གྲུབ་མིན་གྱི་གྲུབ་དོན་སྟོང་པའི་དཀའ་བའི་ཟབ་གནད་བསྟན་ཡོད།

ཡོངས་གྲགས་ཀྱི་རྩོམ་ལུས་ཆེ་བ་རིགས་གཉིས་ཏེ། སྙན་ངག་ལུས་སུ་ཡིད་འགྱུར་རམ། མཚོན་པ་ཅན་གྱི་མཚོན་ཐབས་གང་ཞིག་སྤྱད་རུང་། སྙན་ངག་གི་ཁམས་དང་། ཡིད་བརྙན་གྱི་སྣང་བརྙན་ལས་གྲུབ་དོན་སྟོང་པའི་རང་བཞིན་གྱི་མི་ཚེའི་རྟོགས་པར་འཚོལ་སྒྲིག་བྱས་པའི་སྙན་ངག་པའི་ནང་སེམས་ཀྱི་འབོད་པའམ། རྣམ་རྟོག་གི་རི་མོ་ཚིག་གི་སྙན་རོར་དྲངས་ཤིང་། བརྩམས་སྒྲུང་གི་ལུས་སུ་མི་སྣའི་སྣང་བརྙན་འབྲི་བཞེངས་ཀྱི་སྲོལ་རྒྱུན་བརྩམས་སྒྲུང་ངམ། དེང་རབས་རིང་ལུགས་ཀྱི་བརྩམས་སྒྲུང་གསར་པ། དེ་བཞིན་དེང་རབས་རིང་ལུགས་ཕྱི་མའི་བརྩམས་སྒྲུང་གི་ལྡོག་པའི་ལུགས་གང་ཞིག་གི་རྩོམ་སྲོལ་སྤྱད་རུང་། གཏམ་རྒྱུད་སྲོལ་བརྗོད་དང་། བྱུང་རིམ་ཞིབ་འབྲིའི་དོན་བརྗོད་ཀྱི་མཚོན་ཐབས་སྣ་ཚོགས་ལམ་ནས་འབྲི་བཞེངས་བྱས་པའི་མི་སྣའི་སྣང་བརྙན་ནམ། གཤིས་ཀའི་མཚོན་དོན་ལས་གྲུབ་དོན་སྟོང་པའི་རང་བཞིན་ཏེ། ཆོས་ལུགས་མཚན་ཉིད་རིག་པའི་གཟུགས་འདས་སྨྲ་བའི་མི་ཚེའི་རྟོགས་པ་ཀློག་པ་པོའི་སྨྱོང་རོལ་གྱི་གཞིར་དྲངས་དང་འདྲེན་ནུས་སོ། །འདི་ནི་རྩོམ་རིག་གི་གཏན་གྱི་འདུན་མའི་བསམ་བློའི་འབྲུ་གུ་ཡོངས་སུ་སྨིན་པའི་མངོན་ཚུལ་ལོ། །

འཛམ་གླིང་གི་ཤར་ནུབ་རྩོམ་རིག་སྡེ་གང་ཞིག་ཏུ་རྩོམ་རིག་གི་གཏན་གྱི་འདུན་མའི་བརྗོད་གཞི་དར་སྲོལ་ཆེ་ཞིང་། ཐ་ན་འདི་ནི་རྩོམ་པའི་ཁྲུ་མཆོག་གང་ཞིག་གི་གསར་རྩོམ་གྱི་དམིགས་ཚད་དང་། མི་རིགས་གང་ཞིག་གི་གསར་རྩོམ་གྱི་དཀྱིགས་མཚམས་མཐོན་བྱེད་ཀྱི་ལམ་ཚད་རྗེ་རིང་ལྟ་བུར་བརྩི་སྲོལ་ཡོད། དཔེར་ན། གེར་ཐེའི་《ཧྥའུ་སི་ཐེ》ལྟ་བུ་སྟེ། "གཏན་གྱི་འདུན་མའི་ཟབ་དོན་ནས་བརྟགས་ན། ཧྥའུ་སི་ཐེའི་སྣང་བརྙན་ལ་སྐྱེས་བུ་སྐྱེར་དང་། དུས་རབས། རྒྱལ་རིམ། མི་རིགས། ཡུལ་དུས་ལ་སོགས་པ་ལས་འགོངས་པའི་ཁྱད་ཆོས་ཏེ། གང་དེའི་རྣམ་པར་ཤེས་

པའི་ངོ་བོ་ནི་མིའི་འགྲོ་བ་ཐུན་མོང་གི་གཏུག་མའི་རང་བཞིན་གྱི་མཚོན་དོན་དུ་གྱུར་”[①]ཅེས་པ་དང་། “སྲའུ་སི་ཐེ་ནི་འཛར་མན་པ་ཐུན་མོང་དང་། མིའི་འགྲོ་བ་ཐུན་མོང་གི་རྣམ་ཤེས་ཀྱི་རྗེན་ཡིན་”[②]ཞེས་གསུངས་པ་ལྟར་རོ། །སྲའུ་སི་ཐེ་ནི་མིའི་འགྲོ་བ་ཐུན་མོང་གི་སྣང་བརྙན་གྱི་མཚོན་དོན་ཏེ། ཡུལ་གྱི་གྲུབ་དོན་སྟོང་པ་དང་ལྟོས་གྲུབ་ཏུ་གྱུར་བའི་ཡུལ་ཅན་གྱི་གཏུག་སེམས་སྟོང་པ་རྟོད་ཞིབ་བྱེད་ཐབས་ཀྱི་སྣང་བརྙན་གྱི་ངོ་བོར་གྱུར་ཡོད།

འཛམ་གླིང་རྩོམ་རིག་སྤྱིའི་གྲགས་རྩོམ་ཅན་པའི་སྔ་ཕྱིའི་གོ་རིམ་ལྟར་ན། ཏན་ཐེའི་《དཀོན་མཆོག་གི་རོལ་མོ་》ཡིས་མིའི་འགྲོ་བ་ཐུན་མོང་མི་ཚེའི་སྡུག་བསྔལ་དང་། སྐྱེ་འཆིའི་སྡུག་བསྔལ་གྱི་འཇིགས་པ་ལས་སྒྲོལ་བྱེད་ཀྱི་ཐར་པའི་མཚོན་དོན་བསྟན་ཅིང་། ཤིག་སེ་ཕེར་གྱི་《ཧམ་ལེ་ཐེ་》ཡིས་མི་རང་མཚན་པའི་ངོ་བོ་ལས་འགོངས་པའི་གཤིས་ཀ་ཉིས་འགྱུར་ཏེ། སྒྲ་རྟོག་གི་ཡུལ་ལས་འདས་ཤིང་། བཏགས་དོན་བཙལ་ནས་མ་རྙེད་པའི་བདག་བཏགས་པ་བའི་སྣང་བརྙན་མཚོན། ཨ་ལོ་ཐེའི་《འབྲོག་སྟོང་》གིས་དད་པའི་ཉམས་ཉེན་གྱིས་བརྩམས་པའི་མི་ཚེའི་ཡི་མུག་སྐྱོ་ཤས་ཞིབ་འཕྲི་བྱས་ཏེ། གཞི་གྲུབ་རིང་ལུགས་ཀྱི་མི་ཚེའི་སྡུག་བསྔལ་གྱི་རང་བཞིན་དང་། གྲུབ་དོན་སྟོང་པའི་རང་བཞིན་གྱི་མི་ཚེའི་རྟོགས་པ་བསྟན། འཇོ་དབྱི་སིའི་《ཡུ་ལི་སི་སེ་》ཡིས་མི་གཞི་དྲི་བཅས་ཀྱི་རང་འབྲས་སུ་གྱུར་བའི་དེང་རབས་ཤེས་རིག་གི་ཉམས་ཉེན་ལས་མི་གཞི་གསོ་སྐྱོང་གི་གདུང་འབོད་ཐོག་མར་བསྒྲགས། ཁ་ཧྥི་ཁའི་《མཁར་གྲོང་》གིས་མེད་བཞིན་སྣང་བའི་གཞི་གྲུབ་ཀྱི་གྲུབ་དོན་སྟོང་པའི་རང་བཞིན་བསྟན།

① 胡山林：《文学艺术与终极关怀》，〔M〕中国社会科学出版社2001/1第1版，P32

② 胡山林：《文学艺术与终极关怀》，〔M〕中国社会科学出版社2001/1第1版，P32

ཐེ་ཀོར་གྱི་《ཐྲི་ཐན་ས྄་ལི་》ཡིས་འཐོབ་བྱའི་མཐར་ཐུག་གི་གོ་འཕང་དཀོན་མཆོག་རང་མཚན་པའི་དྲི་མེད་ཐུགས་ཀྱི་ཡོན་ཏན་བརྗོད་དེ། མིའི་འགྲོ་བའི་སྟོང་པ་ནམ་མཁའ་ལྟ་བུའི་གཉུག་སེམས་ཀྱི་ངོ་བོར་བསྟུགས་པ་བརྗོད་པ་ལྟ་བུའོ། །

ཡོ་རོབ་གླིང་དུ་རྩོམ་བྱུང་ལོ་རྒྱུས་དར་སྲ་ཞིང་། གསར་རྩོམ་གྱི་གནམ་སའང་ཤིན་ཏུ་ཡངས་པས། ཡེ་ཤུའི་ཆོས་ལུགས་ཀྱི་ལྷ་གྲུབ་བརྩམས་ཆོས་ཀྱི་བསམ་བློའི་ས་བོན་ནམ། སྔོན་འགྲོའི་མཐུན་རྐྱེན་ཞིག་གཅིག་ཏུ་གྱུར། དུས་རབས་བར་མ་དང་། རིག་རྩལ་བསྐྱར་དར་གྱི་དུས་རབས་ནས་འགོ་བརྩམས་ཏེ། མིའི་འགྲོ་བའི་མི་ཚེའི་སྡུག་བསྔལ་དང་། སྐྱེ་འཆིའི་འཇིགས་པ་རྩོམ་རིག་གི་བརྗོད་གཞིར་གྱུར་ཅིང་། སྡུག་བསྔལ་དེ་དག་ལས་སྒྲོལ་བྱེད་དང་ཁ་འཕྲོད་པའི་བསམ་བློ་གསར་པའི་འཚོལ་ཞིབ་རྩོམ་པ་པོས"ཅིའི་ཕྱིར་འདྲི"ཞེས་པའི་གསར་རྩོམ་གྱི་ཉིང་དགོས་སུ་གྱུར་བ་གང་ཞིག དཀོན་མཆོག་ལྟ་བུ་གཟུགས་འདས་སླ་བའི་མི་ཚེའི་རྟོགས་པའི་མཚོན་དོན་དུ་གྱུར་བའི་སྣང་བརྙན་ཡང་སྤར་མེད་གསར་དུ་གཏོད།

དེང་རབས་རིང་ལུགས་ཀྱི་དུས་རབས་སུ་མི་ཚུལ་རིག་པའི་མི་ལྟེ་བར་སླ་བ་དང་། གཞི་གྲུབ་རིང་ལུགས་ཀྱི་གཞི་གྲུབ་དང་སྟོང་པ་ལྟོས་གྲུབ་ཏུ་སླ་བ། ཚད་རྩལ་རིག་པའི་རྩལ་ཕྲན་ཆ་མེད་སླ་བ་ལ་སོགས་པའི་བསམ་བློའི་རླབས་རྒྱུན་དར་ཞིང་རྒྱས་པས། མི་དང་འཇིག་རྟེན་ཁམས་དབར་གྱི་གསང་བ་འཚོལ་ཞིབ་བྱ་རྒྱུ་ཆོས་འཇིག་རྟེན་གཉིས་པའི་རིག་གནས་འདུ་ཤེས་ཀྱི་བསམ་བློའི་གཞུང་ཤིང་དུ་གྱུར། དེ་ལྟར་མི་འཇིག་རྟེན་ཁམས་ཀྱི་ལྟེ་བ་ཡིན་མིན་དང་། གྲུབ་དོན་སྟོང་པ་ཡིན་མིན། ཆ་བསགས་ཀྱི་སྟོང་ཁམས་འཇིག་རྟེན་རྫས་སུ་གྲུབ་མིན་སོགས་ཆོས་ལུགས་མཚན་ཉིད་རིག་པའི་ལྟ་བའི་དཀའ་གནད་ཀྱི་ཕྲ་རགས་རིག་ཚན་ཕལ་མོ་ཆེའི་བསམ་བློའི་དར་སྒྲོལ་དང་། བསམ་གཞིག་གི་དོགས་སློང་དུ་གྱུར་ཏེ། ནུབ་ཕྱོགས་གཟུགས་

འདས་རིག་པའི་མཚན་ཉིད་རིག་པ་ཡར་ངོའི་ཟླ་ལྟར་གོང་དུ་འཕེལ་ཅིང་། གྲུབ་དོན་སྟོང་པའི་ཟབ་དོན་རྒྱ་ཆེ་གཏིང་ཟབ་ཏུ་བསྟན་པའི་གྲགས་རྩོམ་མུ་ཏིག་སྲད་བུར་བརྒྱུས་འདྲའི་རིན་ཆེན་དོ་ཤལ་ནུབ་ཕྱོགས་རྩོམ་རིག་མཛེས་མའི་མགུལ་རྒྱན་དུ་མཛེས་པར་བརྒྱན་ཏོ། །

དུས་རབས་དེ་ནི་རྩོམ་རིག་གི་གཏན་གྱི་འདུན་མའི་བསམ་བློའི་རིན་ཐང་ལྟ་བ་འཕེལ་རྒྱས་ཀྱི་ཡང་རྩེར་སོན་པའི་དུས་མཚམས་ཤིག་ཡིན། དེ་ནས་བཟུང་རྩོམ་རིག་གི་གསར་རྩོམ་དུ་མི་ལྟེ་བར་མཚོན་མོད། མཚོན་བྱའི་མི་ནི་ཅི་འདྲའི་གཉོམ་ཆུང་ཞིང་། ནག་ཐིབ་ཅིག་ལྟར་ཅི་ཡང་སྲིད་པའི་སྲིད་པ་སྒྱུ་མའི་འཇིག་རྟེན་ཁམས་སུ་འཁྱམས་པའི་འགྲོ་སྐྱོགས་ཤིག་གི་སྣང་བརྙན་དུ་བཞེངས་སོ། །འདི་ནི་རྩོམ་རིག་གི་མི་ནུབ་པའི་བརྗོད་གཞི་མི་འཇིག་རྟེན་ཁམས་ཀྱི་ལྟེ་བ་ལས་དོར་བའི་དོན་མིན། ལོག་སྟེ་མི་རང་མཚན་པ་ཞིག་རྗེས་ཡོད་དེ། བདེན་པར་གྲུབ་མིན་དང་། མི་དེས་ཁ་གཏོད་ཡུལ་གྱི་ཆ་བསགས་ཀྱི་འཇིག་རྟེན་ཁམས་ཀུང་ཇི་ལྟར་ཀློང་ཡངས་མོད། རིགས་པས་བཙལ་ན་ཆ་མེད་ཀྱི་རྫུལ་ཕྲན་དུ་གྱུར་བ་གང་ཞིག ཕྱི་དོན་བདེན་པར་མ་གྲུབ་པ་དོགས་གཞིར་གྱུར་བའི་མཚན་ཉིད་རིག་པའི་རིགས་པའི་དཔྱོད་ཚུལ་གྱི་མངོན་སྣང་ལས་མ་འདས། རྩོམ་པ་པོས་ཀུང་མཚན་ཉིད་རིག་པའི་མཐོང་སྣེས་བརྗོད་གཞི་མི་དང་། དེའི་ཁ་གཏོད་ཡུལ་དུ་གྱུར་བའི་འཇིག་རྟེན་ཁམས་སོགས་གཟུགས་ལས་འདས་པའི་སེམས་སམ་ཤེས་པའི་ཡོན་ཏན་དང་ཁ་འཁྱོད་པའི་མི་ཚེའི་རྟོགས་པས་རིན་ཐང་ཡོད་ཚད་ལ་བསྐྱར་བཤད་བྱ་རྒྱུའི་རྩོམ་རིག་གི་བསམ་བློ་གསར་བརྗེའི་དབུ་བརྩམས་སོ། །

བོད་ཀྱི་རྩོམ་བྱུང་ལོ་རྒྱུས་ཀྱི་འཕྲེད་གཞུང་ནས་བརྟགས་ན། རྩོམ་རིག་གི་གཏན་གྱི་འདུན་མ་ཞེས་པའི་བརྡ་ཆད་འདིའི་རིགས་ལམ་གྱི་འབོད་སྒྲོལ་ཀུན་ལ་

མ་གྲགས་ཀྱང་། གསར་རྩོམ་གྱི་དབུ་ཁྲིད་མིའི་འགྲོ་བའི་རྩོམ་རིག་གསར་རྩོམ་ཡོད་ཀྱུའི་སྔ་རོལ་དུ་ཚུགས་པར་སྣམ། གང་ལགས་ཤེ་ན། མིའི་འགྲོ་བའི་མཚན་ཉིད་རིག་པའི་བྱུང་འཕེལ་ལོ་རྒྱུས་ལྟར་ན། གཏན་གྱི་འདུན་མའི་གྲུབ་དོན་སྟོང་པའི་རང་བཞིན་རྒྱ་ཆེ་གཏིང་ཟབ་ཏུ་བསྟན་པའི་གྲུབ་མཐའ་གང་ཞིག་ནི་ཤར་ཕྱོགས་ཀྱི་རྒྱ་གར་སངས་རྒྱས་ཆོས་ལུགས་སུ་བཞེད་དོ། །ཡར་བོད་ནི་ཆོས་ལུགས་མཚན་ཉིད་རིག་པའི་ཕ་ས་གཉིས་པ་སྟེ། སངས་རྒྱས་ཆོས་ལུགས་ཀྱི་བསྟན་པ་དར་ཞིང་རྒྱས་པའི་གནས་མཆོག་མཐའ་མ་ཡིན་པ་གང་ཞིག མི་རིགས་རང་མཚན་པའི་བོད་བརྒྱུད་ནང་བསྟན་ཆོས་ལུགས་ཀྱི་འཛིག་རྟེན་ལྟ་བ་དང་། མི་ཚེའི་ལྟ་བའི་བག་ཆགས་བོད་པ་ཕལ་མོ་ཆེའི་མི་ཚེའི་རིན་ཐང་ལྟ་བར་ཤོག་བུ་རྨུམ་གྱིས་སྣུགས་པ་ལྟར་གོས་ཏེ། འཕྲུལ་ཞུགས་འདི་ཕྱིའི་མི་ཆོས་ཀྱི་སྙོམ་ལྟ་བུར་གྱུར་བས་སོ། །

ཉེ་རབས་རྩོམ་རིག་དུས་མཚམས་ཀྱི་ནང་བསྟན་རྩོམ་རིག་གསར་རྩོམ་གྱི་གཞིན་སར་མགུར་དང་། མོ་ཆིག རྣམ་ཐར། རྟོགས་བརྗོད། སྒྲུང་རྒྱུད། ཟློས་གར་ལ་སོགས་གཙོ་བོར་གྱུར་བའི་རྩོམ་ལུས་རྣ་ཚོགས་ཀྱི་གསར་རྩོམ་གྱི་ཞ་ལུ་ཐོག་འབུས། སྤྱིར་བོད་ཀྱི་གདོད་མའི་ངག་ཐོག་གི་ཚིག་རྒྱན་དང་། རྒྱ་གཞུང་《མེ་ལོང་མ་》ཡི་དགོངས་པའི་ཚིག་རྒྱན་གྱི་མཚོན་ཐབས་གཙོ་བོར་སྤྱད་དེ། ཐ་སྙད་སྤྲོས་བརྗོད་ལ་དབང་འགྱུར་ཞིང་། ཚིག་སྦྱོར་ཚུལ་ལ་མཁས་པའི་ངག་གི་དབང་པོ་ཇི་སྙེད་རྒྱ་སྐར་ས་གཞིར་འཛོམས་པ་ལྟར་རྩོམ་སྡེགས་སུ་བྱོན། གསར་རྩོམ་གྱི་སྟོག་གི་དབང་པོར་མཐོ་མཐའ་བྲལ་རྟེན་འབྱུང་གི་རིགས་པས་བརྩམས་པའི་དབུ་མའི་གཉིས་ཚོགས་ཀྱི་གྲུབ་དོན་སྟོང་པའི་རང་བཞིན་དང་། དམའ་རྣམ་ཤེས་དང་། སྐྱེ་བ་སྔ་ཕྱི། ལས་འབྲས་ལ་སོགས་པ་ཀུན་རྫོབ་ཆོས་ཀྱི་གནས་ལུགས་ནས་བརྩམས་པའི་བདེན་བཞིའི་རྣམ་གཞག་བསྟན་པའི་གྲགས་རྩོམ་རང་རང་ཆོས་བརྒྱུད་གྲུབ་མཐའི་ལྟ་གྲུབ་ཀྱི་

རྒྱས་བཏབ་སྟེ་ཀུ་ཤའི་རྩེ་མོ་ལྟར་མ་འདྲིས་སོ་སོར་གྲེས་སོ། །

ཁྱད་པར་དུ་གསང་ཕུའི་བཤད་གྲྭ་ཆེན་མོའི་འཕྲིན་ལས་ཀྱི་དབུ་བརྙེས་ཤིང་། གྲྭ་སྐོར་གྱི་ལམ་སྲོལ་ཡང་དར་ཞིང་རྒྱས་པས། བོད་སྤྱི་ཕྱིའི་ལྟ་བ་ཞེས་པའི་མདོ་རྒྱུད་མཚན་ཉིད་རིག་པའི་ལྟ་གྲུབ་ཀྱི་བསྟན་པ་ཡར་ངོའི་ཟླ་ལྟར་འཕེལ་བའི་རིགས་པའི་བརྒྱལ་བརྟག་གི་གཞུང་ཤིང་ལས་ནང་བསྟན་རྩོམ་རིག་གི་གདན་གྱི་འདུན་མའི་གསར་རྩོམ་གྱི་འཕེལ་རྒྱས་ཡང་ཅེར་སོན། འཆད་རྩོད་རྩོམ་གསུམ་ཞེས་མཁས་པའི་བྱ་བ་རྣམ་གསུམ་དུ་གྲགས་པའི་རྩོམ་པའི་རྣམ་གཞག་ལ"ཨ་མའི་བུ་ལ་ཡོན་ཏན་ཡོད་ན། །དགའ་ལྡན་ཁྲི་ལ་བདག་པོ་མེད་"ཅེས་པའི་རིག་གནས་དཀྱིལ་ཡངས་ཀྱི་ཚ་རླབས་འཕྱུར་ཏེ། ནང་བསྟན་རྩོམ་རིག་གི་གདན་གྱི་འདུན་མའི་ཟབ་དོན་བསྟན་པའི་གྲགས་རྩོམ་འཛམ་གླིང་རྩོམ་རིག་གི་བང་མཛོད་དབུས་ན་འོད་དུ་འཚེར་བའི་རྗོ་རྫེ་ཕ་ལམ་གྱི་རྫོག་པོ་ལྟར་སྲིད་གསུམ་མཛེས་པའི་རྒྱན་དུ་གྱུར་ཏོ། །

དེང་ད་རབས་རྩོམ་རིག་གི་དུས་མཚམས་སུ་སླན་ངག་དང་། བརྩམས་སྒྲུང་། ལྷུག་རྩོམ། ཀློས་གར་བཅས་རྩོམ་ལུས་བཞི་གཙོ་རྒྱུན་རྩོམ་སྲོལ་དུ་གྲུབ་པ་གང་ཞིག དུས་རབས་གསར་པའི་རྩོམ་པ་པོའི་སྤྱིའི་མི་ཚེའི་རྟོགས་པར་སྣ་མང་རིག་གནས་ཀྱི་བག་ཆགས་ཟབ་པོ་ཐོས་པས། མི་རིགས་རང་མཚན་པའི་རིག་གནས་འདུ་ཤེས་ཀྱི་རྨང་གཞིར་རིག་གནས་ནང་འདྲེན་བྱ་རྒྱུ་ནི་དར་སྲོལ་ཆེ་བའི་བསམ་བློའི་རླབས་རྒྱུན་དུ་གྱུར། དེ་འདྲའི་རིག་གནས་དཀྱིལ་ཡངས་ཀྱི་ཡུལ་དུས་སུ་མི་ཚུལ་རིང་ལུགས་ཀྱི་མི་ལྡེ་བར་སླ་བ་དང་། གཞི་གྲུབ་རིང་ལུགས་ཀྱི་གྲུབ་དོན་སྟོང་པའི་རང་བཞིན། ཚད་རྟུལ་རིག་པའི་རྟུལ་ཕྲན་ཆ་མེད་སླ་བ་ལ་སོགས་པའི་མི་ཚེའི་རྟོགས་པ་མི་རབས་གསར་པའི་རྩོམ་རིག་གི་མི་ཉུབ་པའི་བརྗོད་གཞི་གསར་པར་གྱུར།

ཁྱད་པར་དུ་སྙན་ངག་སྟེར་འཆར་ཡན་རིང་ལུགས་དང་། ཡིད་བརྙན་རིང་

ལུགས་ཀྱི་མཚོན་ཐབས་གསར་པའི་ཡོ་ལང་འཁྲུག་ཅིང་། བརྩམས་སྒྲུང་སྟེར་དེང་རབས་རིང་ལུགས་ཀྱི་དངོས་ཡོད་དགག་སྒྲུབ་རིང་ལུགས་དང་། མངོན་མཚོན་རིང་ལུགས། དེ་བཞིན་དེང་རབས་རིང་ལུགས་ཕྱི་མའི་བརྩམས་སྒྲུང་གསར་པ་དང་། བརྩམས་སྒྲུང་གི་ལྷོག་པ་ལ་སོགས་པའི་རྩོམ་རིག་གསར་པའི་གྲུབ་མཐའ་བགྲང་ཡས་པ་སྤྱང་ལ་ཤ་མོ་གདལ་བ་ལྟར་དར་ཞིང་རྒྱས་སོ། །

གྲགས་རྩོམ་དང་། ལེགས་རྩོམ་དུ་གྲགས་པའི་བརྩམས་ཆོས་ཕལ་མོ་ཆེའི་བསམ་བློའི་རིན་ཐང་ལྟ་བར་རྩོམ་རིག་གི་གཏན་གྱི་འདུན་མའི་ཟབ་དོན་ཏེ། མི་ཚུལ་རིང་ལུགས་ཀྱི་མི་ལྟེ་བར་སྒྲ་བའི་རྟོགས་སད་དམ། དོགས་སློང་གི་བསམ་བློའི་སྙིང་སྟོབས་དང་། གཞི་གྲུབ་རིང་ལུགས་ཀྱི་གྲུབ་དོན་སྟོང་པའི་མི་ཚེའི་རྟོགས་པ་ཟབ་ཅིང་རྒྱ་ཆེ་བར་བསྟན། དེ་ལྟ་བུའི་གསར་རྩོམ་གྱི་བསམ་བློའི་རྒྱུན་ནི་མི་ཚུལ་རིང་ལུགས་ཀྱི་མི་ལྟེ་བར་སྒྲ་བའི་མི་ཚེའི་རྟོགས་པའི་མཐོང་སྣེས་སངས་རྒྱས་ཆོས་ལུགས་ཀྱི་ལྷ་མེད་སྨྲ་བའི་དགོངས་པ་དང་། གཞི་གྲུབ་རིང་ལུགས་ཀྱི་གྲུབ་དོན་སྟོང་པའི་རང་བཞིན་གྱི་མཐོང་སྣེས་མི་རིགས་རང་མཚན་པའི་སྲོལ་རྒྱུན་རིག་གནས་འདུ་ཤེས་སྣར་གསོ་དང་། འཚོལ་ཞིབ་བྱས་པའི་ལེགས་བྱས་འབྲས་བུ་སྟེ། ནང་བསྟན་རྩོམ་རིག་གི་གཏན་གྱི་འདུན་མའི་གཙོ་རྒྱུན་རྩོམ་སྲོལ་གྲ་མ་ཉམས། གྲུ་མ་ཆག་པར་རྒྱུན་བསྐྱངས་པའི་རྩོམ་རིག་གི་སྣང་ཚུལ་དེ་མངོན་ཐུབ།

དེང་ད་རབས་རྩོམ་རིག་གི་གཏན་གྱི་འདུན་མའི་ཟབ་དོན་གསར་རྩོམ་གྱི་གཙོ་རྒྱུན་རྩོམ་སྲོལ་དུ་གྲུབ་ཅིང་། མི་ཚུལ་རིང་ལུགས་ཀྱི་མི་ལྟེ་བར་སྨྲ་བ་དང་། གཞི་གྲུབ་རིང་ལུགས་ཀྱི་གྲུབ་དོན་སྟོང་པའི་རང་བཞིན་གྱི་མི་ཚེའི་རྟོགས་པ་གྲགས་རྩོམ་གྱི་སྲོག་གི་དབང་པོ་དང་། བསམ་བློའི་གཟུངས་གཞུག་ཏུ་གྱུར་ཏེ། སློག་པ་པོར་མྱོང་རོལ་གྱི་སྟོན་མོ་བཤམས་ཤིང་། རྩོམ་རིག་གསར་པའི་གསར་རྩོམ་གྱི་ལམ་ཚད་

རྫོ་རིང་བཞེངས་པའི་རྩོམ་རིག་གི་གོ་ས་བླ་ན་མ་མཆིས་སོ། །

འོ་ན་ཇི་ལྟར་སྤྱོད་རོལ་བྱ་ཞེ་ན། གྲགས་རྩོམ་གང་ཞིག་གི་ཕྱིའི་རྣམ་པའི་མཛེས་པ་ནི་བློས་བསླངས་ངོ་མཚར་ཅན་གྱི་དཀྱིལ་འཁོར་དུ་ཚིག་གི་སྙན་རོས་བཞེངས་པའི་རྟོག་བཏགས་ཀྱི་སྣང་བརྙན་ཡིན་པ་གང་ཞིག གྲུབ་དོན་སྟོང་པའི་རང་བཞིན་གྱི་བསམ་བློའི་ཁ་དོག་གིས་བཞེངས་པའི་གཟུགས་སོགས་འཇིག་རྟེན་ལས་འདས་པའི་སྒྱུ་མའི་ཞིང་ཁམས་ཤིག་གོ། དེའི་ཕྱིར་ཚིག་དོན་གཉི་གར་སྤྱོད་རོལ་བྱ་རྒྱུ་ཚོགས་ཤིན་ཏུ་ཆེ། ཀློག་པ་པོས་དང་ལེན་མཛེས་རིག་གི་བླང་བྱ་ལྟར་རང་རང་གི་ཁམས་དང་མོས་པར་བསྟུན་ཏེ། བུམ་པ་གང་བྱའི་ཚུལ་གྱིས་ལྷུགས་པས་བུ་རམ་གྱི་རོ་སྤྱོད་ཚུལ་ལྟར་མྱངས་ཆེ། ཚིག་གི་སྙན་རོའི་མཛེས་པ་དང་། སྣང་བརྙན་གྱི་མཚོན་དོན་ཏེ། མཛེས་དཔྱོད་ཀྱི་ཁམས་ལས་མངོན་པའི་ཕྱིའི་རྣམ་པའི་བརྡ་འཕྲིན་ལས་སྤྱོད་མི་བཏུབ། འདི་ནི་སྟོན་འགྲོའི་སྤྱོད་ཚུལ་ལོ། །

མཛེས་དཔྱོད་ཀྱི་ཁམས་འདིའི་ནང་སྙིང་ནི་གཟུགས་སོགས་འཇིག་རྟེན་ལས་འདས་པ་གང་ཞིག གྲུབ་དོན་སྟོང་པའི་ཁ་དོག་གིས་བཞེངས་པའི་སྒྱུ་མའི་ཞིང་ཁམས་ཤིག་ཡིན་ན། ད་དུང་ནང་གི་བརྡ་འཕྲིན་མྱང་རྒྱུ་སྨོས་ཅི་དགོས། དེའི་ཕྱིར་“མཛེས་དཔྱོད་ཀྱི་ཁམས་འདི་ནི་ཚོར་འདུ་དང་། འཆར་ཡན་དྲག་པོའི་རྟོག་བཏགས་ཀྱི་ཀློང་དུ་ཡུལ་ཡུལ་ཅན་དབྱེར་མེད་དུ་འདྲེས་པའི་གྲུབ་དོན་སྟོང་པའི་དབྱིངས་སུ་གྲུབ་པས། རྟོག་གེའི་གཏན་ཚིགས་དང་། སྒྲ་རྟོག་གི་སྤྲོས་པ་དང་བྲལ་ལོ། །འདི་ནི་སྤྱོད་པ་རང་མཚན་པ་དང་། རིགས་ཤེས་ཀྱི་མངོན་སུམ་སྤྱོད་ཡུལ་ཡིན། ཡན་ཡུས་ལྟར་ན། ‘སྤྱོད་པ་ངོ་མཚར་ཅན་’ དང་། ཧེས་ཏེ་གེར་ལྟར་ན། ‘ཡུལ་གྱི་སྣང་བ་དག་པ་’ ཏུ་ཧྲེར་ནེ་ལྟར་ན། ‘ཕྱུགས་བསྐྱུས་ཀྱི་ཚོར་ཤེས་’ ཙང་པལ་ཏྭ་ལྟར་ན། ‘ཆེས་མཐོའི་རྟོགས་རིགས་’ ལ་སོགས་པར་བཞེད། དེ་འདྲའི་‘སྤྱོད་པ་ངོ་མཚར་ཅན་’

འདི་ཡང་མཛེས་དཔྱོད་ཀྱི་ཁམས་ལས་མངོན་པའི་སྒྱུར་བ‘ཡོད་མིན་མེད་མིན’ལྟ་བུ་ཞིག་གོ་”①ཞེས་གསུངས་པ་ལྟར། རྩོམ་གེའི་གཏན་ཚིགས་ཀྱི་སྤྱོད་ཡུལ་མ་ཡིན་ཞིང་། སྒྲ་རྟོག་གི་སྤྲོས་པ་དང་བྲལ་བའི་སྒྱུར་ཚུལ་ཡོད་མིན་མེད་མིན་ཏེ། རིགས་ཤེས་ཀྱི་མངོན་སུམ་སྤྱོད་ཡུལ་ཁོ་ནར་བཞེད་ན། ཡིད་ཀྱི་འཛིན་པ་བྲལ་བའི་རིགས་ཤེས་དང་། མངོན་སུམ་དབང་པོའི་ཤེས་པས་གོ་ཚུལ་ཅི་ཙམ་མྱང་རྒྱུ་གོར་མ་ཆག་བྱེ་བྲག་ཏུ་ངར་འཛིན་ལྷན་སྐྱེས་ཀྱི་ལིང་ཧྲོག་སྟུག་པོས་བསྒྲིབས་པའི་བདེན་འཛིན་རྟོག་པས་མ་རྟོགས་ལོག་རྟོག་གིས་མྱངས་པ་སྒྱུར་རོལ་གྱི་འཛུམ་བྱར་བཞེད་དོ། །

ཅི་སྟེ་ཆོས་ལུགས་དང་། མཚན་ཉིད་རིག་པ། ཆོས་ལུགས་མཚན་ཉིད་རིག་པ་བཅས་ཀྱི་ལྟ་སྤྱོད་ལ་སྒྱུར་འདྲིས་དང་། རིག་གནས་ཀྱི་འདུ་ཤེས་ཟབ་པའི་སྒྱུར་བ་རང་མཚན་པ་ཀྲང་གི་ཁོང་དུ་སིམ་པའི་སྐྱེས་བུ་སྣེར་རམ། མི་རིགས་གང་ཞིག་ཡིན་ཙང་། འཇིག་རྟེན་ཆོས་བརྒྱད་ཀྱི་རྙེད་པ་མ་དོར་ཡང་འདོད་ཆུང་ཆོག་ཤེས་ཅན་དང་། ལར་སེམས་སམ་ཤེས་པའི་ཡོན་ཏན་ལྷ་བུའི་གཟུགས་འདས་རིག་པའི་མི་ཚེའི་རྟོགས་པར་ཡིད་རྟོན་པ་རྒྱུ་འབྲས་གོ་མི་ལྡོག་པའི་གཏམ་མོ། །དེའི་ཕྱིར་རྩོམ་པ་པོའི་མི་ཚེའི་བློ་སྤྱོད་གཞན་དྲིང་མི་འཇོག་པ་ལས་འཇིག་རྟེན་ལས་འདས་པའི་རྣམ་གཞག་ཚིག་གི་རི་མོར་ཕབ་ཅིང་། གཏན་གྱི་འདུན་མའི་གཟུངས་གཞུག་དོན་གྱི་རྗོག་རྩར་འགྲིལ་ཏེ། ཚིག་དོན་གཉི་གར་དབང་འབྱོར་བའི་རྩོམ་པའི་འཕྲིན་ལས་བཟང་པོས་ཀློག་པ་པོའི་སྒྱུར་རོལ་ལ་བསླུ་བྲིད་བྱས་དང་བྱེད་མུས་སོ། །ལྡོག་ན་ལྷ་ཆོས་ཀྱི་དགེ་སྡིག་དང་། མི་ཆོས་ཀྱི་བླང་དོར། ཐ་ན་འཚོ་བའི་རྒྱུན་ཤེས་ཙམ་ལ་རྫོངས་ཏེ། འཇིག་རྟེན་རང་ག་བའི་འཚོ་ཆོས་ཕྲན་ཚེགས་དང་བཅས་པའི་ཚིག་

① 林平：《现代诗歌创作研究》，〔M〕西南财经大学出版社2013/10第1版，P247

གི་ཁ་དོག་ཙམ་ལ་ཞེན་ཅིང་། ནམ་ཞར་གཟུགས་འདས་རིག་པའི་མི་ཚེའི་རྟོགས་པ་རྩོམ་པའི་རྣམ་གཞག་ཏུ་འདྲེན་རྒྱུའི་ཉག་ཕྲའོ། །དེ་འདྲའི་རྩོམ་པ་པོ་སྐོར་རམ། མི་རིགས་གང་དེའི་རྩོམ་རིག་ནི་ཆུ་ཤིང་ལྟར་སྙིང་པོ་མེད་པ་སྟེ། འབྲུ་གུ་ཐོགས་ན་སྟོང་བུ་སྐམ་འགྲོ་བའི་དཔེ་བཞིན་ནོ། །འདི་ལ་ཁ་ཧྥི་ཁྰས“ཁྱོད་ཀྱིས་ཅིའི་ཕྱིར་དུས་ཚོད་ཆུད་འཛའ་བའི་དཔེ་ཆར་ལྟའམ། དེང་རབས་ཀྱི་བརྩམས་ཆོས་ཕལ་མོ་ཆེ་ནི་འཕྲལ་གྱི་བདེ་བའི་སྣང་ཚུལ་མཚོན་པ་ཙམ་མོ། །གྲགས་པའང་ཡུལ་དུས་ཀྱི་འགྱུར་བའི་རང་བཞིན་ལྟར་སྐད་ཅིག་མར་ཉམས་སྲིད། ཁྱོད་ཀྱིས་གནའ་བོའི་དཔེ་ཆ་སྟེ། གིར་ཐེའི་གྲགས་རྩོམ་ལ་ལྟོས་དང་། འདི་ནི་ཡུལ་དུས་གང་དུའང་མི་ཉམས་པའི་གྲགས་རྩོམ་མོ། །ཕྱིར་འཚོ་བའི་སྣང་ཚུལ་མཚོན་པའི་བརྩམས་ཆོས་ཀྱི་གྲགས་པ་སྐད་ཅིག་མར་ཡལ་བ་སྟེ། འཕྲལ་གྱི་བདེ་བ་གནས་སྐབས་བདེན་པར་གྲུབ་ཀྱང་། གཏན་གྱི་འདུན་མའི་ངོར་བསླུ་བའི་རང་བཞིན་ལྡན་པའི་ཕྱིར་”①ཞེས་གསུངས་པ་ལྟར་རོ། །

དཀྱུས་སུ་སྐབས་བབ་ཀྱི་རྩོམ་རིག་གི་གཏན་གྱི་འདུན་མའི་ཟབ་དོན་འཆད་པ་ལ། བོད་ཀྱི་ནང་བསྟན་རྩོམ་རིག་དང་། དེང་ད་རབས་རྩོམ་རིག་ཅེས་རིགས་ཆེ་བ་གཉིས་སོ་སོར་འཆད་དོ། །གཙོ་བོར་བོད་ཀྱི་རྩོམ་བྱུང་ལོ་རྒྱུས་ཐོག་གྲགས་པའི་ཚབ་མཚོན་བརྩམས་ཆོས་སུ་གྱུར་བའི་གྲགས་རྩོམ་དང་། ལེགས་རྩོམ་ཁག་གཅིག་སྨྱོང་རོལ་གྱི་དཔེ་གཞིར་དྲངས་ཏེ། རྩོམ་རིག་གི་གཏན་གྱི་འདུན་མའི་ཟབ་དོན་གཅིག་ཤེས་ཀུན་གྲོལ་ཚུལ་གྱིས་རྟོགས་རྒྱུའི་ཐབས་སུ་འབད་དོ། །ལྷན་ཐབས་སུ་བོད་ཀྱི་ནང་བསྟན་རྩོམ་རིག་ནས་དེང་ད་རབས་རྩོམ་རིག་གི་བསམ་བློའི་རྒྱུན་འཚོལ་རྒྱུ་ཉིང་དགོས་སུ་ལྷུར་ལེན་པར་བྱའོ། །

① 卡夫卡：《卡夫卡谈话录》，〔M〕漓江出版社2015/1第1版，P35

ས་བཅད་དང་པོ། ནང་བསྟན་རྩོམ་རིག་གི་གཏན་གྱི་འདུན་མ།

ནང་བསྟན་རྩོམ་རིག་ཅེས་པ་ནི་ལྟ་བ་བཀའ་བཏགས་ཕྱག་རྒྱ་བཞིའམ། ཆོས་ཀྱི་སྡོམ་བཞི་ལས་མི་འདའ་བའི་སངས་རྒྱས་ཆོས་ལུགས་ཀྱི་མི་ཚེའི་ལྟ་བ་དང་། འཇིག་རྟེན་ལྟ་བའི་ཟབ་དོན་ཕུན་སུམ་ཚོགས་པར་བསྟན་པའི་རྩོམ་རིག་ལ་ཟེར། འདིར་གཙོ་བོ་ཉེ་རབས་རྩོམ་རིག་དུས་མཚམས་ཀྱི་བོད་བརྒྱུད་ནང་བསྟན་ཆོས་ལུགས་ཀྱི་མི་ཚེའི་རིན་ཐང་ལྟ་བ་བསྟན་པའི་རྩོམ་རིག་སྤྱིར་གོ །

ལྟ་བ་བཀའ་བཏགས་ཕྱག་རྒྱ་བཞི་སྟེ། མིང་གཞན་ལ་ཆོས་ཀྱི་སྡོམ་བཞི་ཟེར། འདི་ནི་སངས་རྒྱས་ཀྱིས་སེམས་ཅན་ལ་ཕན་པར་དགོངས་ནས་གསུངས་པའི་ཆོས་ཀྱི་དོན་མ་ལུས་པའི་མདོའམ། གནད་དུ་བསྡུས་པའི་སྡོམ་རྣམ་པ་བཞི་ཡང་ཟེར། སྤྱིར་འདུས་བྱས་ཐམས་ཅད་མི་རྟག་པ། ཟག་བཅས་ཐམས་ཅད་སྡུག་བསྔལ་བ། ཆོས་ཐམས་ཅད་སྟོང་ཞིང་བདག་མེད་པ། མྱ་ངན་ལས་འདས་པ་ཞི་བ་བཅས་བཞིའོ། །

སྔ་མ་གཉིས་ནི་སངས་རྒྱས་ཆོས་ལུགས་ཀྱི་ཚེ་སྲོག་གི་ལྟ་བ་དང། མི་ཚེའི་ཆོས་ཉིད་ཀྱི་སྡོམ་མོ། །ཕྱི་མ་གཉིས་ནི་བདག་མེད་སྨྲ་བ་དང་། མཐར་ཐུག་འཐོབ་བྱའི་ཆོས་སྐུའི་གོ་འཕང་གི་སྡོམ་ཡིན། སྡོམ་བཞི་པོ་ལས་གཅིག་ཀྱང་མི་འདའ་བར་ཉམས་སུ་ལེན་རྒྱུ་སངས་རྒྱས་ཀྱི་རྗེས་འབྲང་པ་རིགས་མཐུན་ཀུན་གྱི་སླད་བྱའོ། །ཁྱད་པར་དུ་སྡོམ་ཕྱི་མ་གཉིས་ནི་ཆོས་ལུགས་མཚན་ཉིད་རིག་པས་བཞེད་པའི་གྲུབ་དོན་སྟོང་པ་དང་། གོ་འཕང་ཞེས་བྱ་བའི་གཏན་གྱི་འདུན་མའི་མཚན་ཉིད་དང་ངོ་བོ་གཅིག་ལ་ཕྱོག་པ་ཐ་དད་དོ། །

འདས་པའི་ལོ་ཟླའི་ཆུ་རྒྱུན་རིང་མོའི་ཀློང་སངས་རྒྱས་ཆོས་ལུགས་ཀྱི་མདོ་རྒྱུད་གསུང་རབ་བསྒྱུར་ཅིང་། གསང་སྔགས་ཉམས་ལེན་ལམ་དུ་ཁྱེར་བས། ཐེག་པ་གསུམ་གྱི་གཞི་ལམ་འབྲས་གསུམ་དང་། ལྟ་སྒོམ་སྤྱོད་གསུམ་གྱི་རྣམ་གཞག་བོད་པའི་བསམ་བློའི་གཤིན་སར་ཞ་ལུ་འབུས་ཤིང་། མཐར་འབྲུ་གུ་སྨིན་ནོ། །དེ་ལྟ་བུའི་རིག་གནས་ནང་འདྲེན་གྱི་བརྒྱུད་རིམ་དུ་བོད་ཀྱི་སྲོལ་རྒྱུན་རིག་གནས་ཏེ། གཡུང་དྲུང་བོན་གྱི་ཚོ་ག་ཕྱག་ལེན་ལ་དོར་ལེན་དང་། ཐེག་པ་ཆེན་པོའི་གསང་སྔགས་ཉམས་ལེན་གནད་དུ་འདྲིལ་བའི་འབྲས་བུར་བོད་བརྒྱུད་ནང་བསྟན་ཆོས་ལུགས་ཀྱི་མདོ་སྔགས་བསྟན་པའི་དགུ་བརྙེས། རྒྱ་བོད་མཁས་གྲུབ་ལོ་པཎ་བཅས་མེས་པོ་གོང་མ་ཚོའི་ཐོས་བསམ་སྒོམ་གསུམ་གྱི་ཉམས་ལེན་ལས་གཞུང་ཆེན་བཀའ་པོད་ལྔའི་འཆད་ཉན་དར་ཞིང་། བཅུ་ཕྲག་རིག་གནས་ཀྱི་བང་མཛོད་ཕྱུར་བུར་གཏམས། བོད་པ་ཞིག་གི་འཕྲུལ་ཞུགས་འདི་ཕྱིའི་རྣམ་ཤེས་ཀྱི་སྐྱོར་ཡ་དང་། ལས་འབྲས་སྔོན་བྱེད་ཀྱི་བློ་མིག བླང་དོར་འཇུག་ལྡོག་གི་རྟེན་དུ་གྱུར་ཏེ། སངས་རྒྱས་ཀྱི་བསྟན་པ་རིན་པོ་ཆེ་གངས་རིའི་ཁྲོད་ཕྱོགས་སུ་དར་ཞིང་རྒྱས་པར་གྱུར་ཏོ། །

ནང་བསྟན་རྩོམ་རིག་ཀྱང་བོད་ཀྱི་རྩོམ་རིག་གསར་རྩོམ་གྱི་མ་གཞུང་དང་། བརྗོད་བྱའི་སྲོག་གི་དབང་པོར་གྱུར་པ་གང་ཞིག རྩོམ་པའི་རྣམ་གཞག་གི་སྤྱི་སྲོལ་དམ་པར་གྱུར། ཅི་སྟེ་ནང་བསྟན་རྩོམ་རིག་མེད་ཚེ། བོད་ཀྱི་རྩོམ་རིག་གི་མི་རིགས་རང་མཚན་པའི་ཁྱད་ཆོས་དང་། རིག་གནས་འདུ་ཤེས་ཀྱི་ངོ་བོ་སྟོང་ཞིང་། "བོད་ཀྱི་རྩོམ་རིག" ཅེས་པ་མིང་གི་ལྷག་མར་གྱུར་བའི་གསར་རྩོམ་གྱི་གནས་བབ་བླ་ན་མ་མཆིས།

རྩ་བ་ནི་ནང་བསྟན་ཆོས་ལུགས་ཀྱི་མིའི་འགྲོ་བ་ཀུན་ལ་ཁྱབ་པའི་བཟང་སྤྱོད་སློབ་གསོ་དང་། བདག་མེད་སྨྲ་བའི་མཚན་ཉིད་རིག་པའི་དགོངས་པ་གཞན་དྲིང་

མི་འཇོག་པས་སོ། །རྩོམ་སྙིགས་ཀྱི་དབང་སྒྱུར་དུས་མཚམས་ཀྱང་ཆེས་རིང་བ་སྟེ། ཡོངས་གྲགས་སུ་ཉེ་རབས་རྩོམ་རིག་གི་དུས་མཚམས་རྙིང་པོའི་གསར་རྩོམ་སྐེར་སྨོམ་བྱས་སོ། །སྐབས་བབ་ཀྱི་ནང་བསྟན་རྩོམ་རིག་ཀྱང་ཉེ་རབས་རྩོམ་རིག་སྟེ། སྒྱུར་རྒྱལ་བཙན་པོའི་གདུང་རབས་མཐའ་མ་འུ་དུམ་བཙན་ནས་དུས་རབས་ཉི་ཤུའི་ལོ་རབས་བརྒྱད་ཅུའི་བར་གྱི་གསར་རྩོམ་གྱི་དུས་མཚམས་ལ་འཇོག་གོ །

ཅིའི་ཕྱིར་ཞེ་ན། གཅིག དུས་མཚམས་རིང་མོ་དེར་བསྟན་པའི་འཕེལ་འགྲིབ་ཆེ་བ་སྟེ། འུ་དུམ་བཙན་གྱིས་ཆོས་འདུལ་བའི་བསྟན་པ་བསྣུབས་ཤིང་། སིལ་བུའི་དུས་སྐབས་སུ་མདོ་སྟགས་ཚ་གྲང་ལྟར་འགལ་བས། མདོ་རྒྱུད་བསྟན་པའི་ལྷ་སྤྱོད་རྣམ་དག་མིང་གི་ལྷག་མར་གྱུར། སྔ་གཞུག་ཏུ་སྨད་འདུལ་དང་། སྟོད་འདུལ། པཎ་ཆེན་སྡོམ་རྒྱུན་བཅས་བསྟན་པ་ཕྱི་དར་གྱི་དབུ་བརྙེས། འོན་ཀྱང་ཁ་ཅིག་འདུལ་བར་མོས་བློས་སྟགས་ལ་ཁྱད་གསོད་དང་། ཁ་ཅིག་སྟགས་ལ་མོས་བློས་འདུལ་བར་ཁྱད་གསོད་བྱས་པས་བསྟན་པ་ཕྱོགས་རེ་བར་གྱུར། ཕྱིས་ཇོ་བོ་རྗེ་དཔལ་ལྡན་ཨ་ཏི་ཤ་སྤྱན་དྲངས་ནས་བསྟན་པར་དག་ཐེར་མཛད། རིམ་བཞིན་རྙིང་མ་དང་། བཀའ་གདམས། བཀའ་བརྒྱུད། ས་སྐྱ། དགེ་ལུགས་ལ་སོགས་པའི་ཆོས་བརྒྱུད་གྲུབ་མཐའ་དར་ཞིང་། རྙིང་མའི་རྫོགས་ཆེན་དང་། བཀའ་གདམས་ཀྱི་ཇོ་བོའི་གདམས་པ། བཀའ་བརྒྱུད་ཀྱི་ཕྱག་རྒྱ་ཆེན་པོ། ཞི་བྱེད་ཀྱི་ཤེར་ཕྱིན་བརྒྱུད་པའི་བཀའ་བབ་དྲུག ས་སྐྱའི་ཡོད་མིན་མེད་མིན་གྱི་མ་ཡིན་དགག ཇོ་ནང་གི་གཞན་སྟོང་བདེ་གཤེགས་སྙིང་པོ། དགེ་ལུགས་ཀྱི་རང་སྟོང་མེད་དགག་ལ་སོགས་པའི་གྲུབ་མཐའི་ལྟ་གྲུབ་ཀུ་ཤའི་རྩེ་མོ་ལྟར་མ་འདྲེས་སོ་སོར་གྱེས། ཁྱད་པར་དུ་བོད་སྔ་ཕྱིའི་དབུ་མའི་ལྟ་གྲུབ་ཐུན་མོང་མ་ཡིན་པ་གང་ཞིག དགག་བྱའི་ཚད་དང་། བདེན་གཉིས་ཀྱི་རྣམ་གཞག རྟེན་འབྲེལ་གྱི་ངོས་འཛིན་སོགས་ལ་ལྟ་བའི་ཕྲ་རགས་ཀྱི་ཟབ་ཁྱད་ཐུན་སུམ་ཚོགས་

པས། ནང་བསྟན་མཚན་ཉིད་རིག་པ་འཕེལ་རྒྱས་ཀྱི་ཡང་རྩེར་སོན། དེ་བཞིན་བཤད་སྒྲ་དང་། སྒྲ་སྙོར་གྱི་ལམ་སྲོལ་ཡང་དར་ཞིང་རྒྱས་པས། ནང་པའི་ཚད་མ་རིག་པར་ཆེ་སྲོག་གསར་པའི་རང་མདངས་བསྐྱལ། དབུ་ཚད་སེང་མཛེང་བསྡོལ་དུ་གྲགས་པའི་ངོ་མཚར་གྱི་དུས་རབས་ཤིག་ལེགས་པར་བསྐྲུན་སོ། །

མདོ་སྔགས་རིག་གནས་དག་ཐེར་དང་། འདུ་ཤེས་གསར་སྙིང་བཙོས་སྒྱུར་གྱི་དུས་རབས་དེ་འབྲུར་ནང་བསྟན་རྩོམ་རིག་ཀྱང་རྒྱ་བོད་མཁས་གྲུབ་ལོ་པཎ་གྱི་ཐུགས་ཀྱི་ཡོན་ཏན་དང་། རྒྱལ་འབྱོར་པའི་ཉམས་རྟོགས། བླ་ཆེན་མི་དཔོན་གྱི་ཚོར་བའི་སྨྲོང་སྟོབས་མཚོན་བྱེད་ཀྱི་ཚིག་གི་སྒྱུ་རྩལ་གྱི་ཕྱི་མོ་དང་། རང་རང་གྲུབ་མཐའི་ལྟ་གྲུབ་སྟོན་བྱེད་ཀྱི་ཡི་གེའི་སྣང་བརྙན་གྱི་མེ་ལོང་དུ་གྱུར་པས། ལྟ་བ་བཀའ་བརྟགས་ཕྱག་རྒྱ་བཞི་སྲོག་ཏུ་གྲུབ་པའི་གྲགས་རྩོམ་རི་བོའི་གདོས་ལྷར་བརྩམས་པ་ལོ་རྒྱུས་ཀྱི་དངོས་དོན་ནོ། །

སྐབས་དེར་ནང་བསྟན་ཆོས་ལུགས་བོད་ཀྱི་རིག་གནས་ཀྱི་གཞུང་ཤིང་སྟེ། མི་རིགས་རང་མཚན་པའི་ལོ་རྒྱུས་ཡུན་རིང་ལྡན་པའི་སྲོལ་རྒྱུན་རིག་གནས་ཀྱི་ངོ་བོར་གཞི་གྲུབ་པས། མི་རིགས་གཞན་གྱི་རིག་གནས་ནང་འདྲེན་བྱ་མི་དགོས་པའི་ཤེས་རིག་རྫོགས་ལྡན་དུས་རབས་ཀྱི་ཡོངས་སྤྱོད་ལ་རོལ་སྐབ་ངོ། །ཉེ་རབས་རྩོམ་རིག་གི་གསར་རྩོམ་ཡང་ཤེས་རིག་དེའི་གཡུར་ཟའི་འབྲས་བུ་ཡིན་པ་གོར་མ་ཆག དེའི་ཕྱིར་ཉེ་རབས་རྩོམ་རིག་གི་དུས་སྐབས་རིང་མོས་བཅས་པའི་ནང་བསྟན་རྩོམ་རིག་ནི་རྩོམ་རིག་གི་གདན་གྱི་འདུན་མའི་ཚབ་མཚོན་དུ་གྱུར་བའི་གསར་རྩོམ་གྱི་འབྲས་བུ་ལོས་ཡིན། བོད་ཀྱི་རྩོམ་བྱུང་ལོ་རྒྱུས་ལྟ་ཅི། འཛམ་གླིང་གི་ཤར་ནུབ་རྩོམ་བྱུང་ལོ་རྒྱུས་ཀྱི་དོན་སྙིང་དང་བལྟོས་ན་འང་གསར་རྩོམ་གྱི་གནས་བབ་བླ་ན་མེད་པ་མཆིས་སོ། །

གཅིག་ཤོས། དུས་སྐབས་རིང་མོ་དེའི་སྒྱུ་རྩལ་གྱི་མཚོན་ཐབས་ཐད། ཆོས་རྗེ་ས་པཎ་གོང་གི་བརྩམས་ཆོས་ལ་བོད་ཀྱི་གདོད་མའི་ཚིག་རྒྱན་དང་། གཞུག་གི་བརྩམས་ཆོས་ལ་རྒྱ་གཞུང་《མེ་ལོང་མ་》ཡི་ཚིག་རྒྱན་གྱི་ཉམས་འགྱུར་ལྡན་པ་ཡོངས་གྲགས་ཀྱི་གཏམ་མོ། །ཡྱིར་"རང་རེ་རྣམས་ཀྱི་ད་ལྟའི་རྩོམ་ལུགས་འདི་ནི་རྒྱ་སྐད་བོད་དུ་བསྒྱུར་བ་རྣམས་ཀྱི་དབྱིབས་ཁོ་ནར་བྲིས་པ་ཡིན་ལ། དེ་རྣ་བར་འཇགས་འཇགས་ནས་གོ་བདེ་བར་སོང་བ་ཡིན་གྱི། བོད་སྐད་རང་དབང་བའི་སྒྲིག་ཚུལ་ནི་མིན་པར་ངེས་སོད། སུ་ཞིག་གི་རྣ་བར་འགྲོ་"①ཞེས་གསུངས་པ་ལྟར། མདོ་རྒྱུད་གསུང་རབ་ཀྱི་ལོ་ཙྪའི་འཕྲིན་ལས་དར་ཞིང་། རྒྱ་གཞུང་《མེ་ལོང་མ་》ཡི་འཆད་ཉན་སྤེལ་བ་གང་ཞིག ཆོས་རྗེ་ས་པཎ་ནས་བཟུང་ཁ་སྐད་ཡིག་སྐད་དུ་བསྒྱུར་བའི་རྩོམ་རྒྱ་ཁ་དམ་པའི་རྩོམ་གཤིས་དར་འགོ་ཚུགས། བོད་ཀྱི་གདོད་མའི་ཚིག་རྒྱན་ཏེ། སྤུར་རྒྱལ་བཙན་པོའི་གདུང་རབས་ཀྱི་རྣམ་ཐར་དང་། རྟོགས་བརྗོད། མོ་ཚིག བསང་མཆོད། དེ་བཞིན་སིལ་བུའི་དུས་སྐབས་ཀྱི་རྣལ་འབྱོར་པའི་མགུར་མ་གཙོ་བོར་གྱུར་བའི་བརྩམས་ཆོས་ཀྱི་ཁ་སྐད་ཀྱི་ཚིག་ཉམས་དང་། ངག་ཐོག་ཚིག་རྒྱན་གྱིས་བརྒྱན་པའི་བོད་སྐད་རྣལ་མའི་ཚིག་སྦྱོར་གྱི་རྩོམ་རྒྱུན་ཆད་དེ། བསྟན་བཅོས་ཀྱི་ཚིག་ཉམས་དང་། རྒྱ་གཞུང་《མེ་ལོང་མ་》ཡི་ཚིག་རྒྱན་གྱིས་བཅིངས་པའི་མཁས་པའི་ངག་སྦྱོར་གྱི་རྩོམ་སྲོལ་དུ་བར་བརྒྱལ་བྱས་ཏེ། སྐྱེས་རབས་རྩོམ་རིག་དང་། རྒྱ་གར་སྙན་གཞུང་གི་རྩོམ་ཉམས་ལམ་སྲོལ་གྲུབ། བྱེ་བྲག་ཏུ་ས་སྐྱ་དང་། ཕག་གྲུ། དགའ་ལྡན་ཕོ་བྲང་དུས་རབས་ཀྱི་སྙན་ངག་རྩོམ་ལུས་ཀྱི་གསར་རྩོམ་ལ་ཁྱད་ཆོས་མངོན་གསལ་དོད་པའོ། །

སྒྱུ་རྩལ་མཚོན་ཐབས་ཀྱི་གསར་བརྗེ་འདི་ནི་ཁ་སྐད་ནས་ཡིག་སྐད་དང་། ངག

① དགེ་འདུན་ཆོས་འཕེལ། 《དགེ་འདུན་ཆོས་འཕེལ་གྱི་གསུང་རྩོམ་》(དེབ་དང་པོ)(M)བོད་ལྗོངས་བོད་ཡིག་དཔེ་རྙིང་དཔེ་སྐྲུན་ཁང་། ༡༩༨༩/༧པར་གཞི་གཉིས་པ། ཤ༢༤༢

ཐོག་ཆེག་རྒྱན་ནས་སྙན་གཞུང་ཚིག་རྒྱན། བོད་སྐད་རྣལ་མ་ནས་སྐྱེས་རབས་རྩོམ་རིག་གི་ཚིག་སྦྲོས་ཀྱི་བར་བརྒྱལ་ཏེ། རྒྱ་གར་རྩོམ་རིག་གི་རྩོམ་གཤིས་དང་ཁ་ཐག་ཉེ་བའི་རྩོམ་ལུགས་སུ་ཐོད་བརྒྱལ་བྱས་པའི་ཚིག་སྦྱོར་གྱི་རྣམ་པ་ཞིག་གོ། སྤྱིར་མི་རིགས་གཞན་གྱི་རྩོམ་པའི་རྣམ་གཞག་ཡོངས་སུ་དང་ལེན་བྱས་པའི་གསར་རྩོམ་གྱི་ངོ་བོ་ལྡན། འོན་ཀྱང་ཚིག་གི་སྒྱུ་རྩལ་བྱུང་འཕེལ་གྱི་ངོ་བོ་ནས་བརྟགས་ན། འདི་ནི་ཚིག་གི་སྒྱུ་རྩལ་གྱི་གདོད་མའི་གནས་བབ་སྟེ། སྔ་ཕྱི་གཉིས་ཀ་ཚིག་རྒྱན་དུས་རབས་ཀྱི་མཚོན་ཐབས་ལས་མ་འདས་སོ། །

མདོར་ན་ཉེ་རབས་རྩོམ་རིག་དུས་སྐབས་ཀྱི་ལོ་རྒྱུས་རིང་མོད། སྤྱི་ཐོག་ནས་བལྟས་ན། རྣམ་པ་ཚིག་རྒྱན་དང་། ནང་དོན་ནང་བསྟན་རྩོམ་རིག་གི་བརྗོད་བྱ་ལས་མ་འདས་པ་གང་ཞིག གཙོ་རྒྱུན་རྩོམ་ལུས་ཀྱི་གསར་རྩོམ་ཐད་སྤྲོལ་རྒྱུན་རྩོམ་རིག་གི་རྩོམ་པའི་ཁྱད་ཆོས་ལྡན་ནོ། །འདིར་ཡང་ཉེ་རབས་རྩོམ་རིག་སྟེ། ནང་བསྟན་རྩོམ་རིག་གི་རྩོམ་པའི་ལམ་སྲོལ་ལས་སྐབས་བབ་ཀྱི་རྩོམ་རིག་གི་གཏན་གྱི་འདུན་མའི་ཟབ་དོན་འཆད་པར་འགྱུར་རོ། །

གཅིག ཚབ་མཚོན་བརྩམས་ཆོས་སྒྲུང་རོལ།

ཅི་ཞིག་ལ་རྩོམ་རིག་གི་སྒྲུང་རོལ་བྱ་ཞེ་ན། ཡོངས་གྲགས་སུ་རྩོམ་རིག་མཛེས་དཔྱོད་རིག་པའི་བརྗོད་ཆད་དེ། སློག་པ་པོའི་སྒྱུ་རྩལ་གྱི་བློ་སྦྱོང་ལས་འཕྲོས་པའི་མཛེས་དཔྱོད་ཀྱི་འདུ་ཤེས་ལ་ཟེར། སྤྱིར་སློག་པ་པོའི་རིག་གནས་ཀྱི་བབ་ཆགས་དང་། སྒྱུ་རྩལ་གྱི་བློ་སྦྱོང་ཐུན་མོང་མ་ཡིན་པ་ལས་གྲུབ་པའི་སྒྲུང་བ་རང་མཚན་པ་སྟེ། རང་རང་གི་ཁམས་དང་མོས་པ་མི་འདྲ་བའི་དབང་གིས་གཞི་རྒྱ་བོ་བདུད་རྩི་རྣག་ཁྲག་ཏུ་མཐོང་བའི་དཔེ་ལྟར་བསྟན་དོན་སྣ་མང་དུ་གྱེས་པའི་གོ་

ཚུལ་ཞིག་ལ་ཟེར། འདི་ནི་བརྩམས་ཆོས་ཀྱི་ཕྱིའི་རྣམ་པའི་བརྡ་འཕྲིན་གྱི་མཛེས་པ་ལས་མངོན་པའི་ནང་བརྗོད་བྱའི་བརྡ་འཕྲིན་གྱི་གོ་ཚུལ་ཅི་རྟུང་ཞིག་ཡིན་ཚོགས། དབང་ཤེས་དང་། རིགས་ཤེས་ལས་འགོངས་པའི་སྒྱུར་བ་མངོན་སུམ་ཅན་གྱི་གོ་ཚུལ་ཞིག་གོ། སྒྱུར་ཚུལ་འདི་ནི་སྣྲ་ཇི་བཞིན་པའི་སྤྲོས་བརྗོད་ཀྱི་ལམ་ནས་གོ་བ་ལེན་པའམ། རྟགས་དང་གཏན་ཚིགས་ཀྱི་རིགས་བསྒྲིས་དཔགས་པའི་རྟོག་པ་རིགས་མཐུན་གྱི་བྱེད་ལས་མ་ཡིན་པ་གང་ཞིག སྒྱུར་བ་མངོན་སུམ་ཅན་གྱི་ངོར་ཤར་བའི་རྟོག་བྲལ་གནས་སྐབས་ཀྱི་སྒྱུར་ཚུལ་ལོ། །དེའང་རྟོག་བྲལ་ལམ། རྟོག་མེད་དེ། སྒྱུར་མཁན་གྱི་རྟོག་པ་འགགས་པའི་སྐད་ཅིག་མའི་གནས་སྐབས་ཀྱི་སྒྱུར་རོལ་གྱི་རྒྱུན་ཕྲ་མོ་དེའོ། །འདི་ནི་ཀློག་པ་པོའི་རྩྭ་རྩལ་གྱི་བློ་སྦྱོང་དང་། མཛེས་དཔྱོད་ཀྱི་འདུ་ཤེས། མཚན་ཉིད་རིག་པའི་ལྟ་བ་ལ་སོགས་ཀྱི་བག་ཆགས་ཀྱིས་སད་པའི་གཉུག་སེམས་ངོའི་སྒྱུར་བ་རང་མཚན་པར་ཐུག་གོ །

མཛེས་དཔྱོད་ཀྱི་ཆོས་ཉིད་ལྟར་ན། དེ་ལྟ་བུའི་སྒྱུར་རོལ་གྱི་རྒྱུན་ཕྲ་མོ་དེ་འཐོབ་རྒྱུ་ཚོགས་ཤིན་ཏུ་ཆེ་བར་བཞེད། ཅིའི་ཕྱིར་ཞེ་ན། འདི་ནི་ཀློག་པ་པོས་བརྩམས་ཆོས་ལྟ་ཀློག་གི་གནས་སྐབས་སུ་ཐོབ་པའི་སྒྱུར་བ་རང་མཚན་པ་ཡིན་པ་གང་ཞིག བརྩམས་ཆོས་དང་། ཀློག་པ་པོའི་དབར་མཐུན་སྣང་དུ་གྲུབ་པའི་སྤྱི་མཐུན་གྱི་མོས་པ་ཞིག་སྟེ། མྱང་བྱའི་ཡུལ་གྱི་མཛེས་དཔྱོད་ཀྱི་ཁམས་དང་། སྒྱུར་བྱེད་ཡུལ་ཅན་གྱི་གཉུག་སེམས་རོ་གཅིག་ཏུ་འདྲེས་པའི་སྒྱུར་བ་རང་མཚན་པ་ཡིན་པའི་ཕྱིར། ཅི་སྟེ་ཀློག་པ་པོའི་སྒྱུར་རོལ་གྱི་མོས་པ་ཇི་ལྟར་ཟབ་ན་བརྩམས་ཆོས་ཀྱི་མཛེས་དཔྱོད་རིན་ཐང་དེ་ལྟར་རྒྱ་ཆེ་ཞིང་། གོ་ཚུལ་ཡང་དེ་ལྟར་སྣ་མང་དུ་གྱེས་པ་དོན་དུ་གནས་སོ། །དང་ལེན་མཛེས་རིག་ལྟར་ན། མཛེས་དཔྱོད་ཀྱི་སྒྱུར་རོལ་ཞེས་བྱ་ཞིང་། སྒྱུ་རྩལ་བརྩམས་ཆོས་གང་ཞིག་གི་ཕྱིའི་རྣམ་པའི་མཛེས་པའི་ཕག་ནས་ནང་བསྟན་

བྱའི་སྙིང་པོ་རྟོགས་བྱེད་ཀྱི་ཐབས་དམ་པར་བཞེད་དོ། །

འདིར་ཡང་མཛེས་དཔྱོད་རིག་པའི་སྒྱུར་རོལ་དང་། རྩོམ་རིག་གི་གཏན་གྱི་འདུན་མའི་སྒྱུར་རོལ་གྱི་བླང་བྱ་ལྷན་ཐབས་སུ་ཁྱེར་བ་གང་ཞིག ནང་བསྟན་མཚན་ཉིད་རིག་པར་གྲགས་པའི་དབུ་མའི་རིག་པའི་ཐུན་མོང་མ་ཡིན་པའི་ལྟ་བའི་བཞེད་ཚུལ་ཁག་གཅིག་སྟེ། རྗེ་བཙུན་མི་ལ་རས་པའི་སྒྲ་འགྱུར་རྒྱུད་སྡེའི་སྒྲགས་ཀྱི་དབུ་མ་དང་། བོད་ཕྱི་རབས་པར་གྲགས་པའི་རྗེ་ཙོང་ཁ་པ་ཆེན་པོའི་རང་སྟོང་མེད་དགག བོད་སྔ་རབས་པར་གྲགས་པའི་མཁས་དབང་དགེ་འདུན་ཆོས་འཕེལ་གྱི་སྤྲོས་བྲལ་ལ་སོགས་ཀྱི་ལྟ་བའི་སྙིང་པོ་རིགས་པའི་རྩལ་དུ་བརྟོན་ཏེ། རང་ལུགས་ཀྱི་ཐུན་མིན་ལྟ་བའི་བརྒྱལ་བརྟག་ལམ་ནས་ནང་བསྟན་མཚན་ཉིད་རིག་པའི་ངོ་བོ་ཉིད་མེད་པར་སྨྲ་བ་སྟེ། ནང་བསྟན་རྩོམ་རིག་གི་གཏན་གྱི་འདུན་མའི་གྲུབ་དོན་སྟོང་པའི་རང་བཞིན་སོ་སོར་སྒྱུར་རོལ་གྱི་གཞིར་འཛུག་གོ། བྱེ་བྲག་ཏུ་ཚབ་མཚོན་བརྩམས་ཆོས་ཏེ། རྗེ་བཙུན་མི་ལ་རས་པའི་《རག་མའི་བྱང་ཆུབ་རྫོང་གི་མགུར་》དང་། རྗེ་ཙོང་ཁ་པ་ཆེན་པོའི་《རྟེན་འབྲེལ་བསྟོད་པ་》མཁས་དབང་དགེ་འདུན་ཆོས་འཕེལ་གྱི་《བཙོན་ནས་རྔོར་ཁང་ལ་གནང་བའི་མགུར་》བཅས་བདམས་བཀོད་བྱས་ཏེ། རྩོམ་རིག་གི་གཏན་གྱི་འདུན་མའི་ཟབ་དོན་གཅིག་ཤེས་ཀུན་གྲོལ་ཚུལ་གྱིས་རྟོགས་ཕྱིར་འཆད་དོ། །

འདིར་ནི་བརྩམས་ཆོས་སྒྱུར་རོལ་གྱི་ཁོང་ཐིག་ལ་བརྟེན་ཏེ། རྩོམ་རིག་གི་གཏན་གྱི་འདུན་མའི་གྲུབ་དོན་སྟོང་པའི་རང་བཞིན་གྱི་གོ་ཚུལ་མྱུང་རྒྱུ་ལས། ལུང་རིགས་ཕྲ་མོའི་ལམ་ནས་རིགས་པ་ཡང་དག་བསྒྲུབ་རྒྱུ་བསྒྲུབ་བྱ་མིན་ན། ལྟ་བ་རྒྱུད་ལ་ཆགས་པའི་གོ་བ་དང་། གོ་བ་ཉམས་སུ་ཤར་བའི་སྒྱུང་བ་ཐོན་རྒྱུའི་ཁུར་ཆེན་པོ་འདི་བདག་གིས་ཅི་ལྟར་ཐེག་ནུས་ཤིང་། ལར་འདེགས་པའི་སྤྲོབས་པས་ཀྱང་

དབུལ་ལོ། །སྐབས་བབ་གཞུང་གི་གོ་རྩལ་ལྟར་ཚིག་དོན་གྱི་སྒྲོ་སྐུར་སྤངས་ཏེ། སྒྲུབ་བྱེད་ཁུངས་བཙུན་ལམ་ནས་སྦྱོང་རོལ་གྱི་གོ་རྩལ་གཙོ་བོར་འཆད་པར་འགྱུར་རོ། །

༧ རྗེ་བཙུན་མི་ལ་རས་པའི་《རག་མའི་བྱང་ཆུབ་རྫོང་གི་མགུར་》

རྣལ་འབྱོར་གྱི་དབང་ཕྱུག་ཆེན་པོ་རྗེ་བཙུན་མི་ལ་རས་པ་ནི་ཐོག་མར་མཐུའི་ངན་སྔགས་ཀྱིས་སྡིག་པ་ཚད་མེད་བསགས་ཤིང་། བར་དུ་བླ་མ་མར་པ་བསྟེན་ནས་སྲས་མཁར་དགུ་ཐོག་བཞེངས་པ་སོགས་ལུས་སྒྲིབ་སྦྱངས། མཐའ་མར་སྒོམ་པ་མཐར་ཕྱིན་ཏེ། ཚེ་གཅིག་ལུས་གཅིག་ལ་ཕུང་པོ་འོད་སྐུར་གྲོལ་བའི་རྡོ་རྗེའི་འཇའ་ལུས་ཀྱི་གོ་འཕང་བརྙེས་པ་ཞིག་གོ།

སྤྱིར་རྣལ་འབྱོར་པ་སྟེ། སེམས་ཉིད་རྣལ་མའི་དོན་ལ་བློ་ཆོས་ཉིད་དུ་འབྱོར་བས་ཕྱོགས་བྲལ་འཛིན་ཞེན་མེད་པར་གནས་ཤིང་། ཆོས་ཉིད་བླང་དོར་མེད་པར་སྤྱོད་པས་འཛིན་མེད་ཆོས་ཀྱི་རང་བཞིན་ཡེ་ནས་ངོ་བོ་གཅིག་ཅིང་དབྱེར་མེད་པར་རྟོགས་པའི་གང་ཟག་ཅིག་ཡིན། དེ་ཡང་སྣང་བའི་འཛིན་པ་བཟློག་པས་ཆོས་ཀྱི་རང་བཞིན་སྟོང་པ་ཡེ་ནས་མཁྱེན་པ། སེམས་ཀྱི་གཟུང་བ་བཟློག་པས་གཏུག་སེམས་ཕྲ་མོར་དབང་འབྱོར་བ་ཞིག་གོ།

དགུང་གྲངས་གྱ་བཞི་བཞེས་པའི་སྐུ་ཚེ་ཧྲིལ་པོར་བྲག་དཀར་རྟ་སོ་སོགས་རྫོང་དྲུག་དང་། གནས་ཆེན་དབེན་རི་རྣམས་སུ་སྒྲུབ་པ་སྒོམ་ལེན་གྱི་ངོ་མཚར་མཛད་པ་བསྐྱངས། གདུལ་བྱ་མི་དང་མི་མ་ཡིན་ཐམས་ཅད་ལ་སྣང་བ་སྒྱུ་མའི་དཔེ་རུ་ཤར་ཞིང་། ཉམས་རྟོགས་ཐུགས་སུ་འཁྲུངས་པའི་ཉམས་མགུར་བགྲང་ཡས་པ་བཞེངས་ཏེ། གདུལ་བྱ་སློབ་མའི་ཚོགས་དང་བཅས་པའི་འགྲོ་དོན་སྨིན་པར་མཛད་དོ། །

ལོ་རྒྱུས་ཀྱི་འཕེལ་འགྲོས་ལྟར། དུས་རབས་བཅོ་ལྔ་པར་གཙང་སྨྱོན་ཧེ་རུ་ཀ་རུས་པའི་རྒྱན་ཅན་གྱིས་མངའ་རིས་དང་། དབུས་གཙང་། དྭགས་ཀོང་སོགས་ཀྱི་

ཡུལ་གྲུར་ཕེབས་ཏེ། ལུས་ཀྱི་དཀའ་སྤྱུག་དང་། སྲོག་གི་ཉེན་ཁར་མ་འཛེམས་པར་གསུང་གི་མཛད་པའི་རྟེན་དུ་གྱུར་བའི་གསུང་མགུར་འཚོལ་བསྡུ་དང་། ལེགས་སྒྲིག་མཛད་ནས་ཕྱོགས་གཅིག་ཏུ་བསྒྲིགས་པ་ལ་ཡོངས་གྲགས་སུ་མི་ལའི་མགུར་འབུམ་ཞེས་ རླུང་ལྟར་གྲགས་སོ། །

རྣལ་ལྷག་པ་ཆོས་འཕེལ་མཆོག་ནས"མགུར་ཞེས་པ་ནི་དབྱངས་སུ་གྱེར་ཆོག་པའི་སྙན་རྩོམ་གྱི་རྣམ་པ་ཞིག་ཡིན། གནའ་བོའི་དུས་མགུར་དང་། གླུ། མཆིད་རྣམས་དོན་གཅིག་མིང་གི་རྣམ་གྲངས་ཡིན་པ་ཙམ་ལས། བསྟན་དོན་སོ་སོ་བ་ཞིག་མེད་ཅིང་དབྱེ་བའང་དཀར་རྒྱུ་མེད། ཡིན་ནའང་སིལ་བུའི་དུས་ནས་བཟུང་ནང་པ་སངས་རྒྱས་པའི་ཆོས་ནང་དོན་དུ་བྱས་ནས་མགུར་རྩོམ་པའི་སྲོལ་དེ་ཡོངས་ཁྱབ་ཏུ་དར་བ་དང་། རྩོམ་སྲོལ་ཞིག་ཏུ་གྱུར་བས་རིམ་བཞིན་མགུར་ནི་གླུ་ཡི་ཞེ་སར་གྱུར་ཅིང་། གླུ་ཞེས་པ་དམངས་ཁྲོད་དུ་དར་བའི་གླུ་དང་། མགུར་ཞེས་པ་ཆོས་པ་རྣམས་ཀྱི་གླུ་ལ་གོ"[1]ཞེས་གསུངས་པ་ལྟར། མགུར་ནི་གནའ་བོའི་དུས་ཀྱི་གླུ་མགུར་མཆིད་གསུམ་གྱི་བྱེ་བྲག་སྟེ། ངག་སྒོ་ཡངས་པོས་དབྱངས་སུ་གྱེར་ཆོག་པའི་སྙན་རྩོམ་གྱི་རྣམ་པ་ཡིན་པ་གང་ཞིག རྣལ་འབྱོར་པའི"ཉམས་རྟོགས་པ་ཁོང་ནས་བརྗོད་པའི་གླུ"[2]ལ་གོ་བ་ཤིན་ཏུ་རྟོགས་སླའོ། །ངོ་བོ་ནི་རྗེ་བཙུན་གྱིས"ཁ་ཏ་གླུ་ཚུང་ལེན་པ་དེ། སྣང་བ་དཔེ་རུ་ཤར་བ་ཡིན"[3]ཞེས་པ་དང་། "རྣལ་འབྱོར་པ་གཤའ་མ་ཞིག

① ལྷག་པ་ཆོས་འཕེལ། 《བོད་ཀྱི་རྩོམ་རིག་ལོ་རྒྱུས་》(སྟོད་ཆ)(M)མི་རིགས་དཔེ་སྐྲུན་ཁང་། ༢༠༠༨/༡༠པར་གཞི་དང་པོ། ཤ༣༧༣

② ཙུས་པའི་རྒྱན་ཅན། 《རྗེ་བཙུན་མི་ལ་རས་པའི་རྣམ་མགུར་》(M)མཚོ་སྔོན་མི་རིགས་དཔེ་སྐྲུན་ཁང་། ༢༠༠༩/༨པར་གཞི་དང་པོ། ཤ༩༠༥

③ ཙུས་པའི་རྒྱན་ཅན། 《རྗེ་བཙུན་མི་ལ་རས་པའི་རྣམ་མགུར་》(M)མཚོ་སྔོན་མི་རིགས་དཔེ་སྐྲུན་ཁང་། ༢༠༠༩/༨པར་གཞི་དང་པོ། ཤ༣༨༧

ཡིན་ན་སྣང་བ་དཔེ་ཅུ་འདྲེན་ཤེས་པ་ཡིན་”①ཞེས་གསུངས་པ་ལྟར། གཉུག་སེམས་ཕྲ་མོའམ། དངོས་པོའི་གཉུག་གཤིས་རྣལ་མར་དབང་འབྱོར་བའི་རྣལ་འབྱོར་པ་བཙོས་མིན་ཞིག་གིས་སྣང་བ་སྒྱུ་མའི་ཀུན་རྫོབ་ཆོས་ཀྱི་རྫུན་པའི་རང་བཞིན་ཐ་སྙད་ཀྱི་དཔེ་ཅུ་དྲངས་པའི་ཉམས་རྩོགས་ཁོང་ནས་བརྗོལ་བའི་གླུར་བྱའོ། །

རྩ་བའི་ས་བོན་ནི་བྲམ་ཟེ་ཆེན་པོ་ས་ར་ཧ་ལ་སོགས་པའི་རྒྱ་གར་གྲུབ་ཆེན་གྱི་དོ་ཧའོ། །རྗེ་བཙུན་མི་ལ་རས་པའི་རྣམ་མགུར་ནི་བོད་ཀྱི་སྒྲུབ་བརྒྱུད་ཤིང་རྟའི་ཉམས་མགུར་གྱི་ཐོག་མར་གྲགས་ན། མགུར་སྔ་དར་གསར་རྩོམ་གྱི་དུས་མཚམས་སུ་གཏོགས་ཤིང་། དུས་རབས་རིམ་བྱོན་གྱི་གྲུབ་ཐོབ་པ་དང་། རྟོགས་ལྡན་པའི་ཉམས་མགུར་དུ་གྲགས་པའི་མགུར་གྱི་ཕྱི་མོར་ངེས་པའི་རྩོམ་རིག་གི་གོ་ས་ བླ་ན་མེད་པའམ། གོང་ན་མེད་པ་མཆིས་སོ། །

ཡོངས་གྲགས་སུ་རྗེ་བཙུན་གྱི་གསུང་མགུར་རམ། རྣམ་མགུར་ནི་ལྟ་བ་གཉུག་མ་འོད་གསལ་དང་། སྒོམ་པ་ཕྱག་རྒྱ་ཆེན་མོར་ནཱ་རོ་ཆོས་དྲུག་གི་གདམས་པའི་རྒྱས་བཏབ་སྟེ། འབྲས་བུ་བདེ་སྟོང་ཟུང་འཇུག་དབྱིངས་སུ་གཉུག་སེམས་མ་བུ་ངོ་འཕྲོད་པའི་རང་རིག་ཡེ་ཤེས་ཆོས་སྐུའམ། དབང་རྣོན་གྱི་འཇུག་བྱའི་ཕྱག་རྒྱ་ཆེན་མོ་སྟེ། “གདུལ་བྱ་བློ་དམན་འབྲིང་མཆོག་གསུམ་གྱི་དབང་གིས། མཚན་ཉིད་ཕར་ཕྱིན་ཐེག་པ་དང་། གསང་སྔགས་རྡོ་རྗེ་ཐེག་པ། བླ་མེད་སྙིང་པོའི་ཐེག་པ་གསུམ་དུ་ཕྱེ་བའི་ཕྱི་མ་”②སྟེ། “དེ་ནི་གྲུབ་པ་སྡེ་བདུན་དང་། སྙིང་པོ་སྐོར་གསུམ་དུ་གྲགས་པའི་བརྗོད་བྱའི་གཙོ་བོ་རྣལ་འབྱོར་བླ་མེད་ཀྱི་རྒྱུད་སྡེ་མཐའ་དག་གི་སྙིང་པོའི་སྙིང་

① ཅུས་པའི་རྒྱན་ཅན། 《རྗེ་བཙུན་མི་ལ་རས་པའི་རྣམ་མགུར་》(M)མཚོ་སྔོན་མི་རིགས་དཔེ་སྐྲུན་ཁང་། ༢༠༠༩/༡པར་གཞི་དང་པོ། ཤ༣༩༩

② དྭགས་པོ་བཀྲ་ཤིས་རྣམ་རྒྱལ། 《ཕྱག་ཆེན་ཟླ་བའི་འོད་ཟེར་》(M)སེར་གཙུག་ནང་བསྟན་དཔེ་སྙིང་འཚོལ་བསྡུ་ཕྱོགས་བསྒྲིགས་ཁང་། ཤ༡༥༧

པོ་ཉིད་དོ་”[①]ཅེས་གསུངས་པའི་སྒྲུབ་བརྒྱུད་ཤིང་རྟ་ཐམས་ཅད་ཀྱིས་ཡང་ཡང་བསྔགས་པའི་རྣལ་འབྱོར་བླ་མེད་ཀྱི་རྒྱུད་སྡེའམ། སྔ་འགྱུར་རྒྱུད་སྡེའི་སྔགས་ཀྱི་དབུ་མའི་ལུགས་ཀྱི་ཟབ་དོན་བསྟན་པའི་ཉམས་མགུར་ཡིན་ནོ། །

སྤྱིར་མི་ལ་ཡིན་དང་། སློབ་མ། དད་ལྡན་པ་ལ་སོགས་པའི་ངོར་གསུངས་པའི་མགུར་གྱི་རྣམ་གྲངས་འབུམས་ཀླས་སོ། །དེ་དག་སྐོར་ཚོའི་རབ་དབྱེས་རྣམ་མགུར་དུ་བཞུགས། ཞེ་བྲག་ཏུ་གནས་བསྟོད་མགུར་མ་ལྟོས་འཛོག་གིས་ཅུང་བསྟེ། 《རག་མའི་བྱང་ཆུབ་རྫོང་གི་མགུར་》དང་། 《སྐྱིད་ཕན་ནམ་མཁའ་རྫོང་གི་མགུར་》《རག་མའི་བྱང་ཆུབ་རྫོང་ཕྱི་མའི་མགུར་》《ཡོལ་མོ་གངས་རའི་མགུར་》《ཡོལ་མོ་སྟག་ཕུག་སེང་གེ་རྫོང་གི་མགུར་》《གངས་དཀར་ཏི་སེའི་མགུར་》《ཁྲི་ར་བ་མགོན་པོ་རྡོ་རྗེར་གསུངས་པའི་མགུར་》《རྗེ་མོ་ཚེ་རིང་མཆེད་ལྔར་གསུངས་པའི་མགུར་》《སྨན་ལུང་གི་མགུར་》(མགུར་གྱི་མཚན་བྱང་གོ་རིམ་དང་བཅས་པ་མགུར་འབུམ་གྱི་མ་ཕྱི་ལྟར་སྒྲ་ཇི་བཞིན་བསྒྲིགས་)ལ་སོགས་པ་ལྟ་བུའོ། །

མགུར་མའི་སྐོར་ཚོ་ལས་གནས་བསྟོད་མགུར་མ་ཕལ་མོ་ཆེར་གདོད་ནས་སྐྱེ་འགག་ཅིར་ཡང་མ་གྲུབ་པའི་སྟོང་པ་ནམ་མཁའ་ལྟ་བུའི་གཉུག་སེམས་འོད་གསལ་གྱི་གཞིར་གོས་པའི་ཉོན་མོངས་པའི་དྲི་མ་བློ་བུར་བའམ། རྣམ་རྟོག་རགས་པའི་དྲི་མ་ནི་འཁོར་བ་ཐོག་མ་མེད་པ་ནས་ཞུགས་པའི་ཀུན་གཞིའི་བག་ཆགས་ཀྱི་ངོ་བོར་རྗེན་འབྲེལ་སྒྱུ་མའི་དཔེ་ལྟར་བསྟན། འདི་ནི་གཟུང་བ་ཡུལ་སྣང་གི་འཛིན་པར་བཞེད། ཡང་མི་དམིགས་པའི་སེམས་ཀྱི་ངོ་བོ་ཅི་ཡིན་བཙལ་ཡང་མི་རྙེད་པའི་བདེ་སྟོང་ཟུང་འཇུག་དབྱིངས་སུ་གཉུག་སེམས་མ་བུ་ངོ་འཕྲོད་པའི་རང་རིག་ཡེ་ཤེས་ནི་ཆོས་ཀུན་གྱི་རྩ་བ་སྟེ། གཉུག་སེམས་ཕྲ་མོ་འོད་གསལ་གྱི་རྣམ་པར་བསྟན། འདི་ནི་

① ཐུའུ་བཀྭན་བློ་བཟང་ཆོས་ཀྱི་ཉི་མ། 《ཐུའུ་བཀྭན་གྲུབ་མཐའ་》(M)ཀན་སུའུ་མི་རིགས་དཔེ་སྐྲུན་ཁང་། ༡༩༨༤/༨པར་གཞི་དང་པོ། ཤ༡༠༣

འཛིན་པ་ཡུལ་ཅན་གྱི་འཛིན་མེད་དུ་བཞེད། མདོར་ན་གཟུང་འཛིན་གཉིས་སྣང་གིས་སྟོང་པའི་ཆོས་ཀྱི་མཐར་ཐུག་གི་གནས་ལུགས་སམ། སྒྲུབ་བརྒྱུད་བྲོ་བྲལ་རྣལ་འབྱོར་པས་བཅལ་བྱའི་གཉུག་སེམས་ཕྲ་མོའི་རང་བཞིན་འཛིན་མེད་ཀྱི་ངོ་བོར་ཡང་དག་པར་བསྟན་པའོ། །

སྐབས་བབ་ཀྱི་གཉུག་སེམས་ཕྲ་མོ་ཞེས་པ་ནི་སེམས་རགས་པའི་རྣམ་པ་འགགས་པའི་གནས་སྐབས་ཀྱི་སེམས་ཕྲ་མོ་འོད་གསལ་གྱི་གཞིར་གྲུབ་པ་དེའོ། །འདི་ནི་ཉོན་མོངས་པའི་དྲི་མ་སློ་བུར་བའི་ཚེ་ཡང་དྲི་མའི་རང་བཞིན་དུ་མ་གྲུབ་ཅིང་། དྲི་མ་དང་བྲལ་ཁྱང་དུ་གནས་སོ། །རྟག་ཏུ་འཆི་བ་འོད་གསལ་གྱི་གནས་སྐབས་སུ་མངོན་དུ་གྱུར་བའི་སེམས་ཤིན་ཏུ་ཕྲ་བ་ཞིག་གོ། རང་བཞིན་ནི་གསེར་བཟང་པོ་གཡའ་དང་བཅས་པའི་གནས་སྐབས་སུ་གཡའ་དང་མ་འདྲེས་ཤིང་། བྲལ་ཁྱང་གི་རྣམ་པར་གནས་པའི་དཔེ་ལྟར་རོ། །གཉུག་སེམས་མངོན་དུ་གྱུར་བ་ནི་འོད་གསལ་ཆོས་སྐུའི་རང་བཞིན་དུ་གྲུབ་པར་བཞེད།

གནས་བསྟོད་མགུར་མ་ཕལ་མོ་ཆེའི་ལྡོངས་བཀོད་ལ་འགྲུལ་རིས་ཀྱི་རྣམ་པའི་རྗེས་ཤུལ་མངོན་པར་གསལ་བ་ནི་ཐུན་མོང་མ་ཡིན་པའི་སྒྱུ་རྩལ་གྱི་ཁྱད་ཆོས་ཆེན་པོ་ཞིག་རེད། མགུར་མ་ལྟ་ཅི། སྲོལ་རྒྱུན་སྙན་ཚིག་རྩོམ་ལུས་ཀྱི་ཡན་ལག་ཏུ་གྱུར་བའི་གསར་རྩོམ་ཀུན་གྱི་སྒྱུ་རྩལ་མཆོན་ཐབས་ཀྱི་ཐྱི་མོར་གྱུར་ཅིང་། ལྡོངས་བཀོད་ཞིབ་འབྲིའི་དབེན་གྲོང་བའི་སྙན་ངག་གི་སྣང་བརྙན་དང་། འཆར་ཡན་རིང་ལུགས་ཀྱི་སྙན་ངག་གི་ཁམས་ཀྱི་རྩོམ་པའི་ལམ་སྲོལ་ཕྱེ་བའི་དགེ་མཚན་ཆེ། འདི་ནི་རྗེ་བཙུན་ཆེན་མོ་ཇོང་དྲུག་དང་། གནས་ཆེན་དབེན་རི་ཉམས་དགའ་བར་བྱོན་དུས་རི་ཆུའི་བཀོད་པ་ཉམས་དགའ་བ་སྣང་བ་དཔེ་ཅུ་ཤར་བའི་ཉམས་རྟོགས་ངག་སྒོར་དྲངས་པའི་ཚིག་གི་བརྙན་རིས་སོ། །དེ་ལྟ་བུའི་སྣང་བ་ཡང་སྒྱུ་མའི་རང་བཞིན་ཏེ།

མ་བརྟགས་མ་དཔྱད་པའི་འཇིག་རྟེན་གྲགས་པའི་ངོར་བདེན་བདེན་ཉུག་ཉུག་ལྟར་བདེན་པར་གྲུབ་མོད། འཛིན་མེད་སེམས་ཀྱི་གཟིགས་སུ་སྨིག་རྒྱུ་ཆུ་སྣང་ཆུ་ཟླུར་གྱི་ཚུལ་ལྟར་རྫུན་པ་བསླུ་བའི་རང་བཞིན་ནོ། །

མགུར་མའི་ཚིག་ཉམས་སུའང་གདོད་མའི་ངག་ཐོག་ཚིག་རྒྱན་ཏེ། དཔེ་རྒྱན་དང་། གཟུགས་རྒྱན་གཙོ་བོར་གྱུར་བའི་ཚིག་རྒྱན་གྱི་སྣན་རོས་ཕྱུག་ཅིང་། དངོས་དང་དངོས་མིན་ལས་འདས་པའི་བློས་བསླངས་ངོ་མཚར་ཅན་གྱི་མཛེས་དཔྱོད་ཀྱི་ཁམས་ནས་སྣང་བ་སྒྱུ་མའི་རང་བཞིན་མངོན་སུམ་དབང་པོའི་ངོར་གཟུགས་སུ་འཆར་འདྲར་སྒྲ་མཁས་ཚིག་གི་སྲད་བུར་བརྒྱུས་སོ། །དོན་དམ་དུ་རྗེ་བཙུན་ནི་ཇི་ལྟར་དངོས་པོ་གཉིས་དང་ཉེ་གྱུར་ན། དེ་ལྟར་སྒྲ་བའི་ངག་སྒོ་ལྐུགས་པར་འགྱུར་རྒྱུ་ལྟ་ཅི། ལོག་སྟེ་སྒྲ་ལྡེའི་རྩ་མདུད་གྲོལ་བའི་ངག་གི་དབང་པོར་གྱུར་བ་བསྐོན་མི་ནུས།

སྤྱིར་གནས་བསྟོད་མགུར་མ་ཕལ་མོ་ཆེའི་སྒྱུ་རྩལ་གྱི་ཉམས་འགྱུར་དང་། མཛེས་དཔྱོད་ཀྱི་ཁམས། བསམ་བློའི་རང་བཞིན་བཅས་ལ་སོ་སོའི་ཐུན་མིན་གྱི་ཁྱད་ཆོས་ལྡན་མོད། འདིར་གོ་སླ་བའི་ཕྱིར་《རག་མའི་བྱང་ཆུབ་རྫོང་གི་མགུར་》དཔེ་མཚོན་དུ་དྲངས་ཏེ། གྲགས་རྩོམ་སྤྱོད་རོལ་གྱི་བརྟག་ཐབས་སྤྱད་དེ། རྣམ་མགུར་གྱི་བསམ་བློའི་རང་བཞིན་ལས་རྗེ་བཙུན་མི་ལ་རས་པའི་གཉུག་མ་འོད་གསལ་གྱི་གཞིའི་ལྟ་བ་དང་། ཕྱག་རྒྱ་ཆེན་མོའི་ལམ་གྱི་སྒོམ་པ། བདེ་སྟོང་ཟུང་འཇུག་དབྱིངས་ཀྱི་གཉུག་སེམས་མ་བུ་ངོ་འཕྲོད་པའི་རང་རིག་ཡེ་ཤེས་ཀྱི་འབྲས་བུ་སྟེ། སྤྲ་འགྱུར་རྒྱུད་སྡེར་གྲགས་པའི་རྣལ་འབྱོར་བླ་མེད་རྒྱུད་སྡེའི་སྡེགས་ཀྱི་དགུ་མའི་ཟབ་དོན་འཆད་དོ། །

《རག་མའི་བྱང་ཆུབ་རྫོང་གི་མགུར་》

(མགུར་འབུམ་ལས་བྲངས་)

བྱང་ཆུབ་རྫོང་གི་དབེན་གནས་འདི། །ཕུ་ན་ལྷ་བཙན་གངས་དཀར་མཐོ། །མདའ་ན་ཡོན་བདག་དད་ལྡན་མང་། །རྒྱབ་རི་དར་དཀར་ཡོལ་བས་བཅད། །མདུན་ན་དགོས་འདོད་ནགས་ཚལ་སྤུངས། །སྤང་གཞོང་ནེའུ་གསིང་ཆེ་ལ་ཡངས། །དྲི་ལྡན་ཡིད་འོང་པདྨ་ལ། །རྐང་དྲུག་ལྡན་པའི་དར་དིར་ཅན། །རྫིང་བུ་ལྟེང་ཀ་ཆུ་རྫོགས་ལ། །ཆུ་བྱ་མགྲིན་པ་སྐྱོགས་ནས་ལྟ། །ལྗོན་ཤིང་རྒྱས་པའི་ཡལ་ག་ལ། །མཛེས་པའི་བྱ་ཚོགས་སྐད་སྙན་བསྒྱུར། །དྲི་གཞོན་བསེར་བུས་བཏབ་པ་ལ། །རྐང་འཕྱུང་ཡལ་གས་གར་སྟབས་བྱེད། །མཐོ་ཞིང་གསལ་བའི་ལྗོན་ཤིང་རྩེར། །སྤྲ་སྤྲེལ་ཡང་རྩལ་སྣ་ཚོགས་བྱེད། །སྤོ་འཛམ་ཡངས་པའི་གསིང་མ་ལ། །རྐང་བཞི་དུད་འགྲོ་ཟས་ལ་བགྲམ། །དེ་དག་སྐྱོང་བྱེད་ཕྱུགས་རྫི་རྣམས། །གླུ་དང་གླིང་བུའི་སྐད་སྙན་བསྒྱུར། །འཇིག་རྟེན་སྲིད་པའི་ཁོལ་པོ་རྣམས། །ཟང་ཟིང་ལས་བྱེད་ས་གཞི་ཁྱབ། །དེ་ལ་ལྟ་བའི་རྣལ་འབྱོར་ང་། །ཀུན་གསལ་རིན་ཆེན་བྲག་སྟེང་ན། །སྣང་བ་མི་རྟག་དཔེ་རུ་འདྲེན། །འདོད་ཡོན་མིག་ཡོར་ཆུ་རུ་སྒོམ། །ཚེ་འདི་རྨི་ལམ་སྒྱུ་མར་ལྟ། །མ་རྟོགས་པ་ལ་སྙིང་རྗེ་སྒོམ། །ནམ་མཁའ་སྟོང་པ་ཟས་སུ་ཟ། །ཡེངས་པ་མེད་པའི་བསམ་གཏན་བསྒོམ། །སྣ་ཚོགས་ཉམས་ལ་ཅི་ཡང་འཆར། །ཨེ་མ་ཁམས་གསུམ་འཁོར་བའི་ཆོས། །མེད་བཞིན་སྣང་བ་ངོ་མཚར་ཆེ། །①

མགུར་མ་འདི་ནི་ཚིག་བར་མ་སྒོམས་ཤིང་། ཤོ་ལོ་ཀའི་གྲངས་ཚད་ཀྱང་མ་ངེས་པའི་བོད་ཀྱི་གདོད་མའི་ངག་ཐོག་སྙན་ངག་གི་རྣམ་པར་ཟད། སྤྱིར་རྗེ་བཙུན་གྱི་ཐོལ་རིག་དབྱངས་རྟར་བསྐྱོན་ཅིང་། ཐོལ་བྱུང་ངག་ཏུ་བྲངས་པའི་ཉམས་མགུར་

① རུས་པའི་རྒྱན་ཅན། 《རྗེ་བཙུན་མི་ལ་རས་པའི་རྣམ་མགུར་》(M)མཚོ་སྔོན་མི་རིགས་དཔེ་སྐྲུན་ཁང་། ༢༠༠༩/༤པར་གཞི་དང་པོ། ཤ༢༩༩-༢༩༥

ཞིག་ཡིན་པས། རྣམ་པ་རང་དབང་ཅན་ཡིན་པ་གང་ཞིག ཕལ་མོ་ཆེ་ཚིག་བར་བདུན་མའི་རིགས་ཀྱི་ཚིག་རྐང་སོ་གསུམ་གྱིས་གྲུབ་པོ། །

རྣམ་མགུར་འདི་ཐོག་མར་གླིག་དུས་རག་མའི་བྱང་ཆུབ་རྫོང་གི་ཕྱི་ནང་སྣོད་བཅུད་ཀྱི་བཀོད་པ་སྟེ། མཐོ་ཞིང་བརྫིད་པའི་གངས་རི་དང་། ནེ་ཙོའི་གཞོག་སྒྲོ་བརྒྱངས་འདྲའི་གསིང་མ། ཚམ་ཚོམ་དུ་བཞད་པའི་མེ་ཏོག སྤོ་ལྡེམ་མེར་འཁྱིལ་བའི་ལྡིང་ཀ་ལ་སོགས་པ་ཕྱི་སྣོད་ཀྱི་བཀོད་པ་དང་། དེ་བཞིན་ཡངས་རྩལ་ཅན་གྱི་སྤྲ་སྤྲེལ་དང་། བག་ཡངས་སུ་གནས་པའི་ཆུ་བྱ། རྨ་ཆུར་རོལ་བའི་དུད་འགྲོ་ལ་སོགས་པ་ནང་བཅུད་ཀྱི་སེམས་ཅན་བཅས་སོས་དལ་བག་ཕེབས་ངང་འཚོ་ཞིང་གཞིས་པའི་རྣམ་པ་གསོན་ཉམས་དོད་པོ་ཞིག་འགྲུལ་རིས་ཚུལ་ལྟར་མངོན་ཐུབ། དེའང་ཚིག་རིས་འཇམ་པའི་ཚིག་ཉམས་ཀྱི་སྙན་རོས་ཕྱུག་ཅིང་། རང་བཞིན་བརྗོད་པ་དང་། རབ་རྟོག ཅུད་བརྗོད་ལ་སོགས་པ་ངག་ཐོག་ཚིག་རྒྱན་གྱིས་བརྒྱན་པའི་བློས་བསླངས་ངོ་མཚར་ཅན་གྱི་མཛེས་དཔྱོད་ཁམས་སུ་སྤྲས་ལྗུང་གི་ཉམས་སྣང་ལྟར་ཚིག་གི་སྣང་བརྙན་དུ་བཞེངས་སོ། །

འདི་ནི་མགུར་མའི་ཕྱིའི་རྣམ་པའི་མཛེས་པ་སྟེ། སྙན་གཞུང་རིགས་ལམ་གྱི་ལུགས་ལྟར་ན། ཡུལ་ཡུལ་ཅན་དབྱེར་མེད་དང་། ཡུལ་ཚོར་རོ་གཅིག་འདྲེས་པའི་ཡིད་འགྱུར་གྱི་ལམ་ནས་མངོན་པའི་ཚོར་བའི་སྣང་བརྙན་ཏེ། ཡོངས་གྲགས་སུ་སྙན་ངག་གི་ཁམས་སམ། ཡིད་ཡུལ། རྟོག་ལྡོངས་ཞེས་ཀྱང་ཟེར། མང་མང་གི་གོ་ཚུལ་ལྟར་ན། སྙན་ངག་གི་སྣང་བརྙན་ཞེས་ཀྱང་བྱའོ། །འདིར་རག་མའི་བྱང་ཆུབ་རྫོང་གི་ཕྱིའི་རི་ཆུའི་བཀོད་པ་དང་། ནང་བཅུད་སེམས་ཅན་གྱི་ཁམས་སྣ་ཚོགས་པ་སྣང་བ་སྒྱུ་མའི་ཚུལ་དུ་ཚོར་བའི་སྣང་བརྙན་དུ་བཞེངས་ཏེ། གཉུག་སེམས་སྤྲོ་མོའི་ངོར་བརྟགས་ན་འདི་སྣང་བསླུ་བའི་རང་བཞིན་དུ་གྲུབ་པའི་རྣལ་འབྱོར་པའི་

མི་ཚེའི་རྟོགས་པའི་ཡིད་འགྱུར་དྲག་པོ་མི་མངོན་པར་མཚོན་ནོ། །ཇི་གསང་དོན་ཅིང་། ཚོར་བ་སྐྱིན་པ་གང་ཞིག ཡིད་འགྱུར་སྟོག་ཏུ་ལྟ་བའི་འཆར་ཡན་རིང་ལུགས་ཀྱི་སྒྱུ་རྩལ་ཁྱད་ཆོས་ལྡན་ན། རྣམ་མགུར་གྱི་ཕྱིའི་བརྡ་འཕྲིན་གྱི་ངོ་བོར་གྲུབ་པའི་སྐད་ངག་གི་ཁམས་འདི་སྒྲ་ཇི་བཞིན་པའི་གོ་རྩལ་གྱི་ཡུལ་ལས་འགོངས་པའོ། །འདི་ནི་རྗེ་བཙུན་གྱི་གནས་བསྟོད་མགུར་མ་སྤྱིའི་ཐུན་མོང་མ་ཡིན་པའི་སྐད་ངག་གི་ཁམས་དྭངས་མས་གྲུབ་པའི་མཛེས་དཔྱོད་ཀྱི་ཁམས་ལྷོད་ཅིང་བསྐྱིང་བ་དེའོ། །

འོ་ན་ཇི་ལྟར་སྤྱོད་རོལ་བྱ་ཞེ་ན། ཡོངས་གྲགས་སུ་རྗེ་བཙུན་གྱི་རྟོག་རྒྱུན་ནི་རྣལ་འབྱོར་པའི་མི་ཚེའི་རྟོགས་པ་མི་མངོན་པར་མཚོན་བྱེད་ཀྱི་ཁོང་ཐིག་སྟེ། རི་མོ་ཞིག་ཡིན་ན་སྐྱ་ཐིག་ལྟ་བུར་གྲུབ་ན། རྣམ་མགུར་ཧྲིལ་པོ་གྲུབ་བྱེད་ཀྱི་སྐད་ངག་གི་ཁམས་སུ་སིམ་པའི་ཉམས་རྟོགས་ཁྱད་པར་བའི་འགྲོས་རིམ་སྤྱོད་རོལ་གྱི་ཐབས་སུ་འཁྱེར་དགོས། དེའང་ཀུན་གཞིའི་བག་ཆགས་ཀྱིས་བསགས་པའི་རྣམ་རྟོག་རགས་པའི་དྲི་མ་སྒྲུབ་པ་ཉམས་ལེན་ལས་ཐོབ་པའི་སོ་སོར་རྟོག་པའི་ཤེས་རབ་ཀྱི་ངོར་བདེན་པར་མ་གྲུབ་ཀྱང་། མེད་བཞིན་སྣང་བའི་སྒྱུ་མའི་སྣང་བ་དཔེར་འདྲེན་བྱེད་ཀྱི་གཉུག་སེམས་ཕྲ་མོའི་རྟོག་རྒྱུན་གྱི་འགྲོས་རིམ་ལྟར་སྤྱོད་རོལ་བྱས་ཏེ། བདེ་སྟོང་ཟུང་འཇུག་དབྱིངས་ཀྱི་རྣལ་འབྱོར་པའི་མི་ཚེའི་རྟོགས་པའམ། རྣལ་འབྱོར་པའི་ཐུན་མོང་མ་ཡིན་པའི་འཛིན་མེད་སེམས་ཀྱི་གཤིས་སུ་གོ་བའི་ཉམས་རྟོགས་ཁྱད་པར་བ་དེ་མྱུང་བར་བྱའོ། །

དེའི་ཕྱིར་རག་མའི་བྱང་ཆུབ་རྫོང་གི་ཕྱི་ནང་སྣོད་བཅུད་ཀྱི་བཀོད་པ་སྤྲས་ལུང་གི་རྣམ་པ་ལྟར་ཉམས་དགའ་བ་འདིའང་སོ་སོ་སྐྱེ་བོ་རང་ག་བའི་གནས་སྐབས་ཀྱི་གཟུང་འཛིན་གཉིས་སྣང་ངོར་རྫས་ཡོད་བདེན་པར་འཛིན་པ་སྟེ། ཀུན་གཞིའི་བག་ཆགས་ཀྱིས་བསགས་པའི་རྣམ་རྟོག་གི་དྲི་མ་ཙམ་ལས། རྣལ་འབྱོར་

པའི་གཉུག་སེམས་འོད་གསལ་སྟོང་པ་ནམ་མཁའ་ལྟ་བུའི་རང་རིག་རང་གསལ་གྱི་གཞིར་མེད་བཞིན་སྣང་བའི་ཉམས་དགའི་སྣང་བ་ཙམ་མོ། །འདི་ལ་རྗེ་བཙུན་ཞབས་ནས“རང་སེམས་མེ་ལོང་ཕྱིས་ནས་བསྟན། །བག་ཆགས་གཡའ་ཡིས་གོས་མ་མྱོང་”①ཞེས་གསུངས་པ་ལྟར། རྩ་བ་འོད་གསལ་སེམས་ཀྱི་མེ་ལོང་ངོར་ཀུན་གཞིའི་བག་ཆགས་ཀྱིས་བསགས་པའི་རྣམ་རྟོག་གི་རི་མོ་གཟུགས་བརྙན་ལྟར་འཆར་ཚུལ་དཔེའི་རྣམ་པར་བསྟན་ནོ། །

སྤྱིར་དངོས་པོའི་རང་བཞིན་བདེན་པར་མ་གྲུབ་ཀྱང་། རྟེན་འབྲེལ་སྒྱུ་མའི་ཚུལ་གྱིས་མེད་བཞིན་སྣང་བའི་ཉམས་དགའི་སྣང་བ་སྟེ། “དེ་ལ་ལྟ་བའི་རྣལ་འབྱོར་ང་། །ཀུན་གསལ་རིན་ཆེན་བྲག་སྟེང་ན། །སྣང་བ་མི་རྟག་དཔེ་རུ་འདྲེན། །འདོད་ཡོན་མིག་ཡོར་ཆུ་ཟླ་སྒོམ། །ཚེ་འདི་རྨི་ལམ་སྒྱུ་མར་ལྟ། །མ་རྟོགས་པ་ལ་སྙིང་རྗེ་སྒོམ། །ནམ་མཁའ་སྟོང་པ་ཟས་སུ་ཟ། །ཡེངས་པ་མེད་པའི་བསམ་གཏན་བསྒོམ། །སྣ་ཚོགས་ཉམས་ལ་ཅི་ཡང་འཆར། །ཨེ་མ་ཁམས་གསུམ་འཁོར་བའི་ཆོས། །མེད་བཞིན་སྣང་བ་ངོ་མཚར་ཆེ” ཞེས་གསུངས་པ་ལྟར། རྣལ་འབྱོར་པའི་སོར་རྟོག་ཡེ་ཤེས་ཀྱི་ངོར་སྣང་སྲིད་ཀྱི་ཆོས་ཀུན་བྱས་པ་ཡིན་པའི་ཕྱིར་མི་རྟག་པ་དང་། གཟུང་འཛིན་གཉིས་སྣང་གི་ཕྱིར་ཆུ་ཟླ། རྣམ་རྟོག་གི་རི་མོ་ཡིན་པའི་ཕྱིར་རྨི་ལམ་སྒྱུ་མ་ལྟར་མེད་བཞིན་སྣང་བའི་ཉམས་དགའི་སྣང་བའི་དཔེ་རུ་དྲངས་ཏེ། སོ་སྐྱེའི་ལྷན་སྐྱེས་མ་རིག་པའི་གཉིས་སྣང་རྒྱུད་ཆད་ཀྱི་ངོར་སྣང་སྲིད་ཀྱི་ཆོས་ཀུན་གྱི་རང་བཞིན་བདེན་པར་གྲུབ་ཅིང་། ཚུགས་ཐུབ་ལིང་ངེར་སྣང་བ་ནི་བདེན་འཛིན་མ་རིག་པའི་འཇིག་ལྟར་བསྟན་ཅིང་། རྩ་བ་ནི་ཐོག་མ་མེད་པའི་དུས་ནས་ཞུགས་པའི་ཀུན་གཞིའི་བག་ཆགས་ཏེ། གཉུག་སེམས་འོད་གསལ་གྱི་རང་བཞིན་རྣམ་དག་ལ་གོས་

① རུས་པའི་རྒྱན་ཅན། 《རྗེ་བཙུན་མི་ལ་རས་པའི་རྣམ་མགུར་》(M)མཚོ་སྔོན་མི་རིགས་དཔེ་སྐྲུན་ཁང་། ༢༠༠༩/༤པར་གཞི་དང་པོ། ཤ༣༥༥

པའི་ཉོན་མོངས་པའི་དྲི་མ་སྤྲོ་བུར་བའམ། རྣམ་རྟོག་གི་རི་མོའི་རྗེས་འགྲོར་གསུངས་སོ། །རྗེ་བཙུན་ཆེན་མོས་སེམས་འཁོར་འདས་ཀྱི་རྩ་བར་བཞེད་པའི་དགོངས་པའི་གནད་ཀྱང་འདི་ལ་ཐུག་གོ། འདི་ལ"བྲམ་ཟེ་ཆེན་པོ་ས་ར་ཧས་ཀྱང་། སེམས་ཉིད་གཅིག་པུ་ཀུན་གྱི་ས་བོན་ཏེ། །གང་ལས་སྲིད་དང་མྱ་ངན་འདས་འཕྲོའོ་" ①ཞེས་ཀྱང་གསུངས་སོ། །

འོ་ན་གཉུག་སེམས་བདེན་པར་མ་གྲུབ་པ། སྟོང་པ་ནམ་མཁའ་ལྟ་བུའི་གཞིར་ངོ་མཚར་ཉམས་རྟོགས་སྣང་བ་སྒྱུ་མའི་ཚུལ་ལྟར་མེད་བཞིན་སྣང་བ་འདི་ཅི་ཡིན་ཞེ་ན། ལུགས་འདིས་ཐལ་འགྱུར་པ་ལྟར་རང་བཞིན(སྐྱོས་མེན་དང་། བཅོས་མིན། དུས་གསུམ་གྱི་ངོ་བོར་མ་གྲུབ་པའི་ཁྱད་ཆོས་གསུམ་ལྡན་གྱི་རང་བཞིན་)དགག་བྱའི་ཁུངས་སུ་མི་མཛད་པར། གཉུག་སེམས་འོད་གསལ་འཛིན་མེད་སྟོང་པའི་རང་བཞིན་དུ་བཞེད་པ་སྟེ། རྗེ་བཙུན་གྱིས"སེམས་ཁྱབ་གདལ་ནམ་མཁའ་ལྟ་བུ་སྟེ། །རྐྱེན་སྣང་ཆོས་སྐུར་གསལ་བ་དག། རྣམ་པ་ཀུན་མཁྱེན་སྟོང་པ་ཉིད། །ཤེལ་གོང་ལག་མཐིལ་བཞག་པ་འདྲ། །དང་པོ་གང་ནས་འོངས་པ་མེད། །བར་དུ་གང་དུའང་གནས་པ་མེད། །མཐའ་མར་གང་དུ་སོང་བའང་མེད། །དུས་གསུམ་མཉམ་པ་ཉིད་གནས་པས། །སེམས་ལ་སྐྱེ་འཆིའི་རྒྱུ་མ་མཆིས། །གདོད་ནས་དག་པ་ནམ་མཁའ་ལྟ་བུ་ལ། །དཀར་དམར་སྒྲིབ་ཤུང་རང་སར་ཡལ། །འབྱུང་བ་བཞི་ཡིས་རྗེས་མི་གཙོད། །སེམས་ཁྱབ་གདལ་ནམ་མཁའ་ལྟ་བུའོ་" ②ཞེས་པ་དང་། "སེམས་མ་བཅོས་པ་འདི་བདེ་མོར་གདལ། །སྟོང་གསལ་སེམས་ཀྱི་རང་བཞིན་འདི། །གསལ་སྟོང་རིག་པར་ངོ་སྤྲོད་

① དགས་པོ་བཀྲ་ཤིས་རྣམ་རྒྱལ། 《ཕྱག་ཆེན་ཟླ་བའི་འོད་ཟེར་》(M)སེར་གཙུག་ནང་བསྟན་དཔེ་སྙིང་འཚོལ་བསྡུ་ཕྱོགས་བསྒྲིགས་ཁང་། ཤ༣༠༧

② ཟུས་པའི་རྒྱན་ཅན། 《རྗེ་བཙུན་མི་ལ་རས་པའི་རྣམ་མགུར་》(M)མཚོ་སྔོན་མི་རིགས་དཔེ་སྐྲུན་ཁང་། ༢༠༠༩/༨པར་གཞི་དང་པོ། ཤ༢༥༨

པས། །མ་བཅོས་གཉུག་མའི་ངང་ལ་འདྲེས་"[①]ཞེས་གསུངས་པ་ལྟར། "སེམས་ཀྱི་ངོ་བོ་ནི། གདོད་མ་ནས་སྐྱེ་འགག་གནས་གསུམ་གྱི་དངོས་པོ་ཐམས་ཅད་དང་བྲལ་བ། ཕུང་ཁམས་སྐྱེ་མཆེད་སོགས་གཟུང་འཛིན་གྱི་རྟོག་པས་མ་གོས་པ། ཆོས་ཐམས་ཅད་ཀྱི་ངོ་བོ་བདག་མེད་མཉམ་པ་ཉིད་ཀྱི་རང་བཞིན་སྟོང་པ་ཉིད་དུ་གནས་པའོ་"[②] ཞེས་གསུངས་པ་ལྟར་རོ། །འོན་ཏེ་"སེམས་ཉིད་ནམ་མཁའ་ལྟ་བུ་ལ། །རྣམ་རྟོག་ལྷ་སྤྲིན་ལྟ་བུས་བསྒྲིབས་"[③]ཞེས་པ་དང་། "སྣང་བ་རང་གི་སེམས་ཉིད་ལགས། །སེམས་ཉིད་སྟོང་པར་ཤེས་པར་གྱིས་"[④]ཞེས་གསུངས་པ་ལྟར། གཉུག་སེམས་སྟོང་པའི་རང་བཞིན་ལ་ཐོག་མ་མེད་པའི་དུས་ནས་ཞུགས་པའི་ཀུན་གཞིའི་བག་ཆགས་ཏེ། རྣམ་རྟོག་གི་ཉོན་མོངས་དྲི་མ་གློ་བུར་བས་རང་རིག་རང་གསལ་གྱི་གསལ་ཆ་བསྒྲིབས་ཏེ། སྣང་བ་སྒྱུ་མའི་ཚུལ་ལྟར་རྟེན་འབྲེལ་སྟོབས་གང་ཆེས་མེད་བཞིན་སྣང་བར་བསྟན། དེའང་རྟེན་འབྲེལ་སྒྱུ་མའི་ཚུལ་ཙམ་ལས། གཉུག་སེམས་སྟོང་པའི་ངོར་བདེན་པར་མ་གྲུབ་པར་འཛིན་མེད་རོ་སྙོམས་ཀྱི་ངོ་བོར་བཞེད་པ་སྟེ། "ང་རི་ཁྲོད་གཞན་དུ་བསྒོམས་པ་ལས། །སྐྱེ་བ་མེད་པའི་གདེང་གཅིག་རྙེད། །ཚེ་ཕྱི་ཕྱི་གཉིས་སུ་འཛིན་པ་དག །རིགས་དྲུག་གི་སྣང་བ་རྫུན་དུ་ཐལ། །སྐྱེ་འཆི་གཉིས་ཀྱི་སྒྲོ་འདོགས་ཆོད། །མཉམ་པ་ཉིད་ཀྱི་གདེངས་གཅིག་རྙེད། །བདེ་སྡུག་གཉིས་སུ་འཛིན་པ་དག །ཚོར་བའི་ཉམས་མྱོང་རྫུན་དུ་ཐལ། །སྤང་བླང་གཉིས་ཀྱི་སྒྲོ་འདོགས་

① ཏུས་པའི་རྒྱན་ཅན། 《རྗེ་བཙུན་མི་ལ་རས་པའི་རྣམ་མགུར་》(M)མཚོ་སྔོན་མི་རིགས་དཔེ་སྐྲུན་ཁང་། ༢༠༠༩/༡པར་གཞི་དང་པོ། ཤ༢༥༥

② དྭགས་པོ་བཀྲ་ཤིས་རྣམ་རྒྱལ། 《ཕྱག་ཆེན་ཟླ་བའི་འོད་ཟེར་》(M)སེར་གཙུག་ནང་བསྟན་དཔེ་རྙིང་འཚོལ་བསྡུ་ཕྱོགས་བསྒྲིགས་ཁང་། ཤ༣༠༠

③ ཏུས་པའི་རྒྱན་ཅན། 《རྗེ་བཙུན་མི་ལ་རས་པའི་རྣམ་མགུར་》(M)མཚོ་སྔོན་མི་རིགས་དཔེ་སྐྲུན་ཁང་། ༢༠༠༩/༡པར་གཞི་དང་པོ། ཤ༢༥༢-༢༥༣

④ ཏུས་པའི་རྒྱན་ཅན། 《རྗེ་བཙུན་མི་ལ་རས་པའི་རྣམ་མགུར་》(M)མཚོ་སྔོན་མི་རིགས་དཔེ་སྐྲུན་ཁང་། ༢༠༠༩/༡པར་གཞི་དང་པོ། ཤ༢༥༨

ཚོད། །དབྱེ་རུ་མེད་པའི་གདེང་གཅིག་ཉིད། །འཁོར་འདས་གཉིས་སུ་འཛིན་པ་དག། ས་ལམ་སྦྱོང་བ་རྫུན་དུ་ཐལ། །རེ་དོགས་གཉིས་ཀྱི་སྒྲོ་འདོགས་ཆོད་”①ཅེས་གསུངས་པ་ལྟར་རོ། །

དོན་དམ་པར་རག་མའི་བྱང་ཆུབ་རྫོང་གི་ཕྱི་ནང་སྣོད་བཅུད་ཀྱི་བཀོད་པ་ཉམས་དགའ་བ་འདི་སོ་སྐྱེའི་ལྷན་སྐྱེས་མ་རིག་པའི་རྣམ་རྟོག་རགས་པའི་ངོར་དགེ་སྡིག་དང་། བཟང་ངན། གཙང་བཙོག་ལྟ་བུའི་གཟུང་འཛིན་རྒྱུང་ཆད་ཀྱི་བདེན་འཛིན་དུ་གྲུབ་པའི་སྣང་ཚུལ་ཙམ་ལས། རྣལ་འབྱོར་པའི་གཉུག་སེམས་ཕྲ་མོའི་ངོར་འཛིན་མེད་ཅིར་ཡང་མ་གྲུབ་པ། སྟོང་པ་རྫུན་པའི་ཆོས་ཅན་གྱི་རང་བཞིན་ཏེ། མེད་བཞིན་སྣང་བའི་ངོ་མཚར་ཉམས་དགའི་སྣང་བ་འཇིག་རྟེན་གྲགས་པའི་ངོ་སྤྲུང་ཕྱིར་དཔེའི་སྒོ་ནས་བསྟན་པ་ཞིག་གོ། རྩ་བའང་གཉུག་སེམས་སྟོང་པར་ཐོག་མ་མེད་པའི་དུས་ནས་ཞུགས་པའི་ཀུན་གཞིའི་བག་ཆགས་སམ། ཉོན་མོངས་པའི་དྲི་མ་གློ་བུར་བས་བསྒྲིབས་པའི་རྣམ་རྟོག་རགས་པའི་དྲི་མའོ། །གང་ཞིག་གཉུག་སེམས་མ་བུ་ངོ་འཕྲོད་དུས་རང་རིག་ཡེ་ཤེས་ཀྱི་ངོར་གཟུང་བ་ཡུལ་གྱི་སྣང་བ་འགགས་ཤིང་། འཛིན་བྱེད་སེམས་ཀྱི་འཛིན་པ་ཟད་དེ། མཐར་གཉུག་སེམས་འོད་གསལ་དབྱིངས་དང་། ཁ་དོག་གང་གི་ངོ་བོར་མི་ཉེད་ཅིང་། དུས་གསུམ་གང་དུའང་གྲུབ་པ་མེད་པར་བདེ་སྟོང་ཟུང་འཇུག་དབྱིངས་སུ་རོ་སྙོམས་པར་བཞེད་དོ། །འདི་ལ་ལུགས་འདིས་སྟོང་ཉིད་རྟོགས་པའི་ཐ་སྙད་དུ་བྱས་པ་སྟེ། གང་ཞིག་འཛིན་པ་མེད་པ་དེས་སྟོང་ཉིད་རྟོགས་པར་གྱུར་ཅེས་གསུངས་པའི་ཕྱིར་རོ། །རྗེ་བཙུན་ཆེན་མོ་ལྟ་བུའི་རྣལ་འབྱོར་བྱ་བྲལ་བའི་སྒྲུབ་པའི་སྙིང་པོ་ཡང་འདི་ལས་གཉིས་པ་ཞིག་མེད་དོ། །

རྣམ་མགུར་མྱོང་རོལ་གྱི་གཞིར་གྱུར་བའི་ཉམས་རྟོགས་ཀྱི་འགྲོས་རིམ་དུ

① རུས་པའི་རྒྱན་ཅན། 《རྗེ་བཙུན་མི་ལ་རས་པའི་རྣམ་མགུར་》(M)མཚོ་སྔོན་མི་རིགས་དཔེ་སྐྲུན་ཁང་། ༢༠༠༩/༨པར་གཞི་དང་པོ། ཤ༢༥༧

གཏུག་མ་འོད་གསལ་གྱི་གཞིའི་ལྟ་བས་མི་ཁྱབ་པ་མེད་པ་སྟེ། རྣམ་མགུར་གྱི་གྲུབ་ཆ་ཧྲིལ་པོར་ཆ་མཚོན་ན། ཕྱག་རྒྱ་ཆེན་པོའི་ལམ་ནས་གཏུག་སེམས་འོད་གསལ་འཚོལ་བྱེད་ཀྱི་ཐབས་དམ་པ་དང་། སྒྲུབ་པ་ཉམས་ལེན་གྱི་རྣལ་འབྱོར་པས་སེམས་ངོན་འཚོལ་བྱེད་ཀྱི་སྦྱོར་མེད་ལྟ་བ་ཡིད་འགྱུར་གྱི་སྒྲོག་གི་དབང་པོར་གྲུབ་པ་སྟེ། སྣང་སྲིད་ཀྱི་ཆོས་ཀུན་གྱི་རང་བཞིན་བདེན་པར་མ་གྲུབ་ཀྱང་། རང་རིག་ཡེ་ཤེས་ཀྱི་སྤྱོད་ཡུལ་དུ་གྱུར་བའི་གཏུག་སེམས་ཕྲ་མོའི་ངོར་སྣང་བ་སྒྱུ་མའི་ཚུལ་གྱིས་མེད་བཞིན་སྣང་བའི་ཉམས་རྟོགས་ཕྱི་ནང་སྣོད་བཅུད་ཀྱི་ངོ་མཚར་དཔེ་ཊུ་དྲངས་ཏེ། རྩ་བ་ཀུན་གཞིའི་བག་ཆགས་སམ། ཉོན་མོངས་པའི་དྲི་མ་སློ་བུར་བའི་རྣམ་རྟོག་གི་འཛིན་པ་བསལ་ཆོ། གཟུང་བ་བརྟན་གཡོའི་ཆོས་ཀྱི་ངོ་བོ་ལྟ་ཅི། འཛིན་མེད་གཏུག་སེམས་འོད་གསལ་སྟོང་པའི་རང་བཞིན་ཡང་བདེན་པར་མ་གྲུབ་པའི་ཟབ་དོན་རྒྱས་པར་བསྟན་པ་དེའོ། །

གཞན་ཡང་རྣམ་མགུར་ལ་གདོད་མའི་ཚིག་རྒྱན་གྱི་ཚིག་ཉམས་དང་། ངག་ཚིག་རྣམ་པར་དག་པའི་ཚིག་སྦྱོར་གྱི་སྙན་རྩལ་ཁྱབ་པས། སྨྱོན་རོལ་གྱི་གནས་སྐབས་སུ་ཐ་སྙད་སྦྱོར་བརྗོད་ལམ་གྱི་སྒྲ་ཇི་བཞིན་པའི་ཚིག་ཟིན་གྱི་གོ་ཚུལ་འཛེམ་བྱ་ཉག་གཅིག་གོ། དེའང་ཚིག་རིས་ཆུ་ལྟར་འཇམ་ཞིང་། ཞིབ་འབྲིའི་ཚིག་གི་སྲུད་ཐུར་བརྒྱུས་པའི་རག་མའི་བྱང་ཆུབ་ཇོང་གི་ལྡོངས་བཀོད་བརྙན་རིས་ལྟར་ལྡེད་ཅིང་བརླིང་ལ། རྣལ་འབྱོར་པའི་ཉམས་རྟོགས་ཀྱང་གྲིམ་ལྡེད་རན་པོས་ཚིག་རྒྱན་གྱི་སྙན་རོའི་སྙིང་དུ་ངོ་བོ་དབྱེར་མེད་དུ་འདྲེས་པ་གང་ཞིག ངག་ཐོག་ཚིག་རྒྱན་གྱི་བག་ཏུ་ཞ་བའི་སློས་བསླངས་ངོ་མཚར་ཤིན་ཏུ་ཆེ་བས། རྣམ་མགུར་གྱི་མཛེས་དཔྱོད་ཀྱི་ཁམས་ཡངས་ཤིང་། སྨྱོན་རོལ་གྱི་བསླུ་བྲིད་ཟབ་པོ། །འདི་ནི་གདོད་མའི་ངག་ཐོག་ཚིག་རྒྱན་གྱིས་བརྒྱན་པའི་མགུར་མའི་ཚིག་ཉམས་ཀྱི་མཛེས་པའམ། གནས་བསྟོད་

མགུར་མ་སྤྱིའི་ཐུན་མོང་མ་ཡིན་པའི་སྒྱུ་རྩལ་གྱི་རང་མདངས་ཡིན་ན། ཚིག་ཉམས་ལས་འཕྲོས་པའི་སྐད་བརྡའི་ལྷེམ་ཤུགས་ཀྱི་སྐྱན་རོ་མྱངས་ཏེ། སྐད་ཆའི་མཛེས་པའི་གླིང་གི་རྣལ་འབྱོར་པའི་མི་ཚེའི་རྟོགས་པར་གོ་བ་ལོན་པར་བྱའོ། །

རྣལ་འབྱོར་པའི་མི་ཚེའི་རྟོགས་པ་འདི་ནི་མགུར་འབུམ་དུ་བཞུགས་པའི་《རྒྱ་མའི་བྱང་ཆུབ་རྫོང་གི་མགུར་མ་》ཡིས་གཙོས་པའི་གནས་བསྟོད་མགུར་མ་སྤྱི་དང་། ལར་སྐོར་ཚོའི་རབ་དབྱེར་བཅད་པའི་རྣམ་མགུར་ཐམས་ཅད་ཀྱི་དགོངས་པའི་སྙིང་པོ་སྟེ། སྤྱི་འགྱུར་རྒྱུད་སྡེའི་སྔགས་ཀྱི་དབུ་མའི་ཟབ་དོན་གྱི་སྙིང་པོའོ། །ཡང་ན་སྐབས་བབ་ཀྱི་རྩོམ་རིག་གི་གཏན་གྱི་འདུན་མའི་གྲུབ་དོན་སྟོང་པའི་རང་བཞིན་ནོ། །

བར་སྐབས《རྒྱ་མའི་བྱང་ཆུབ་རྫོང་གི་མགུར་མ་》ལས་འཕྲོས་ཏེ། གཅིག་ཤེས་ཀུན་གྲོལ་ཚུལ་གྱིས་གནས་བསྟོད་མགུར་མ་སྤྱི་དང་། ལར་སྐོར་ཚོའི་རབ་དབྱེར་བཅད་པའི་རྣམ་མགུར་ཐམས་ཅད་ཀྱི་དགོངས་པའི་སྙིང་པོར་གྲུབ་པའི་ཉམས་རྟོགས་སམ། རྣལ་འབྱོར་པའི་མི་ཚེའི་རྟོགས་པ་འཆད་ཟིན་ནོ། །

གོང་སློས་ནི་ཚབ་མཚོན་བརྩམས་ཆོས《རྣལ་འབྱོར་གྱི་དབང་ཕྱུག་ཆེན་པོ་རྗེ་བཙུན་མི་ལ་རས་པའི་རྣམ་མགུར་》ལས་འཕྲོས་པའི་བོད་བརྒྱུད་ནང་བསྟན་མཚན་ཉིད་རིག་པའི་སྔ་འགྱུར་རྒྱུད་སྡེའི་སྔགས་ཀྱི་དབུ་མ་སྟེ། བདེ་སྟོང་ཟུང་འཇུག་དབྱིངས་སུ་གཉུག་སེམས་མ་བུ་ངོ་འཕྲོད་པའི་རང་རིག་ཡེ་ཤེས་ཀྱི་ཆོས་སྐུའམ། གཉུག་མ་འོད་གསལ། ཡང་ན་ཕྱག་རྒྱ་ཆེན་པོའི་ཟབ་དོན་བསྟན་པའི་རྩོམ་རིག་གི་གཏན་གྱི་འདུན་མའི་གྲུབ་དོན་སྟོང་པའི་རང་བཞིན་ནོ། །

འཕྲོས་དོན། གཅིག ཁ་ཅིག་རྣམ་མགུར་དུ་ཀུན་གཞི་དང་རང་རིག་གི་སྨྲ་ཙམ་སློས་པ་དང་། སེམས་ཉིད་ཆོས་ཀུན་གྱི་རྩ་བར་འདོད་པར་རང་བློ་རྩིང་པོ་ཆེས་དོགས་ཏེ། ལུགས་འདི་ནི་ཆོས་ཐམས་ཅད་སེམས་ཀྱི་བདག་ཉིད་དུ་སྨྲ་བའི་

སེམས་ཙམ་པའི་གྲུབ་མཐར་འདོད་སྐབས་ན། དེ་ལ་འདི་ལྟར་སྨྲ་བར་བྱ་སྟེ། སྤྱིར་རྗེ་བཙུན་ཆེན་མོས“ནང་འགྱུ་བ་ཡིད་ཀྱི་རྣམ་ཤེས་འདི། །མ་རྟོགས་དུས་ན་མ་རིག་པ། །ལས་ཉོན་མོངས་ཀུན་གྱི་གཞི་རྩ་ཡིན། །རྟོགས་ན་རང་རིག་ཡེ་ཤེས་ཏེ། །དཀར་པོའི་ཡོན་ཏན་རྫོགས་པར་འབྱུང་། །མཐར་ཐུག་དོན་ལ་ཡེ་ཤེས་མེད། །ཆོས་རྣམས་ཟད་སར་སྐྱོལ་ལོ་གསུང་”ཞེས་གསུངས་པ་ལྟར། ལས་ཉོན་མོངས་ཀུན་གྱི་གཞི་ཡིན་པས་ཀུན་གཞི་འཁྲུལ་བའི་རང་བཞིན་དང་། ལྷན་སྐྱེས་མ་རིག་པའི་རྩ་བ་རྟོགས་ན་རང་རིག་ཡེ་ཤེས་ཏེ། དེའང་མཐར་ཐུག་སྟོང་པའི་རང་བཞིན་དུ་བཞེད་ན། ཀུན་གཞི་རྣམ་ཤེས་རང་གི་མཚན་ཉིད་ཀྱིས་གྲུབ་པའི་དངོས་སྨྲ་བའི་ལུགས་མི་འཛིན་ནོ། །དེ་བཞིན་སེམས་ཉིད་ཆོས་ཀུན་གྱི་རྩ་བར་འདོད་ཚུལ་ཡང་། རྗེ་བཙུན་ཆེན་མོས“བག་ཆགས་དང་ཞེན་ཆགས་འཛིན་ཆགས་གསུམ། །བྱུང་ཡང་ཀུན་གཞི་རང་ལས་བྱུང་། །ཐིམ་ཡང་ཀུན་གཞི་རང་ལ་ཐིམ། །རང་རིག་དང་རང་གསལ་རང་གྲོལ་གསུམ། །བྱུང་ཡང་སེམས་ཉིད་རང་ལས་བྱུང་། །ཐིམ་ཡང་སེམས་ཉིད་རང་ལ་ཐིམ་”[①]ཞེས་གསུངས་པ་ལྟར། ཀུན་གཞིའི་བག་ཆགས་དབང་གིས་འཁོར་བ་དང་། རང་རིག་རྩ་བྲལ་དབང་གིས་མྱང་འདས་ཞེས་སེམས་འཁོར་འདས་ཀྱི་རྩ་བར་བཞེད་པ་ལས། ཕྱི་དོན་སེམས་ཀྱི་བདག་ཉིད་དུ་མི་བཞེད་དོ། །

ཁ་ཅིག་དབུ་མ་ཐལ་འགྱུར་བས་རང་རིག་བཀག་ཟིན་ན། ལུགས་འདིས་བཞེད་པའི་རང་རིག་བཏགས་དོན་གྱིས་བཙལ་ནས་རྙེད་པའི་དངོས་འཛིན་ནོ་ཞེས་རིགས་པའི་གཏམ་དུ་སྨྲ་ན། དེ་ལའང་འདི་ལྟར་སྨྲ་བར་བྱ་སྟེ། “རང་གིས་རང་རིག་ཅེས་བརྗོད་པའི་དོན་ནི། སེམས་ཀྱིས་སེམས་ལ་དཔྱད་པས་སེམས་དེ་ཉིད་ཀྱིས་གདོད་མའི་གནས་ལུགས་མཐོང་མའི་སྤྲོས་པ་ཐམས་ཅད་དང་བྲལ་བའི་རང་མཚང་རིག

① རུས་པའི་རྒྱན་ཅན། 《རྗེ་བཙུན་མི་ལ་རས་པའི་རྣམ་མགུར་》(M)མཚོ་སྔོན་མི་རིགས་དཔེ་སྐྲུན་ཁང་། ༢༠༠༩/༤པར་གཞི་དང་པོ། ཤ༢༢༨

པ་ལ་རང་རིག་པའི་ཐ་སྙད་བཞག་པ་ཙམ་ཡིན་ལ། མིག་གིས་གཟུགས་རིག་པ་ལྟར་རིག་བྱའི་དངོས་པོ་ངོས་བཟུང་རྒྱུ་ཞིག་ཡོད་ནས་དེ་རིག་པ་མ་ཡིན་”①ཞེས་གཉུག་སེམས་ཕྲ་མོར་ཐོག་མ་མེད་པ་ནས་ཞུགས་པའི་བག་ཆགས་ཏེ། ཉོན་མོངས་པའི་དྲི་མ་སློ་བུར་བའི་རྟོག་པའི་དྲི་མའི་རང་མཚང་ངོ་འཕྲོད་པའི་དོན་ཡིན་པ་ལས། མིག་གིས་གཟུགས་མཐོང་བ་ལྟར། བལྟ་བྱ་ལྟ་བྱེད་ཀྱི་ཚུལ་ལྟར་རལ་གྲིས་རང་གི་སོ་ཁ་རང་གིས་གཙོད་པའི་དོན་མིན་པས། སེམས་ཙམ་པའི་གྲུབ་མཐའི་ལྟ་གྲུབ་ཏུ་འདོད་པའི་གོ་སྐབས་མི་འཇུག་གོ །

གཉིས། ཁ་ཅིག་ཐ་སྙད་ཙམ་ལ་ཆེས་དོགས་ཏེ། ལུགས་འདི་ནི་རྣལ་འབྱོར་སྤྱོད་པའི་དབུ་མ་རང་རྒྱུད་པའི་ལུགས་སོ་སྙམ་ན། འདི་ནི་བབ་ཅོལ་ཏེ། ལུགས་འདིས་མཐར་ཐུག་འཐོབ་བྱའི་འབྲས་བུ་རང་རིག་ཡེ་ཤེས་ཀྱི་ཆོས་སྐུ་ཡང་བདེ་སྟོང་ཟུང་འཇུག་དབྱིངས་ཀྱི་སྟོང་པའི་རང་བཞིན་དུ་བཞེད་པས། ཡིད་ཀྱི་རྣམ་ཤེས་བདེན་གྲུབ་ཏུ་འདོད་པའི་རང་རྒྱུད་ཀྱི་ཁས་ལེན་མེད་དོ། །

གསུམ། ཁ་ཅིག་རྗེ་བཙུན་གྱི་བླ་མ་ཏཻ་ལོ་ནཱ་རོ་མར་པ་གསུམ་ཐལ་འགྱུར་པའི་ལྟ་བ་འཛིན་པ་ཁུངས་སུ་བྱས་ཏེ། ལུགས་འདི་ཐལ་འགྱུར་པའི་ལྟ་བར་འདོད་སྙམ་ན། ཐུའུ་བཀྭན་བློ་བཟང་ཆོས་ཀྱི་ཉི་མས“རྗེ་བཙུན་མི་ལ་རས་པའི་མགུར་རྣམས་སུ་ཡང་ལྟ་བ་ཕལ་ཆེར་ཐལ་འགྱུར་པ་དང་མཐུན་པར་གསུངས་ཏེ། ཁྱེད་བློ་དམན་རྣམས་ཀྱི་བསམ་ངོ་དང་། །བསྟུན་ནས་ཀུན་མཁྱེན་སངས་རྒྱས་ཀྱིས། །ཐམས་ཅད་ཡོད་ཅེས་གསུངས་པ་ཡིན། །དོན་དམ་བདེན་པའི་དབང་དུ་ནི། །བགེགས་པས་སངས་རྒྱས་ཉིད་ཀྱང་མེད། ། …… ཞེས་གཟུགས་ནས་རྣམ་མཁྱེན་བར་གྱི་ཆོས་ཐམས་ཅད་དོན་དམ་པར་མེད་པའི་ཚུལ་དང་། ཨེ་མ་སེམས་ཅན་མེད་གྱུར་ན། །

① དཀགས་པོ་བཀྲ་ཤིས་རྣམ་རྒྱལ། 《ཕྱག་ཆེན་ཟླ་བའི་འོད་ཟེར་》(M)སེར་གཙུག་ནང་བསྟན་དཔེ་སྐྲུན་འཚོལ་བསྡུ་སྒྲིགས་བསྒྲིགས་ཁང་། ཤ༢༧༠

དུས་གསུམ་སངས་རྒྱས་ཅི་ལས་བྱུང་། །རྒྱུ་མེད་འབྲས་བུ་མི་སྲིད་པས། །ཀུན་རྫོབ་བདེན་པའི་དབང་དུ་ནི། །འཁོར་བ་དང་ནི་མྱ་ངན་འདས། །ཐམས་ཅད་ཡོད་ཅེས་ཐུབ་པས་གསུངས། །ཞེས་བདེན་པར་མ་གྲུབ་ཀྱང་ཐ་སྙད་དུ་འཁོར་འདས་ཀྱི་བྱ་བྱེད་ཐམས་ཅད་ཡོད་པ་དང་། …… ལྟ་བ་འཛོག་མཚམས་དབུ་མ་ཐལ་འགྱུར་པ་དང་ཤིན་ཏུ་མཐུན་པར་གསུངས་སོ"[①]ཞེས་པ་དང་། "མི་ལའི་གསུང་མགུར་འགའ་ཞིག་ཏུའང་། རྣལ་འབྱོར་བཞིའི་ངོ་སྤྲོད་མཛད་ཅིང་དེ་དག་ལ་ཡང་དབུ་སེམས་ཀྱི་ལྟ་བའི་བཤད་པ་ཅི་རིགས་སྣང་ངོ་། །…… ལྟ་བ་གང་དག་གསུངས་པ་ཐམས་ཅད་མཐའ་གཅིག་ཏུ་དབུ་མའི་ལྟ་བ་ཡིན་པའི་ངེས་པ་མི་འདུག་གོ"[②]ཞེས་གསུངས་ན། དབུ་མ་ཐལ་འགྱུར་པའི་ལྟ་བ་ཞེ་གཅིག་མིན་པ་ཤིན་ཏུ་རྟོགས་སླའོ། །

འོ་ན་རྗེ་བཙུན་གྱི་དགོངས་པ་དབུ་མའི་ལུགས་ཅི་འདྲ་ཞིག་ཡིན་ཞེ་ན། སྤྱིར་སྒྲུབ་བརྒྱུད་ཤིང་རྟ་ཐམས་ཅད་ཀྱི་བསྔགས་པའི་རྣལ་འབྱོར་བླ་མེད་ཀྱི་རྒྱུད་སྡེའམ། སྔ་འགྱུར་རྒྱུད་སྡེའི་སྔགས་ཀྱི་དབུ་མའི་ལུགས་ཏེ། རྗེ་བཙུན་ཆེན་པོས"ཕ་དགྱེས་སྟོན་རྫོག་མེས་དབུ་མཛད་ནས། །རོང་སྟོན་ལྷ་དགའ་ཡན་ཆད་དུ། །ལར་དྲིན་ཅན་བླ་མ་བཅུ་ཅམ་བཞུགས། །ཆོས་ནི་རྒྱུད་སྡེ་སྔ་འགྱུར་ཞུས། །…… རྗེ་འབྲན་གྱི་དོ་མེད་སློ་བྲག་པ། །བཀའ་དྲིན་ཅན་གྱི་རྗེ་བཙུན་ལ། །ནོར་ཟང་ཟིང་གི་འབུལ་བ་བདག་ལ་མེད། །ལུས་ངག་གི་ཞབས་ཏོག་རྟུལ་དུ་བསྒྲགས། །རྒྱུད་ཟབ་མོ་དགྱེས་པ་རྡོ་རྗེ་ཐོས། །ཁྱད་པར་ན་རོའི་ཐབས་ལམ་ཞུས། །བྱིན་རླབས་ཅན་གྱི་བདེ་མཆོག་ལ། །སྨིན་ལེགས་དབང་བཞི་རྫོགས་པར་ཐོབ། །ཆོས་ཕྱག་རྒྱ་ཆེ་ལ་ངོ་སྤྲོད་བགྱིས། །དོན་

① ཐུའུ་བཀྭན་བློ་བཟང་ཆོས་ཀྱི་ཉི་མ། 《ཐུའུ་བཀྭན་གྲུབ་མཐའ་》(M)ཀན་སུའུ་མི་རིགས་དཔེ་སྐྲུན་ཁང་། ༡༩༨༨/༤པར་གཞི་དང་པོ། ཤ༡༤༡-༡༤༢

② ཐུའུ་བཀྭན་བློ་བཟང་ཆོས་ཀྱི་ཉི་མ། 《ཐུའུ་བཀྭན་གྲུབ་མཐའ་》(M)ཀན་སུའུ་མི་རིགས་དཔེ་སྐྲུན་ཁང་། ༡༩༨༨/༤པར་གཞི་དང་པོ། ཤ༡༤༢

གཅུག་མ་སེམས་ཀྱི་ངོ་བོ་མཐོང་”①ཞེས་པ་དང་། “བརྒྱུད་པ་རྡོ་རྗེ་འཆང་ཆེན་དེ། །སྐུ་བཞི་ལྷུན་གྲུབ་གདོན་གྱིས་སྐྱོ། །ཡང་མེས་ཏཻ་ལོ་ཤེར་བཟང་དེ། །ཕྱག་རྒྱ་ཆེན་པོའི་གདོན་གྱིས་སྐྱོ། །མེས་པོ་ན་རོ་པཎ་ཆེན་དེ། །རིག་པ་བརྟུལ་ཞུགས་གདོན་གྱིས་སྐྱོ། །ཕ་རྒྱན་མར་པ་ལོ་ཙྪ་དེ། །རྒྱུད་སྡེ་བཞི་ཡི་གདོན་གྱིས་སྐྱོ། །ང་རང་མི་ལ་རས་པ་འདི། །རླུང་སེམས་གཉིས་ཀྱི་གདོན་གྱི་སྐྱོ་”②ཞེས་གསུངས་པ་ལྟར། སྡེ་འགྱུར་རྒྱུད་སྡེའི་སྔགས་ཀྱི་དབུ་མར་བཞེད་ཅིང་། ཁྱད་པར་དུ་“འོ་སྐོལ་སེམས་ཅན་རྣམས་ཀྱི་སེམས་འོད་གསལ་སྟོང་པ་འཁོར་འདས་ཀྱི་སྐྱོན་ཡོན་གང་གིས་ཀྱང་མ་གོས་པ་འདི་ལ་ཀུན་གཞིའི་སངས་རྒྱས་ཞེས་ཀྱང་བྱ། བདེ་གཤེགས་སྙིང་པོ་ཞེས་ཀྱང་བྱ་”③ཞེས་རང་རིག་ཡེ་ཤེས་རྒྱུད་བླའི་བསྟན་བཅོས་སུ་བསྟན་པའི་བདེ་གཤེགས་སྙིང་པོའི་ངོ་བོར་བཞེད་ཅིང་། “ད་ལྟ་རྣལ་འབྱོར་པ་ཉམས་སུ་ལེན་པའི་སྟོང་ཉིད། མཉམ་ཉིད་བརྗོད་མེད་མི་རྟོག་པ་རྣམས་དབང་བཞི་དང་མཐུན་པའི་གསང་སྔགས་རྡོ་རྗེ་ཐེག་པའི་ལམ་གྱི་རིམ་པའི་ལྟ་བ་ཡིན་པར་གོ་ལགས་”④ཞེས་གསང་སྔགས་རྡོ་རྗེ་ཐེག་པའི་དབུ་མར་བཞེད་ན། “རྗེ་བཙུན་ཆེན་པོ་ཡན་གྱི་སྒྲུབ་བརྒྱུད་ལ་གསང་སྔགས་ཀྱི་མན་ངག་རྣམས་གཙོ་བོར་བསྒོམས་ཤིང་། གཏུམ་མོ་དང་འོད་གསལ་ལ་སོགས་པའི་སྐབས་ཅི་རིགས་སུ་ཕྱག་རྒྱ་ཆེན་པོའི་གདམས་པ་སྟོན་པར་མཛད་”

① ཏུས་པའི་རྒྱན་ཅན། 《རྗེ་བཙུན་མི་ལ་རས་པའི་རྣམ་མགུར་》(M)མཚོ་སྔོན་མི་རིགས་དཔེ་སྐྲུན་ཁང་། ༢༠༠༩/༤པར་གཞི་དང་པོ། ཤ༣༦༨-༣༦༩

② ཏུས་པའི་རྒྱན་ཅན། 《རྗེ་བཙུན་མི་ལ་རས་པའི་རྣམ་མགུར་》(M)མཚོ་སྔོན་མི་རིགས་དཔེ་སྐྲུན་ཁང་། ༢༠༠༩/༤པར་གཞི་དང་པོ། ཤ༧༣༨

③ ཏུས་པའི་རྒྱན་ཅན། 《རྗེ་བཙུན་མི་ལ་རས་པའི་རྣམ་མགུར་》(M)མཚོ་སྔོན་མི་རིགས་དཔེ་སྐྲུན་ཁང་། ༢༠༠༩/༤པར་གཞི་དང་པོ། ཤ༥༣༣

④ ཏུས་པའི་རྒྱན་ཅན། 《རྗེ་བཙུན་མི་ལ་རས་པའི་རྣམ་མགུར་》(M)མཚོ་སྔོན་མི་རིགས་དཔེ་སྐྲུན་ཁང་། ༢༠༠༩/༤པར་གཞི་དང་པོ། ཤ༤༠

①པའི་མཐར་ཐུག་ཀྱང་སྔ་འགྱུར་རྒྱུད་སྡེའི་སྔགས་ཀྱི་དབུ་མའི་ལམ་སྲོལ་དར་ཞིང་རྒྱས་པའི་དོན་ནོ། །

དེ་འདྲའི་དབུ་མའི་ཟབ་དོན་ཡང་ཅི་ཡིན་ཞེ་ན། འདི་ལ"དབང་པོ་རྟུལ་པོ་ཚོགས་ཀྱི་ལམ་དུ་འཇུག་པ་ནི་ཕ་རོལ་དུ་ཕྱིན་པའོ། །འཕྲིན་རྟོག་པ་དང་ཉོན་མོངས་ལས་ཐར་ཐབས་ཀྱི་ལམ་དུ་འཇུག་པ་ནི་གསང་སྔགས་སོ། །དབང་པོ་རྣོན་པོ་ཤེས་རབ་ཅན་དེ་ཁོ་ན་ཉིད་ལ་འཇུག་པ་ནི་ཕྱག་རྒྱ་ཆེན་པོའོ"②ཞེས་མདོ་སྔགས་གཉིས་ལས་འདས་པའི་བླ་མེད་སྙིང་པོའི་ཐེག་པའི་དབུ་མར་བཞེད། ཅི་སྟེ"བླ་མ་རྟོགས་པ་དང་ལྡན་པ་ཞིག་གིས། སློབ་མ་སྐལ་ལྡན་ཚེ་འདིའི་བྱ་བ་བཏང་བ་ཞིག་ལ་ཁྲིད་པ་ལ། མདོ་སྔགས་ཀྱི་གཞུང་ལམ་ལ་མ་བལྟོས་པར་ཕྱག་རྒྱ་ཆེན་པོའི་ལམ་གཅིག་ཆོད་ཀྱིས་གྲོལ་བར་བཞེད་དོ"③ཞེས་ཟབ་ཁྱད་དཔག་ཏུ་མེད་པའི་རྣལ་འབྱོར་བླ་མེད་ཀྱི་རྒྱུད་སྡེའམ། སྔ་འགྱུར་རྒྱུད་སྡེའི་སྔགས་ཀྱི་དབུ་མའི་ལུགས་སུ་བཞེད་དོ། །

ལུགས་འདིའི་ཐུན་མོང་མ་ཡིན་པའི་ལྟ་གྲུབ་སྟེ། གཉུག་སེམས་འོད་གསལ་རྣམ་དག་ཏུ་འདོད་ཕྱིར་དེ་བཞིན་གཤེགས་པའི་སྙིང་པོ་བཞེད་པ་དང་། བདེ་བ་སྟོང་པའི་རང་བཞིན་དུ་གོ་ཕྱིར་བདེ་སྟོང་ཟུང་འཇུག་རོ་སྙོམས་ཆོས་ཀྱི་དབྱིངས་སུ་འདོད་པ། སེམས་འཁོར་འདས་ཀྱི་རྩ་བར་འདོད་ཕྱིར་ལྷན་སྐྱེས་ཀྱི་བདེན་འཛིན་ལས་རང་བཞིན་རིགས་པའི་དགག་བྱར་མི་འདོད་པ། འཛིན་པ་ཡིན་ན་ལྟ་བ་མིན་ཕྱིར་ཐ་སྙད་ཚད་གྲུབ་མི་བཞེད་པ། རང་རིག་ཡེ་ཤེས་རྟོག་པའི་སྤྱོད་ཡུལ་མིན་ཕྱིར་

① དྭགས་པོ་བཀྲ་ཤིས་རྣམ་རྒྱལ། 《ཕྱག་ཆེན་ཟླ་བའི་འོད་ཟེར་》(M)སེར་གཙུག་ནང་བསྟན་དཔེ་སྙིང་འཚོལ་བསྡུ་ཕྱོགས་བསྒྲིགས་ཁང་། ༡༧༨

② དྭགས་པོ་བཀྲ་ཤིས་རྣམ་རྒྱལ། 《ཕྱག་ཆེན་ཟླ་བའི་འོད་ཟེར་》(M)སེར་གཙུག་ནང་བསྟན་དཔེ་སྙིང་འཚོལ་བསྡུ་ཕྱོགས་བསྒྲིགས་ཁང་། ༡༧༥-༧༦

③ དྭགས་པོ་བཀྲ་ཤིས་རྣམ་རྒྱལ། 《ཕྱག་ཆེན་ཟླ་བའི་འོད་ཟེར་》(M)སེར་གཙུག་ནང་བསྟན་དཔེ་སྙིང་འཚོལ་བསྡུ་ཕྱོགས་བསྒྲིགས་ཁང་། ༡༧༦

དོན་དམ་བློ་ཡི་སྤྱོད་ཡུལ་མིན་པ་ལ་སོགས་མདོ་ཕྱོགས་དབུ་མའི་ལུགས་ལས་འདས་པའི་སྟ་འགྱུར་རྒྱུད་སྡེའི་སྔགས་ཀྱི་དབུ་མའམ། རྣལ་འབྱོར་བླ་མེད་ཀྱི་རྒྱུད་སྡེའི་སྔགས་ཀྱི་དབུ་མའི་ལུགས་ཡིན་ཞེས་ཤིན་ཏུ་གྲགས་ཆེའོ། །

༧ རྗེ་ཙོང་ཁ་པ་ཆེན་པོའི་《རྟེན་འབྲེལ་བསྟོད་པ་》

ཁམས་གསུམ་ཆོས་ཀྱི་རྒྱལ་པོ་ཤར་ཙོང་ཁ་པ་བློ་བཟང་གྲགས་པའི་དཔལ་ནི་རྒྱལ་བའི་བསྟན་པ་དྲི་མེད་ལུང་རིགས་ཡང་དག་གིས་བསྐྱབས་ཏེ། རྒྱལ་བ་གཉིས་པ་ཐོན་འདྲར་རྒྱལ་བའི་མདོ་སྔགས་བསྟན་པའི་བདག་པོར་གྱུར་བ་གང་ཞིག གྲུབ་མཐའ་རིས་མེད་ཀྱི་རིགས་པའི་ཡང་རྩེར་དབང་འབྱོར་པའི་མཁས་པའི་གྲུ་མཆོག་ཏུ་གྲགས་སོ། །

སྐུ་ཚེ་སྟོད་དུ་གྲུབ་མཐའ་རིས་མེད་ཀྱི་སློབ་དཔོན་བསྟེན་ཏེ། གཙོ་ཆེར་ས་སྐྱའི་ལུགས་བསྐྱངས་ཤིང་། བོད་སྟ་རབས་པའི་དགོངས་པ་གཙོ་བོར་མཛད། སྐུ་ཚེ་སྨད་དུ་རྗེ་བཙུན་འཇམ་དཔལ་དབྱངས་སློབ་དཔོན་དུ་བསྟེན་པ་ནས་བཟུང་དགེ་ལྡན་རིང་ལུགས་ཀྱི་ཤིང་རྟའི་སྲོལ་ཕྱེ་ཞིང་། བོད་ཕྱི་རབས་པའི་དགོངས་པ་གཙོ་བོར་མཛད། སྐུ་ཚེ་སྟ་ཕྱིའི་དབུ་མའི་དགོངས་པ་ཤིན་ཏུ་ངོ་མཚར་ཞིང་བསམ་གྱིས་མི་ཁྱབ་པས། གདུལ་བྱ་ཕལ་པའི་བློ་ངོར་ཤོང་དཀའ་བ་ཡིན།

རྗེ་ཙོང་ཁ་པ་ཆེན་པོ་ནི་དབུ་ཚད་སེང་གེ་མཐིང་བསྟོལ་གྱི་ངོ་མཚར་དུས་རབས་སུ་ཐོན་པས། བོད་ཀྱི་ཆོས་བརྒྱུད་གྲུབ་མཐའ་རིས་མེད་ཀྱི་དབུ་མའི་ལྟ་གྲུབ་ལ་མཁྱེན་རྒྱ་ཡངས་པ་གང་ཞིག ཚད་མར་ཐུགས་དག་ཅིང་། གྲྭ་སྐོར་ལ་ཤིན་ཏུ་དཔའ་བའི་མཁས་པ་གཞན་དྲིང་མི་འཇོག་པ་ཞིག་གོ། སྐུ་ཚེ་ཧྲིལ་པོར་ཆོས་བརྒྱུད་གྲུབ་མཐའ་རིས་མེད་ཀྱི་བསྟན་པར་དག་ཐེར་དང་། སྣང་བ་གཙིགས་སུ་བཟུང་བའི་དམ་བཅའ་བརྟན་པོས་བོད་ཕྱི་རབས་པར་གྲགས་པའི་དབུ་མའི་ལྟ་གྲུབ་སྟར་

མེད་གསར་དུ་གཏོད།

《རྟེན་འབྲེལ་བསྟོད་པ་》ནི་རྗེ་ཙོང་ཁ་པ་ཆེན་པོས་མཛད་པའི་《བསྟོད་པ་དོན་ལྡན་མ་》དང་། 《སྟོན་པ་ཤཱཀྱ་ཐུབ་པ་ལ་བསྟོད་པ་ལེགས་པར་བཤད་པའི་སྙིང་པོ་》《སྟོན་པ་ཤཱཀྱ་ཐུབ་པ་ལ་བསྟོད་པ་》ལ་སོགས་པ་ཐུབ་པའི་དབང་པོར་བསྟོད་པའི་བསྟོད་རྩོམ་གྱི་བྱེ་བྲག་ཅིག་དང་། བསྟོད་ཆེན་བཞིར་གྲགས་པའི་ཡ་གྱལ་ཏེ། མཚན་ཆ་ཚང་ལ་《སངས་རྒྱས་བཅོམ་ལྡན་འདས་འཇིག་རྟེན་ཐམས་ཅད་ཀྱི་མ་འདྲིས་པའི་མཛའ་བཤེས་ཆེན་པོ་སྟོན་པ་བླ་ན་མེད་པ་ལ་ཟབ་མོ་རྟེན་ཅིང་འབྲེལ་བར་འབྱུང་བ་གསུང་བའི་སྒོ་ནས་བསྟོད་པ་ལེགས་པར་བཤད་པའི་སྙིང་པོ་ཞེས་བྱ་བ་》དང་། ཡོངས་གྲགས་སུ་《རྟེན་འབྲེལ་བསྟོད་པ་》ཞེས་བྱའོ། །

གཞུང་གི་དོན་ནི། "རབ་བྱེད་ཉི་ཤུ་རྩ་ལྔར་བསྡུས་"[①]ཤིང་། བརྗོད་བྱའི་དོན་ནི་སྟོང་པ་རྟེན་འབྱུང་གི་དོན་དུ་གཟིགས་ཏེ། དེ་གཉིས་མི་འགལ་བའི་སྣང་སྟོང་གཉིས་ཚོགས་ཀྱི་རྟེན་འབྱུང་གི་རིགས་པ་བསྟན་པའི་སྙིང་པོ་དང་། ཟབ་མོའི་གསུང་གི་མཛོད་ལྟ་བུར་བསྒྲུབས་ཏེ། རྟེན་འབྱུང་གསུང་པ་པོ་སྟོན་པ་ཐུབ་པའི་དབང་པོ་ནི་སྟོན་པ་གཞན་ལས་ཁྱད་དུ་འཕགས་པའི་ཚད་མའི་སྐྱེས་བུར་གྱུར་པ་གཅིག་པུ་དེའོ་ཞེས་རྐང་གི་ཁོང་ནས་བསྟོད་པའི་བསྟོད་རྩོམ་མམ། རྗེ་རིན་པོ་ཆེའི་ཐུན་མོང་མ་ཡིན་པའི་དགོངས་པ་སྟེ། སློབ་དཔོན་ཀླུ་སྒྲུབ་ཀྱི་ཟབ་མོ་སྟོང་པ་ཉིད་ཀྱི་ལྟ་བ་དཔལ་ལྡན་ཟླ་བའི་གཞུང་ལ་བརྟེན་ཅིང་། ङང་ངེས་གསུང་རབ་ཀྱི་དགོངས་དོན་ལུང་རིགས་དྲི་མ་མེད་པས་ཡང་དག་པར་བསྒྲུབས་ཏེ། རྒྱལ་བའི་མཐར་ཐུག་དགོངས་པ་སྟོང་པ་རྟེན་འབྱུང་གི་དོན་དུ་གསུངས་པའི་མཐའ་བྲལ་རྟེན་འབྱུང་གི་རིགས་པའི་ཟབ་ཁྱད་ཀྱི་སྙིང་པོ་མ་ལུས་པར་བསྟན་པའི་ཐུབ་བསྟོད་གྲགས་ཅན་ཞིག་གོ།

① རྗེ་བཙུན་ལམ་རིམ་པ། 《རྗེ་བཙུན་ངག་དབང་ཕུན་ཚོགས་ཀྱི་གསུང་འབུམ་》(པོད་གཉིས་པ)(M) སེར་གཙུག་དཔེ་རྙིང་འཚོལ་བསྡུ་ཕྱོགས་བསྒྲིགས་ཁང་། ཤ༣༨༧

འོ་ན་རྩ་ཤེས་ལས“རྒྱལ་བ་ཉིད་ཀྱིས་སྟོང་པ་ཉིད། །ལྟ་ཀུན་ངེས་པར་འབྱུང་བར་གསུངས་”[1]ཞེས་གསུངས་པ་དང་། 《རྟེན་འབྲེལ་བསྟོད་པ་》རུ“ཕན་མཛད་ཁྱོད་ཀྱིས་འགྲོ་བ་ལ། །སྨན་པའི་སླད་དུ་བཀའ་བསྩལ་པ། །བསྟན་པའི་སྙིང་པོ་སྟོང་པ་ཉིད། །ངེས་པའི་རྒྱུ་མཚན་བླ་མེད་པ་” ཞེས་གསུངས་པའི་བསྟན་པའི་སྙིང་པོ་སྟོང་པ་ཉིད་ཡིན་པའི་རིགས་པ་དང་མི་འགལ་ལམ་སྙམ་ན། འདི་ལ་རྗེ་ལམ་རིམ་པས“གཞུང་གི་སྐབས་མང་པོར་སྟོང་པ་ཞེས་འོང་རྒྱུའི་དོན་དུ་རྟེན་འབྱུང་ཞེས་ཆེད་ཀྱིས་གསུངས་པར་མཛད་པ་ནི། གཅིག་ཏུ་ན་རང་བཞིན་སྟོང་པ་རྟེན་འབྱུང་གི་དོན་དུ་གཟིགས་པའི་རང་ཉམས་དང་། གཉིས་སུ་ན་ཕྱི་རབས་རྣམས་ཀྱིས་ཀྱང་ཚུལ་དེ་ལྟར་ཁོང་དུ་ཆུད་པར་བྱ་དགོས་སོ་ཞེས་འདོམས་པ་སོགས་ཀྱི་ཆེད་དུ་ཡིན་པས། གོ་རྒྱུ་ཤིན་ཏུ་ཆེ་ཞེས་དམ་པ་རྣམས་ཞལ་མཐུན་པར་གསུངས་”[2]ཞེས་གསུངས་པ་ལྟར། སྟོང་པ་རྟེན་འབྱུང་གི་དོན་དུ་གཟིགས་ཏེ། དེ་གཉིས་འགལ་མེད་ཀྱི་སྣང་སྟོང་གཉིས་ཚོགས་ཀྱི་མཐའ་བྲལ་རྟེན་འབྱུང་གི་རིགས་པ་ནི་རྒྱལ་བའི་དགོངས་པ་དྲི་མ་མེད་པ་ཡིན་ཚུལ་ཕྱར་སུས་ཀྱང་མ་རྟོགས་པ་ཆེད་དུ་བསྟན་པའི་ཆེ་བ་བརྗོད་ཕྱིར་རོ། །

དགེ་ལུགས་པའི་མཁས་པ་དབུ་མ་པ་ཕྱི་རབས་པ་ཚོས་ཀྱང་འདི་ནི་རྗེ་རིན་པོ་ཆེས་སློབ་དཔོན་ཀླུ་སྒྲུབ་ཀྱི་རྩ་བ་ཤེས་རབ་ཀྱི་སྟོང་ཉིད་ལྟ་བ་དང་། དཔལ་ལྡན་ཟླ་བ་གྲགས་པའི་དབུ་མ་ཐལ་འགྱུར་པའི་ལྟ་བའི་ཟབ་དོན་ལས་སྙེད་པའི་རྒྱལ་བའི་དགོངས་པ་དྲི་མ་མེད་པ་ཕྱར་སུས་ཀྱང་མ་རྟོགས་པ་རྟོགས་ཤིང་ལེགས་

---

① སློབ་དཔོན་ཀླུ་སྒྲུབ། 《དབུ་མ་རིགས་པའི་ཚོགས་དྲུག་དང་བྱང་ཆུབ་སེམས་འགྲེལ་བཞུགས་སོ་》(M)བོད་ལྗོངས་མི་དམངས་དཔེ་སྐྲུན་ཁང་། ཤ༢༧

② རྗེ་བཙུན་ལམ་རིམ་པ། 《རྗེ་བཙུན་ངག་དབང་ཕུན་ཚོགས་ཀྱི་གསུང་འབུམ་》(པོད་གཉིས་པ)(M) སེར་གཙུག་དཔེ་སྙིང་འཚོལ་བསྡུ་ཕྱོགས་བསྒྲིགས་ཁང་། ཤ༣༥༨

པར་འདོམས་པའི་ཐུན་མིན་ལྟ་བའི་ཟབ་གནད་ཀྱི་སྙིང་པོའམ། རྒྱལ་བའི་གསུང་གི་མཛོད་ལྟ་བུར་ཡང་ཡང་བསྔགས་སོ། །

བསྟོད་པ་དོན་ལྡན་མའི་འགྲེལ་པར་ཡང་"རྗེ་བླ་མས་ཀྱང་དང་པོར་སྔ་རབས་ཀྱི་ལྟ་བ་དེ་ཉིད་མཐིལ་ཕྱིན་པར་ཐུགས་ལ་འཁྲུངས་ཚུལ་དང་། ཕྱིས་མཁྱེན་རབ་ཀྱི་རྩལ་ལྷག་པར་རྒྱས་པ་ན་རང་ཉིད་ཀྱང་ཚུལ་དེས་ཅུང་ཟད་ཐུགས་མ་ཚིམ་ཞིང་ལྷག་པར་མགོན་པོ་འཇམ་དཔལ་དབྱངས་ལ་འདི་ཐལ་རང་གང་གི་ལྟ་བ་ཡིན་ཞུས་པར་གང་ཡང་མིན་གསུངས་ནས་ནན་ཏུར་ཆེ་བར་མཛད་པའི་རྐྱེན་གྱིས་གཞོད་ཐུན་མོང་དང་ཐུན་མོང་མ་ཡིན་པའི་རྒྱུ་ཚོགས་མང་པོ་དང་བཅས་དབུ་མའི་ལྟ་བ་བཙལ་ཏེ་གསར་དུ་རྙེད་ནས་ཐུགས་ཁྲོགས་པའི་དབང་གིས་ཐུབ་པའི་དབང་པོ་ལ་བསྟོད་པ་སོགས་མཛད་པའི་ཚུལ་འདི་ལེགས་པར་བསམ་ཞིང་གོ་ན་ལྟ་བ་གཞན་ལ་འགྲམ་ཆུ་མི་ལྷུང་ཞིང་། རང་ལུགས་ཀྱི་ལྟ་བ་འདི་ལ་ཡིད་ཆེས་ཀྱི་ངེས་པ་བརྟན་པོ་རྙེད་པར་འགྱུར་རོ་"①ཞེས་མགོན་པོ་འཇམ་དཔལ་དབྱངས་ཀྱིས་སྣང་བར་གཙིགས་ཆེན་པོས་ཞེས་པའི་གདམས་པ་ཉམས་སུ་ཤར་བའི་ཕྱི་ཚོམ་སྟེ། དབུ་མའི་ལྟ་བ་ཐུགས་ལ་ཡོངས་སུ་འཁྲུངས་རྗེས་རང་ལུགས་ཀྱི་ལྟ་བའི་ངེས་པ་རྙེད་ཕྱིར་སྣང་སྟོང་གཉིས་ཚོགས་ཀྱི་རྟེན་འབྱུང་རིགས་པ་ཐལ་འགྱུར་པའི་ལྟ་བའི་སྙིང་པོར་འདོམས་པའི་ཐུབ་བསྟོད་གྲགས་ཅན་ཞིག་ཏུ་བཞེངས་དོ། །

སྐབས་བབ་《རྟེན་འབྲེལ་བསྟོད་པ་》ཡི་དགོངས་པའི་ཟབ་ཁྱད་རྟོགས་བྱེད་ཀྱི་རིགས་པའི་རྒྱུ་ཚོགས་སྟོན་འགྲོའི་ཚུལ་དུ་དཀྱུས་སུ་བརྗོད་ན།

གང་ཁུངས་སུ་མཛད་པའི་རིགས་པའི་སྒྲུབ་བྱེད་ནི་འཕགས་པ་ཀླུ་སྒྲུབ་ཀྱི་ཟབ་མོ་སྟོང་ཉིད་ཀྱི་ལྟ་བ་སྟེ། རྩ་ཤེས་ལས། "གང་ལ་སྟོང་པ་ཉིད་རུང་བ། །དེ་ལ་

① གུང་ཐང་བསྟན་པའི་སྒྲོན་མེ། 《གུང་ཐང་བསྟན་པའི་སྒྲོན་མེད་གསུང་འབུམ་》(ཀ)(M)མི་རིགས་དཔེ་སྐྲུན་ཁང་། ༢༠༠༧/༡༢པར་གཞི་གཉིས་པ། ༤༣༣

ཐམས་ཅད་རུང་བར་འགྱུར། །གང་ལ་སྟོང་ཉིད་མི་རུང་བ། །དེ་ལ་ཐམས་ཅད་མི་རུང་འགྱུར། །རྟེན་ཅིང་འབྲེལ་བར་གང་འབྱུང་བ། །དེ་ནི་སྟོང་པ་ཉིད་དུ་བཤད། །དེ་ནི་བརྟེན་ནས་གདགས་པ་སྟེ། །དེ་ཉིད་དབུ་མའི་ལམ་ཡིན་ནོ་"[①]ཞེས་པ་དང་། དམིགས་སུ་དཔལ་ལྡན་ཟླ་བའི་གཞུང་ལ་གཏུགས་པ་སྟེ། བཞི་བརྒྱ་པའི་འགྲེལ་པར"རྟེན་ཅིང་འབྲེལ་བར་འབྱུང་བའི་དོན་ཅི་ཞིག་ཅེ་ན། རང་བཞིན་མེད་པའི་དོན་དེ། རང་བཞིན་མ་སྐྱེས་པའི་དོན་དང་། སྒྱུ་མ་དང་སྨིག་རྒྱུ་དང་དྲི་ཟའི་གྲོང་ཁྱེར་དང་སྤྲུལ་པ་དང་རྨི་ལམ་དང་མཚུངས་པའི་རང་བཞིན་ཅན་གྱི་འབྲས་བུ་འབྱུང་བའི་དོན་དང་སྟོང་པ་ཉིད་བདག་མེད་པའི་དོན་ནོ་"[②]ཞེས་གསུངས་པ་སོགས་ཀྱི་དགོངས་པ་དྲི་མ་མེད་པ་ཁུངས་སུ་མཛད་དོ། །

ལྷག་མཐོང་ཆེན་མོར་ཡང་"ལྟ་བ་གཏན་ལ་འབེབས་ཚུལ་ནི་དེ་མ་ཐག་བཤད་པའི་བདེན་གཉིས་ལ་ངེས་པ་རྙེད་པ་འདི་ཡིན་ནོ། །འདི་ནི་དབུ་མ་པ་མ་གཏོགས་པ་གང་ཟག་གཞན་སུའི་ངོར་ཡང་འགལ་འདུར་མཐོང་ནས་མི་འགལ་བར་འཆད་མི་ཤེས་པ་ལ། ཐ་ཞིང་མཛངས་ལ་ཤིན་ཏུ་རྒྱ་ཆེ་བའི་རྣམ་དཔྱོད་དང་ལྡན་པའི་མཁས་པ་དབུ་མ་པ་ཞེས་པ་དེས། བདེན་པ་གཉིས་རྟོགས་པའི་ཐབས་ལ་མཁས་པས་འགལ་བའི་དྲི་ཙམ་མེད་པར་གཏན་ལ་ཕབ་ནས་རྒྱལ་བའི་དགོངས་པ་མཐར་ཐུག་པ་རྙེད་དེ། དེ་ལ་བརྟེན་ནས་རང་གིས་སྟོན་པ་དང་བསྟན་པ་ལ་ཤིན་དུ་གུས་པ་རྒྱད་དུ་བྱུང་བ་སྐྱེས་པས་དྲངས་པའི་ཚིག་རྣམ་པར་དག་པས། ཤེས་ལྡན་དག་རང་བཞིན་གྱིས་སྟོང་པའི་སྟོང་པ་ཉིད་ཀྱི་དོན་ནི་རྟེན་ཅིང་འབྲེལ་བར་འབྱུང་བའི་དོན་ཡིན་གྱི། དོན་བྱེད་ནུས་པས་སྟོང་པའི་དངོས

① སློབ་དཔོན་ཀླུ་སྒྲུབ། 《དབུ་མ་རིགས་པའི་ཚོགས་དྲུག་དང་བྱང་ཆུབ་སེམས་འགྲེལ་བཞུགས་སོ་》(M)བོད་ལྗོངས་མི་དམངས་དཔེ་སྐྲུན་ཁང་། ཤ༤༢

② སློབ་དཔོན་ཟླ་བ་གྲགས་པ། 《བཞི་བརྒྱ་པའི་འགྲེལ་པ་ཞེས་བྱ་བ་བཞུགས་སོ་》(M)སེར་གཙུག་ནང་བསྟན་དཔེ་རྙིང་འཚོལ་བསྡུ་ཕྱོགས་བསྒྲིགས་ཁང་། ཤ༥༢༨

པོ་མེད་པའི་དོན་ནི་མ་ཡིན་ནོ་ཞེས་སྐད་གསང་མཐོན་པོས་ཡང་དང་ཡང་དུ་སྒྲོགས་པར་མཛད་དོ་”①ཞེས་སྟོང་པ་རྟེན་འབྱུང་དང་མི་འགལ་བར་འཆད་ཤེས་པ་ནི་རྒྱལ་བའི་མཐར་ཐུག་དགོངས་པ་རྙེད་པའི་མཁས་པ་དབུ་མ་པའི་ལུགས་དང་། སྟོན་པ་དང་བསྟན་པར་གུས་པ་ལྷག་པར་སྐྱེ་བྱེད་ཀྱི་ངག་ཚིག་རྣམ་པར་དག་པ་སྟེ། སྟོང་པ་རྟེན་འབྱུང་གི་དོན་ལས། དོན་བྱེད་ནུས་པས་སྟོང་པའི་དོན་མིན་པའི་དཀའ་གནད་རྟོགས་པར་འགྱུར་རོ། །

འོ་ན་སྟོང་པ་རྟེན་འབྱུང་གི་དོན་དུ་གོ་ནུས་པའི་རྟེན་འབྱུང་གི་དོན་ཅི་ཡིན་ཞེ་ན། ཚིག་གསལ་ལས“དངོས་པོ་རྣམས་ཀྱི་འབྱུང་བ་རྒྱུ་དང་རྐྱེན་ལ་བལྟོས་པ་ནི་རྟེན་ཅིང་འབྲེལ་བར་འབྱུང་བའི་དོན་ནོ་”②ཞེས་པ་དང་། “སློབ་དཔོན་ཀླུ་སྒྲུབ་ཀྱིས་ཀྱང་ཕྲད་ནས་ཞེས་བྱ་བའི་དོན་ཉིད་དུ་ཞལ་གྱིས་བཞེས་པའི་ཕྱིར་རོ་”③ཞེས་པ། དེ་བཞིན“ཐུང་ངུ་དང་ཕྲད་ཅིང་ཐུང་ངུ་ལ་བརྟེན་ཏེ། ཐུང་ངུ་ལ་བལྟོས་ནས་རིང་བར་འགྱུར་རོ་ཞེས་ཁས་བླངས་པར་འགྱུར་རོ་”④ཞེས་གསུངས་པ་སོགས་ལས་རྒྱུ་འབྲས་རྟེན་འབྲེལ་ཙམ་གྱི་དོན་དུ་མི་གོ། ལྟོག་སྟེ་བཙོས་མ་དང་། བལྟོས་པ། དུས་གསུམ་ལ་འཁྲུལ་བའི་རང་བཞིན་ཏེ། ཕྲད་ལྟོས་རྟེན་བཅས་ཁྱད་པར་གསུམ་ལྡན་གྱི་རྟེན་འབྱུང་གི་ངོ་བོར་བཞེད་དོ། །ཕྱིར་“དགེ་སློང་དག་ཁྱོད་ལ་རྟེན་ཅིང་འབྲེལ་བར་འབྱུང་བ་བསྟན་པར་བྱ་ཡིས། གུས་རྟེན་ཅིང་འབྲེལ་བར་འབྱུང་བ་མཐོང་བ་དེས་

① རྗེ་ཙོང་ཁ་པ། 《རྗེ་ཙོང་ཁ་པ་ཆེན་པོའི་གསུང་འབུམ་བཞུགས་སོ་》(པ)(M)མཚོ་སྔོན་མི་རིགས་དཔེ་སྐྲུན་ཁང་། ༢༠༠༨/༣པར་གཞི་གཉིས་པ། ཤ༥༩༢

② སློབ་དཔོན་ཟླ་བ་གྲགས་པ། 《དབུ་མ་རྩ་བའི་འགྲེལ་པ་ཚིག་གསལ་ཞེས་བྱ་བ་བཞུགས་སོ་》(M) སེར་གཙུག་ནང་བསྟན་དཔེ་སྙིང་འཚོལ་བསྡུ་ཕྱོགས་བསྒྲིགས་ཁང་། ཤ༣

③ སློབ་དཔོན་ཟླ་བ་གྲགས་པ། 《དབུ་མ་རྩ་བའི་འགྲེལ་པ་ཚིག་གསལ་ཞེས་བྱ་བ་བཞུགས་སོ་》(M) སེར་གཙུག་ནང་བསྟན་དཔེ་སྙིང་འཚོལ་བསྡུ་ཕྱོགས་བསྒྲིགས་ཁང་། ཤ༥

④ སློབ་དཔོན་ཟླ་བ་གྲགས་པ། 《དབུ་མ་རྩ་བའི་འགྲེལ་པ་ཚིག་གསལ་ཞེས་བྱ་བ་བཞུགས་སོ་》(M) སེར་གཙུག་ནང་བསྟན་དཔེ་སྙིང་འཚོལ་བསྡུ་ཕྱོགས་བསྒྲིགས་ཁང་། ཤ༨

ཆོས་མཐོང་ངོ་”[①]ཞེས་གསུངས་པ་ལྟར། “འདིར་རྟེན་འབྱུང་ཞེས་པ་རྒྱུ་འབྲས་ཀྱི་རྟེན་འབྲེལ་ཙམ་ལ་མི་བྱ་བར་མཐའ་བྲལ་སྟོང་པ་ཉིད་ཀྱི་དོན་དུ་བྱ་”[②]བོ། །འདི་ནི་དོན་དམ་སྟོང་པ་ཉིད་དང་ བླ་མེད་པའི་མཁས་པ་དབུ་མ་པའི་ལུགས་ཀྱི་ཕྱད་ལྟོས་རྟེན་བཅས་ཁྱད་པར་གསུམ་ལྡན་གྱི་རྟེན་འབྱུང་གི་དོན་ཡིན་པ་གང་ཞིག མཐའ་བྲལ་རྟེན་འབྱུང་གི་རིགས་པ་ཞེས་ཡོངས་སུ་གྲགས་པའོ། །

སྤྱིར་ཐུན་མོང་ངོར་གྲགས་པའི་རང་བཞིན་སྟོང་པའམ། རྗེའི་ཐུན་མོང་མ་ཡིན་པའི་རང་ལུགས་སུ་གྲགས་པའི་རིགས་པའི་ས་བོན་ཏེ། ཐལ་འགྱུར་པའི་དགག་བྱའམ། རིགས་པའི་དགག་བྱ་རང་བཞིན་བྱ་བ་དེ་ཅི་ཡིན་ཞེ་ན། རྩ་ཤེས་ལས། “རང་བཞིན་དག་ནི་བཅོས་མིན་དང་། །གཞན་ལ་ལྟོས་པ་མེད་པ་ཡིན་”[③]ཞེས་བཅོས་མིན་དང་། ལྟོས་མེད་བཅས་ཁྱད་ཆོས་ཉིས་ལྡན་གྱི་ངོ་བོ་དང་། ཚིག་གསལ་ལས། “དུས་གསུམ་དུ་འང་མེ་ལ་མི་འཁྲུལ་བ་གཉུག་མའི་ངོ་བོ་ལ་བཅོས་པ། གང་ཞིག་སྔར་མ་བྱུང་བ་ལས་ཕྱིས་འབྱུང་བ་མ་ཡིན་པ། གང་ཞིག་ཆུའི་ཚའམ། ཚུ་རོལ་དང་ཕ་རོལ་ལམ། རིང་པོ་དང་ཐུང་ངུ་ལྟར་རྒྱུ་དང་རྐྱེན་ལ་བལྟོས་པ་དང་བཅས་པར་མ་གྱུར་པ་གང་ཡིན་པ་དེ་རང་བཞིན་ཡིན་པར་བརྗོད་དོ་”[④]ཞེས་བཅོས་མིན་དང་། ལྟོས་མེད། དུས་གསུམ་ལ་མི་འཁྲུལ་བའི་ཁྱད་ཆོས་གསུམ་ལྡན་གྱི་ངོ་བོ་དང་ལྡན་པ་གང་ཞིག་ནི་རང་བཞིན་དུ་གསུངས་སོ། །

---

① སློབ་དཔོན་ཟླ་བ་གྲགས་པ། 《དབུ་མ་རྩ་བའི་འགྲེལ་པ་ཚིག་གསལ་ཞེས་བྱ་བ་བཞུགས་སོ་》(M) སེར་གཙུག་ནང་བསྟན་དཔེ་རྙིང་འཚོལ་བསྡུ་ཕྱོགས་བསྒྲིགས་ཁང་། ཤ༣-༩

② གུང་ཐང་བསྟན་པའི་སྒྲོན་མེ། 《གུང་ཐང་བསྟན་པའི་སྒྲོན་མེད་གསུང་འབུམ་》(ཀ)(M)མི་རིགས་དཔེ་སྐྲུན་ཁང་། ༢༠༠༧/༡༢པར་གཞི་གཉིས་པ། ཤ༨

③ སློབ་དཔོན་ཀླུ་སྒྲུབ། 《དབུ་མ་རིགས་པའི་ཚོགས་དྲུག་དང་བྱང་ཆུབ་སེམས་འགྲེལ་བཞུགས་སོ་》(M)བོད་ལྗོངས་མི་དམངས་དཔེ་སྐྲུན་ཁང་། ཤ༢༣

④ སློབ་དཔོན་ཀླུ་སྒྲུབ། 《དབུ་མ་རིགས་པའི་ཚོགས་དྲུག་དང་བྱང་ཆུབ་སེམས་འགྲེལ་བཞུགས་སོ་》(M)བོད་ལྗོངས་མི་དམངས་དཔེ་སྐྲུན་ཁང་། ཤ༢༩༢

ལྟག་མཐོང་ཆེན་མོར་ཡང་“ཕྱིན་ཅི་ལོག་གི་འཛིན་པ་ལ་དགག་བྱར་གསུངས་པ་དང་དེས་བཟུང་བའི་རང་བཞིན་ཡོད་པ་ལ་དགག་བྱར་མཛད་པ་གཉིས་ཡོད་དོ། །འོན་ཀྱང་དགག་བྱའི་གཙོ་བོ་ནི་ཕྱི་མ་ཡིན་ཏེ། ཡུལ་ཅན་ཕྱིན་ཅི་ལོག་ལྡོག་པ་ལ་དེས་བཟུང་བའི་ཡུལ་ཐོག་མར་དགག་དགོས་པས་སོ། །འདི་ཡང་རྟེན་འབྲེལ་གྱིས་གང་ཟག་དང་ཆོས་ཀྱི་སྟེང་དུ་རང་གིས་ངོ་བོས་གྲུབ་པའི་རང་བཞིན་ཡོད་པ་འགོག་པ་ལྟ་བུ་རྣམས་ཡིན་ནོ་”①ཞེས་གསུངས་པ་ལྟར། ཕྱིན་ཅི་ལོག་གི་འཛིན་པར་རྟེན་འབྲེལ་དབང་གིས་གང་ཟག་དང་ཆོས་ཀྱི་སྟེང་དུ་རང་གི་ངོ་བོས་གྲུབ་པའི་རང་བཞིན་ལྟོས་མེད་དང་། བཅོས་མིན། དུས་གསུམ་ལ་མི་འགྱུར་བ་ཡོད་སྙམ་པའི་དགག་བྱ་དེ་བོ། །འདི་ལ་རིགས་པའི་དགག་བྱ་ཞེས་ཀྱང་བྱ། འདི་ནི་རྗེ་རིན་པོ་ཆེའི་རང་ལུགས་སུ་བཞེད་པའི་དབུ་མ་ཐལ་འགྱུར་པའི་ལྟ་བའི་མཐར་ཐུག་སྟེ། རང་བཞིན་མེད་ཅེས་བྱ་བའི་རིགས་པའི་དགག་བྱ་རང་བཞིན་ཞེས་པ་དེ་བོ། །

འོ་ན་《རྟེན་འབྲེལ་བསྟོད་པ་》དུ་“རང་བཞིན་བཅོས་མིན་ལྟོས་མེད་དང་། །རྟེན་འབྲེལ་ལྟོས་དང་བཅོས་མ་གཉིས། །ཇི་ལྟ་བུར་ན་གཞི་གཅིག་ཏུ། །མི་འགལ་འདུ་བ་ཉིད་དུ་འགྱུར་”ཞེས་གཉུག་མའི་གཤིས་ཀྱི་ངོ་བོ་ཡིན་པས་བཅོས་མིན་དང་། རྒྱུ་རྐྱེན་གཞན་ལ་རག་མ་ལས་པས་ལྟོས་མེད། དུས་གསུམ་ལ་མ་འགྱུར་བ་བཅས་ཁྱད་པར་གསུམ་ལྡན་གྱི་རང་བཞིན་སྟོང་པ་དང་། གཉུག་མའི་གཤིས་སུ་མེད་པས་བཅོས་མ་དང་། རྒྱུ་རྐྱེན་གཞན་ལ་རག་ལས་པས་བལྟོས་པ། དུས་གསུམ་ལ་འགྱུར་བ་བཅས་ཁྱད་པར་གསུམ་ལྡན་གྱི་རྟེན་འབྱུང་ཇི་ལྟ་བུར་མི་འགལ་བར་གཞི་གཅིག་ཏུ་འདུའམ་ཞེ་ན། ལྟག་མཐོང་ཆེན་མོར་“རྟེན་འབྲེལ་ཡིན་པའི་རྒྱུ་མཚན་གྱིས་རང་བཞིན་གྱིས་སྟོང་པ་ཁོ་ནར་གསུངས་ཏེ། རྟེན་འབྲེལ་གྱི་དོན་རང་བཞིན་མེད་པའི་

① རྗེ་ཙོང་ཁ་པ། 《རྗེ་ཙོང་ཁ་པ་ཆེན་པོའི་གསུང་འབུམ་བཞུགས་སོ་》(པ)(M)མཚོ་སྔོན་མི་རིགས་དཔེ་སྐྲུན་ཁང་། ༢༠༠༨/༣པར་གཞི་གཉིས་པ། ཤ༨༠༨

སྟོང་ཉིད་དུ་འཆད་པ་འདི་ནི་མགོན་པོ་ཀླུ་སྒྲུབ་ཀྱི་ལུགས་ཐུན་མོང་མ་ཡིན་པའོ་”① ཞེས་པ་དང་། “སློབ་དཔོན་སངས་རྒྱས་བསྐྱངས་དང་དཔལ་ལྡན་ཟླ་བ་གྲགས་པ་འཕགས་པ་ཡབ་སྲས་ཀྱི་དགོངས་པ་ལྷག་མ་མ་ལུས་པར་བཀྲལ་བའི་ཕྲ་བའི་གནས། རྟེན་འབྲེལ་ལ་བརྟེན་ནས་རང་བཞིན་མེད་པ་ལ་ངེས་པ་སྐྱེར་ལུགས་དང་རང་བཞིན་གྱིས་སྟོང་པའི་དངོས་པོ་རྣམས་རྒྱུ་འབྲས་སུ་འཆར་ཚུལ་ལ་གཞན་གྱིས་བཀྲི་བར་མི་ནུས་པའི་ངེས་པ་དྲང་བར་བྱའོ་”② ཞེས་གསུངས་པ་ལྟར་རྟེན་འབྱུང་གང་ཞིག་གདགས་གཞི་དང་རྐྱེན་ལ་བལྟོས་པའམ་རག་ལས་པའི་ཕྱིར། རྟེན་འབྱུང་རྟགས་ཀྱིས་བསྒྲུབ་བྱ་སྟོང་པ་ངེས་ཏེ། དེ་གཉིས་མི་འགལ་བར་གཞི་གཅིག་ཏུ་འདུ་བར་བཞེད། འདི་ནི་འཕགས་པ་ཡབ་སྲས་དང་བཅས་པའི་ལུགས་ཀྱི་ཐུན་མོང་མ་ཡིན་པའི་དགོངས་པ་དང་། ཐལ་འགྱུར་པའི་སློབ་དཔོན་ཆེན་མོ་རྣམས་ཀྱི་དགོངས་པའི་ཕྲ་བའི་གནད་ཀྱང་ཡིན་པ་གང་ཞིག “རྟེན་འབྲེལ་གྱི་རྟགས་ཀྱིས་རང་བཞིན་མེད་པ་འགྲུབ་པ་འདི་ནི་རྨད་དུ་བྱུང་བའི་ཐབས་ལ་མཁས་པ་ཆེན་པོའོ་” ③ཞེས་ཞལ་གསལ་པོས་གསུངས་སོ། །

སྟོང་པ་རྟེན་འབྱུང་གི་དོན་དུ་གོ་མ་ནུས་པའི་ཉེས་པ་གང་ཡོད་ཅེ་ན། བཞི་བརྒྱ་པའི་འགྲེལ་པར། “དེའི་ཕྱིར་འདིར་རྟེན་ཅིང་འབྲེལ་བར་འབྱུང་བ་རང་དབང་གི་ངོ་བོ་དང་བྲལ་པའི་ཕྱིར་རང་དབང་གི་ངོ་བོ་དང་བྲལ་བའི་དོན་སྟོང་པ་ཉིད་ཀྱི་དོན་ཡིན་གྱི་ཐམས་ཅད་དངོས་པོ་མེད་པའི་དོན་མ་ཡིན་ནོ། །དེའི་ཕྱིར་འདི་ལ

① རྗེ་ཙོང་ཁ་པ། 《རྗེ་ཙོང་ཁ་པ་ཆེན་པོའི་གསུང་འབུམ་བཞུགས་སོ་》(ཕ)(M)མཚོ་སྔོན་མི་རིགས་དཔེ་སྐྲུན་ཁང་། ༢༠༠༨/༣པར་གཞི་གཉིས་པ། ཤ༥༩༥

② རྗེ་ཙོང་ཁ་པ། 《རྗེ་ཙོང་ཁ་པ་ཆེན་པོའི་གསུང་འབུམ་བཞུགས་སོ་》(ཕ)(M)མཚོ་སྔོན་མི་རིགས་དཔེ་སྐྲུན་ཁང་། ༢༠༠༨/༣པར་གཞི་གཉིས་པ། ཤ༥༥༠

③ རྗེ་ཙོང་ཁ་པ། 《རྗེ་ཙོང་ཁ་པ་ཆེན་པོའི་གསུང་འབུམ་བཞུགས་སོ་》(ཕ)(M)མཚོ་སྔོན་མི་རིགས་དཔེ་སྐྲུན་ཁང་། ༢༠༠༨/༣པར་གཞི་གཉིས་པ། ཤ༥༨༠

རྟེན་ཅིང་འབྲེལ་བར་འབྱུང་བ་བྱས་ཤིང་སྒྱུ་མ་དང་འདྲ་བ་ཀུན་ནས་ཉོན་མོངས་པ་དང་རྣམ་པར་བྱང་བའི་རྒྱུ་ལ་སྒྱུར་བ་བཏབ་པས་དེ་མེད་པར་ལྟ་བ་ཕྱིན་ཅི་ལོག་ཡིན་ལ་རང་བཞིན་ཡོད་པ་མ་ཡིན་པའི་ཕྱིར་ན་དངོས་པོར་ལྟ་བ་ཡང་ཕྱིན་ཅི་ལོག་ཡིན་ནོ། །དེའི་ཕྱིར་དེ་ལྟར་ན་དངོས་པོ་རང་བཞིན་དང་བཅས་པར་སྨྲ་བ་རྣམས་ལ་རྟེན་ཅིང་འབྲེལ་བར་འབྱུང་བ་མེད་པ་དང་རྟག་པ་དང་ཆད་པར་ལྟ་བའི་སྐྱོན་དུ་འགྱུར་རོ་”①ཞེས་གསུངས་སོ། །

ལྷག་མཐོང་ཆེན་མོར་ཡང་“དེ་འདྲ་བའི་རྟེན་འབྲེལ་དེ་ཉིད་རང་བཞིན་མེད་པ་རྟོགས་པའི་རྒྱུ་མཚན་བླ་ན་མེད་པར་འགྲོ་བ་འདི་ནི་མཁས་པ་དབུ་མ་པ་ཁོ་ནའི་ཁྱད་ཆོས་སུ་ཤེས་པར་བྱ་ཡི། བརྟེན་ནས་སྐྱེ་བ་དང་བརྟེན་ནས་དགག་པ་ལ་རང་གི་ངོ་བོས་གྲུབ་པའི་ཁྱབ་པར་བཟུང་ནས། རང་བཞིན་འགོག་པའི་རིགས་པས་སྐྱེ་བ་དང་དགག་པའི་རྟེན་འབྲེལ་བཀག་ན་ནི་ལྷ་བདུད་དུ་བབ་པ་ལྟར་གྱུར་ནས་དབུ་མའི་དོན་ཇི་ལྟ་བཞིན་རྙེད་པའི་གེགས་ཆེན་པོར་འགྱུར་བ་ཡིན་ནོ། ། …… དེ་ལྟ་བུའི་སྣང་སྟོང་ལ་ངེས་པ་འདྲེན་པ་གཉིས་ཚོགས་དེ་སྲིད་མཐའ་ཅམ་དུ་སོང་བས་དབུ་མའི་ལྟ་བ་ཤིན་ཏུ་རྙེད་དཀའ་”②ཞེས་པ་དང་། ལྷག་མཐོང་འབྲིང་པོར་ཡང་“དཀའ་ས་ནི་རང་གི་ངོ་བོས་གྲུབ་པའི་རང་བཞིན་མ་ལུས་པ་ཁེགས་པ་དང་། རང་བཞིན་མེད་པའི་གང་ཟག་ལ་སོགས་པ་དེ་ཉིད་ལས་གསོག་པ་པོ་དང་། འབྲས་བུ་སྤྱོད་པ་པོ་ལ་སོགས་པར་འཇོག་པ་ལ་ངེས་པ་གཏིང་ནས་འདྲོངས་ཏེ། དེ་རྣམས་འཇོག་ཐུབ་པའི་གཉིས་ཚོགས་དེ་སྲིད་མཐའ་ཅམ་དུ་སོང་བས་དབུ་མའི་ལྟ་བ་ཤིན་

① སློབ་དཔོན་ཟླ་བ་གྲགས་པ། 《བཞི་བརྒྱ་པའི་འགྲེལ་པ་ཞེས་བྱ་བ་བཞུགས་སོ་》(M)སེར་གཙུག་ནང་བསྟན་དཔེ་རྙིང་འཚོལ་བསྡུ་ཕྱོགས་བསྒྲིགས་ཁང་། ཤ༥༤༧

② རྗེ་ཙོང་ཁ་པ། 《རྗེ་ཙོང་ཁ་པ་ཆེན་པོའི་གསུང་འབུམ་བཞུགས་སོ་》(པ)(M)མཚོ་སྔོན་མི་རིགས་དཔེ་སྐྲུན་ཁང་། ༢༠༠༤/༣པར་གཞི་གཉིས་པ། ཤ༥༨༤-༥༨༥

ཏུ་ཉེད་དགའ་བ་ཡིན་ནོ་”[1]ཞེས་གསུངས་པ་ལྟར་རང་བཞིན་ཡོད་པའི་སྒྲོ་འདོགས་དང་། གཏན་མེད་པའི་སྐུར་འདེབས་བཅས་དངོས་སྨྲ་བའི་སྒྲོ་སྐུར་མཐར་འཛིན་ཅན་གྱིས་མཐའ་བྲལ་རྟེན་འབྱུང་གི་རིགས་པ་གོ་མི་ནུས་ཤིང་། ཆད་ལྟའི་གོལ་སར་ལྷུང་སྟེ། བསྟན་པ་དང་སྟོན་པ་ལ་མོས་པ་སྐྱེ་བ་དོན་མེད་པར་གྱུར་བའི་ཉེས་པ་ལྡེ་བ་གང་ཞིག མཐའ་བྲལ་རྟེན་འབྱུང་གི་དབུ་མའི་ལམ་རྟོགས་རྒྱུའི་གོ་སྐབས་ནམ་ཡང་ཆུད་འཛའ་བར་བཞེད་དོ། །

མདོར་ན་འཕགས་པ་ཡབ་སྲས་དང་། དཔལ་ལྡན་ཟླ་བའི་གཞུང་ལ་བརྟེན་ཏེ། དྲང་ངེས་གསུང་རབ་ཀྱི་དགོངས་དོན་ལུང་རིགས་དྲི་མ་མེད་པས་ཡང་དག་པར་བསྒྲུབས་པའི་དགོངས་པའི་སྙིང་པོ་སྟེ། སྟོང་པ་རྟེན་འབྱུང་གི་དོན་དུ་གཟིགས་པའི་མཐའ་བྲལ་རྟེན་འབྱུང་གི་རིགས་པའི་ཕྲ་བའི་ཟབ་ཁྱད་ནི་《རྟེན་འབྲེལ་བསྟོད་པ་》ཡི་བསྟན་བྱའི་སྙིང་པོའོ། །འདི་ནི་བོད་ཕྱི་རབས་པར་གྲགས་པའི་རྗེ་རིན་པོ་ཆེའི་ཐུན་མོང་མ་ཡིན་པའི་དབུ་མ་ཐལ་འགྱུར་པའི་ལྟ་བའི་མཐར་ཐུག་སྟེ། སྣང་སྟོང་གཉིས་ཚོགས་ཀྱི་མཐའ་བྲལ་རྟེན་འབྱུང་གི་རིགས་པ་ཞེས་ཆླུང་ལྟར་གྲགས་པ་དེའོ། །

སྐབས་བབ་མཐའ་བྲལ་རྟེན་འབྱུང་གི་རིགས་པའི་ཕྲ་བའི་ཟབ་ཁྱད་ཇི་ལྟར་བསྟན་པ་རྟོགས་བདེ་ཕྱིར《རྟེན་འབྲེལ་བསྟོད་པ་》དང་གཙུ་ཁ་སྦྱར་ཚུལ་གྱིས་འཆད་དོ། །

《རྟེན་འབྲེལ་བསྟོད་པ་》

(རྗེ་ཙོང་ཁ་པ་ཆེན་པོའི་གསུང་འབུམ། ༼ཁ༽ལས་དྲངས་)

ན་མོ་གུ་རུ་མཉྫུ་གྷོ་ཥཱ་ཡ། གང་ཞིག་གཟིགས་ཤིང་གསུང་བ་ཡི། །མཁྱེན་དང་སྟོན་པ་བླ་ན་མེད། །རྒྱལ་བ་རྟེན་ཅིང་འབྲེལ་བར་འབྱུང་། །གཟིགས་ཤིང་སྟོན་པ་དེ་ལ་འདུད། །

[1] རྗེ་ཙོང་ཁ་པ། 《རྗེ་ཙོང་ཁ་པ་ཆེན་པོའི་གསུང་འབུམ་བཞུགས་སོ་》(ཕ)(M)ཀྲུང་གོའི་བོད་རིག་པ་དཔེ་སྐྲུན་ཁང་། ༢༠༠༨/༣པར་གཞི་གཉིས་པ། ཤ༢༨༣

འཇིག་རྟེན་གྲུབ་པ་ཇི་སྙེད་པ། །དེ་ཡི་རྩ་བ་མ་རིག་སྟེ། །གང་ཞིག་མཐོང་བས་དེ་ལྡོག་པ། །རྟེན་ཅིང་འབྲེལ་བར་འབྱུང་བར་གསུངས། །དེ་ཚེ་བློ་དང་ལྡན་པ་ཡིས། །རྟེན་ཅིང་འབྲེལ་བར་འབྱུང་བའི་ལམ། །ཁྱོད་ཀྱི་བསྟན་པའི་གནད་ཉིད་དུ། །ཇི་ལྟར་ཁོང་དུ་ཆུད་མི་འགྱུར། །དེ་ལྟ་ལགས་ན་མགོན་ཁྱོད་ལ། །བསྟོད་པའི་སྒོར་ནི་སུ་ཞིག་གིས། །བརྟེན་ནས་འབྱུང་བ་གསུང་བ་ལས། །ངོ་མཚར་གྱུར་བ་ཅི་ཞིག་རྙེད། །གང་གང་རྐྱེན་ལ་རག་ལས་པ། །དེ་དེ་རང་བཞིན་གྱིས་སྟོང་ཞེས། །གསུང་བ་འདི་ལས་ཡ་མཚན་པའི། །ལེགས་འདོམས་ཚུལ་ནི་ཅི་ཞིག་ཡོད། །གང་དུ་བཟུང་བས་བྱིས་པ་རྣམས། །མཐར་འཛིན་འཆིང་བ་བརྟན་བྱེད་པ། །དེ་ཉིད་མཁས་ལ་སྤྲོས་པ་ཡི། །དྲྭ་བ་མ་ལུས་གཅོད་པའི་སྒོ། །བསྟན་འདི་གཞན་དུ་མ་མཐོང་བས། །སྟོན་པ་ཞེས་བྱ་ཁྱོད་ཉིད་དེ། །ཝ་སྐྱེས་ལ་ནི་སེང་གེ་བཞིན། །མུ་སྟེགས་ཅན་ལའང་གཅམ་བུའི་ཚིག། ཨེ་མའོ་སྟོན་པ་ཨེ་མའོ་སྐྱབས། །ཨེ་མའོ་སྨྲ་མཆོག་ཨེ་མའོ་མགོན། །རྟེན་ཅིང་འབྲེལ་འབྱུང་ལེགས་གསུང་བའི། །སྟོན་པ་དེ་ལ་བདག་ཕྱག་འཚལ། །ཕན་མཛད་ཁྱོད་ཀྱིས་འགྲོ་བ་ལ། །སྨན་པའི་སླད་དུ་བཀའ་བསྩལ་པ། །བསྟན་པའི་སྙིང་པོ་སྟོང་པ་ཉིད། །ངེས་པའི་རྒྱུ་མཚན་ཟླ་མེད་པ། །རྟེན་ཅིང་འབྲེལ་བར་འབྱུང་བའི་ཚུལ། །འགལ་བ་དང་ནི་མ་གྲུབ་པར། །མཐོང་བ་འདི་ཡིས་ཁྱོད་ཀྱི་ལུགས། །ཇི་ལྟར་ཁོང་དུ་ཆུད་པར་ནུས། །ཁྱོད་ནི་ནམ་ཞིག་སྟོང་པ་ཉིད། །རྟེན་འབྱུང་དོན་དུ་མཐོང་བ་ན། །རང་བཞིན་གྱིས་ནི་སྟོང་པ་དང་། །བྱ་བྱེད་འཐད་པ་མི་འགལ་ཞིང་། །དེ་ལས་བཟློག་པར་མཐོང་བ་ན། །སྟོང་ལ་བྱ་བ་མི་རུང་ཞིང་། །བྱ་དང་བཅས་ལ་སྟོང་མེད་པས། །ཉམ་ངའི་ཐང་དུ་ལྷུང་བར་བཞེད། །དེ་ཕྱིར་ཁྱོད་ཀྱི་བསྟན་པ་ལ། །རྟེན་འབྱུང་མཐོང་བ་ལེགས་པར་བསྔགས། །དེ་ཡང་ཀུན་ཏུ་མེད་པ་དང་། །རང་བཞིན་གྱིས་ནི་ཡོད་པས་མིན། །ལྟོས་མེད་ནམ་མཁའི་མེ་ཏོག་བཞིན། །དེས་ན་མ་བརྟེན་ཡོད་མ་ཡིན། །ངོ་བོས་གྲུབ་ན་དེ་འགྲུབ་པ། །རྒྱུ་དང་རྐྱེན་ལ་བལྟོས་པར་འགལ། །དེ་ཕྱིར་བརྟེན་ནས་འབྱུང་བ་ལས། །མ་གཏོགས་ཆོས་

འགའ་ཡོད་མིན་པས། །རང་བཞིན་གྱིས་ནི་སྟོང་པ་ལས། །མ་གཏོགས་ཆོས་འགའ་མེད་པར་གསུངས། །རང་བཞིན་ཟློག་པ་མེད་པའི་ཕྱིར། །ཆོས་རྣམས་རང་བཞིན་འགའ་ཡོད་ན། །མྱ་ངན་འདས་པ་མི་རུང་ཞིང་། །སྤྲོས་ཀུན་ཟློག་པ་མེད་པར་གསུངས། །དེ་ཕྱིར་རང་བཞིན་རྣམ་བྲལ་ཞེས། །སེང་གེའི་སྒྲ་ཡིས་ཡང་ཡང་དུ། །མཁས་པའི་ཚོགས་སུ་ལེགས་གསུངས་པ། །འདི་ལ་སུ་ཡིས་འགོང་བར་ནུས། །རང་བཞིན་འགའ་ཡང་མེད་པ་དང་། །འདི་ལ་བརྟེན་ནས་འདི་འབྱུང་བའི། །རྣམ་གཞག་ཐམས་ཅད་འཐད་པ་གཉིས། །མི་འགལ་འདུ་བ་སྨོས་ཅི་དགོས། །བརྟེན་ནས་འབྱུང་བའི་རྒྱུ་མཚན་གྱིས། །མཐར་ལྟ་བ་ལ་མི་བརྟེན་ཞེས། །ལེགས་གསུངས་འདི་ནི་མགོན་ཁྱོད་ཀྱི། །སྨྲ་བ་བླ་ན་མེད་པའི་རྒྱུ། །འདི་ཀུན་ངོ་བོས་སྟོང་པ་དང་། །འདི་ལས་འདི་འབྲས་འབྱུང་བ་ཡི། །ངེས་པ་གཉིས་པོ་ཕན་ཚུན་དུ། །གེགས་མེད་པར་ནི་གྲོགས་བྱེད་པ། །འདི་ལས་ངོ་མཚར་གྱུར་པ་དང་། །འདི་ལས་རྨད་དུ་བྱུང་བ་གང་། །ཚུལ་འདིས་ཁྱོད་ལ་བསྟོད་ན་ནི། །བསྟོད་པར་འགྱུར་གྱི་གཞན་དུ་མིན། ། རྨོངས་པས་བྲན་དུ་བཟུང་བ་ཡིས། །གང་ཞིག་ཁྱོད་དང་ཞེ་འགྲས་པ། །དེ་ཡིས་རང་བཞིན་མེད་པའི་སྒྲ། །མི་བཟོད་གྱུར་ལ་མཚར་ཅི་ཡོད། །ཁྱོད་ཀྱི་གསུང་གི་གཅེས་པའི་མཛོད། །བརྟེན་ནས་འབྱུང་བ་ཁས་བླངས་ནས། །སྟོང་ཉིད་ང་རོ་མི་བཟོད་པ། །འདི་ལ་ཁོ་བོ་ངོ་མཚར་གྱུར། །རང་བཞིན་མེད་ལ་བགྲི་བའི་སྒོ། །བླ་མེད་རྟེན་ཅིང་འབྲེལ་འབྱུང་གི། །མིང་ཉིད་ཀྱིས་ནི་རང་བཞིན་དུ། །འཛིན་ན་ད་ཀོ་སྐྱེ་བོ་འདི། །འཕགས་མཆོག་རྣམས་ཀྱིས་ལེགས་བགྲོད་པའི། །འཇུག་ངོགས་ཟླ་དང་བྲལ་གྱུར་པ། །ཁྱོད་དགྱེས་གྱུར་པའི་ལམ་བཟང་དེར། །ཐབས་གང་གིས་ནི་བགྲི་བར་བྱ། །རང་བཞིན་བཅོས་མིན་ལྟོས་མིན་དང་། །རྟེན་འབྲེལ་ལྟོས་དང་བཅོས་མ་གཉིས། །ཇི་ལྟ་བུ་ན་གཞི་གཅིག་ལ། །མི་འགལ་འདུ་བ་ཉིད་དུ་འགྱུར། །དེ་ཕྱིར་བརྟེན་ནས་འབྱུང་བ་གང་། །རང་བཞིན་གྱིས་ནི་གདོད་མ་ནས། །རྣམ་པར་དབེན་ཡང་དེར་སྣང་བས། །འདི་ཀུན་སྒྱུ་མ་བཞིན་དུ་གསུངས། །ཁྱོད་ཀྱིས་ཇི་ལྟར་བསྟན་པ་ལ། །རྒོལ་བ་འགས

ཀྱང་ཆོས་མཐུན་དུ། །གླགས་མི་རྙེད་པར་གསུངས་པ་ཡང་། །འདི་ཉིད་ཀྱིས་ནི་ལེགས་པར་ཁུམས། །ཅི་སྙད་ཅེ་ན་འདི་བཤད་པས། །མཐོང་དང་མ་མཐོང་དངོས་པོ་ལ། །སྒྲོ་འདོགས་པ་དང་སྐུར་འདེབས་ཀྱི། །གོ་སྐབས་རིང་དུ་མཛད་ཕྱིར་རོ། །ཁྱོད་ཀྱི་སྨྲ་བ་བླ་མེད་པར། །མཐོང་བའི་རྒྱུ་མཚན་རྟེན་འབྱུང་གི། །ལམ་འདི་ཉིད་ཀྱི་གསུང་གཞན་ཡང་། །ཚད་མར་གྱུར་པ་ངེས་པ་སྐྱེ། །དོན་བཞིན་གཟིགས་ནས་ལེགས་གསུངས་པ། །ཁྱོད་ཀྱི་རྗེས་སུ་སློབ་པ་ལ། །རྒུད་པ་ཐམས་ཅད་རིང་དུ་གྱུར། །ཉེས་ཀུན་རྩ་བ་ལྡོག་ཕྱིར་རོ། །ཁྱོད་ཀྱི་བསྟན་ལས་ཕྱིར་ཕྱོགས་པས། །ཡུན་རིང་ངལ་བ་བསྟེན་བྱས་ཀྱང་། །ཕྱི་ཕྱིར་སྐྱོན་རྣམས་བོས་པ་བཞིན། །བདག་ཏུ་ལྟ་བ་བརྟན་ཕྱིར་རོ། །ཨེ་མའོ་མཁས་པས་འདི་གཉིས་ཀྱི། །ཁྱད་པར་ཁོང་དུ་ཆུད་གྱུར་པ། །དེ་ཚེ་རྐང་གི་ཁོང་ནས་ནི། །ཁྱོད་ལ་ཅི་ཕྱིར་གུས་མི་འགྱུར། །ཁྱོད་གསུང་དུ་མ་ཅི་ཞིག་སྨོས། །ཆ་ཤས་རེ་ཡི་དོན་ཙམ་ལའང་། །འོལ་སྤྱི་ཙམ་གྱི་ངེས་རྙེད་པ། །དེ་ལའང་མཆོག་གི་བདེ་བ་སྟེར། །ཀྱི་ཧུད་བདག་བློ་རྨོངས་པས་བཅོམ། །འདི་འདྲའི་ཡོན་ཏན་ཕུང་པོ་ལ། །རིང་ནས་སྐྱབས་སུ་སོང་གྱུར་ཀྱང་། །ཡོན་ཏན་ཆ་ཙམ་མ་འཚལ་ཏོ། །འོན་ཀྱང་འཆི་བདག་ཁར་ཕྱོགས་པའི། །སྲོག་གི་རྒྱུན་ནི་མ་ནུབ་པར། །ཁྱོད་ལ་ཅུང་ཟད་ཡིད་ཆེས་པ། །དེ་ཡང་སྐལ་བ་བཟང་སྙམ་བགྱིད། །སྟོན་པའི་ནང་ན་རྟེན་འབྲེལ་སྟོན་པ་དང་། །ཤེས་རབ་ནང་ན་རྟེན་འབྲེལ་ཤེས་པ་གཉིས། །འཛིག་རྟེན་དག་ན་རྒྱལ་བའི་དབང་པོ་བཞིན། །ཕུལ་བྱུང་ལེགས་པར་ཁྱོད་མཁྱེན་གཞན་གྱིས་མིན། །ཁྱོད་ཀྱིས་ཇི་སྙེད་བཀའ་སྩལ་པ། །རྟེན་འབྲེལ་ཉིད་ལས་བརྩམས་ཏེ་འཇུག། དེ་ཡང་མྱ་ངན་འདས་ཕྱིར་ཏེ། །ཞི་འགྱུར་མིན་མཛད་ཁྱོད་ལ་མེད། །ཀྱེ་མའོ་ཁྱོད་ཀྱི་བསྟན་པ་ནི། །གང་གི་རྣ་བའི་ལམ་སོང་བ། །དེ་དག་ཐམས་ཅད་ཞི་འགྱུར་ཕྱིར། །ཁྱོད་བསྟན་འཛིན་པར་སུ་མི་གུས། །ཕས་རྒོལ་མཐའ་དག་འཇོམས་པ་དང་། །ལྷག་འོག་འགལ་འདུས་སྟོང་པ་དང་། །སྐྱེ་དགུའི་དོན་གཉིས་སྟེར་བྱེད་པ། །ལུགས་འདིར་ཁོ་བོ་སྤྲོ་བ་འཕེལ། །འདི་ཡི་ཕྱིར་དུ་ཁྱོད་ཀྱིས་ནི། །ལ་ལར་སྐུ་དང་

གཞན་གྱི་སྲོག། སྡུག་པའི་གཉེན་དང་ཡོངས་སྤྱོད་ཚོགས། །གྲངས་མེད་བསྐལ་པར་ཡང་
ཡང་བཏང་། །གང་གི་ཡོན་ཏན་མཐོང་བ་ཡིས། །ལྕགས་ཀྱུས་ཉ་ལ་ཇི་བཞིན་དུ། །ཉིད་
ཀྱི་ཐུགས་དྲངས་ཆོས་དེ་ནི། །ཁྱོད་ལས་མ་ཐོས་སྐལ་བ་ཞན། །དེ་ཡི་མྱ་ངན་ཤུགས་ཀྱི་ནི། །
སྡུག་པའི་བུ་ལ་མ་ཡི་ཡིད། །རྗེས་སུ་སོང་བ་ཇི་བཞིན་དུ། །བདག་གི་ཡིད་ནི་གཏོང་མི་
བྱེད། །འདི་ལའང་ཁྱོད་གསུང་བསམས་པ་ན། །མཚན་དཔེའི་དཔལ་གྱིས་རབ་ཏུ་འབར། །
འོད་ཀྱིས་དྲ་བས་ཡོངས་བསྐོར་བའི། །སྟོན་པ་དེ་ཡི་ཚངས་དབྱངས་ཀྱིས། །འདི་ནི་འདི་ལྟར་
གསུངས་སྙམ་དུ། །ཡིད་ལ་ཐུབ་པའི་གཟུགས་བརྙན་ནི། །ཤར་བ་ཙམ་ཡང་ཚ་བ་ཡིས། །
གདུངས་ལ་ཟླ་ཟེར་བཞིན་དུ་སྨན། །དེ་ལྟར་རྨད་དུ་བྱུང་བ་ཡི། །ལུགས་ བཟང་དེ་ཡང་མི་
མཁས་པའི། །སྐྱེ་བོས་བལ་པ་ཛ་བཞིན་དུ། །རྣམ་པ་ཀུན་ཏུ་འཛིངས་པར་བྱས། །ཚུལ་འདི་
མཐོང་ནས་བདག་གིས་ནི། །འབད་པ་དུ་མས་མཁས་པ་ཡི། །རྗེས་སུ་འབྲངས་ནས་ཁྱོད་ཀྱི་
ནི། །དགོངས་པ་ཡང་དང་ཡང་དུ་བཙལ། །དེ་ཚེ་རང་གཞན་སྡེ་པ་ཡི། །གཞུང་མང་དག་
ལ་སྦྱངས་པ་ན། །ཕྱི་ཕྱིར་ཐེ་ཚོམ་དྲ་བ་ཡིས། །བདག་གི་ཡིད་ནི་ཀུན་ཏུ་གདུངས། །ཁྱོད་
ཀྱི་བླ་མེད་ཐེག་པའི་ཚུལ། །ཡོད་དང་མེད་པའི་མཐའ་སྤངས་ཏེ། །ཇི་བཞིན་འགྲེལ་པར་
ལུང་བསྟན་པ། །ཀླུ་སྒྲུབ་གཞུང་ལུགས་ཀུན་དའི་ཚལ། །དྲི་མེད་མཁྱེན་པའི་དཀྱིལ་འཁོར་
རྒྱས། །གསུང་རབ་མཁའ་ལ་ཐོགས་མེད་རྒྱུ། །མཐར་འཛིན་སྙིང་གི་མུན་པ་སེལ། །ལོག་
སྨྲའི་རྒྱུ་སྐར་ཟིལ་གནོན་པ། །དཔལ་ལྡན་ཟླ་བའི་ལེགས་བཤད་ཀྱི། །འོད་དཀར་འཕྲེང་
བས་གསལ་བྱས་པ། །བླ་མའི་དྲིན་གྱིས་མཐོང་བའི་ཚེ། །བདག་གི་ཡིད་ཀྱི་ངལ་གསོ་ཐོབ། །
མཛད་པ་ཀུན་ལས་གསུང་གི་ནི། །མཛད་པ་ཕྱོགས་ཡིན་དེ་ཡང་ནི། །འདི་ཉིད་ཡིན་ཕྱིར་
མཁས་པ་ཡིས། །འདི་ལས་སངས་རྒྱས་རྗེས་དྲན་སྦྱོས། །སྟོན་དེའི་རྗེས་སུ་རབ་ཏུ་བྱུང་གྱུར་
ཏེ། །རྒྱལ་བའི་གསུང་ལ་སྦྱངས་པ་མི་དམན་ཞིང་། །རྣལ་འབྱོར་སྤྱོད་ལ་བརྩོན་པའི་དགེ་
སློང་ཞིག། དྲང་སྲོང་ཆེན་པོ་དེ་ལ་དེ་ལྟར་གུས། །སྟོན་པ་བླ་ན་མེད་པའི་བསྟན་པ་དང་། །

མཇལ་བ་འདི་འདྲ་བླ་མའི་དྲིན་ཡིན་པས། །དགེ་བ་འདི་ཡང་འགྲོ་བ་མ་ལུས་པ། །བཤེས་མཉེན་དམ་པས་འཛིན་པའི་རྒྱུ་རུ་བསྔོ། །ཕན་མཛད་དེ་ཡི་བསྟན་པའང་སྲིད་པའི་མཐར། །ངན་རྟོག་རླུང་གིས་རྣམ་པར་མི་གཡོ་ཞིང་། །བསྟན་པའི་ངང་ཚུལ་ཤེས་ནས་སྟོན་པ་ལ། །ཡིད་ཆེས་རྙེད་པས་རྟག་ཏུ་གང་བར་ཤོག། བརྟེན་ནས་འབྱུང་བའི་དེ་ཉིད་གསལ་མཛད་པ། །ཐུབ་པའི་ལུགས་བཟང་སྐྱེ་བ་ཐམས་ཅད་དུ། །ལུས་དང་སྲོག་ཀྱང་བཏང་ནས་འཛིན་པ་ལ། །སྐད་ཅིག་ཙམ་ཡང་ལྷོད་པར་མ་གྱུར་ཅིག། འདྲེན་པ་མཆོག་འདིས་དཀའ་བ་དཔག་མེད་ཀྱིས། །ནན་ཏན་སྙིང་པོར་མཛད་ནས་བསྒྲུབ་པ་འདི། །ཐབས་གང་ཞིག་གིས་འཕེལ་བར་འགྱུར་སྙམ་པའི། །རྣམ་པར་དཔྱོད་པས་ཉིན་མཚན་འདའ་བར་ཤོག། ལྷག་བསམ་དག་པས་ཚུལ་འདིར་བརྩོན་པ་ན། །ཚངས་དང་དབང་པོ་འཇིག་རྟེན་སྐྱོང་བ་དང་། །ལེགས་ལྡན་ནག་པོ་ལ་སོགས་སྲུང་མས་ཀྱང་། །གཡེལ་བ་མེད་པར་རྟག་ཏུ་གྲོགས་བྱེད་ཤོག། ཅེས་སངས་རྒྱས་བཅོམ་ལྡན་འདས་འཇིག་རྟེན་ཐམས་ཅད་ཀྱི་མ་འདྲིས་པའི་མཛའ་བཤེས་ཆེན་པོ་སྟོན་པ་བླ་ན་མེད་པ་ལ་ཟབ་མོ་བརྟེན་ཅིང་འབྲེལ་བར་འབྱུང་བ་གསུང་བའི་སྒོ་ནས་བསྟོད་པ་ལེགས་པར་བཤད་པའི་སྙིང་པོ་ཞེས་བྱ་བ་འདི་ནི། མང་དུ་ཐོས་པའི་དགེ་སློང་བློ་བཟང་གྲགས་པའི་དཔལ་གྱིས་གངས་ཅན་ཁྲོད་ཀྱི་གངས་རིའི་དབང་པོ་འོ་དེ་གུང་རྒྱལ་གྱི་ལྷ་ཞོལ་དབེན་གནས་ལྷ་སྡིངས་མིང་གཞན་རྣམ་པར་རྒྱལ་བའི་གླིང་ཞེས་སྦྱར་བར་སྦྱར་བའི་ཡི་གེ་པ་ནི་ནམ་མཁའ་དཔལ་ལོ།། །།①

འདིར་རྗེ་ཙོང་ཁ་པ་ཆེན་པོའི་ཐུན་མོང་མ་ཡིན་པའི་དགོངས་པ་དྲི་མ་མེད་པ་སྟེ། སྟོང་པ་རྟེན་འབྱུང་གི་དོན་དུ་གཟིགས་པའི་མཐའ་བྲལ་རྟེན་འབྱུང་གི་རིགས་པའི་གཞུང་ཤིང་ལྟར་《རྟེན་འབྲེལ་བསྟོད་པ་》ཡི་བསྟན་བྱའི་སྙིང་པོ་འཆད་དོ། །

གཅིག སྟོང་པ་རྟེན་འབྱུང་དང་ངོ་བོ་གཅིག་ལ་ལྡོག་པ་ཐ་དད་དུ་བསྟན་པ།

① རྗེ་ཙོང་ཁ་པ། 《རྗེ་ཙོང་ཁ་པ་ཆེན་པོའི་གསུང་འབུམ་བཞུགས་སོ་》(ཁ)(M)ཀྲུང་གོའི་བོད་རིག་པ་དཔེ་སྐྲུན་ཁང་། ༢༠༠༥/༣པར་གཞི་གཉིས་པ། ཤ༡༩༨-༢༠༣

ཀ། རྟེན་འབྱུང་སྟོང་པའི་དོན་དུ་གསུངས་པ། 《རྟེན་འབྲེལ་བསྟོད་པ་》རུ་“གང་གང་རྐྱེན་ལ་རག་ལས་པ། །དེ་དེ་རང་བཞིན་གྱིས་སྟོང་ཞེས། །གསུང་བ་འདི་ལས་ཡ་མཚན་པའི། །ལེགས་འདོམས་ཚུལ་ནི་ཅི་ཞིག་ཡོད་” ཅེས་གང་ཞིག་གདགས་གཞི་དང་རྒྱུ་རྐྱེན་ལ་བལྟོས་པའམ་རག་ལས་པའི་ཕྱིར་བཅོས་མ་ཡིན་ན། མ་བཅོས་པའི་གཤིས་སུ་གྲུབ་པའི་རང་བཞིན་མེད་དེ། རང་བཞིན་སྟོང་པའོ་ཞེས་རྟེན་འབྱུང་སྟོང་པའི་དོན་དུ་གསུངས་སོ། །ཁ། སྟོང་པ་རྟེན་འབྱུང་གི་དོན་དུ་གསུངས་པ། 《རྟེན་འབྲེལ་བསྟོད་པ་》རུ་“ཁྱོད་ནི་ནམ་ཞིག་སྟོང་པ་ཉིད། །རྟེན་འབྱུང་དོན་དུ་མཐོང་བ་ན། །རང་བཞིན་གྱིས་ནི་སྟོང་པ་དང་། །བྱ་བྱེད་འཐད་པའམ་མི་འགལ་ཞིང་” ཞེས་ཚིག་རྐང་སྔ་མ་གཉིས་ཀྱིས་མ་བཅོས་པའི་གཤིས་སུ་གྲུབ་པའི་རང་བཞིན་བྱ་བ་ཚུགས་ཐུབ་ལིང་ངེ་བ་ཞིག་མེད་ན། རང་བཞིན་སྟོང་པའོ། །དེ་ཡང་གདགས་གཞི་དང་རྒྱུ་རྐྱེན་ལ་བལྟོས་པའམ་རག་ལས་པའི་ཕྱིར་ཞེས་སྟོང་པ་རྟེན་འབྱུང་གི་དོན་དུ་གསུངས་སོ། །འདི་ནི་རྗེ་ཙོང་ཁ་པ་ཆེན་པོའི་ཐུན་མོང་མ་ཡིན་པའི་སྣང་སྟོང་གཉིས་ཚོགས་ཀྱི་མཐའ་བྲལ་རྟེན་འབྱུང་གི་ལྟ་བའི་ས་བོན་ཏེ། རྟེན་འབྱུང་རྟགས་ཀྱིས་བསྒྲུབ་བྱ་རང་བཞིན་སྟོང་པ་བསྒྲུབས་པ་ལས་སྟོང་པ་རྟེན་འབྱུང་གི་དོན་དུ་གཟིགས་ཏེ། དེ་གཉིས་ངོ་བོ་གཅིག་ལ་ལྡོག་པ་ཐ་དད་དུ་བཞེད་དོ། །

གཉིས། སྟོང་པ་རྟེན་འབྱུང་དང་མི་འགལ་བར་གཞི་གཅིག་ཏུ་འདུ་བར་བསྟན་པ། 《རྟེན་འབྲེལ་བསྟོད་པ་》རུ་“རང་བཞིན་འགའ་ཡང་མེད་པ་དང་། །འདི་ལ་བརྟེན་ནས་འདི་འབྱུང་བའི། །རྣམ་གཞག་ཐམས་ཅད་འཐད་པ་གཉིས། །མི་འགལ་འདུ་བ་སྨོས་ཅི་དགོས། །འདི་ཀུན་ངོ་བོས་སྟོང་པ་དང་། །འདི་ལས་འདི་འབྲས་འབྱུང་བ་ཡི། །ངེས་པ་གཉིས་པོ་ཕན་ཚུན་དུ། །གེགས་མེད་པར་ནི་གྲོགས་བྱེད་པ” ཞེས་ཤློ་ཀ་སྔ་མས། གང་ཞིག་མ་བཅོས་པའི་གཤིས་སུ་གྲུབ་པའི་རང་བཞིན་

མེད་པའང་གདགས་གཞི་དང་རྒྱུ་རྐྱེན་ལ་བལྟོས་པའམ་རག་ལས་པའི་ཕྱིར་རོ། །དེའི་ཕྱིར་གཏན་མེད་མ་ཡིན་པའི་རང་བཞིན་སྟོང་པ་སྨྲ་མའི་རྟེན་འབྲེལ་དབང་གིས་རྒྱུ་འབྲས་དང་། བདེན་བཞི། ས་ལམ་ལ་སོགས་འཁོར་འདས་གྲོལ་བ་དོན་གཉེར་གྱི་བྱ་བྱེད་འཐད་པས། དེ་གཉིས་མི་འགལ་བར་གཞི་གཅིག་ཏུ་འདུ་བར་བསྟན། ཤྲཱི་ཡོ་ག་ཕྱི་མས། གཟུགས་ནས་རྣམ་མཁྱེན་བར་གྱི་ཆོས་ཐམས་ཅད་ཀྱི་རང་བཞིན་བདེན་པར་གྲུབ་པ་རྡུལ་ཙམ་མེད་པ་སྟེ། གདགས་གཞི་དང་རྒྱུ་རྐྱེན་ལ་བལྟོས་པའམ་རག་ལས་པའི་ཕྱིར་རོ། །དེའི་ཕྱིར་གཏན་མེད་མ་ཡིན་པའི་རང་བཞིན་སྟོང་པར་སྣང་བ་སྨྲ་མའི་བྱ་བྱེད་འཐད་པའི་ངེས་པ་འདྲེན་སླ་ན། དེ་གཉིས་གེགས་མེད་པར་ཉི་མ་མེ་གྲོགས་དང་། ཆར་པ་ཆུ་གྲོགས་ཀྱི་ཟླ་ཚུ་གྲུར་བ་བསྟན་ནོ། །

འདི་ནི་སྣང་བས་མེད་མཐའ་སེལ་བ་དང་། སྟོང་པས་ཡོད་མཐའ་སེལ་བའི་སྣང་སྟོང་གཉིས་ཚོགས་ཀྱི་མཐའ་བྲལ་རྟེན་འབྱུང་གི་རིགས་པ་སྟེ། སྟོང་པ་རྟེན་འབྱུང་གི་དོན་དུ་གཟིགས་པའི་ཐུན་མོང་མ་ཡིན་པའི་དགོངས་པའོ། །ཕྱིར་ཇི་ཙམ་གྱིས་དཔྱད་ན་དོན་དམ་དཔྱོད་བྱེད་ཀྱི་རིགས་པར་འགྲོ་བ་དང་། ཇི་ཙམ་གྱིས་དཔྱད་ན་ཀུན་རྫོབ་དཔྱོད་བྱེད་ཀྱི་རིགས་པར་འགྲོ་བའི་རིགས་པའི་ས་མཚམས་སམ། དགག་བྱའི་ཁྱབ་ཆེ་ཆུང་གི་ཚད་རན་པོས་རང་བཞིན་མེད་པ་ཁེགས་ཙམ་གྱི་མེད་དགག་གི་རིགས་པས་བཀག་པའི་ཤུལ་དུ་བྱ་བྱེད་འཐད་པར་འཛོག་ཤེས་ཤིང་། རང་བཞིན་མེད་པའི་རིགས་པས་བྱ་བྱེད་ཀྱི་རྣམ་གཞག་མི་འགོག་པ་སྟོང་པ་རྟེན་འབྱུང་གི་དོན་དུ་གོ་བའི་མཁས་པ་དབུ་མ་པའི་ལུགས་གཅིག་པུ་དེའོ། །

གསུམ། སྟོང་པ་རྟེན་འབྱུང་དང་མི་འགལ་བར་གཞི་གཅིག་ཏུ་འདུ་བའི་དགོངས་པའི་ཕྲ་ས་བསྟན་པ། 《རྟེན་འབྲེལ་བསྟོད་པ་》རུ་"སྟོན་པའི་ནང་ན་རྟེན་འབྲེལ་སྟོན་པ་དང་། །ཤེས་རབ་ནང་ན་རྟེན་འབྲེལ་ཤེས་པ་གཉིས། །འཛིག་

རྟེན་དག་ན་རྒྱལ་བའི་དབང་པོ་བཞིན། །ཞུལ་བྱུང་ལེགས་པར་ཁྱོད་མཁྱེན་གཞན་གྱིས་མིན་” ཞེས་བསྟན་བྱའི་ཆོས་སུ་རྟེན་འབྲེལ་གྱི་ཆོས་དང་། རྟོགས་བྱེད་ཀྱི་ཤེས་པར་རྟེན་འབྲེལ་གྱི་རིགས་པ་གཉིས་ལེགས་པར་བསྟན་པ་འདི་ནི་འཇིག་རྟེན་ན་རྒྱལ་བའི་དབང་པོ་ལྟར་དཀོན་པའི་མཆོག་ཏུ་གྱུར་བའི་ལུགས་བཟང་ཡིན་ཞིང་། འདི་ཡང་ཐུབ་པའི་དབང་པོ་ཁྱོད་ཀྱིས་མཁྱེན་པ་ལས་གཞན་གྱིས་མིན་ཞེས་རྟེན་འབྱུང་གི་རིགས་པ་ཐུབ་པའི་དབང་པོའི་གསུང་གི་མཛོད་དང་། དགག་ཕྱོགས་ཀྱི་ཤེས་རབ་སྟོང་པ་ཉིད་སྒྲུབ་ཕྱོགས་ཀྱི་རྟེན་འབྱུང་གི་རིགས་པ་དང་མི་འགལ་བར་གཅིག་ཏུ་འདུ་བར་གཟིགས་ཏེ། རྟེན་འབྱུང་སྟོང་པའི་དོན་དུ་གཟིགས་པའི་མཐའ་བྲལ་རྟེན་འབྱུང་གི་རིགས་པ་རྒྱལ་བའི་མཐར་ཐུག་དགོངས་པ་ཡིན་པར་བསྟན། འདི་ནི་མཁས་པ་དབུ་མ་པའི་ལུགས་སུ་མི་འགལ་བར་གཞི་གཅིག་ཏུ་འདུ་བ་ལས་གཞན་སུས་ཀྱང་མི་ནུས་པ་སྟེ། འདི་ལ་རྗེ་རིན་པོ་ཆེས “རང་གིས་ངོ་བོས་གྲུབ་པའི་རང་བཞིན་རྡུལ་ཙམ་མེད་པ་ལ་བསྐྱེད་བྱ་སྐྱེད་བྱེད་དང་འགོག་པ་དང་སྒྲུབ་པ་སོགས་འཁོར་འདས་ཀྱི་རྣམ་གཞག་ཐམས་ཅད་ཁས་བླངས་ཆོག་པ་ནི་དབུ་མ་པའི་ཁྱད་ཆོས་གཅིག་པུ་དེའོ་” [①]ཞེས་གསུངས་སོ། །

སྤྱིར་རྟེན་འབྱུང་བསྟན་པའི་སྙིང་པོ་དང་། མཐའ་བྲལ་རྟེན་འབྱུང་གི་རིགས་པ་རྒྱལ་བའི་མཐར་ཐུག་གི་དགོངས་པ་ཡིན་པར་བཞེད་པ་ནི་《རྟེན་འབྲེལ་བསྟོད་པ་》ཡི་ལྟ་བའི་ཕྲ་ས་དང་། རྗེ་རིན་པོ་ཆེའི་ཐུན་མོང་མ་ཡིན་པའི་སྣང་སྟོང་གཉིས་ཚོགས་ཀྱི་མཐའ་བྲལ་རྟེན་འབྱུང་གི་དགོངས་པའི་ཟབ་ཁྱད་དོ། །རིགས་པའི་རྩ་བ་ནི་རྗེ་བཙུན་འཇམ་དཔལ་དབྱངས་སློབ་དཔོན་དུ་བསྟེན་པ་ནས་བཟུང་དབུ་མའི་ལྟ་བ་ཡོངས་རྫོགས་ཐུགས་སུ་འཁྲུངས་པའི་ཕྱི་རྩོམ་གྱི་དགོངས་པར་ཐུག་གོ། གྲུབ་

① རྗེ་ཙོང་ཁ་པ། 《རྗེ་ཙོང་ཁ་པ་ཆེན་པོའི་གསུང་འབུམ་བཞུགས་སོ་》(པ)(M)མཚོ་སྔོན་མི་རིགས་དཔེ་སྐྲུན་ཁང་། ༢༠༠༨/༣པར་གཞི་གཉིས་པ། ཤ༥༩༣

མཐའ་རིས་མེད་ཕལ་མོ་ཆེས་《རྟེན་འབྲེལ་བསྟོད་པ་》ཡི་དགོངས་པ་ངོ་མཚར་ཞིང་བསམ་གྱིས་མི་ཁྱབ་པ་གང་ཞིག འདི་ནི་རྗེ་ཙོང་ཁ་པ་ཆེན་པོའི་སྐུ་ཚེ་སྨད་ཀྱི་དགོངས་པ་ཕྲ་ཞིང་ཕྲ་བ་ཤིན་ཏུ་རྟོགས་དཀའ་བ་ཞིག་ཏུ་བཞེད་པའི་རྒྱ་བའང་འདི་ཡིན།

ལྷག་མཐོང་ཆེན་མོར་ཡང་"རང་བཞིན་མེད་པ་སྒྱུ་འདྲའི་དངོས་པོ་ལ། །འཁོར་འདས་རྟེན་འབྲེལ་བྱ་བྱེད་འཐད་པའི་ཚུལ། །ཙུང་ཟད་ཙམ་ཞིག་གོ་སླའི་ངག་གིས་བཤད། །ཟབ་མོ་དབུ་མའི་གཞུང་ལ་སྦྱངས་པའི་གྲོགས། །ཁྱེད་ཀྱི་བློ་ངོར་རང་བཞིན་མེད་པ་ལ། །རྒྱུ་འབྲས་རྟེན་འབྲེལ་འཇོག་པ་དཀའ་མོད་ཀྱང་། །དེ་འདྲ་དབུ་མའི་ལུགས་ནི་ཡིན་ནོ་ཞེས། །དེ་སྐད་སྨྲ་བའི་ཚུལ་ལ་བརྟེན་ན་མཛེས་"[1]ཞེས་གསུངས་པ་ལྟར། རྒྱུ་འབྲས་རྟེན་འབྲེལ་གྱི་བྱ་བྱེད་ཤིན་ཏུ་འཇོག་དཀའ་བའི་གཞིར་སྟོང་པ་རྟེན་འབྱུང་གི་དོན་དུ་གཟིགས་ཏེ། འཁོར་འདས་ཀྱི་རྣམ་གཞག་གྲོལ་བ་དོན་གཉེར་དུ་ནུས་པའི་མཐའ་བྲལ་རྟེན་འབྱུང་གི་རིགས་པ་ནི་ཤིན་ཏུ་ངོ་མཚར་བ། དཔོག་དཀའ་བ་ཡིན་པ་རྟོགས་སླའོ། །འདི་ནི་ཐུབ་བསྟོད་《རྟེན་འབྲེལ་བསྟོད་པ་》ཡི་དགོངས་པའི་སྙིང་པོ་དང་། རྗེ་རིན་པོ་ཆེས་ངེས་ངེས་སུ་བསྟོད་པ་མཛད་པའི་རྩོམ་པའི་ཉིང་དགོས་ཀྱང་ངོ་། །

བཞི། སྟོང་པ་རྟེན་འབྱུང་དང་འགལ་བར་བཟུང་བའི་ཉེས་དམིགས་བསྟན་པ། 《རྟེན་འབྲེལ་བསྟོད་པ་》རུ་"རྟེན་ཅིང་འབྲེལ་བར་འབྱུང་བའི་ཚུལ། །འགལ་བ་དང་ནི་མ་གྲུབ་པར། །མཐོང་བ་འདི་ཡིས་ཁྱོད་ཀྱི་ལུགས། །ཇི་ལྟར་ཁོང་དུ་ཆུད་པར་ནུས་" ཞེས་གསུངས་པ་ལྟར། སྟོང་པ་རྟེན་འབྱུང་གི་དོན་དུ་གོ་ནུས་པ་གང་ཞིག་གིས་རྟེན་འབྱུང་གི་རིགས་པ་ནི་རྒྱལ་བའི་གསུང་གི་མཛོད་དང་། རང་བཞིན་

① རྗེ་ཙོང་ཁ་པ། 《རྗེ་ཙོང་ཁ་པ་ཆེན་པོའི་གསུང་འབུམ་བཞུགས་སོ་》(པ)(M)མཚོ་སྔོན་མི་རིགས་དཔེ་སྐྲུན་ཁང་། ༢༠༠༨/༤པར་གཞི་གཉིས་པ། ཤ༧༡༨

སྟོང་པ་སྒྲུབ་བྱེད་ཀྱི་ཐྣ་ཏུ་འགྲོ་བ་རྟོགས་ནུས། ལྡོག་ན་འགལ་བ་དང་མ་གྲུབ་པར་འདོད་པའི་རང་གཞན་སྡེ་པ་ཐམས་ཅད་ཀྱིས་ཐུབ་པའི་དབང་པོའི་ལུགས་བཟང་ཇི་ལྟར་ཁོང་དུ་ཆུད་ནུས་ཏེ་མི་ནུས་པར་དགོངས་སོ། །དེའང་སྟོང་པ་རྟེན་འབྱུང་དང་འགལ་བར་བཟུང་བ་སྟེ། བརྟེན་ནས་སྐྱེ་བ་ལ་རང་བཞིན་ཡོད་སྙམ་པར་སྒྲོ་འདོགས་པའི་རང་སྡེའི་དངོས་སྨྲ་བའི་ཡོད་མཐའ་དང་། མ་གྲུབ་པར་འདོད་པ་སྟེ། རང་བཞིན་མེད་ན་ལས་འབྲས་སོགས་གདན་ནས་མེད་སྙམ་པར་སྐུར་འདེབས་ཀྱི་ཕྱི་རོལ་མུ་སྟེགས་པའི་མེད་མཐའ་བཅས་མཐའ་གཉིས་ཀྱི་གོལ་སར་ལྷུངས་ཏེ། ཡོད་མེད་ཀྱི་མཐའ་གཉིས་ལས་འདས་པའི་ཟབ་མོ་མཐའ་བྲལ་གྱི་དབུ་མའི་དོན་རྟོགས་མི་ནུས་སོ། །

མདོར་ན་སྟོང་པ་རྟེན་འབྱུང་གི་རིགས་པའམ། མཐའ་བྲལ་རྟེན་འབྱུང་ནི་རྗེ་ཙོང་ཁ་པ་ཆེན་པོའི་ཐུན་མོང་མ་ཡིན་པའི་དགོངས་པའི་ཕྲ་བའི་དཀའ་གནད་དང་། ལར་ཐུབ་བསྟོད་《རྟེན་འབྲེལ་བསྟོད་པ་》ཡི་དགོངས་པའི་གཟུངས་གཞུག་གོ། ཅི་སྟེ་གནད་འདི་རྟོགས་དཀའ་བ་རྟོགས་པར་གྱུར་ན། 《རྟེན་འབྲེལ་བསྟོད་པ་》ཡི་དགོངས་པ་མ་ལུས་པ་གཅིག་ཤེས་ཀུན་གྲོལ་ཚུལ་གྱིས་ལེགས་པར་རྟོགས་ཤིང་། རྗེ་ཙོང་ཁ་པ་ཆེན་པོའི་སྐུ་ཚེ་སྟོད་སྨད་ཀྱི་ཆ་ལས་སྐུ་ཚེ་སྨད་ཀྱི་དབུ་མའི་ལྟ་བ་ངོ་མཚར་ཞིང་བསམ་གྱི་མི་ཁྱབ་པ་གང་ཞིག ཀྲུལ་བའི་བསྟན་པར་ཐུགས་སྣང་དག་པའི་དགོངས་པའི་ཟབ་ཁྱད་ཀྱང་རྟོགས་ནུས། དེའི་ཕྱིར་《རྟེན་འབྲེལ་བསྟོད་པ་》ཡི་གཞུང་གི་བསྟན་བྱའི་འཛོམས་དོན་གྱི་ཡན་ལག་སྟེ། དཔལ་ལྡན་ཐྣ་བའི་གཞུང་ལ་བརྟེན་ཏེ། སློབ་དཔོན་ཀླུ་སྒྲུབ་ཀྱི་སྟོང་ཉིད་ལྟ་བ་ཇི་ལྟ་བར་རྟོགས་པ་ལས་རྒྱལ་བའི་མཐར་ཐུག་དགོངས་པ་སྟེ། མཐའ་བྲལ་རྟེན་འབྱུང་གི་དབུ་མའི་ལྟ་བ་ཐུགས་སུ་ཇི་ལྟར་འཁྲུངས་ཚུལ་དང་། གདུལ་བྱ་ཕྱི་རབས་པར་སྟོན་པ་རྗེས

སུ་དྲན་པར་སྐུལ་བ་སོགས་ལ་གོ་རྒྱུ་ཤིན་ཏུ་ཟབ་མོད། སྐབས་བབ་ཀྱི་དགོངས་པའི་ཕྲ་ས་མིན་པས་སྐབས་ཤིག་མ་སྤྲོས་སོ། །

《རྟེན་འབྲེལ་བསྟོད་པ་》ནི་རྗེ་ཙོང་ཁ་པ་ཆེན་པོ་བྱོན་པའི་ཕག་གྲུའི་དུས་རབས་ཀྱི་ཐུབ་བསྟོད་གྲགས་ཅན་ཞིག་གོ། སྐབས་དེར་བོད་སྔ་ཕྱི་ཞེས་སྣང་ལྟར་གྲགས་པའི་གྲུབ་མཐའི་ཆོས་རྩོད་དང་། 《མེ་ལོང་མ་》འཆད་ཉན་གྱི་འཕྲིན་ལས་དར་ཞིང་རྒྱས་པས། བོད་ཕྱི་དར་གྱི་མཚན་ཉིད་རིག་པ་དང་། རྒྱ་གཞུང་《མེ་ལོང་མ་》ཡི་སྒྱུ་རྩལ་མཚོན་ཐབས་ཡོངས་སུ་མི་རིགས་རང་མཚན་གྱི་ངོ་བོར་གྱུར་བའི་དན་རྟགས་སུ་《རྟེན་འབྲེལ་བསྟོད་པ་》གཙོ་བོར་གྱུར་བའི་བསྟོད་ཆེན་བཞི་ལ་སོགས་པའི་གྲགས་རྩོམ་མང་པོ་བཞུགས་སོ། །

བོད་ཀྱི་རྩོམ་བྱུང་ལོ་རྒྱུས་ལྟར་ན། 《རྟེན་འབྲེལ་བསྟོད་པ་》ནི་བོད་ཀྱི་ཉེ་རབས་ནང་བསྟན་རྩོམ་རིག་གི་བསམ་བློའི་རང་བཞིན་དང་། སྒྱུ་རྩལ་གྱི་མཚོན་ཐབས་ལ་གསར་བརྗེའམ། ཐོད་བརྒལ་བྱས་པའི་གསར་རྩོམ་གྱི་ལམ་ཚད་རྗེ་རིང་དང་། གསར་རྩོམ་གྱི་དཀྱིགས་མཚམས་མཚོན་བྱེད་ཀྱི་གྲགས་རྩོམ་ཞིག་གོ། ཅིའི་ཕྱིར་ཞེ་ན། མཐའ་བྲལ་རྟེན་འབྱུང་གི་རིགས་པ་ནི་རྗེ་ཙོང་ཁ་པ་ཆེན་པོས་སྔར་མེད་གསར་དུ་གཏོད་པའི་རི་བོ་དགེ་ལྡན་རིང་ལུགས་ཀྱི་གྲུབ་མཐའ་གསར་མའི་ཐུན་མོང་མ་ཡིན་པའི་ལྟ་གྲུབ་ཡིན་པ་གང་ཞིག 《མེ་ལོང་མ་》ལུགས་ཀྱི་མཁས་པའི་ཚིག་རྒྱན་གྱི་མཚོན་ཐབས་ནི་《རྟེན་འབྲེལ་བསྟོད་པ་》ཡི་ཐུན་མོང་མ་ཡིན་པའི་སྒྱུ་རྩལ་གྱི་རང་མདངས་སུ་ངེས་པས་སོ། །སྐབས་དེའི་བོད་བརྒྱུད་ནང་བསྟན་ཆོས་ལུགས་ཀྱི་ཆོས་བརྒྱུད་གྲུབ་མཐའ་རིས་མེད་ཀྱི་ནང་བསྟན་རྩོམ་རིག་ལྟ་ཅི། ཉེ་རབས་རྩོམ་རིག་གསར་རྩོམ་སྤྱིའི་གཡུར་ཟའི་འབྲས་བུ་མཚོན་ཡོད།

འོ་ན《རྟེན་འབྲེལ་བསྟོད་པ་》ཡི་སྒྱུ་རྩལ་གྱི་ཉམས་འགྱུར་ཅི་ཡིན་ཞེ་ན། འདི་

ལ་རིགས་གཉིས་ཏེ། 《མི་ཡོང་མ་》ལུགས་ཀྱི་ཚིག་རྒྱན་དང་། དེང་རབས་སྙན་གཞུང་གི་ལུགས་སོ་སོར་འཆད་དོ། །

གཅིག ཡོངས་གྲགས་སུ་《རྟེན་འབྲེལ་བསྟོད་པ་》ནི་སྙན་གཞུང་《མི་ཡོང་མ་》ལུགས་ཀྱི་ཚིག་རྒྱན་སྙན་ངག་གི་རྩོམ་སྦྱོལ་ཡིན་པ་གང་ཞིག བསྟན་བཅོས་ཀྱི་ཚིག་ཉམས་དང་། མཁས་པའི་ངག་སྦྱོར་རྣམ་པར་དག་པའི་ཚིག་སྦྱོར་ཕུལ་དུ་བྱུང་བའི་གྲགས་རྩོམ་ཞིག་ཡིན། རྒྱ་གར་ལྷོ་ཕྱོགས་བཻདརྦྷ་པའི་ལུགས་ཀྱི་རྩོམ་གཤིས་གོ་སླ་བའི་ཉམས་ཏེ། སྒྲ་རྩོལ་ལྷོད་ཅིང་འཇམ་ལ། རྗོད་བྱེད་བསླིང་ཞིང་གསལ་བའི་གཞིར་བརྗོད་བྱ་བྲ་ཞིང་ཟབ་པ་ཚུ་དྭངས་ཉེའུ་རྒྱན་གྱི་དཔེ་ལྟར་སྦྱོང་བར་འདྲེན་སླའོ། །དེའང་“བོད་དུ་ནི་ས་སྐྱ་པཎ་ཆེན་དང་། ཀུན་མཁྱེན་ཀློང་ཆེན་པ། རྗེ་ཙོང་ཁ་པ། …… སོགས་ཀྱི་གསུང་རྩོམ་ལ་རྩོམ་གཤིས་དེའི་ཁྱད་ཆོས་འདི་འདྲ་བ་ལྡན་”① ཞེས་གསུངས་པ་ལྟར་རྒྱ་གར་ལྷོ་པའི་ལུགས་ཀྱི་རྩོམ་གཤིས་གོ་སླ་བའི་ཁྱད་ཆོས་ལྡན་ནོ། །

བོད་དུ་སངས་རྒྱས་གསུང་རབ་ཀྱི་ལོ་ཙཱའི་འཕྲིན་ལས་དར་ཞིང་རྒྱས་པས། སྟོན་པའི་སྐྱེས་རབས་རྩོམ་རིག་བོད་འགྱུར་མའི་ཚིག་སྦྱོར་བོད་པའི་རྩོམ་རིག་གསར་རྩོམ་གྱི་རྩོམ་རིག་སྐད་ཆའི་སྤྲིག་གཞི་གསར་པར་གྱུར་བ་གོར་མ་ཆག དེའི་ཕྱིར་ཆོས་རྗེ་ས་པཎ་དང་། རྗེ་ཙོང་ཁ་པ་ཆེན་པོ་སོགས་གཙོ་བོར་གྱུར་བའི་མཁས་པའི་གསུང་རབ་ལ་བསྟན་བཅོས་ཀྱི་ཚིག་ཉམས་དང་། མཁས་པའི་ངག་སྦྱོར་གྱི་ཉམས་ཏེ། “རང་རེ་རྣམས་ཀྱི་ད་ལྟའི་རྩོམ་ལུགས་འདི་ནི་རྒྱ་སྐད་བོད་དུ་བསྒྱུར་བ་རྣམས་ཀྱི་དབྱིབས་ཁོ་ནར་བྲིས་པ་ཡིན་ལ། དེ་རྣ་བར་འཛགས་འཛགས་ནས་གོ་བདེ་བར་སོང

① དུང་དཀར་བློ་བཟང་འཕྲིན་ལས། 《ཚིག་རྒྱན་རིག་པའི་སྒོ་འབྱེད་》(M)མཚོ་སྔོན་མི་རིགས་དཔེ་སྐྲུན་ཁང་། ༢༠༡༥/༨པར་གཞི་བཅུ་གཉིས། ཤ༨༣

བ་ཡིན་གྱི། བོད་སྐད་རང་དབང་བའི་སྒྲིག་ཚུལ་ནི་མིན་པར་ངེས་”[1]ཞེས་གསུངས་པའི་རྩོམ་སྲོལ་གསར་པ་དེ་ཤོག་བུ་རྣམས་ཀྱིས་སྤྲགས་པ་ལྟར་གོས་ཤིང་། རྩོམ་རིག་གསར་རྩོམ་ཐད་《རྟེན་འབྲེལ་བསྟོད་པ་》ནས་གཙོ་རྒྱུན་རྩོམ་སྲོལ་གྱི་རྣམ་པར་གྱུར། འདི་ནི་རྒྱལ་བའི་བཀའ་བསྟན་གསུང་རབ་དང་། ལར་སྔོན་པའི་སྐྱེས་རབས་རྩོམ་རིག་བོད་འགྱུར་མའི་ཚིག་སྦྲོས་ཀྱི་ཉམས་འགྱུར་ཏེ། ཆོས་སྐད་ཚིག་རྒྱན་དུ་བསྡེབས་པའི་མཁས་པའི་ངག་སྦྱོར་རྣམ་པར་དག་པའི་ཚིག་གི་སྒྲུ་རྩལ་གསར་པ་ཡིན་ཞིང་། ད་ལྟའི་བར་རང་རེའི་མཁས་པ་ཚད་ལྡན་གྱི་ལུགས་སུ་གྲགས་པའི་ཚིག་སྦྱོར་གྱི་དམ་པ་དེའོ། །

དཔེར་ན། “དྲི་མེད་མཁྱེན་པའི་དཀྱིལ་འཁོར་རྒྱས། །གསུང་རབ་མཁའ་ལ་ཐོགས་མེད་རྒྱུ། །མཐར་འཛིན་སྙིང་གི་མུན་པ་སེལ། །ལོག་སྨྲའི་རྒྱུ་སྐར་ཟིལ་གནོན་པ་” ལྟ་བུ་བསྟན་བཅོས་ཀྱི་ཚིག་ཉམས་དང་། མཁས་པའི་ངག་སྦྱོར་རྣམ་པར་དག་པའི་ཉམས་འགྱུར་ཕུན་སུམ་ཚོགས་པ་ལྟ་བུའོ། །སྒྱིར་བརྗོད་སྤྲོད་ཀྱི་རྣམ་གཞག་ལས་མི་འདའ་བ་དང་། སྡེབ་སྦྱོར་གྱི་ལུགས་ལྟར་མཐུན་པ། གྲོང་ཚིག་དང་ཕལ་སྐད་ཀྱིས་མ་བསླད་པ། རྒྱ་གཞུང་《མེ་ལོང་མ་》ཡི་ཚིག་རྒྱན་གྱིས་ཕྱུག་པ་སྟེ། མཁས་པའི་བྱ་བ་རྣམ་གསུམ་དུ་གྲགས་པའི་འཆད་རྩོད་རྩོམ་གསུམ་གྱི་རྩོམ་པའི་ཡོན་ཏན་དུ་གདོགས་སོ། །རྗེ་ཙོང་ཁ་པ་ཆེན་པོ་ནི་རྩོམ་སྲོལ་འདིའི་སྔན་ངག་པ་ཀུན་གྱི་ཁྱུ་མཆོག་ཏུ་གྲགས་སོ། །

གཅིག་ཤོས། 《རྟེན་འབྲེལ་བསྟོད་པ་》རུ་བསྟོད་བྱའི་ཡུལ་གྱི་ཐུབ་པའི་དབང་པོའི་གསུང་གི་ཡོན་ཏན་དང་། བསྟོད་མཁན་གྱི་ཡུལ་ཅན་རྗེ་ཙོང་ཁ་པ་ཆེན་པོའི་དགོངས་པ་(རྟོག་རྒྱུན་)ངོ་བོ་དབྱེར་མེད་དུ་འདྲེས་པའི་སྒྲུ་རྩལ་གྱི་ཉམས་འགྱུར་

[1] དགེ་འདུན་ཆོས་འཕེལ། 《དགེ་འདུན་ཆོས་འཕེལ་གྱི་གསུང་རྩོམ་》(དང་པོ་)(M)བོད་ལྗོངས་བོད་ཡིག་དཔེ་སྙིང་དཔེ་སྐྲུན་ཁང་། ༢༠༡༢/༧པར་གཞི་གཉིས་པ། ཤ༢༤༢-༢༤༣

ལྡན། འདི་ནི་ཡིད་འགྱུར་ཤིན་ཏུ་དྲག་པོའི་གནས་སྐབས་ཀྱི་ཚོར་བ་རྒྱལ་མའི་ཚིག་གི་བརྙན་རིས་ཏེ། སྙན་ངག་པ་ཉིད་སེམས་ཁོང་གི་ཆགས་སྣང་དྲག་པོའི་ཚོར་བའི་ན་ཟུག་གིས་ཇི་ལྟར་སྙིང་ཡང་སྡུག་ཁུར་པོའི་འོག་ནས་སླུ་ཆུང་ལེན་པའི་ཡིད་འགྱུར་གྱི་ཉམས་སྣང་ཞིག་གམ། རང་སེམས་ཇི་ལྟར་སྙིང་ཡང་སྡུག་གི་ཁུར་པོ་ཐེག་ཕྱིར་ན་ཟུག་གི་རྒྱུན་ལ་བཟོད་པ་ལྷག་པར་སྐྱེས་པའི་ཚོར་བའི་རིགས་ཤིག་གོ།

དེང་རབས་སྙན་གཞུང་ལྟར་ན། སྙིང་ཡང་མི་འཁྲིང་བ་ཞེས་པའི་བརྡ་ཆད་ཀྱི་དོན་ཏེ། སྙན་ངག་པ་ཡུལ་གང་ཞིག་ལ་རང་སེམས་སྐྱོ་ཡང་ཞེན་ཆགས་མི་སྐྱེ་བའི་ཡིད་འགྱུར་ཞིག་གོ། ཕྱིར་སྙན་ངག་པའི་ཁེར་རྐྱང་གི་སྐྱོ་ཡུས་ལྟ་བུའི་སྐྱོ་གདུང་ལ་ཟེར། འདི་ནི་སྙན་ངག་པའི་རང་གཤིས་ཐུན་མོང་མ་ཡིན་པ་ཕྱི་སྤྱོལ་གྱི་ངོར་མཐུན་སྣང་དུ་གྲུབ་ཐབས་མེད་པའི་སྐྱོ་གདུང་ཞིག་གམ། སྙན་ངག་པའི་རང་གཤིས་འཛིག་རྟེན་ཕལ་པའི་ཐུན་མོང་གི་འདུ་ཤེས་ལས་འགོངས་པའི་སྐྱོ་ཡུས་ཤིག་རེད།

《རྟེན་འབྲེལ་བསྟོད་པ་》ཏུའང་སྙིང་ཡང་མི་འཁྲིང་བའི་རྟོག་རྒྱུན་ཏེ། ཕྱི་རོལ་མུ་སྟེགས་པ་དང་། རང་སྡེའི་དངོས་སྨྲ་བའི་སྡེར་ཐུགས་ཤིན་ཏུ་སྙིང་བ་དེའོ། །དེ་དག་ནི་མཐར་འཛིན་གྱི་ཉེས་པས་ཡོད་མེད་ཀྱི་མཐའ་གཉིས་སུ་ལྷུང་སྟེ། རྒྱལ་བའི་བསྟན་པ་བཟང་པོ་དང་མཇལ་ཡང་། སྣང་སྟོང་གཉིས་ཚོགས་ཀྱི་མཐའ་བྲལ་རྟེན་འབྱུང་གི་དབུ་མའི་ལམ་སྟེ། རྒྱལ་བའི་མཐར་ཐུག་དགོངས་པ་ཇི་ལྟ་བ་ཁོང་དུ་ཆུད་མི་ནུས། དེའི་ཕྱིར་ཕ་མོ་ཆུ་ཡིས་བརྒྱལ་བའི་མཐར་འཛིན་གྱི་ང་རོ་དྲག་པོས་རང་སྡེར་ཞེན་ཅིང་། གཞན་སྡེར་སྡང་ཟུག་དྲག་པོའི་སྦྱོར་བ་བརྩམས་དང་རྩོམ་བཞིན་པ་ནི་ཐུགས་སེམས་སྐྱོ་ཡུས་ཀྱིས་མནར་བྱེད་ཀྱི་རྒྱུ་ལས་མ་འདས། སྤྱོད་པས་རབ་ཏུ་མཛེས་ཤིང་། སྙིང་རྗེས་ཕ་རོལ་ཟིལ་གྱིས་གནོན་པའི་རྗེ་བདག་ཉིད་ཆེན་པོ་ནི་སྙིང་ཡང་མི་འཁྲིང་བའི་རྒྱལ་བའི་གདུང་འཚབ་ཏུ་ངེས་པ་སྟེ། ནམ་ཞིག་མཐར་འཛིན

གྱི་མུན་པ་སེལ་ནུས་ཞེས་ལེགས་པར་འདོམས་ཏེ། མཐར་འཛིན་གྱི་བྱིས་པ་རྣམས་ལ་ཐུགས་སྐྱོ་ཡང་དེ་ཡུལ་ལ་ཞེན་ཆགས་མི་སྐྱེ་བར་ཐུབ་པའི་དབང་པོས་མཐའ་བྲལ་རྟེན་འབྱུང་གི་ཆོས་འདི་པ་ཙམ་གསུངས་པ་ཙམ་གྱིས་སྟོན་པ་ཚད་མར་གྱུར་ཏོ་ཞེས་རྐང་གི་ཁོང་ནས་བསྟོད་ཅིང་། གདུལ་བྱ་གཞན་རྣམས་སྙིང་རྗེའི་ཕ་རོལ་སུ་རྗེས་སུ་བཟུང་ཡོད།

སྙན་ངག་པའི་ཚོར་བའི་འགྲོས་རིམ་མམ། རྩོག་རྒྱུན་གྱི་གྲིམ་ལྗོད་ཇི་ལྟ་བུས་བསྟོད་ཡོད་ཅེ་ན། "ལྷུགས་ཀྱུ་ཉ་ལ་ཇི་བཞིན་དུ། །...... སྡུག་པའི་བུ་ལ་མ་ཡི་ཡིད། །རྗེས་སུ་སོང་བ་ཇི་བཞིན་དུ། །...... འདི་ནི་འདི་ལྟར་གསུངས་སྙམ་དུ། །ཡིད་ལ་ཐུབ་པའི་གཟུགས་བརྙན་ནི། །ཤར་བ་ཙམ་ཡང་ཚ་བ་ཡིས། །གདུང་ལ་ཟླ་ཟེར་བཞིན་དུ་སྨན" ཞེས་པ་ལྟར། ལྷུགས་ཀྱུས་ཉ་ལ་ཇི་བཞིན་དང་། སྡུག་པའི་བུ་ལ་མ་ཡི་ཡིད་ཀྱིས་རྗེས་སུ་བཟུང་བ། ཐུབ་པའི་གཟུགས་བརྙན་དུང་ཟླ་ཤར་བ་ཙམ་གྱིས་ཀྱང་ཚ་བའི་གདུང་བ་སེལ་བ་ལ་སོགས་པའི་ཚོར་བའི་སྣང་བརྙན་ལ་བརྟེན་ཏེ། ཡིད་འགྱུར་ཤིན་ཏུ་དྲག་པོའི་སྒོ་ནས་བསྟོད་དོ། །དེ་དག་ནི་ཚིག་རྒྱན་སྙན་ངག་གི་དཔེའི་རྣམ་པར་འཕྲུལ་སྲིད་མོད། འདིར་ནི་ཡིད་འགྱུར་གྱི་རྟེན་ནམ། སྙན་ངག་སྣང་བརྙན་གྱི་མཛེས་དཔྱོད་ཀྱི་ཁམས་ཞེས་བྱ་བ་དེའོ། །ཁྱད་པར་དུ"འོན་ཀྱང་འཆི་བདག་ཁར་ཕྱོགས་པའི། །སྲོག་གི་རྒྱུན་ནི་མ་ནུབ་བར། །ཁྱོད་ལ་ཅུང་ཟད་ཡིད་ཆེས་པ། །འདི་ཡང་སྐལ་བ་བཟང་སྙམ་བགྱིད་" ཅེས་ཐུགས་ཤིན་ཏུ་འཁྲིང་བའི་གནས་སྐབས་ཀྱི་ཡིད་འགྱུར་དྲག་པོས་གདུལ་བྱ་སྙིང་རྗེའི་ཕ་རོལ་དུ་རྗེས་སུ་བཟུང་ཞིང་། མི་རྟག་སེ་གོལ་གཏོགས་པའི་ཚེ་འདིར་སྟོན་པ་ཐུབ་དབང་ལ་ཡིད་ཆེས་ཀྱི་དད་པ་སྐྱེ་བའི་གོ་སྐལ་ཐོབ་པ་འདིའང་དགའ་ཞེས་པའི་ཤུགས་བསྟན་ལས་བསྟོད་བྱ་བསྟོད་བྱེད་ཡོངས་སུ་ངོ་བོ་དབྱེར་མེད་དུ་འདྲེས་པའི་སྙན་ངག་གི་ཉམས་འགྱུར་

ཕུན་སུམ་ཚོགས་པོ་ཐོན་ཡོད།

དེ་ལྟ་དེ་ལྟར་ཏེ། བསམ་ཡས་ཆོས་རྩོད་ཆེན་མོར་སློབ་དཔོན་ཀ་མ་ལ་ཤཱི་ལས་ཅི་ཡང་ཡིད་ལ་མི་བྱེད་པའི་ཧྭ་ཤང་གི་ལྟ་ངན་ལེགས་པར་སུན་ཕྱུང་ཡང་། རྒྱལ་བའི་ལུགས་བཟང་གི་བསྟན་པ་དྲི་མ་མེད་པའི་མཐར་ཐུག་དགོངས་པ་སྣང་སྟོང་གཉིས་ཚོགས་ཀྱི་མཐའ་བྲལ་རྟེན་འབྱུང་མ་རྟོགས་པ་གང་ཞིག ལྟ་བ་གང་མཐོའི་རྗེས་འབྲང་པ་ཁ་ཅིག་གིས་མདོ་རྒྱུད་མཚན་ཉིད་ཀྱི་བསྟན་པ་རིན་པོ་ཆེ་མཐར་འཛིན་ཁྲག་གི་རྒྱ་མཚོར་དཀྲུགས། སློབ་དཔོན་ཀ་མ་ལ་ཤཱི་ལ་དང་། ཆོས་རྗེ་ས་པཎ། རྗེ་བཙུན་རེད་མདའ་བ་སོགས་བྱོན་ཏེ། ཧྭ་ཤང་གི་ལྟ་ངན་ལུང་རིགས་ཡང་དག་གིས་དྲུངས་ནས་ཕྱིན་མོད། བོད་ཀྱི་ཆོས་བརྒྱུད་གྲུབ་མཐའ་ཁག་གཅིག་ཏུ་ད་དུང་ཡང་མཐར་འཛིན་གྱི་ལྟ་ངན་ཏེ། རྟག་མཐར་སྨྲ་བ་ཇོ་ནང་གི་གཞན་སྟོང་དབུ་མ་ཆེན་མོ་དང་། ཆད་མཐར་སྨྲ་བ་བོད་སྔ་རབས་པའི་ཡོད་མིན་མེད་མིན་གྱི་ལྟ་བ་ལ་སོགས་པའི་དབུ་མ་སྨྲ་བ་རིམ་གྱིས་བྱོན། དེ་དག་ནི་བསྟན་པ་དཔང་དུ་འཛུགས་མི་ནུས་པ་གང་ཞིག མཐར་འཛིན་གྱི་འཇིག་ལྟ་ཆེན་པོར་དགོངས་ན། ཐུགས་ཤིན་ཏུ་སྐྱེང་ཞིང་། མི་འཕྲིན་ཡང་སྙིང་རྗེས་རྗེས་སུ་བཟུང་བར་མཛད་པ་ཡིན་ནོ། །

འདི་ཡང་བདེན་པའི་གཏམ་དུ་གོ་ནུས་པ་སྟེ། རྗེ་ཙོང་ཁ་པ་ཆེན་པོ་ནི་མཁས་པ་དབུ་མ་པ་ངོ་མཚར་ཅན་ཞིག་རེད། སྐུ་ན་ཆུང་དུས་གྲུབ་མཐའ་རིས་མེད་ཀྱི་སློབ་དཔོན་གམ་ནས་ཡོན་ཏན་ཕུམ་པ་གང་བྱོའི་ཚུལ་གྱིས་སྦྱངས། སྐུ་ཚེ་སྟོད་དུ་ས་སྐྱའི་ལུགས་གཙོ་བོར་མཛད། སྔ་རྩོམ་དུ་རྩོམ་རྩལ་ཕུལ་དུ་བྱུང་བའི་《ལེགས་བཤད་གསེར་ཕྲེང་》མཛད། བོད་སྔ་རབས་པའི་མཁས་པས་སྤྱི་བོའི་གཙུག་ཏུ་མི་བཀུར་མཁན་གཅིག་ཀྱང་མེད། སྤྱིར་སྟག་ཚང་ལོ་ཙཱ་བ་ཞེས་གོ་སྟག་ཤཱཀྱ་གསུམ་གྱི་ཡ་གྱལ་དུ་གྲགས་པའི་རིགས་པ་སྨྲ་བ་གང་འདིས་ཕྱི་རྩོམ་གྱི་དགོངས་པར་བརྒྱལ

བའི་ཁུར་ཆེན་བཅོ་བརྒྱད་ཕུལ་མོད། 《ལེགས་བཤད་གསེར་ཕྲེང་》དང་། 《རིམ་ལྔ་གསལ་སྒྲོན་》མཇལ་རྗེས་མཁས་པས་མཁས་པར་གཤེགས་སྟོམ་གྱི་འཁྲིད་ཚངས་ཕུལ། དེ་ནས་རྗེ་བཙུན་འཇམ་དཔལ་དབྱངས་སློབ་དཔོན་དུ་བསྟེན་པ་ནས་བཟུང་དགེ་ལྡན་རིང་ལུགས་ཀྱི་ཤིང་རྟའི་སྲོལ་ཕྱེ་ཞིང་། ཕྱི་རྩོམ་ཏུ་གྲགས་པའི་དབུ་མའི་ལམ་སྲོལ་སྣར་མེད་གསར་དུ་གཏོད། དཔལ་གསང་འདུས་ཀྱི་《རིམ་ལྔ་གསལ་སྒྲོན་》དང་། 《སྔགས་རིམ་ཆེན་མོ་》ནི་གྲུབ་མཐའ་རིས་མེད་ཀྱིས་ཡང་ཡང་བསྔགས་བྱའི་རྒྱུད་སྡེའི་བསྟན་བཅོས་སོ། །

ཡོངས་གྲགས་སུ་རྗེ་བདག་ཉིད་ཆེན་པོ་ནི་མདོ་སྔགས་བསྟན་པའི་བདག་པོ་ཡིན་པ་གང་ཞིག བོད་སྔ་ཕྱི་གཉིས་ཀའི་དབུ་མའི་ལྟ་གྲུབ་ལ་མཁྱེན་པ་ཤིན་ཏུ་ཡངས་པའི་མཁས་པ་དབུ་མ་པ་ངོ་མཚར་ཅན་ཞིག་ཡིན་ན། མཐར་འཛིན་གྱི་འཇིག་ལྟ་ཆེན་པོའི་དཔུང་ལ་སྙིང་ཡང་མི་འཁྲིང་བ་ནི་དོན་དུ་གནས་སོ། །ལར་ཐུབ་བསྟོད་གྲགས་ཅན་《རྟེན་འབྲེལ་བསྟོད་པ་》མཛད་པའི་ཉིད་དགོས་ཀྱང་འདི་ལ་ཐུག་གོ།

《རྟེན་འབྲེལ་བསྟོད་པ་》ནི་རྗེ་ཙོང་ཁ་པ་ཆེན་པོའི་ཕྱི་རྩོམ་ཡིན་པ་གང་ཞིག བརྗོད་བྱ་ནི་བསྟན་པའི་སྙིང་པོ་རྟེན་འབྱུང་གི་རིགས་པ་ལས་བརྩམས་ཏེ། དེ་གསུང་པ་པོ་སྟོན་པ་ཐུབ་པའི་དབང་པོའི་གསུང་གི་ཡོན་ཏན་ལ་ཐུགས་ཕྲོགས་པའི་བསྟོད་རྩོམ་མོ། །ཕྱིར་“རྗེ་སྐུ་ཚེ་ལས་འདའ་ཁར་ཡང་《རྟེན་འབྲེལ་བསྟོད་པ་》ཞལ་འདོན་མཛད་བཞིན་གཤེགས་པའི་རྣམ་ཐར་”①དང་། མཁས་དབང་དགེ་འདུན་ཆོས་འཕེལ་གྱིས་“རྗེ་རིན་པོ་ཆེའི་རྟེན་འབྲེལ་བསྟོད་པ་ཀློ་ན་ཨེ་འགྲོ་གསུངས། …… ཚར་རེ་ཐོན་གསུངས། དཔེ་ཆ་བླངས་ནས་ཚར་རེ་བཏོན་པས་འོ་སྐན་པོ་འདུག དགེ་ཆོས་སྨྱོན་པས་འཇིག་རྟེན་ཁམས་ཀྱི་ལྷད་མོ་ཚང་མ་མཐོང་ཚར། ད་

① ཁུ་བྱུག 《བོད་ཀྱི་སྒྲུབ་བརྒྱུད་འཛིན་པ་རྣམས་ཀྱི་ལྟ་གྲུབ་མཐོང་བ་ཀུན་གྲོལ་》(M)སི་ཁྲིན་མི་རིགས་དཔེ་སྐྲུན་ཁང་། ༢༠༡༡/༤པར་གཞི་དང་པོ། ཤ༡༧༥

མར་ཕྱིན་ན་སྐད་གྲགས་ཅན་གྱི་ཡུལ་ཞིག་ཡོད་སྐད་ཐོས། དེ་ལྟ་བར་ཕྱིན་ན་ག་འདྲ་ཡོད་འགྲོ་གསུངས་”①ཞེས་གསུངས་པ་ལྟར་ན། 《རྟེན་འབྲེལ་བསྟོད་པ་》ནི་རྗེའི་ཐུགས་ཀྱི་གཅེས་ནོར་དང་། མཁས་དབང་དགེ་འདུན་ཆོས་འཕེལ་ཆེས་མཉེས་ཕྱོས་ཀྱི་ཐུབ་བསྟོད་གྲགས་ཅན་ཞིག་ཡིན་པ་མངོན་སུམ་ལ་མི་བསླུ་བའི་གཏམ་སོ། །

མདོར་ན་《རྟེན་འབྲེལ་བསྟོད་པ་》ནི་རྒྱ་གཞུང་《མི་ཡོང་མ་》ལུགས་ཀྱི་ཚིག་རྒྱན་སྙན་ངག་བརྩམས་ཆོས་ཐམས་ཅད་ཀྱི་ཡང་རྩེར་སོན་པའི་གྲགས་རྩོམ་ཞིག་དང་། རྗེ་ཙོང་ཁ་པ་ཆེན་པོའི་སྐུ་ཚེ་སྨད་ཀྱི་དབུ་མའི་དགོངས་པ་ངོ་མཚར་ཞིང་། བསམ་གྱིས་མི་ཁྱབ་པ། གདུལ་བྱ་ཕལ་པའི་བློ་ངོར་ཕྱིང་ཐབས་བྲལ་བའི་མཐའ་བྲལ་རྟེན་འབྱུང་གི་རིགས་པའི་ཆེ་བ་བརྗོད་པའི་ཐུབ་བསྟོད་གྲགས་ཅན་ཞིག་གོ། འདི་ནི་རྩོམ་རིག་གི་གཏན་གྱི་འདུན་མའི་གྲུབ་དོན་སྟོང་པའི་རང་བཞིན་གྱི་དགོངས་པ་ཆེས་ངོ་མཚར་ཅན་ཞིག་ཀྱང་ངོ་། །

ལུགས་འདིའི་ཐུན་མོང་མ་ཡིན་པའི་ལྟ་གྲུབ་སྟེ། རང་བཞིན་རིགས་པའི་དགག་བྱའམ་དགག་བྱའི་གཙོ་བོར་བཞེད་པ་དང་། དོན་དམ་དཔྱོད་བྱེད་ཀྱི་རིགས་པས་ཁེགས་ཙམ་གྱི་མེད་དགག་སྟོང་ཉིད་དུ་འདོད་པ། ཆོས་རྣམས་རང་གིས་ངོ་བོས་གྲུབ་པར་སྟོང་པའི་རང་སྟོང་དུ་བཞེད་པ། ཐ་སྙད་ཚད་གྲུབ་འདོད་པ། དོན་དམ་བློ་ཡི་སྤྱོད་ཡུལ་དུ་འདོད་པ། ཀུན་རྫོབ་ལ་ཡང་ལོག་གི་རྣམ་གཞག་བཞེད་པ། ཆོས་ཅན་མཐུན་སྣང་དུ་བསྒྲུབས་པར་འདོད་པ། དབུ་མ་པར་རང་ལུགས་ཀྱི་ཁས་ལེན་དང་དམ་བཅའ་ཡོད་པར་བཞེད་པ། དོན་དམ་དཔྱོད་བྱེད་ཀྱི་རིགས་པས་ཐ་སྙད་ཀྱི་རྣམ་གཞག་མི་འགོག་པ། སྣང་སྟོང་གཉིས་ཚོགས་ཀྱི་མཐའ་བྲལ་རྟེན་འབྱུང་རྒྱལ་བའི་མཐར་ཐུག་གི་དགོངས་པའམ། ཐལ་འགྱུར་པའི་ལྟ་བའི་མཐར་ཐུག་ཏུ་

① དགེ་འདུན་ཆོས་འཕེལ། 《མཁས་དབང་དགེ་འདུན་ཆོས་འཕེལ་གྱི་གསུང་རྩོམ་ཕྱོགས་སྒྲིག་》(M) སི་ཁྲོན་མི་རིགས་དཔེ་སྐྲུན་ཁང་། ༡༩༨༨པར་གཞི་དང་པོ། ༦༢༧

བཞེད་པ་སོགས་དགོངས་པའི་ཟབ་ཁྱད་ཤིན་ཏུ་ཆེའོ། །

༣ མཁས་དབང་དགེ་འདུན་ཆོས་འཕེལ་གྱི་《བཙན་ནས་ཇོར་ཁང་ལ་གནང་བའི་མགུར་》

རིག་པའི་གནས་ཀུན་ལ་མཁྱེན་པའི་མངའ་བརྙེས་པའི་མཁས་དབང་དགེ་འདུན་ཆོས་འཕེལ་ནི་རང་བློ་གཟུ་བོར་གནས་པའི་མཁས་པ་གཞན་དྲིང་མི་འཇོག་པ་ཞིག་དང་། རྒྱ་བོད་གྲུབ་མཐའ་རིས་མེད་ཀྱི་དགོངས་པ་དྲི་མ་མེད་པར་བློ་གྲོས་ཀྱི་འཇུག་པ་ཡངས་པའི་གྲྭ་རྒྱུད་དཀྱུས་མ་ཞིག་ཀྱང་ངོ་། །

དཀྱུང་ལོ་ཞེ་དགུའི་སྐུ་ཚེ་ཐུང་ངུར་རྒྱ་བོད་ཡུལ་གྲུ་རིགས་པའི་ཞབས་ཀྱིས་བཅག་སྟེ། བདག་ཅག་ཕྱི་རབས་པར་མདོ་སྔགས་རིག་གནས་ཀྱི་ཕ་ནོར་ལྟ་ཅི། རྒྱ་བོད་རིག་གནས་ཀྱི་ལམ་སྲོལ་དང་། ནུབ་ཕྱོགས་ཀྱི་རིགས་གསར། མི་ཚུལ་རིག་པ། རིག་གནས་མིའི་རིགས་རིག་པ་ལ་སོགས་པའི་ཤིང་རྟའི་ལམ་སྲོལ་ཐོག་མར་ཕྱེ་བའི་སྐུ་དྲིན་བླ་ན་མ་མཆིས་སོ། །

ཡོངས་གྲགས་སུ་མཚན་ཉིད་རིག་པ་དང་། ཆོས་ལུགས། རིག་གནས་མིའི་རིགས་རིག་པ། ལོ་རྒྱུས་རིག་པ། མི་ཚུལ་རིག་པ། སྐད་བརྡ་རིག་པ། རྩོམ་རིག་སྙན་ངག་སོགས་གནའ་དེང་ཕྱི་ནང་གི་རིག་པའི་གནས་ཀུན་ལ་ནང་བྱན་ཆུད་པའི་མཁྱེན་པའི་བདག་པོ་ཞིག་གོ།

བོད་ཀྱི་རྩོམ་བྱུང་ལོ་རྒྱུས་ལྟར་ན། མཁས་དབང་དགེ་འདུན་ཆོས་འཕེལ་ནི་དུས་རབས་ སྤྱིལ་མཚམས་དང་། སྔ་མང་རིག་གནས་ཀྱི་ཡོ་ལང་ཐོག་མར་འབྲུགས་པའི་ཡུལ་དུས་སུ་བྱོན་པས། རྩོམ་རིག་སྤྱི་དང་། སྒོས་སུ་སྙན་ངག་གསར་རྩོམ་ཐད་དམིགས་བསལ་གྱི་རྩོམ་རིག་གོ་ས་བླ་ན་མེད་པ་མཆིས། བྱེ་བྲག་ཏུ་སྙན་ངག་གི་བརྗོད་བྱ་དང་། མཆོན་ཐབས། མཛེས་དཔྱོད་བཅས་ལ་སྲོལ་རྒྱུན་ནས་དེང་

རབས་སྨྲེལ་མཚམས་ཀྱི་རྩོམ་རིག་གསར་བརྗེ་དང་། བར་བརྒྱལ་རང་བཞིན་གྱི་ཁྱད་ཆོས་ལྡན།

སྔན་ངག་གསར་རྩོམ་གྱི་ཐུན་མིན་ཕྱག་སྲོལ་འདིས་བོད་ཀྱི་ཉེ་རབས་སྔན་ངག་ལྷ་ཅི། དེང་རབས་སྔན་ངག་གསར་རྩོམ་གྱི་ཚིག་གི་སྒྱུ་རྩལ་ལ་སྣང་མེད་སྲོལ་གསར་གྱི་རྩོམ་པའི་རྣམ་གཞག་གཏོད་ཅིང་། སྔན་ངག་པ་ཕྱི་རབས་ཀྱིས་ཁ་མིག་ཡར་ལྟའི་གསར་རྩོམ་གྱི་དམིགས་ཚད་དུ་སོན་ནོ། །

མཁས་དབང་དགེ་འདུན་ཆོས་འཕེལ་གྱི་《བཙོན་ནས་ཧོར་ཁང་ལ་གནང་བའི་མགུར་》ནི་གང་ཉིད་ཀྱི་ཆོས་ལུགས་སྔན་ངག《མི་རྟག་པ་དྲན་པའི་གསུང་མགུར་》དང་། 《འདུ་བྲལ་སྙིང་པོ་མེད་པར་རྟོགས་པའི་གླུ་》《སྙིང་པོའི་ལྷ་ཆོས་བྱེད་པར་གདམས་པ་》ལ་སོགས་པ་ལྟར་དམ་པའི་ལྷ་ཆོས་ཀྱི་བརྗོད་བྱ་དྲང་དོན་དུ་བསྟན་པར་མཚུངས་སོད། འདི་ནི་ཚིག་ཟིན་གྱི་གོ་ཚུལ་དུ་ཟད། དོན་དམ་དུ་བོད་སྔ་རབས་པའི་དགོངས་པ་སྟེ། ཟབ་མོ་སྤྲོས་བྲལ་གྱི་ལྟ་བའི་སྙིང་པོ་རྒྱས་པར་བསྟན་པའི་གསུང་མགུར་ཞིག་གོ། འདི་ནི་སློབ་དཔོན་ཀླུ་སྒྲུབ་ཀྱི་ཟབ་མོ་སྟོང་པ་ཉིད་ཀྱི་ལྟ་བ་དཔལ་ལྡན་ཟླ་བའི་གཞུང་ལ་བརྟེན་ཏེ། རྒྱལ་བའི་མཐར་ཐུག་དགོངས་པ་མཐའ་བྲལ་སྟོང་པ་ཉིད་ཀྱི་དོན་དུ་གཟིགས་པའི་མཐའ་བཞི་སྤྲོས་བྲལ་གྱི་རིགས་པའི་ཟབ་ཁྱད་བསྟན་པའི་གསུང་མགུར་ཞིག་གོ།

རིགས་པའི་ས་བོན་ནི《དབུ་མའི་ཟབ་གནད་སྙིང་པོར་དྲིལ་བའི་ལེགས་བཤད་ཀླུ་སྒྲུབ་དགོངས་རྒྱན་ཞེས་བྱ་བ་བཞུགས་སོ་》ཞེས་པའམ། དགེ་ལྡན་རིང་ལུགས་ཀྱི་མཁས་པ་ཕྱི་རབས་པའི་ལུགས་སུ་རྩོད་གཞིར་གྱུར་པའི་བསྟན་བཅོས་ཏེ། ཡོངས་གྲགས་སུ《ཀླུ་སྒྲུབ་དགོངས་རྒྱན་》ཞེས་བྱ་བའི་དགོངས་པར་ཐུག་གོ།

ཡོངས་གྲགས་སུ《ཀླུ་སྒྲུབ་དགོངས་རྒྱན་》ནི་རྗེ་ཙོང་ཁ་པ་ཆེན་པོའི་མཐའ་

བྲལ་རྟེན་འབྱུང་གི་དགོངས་པར་དོགས་སློང་མཛད་པ་མ་ཡིན། འདི་ནི་དགེ་ལྡན་རིང་ལུགས་ཀྱི་མཁས་པ་ཕྱི་རབས་པའི་ལྟ་གྲུབ་ལ་སུན་འབྱིན་ཕྱིར་མཛད་ཅེས་གསུངས་པ་བོད་ཕྱི་རབས་པའི་ཁ་གཅིག་གྲག་གི་གཏམ་མོ། །ཁ་ཅིག་གིས་བསྟན་བཅོས་འདི་ནི་མཁས་དབང་དགེ་འདུན་ཆོས་འཕེལ་གྱི་ཞལ་ནས་གསུངས་པའི་དབུ་མའི་འཆད་ཁྲིད་ཀྱི་ཟིན་བྲིས་ཡིན་པ་གང་ཞིག སློབ་མ་ཉག་རོང་ཟླ་བཟང་གིས་སྟོན་འཕྲི་བཏབ་པར་བཞེད། ཁ་ཅིག་གིས་བསྟན་བཅོས་འདི་ནི་མཁས་དབང་དགེ་འདུན་ཆོས་འཕེལ་གྱིས་མ་མཛད་པ་གང་ཞིག སློབ་མ་ཉག་རོང་ཟླ་བཟང་གིས་རང་གི་སློབ་དཔོན་གྱི་མཚན་གཡར་བའི་རང་རྩོམ་ཡིན་པར་བཞེད་པ་སོགས་འདོད་ཚུལ་སྣ་ཚོགས་མཆིས།

སྤྱིར་"སངས་རྒྱས་ཆོས་ལུགས་དང་རིག་གཞུང་ཞིབ་འཇུག་གི་སྐོར་རྩོམ་པ་པོ་རྩོད་གཞི་ཅན་ཏེ། ཁ་ཅིག་གིས་དགེ་འདུན་ཆོས་འཕེལ་《ཀླུ་སྒྲུབ་དགོངས་རྒྱན་》གྱི་རྩོམ་པ་པོར་འདོད་ཅིང་། ཁ་ཅིག་གིས་དགེ་འདུན་ཆོས་འཕེལ་《ཀླུ་སྒྲུབ་དགོངས་རྒྱན་》གྱི་རྩོམ་པ་པོར་མི་འདོད། དེའང་འདོད་ཚུལ་སྤྱི་མ་ཐུན་མོང་དུ་གྲགས་ཤིང་། ལུགས་འདི་འཛིན་མཁན་གྱི་ཚབ་མཚོན་མི་སྣར་མཁས་དབང་ཚེ་བརྟན་ཞབས་དྲུང་དང་། དགེ་བཤེས་ཤེས་རབ་རྒྱ་མཚོ། ཨ་ལག་དམུ་དགེ་བསམ་གཏན། ཧོར་ཁང་བསོད་ནམས་དཔལ་འབར། ཆབ་སྤེལ་ཚེ་བརྟན་ཕུན་ཚོགས་ལ་སོགས་པའོ་"① ཞེས་《ཀླུ་སྒྲུབ་དགོངས་རྒྱན་》མཁས་དབང་དགེ་འདུན་ཆོས་འཕེལ་གྱིས་མཛད་པར་བཞེད།

ཡང་"དགེ་འདུན་ཆོས་འཕེལ་《ཀླུ་སྒྲུབ་དགོངས་རྒྱན་》གྱི་རྩོམ་པ་པོར་མི་འདོད་པའི་ལུགས་འཛིན་མཁན་གྱི་ཚབ་མཚོན་མི་སྣར་དོར་ཞི་རིན་པོ་ཆེ་ལ་སོགས་

① 杜永彬：《二十世纪西藏奇僧—人文主义先驱更敦群培大师评传》，〔M〕中国藏学出版社2000/1第1版，P199

པའོ་”①ཞེས་པ་དང་། རཀ་ར་སྤྲུལ་སྐུ་ཐུབ་བསྟན་ཆོས་འཕེལ་གྱིས་ཀྱང་《ཀླུ་སྒྲུབ་དགོངས་རྒྱན་》གྱི་མཆོད་བརྗོད་དང་། གཞུང་གི་“ཐ་སྙད་ཚད་གྲུབ་འཇོག་ལ་བློ་མ་བདེ་” ཞེས་པའི་ཚིགས་བཅད། དེ་བཞིན་མཇུག་བསྡུའི་ཚིགས་བཅད་འགའ་ཞིག་ཕུད་པའི་“དེ་འཕྲོས་ཀྱི་ཀླུ་སྒྲུབ་དགོངས་རྒྱན་སྦྱོར་དངོས་རྗེས་གསུམ་དང་བཅས་པ་ནི་ཟླ་བ་བཟང་པོ་རང་ཉིད་ཀྱིས་བརྩམས་མོད་ཀྱང་། སྐབས་དེར་རང་རེའི་བླ་དགེ་མང་པོའི་ཐུགས་ལ། ཀླུ་སྒྲུབ་དགོངས་རྒྱན་ཆ་ཚང་དགེ་ཆོས་རིན་པོ་ཆེས་བརྩམས་པར་དགོངས་”②ཞེས་《ཀླུ་སྒྲུབ་དགོངས་རྒྱན་》མཁས་དབང་དགེ་འདུན་ཆོས་འཕེལ་གྱིས་མ་མཛད་པར་བཞེད།

འདིར་ཐུན་མོང་དུ་གྲགས་པའི་འདོད་ཚུལ་ཏེ། 《ཀླུ་སྒྲུབ་དགོངས་རྒྱན་》གྱི་བསྟན་བཅོས་མཁས་དབང་དགེ་འདུན་ཆོས་འཕེལ་གྱིས་མཛད་པ་ཁུངས་སུ་འདྲེན་འདོད། ཅིའི་ཕྱིར་ཞེ་ན། 《གསེར་ཐང་》དུ་“ངར་འཛིན་ཉེས་པའི་རྫ་ནང་དང་རྫོགས་ཆེན་སོགས་ཀྱང་ནང་པའི་གྲངས་སུ་འཇུད་དཀའ་བའི་མཁས་པ་དག་གི་མདུན་ན་འདི་ཚོ་ནང་པའི་ལྟ་བ་དང་འདྲེས་པའི་དོན་ག་ལ་ཡོད་དེ། ང་ལྟ་བུའི་ཤེས་རབ་རྩིང་པོ་དག་ནི་རེས་འགའ་ཁ་གདངས་ཏེ་སྨོད་དགོས་པར་སྣང་”③ཞེས་བོད་ཕྱི་རབས་པས་བཞེད་པའི་གྲོགས་ཀྱིས་ཕན་པར་རྟོགས་པའི་ཚད་མ་སྐྱེ། ངར་འཛིན་ཉེས་པའི་ངོའོ་སྐམ་པའི་བློ་ཚད་མ་བཀག་ཡོད། འདི་ནི་ཐ་སྙད་ཚད་གྲུབ་མི་འདོད་པའི་རིགས་པའི་རྩ་བའོ། །ཡང་“བདེན་པ་བཅད་ཙམ་གྱི་མེད་དགག་བསྒོམས་ན་

---

① 杜永彬：《二十世纪西藏奇僧—人文主义先驱更敦群培大师评传》，〔M〕中国藏学出版社2000/1第1版，P200

② དགེ་འདུན་ཆོས་འཕེལ། 《མཁས་དབང་དགེ་འདུན་ཆོས་འཕེལ་གྱི་གསུང་རྩོམ་ཕྱོགས་སྒྲིག་》(༧)(M)༢༠༠༣ལོའི་ནུབ་བྱང་སློབ་ཆེན་གྱི་དཔེ་རྙིང་གཞིའི་འཛིན་གྲྭ། ཤ༧༢༥

③ དགེ་འདུན་ཆོས་འཕེལ། 《དགེ་འདུན་ཆོས་འཕེལ་གྱི་གསུང་རྩོམ་》(དང་པོ་)(M)བོད་ལྗོངས་བོད་ཡིག་དཔེ་རྙིང་དཔེ་སྐྲུན་ཁང་། ༢༠༡༢/༧པར་གཞི་གཉིས་པ། ཤ༣༤༧

དབུ་མ་ཡིན་གྱི། སྤྲོས་བྲལ་ཙམ་ནི་ཕྱི་རོལ་པའི་ལུགས་ཡིན་ནོ་ཞེས་འཇམ་དབྱངས་དགའ་བློ་ཞལ་འཛུམ་འོངས་པ་ཞིག་བྱེད་དགོས་སམ། འོན་ཀྱང་གཞན་གྱིས་བཤད་པའི་སྤྲོས་མེད་ཕལ་ཆེར་ཞིག རི་བོ་དགེ་ལྡན་གྱི་རྗེ་མོར་རྒྱུངས་མཐོང་ནས་བལྟས་ཚེ་མེད་དགག་རྐྱང་དུ་སོང་ཡོད་པར་འདུག་པས་འདི་ཡང་དེ་འདྲར་སོང་ཚེ། རྟོད་པ་ཚོས་ཕྱོགས་སུ་བཟླུམ་པ་ལས་གཞན་འོས་ཅི་”①ཞེས་དགེ་ལྡན་རིང་ལུགས་ཀྱི་མཁས་པས་ནང་པའི་གྲུབ་མཐའི་ལྟ་གྲུབ་ཏུ་བཞེད་དགའ་བའི་སྤྲོས་བྲལ་དང་། རི་བོ་དགེ་ལྡན་པའི་མེད་དགག་གཉིས་རྟོད་པ་ཚོས་ཕྱོགས་སུ་བཟླུམ་ཕྱིར་མཐུན་ཐབས་སྐྱའམ་ཞེས་དམ་བཅའ་སྐྱོན་ཅན་བཀག་པའི་ཤུགས་སུ་དེ་གཉིས་ཀྱི་ངོ་བོ་གཅིག་ཡིན་ཞིང་། མཐར་ཐུག་གི་དགོངས་པ་མཐའ་བཞི་སྤྲོས་བྲལ་དུ་བཞེད་ན། 《གླུ་སྒྲུབ་དགོངས་རྒྱན་》མཁས་དབང་དགེ་འདུན་ཆོས་འཕེལ་མཛད་པ་གོར་མ་ཆག

འོ་ན་《གླུ་སྒྲུབ་དགོངས་རྒྱན་》གྱི་རིགས་པའི་གཞུང་ཤིང་ཅི་ཡིན་ཞེ་ན། སྤྱིར་བོད་སྔ་རབས་པའི་རིགས་པ་སྨྲ་བ་རྣམ་གསུམ་ཏེ། གོ་སྟག་ཤཀ་གསུམ་དུ་གྲགས་པའི་ཡ་གྱལ་སྟག་ཚང་ལོ་ཙཱ་བ་ཤེས་རབ་རིན་ཆེན་གྱི་《གྲུབ་མཐའ་ཀུན་ཤེས་ནས་མཐའ་བྲལ་སྒྲུབ་པ་》ཞེས་བྱ་བའི་དབུ་མའི་བསྟན་བཅོས་ཀྱི་དགའ་བའི་གནད་ཐ་སྙད་ཚད་གྲུབ་ཏུ་མི་བཞེད་པའི་དགོངས་པའི་ས་བོན་ནོ། །བོད་སྔ་རབས་པ་ལྟར་ན། ཐ་སྙད་ཚད་མར་མ་གྲུབ་ཅེས་པ་ནི་རང་བློ་ཚད་མར་མ་གྲུབ་པའི་དོན་ཡིན། དེ་ནི་བདེན་འཛིན་མ་རིག་པའི་ཉོན་མོངས་པ་ཡིན་ཕྱིར། དེའི་གཉེན་པོ་ནི་དགག་ཕྱོགས་ཀྱི་ཤེས་རབ་སྟོང་པ་ཉིད་ཡིན་ཞིང་། མཐའ་བཞི་སྤྲོས་བྲལ་ནི་དབུ་མའི་མཐར་ཐུག་གི་རིགས་པ་དང་། ཡོད་མིན་མེད་མིན་གྱི་མཐའ་བཞི་དང་བྲལ་བའི་ཟབ་མོ་སྤྲོས་བྲལ་ནི་ཆོས་ཀྱི་དབྱིངས་སུ་འདོད། མདོར་ན་ཐ་སྙད་ཚད་གྲུབ་ཏུ་

① དགེ་འདུན་ཆོས་འཕེལ། 《དགེ་འདུན་ཆོས་འཕེལ་གྱི་གསུང་རྩོམ་》(དང་པོ)(M)བོད་ལྗོངས་བོད་ཡིག་དཔེ་རྙིང་དཔེ་སྐྲུན་ཁང་། ༢༠༡༢/༧པར་གཞི་གཉིས་པ། ཤ༣༤༧

མི་བཞེད་པས། དོན་དམ་བློ་ཡི་སྤྱོད་ཡུལ་མིན་ཞིང་། ཁྱད་པར་དུ་སྒྲུབ་ཕྱོགས་ཀྱི་སྒྱུ་མའི་རྟེན་འབྲེལ་ནི་ལྟོས་གྲུབ་བམ། ཀུན་ཏུ་རྫོབ་པ་རྫུན་པ་ཆོས་ཀྱི་རང་བཞིན་ཏེ། "གཞུང་དུ་ནི་རྟེན་འབྲེལ་གྱི་གོ་བ་ལྟོས་གྲུབ་དང་། དེའི་གོ་བ་ནི། ཇི་སྐད་དུ། ཕན་ཚུན་དོན་ལ་བརྟེན་པའི་གྲུབ་པ་ནི། །གྲུབ་མིན་ཉིད་ཅེས་རྒྱལ་བ་རྣམས་ཀྱིས་གསུངས། ཞེས་མ་གྲུབ་པ་ཉིད་ལ་བཤད་པའི་ཕྱིར་"①སྟོང་པ་རྟེན་འབྲེལ་གྱི་དོན་དུ་མི་གོ་བས། མཐའ་བྲལ་སྟོང་པ་ཉིད་ཀྱི་སྤྲོས་བྲལ་ལྟ་བ་རྒྱལ་བའི་མཐར་ཐུག་དགོངས་པར་བཞེད་དོ། །

འདི་ནི་རྗེ་ཙོང་ཁ་པ་ཆེན་པོའི་དགོངས་པའི་སྙིང་པོ་སྟེ། སྣང་སྟོང་གཉིས་ཚོགས་ཀྱི་མཐའ་བྲལ་རྟེན་འབྱུང་རྒྱལ་བའི་མཐར་ཐུག་དགོངས་པར་བཞེད་པའི་དགོངས་པའི་ཕྲ་བའི་གནད་དང་། རིགས་པའི་ཡན་ལག་སྟེ། ཐ་སྙད་ཤེས་པ་ཚད་མར་གྲུབ་པས་དོན་དམ་བློ་ཡི་སྤྱོད་ཡུལ་ཡིན་པ་དང་། རིགས་ཤེས་ཀྱིས་རང་བཞིན་མེད་པར་ཁེགས་ཙམ་གྱི་རང་སྟོང་མེད་དགག་ཐལ་འགྱུར་པའི་ལྟ་བའི་མཐར་ཐུག་ཏུ་བཞེད་པ་སོགས་ཀྱི་དབུ་མའི་ལྟ་དགོངས་ལ་སུན་འབྱིན་མཛད་ཚུལ་ཞིག་གོ།

《ཀླུ་སྒྲུབ་དགོངས་རྒྱན་》གྱི་གཞུང་གི་དོན་དུ་ཇི་ལྟར་བསྟན་ཡོད་ཅེ་ན། མདོ་ཏིང་ངེ་འཛིན་རྒྱལ་པོ་ལས། མིག་དང་རྣ་བ་སྣ་ཡང་ཚད་མ་མིན། །ལྕེ་དང་ལུས་དང་ཡིད་ཀྱང་ཚད་མ་མིན། །གལ་ཏེ་དབང་པོ་འདི་དག་ཚད་ཡིན་ན། །འཕགས་པའི་ལམ་གྱིས་སུ་ལ་ཅི་ཞིག་བྱ་ཞེས་པའི་མདོ་ཁུངས་སུ་མཛད་དེ། དབང་ལྡན་ཤེས་པ་ལྔ་ཅི། ཡིད་ཀྱི་ཤེས་པའང་ཚད་མར་མ་གྲུབ་པས། ཐ་སྙད་ཚད་གྲུབ་མི་བཞེད།

སྒྱུ་མའི་རྟེན་འབྲེལ་གྱི་སྐོར་ལ"དང་པོ་ནས་སྒྱུ་མ་ལྟ་བུའི་རྟེན་འབྲེལ་ཟུར་དུ

① པཎ་ཆེན་ཤཱཀྱ་མཆོག་ལྡན། 《ལྟ་བའི་སྐོར་ལས་འཕྲོས་པའི་མཁས་པའི་ལེགས་བཤད་གཅེས་སྒྲིག་》(M)སེར་གཙུག་དཔེ་རྙིང་འཚོལ་བསྡུ་ཕྱོགས་བསྒྲིགས་ཁང་། ༡༥༠

ཕྱི་ནས། དེ་ལ་རིགས་པས་གནོད་པ་མ་བསྐྱལ་བར་འཇོག་ག་ལ་དགོས་”①ཞེས་སྣང་ཕྱོགས་ཀྱི་རྟེན་འབྲེལ་ནི་དབུ་མ་པའི་གཞན་ངོར་ཁས་ལེན་ཏེ། འཇིག་རྟེན་གྲགས་པའི་གྲགས་ཚོད་ཙམ་ཡིན་ན། དགག་ཕྱོགས་ཀྱི་ཤེས་རབ་སྟོང་པ་ཉིད་ཀྱི་རིགས་པས་མི་གནོད་པའི་དོན་མེད་པ་གདན་ཚིགས་སུ་མཛད་དེ། བོད་ཕྱི་རབས་པའི་དགོངས་པའི་སྙིང་པོ་སྟེ། རིགས་པའི་དགག་བྱ་རང་བཞིན་དང་། མེད་དགག་གི་སྟོང་ཉིད། རང་གིས་ངོ་བོས་གྲུབ་པར་སྟོང་པའི་རང་སྟོང་། དོན་དམ་བློ་ཡི་སྤྱོད་ཡུལ། ཐ་སྙད་ཚད་གྲུབ། དབུ་མ་པའི་རང་ལུགས་ཀྱི་ཁས་ལེན། རྟེན་འབྱུང་བསྟན་པའི་སྙིང་པོ། སྣང་སྟོང་གཉིས་ཚོགས་ཀྱི་མཐའ་བྲལ་རྟེན་འབྱུང་ལ་སོགས་པའི་རྣམ་གཞག་ལ་ལུང་རིགས་ཡང་དག་གི་རིགས་པ་བརྒྱ་ཕྲག་སྒོ་ནས་སུན་འབྱིན་མཛད་ཡོད།

མདོ་དོན་གྱི་སྙིང་པོ་ལྟར་ན། སངས་རྒྱས་ཀྱི་རོ་སྙོམས་ས་ནི་རྟོགས་བྱ་རྟོགས་བྱེད་མེད་པའི་སྤྲོས་བྲལ་ཞི་བའི་ཆོས་དབྱིངས་སྟོང་པའི་རང་བཞིན་དུ་ངེས་པས། “ཇི་སྲིད་འཇིག་རྟེན་གྱི་རིགས་པ་ལ་སྙིང་ཐག་པ་ནས་ཡིད་ཆེས་ཡོད་པ་དེ་སྲིད་དུ་འཇིག་རྟེན་ལས་འདས་པའི་དོན་ལ་ཡིད་ཆེས་ཡོད་པ་ནམ་ཡང་མི་སྲིད་”②ཅེས་རྟོག་གེའི་རིགས་པ་དང་། རྣམ་རྟོག་གིས་བཅས་པའི་གྲུབ་མཐའ་ནི་ས་དང་ལམ་གྱི་གོལ་ས་དང་། “བདེན་གཉིས་འགལ་མེད་ཟུང་འཇུག་གི་ལམ་འདི་མདོར་བསྡུས་ན། སངས་རྒྱས་དང་སེམས་ཅན་གྱི་རྟོགས་པ་གཉིས་འགལ་མེད་གཅིག་ཏུ་འདྲེས་པའི་ལུགས་སུ་སྣང་ལ། འདི་འདྲ་ལ་ཡིད་ཆེས་ན་འཁོར་འདས་བྱ་བ་ཚིག་ཙམ་ལ་ཡང་ཡིད་ཆེས་པའི་གོ་སྐབས་མེད་”③ཅེས་མཐའ་བྲལ་རྟེན་འབྱུང་གི་རིགས་པ་

① དགེ་འདུན་ཆོས་འཕེལ། 《དགེ་འདུན་ཆོས་འཕེལ་གྱི་གསུང་རྩོམ་》(གཉིས་པ)(M)བོད་ལྗོངས་བོད་ཡིག་དཔེ་རྙིང་དཔེ་སྐྲུན་ཁང་། ༢༠༡༢/༧པར་གཞི་གཉིས་པ། ཤ༢༧༣

② དགེ་འདུན་ཆོས་འཕེལ། 《དགེ་འདུན་ཆོས་འཕེལ་གྱི་གསུང་རྩོམ་》(གཉིས་པ)(M)བོད་ལྗོངས་བོད་ཡིག་དཔེ་རྙིང་དཔེ་སྐྲུན་ཁང་། ༢༠༡༢/༧པར་གཞི་གཉིས་པ། ཤ༣༨༢

③ དགེ་འདུན་ཆོས་འཕེལ། 《དགེ་འདུན་ཆོས་འཕེལ་གྱི་གསུང་རྩོམ་》(གཉིས་པ)(M)བོད་ལྗོངས་བོད་ཡིག་དཔེ་རྙིང་དཔེ་སྐྲུན་ཁང་། ༢༠༡༢/༧པར་གཞི་གཉིས་པ། ཤ༣༥༧

སྲིད་མཐའ་ཙམ་དང་། འདི་ལ་ཇི་སྲིད་ཡིད་རྟོན་ན་དེ་སྲིད་འཁོར་འདས་ལ་ཡིད་ཆེས་པའི་གོ་སྐབས་ནམ་ཡང་མེད་པས། ཡོད་མིན་མེད་མིན་གྱི་མཐའ་བཞིའི་སྤྲོས་པ་དང་བྲལ་བའི་ཡེ་ཤེས་ཀྱི་གཟིགས་ངོར་གྱུར་བའི་ཆོས་དབྱིངས་སྟོང་པའི་རང་བཞིན་ཏེ། "ཡུལ་གྱི་ནུས་པའམ་ཤེས་བྱའི་སྒྲིབ་པ་ཇི་ཙམ་ཆུང་དུ་སོང་བ་དེ་ཙམ་དུ་ཡུལ་གྱི་སྟོབས་ལས་གྲོལ་བའི་རྣམ་པར་ཤེས་པ་ཕྱི་རོལ་གྱི་ཡུལ་ལ་འཇིགས་སྐྲག་ཇེ་ཉུང་དུ་གྱུར་ནས་མཐར་ཤེས་བྱེད་རང་ཉིད་དང་རོ་གཅིག་པའི་ཤེས་བྱ་དང་འདྲེས་ཏེ་ཟུང་འཇུག་གི་སྐུ་ཐོབ་པོ་"①ཞེས་རྟོགས་བྱ་རྟོགས་བྱེད་མེད་པའི་སྤྲོས་བྲལ་ཞི་བའི་ཆོས་ཀྱི་དབྱིངས་ཏེ། གཟུང་བ་ཡུལ་སྟོང་པའི་ངོ་བོར་འཛིན་པ་སེམས་སྟོང་པའི་རང་བཞིན་རོ་གཅིག་ཏུ་འདྲེས་པའི་སངས་རྒྱས་ཀྱི་རོ་སྙོམས་སའི་གོ་འཕང་ཐོབ་པར་བཞེད་དོ། །

དེའི་ཕྱིར་《སྒྲུ་སྒྲུབ་དགོངས་རྒྱན་》གྱི་དགོངས་པའི་སྙིང་པོ་ནི་མགོན་པོ་སྒྲུ་སྒྲུབ་ཡབ་སྲས་དང་། དཔལ་ལྡན་ཟླ་བའི་གཞུང་དུ་རྒྱལ་བའི་མཐར་ཐུག་དགོངས་པ་སྟེ། བསྟན་པའི་སྙིང་པོ་མཐའ་བྲལ་སྟོང་པ་ཉིད་ཀྱི་དོན་དུ་བཀྲལ་བ་གཟིགས་ཏེ། དགག་ཕྱོགས་ཀྱི་སྟོང་པ་ཉིད་ཉོན་མོངས་པའི་གཉེན་པོ་སྟེ། དབུ་མ་པའི་རིགས་པའི་ཕྲ་བའི་མཐར་ཐུག་དང་། སྒྲུབ་ཕྱོགས་ཀྱི་རྟེན་འབྲེལ་ནི་བློ་ཀུན་རྫོབ་ཀྱི་ངོའི་སྒྱུ་མའི་སྣང་བ་སྟེ། དབུ་མ་པའི་གཞན་ངོའི་ཁས་ལེན་དུ་བཞེད་པའི་ཐལ་འགྱུར་པའི་བདེན་གཉིས་ཀྱི་རྣམ་གཞག་ལྟར། རང་བློ་ཚད་མ་མིན་ཕྱིར་དོན་དམ་བློ་ཡི་སྤྱོད་ཡུལ་མིན། དེའི་ཕྱིར་ཐ་སྙད་ཚད་གྲུབ་ཀྱང་མི་བཞེད། ཕྱིར་ཐ་སྙད་ཚད་གྲུབ་ཏུ་ཁས་མ་བླངས་ཀྱང་རྟེན་འབྲེལ་ལ་ཡིད་རྟོན་མེད་པར་མི་འགྱུར་བ་ནི་འཇིག་རྟེན་གྲགས་པའི་གཞན་ངོའི་ཁས་ལེན་ལྟར་འཁོར་འདས་ཀྱི་རྣམ་གཞག་འཛོག་ནུས

① དགེ་འདུན་ཆོས་འཕེལ། 《དགེ་འདུན་ཆོས་འཕེལ་གྱི་གསུང་རྩོམ་》(གཉིས་པ)(M)བོད་ལྗོངས་བོད་ཡིག་དཔེ་སྙིང་དཔེ་སྐྲུན་ཁང་། ༢༠༡༢/༧པར་གཞི་གཉིས་པ། ཤ༣༨༣

པར་བཞེད་དོ། །

མདོར་ན་《ཀླུ་སྒྲུབ་དགོངས་རྒྱན་》ནི་བོད་ཕྱི་རབས་པའི་སྣང་སྟོང་གཉིས་ཚོགས་ཀྱི་མཐའ་བྲལ་རྟེན་འབྱུང་གི་རིགས་པར་སུན་འབྱིན་མཛད་དེ། བོད་སྔ་རབས་པའི་མཐའ་བཞི་སྤྲོས་བྲལ་གྱི་དགོངས་པའི་ཟབ་ཁྱད་ཕྲ་ཞིང་ཕྲ་བ་ལུང་རིགས་ཡང་དག་སྒོ་ནས་བསྟན་པའི་དབུ་མའི་བསྟན་བཅོས་ཤིག་གོ།

ཁ་ཅིག་ལུགས་འདི་ནི་རྙིང་མའི་ལྟ་གྲུབ་ཏུ་འདོད་མོད། 《ཀླུ་སྒྲུབ་དགོངས་རྒྱན་》གྱི་བསྟན་བཅོས་རྩིལ་པོར་ཐ་སྙད་ཚད་གྲུབ་མི་བཞེད་པ་རིགས་པའི་གཞུང་ཤིང་དང་རྩ་བར་མཛད་ཅིང་། མཐའ་བྲལ་སྟོང་པ་ཉིད་རྒྱལ་བའི་མཐར་ཐུག་དགོངས་པ་དང་། སྟོང་པ་ཉིད་བསྟན་པའི་སྙིང་པོ། དབུ་མ་པའི་གཞན་ངོའི་ཁས་ལེན། མཐའ་བཞི་སྤྲོས་བྲལ། མ་ཡིན་དགག་སོགས་རིགས་པའི་རྩལ་དུ་བཏོན་ཡོད་པས། བོད་སྔ་རབས་པའི་དབུ་མའི་ལམ་སྲོལ་ཡིན་པ་ཤིན་ཏུ་རྟོགས་སླའོ། །

སྐབས་བབ་《བཙོན་ནས་རྟོར་ཁང་ལ་གནང་བའི་མགུར་》གྱི་ཟབ་དོན་མཁས་དབང་དགེ་འདུན་ཆོས་འཕེལ་གྱི་ཐུན་མོང་མ་ཡིན་པའི་དབུ་མའི་བསྟན་བཅོས་《ཀླུ་སྒྲུབ་དགོངས་རྒྱན་》གྱི་དགོངས་པའི་སྙིང་པོ་ལྟར་གཙོ་ཁ་སྨྲར་ཚུལ་གྱིས་འཆད་དོ། །

《བཙོན་ནས་རྟོར་ཁང་ལ་གནང་བའི་མགུར་》

(དགེ་འདུན་ཆོས་འཕེལ་གྱི་གསུང་རྩོམ། ༼གཉིས་པ༽ལས་དྲངས)

འདི་ན་སུ་དང་གང་གིས་མྱི་ཤེས་པའི། །གཡུང་དྲུང་ལྷ་ཡི་རྒྱ་ཐག་རིང་མོ་འདིས། །མཐའ་མྱེད་ཆོས་དབྱིངས་རིག་པའི་དབྱིངས་སུ་བཏགས། །རིག་པའི་བུ་ཆུང་ལུས་ཀྱི་ནང་དུ་བཏགས། །ལུས་ཀྱི་ཐོ་ཡོར་ཟས་དང་སྐོམ་ལ་བཏགས། །ཟས་དང་སྐོམ་ནི་ཕྱི་རོལ་རྐྱེན་ལ་བཏགས། །དེ་ལྟར་ཐག་པ་གཅིག་ལ་གཅིག་འཐུད་པ། །གཅོད་པའི་ས་མཚམས་གཞན་ནི་

ཡོད་མ་ཡིན། །ས་མཚམས་གཅིག་ནི་ཀུན་གྱིས་སྨྲོ་འདོད་པ། །ལུས་སེམས་འབྲེལ་ཐག་ཆོད་པའི་འཆི་བ་ཉིད། །ས་མཚམས་གཅིག་ནི་ཀུན་གྱིས་སྨྲོ་ཤེས་པ། །ཐག་པ་རྡུལ་ནས་དབྱིངས་རིག་འདྲེས་པ་ཉིད། །སེམས་འདི་མཐའ་དང་བྲལ་བའི་ལྷ་མོ་སྟེ། །ལྷ་མོའི་ཕ་ཡུལ་འཇིག་རྟེན་འདི་མིན་མོད། །སེམས་ཀྱི་ལྷ་མོའི་ཞབས་ཀྱི་མཐེ་ཆུང་གཅིག། སྐྱུད་པས་ལུས་པོ་འདི་ལ་དམ་དུ་བཏགས། །དེ་ནས་སྐྱུད་པ་འདི་ཉིད་ཆད་ཀྱི་བར། །ལུས་ཀྱིས་གང་སྤྱོད་སེམས་ཀྱིས་སྤྱོད་བར་སྣང་། །མཐེ་ཆུང་འདི་ལ་ཕན་གནོད་གང་བྱུས་པས། །ལྷ་མོ་འདི་ལ་བདེ་སྡུག་སྤྱོད་བར་ཟད། །ཐག་པ་འདི་དེ་ཆད་ན་ལེགས་མོད་ཀྱང་། །ཐག་པ་ཆད་པར་འཇིག་རྟེན་ཐམས་ཅད་སྐྲག། །ཐག་པས་འབྲེལ་བའི་ཐབས་ལའ་འབད་པ་ནའ། །ཐག་པའི་སྣེ་ཀུན་ཆོར་མས་དཀྲིས་པར་མཐོང་། །ཆོར་མའི་རྩེ་མོ་རེ་རེ་འགོག་སྣད་དུ། །ཤེས་རིག་ལས་ཀྱི་རྣམ་གྲངས་རེ་རེ་བསླབ། །དེས་ན་ཆོར་མ་འགོག་པའི་ཁྲལ་ལས་འདི། །མ་ཤིའི་བར་དུ་འབྲེལ་བར་བྱེད་པར་ཟད། །ཚར་མེད་སྤྱང་དུ་མེད་པའི་བྲེལ་བ་འདི། །ཀུནད་ཀྱིས་སྐྱེ་བ་བླངས་པའི་དོན་སྙོར་སྣང་། །མཁའ་དང་མཉམ་པའི་སེམས་ཀྱི་ཆ་ཤས་གཅིག། ཤ་ཁྲག་ལས་ཀྱི་འདམ་དུ་ཚུད་པ་ནའ། །ཚ་གྲང་བཀྲེས་སྐོམ་རེ་དོགས་འཇིག་སྐྲག་གི། །སྡུག་བསྔལ་འདི་ལ་ཟད་མཐའ་མེད་པ་སྙམ། །འོན་ཀྱང་འབད་པ་བརྒྱ་ཡིས་སྒྲུབ་སྒྲུབ་པའི། །ཤེས་རིག་དཔལ་གྱིས་བསྐྲུན་པའི་ལུས་པོ་འདི། །ཆོས་ཉིད་གནམ་གྱི་རྒྱལ་མོའི་བཀའ་ལུང་བཞིན། །ས་སྟེང་འདི་རུ་ལོ་ཤས་སྡོད་པར་ཟད། །མགུར་འདི་སྐད་ཅེས་བླངས་སོ། །[1]

འདི་འཆད་པར་གཉིས་ཏེ། གསུང་མགུར་གྱི་སྒྱུ་རྩལ་མཛེས་པ་དང་། བསམ་བློའི་རང་བཞིན་གྱི་སྤྱོད་རོལ་གཉིས་སོ། །

སྒྱུ་རྩལ་གྱི་མཛེས་པ་འཆད་པར་གཉིས་ཏེ། གཅིག གསུང་མགུར་འདི་ནི་སྙན་གཞུང་《མེ་ལོང་མ་》ལུགས་ཀྱི་གཟུགས་རྒྱན་གྱིས་བརྒྱན་པའི་སྲོལ་རྒྱུན་མགུར་

① དགེ་འདུན་ཆོས་འཕེལ། 《དགེ་འདུན་ཆོས་འཕེལ་གྱི་གསུང་རྩོམ་》(གཉིས་པ)(M)བོད་ལྗོངས་བོད་ཡིག་དཔེ་སྙིང་དཔེ་སྐྲུན་ཁང་། ༢༠༡༢/༧པར་གཞི་གཉིས་པ། ཤ༣༡༣-༣༡༥

མའི་རྩོམ་སྒྲོལ་ཡིན་པ་གང་ཞིག ཕལ་སྐད་ཀྱི་སྙིང་པོ་སྟེ། ཁ་གསལ་གོ་བདེ་དང་། བབས་ཆགས་ཚིག་གི་སྲད་བུར་བརྒྱུས་པའི་སྙན་ངག་སྐད་ཆའི་མཛེས་པ་ལྡན། གསུང་མགུར་འདིར་ཆ་མཚོན་ན། སྙན་ངག་པའི་ཚོར་འདུ་རྟོག་བཏགས་དང་། འཆར་ཡན་གྱི་གཞོག་ཟུར་དང་བསྲེབས་ཏེ། སྣང་ལ་མ་ངེས་པའི་མཛེས་དཔྱོད་གྱི་ཁམས་སུ་སྲིང་བྱེད་ཀྱི་རླུང་གི་གཡབ་མོ་དང་འདྲ་སྟེ། སྐད་ཆའི་བརྙན་རིས་འདི་ལས་ལྷ་མོའི་མཚོན་དོན་སྨྲ་བསམ་བརྗོད་མེད་ཀྱི་གཞི་རུ་གྱུར་བའི་ཕྱིར། མཁས་དབང་འདི་པས་ཀྱང་“ཇི་ལྟར་དངོས་པོའི་གཤིས་ལ་ཉེ་གྱུར་པ། །དེ་ལྟར་མཁས་པའི་ཚིག་ནི་ལྷུག་པས་གྱུར་བས་”①ཞེས་གསུངས་པའི་དགོངས་པའི་མཐིལ་ཏེ། སྐད་བརྡར་དབང་འགྱུར་བའི་སྙན་ངག་པ་ཞིག་གིས་དངོས་པོའི་གཤིས་ཏེ། ཚོས་ཉིད་སྤྲོས་བྲལ་གྱི་གནས་ལུགས་དམ་པ་ངག་གི་དཔལ་དུ་འདྲེན་ནུས་པར་བཞེད་དོ། །སྤྱིར་སྙན་ངག་པར་སྐད་བརྡའི་ཐྱི་བོའམ། ཚིག་གི་གཏེར་ཁ་སྟོག་མཁན་ཟེར་བའི་གནད་ཀྱང་འདི་ལ་ཐུག འདི་ནི་ཚིག་སྦྱོར་རྩལ་ལ་མཁས་པའི་ངག་གི་དབང་པོས་ནུས་པ་ལས། བསྟན་བཅོས་ཀྱི་ཚིག་ལ་མཁས་པའི་སྨྱུག་འཛིན་པས་མི་བཏུབ་བོ། །

མགུར་མའི་ཕལ་སྐད་ཀྱི་ཚིག་ཉམས་དང་། བྱིངས་ཏེ། “བྱིངས་བྱ་བ་ཡང་གཞན་ཅི་ཡང་མ་ཡིན་གྱི། ཆེས་གནའ་དུས་ཀྱི་སྐད་རྙིང་རྣམས་མཐའ་བཅད་དེ་བཏུས་པ་ཡིན་”②ཞེས་གསུངས་པ་ལྟར། ཐམས་ཅད་ཀྱིས་གོ་ཐུབ་པའི་ཕལ་སྐད་དང་། སྐད་རྙིང་གི་སྙིང་པོ་བྱིངས་ཟུང་འབྲེལ་གྱི་སྐད་ཆའི་རྟེན་འབྲེལ་འཛོམས་

---

① དགེ་འདུན་ཆོས་འཕེལ། 《དགེ་འདུན་ཆོས་འཕེལ་གྱི་གསུང་རྩོམ་》(གཉིས་པ)(M)བོད་ལྗོངས་བོད་ཡིག་དཔེ་རྙིང་དཔེ་སྐྲུན་ཁང་། ༢༠༡༢/༧པར་གཞི་གཉིས་པ། ཤ༥༠༩

② དགེ་འདུན་ཆོས་འཕེལ། 《དགེ་འདུན་ཆོས་འཕེལ་གྱི་གསུང་རྩོམ་》(གཉིས་པ)(M)བོད་ལྗོངས་བོད་ཡིག་དཔེ་རྙིང་དཔེ་སྐྲུན་ཁང་། ༢༠༡༢/༧པར་གཞི་གཉིས་པ། ཤ༢༤༨

པའི་བོད་རྩོམ་རྣལ་མའི་ཚིག་ཉམས་ཀྱིས་ཕྱུག་གོ། དེའང་བོད་སྟ་རབས་པའི་ཚིག་རྒྱན་གཙིགས་སུ་བཟུང་བ་གང་ཞིག མཁས་པའི་ངག་སྒྱུར་གྱི་ཉམས་འགྱུར་ཕུན་སུམ་ཚོགས་པའི་རྩོམ་གཞིས་ཕུལ་དུ་ཕྱུང་བ་ཞིག་གོ། དེ་ལྟ་དེ་ལྟར་ཏེ། སྙན་ངག་པའི་ཡིད་འགྱུར་ཆུ་སྦྲན་ཐང་མར་གདལ་འདྲའི་སྐད་ཆའི་སྙན་རོ་དྭངས་མ་དང་རོ་གཅིག་ཏུ་འདྲེས་པས། ཚིག་གསལ་དོན་ཟབ་ཀྱི་ཉམས་འགྱུར་དང་། ཚོར་བའི་འགྲོས་རིམ་མངོན་པར་གསལ་བའི་ཉམས་སྣང་ལྡན།

ཁ་ཅིག་གིས་མཁས་དབང་དགེ་འདུན་ཆོས་འཕེལ་གྱི་སྙན་ངག་ཚིག་གི་མཛེས་པར་སྙན་ངག་སྐད་ཆའི་འཇོམ་བྱ་སྟེ། དོན་བརྗོད་དང་སྦྱོར་བརྗོད་ལྟ་བུའི་ཐ་སྙད་ཀྱི་རྗེས་ཤུལ་ཟབ་པས། སྒྱུང་རོལ་གྱི་རིན་ཐང་ཆེར་མི་ལྡན་ཞེས་སྨྲའོ། །འདི་ནི་ཧློག་པ་པོ་ཞིག་གི་སྙན་ངག་ལྟ་ཀློག་དང་། སྒྱུང་རོལ་གནས་སྐབས་ཀྱི་སྒྱུང་བ་བསླུ་མེད་ཅིག་ཡིན་པ་ཉིན་ཏུ་བདེན། དཔེར་ན། མཁས་དབང་འདི་པའི་སྙན་ངག་ཤོ་ལོ་ག་གཅིག་བསླུགས་པ་ཙམ་གྱིས་བློར་བཟུང་ཐུབ་པའི་ངང་ཚུལ་ལྟ་བུའི་ཚིག་ཉམས་ལ་རྫོངས་པ་ལྟར་རོ། །རྩ་བ་ནི་སྙན་ངག་སྐད་ཆའི་མཛེས་པར་གྱུར་བའི་ཕལ་སྐད་དང་། ཁྱིངས་ལྟ་བུའི་ཐ་སྙད་ལ་དངོས་པོའི་གཞིས་ལུགས་སྦྱོར་བྲལ་མཆོན་ནུས་པའི་བརྡ་དོན་ནམ། ཚིག་ནུས་ཕུན་སུམ་ཚོགས་པོ་ལྡན་པའི་ཕྱིར་རོ། །དོན་དམ་དུ་སྐད་བརྡའི་ཁམས་ཀྱི་རྣལ་མ་གོ་བའི་རང་མཚང་ངོ་། །ཚིག་ནུས་དེ་ལྟ་བུ་ཉེ་རབས་སྐྱ་ཆའི་རྣལ་འབྱོར་པའི་ཉམས་མགུར་ཕུད། ཆོས་སྐད་ཚིག་རྒྱན་དུ་བསྡེབས་པའི་མཁས་པའི་ངག་སྒྱུར་དུ་ཧ་ལམ་མཐོང་དཀོན་པར་སྙམ།

གཞན་ཡང་རྩོམ་གཞིས་གོ་སླ་བའི་ལུགས་ཀྱི་སྒྲ་རྩོལ་སྙོད་ཅིང་འཇམ་པ་སྟེ། ངག་ཏུ་ལོངས་བདེ་ལ། ཡིད་ལ་འཇགས་སླ་བའི་སྐད་ཆའི་སྒྱུ་རྩལ་གྱི་ཁྱད་ཆོས་ལྡན་པས། སྒྱུང་རོལ་ལ་སྐྱོ་ངལ་མི་སྐྱེ་ཞིང་། ལྟ་ཀློག་ལ་དང་བ་འདྲེན་ནུས་པའི་

སྒྱུ་རྩལ་གྱི་བསླུ་བྲིད་ཟབ་པོ། །

གཅིག་ཤོས། ཡིད་བརྙན་སྙན་ངག་གི་ཁྱད་ཆོས་ཤིན་ཏུ་ཟབ་པོ། །དེའང་"ཡིད་བརྙན་རིང་ལུགས་ཀྱི་སྙན་ངག་གི་མཚོན་དོན་ནི་ཆེ་བ་བརྩམས་ཆོས་རྩིལ་པོ་དང་། ཚུང་བ་ཡིད་བརྙན་གྱི་ཆ་ཤས་སོ་སོའི་མཚོན་དོན་གྱི་རང་བཞིན་ནོ་"[①]ཞེས་པ་དང་། "ཨ་ལོ་ཐེའི'ཚོར་འདུ་ལས་བྲོལ་བ' ཡི་རྣམ་བཤད་དེ། སྙན་ངག་ནི་ཚོར་འདུ་དྲག་པོ་མཚོན་ཕྱིར་མ་ཡིན། དེ་ལས་བྲོལ་བའོ་"[②]ཞེས་གསུངས་པ་ལྟར། ཡིད་བརྙན་རིང་ལུགས་ཀྱི་སྒྱུ་རྩལ་གྱི་སྙིང་པོ་ནི་ཡིད་འགྱུར་མཚོན་རྒྱུ་མ་ཡིན་པར་མཚོན་པ་ཅན་གྱི་ལམ་ནས་སྙན་ངག་རྩིལ་པོའམ། ཡིད་བརྙན་གྱི་ཆ་ཤས་སོ་སོའི་མཚོན་དོན་ལས་བསྟན་དོན་གྱི་དོན་མང་རང་བཞིན་དང་། གོ་དཀའི་རང་བཞིན། གབ་སྦེད་རང་བཞིན། རབ་རིབ་རང་བཞིན། མཚོན་བྱེད་རང་བཞིན་ལ་སོགས་པའི་མཛེས་དཔྱོད་ཀྱི་ཁམས་ཡངས་པོ་བཞེངས་པ་ཡིན། འདི་ལ་ཡིད་བརྙན་སྙན་ངག་གི་སྒྱུ་རྩལ་གྱི་མཐར་ཐུག་མཛེས་པ་ཞེས་ཀྱང་བྱའོ། །

གསུང་མགུར་རྩིལ་པོའི་མཚོན་དོན་དང་། བྱེ་བྲག་གི་ཡིད་བརྙན་གྱི་ཆ་ཤས་ཏེ། གཡུང་དྲུང་ལྷ་ཡི་རྒྱུ་ཐག་རིང་མོ་དང་། སྐུད་པ། ཐག་པ། ལྷ་མོ། ལྷ་མོའི་ཞབས་ཀྱི་མཐེའུ་ཆུང་། ཚེར་མ་ལ་སོགས་པའི་མཚོན་དོན་ཟབ་ཅིང་། ཡིད་བརྙན་གྱི་ཆ་ཤས་འདུས་པའི་སྙན་ངག་རྩིལ་པོའི་མཚོན་དོན་ཡང་གནས་ལུགས་བསྟན་པའི་སྙན་ངག་གི་ཉམས་འགྱུར་དུ་འཕོས་ཏེ། སྙན་ངག་གི་མཚོན་དོན་གྱི་འགྲོས་རིམ་ལ་གཏན་ཚིགས་ཀྱི་འགྱུར་བའི་རང་བཞིན་ཆེའོ། །རྩ་བ་ནི་མཚོན་དོན་སྣ་མང་གི་

① 杨惠林：《外国文学阅读与欣赏》，〔M〕首都大学出版社1999/9第1版，P443

② 孙彩霞：《西方现当代文论要著研读》，〔M〕上海教育出版社2013/5第1版，P22

ཡིད་བརྙན་གྱི་ཆ་ཤས་སྙན་ངག་སྐད་ཆའི་སྙན་རོ་དང་། བློས་བསླངས་ངོ་མཚར་ཅན་གྱི་མཛེས་པའི་ཁམས་སུ་ངོ་བོ་དབྱེར་མེད་དུ་འདྲེས་པས་སོ། །དེའི་ཕྱིར་ཡིད་བརྙན་གྱི་ཆ་ཤས་ཀྱིས་འདུས་པའི་སྙན་ངག་ཧྲིལ་པོའི་མཚོན་དོན་འདི་ཡིན་ཞེས་འགྲེལ་དཀའ་བའི་བསྟན་དོན་དོན་མང་རང་བཞིན་གྱི་སྤྱོད་རོལ་གྱི་རྣམ་པའི་མཛེས་པ་གྲུབ། འདི་ནི་ཡིད་བརྙན་སྙན་ངག་གི་ཐུན་མིན་ཁྱད་ཆོས་ཏེ། འདི་ལ་ཡིད་བརྙན་རིང་ལུགས་ཀྱི་ཤིང་རྟའི་སྤྲོལ་འབྱེད་པ་ཕོང་ཏེས"ཡིད་བརྙན་ནི་སྐད་ཅིག་མར་མངོན་པའི་རིགས་ཤེས་དང་ཚོར་ཤེས་ཀྱི་འཁྲིང་མདུད་དོ་"[①]ཞེས་པ་དང་། "སྙན་ངག་གི་རྩ་བའི་ཚོན་རྩི་ནི་ཡིད་བརྙན་ཡིན་"[②]ན། "ཡིད་བརྙན་གྱི་མཚོན་དོན་ཕྱིར་སྙན་ངག་གི་ཕྱིའི་རྣམ་པའི་མཛེས་པ་འཛོམས་མི་རུང་"[③]ཞེས་གསུངས་པ་ལྟར། མཚོན་པ་ཅན་ལམ་གྱི་རྣམ་པའི་མཛེས་པ་ཡིད་བརྙན་གྱི་ཆ་ཤས་འདུས་པའི་མཚོན་དོན་གྱི་བགེགས་སུ་མི་འགྲོ་བ་ལུགས་འདིའི་སྒྱུ་རྩལ་གྱི་རྩ་བའི་ བླང་བྱའོ། །

གསུང་མགུར་གྱི་མ་གཞུང་དུའང་ཡིད་བརྙན་གྱི་ཆ་ཤས་གཙོ་བོ་གཡུང་དྲུང་ལྷ་ཡི་རྒྱ་ཐག་རིང་མོའམ། ཐག་པ། སྐུད་པ་བཅས་ཀྱི་མཚོན་དོན་མུ་ཏིག་སྲད་བུར་བརྒྱུས་འདྲའི་རྟོག་རྒྱུན་གྱི་ཁོང་ཐིག་ཏུ་སྦྲེལ་ཏེ། སྙན་ངག་མཚོངས་ལྡིང་གི་བར་ཆོད་རན་པོས་ཁ་གཏོད་ཡུལ་གྱི་ལྷ་མོ་དང་། ལྷ་མོའི་ཞབས་ཀྱི་མཐེའུ་ཆུང་། ཚོར་མ་བཅས་ཀྱི་ཡིད་བརྙན་གྱི་ཆ་ཤས་ཕལ་པ་དག་དང་བསྡེབས་ཏེ། གཡུང་དྲུང་ལྷ་ཡི་རྒྱ་ཐག་རིང་མོས་མཐའ་མེད་ཆོས་དབྱིངས་རིག་པའི་དབྱིངས་སུ་བཏགས་པ་དང་། སེམས་ཀྱི་ལྷ་མོའི་མཐེའུ་ཆུང་སྐུད་པས་ལུས་པོར་དམ་དུ་བཏགས་པ། ཐག་པའི་སྣེ་ཀུན་ཚེར་མས་དཀྲིས་པ་བཅས་ཀྱི་མཚོན་དོན་ཅི་ཡིན་མཚོན་པ་ཅན་གྱི་

① 庞德：《庞德诗选比萨诗章》，〔M〕漓江出版社1998/1第1版，P219

② 庞德：《庞德诗选比萨诗章》，〔M〕漓江出版社1998/1第1版，P220

③ 庞德：《庞德诗选比萨诗章》，〔M〕漓江出版社1998/1第1版，P275

ལམ་ནས་མཇོས་དཔྱོད་ཀྱི་ཁམས་ཡངས་པོར་བསྐྲིངས་ཡོད།

གསུང་མགུར་གྱི་བསམ་བློའི་རང་བཞིན་ཅི་ཡིན་ཞེ་ན། འདིར་ཡང་བོད་སྟ་རབས་པའི་མཐའ་བཞི་སྦྱོས་བྲལ་གྱི་དགོངས་པ་སྟེ། མཚོན་དོན་《སྐུ་སྒྲུབ་དགོངས་རྒྱན་》གྱི་དགོངས་པ་ལྟར་འཆད་ན། ཡིད་བརྟན་གྱི་ཆ་ཤས་གཙོ་བོ་གཡུང་དྲུང་ལྷ་ཡི་རྒྱུ་ཐག་རིང་མོའམ། སྐྱིད་པ། ཐག་པ་བཅས་ནི་རྟེན་འབྲེལ་གྱི་དོན་ལ་འཇུག་ཅིང་། ཡིད་བརྟན་གྱི་ཆ་ཤས་ཕལ་པ་ལྷ་མོ་ནི་སེམས་དང་། ལྷ་མོའི་ཞབས་ཀྱི་མཐེའུ་ཆུང་ནི་རྟོག་པའམ་རྣམ་རྟོག ཚེར་མ་ནི་རྣམ་རྟོག་གིས་བཅས་པའི་གྲུབ་མཐའི་ལྟ་གྲུབ་བཅས་ལ་འཇུག་པ་བརྗོད་བྱ་གོང་འོག་གུང་བསྒྲིགས་ན་རྟོགས་ནུས་སོ། །

སྨྱོང་རོལ་གྱི་གཞིར་གྱུར་བའི་གཡུང་དྲུང་ལྷ་ཡི་རྒྱུ་ཐག་རིང་མོའམ། སྐྱིད་པ། ཐག་པ་བཅས་ནི་རྟོག་རྒྱུན་གྱི་ཁོང་ཐིག་གམ། གསུང་མགུར་རྩེལ་པོའི་ཡིད་བརྟན་གྱི་ཆ་ཤས་ཕལ་པ་དག་དཀྲི་བྱེད་ཀྱི་ཐ་གུ་ཞིག་དང་འདྲ་ན། འདིར་ཡང་གསུང་མགུར་རྩེལ་པོའི་མཚོན་དོན་ཅི་ཡིན་ཡིད་བརྟན་གྱི་ཆ་ཤས་སོ་སོའི་མཚོན་དོན་གྱི་ངོ་བོ་ལྟར་ཁག་གསུམ་དུ་ཕྱེ་ནས་འཆད་པར་འགྱུར་རོ། །

སྟ་མ། "འདི་ན་སུ་དང་གང་གིས་སྨྲ་ཤེས་པའི། །གཡུང་དྲུང་ལྷ་ཡི་རྒྱུ་ཐག་རིང་མོ་འདིས། །མཐའ་མེད་ཆོས་དབྱིངས་རིག་པའི་དབྱིངས་སུ་བཏགས། །རིག་པའི་བུ་ཆུང་ལུས་ཀྱི་ནང་དུ་བཏགས། །ལུས་ཀྱི་ཐོ་ཡོར་ཟས་དང་སྐོམ་ལ་བཏགས། །ཟས་དང་སྐོམ་ནི་ཕྱི་རོལ་རྐྱེན་ལ་བཏགས། །དེ་ལྟར་ཐག་པ་གཅིག་ལ་གཅིག་འཐུད་པ། །གཅོད་པའི་ས་མཚམས་གཞན་ནི་ཡོད་མ་ཡིན། །ས་མཚམས་གཅིག་ནི་ཀུན་གྱིས་སྨྲ་འདོད་པ། །ལུས་སེམས་འབྲེལ་ཐག་ཆོད་པའི་འཆི་བ་ཉིད། །ས་མཚམས་གཅིག་ནི་ཀུན་གྱིས་སྨྲ་ཤེས་པ། །ཐག་པ་རྡུལ་ནས་དབྱིངས་རིག་འདྲེས་པ་ཉིད།" ཅེས་པའི་བར་རོ། །

སྒྲ་ཇི་བཞིན་པའི་གོ་ཚུལ་ལྟར་ན། བདེན་འཛིན་མ་རིག་པའི་ཉོན་མོངས་པའི་དྲི་མ་གློ་བུར་བས་བསྒྲིབས་པའི་རྟོག་པ་རང་མཚན་པའི་སོ་སྐྱེ་ཕལ་པ་རང་ག་བས་ཆོས་ཉིད་སྟོང་པའི་རང་བཞིན་རྟོགས་པར་མ་གྱུར་བའི་ཕྱིར། སྒྱུ་མའི་རྟེན་འབྲེལ་གྱི་མཚོན་དོན་དུ་གྱུར་བའི་གཡུང་དྲུང་ལྷ་ཡི་རྒྱ་ཐག་རིང་མོས་མཐའ་མེད་ཆོས་དབྱིངས་སྟོང་པ་རྟོག་གེའི་རིགས་པའམ། འཇིག་རྟེན་ཤེས་རབ་ཀྱི་དབྱིངས་སུ་བཏགས་པ་མ་རྟོགས། དེ་ལྟར་རྟེན་འབྲེལ་བསླུ་མེད་སྟོབས་གང་ཆེས་རིག་པའི་བུ་ཚུང་ལུས་ཀྱི་ནང་ལ་བཏགས་པ་དང་། དེ་ཡང་ཟས་དང་སྨན་ལ་བཏགས་པ། དེ་ཡང་ཕྱི་རོལ་རྐྱེན་ལ་བཏགས་པ་ལ་སོགས་ཀུན་རྫོབ་ཆོས་ཀྱི་སྒྱུ་མའི་སྣང་བ་བཟློག་རྒྱུ་ཚོགས་ཤིན་ཏུ་ཆེ་ཞིང་། རྟེན་འབྲེལ་གྱི་ཐག་པའང་གཅིག་ལ་གཅིག་མཐུད་དེ། གཅོད་པའི་ས་མཚམས་རྙེད་དཀའ་བ་སྟེ། གཅིག་ནི་ཀུན་གྱིས་མི་འདོད་པའི་ལུས་སེམས་འབྲེལ་ཐག་ཆོད་པའི་འཆི་བ་དང་། གཅིག་ཤོས་ནི་ཀུན་གྱིས་མི་ཤེས་པའི་སངས་རྒྱས་ཀྱི་ར་སྙོམས་ས་སྟེ། རྟེན་འབྲེལ་གྱི་ཐག་པ་རྡུལ་ནས་གཟུང་བ་ཡུལ་སྟོང་པ་ཆོས་ཀྱི་དབྱིངས་དང་། འཛིན་པ་ཡུལ་ཅན་གྱི་གསལ་རིག་སེམས་སྟོང་པ་རོ་གཅིག་ཏུ་འདྲེས་པའི་ཟུང་འཇུག་གི་སྐུ་ཐོབ་པ་གང་ཞིག་ཀྱང་གདམ་གར་མི་ནུས་ཞེས་པའི་དོན་བསྟན།

བར་མ། “སེམས་འདི་མཐའ་དང་བྲལ་བའི་ལྷ་མོ་སྟེ། །ལྷ་མོའི་ཕ་ཡུལ་འཇིག་རྟེན་འདི་མིན་མོད། །སེམས་ཀྱི་ལྷ་མོའི་ཞབས་ཀྱི་མཐེ་ཆུང་གཅིག། སྐྱུད་པས་ལུས་པོ་འདི་ལ་དམ་དུ་བཏགས། །དེ་ནས་སྐྱུད་པ་འདི་ཉིད་ཚད་ཀྱི་བར། །ལུས་ཀྱིས་གང་སྤྱོད་སེམས་ཀྱིས་སྤྱོད་པར་སྣང་། །མཐེ་ཆུང་འདི་ལ་ཕན་གནོད་གང་བྱས་པས། །ལྷ་མོ་འདི་ལ་བདེ་སྡུག་སྤྱོད་པར་ཟད། །ཐག་པ་འདི་དེ་ཚད་ན་ལེགས་མོད་ཀྱང་། །ཐག་པ་ཆད་པར་འཇིག་རྟེན་ཐམས་ཅད་སྐྲགས། །ཐག་པས་འབྲེལ་བའི་ཐབས་ལའང་

འབད་པ་ནའོ། །ཐག་པའི་སྡེ་ཀུན་ཆེར་མས་དཀྲིས་པར་མཐོང་། །ཆེར་མའི་རྩེ་མོ་རེ་རེ་འཕོག་སྣད་དུ། །ཤེས་རིག་ལས་ཀྱི་རྣམ་གྲངས་རེ་རེ་བསླབ། །དེས་ན་ཆེར་མ་འཕོག་པའི་ཁྲལ་ལས་འདི། །མ་ཤིའི་བར་དུ་འབྲེལ་བ་བྱེད་པར་ཟད། །ཚར་མེད་སྤྱང་དུ་མེད་པའི་བྲེལ་བ་འདི། །ཀུནད་ཀྱིས་སྐྱེ་བ་བླངས་པའི་དོན་སྙོར་སྣང་”ཞེས་པའི་བར་རོ། །

སྒྲ་ཇི་བཞིན་པའི་གོ་ཚུལ་ལྟར་ན། གཉུག་སེམས་སྟོང་པའི་རང་བཞིན་རྒྱལ་བས་ཀྱང་མ་རྙེད་པས། མཐའ་བྲལ་སེམས་ཀྱི་ལྷ་མོ་ཉག་གཅིག་འཁོར་འདས་ཆོས་ཀུན་གྱི་རྩ་བའོ། །སེམས་ཀྱི་ལྷ་མོ་ནི་ཀ་ནས་དག་པ་སྟེ། གདོད་མ་ནས་གསལ་རིག་སྟོང་པའི་རང་བཞིན་འཁོར་འདས་ཀྱི་རྩ་བར་ངེས་ན། ལྷ་མོའི་ཕ་ཡུལ་འཇིག་རྟེན་འཁོར་བའི་ཁམས་འདི་ཡིན་པར་མ་ངེས་སོ། །འོན་ཀྱང་སེམས་ཀྱི་ལྷ་མོའི་ཀུན་གཞིར་ཐོག་མ་མེད་པ་ནས་ཞུགས་པའི་ཉོན་མོངས་པའི་དྲི་མ་སྒློ་བུར་བས་གོས་པའི་རྣམ་རྟོག་ཞབས་ཀྱི་མཐེའུ་ཆུང་རྟེན་འབྲེལ་བསླུ་མེད་ཀྱི་སྐྱུད་པས་ལུས་ལ་དམ་དུ་བཏགས་པས། རྟེན་འབྲེལ་གྱི་སྐྱུད་པ་ཇི་སྲིད་མ་ཆད་ན་དེ་སྲིད་ལྷ་མོའི་ལུས་ཀྱིས་གང་སྤྱོད་སེམས་ཀྱིས་སྤྱོད་ཞིང་། ཅི་སྟེ་རྣམ་རྟོག་གི་མཐེའུ་ཆུང་ལ་བཟང་རྟོག་དང་། ངན་རྟོག་གི་རབ་དབྱེས་ཕན་གནོད་ཀྱི་ངལ་བ་ཡུན་རིང་བསྟེན་ཡང་། སྐྱོན་རྣམས་ཕྱི་ཕྱིར་འཕེལ་ཏེ་བདག་ཏུ་ལྟ་བ་ཇེ་བརྟན་དུ་གྱུར་ན། སེམས་ཀྱི་ལྷ་མོར་བདེ་སྡུག་གི་ཚོར་བ་གཅིག་འདྲ་སྤྱོད་པར་སྣང་ངོ་། །དེའི་ཕྱིར་རྩ་བ་སྣང་བ་སྒྱུ་མའི་རྟེན་འབྲེལ་གྱི་ཐག་པ་འདི་ཆད་ན་ལེགས་མོད་ཀྱང་། འཇིག་རྟེན་པ་ཐམས་ཅད་ཆད་ལྟ་སྐུར་འདེབས་ཀྱི་མཐར་འཛིན་ལ་སྲག་སྟེ། རྟེན་འབྲེལ་གྱི་ཐག་པ་འདི་མ་ཆད་སྲེལ་མཐུད་བྱ་རྒྱུར་རྒྱལ་བའི་བསྟན་ལ་གུས་པས་ཅི་འདྲ་འབད་ཀྱང་། ཐག་པའི་སྡེ་ཀུན་རྟོག་གེའི་རིགས་པའའམ། རྣམ་རྟོག་གིས་བཅས་པའི་གྲུབ་མཐའི་ཆེར་

མས་དཀྲིས་ཤིང་། དེ་འགོག་ཆེད་ཀྱི་ཀུན་བརྟགས་བདེན་འཛིན་ཏེ། རིགས་པའི་དགག་བྱ་རང་བཞིན་འགོག་རྒྱུའི་ཁྲལ་ལས་ལ་མི་ཆེ་བྲེལ་ཡང་སངས་རྒྱས་ཀྱི་རོ་སྙོམས་སའི་གོ་འཕང་འཐོབ་རྒྱུ་ལྟ་ཅི། ལྡོག་སྟེ་ཀུན་གྱིས་འཇིག་རྟེན་འཁོར་བའི་ཁམས་སུ་སྐྱེ་བ་བླངས་པའི་དོན་སྒོར་སྣང་ཞེས་སོ། །

ཕྱི་མ། "མཁའ་དང་མཉམ་པའི་སེམས་ཀྱི་ཆ་ཤས་གཅིག། ཤ་ཁྲག་ལས་ཀྱི་འདམ་དུ་ཚུད་པ་ནའ། །ཚ་གྲང་བཀྲེས་སྐོམ་རེ་དོགས་འཇིག་སྐྲག་གི། །སྡུག་བསྔལ་འདི་ལ་ཟད་མཐའ་མྱེད་པ་སྙམ། །འོན་ཀྱང་འབད་པ་བརྒྱ་ཡིས་སྒྲུབ་སྒྲུབ་པའི། །ཤེས་རིག་དཔལ་གྱིས་བརྒྱན་པའི་ལུས་པོ་འདི། །ཆོས་ཉིད་གནམ་གྱི་རྒྱལ་མོའི་བཀའ་ལུང་བཞིན། །ས་སྟེང་འདི་རུ་ལོ་ཤས་སྡོད་པར་ཟད་" ཞེས་པའི་བར་རོ། །

སྒྲ་ཇི་བཞིན་པའི་གོ་ཚུལ་ལྟར་ན། སྟོང་པ་ནམ་མཁའ་དང་མཉམ་པའི་གསལ་རིག་སེམས་ཉིད་ལས་ཀྱི་དབང་གིས་ཤ་ཁྲག་ཕུང་པོའི་འདམ་དུ་ཚུད་ན། ཚ་གྲང་བཀྲེས་སྐོམ་རེ་དོགས་འཇིག་སྐྲག་ལ་སོགས་པ་རྣམ་རྟོག་ཐ་མལ་པའི་རྒྱ་བས་བརྟས་པའི་སྡུག་བསྔལ་ལ་ཟད་མཐའ་མེད་ཀྱང་། ངལ་བ་དུ་མས་བསྒྲུབས་ཤིང་བསྟེན་པའི་འཇིག་རྟེན་ཤེས་རབ་ཀྱིས་བརྒྱན་པའི་ཕུང་པོ་འདི། ཆོས་ཉིད་གནམ་གྱི་རྒྱལ་མོའི་བཀའ་ལུང་སྟེ། བསྐོས་པ་དང་། བཅོས་མ། དུས་གསུམ་ལ་འགྱུར་བའི་རང་བཞིན་དང་བཅས་པའི་རྟེན་འབྲེལ་གྱི་དབང་གིས་ས་སྟེང་འདིར་ལོ་ཤས་སྡོད་པར་ཟད་ཅེས་སོ། །འདི་ནི་དྲང་དོན་གྱི་བརྗོད་བྱ་ཡིན་པས་མི་སྤྲོའོ། །

ཡིད་བརྟན་གྱི་ཆ་ཤས་སྔ་མ་དང་། བར་མའི་མཚོན་དོན་གསུང་མགུར་ཧྲིལ་པོའི་མཚོན་དོན་གྱི་སྙིང་པོར་གྲུབ་ཅིང་། གསུང་མགུར་གྱི་བསྟན་བྱའི་སྙིང་པོའང་《ཀླུ་སྒྲུབ་དགོངས་རྒྱན་》གྱི་དགོངས་པའི་སྙིང་པོ་སྟེ། བོད་སྔ་རབས་པའི་ཐ་སྙད་ཚད་གྲུབ་མི་བཞེད་ཅིང་། མཐའ་བྲལ་སྟོང་པ་ཉིད་ཀྱི་སྤྲོས་བྲལ་ལྟ་བ་བསྟན་པའི་

སྙིང་པོར་བཞེད་པ་ལས་མ་འདས་སོ། །

རྒྱ་བ་ཡང་ཐ་སྙད་ཚད་གྲུབ་ཏུ་མི་བཞེད་པའི་དོན་ལ་ཐུག་པ་སྟེ། ལུགས་འདི་ལྟར་ན། གཅིག ཡིད་དམ། རྟོག་པ། རྣམ་རྟོག བློ་ཞེས་བྱ་བ་དོན་གཅིག་ཡིན་ཞིང་། འདི་ནི་གཉུག་སེམས་སྟོང་པའི་ངོར་ཐོག་མ་མེད་པ་ནས་ཞུགས་པའི་ཉོན་མོངས་པའི་དྲི་མ་སློ་བུར་བ་སྟེ། བདེན་འཛིན་མ་རིག་པའོ། །ནམ་ཞིག་རྟོག་པའི་དྲ་བ་བསལ་ཆེ་སངས་རྒྱས་ཀྱི་ངོ་སྨོམས་ས་ཐོབ་པས། རྟོག་པ་ཚད་མར་བཟུང་ན་བདེན་འཛིན་ཕྱི་ཕྱིར་འཕེལ་ཏེ་བདག་ཏུ་ལྟ་བ་ཇེ་བརྟན་དུ་གྱུར་བར་བཞེད། དེའི་ཕྱིར་ཐ་སྙད་ཀྱི་ཤེས་པ་ཚད་མར་མ་གྲུབ་ཅིང་། ཐོས་བསམ་སྒོམ་གསུམ་གྱི་གཞིར་གྱུར་བའི་རིགས་ཤེས་ཀྱིས་མཐའ་བཞི་སྤྲོས་བྲལ་གྱི་ཆོས་ཀྱི་དབྱིངས་ལ་འཇུག་མི་ནུས་པར་བཞེད། གཉིས། དབུ་མ་ཐལ་འགྱུར་པའི་ལུགས་སུ་ཆོས་ཐམས་ཅད་ཀྱི་རང་བཞིན་བདེན་པར་གྲུབ་པ་རྡུལ་ཙམ་མེད་པས། དགག་ཕྱོགས་ཀྱི་ཤེས་རབ་སྟོང་པ་ཉིད་བདེན་འཛིན་མ་རིག་པའི་གཉེན་པོར་བསྟེན་ཏེ། ཆོས་དབྱིངས་སྟོང་པའི་རང་བཞིན་ལ་འཇུག་དགོས་པ་ལས། སྒྲུབ་ཕྱོགས་ཀྱི་རྟེན་འབྲེལ་རང་བློ་ཚད་མས་བླ་དག་ཏུ་བསྒྲུབས་ཀྱང་ཆོས་དབྱིངས་སྟོང་པའི་རང་བཞིན་རྟོགས་རྒྱུ་ལྟ་ཅི། དེ་ལས་ཉེས་པའི་ཀུན་བརྟགས་ཀྱི་བདེན་འཛིན་ཏེ། དགག་བྱ་རྣ་ཅན་ཉེད་པ་ས་དང་ལམ་གྱི་གེགས་སུ་འགྲོ་བར་བཞེད། གསུམ། བསྡུས་གྲྭ་དང་བཅས་པའི་ཚད་མའི་གཞུང་གི་ཕན་ཚུན་སྤྱངས་འགལ་དང་། རྣམ་བཅད་ཡོངས་གཅོད་ཀྱི་རིགས་པ་ཀུན་རྫོབ་ལ་དཔྱོད་པ་ཕན་ཆད་ཀྱི་རྟོག་གེའི་རིགས་པའམ། འཇིག་རྟེན་གྱི་ཤེས་རབ་ཡིན་ན། བདེན་འཛིན་རྡུལ་ཙམ་མི་བཞེད་པའི་ཐལ་འགྱུར་པའི་ལུགས་ལ་བདེན་འཛིན་གྱི་གྲྭ་མ་ཉམས་པའི་དངོས་སྨྲ་བའི་རིགས་པས་དཔྱོད་མི་ནུས་པར་བཞེད་དོ། །

མདོ་དོན་གྱི་སྙིང་པོ་ལྟར་ན། ཡོད་མིན་མེད་མིན་གྱི་མཐའ་བཞི་དང་བྲལ་བའི་ཆོས་དབྱིངས་སྟོང་པའི་སངས་རྒྱས་ཀྱི་ངོ་སྐྱོམས་ས་ནི་རྟོག་གེའི་རིགས་པ་དང་། འཇིག་རྟེན་ཤེས་རབ་ཀྱི་སྤྱོད་ཡུལ་ནམ་ཡང་མིན་ཞེས་རྟོག་པ་ནི་བདེན་འཛིན་མ་རིག་པའི་དགག་བྱར་ངོས་བཟུང་སྟེ། རང་བློ་ཚད་མར་མ་གྲུབ་པར་བཞེད། འདི་ནི་ཐ་སྙད་ཚད་གྲུབ་མི་བཞེད་པའི་དོན་ནོ། །

རང་བློ་ཚད་མར་མ་གྲུབ་པའི་ཕྱིར། སྒྲུབ་ཕྱོགས་ཀྱི་རྟེན་འབྲེལ་ཡང་འཇིག་རྟེན་གྲགས་པའི་ངོར་བསྙོས་པའི་གཞན་ངོའི་ཁས་ལེན་ཙམ་ལས། དབུ་མ་པའི་རང་ལུགས་སུ་ཀུན་རྫོབ་ལ་ཡང་ལོག་མི་འབྱེད་ཅིང་། ཆོས་ཅན་མཐུན་སྣང་བ་དང་། རང་ལུགས་ཀྱི་ཁས་ལེན་དང་དམ་བཅའ་སོགས་ཀྱང་མེད་པར་བཞེད། སྤྱིར་ཀུན་རྫོབ་ཀྱི་སྣང་བ་བཟློག་རྒྱུ་ཚེགས་ཆེ་ཞེས་སོ་སོ་སྐྱེ་བོའི་གནས་སྐབས་སུ་ཇི་སྲིད་ས་ཆུ་རི་བྲག་འཆར་བའི་སྣང་བའི་བག་ཆགས་མ་ཡལ་ན། དེ་སྲིད་རྟེན་འབྲེལ་ཕྱི་ཕྱིར་ལུས་ལ་གྲིབ་མ་འགྲོགས་པ་ལྟར་བཟློག་དཀའ་འོ། །དེའི་ཕྱིར་ཐ་སྙད་ཚད་གྲུབ་ཁས་མ་བླངས་ཀྱང་རྟེན་འབྲེལ་ལ་ཡིད་རྟོན་མེད་པར་མི་འགྱུར་བའི་སྤྲོས་བྲལ་གྱི་ལྟ་བ་བཞེད་ཅིང་། དགོངས་པའི་མཐར་ཐུག་ཀྱང་སྟོང་པ་རྟེན་འབྲེལ་གྱི་དོན་དུ་གོ་བའི་མཐའ་བྲལ་རྟེན་འབྱུང་གི་ལྟ་བ་ཐར་པའི་གོལ་ས་དང་། ས་དང་ལམ་གྱི་བགེགས་སུ་བཞེད་དོ། །

གསུང་མགུར་དུའང་《ཀླུ་སྒྲུབ་དགོངས་རྒྱན་》གྱི་དགོངས་པའི་སྙིང་པོ་རིགས་པའི་གཞུང་ཤིང་ལྟ་བུར་མཛད་པ་སྟེ། ཡིད་བརྟན་གྱི་ཆ་ཤས་གཙོ་བོ་ལྷ་ཡི་རྒྱུ་ཐག་རིང་མོའམ། སྐྱུད་པ། ཐག་པ་བཅས་གང་ཞིག་གིས་ཡིད་བརྟན་གྱི་ཆ་ཤས་ཕལ་པ་ལྷ་མོ་དང་། ལྷ་མོའི་མཐེའུ་ཆུང་དམ་པོར་ལུས་ལ་བསྟམས་ཤིང་། དེའི་སྟེ་ཀུན་ཚོར་མས་དཀྲིས་པའི་མཚོན་དོན་ལས། ཀུན་རྫོབ་ཆོས་ཀྱི་རང་བཞིན་གྱི་རྟེན་འབྲེལ་བསྐྱ

མེད་དུ་བསྒོམས་ཏེ། སྣང་བར་གཙོགས་ཆེན་བྱ་བ་ནི་གསལ་རིག་སེམས་ཀྱི་རང་བཞིན་ཉོན་མོངས་པའི་དྲི་མ་སློ་བུར་བས་བསྒྲིབས་ཏེ། བདག་ཏུ་ལྟ་བ་ཇེ་བརྟན་དུ་གྱུར་བའི་སྒོ་ཡིན་པར་བསྟན། དེ་ལྟར་ན་རང་བློ་ཚད་མར་མ་གྲུབ་པས། རྣམ་རྟོག་གིས་བཅས་པའི་གྲུབ་མཐའ་གང་ཞིག་ནི་རྟོག་པའི་དྲ་བ་བསལ་བའི་སངས་རྒྱས་ཀྱི་ངོ་སྐྱོམས་སའི་ལྟ་བའི་གོལ་སར་བཞེད་དོ། །

《ཀློ་སྐྱབ་དགོངས་རྒྱན་》དུའང་“རང་རེས་གང་ཐག་བཅད་པ་ཡང་དབང་པོ་ལྔ་པོ་འདི་ལ་བརྟེན་ནས་ཐག་བཅད་པ་ལས་གཞན་ཐབས་ཅི་ཡང་མེད་”①ཅེས་པ་དང་། “རང་ཅག་གི་རྣམ་པར་རྟོག་པ་ལ། ཡོད་མེད། ཡིན་མིན། ཆེ་ཆུང་། བཟང་ངན་ལ་སོགས་པ་ཐམས་ཅད་ཀྱང་ཕན་ཚུན་འགལ་བ་ཤ་སྟག་ཡིན་པས་ཕྲ་རབ་ཀྱི་ནང་དུ་འཛིག་རྟེན་ཤོང་བ་མེད་པ་དེ། ཚད་མའི་མིང་དུ་བཏགས་པའི་རང་ཅག་གི་རྣམ་རྟོག་འདི་ཉིད་ཀྱིས་སྤྲུལ་པའི་རྫུ་འཕྲུལ་ཆེན་པོ་ཞིག་ཡིན་”②ཞེས་གསུངས་ཤིང་། དེ་བཞིན་“གལ་སྲིད་རང་ཅག་གི་ནམ་རྒྱུན་གྱི་བློ་འདིའི་ཁྲིད་ན་ཡང་དག་པའི་རིགས་པ་ཞིག་ཡོད་ཚེ། འཁོར་བ་ཐོག་མ་མེད་པ་ནས་བསྐལ་པ་གྲངས་མེད་ཀྱི་བར་དུ་གོམས་ཀྱང་ད་དུང་ཡར་སྐྱེད་འདི་ཙམ་ལས་མེད་པ་ཡ་མཚར་”③ན། “ཡང་དག་པའི་ལམ་གྱི་གེགས་གཙོ་བོ་ནི་རྣམ་རྟོག་བྱ་བ་དེ་ཡིན་”④ཞེས་ཐ་སྙད་ཚད་གྲུབ་མི་པཞེད་པའི་རིགས་པ་བརྒྱ་ཕྲག་ཕོངས་པ་གསུངས་སོ། །

① དགེ་འདུན་ཆོས་འཕེལ། 《དགེ་འདུན་ཆོས་འཕེལ་གྱི་གསུང་རྩོམ་》(གཉིས་པ)(M)བོད་ལྗོངས་བོད་ཡིག་དཔེ་རྙིང་དཔེ་སྐྲུན་ཁང་། ༢༠༡༢/༧པར་གཞི་གཉིས་པ། ཤ༢༢༧
② དགེ་འདུན་ཆོས་འཕེལ། 《དགེ་འདུན་ཆོས་འཕེལ་གྱི་གསུང་རྩོམ་》(གཉིས་པ)(M)བོད་ལྗོངས་བོད་ཡིག་དཔེ་རྙིང་དཔེ་སྐྲུན་ཁང་། ༢༠༡༢/༧པར་གཞི་གཉིས་པ། ཤ༢༢༥
③ དགེ་འདུན་ཆོས་འཕེལ། 《དགེ་འདུན་ཆོས་འཕེལ་གྱི་གསུང་རྩོམ་》(གཉིས་པ)(M)བོད་ལྗོངས་བོད་ཡིག་དཔེ་རྙིང་དཔེ་སྐྲུན་ཁང་། ༢༠༡༢/༧པར་གཞི་གཉིས་པ། ཤ༣༠༩
④ དགེ་འདུན་ཆོས་འཕེལ། 《དགེ་འདུན་ཆོས་འཕེལ་གྱི་གསུང་རྩོམ་》(གཉིས་པ)(M)བོད་ལྗོངས་བོད་ཡིག་དཔེ་རྙིང་དཔེ་སྐྲུན་ཁང་། ༢༠༡༢/༧པར་གཞི་གཉིས་པ། ཤ༣༠༨

ཡང་“རྟེན་འབྲེལ་བསླུ་བ་མེད་པ་ཡིན་ཞེས་རང་ཚགས་སུ་བཞག་ནས་དེ་ཚོ་འགོག་མི་ཆོག བཀག་ན་ཆད་ལྟར་ལྟུང་སོགས་ཐག་བཅད། དེ་མིན་པའི་བདེན་གྲུབ་བྱ་བ་ཞིག་འགོག་དགོས་ཟེར་བ་འདི་ཚིག་སྐམ་ཁ་ལ་བྱུང་བའི་མཁས་པ་འགའ་ཞིག་གི་ངག་སྒྲོས་ཙམ་ཡིན་”①ཞེས་བོད་ཕྱི་རབས་པའི་ཀུན་བཏགས་ཀྱི་དགག་བྱ་རྭ་ཅན་གྱི་འདོད་ཚུལ་བཀག་ཅིང་། “དོན་གྱི་དབང་དུ་གཟིགས་ནས། སོ་སོ་སྐྱེ་བོའི་བློ་འདི་དག་དགག་ཕྱོགས་དང་། མིན་ཕྱོགས། མེད་ཕྱོགས་ནས་མཐར་ཐུག་གི་གཤིས་དང་ངོ་སྦྱོད་པ་ལས། སྒྲུབ་ཕྱོགས་དང་། ཡིན་ཕྱོགས། ཡོད་ཕྱོགས་ནས་གནས་ལུགས་དང་མཇལ་བའི་ཐབས་མེད་པར་གཟིགས་ནས་གཞན་གྱིས་ཁས་ཅི་བླངས་པ་ཐམས་ཅད་ཐལ་འགྱུར་གྱི་ལྡོག་ཅིང་། རང་ལུགས་སུ་ཁས་ལེན་ཅི་ཡང་མེད་པའི་དེ་བཞིན་གཤེགས་པས་བསྟན་པའི་སྙིང་པོ་དམ་པའི་ཆོས་གནས་མེད་པ། ཡུལ་མེད་པ་འདི་ཉིད་གསལ་བར་མཛད་པ་ཡིན་”②ཞེས་པ་དང་། “བདེན་གཉིས་ཟུང་འཇུག་བྱ་བ་འདི་འཕགས་པའི་ཡེ་ཤེས་དང་འཇིག་རྟེན་པལ་པའི་རྣམ་རྟོག་གཉིས་འགལ་མེད་ཟུང་དུ་འཇུག་པའི་དུས་གཅིག་སྲིད་ན་དེ་དུས་འོང་བར་ངེས་ཀྱི་གཞན་དུ་ནམ་ཡང་སྲིད་པའི་སྐབས་མེད་དོ་”③ཞེས་གསུངས་པ་ལྟ་བུ་ཐ་སྙད་ཚད་གྲུབ་མ་བཞེད་ཀྱང་རྟེན་འབྲེལ་ལ་ཡིད་རྟོན་མེད་པར་མི་འགྱུར་བའི་ཕྱིར་མཐའ་བྲལ་སྟོང་པ་ཉིད་ཀྱི་སྤྲོས་བྲལ་ལྟ་བའི་ཟབ་ཁྱད་ཀྱི་ཆེ་བར་གསུངས་སོ། །

མདོར་ན་《བཙོན་ནས་ཚོར་ཁང་ལ་གནང་བའི་མགུར་》ནི་《ཀླུ་སྒྲུབ་དགོངས་

① དགེ་འདུན་ཆོས་འཕེལ། 《དགེ་འདུན་ཆོས་འཕེལ་གྱི་གསུང་རྩོམ་》(གཉིས་པ)(M)བོད་ལྗོངས་བོད་ཡིག་དཔེ་རྙིང་དཔེ་སྐྲུན་ཁང་། ༢༠༡༢/༧པར་གཞི་གཉིས་པ། ཤ༢༢༥

② དགེ་འདུན་ཆོས་འཕེལ། 《དགེ་འདུན་ཆོས་འཕེལ་གྱི་གསུང་རྩོམ་》(གཉིས་པ)(M)བོད་ལྗོངས་བོད་ཡིག་དཔེ་རྙིང་དཔེ་སྐྲུན་ཁང་། ༢༠༡༢/༧པར་གཞི་གཉིས་པ། ཤ༢༣༠

③ དགེ་འདུན་ཆོས་འཕེལ། 《དགེ་འདུན་ཆོས་འཕེལ་གྱི་གསུང་རྩོམ་》(གཉིས་པ)(M)བོད་ལྗོངས་བོད་ཡིག་དཔེ་རྙིང་དཔེ་སྐྲུན་ཁང་། ༢༠༡༢/༧པར་གཞི་གཉིས་པ། ཤ༢༢༨

རྒྱན་》གྱི་དགོངས་པའི་སྙིང་པོ་སྟེ། བོད་ཕྱི་རབས་པའི་ལུགས་ཀྱི་ཐ་སྙད་ཚད་གྲུབ་དང་། ཁྱད་པར་དུ་སྟོང་པ་རྟེན་འབྱུང་གི་དོན་དུ་གཟིགས་པའི་སྣང་སྟོང་གཉིས་ཚོགས་ཀྱི་མཐའ་བྲལ་རྟེན་འབྱུང་གི་དགོངས་པར་སྲུན་འབྱིན་མཛད་དེ། བོད་སྔ་རབས་པའི་མཐའ་བྲལ་སྟོང་ཉིད་ཀྱི་མཐའ་བཞི་སྤྲོས་བྲལ་ལྟ་བ་བསྟན་པ་གང་ཞིག མཁས་དབང་དགེ་འདུན་ཆོས་འཕེལ་གྱི་ཐུན་མོང་མ་ཡིན་པའི་དབུ་མའི་ལྟ་གྲུབ་བསྟན་པའི་གསུང་མགུར་ཞིག་ཡིན།

ལུགས་འདིའི་ཐུན་མོང་མ་ཡིན་པའི་ལྟ་གྲུབ་སྟེ། ལྷན་སྐྱེས་ཀྱི་བདེན་འཛིན་མ་རིག་པ་དགག་བྱའི་གཙོ་བོར་བཞེད་པ་དང་། ཡོད་མིན་མེད་མིན་གྱི་མཐའ་བཞི་སྤྲོས་བྲལ་གྱི་གཞན་སྟོང་མ་ཡིན་དགག་སྟོང་ཉིད་དུ་བཞེད་པ། ཐ་སྙད་ཚད་གྲུབ་མི་འདོད་པ། དོན་དམ་བློ་ཡི་སྤྱོད་ཡུལ་དུ་མི་འདོད་པ། དབུ་མ་པའི་ལུགས་སུ་ཀུན་རྫོབ་ཀྱི་ཡང་ལོག་མི་ཕྱེ་པ། ཀུན་རྫོབ་ཀྱི་སྣང་བ་འཇིག་རྟེན་གྲགས་པའི་ཁས་ལེན་ཡིན་ཕྱིར་ཆོས་ཅན་མཐུན་སྣང་དུ་བསྒྲུབས་པར་མི་བཞེད་པ། དབུ་མ་པའི་རང་ལུགས་ཀྱི་ཁས་ལེན་དང་དམ་བཅའ་མི་བཞེད་པ། མཐའ་བྲལ་སྟོང་ཉིད་ཀྱི་མཐའ་བཞི་སྤྲོས་བྲལ་དགོངས་པའི་མཐར་ཐུག་ཏུ་བཞེད་པ་སོགས་ལྟ་བའི་ཟབ་ཁྱད་ཤིན་ཏུ་མང་ངོ་།

གཉིས། མཐའ་སྡོམ།

ནང་བསྟན་རྩོམ་རིག་གི་གཏན་གྱི་འདུན་མ་ནི་སངས་རྒྱས་ཆོས་ལུགས་ཀྱི་མཚན་ཉིད་རིག་པའི་གཟུགས་འདས་སྨྲ་བའི་མི་ཚེའི་རིན་ཐང་ལྟ་བ་སྟེ། ཆོས་ཉིད་སྟོང་པའི་རང་བཞིན་གྱི་བསྟན་བྱའི་སྙིང་པོར་ཟེར། འདི་ནི་ལྟ་བ་བཀའ་བཏགས་ཕྱག་རྒྱ་བཞིའི་སྡོམ་ལས་མི་འདའ་བའི་སངས་རྒྱས་ཆོས་ལུགས་ཀྱི་བདག་མེད་སྨྲ་

བའི་མི་ཚེའི་རིན་ཐང་ལྟ་བ་སྟེ། འཛིན་མེད་དམ། སྤྲོས་བྲལ། རྟག་བརྟན་ཐེར་ཟུག་རང་བཞིན་སྟོང་པ་ལ་སོགས་པ་ཆོས་བརྒྱུད་གྲུབ་མཐའ་སོ་སོའི་རང་ལུགས་ཀྱི་ལྟ་བའི་སྙིང་པོའོ། །

འགྲོ་བ་རིགས་དྲུག་རིས་མེད་ཀྱི་མཐར་ཐུག་ལས་དབང་སྟེ། སེམས་ཅན་སྤྱི་མཐུན་གྱི་འཕྲུལ་ཤུགས་འདི་ཕྱིའི་སྡུག་བསྔལ་གྱི་རྩ་བ་རྩད་ཞིབ་བྱས་ཏེ། དེ་ལས་སྒྲོལ་བྱེད་ཀྱི་ཐར་པ་དང་ཐམས་ཅད་མཁྱེན་པའི་གོ་འཕང་འཐོབ་བྱེད་ཀྱི་རིགས་པའི་མཐར་ཐུག་གི་སྙིང་དོན་ཆོས་ཉིད་སྟོང་པའི་རང་བཞིན་བྱ་བ་དེའོ། །

རིགས་པའི་ས་བོན་ནི་སངས་རྒྱས་ཆོས་ལུགས་ཀྱི་བདག་མེད་སྨྲ་བའི་མཐའ་བྲལ་སྟོང་པ་ཉིད་ཀྱི་ལྟ་བའོ། །ཁ་གཏོད་ཡུལ་ནི་མིའི་འགྲོ་བ་ལྟ་ཅི། རིགས་དྲུག་སེམས་ཅན་རིས་མེད་དོ། །དེའི་ཕྱིར་སོ་སོ་སྐྱེ་བོའི་གནས་སྐབས་ཀྱི་འཚོ་ཆོས་ཕྲན་ཚེགས་ཀྱི་རྣམ་གཞག་ལས་འདས་པའི་གཟུགས་འདས་སྨྲ་བའི་མི་ཚེའི་རིན་ཐང་ལྟ་བ་ཡིན་པ་གང་ཞིག བདག་མེད་སྨྲ་བའི་མཚན་ཉིད་རིག་པའི་ཆོས་ཉིད་སྟོང་པའི་རང་བཞིན་གྱི་རིགས་པའི་སྙིང་དོན་ནོ། །

སངས་རྒྱས་ཆོས་ལུགས་བོད་དུ་དར་བའི་འདས་པའི་ལོ་ཟླའི་ཆུ་རྒྱུན་རིང་མོའི་ཀློང་བོད་བརྒྱུད་ནང་བསྟན་ཆོས་ལུགས་ཀྱི་ཆོས་བརྒྱུད་གྲུབ་མཐའ་སོ་སོར་རྒྱལ་བ་གཉིས་པ་བྱོན་འདྲའི་སྐྱེས་ཆེན་དམ་པ་རིམ་པར་བྱོན་ཅིང་། གང་དག་གིས་རང་ལུགས་ཀྱི་གྲུབ་མཐའི་ལྟ་གྲུབ་རིགས་པའི་གཞུང་ཤིང་དུ་མཛད་དེ། སངས་རྒྱས་ཆོས་ལུགས་ཀྱི་མདོ་རྒྱུད་མཚན་ཉིད་བསྟན་པ་དང་། སྒྲུབ་བརྒྱུད་གསང་སྔགས་བསྟན་པ་ཡར་ངོའི་ཟླ་ལྟར་གོང་དུ་སྤེལ་བས། མདོ་སྔགས་ཟུང་འབྲེལ་གྱི་བོད་བརྒྱུད་ནང་བསྟན་ཆོས་ལུགས་མི་རིགས་རང་མཚན་པའི་ལུགས་ཟུང་ཤེས་རིག་གི་རྟེན་དུ་གྱུར། དེ་ནས་བཟུང་མགོ་ནག་བོད་པའི་ཁང་གི་ཡོང་གི་རིག་གནས་འདུ་ཤེས་སུ་གཞི་

གྲུབ་པ་གང་ཞིག ལུགས་བཟུང་ཉི་ཟླའི་རྣ་ཆ་དང་། སླང་དོར་འཇུག་ལྡོག་གི་བློ་མིག་ལྟ་བུར་གྱུར་ཏོ། །

ཉེ་རབས་རྩོམ་རིག་ནི་ནང་བསྟན་རྩོམ་རིག་གི་གཏན་གྱི་འདུན་མའི་དགོངས་པའི་རྩ་ལག་རབ་ཏུ་རྒྱས་པའི་རྩོམ་སྣེ་གས་ཡངས་པོ་ཞིག་ཡིན། མདོ་སྔགས་རིག་པའི་གནས་ལ་དབང་འབྱོར་བའི་རྩོམ་པའི་དབང་ཕྱུག་ནམ་མཁའི་སྐར་ཚོགས་ས་གཞིར་འཕོས་པའི་ཚུལ་དུ་བྱོན་ཏེ། ནང་བསྟན་རྩོམ་རིག་གི་གཏན་གྱི་འདུན་མའི་མི་ཚེའི་རིན་ཐང་ལྟ་བ་སྤྱོག་གི་དབང་པོར་གྲུབ་པའི་གྲགས་རྩོམ་རི་བོའི་གཏོས་ལྟར་བརྩམས་པ་ལོ་རྒྱུས་ཀྱི་དངོས་དོན་དུ་ཟད།

རྗེ་བཙུན་མི་ལ་རས་པ་ནས་མཁས་དབང་དགེ་འདུན་ཆོས་འཕེལ་བར་གྱི་ཉེ་རབས་རྩོམ་རིག་གི་དུས་རབས་རིང་མོ་འདིར། ཉམས་རྟོགས་དཔེ་ཏུ་འདྲེན་པའི་རྣལ་འབྱོར་པ་དང་། ལྟ་བ་ཚིག་ཏུ་བཞེངས་པའི་ཆོས་པ་རྣམ་དག་སྟེ། རྒྱལ་བའི་མདོ་སྔགས་བསྟན་པའི་བདག་པོར་གྲགས་ཤིང་། མཁྱེན་བརྩེ་ནུས་གསུམ་གྱི་བདག་ཉིད་དུ་གྱུར་བའི་སྐྱེས་ཆེན་དམ་པ་ཚོའི་གསར་རྩོམ་ལ་གཡུར་ཟའི་འབྲས་བུ་སྨིན། ནང་བསྟན་རྩོམ་རིག་གི་གཏན་གྱི་འདུན་མའི་བསྟན་བྱའི་སྙིང་པོ་ཡང་འཛམ་གླིང་རྩོམ་སྣེ་གས་ཀྱི་གཏན་གྱི་འདུན་མའི་གསར་རྩོམ་གྱི་འཕེལ་རིམ་གསར་པ་ཞིག་དང་། གཙོ་རྒྱུན་རྩོམ་སྤྲོལ་གྱི་རྣམ་པར་གྱུར་ཏེ། མིའི་འགྲོ་བ་སྤྱི་མཐུན་གྱི་མཐར་ཐུག་ལས་དབང་མཚོན་དང་མཚོན་མུས་ཡིན་ན། འདི་ནི་ནང་བསྟན་རྩོམ་རིག་གི་ཁ་གཏོད་ཡུལ་མི་རིགས་ནས་འཛམ་གླིང་དུ་ཁ་ཕྱོགས་པའི་གསར་རྩོམ་དཀྱིལ་ཡངས་ཀྱི་སྣང་ཚུལ་ཞིག་ཡིན་པ་གོར་མ་ཆག

ཉེ་རབས་རྩོམ་རིག་ནི་གཏན་གྱི་འདུན་མའི་ཟབ་དོན་ཕུན་སུམ་ཚོགས་པོ་བསྟན་པའི་དུས་རབས་ཤིག་སྟེ། གྲགས་རྩོམ་གང་ཞིག་གི་བསྟན་བྱའི་སྙིང་པོར་

བོད་བརྒྱུད་ནང་བསྟན་ཆོས་ལུགས་ཀྱི་ཆོས་བརྒྱུད་གྲུབ་མཐའ་སོ་སོའི་དབུ་མའི་ལྟ་གྲུབ་ཀྱི་ཕྲ་རགས་ལས་བརྩམས་པའི་ནང་བསྟན་མཚན་ཉིད་རིག་པའི་དགོངས་པའི་སྙིང་པོ་ངེས་དོན་གྱི་ཚུལ་དུ་བསྟན་ཅིང་། རྣམ་ཤེས་དང་། སྐྱེ་བ་སྔ་ཕྱི། ལས་འབྲས་ལ་སོགས་པ་ཀུན་རྫོབ་ཆོས་ཀྱི་རང་བཞིན་ཡང་དྲང་དོན་གྱི་ཚུལ་དུ་བསྟན་ནོ། །དེ་ལྟ་དེ་ལྟར་ཏེ། རང་རེའི་རྩོམ་བྱུང་ལོ་རྒྱུས་སུ་གཏན་གྱི་འདུན་མའི་གསར་རྩོམ་གྱི་རྩོམ་པའི་ལམ་སྲོལ་དར་བ་སྤེ་ཞིང་། གྲགས་རྩོམ་ཐམས་ཅད་ཀྱི་སྲོག་གི་དབང་པོ་དང་། རྩོམ་པའི་རྣམ་གཞག་གི་རྐྱེན་དམ་པར་གྱུར་བའི་རྩོམ་སྲོལ་ཐུན་མོང་མ་ཡིན་པ་འདི་འབད་མེད་ལྷུན་གྱིས་གྲུབ། འདི་ནི་ཆོས་ལུགས་དང་། མཚན་ཉིད་རིག་པའི་བག་ཆགས་སྨུག་ཅིང་། གཟུགས་འདས་སྨྲ་བའི་མི་ཚེའི་རིན་ཐང་ལྟ་བར་གོ་རྟོགས་སད་པའི་མི་རིགས་རང་མཚན་པ་ཞིག་གི་ཐུན་མོང་མ་ཡིན་པའི་ཤེས་རིག་གི་འབྲས་བུས་གཏོད་པའི་རྩོམ་རིག་གསར་རྩོམ་གྱི་སྣང་ཚུལ་བླ་ན་མ་མཆིས་པ་ཞིག་གོ།

"ཆུ་མགོ་གངས་དང་། །ཆོས་མགོ་བླ་མ" ཞེས་པའི་འཇིག་རྟེན་ཁ་དཔེ་ལྟར། ཤར་ཕྱོགས་ཀྱི་མཚན་ཉིད་རིག་པའི་ཕ་སར་གྲགས་པའི་རྒྱ་གར་སངས་རྒྱས་ཆོས་ལུགས་ཀྱི་བདག་མེད་སྨྲ་བའི་མཚན་ཉིད་རིག་པའི་མི་ཚེའི་རིན་ཐང་ལྟ་བར་ཐུག་བར་དུ་རྒྱ་བོད་མཁས་གྲུབ་ལོ་པཎ་གྱི་བློ་གྲོས་ཀྱི་ཉིང་བཅུད་ལས་འབྲུངས་པའི་བོད་བརྒྱུད་ནང་བསྟན་ཆོས་ལུགས་ཀྱི་ཆོས་བརྒྱུད་གྲུབ་མཐའ་སོ་སོའི་ཤིང་རྟའི་སྲོལ་འབྱེད་པའི་དགོངས་པའི་ཟབ་དོན་ཀུ་ཤའི་རྩེ་མོ་ལྟར་མ་འདྲེས་སོ་སོར་གྱིས། མཐར་བོད་པ་རང་མཚན་པའི་ཁམས་དང་མོས་པར་འཚམ་པའི་གཙོ་རྒྱུན་རིག་གནས་ཀྱི་ངོ་བོ་དང་། བོད་པ་ཕལ་མོ་ཆེའི་མཐར་ཐུག་གི་མི་ཚེའི་རིན་ཐང་ལྟ་བར་གྱུར།

རྩོམ་རིག་གསར་རྩོམ་གྱི་བྱུང་འཕེལ་ལྟར་ན། ཕྱི་ཕྱོགས་ཀྱི་རིག་གནས་གང་

ཞིག་གདམ་གཞམ། དང་ལེན་བརྒྱུད་སྤྱི་ཚོགས་ཀྱི་གཙོ་རྒྱུན་རིག་གནས་ཀྱི་མ་རྒྱུད་དུ་གྲུབ་ཅིང་། མཐར་སྲོལ་རྒྱུན་རིག་གནས་ཀྱི་རྣམ་པར་གྱུར་བའི་རིག་གནས་ཁས་ལེན་གྱི་དཀྱིལ་ཡངས་མཚོན་པ་གང་ཞིག གཙོ་རྒྱུན་ཚོམ་རིག་གི་བསམ་བློའི་མ་རྒྱུད་སྲོལ་རྒྱུན་ཚོམ་རིག་གི་སྲོག་གི་དབང་པོར་གྲུབ་པའི་མི་རིགས་རང་མཚན་པའི་ཚོམ་རིག་གསར་ཚོམ་གྱི་དཀྱིགས་མཚམས་སམ། ཚོམ་རིག་གསར་བརྗེའི་སྣང་ཚུལ་ཡང་མཚོན་ཡོད།

འདས་པའི་ལོ་བརྒྱའི་ཆུ་རྒྱུན་རིང་མོའི་འཕེལ་འགྲོས་སུ་ཆོས་བརྒྱུད་གྲུབ་མཐའ་སོ་སོའི་ཚོམ་རིག་གི་གདན་གྱི་འདུན་མའི་མི་ཚེའི་རིན་ཐང་ལྟ་བའང་མི་འདྲ་བ་སྟེ། རིགས་པའི་གཞུང་ཤིང་དུ་མཐར་འཛིན་གྱི་དྲི་མས་གོས་མིན་ཅི་ལྟར་ཡང་། བོད་སྔ་རབས་པས་འཛིན་མེད་དང་། སྤྲོས་བྲལ་གྱི་དགོངས་པ་དང་། བོད་ཕྱི་རབས་པས་མཐའ་བྲལ་རྟེན་འབྱུང་གི་དགོངས་པ་སོ་སོར་བསྟན་པའོ། །ཕྱི་ཐག་ཏུ་བོད་ཕྱི་རབས་པའི་གདན་མེད་སྟོང་པ་མ་ཡིན་པའི་སྣང་བར་གཙིགས་ཆེ་བའི་དགོངས་པའི་ཟབ་ཁྱད་ཤིན་ཏུ་ཐུའོ། །བོད་བརྒྱུད་ནང་བསྟན་ཆོས་ལུགས་ཀྱི་ཆོས་བརྒྱུད་གྲུབ་མཐའ་སོ་སོའི་ལྟ་གྲུབ་ཀྱི་བརྟ་ཆད་ལྟར་ན། རྙིང་མའི་རྫོགས་ཆེན་དང་། བཀའ་བརྒྱུད་ཀྱི་ཕྱག་ཆེན། ས་སྐྱའི་མཐའ་བཞི་སྤྲོས་བྲལ། ཇོ་ནང་གི་གཞན་སྟོང་བདེ་གཤེགས་སྙིང་པོ། དགེ་ལུགས་ཀྱི་རང་སྟོང་མེད་དགག་ལ་སོགས་པ་གྲུབ་དོན་གྱི་རང་བཞིན་མི་མཚུངས། ལར་རང་རང་གྲུབ་མཐའི་ལྟ་གྲུབ་འབྱམས་ཀླས་ཤིང་། དགོངས་པའི་ཕྲ་བའི་ཟབ་ཁྱད་ཀྱང་སྣ་ཚོགས་པས། ནང་བསྟན་ཚོམ་རིག་གི་གདན་གྱི་འདུན་མའི་གྲུབ་དོན་ལ་སྤྱོད་རོལ་བྱ་རྒྱུ་ནི་ཀུ་ཤའི་རྩེ་མོས་རྒྱ་མཚོའི་ཀློང་ནས་ཆུ་ཐིགས་ལེན་པའི་དཔེ་ལྟར་ཤིན་ཏུ་དལ་བའི་རྒྱུ་ལས་མ་འདས་སོ། །

སྐབས་བབ་བརྗོད་བྱ་རྟོགས་དཀའ་བ་རྟོགས་བདེ་ཕྱིར་དཔེ་མཚོན་གྱི་ཚུལ་

དུ་གྲགས་རྩོམ་གསུམ་དྲངས་ཤིང་། དེ་དག་གི་བསྟན་བྱའི་སྙིང་པོ་གཅིག་ཞེས་ཀུན་གྲོལ་ཚུལ་གྱིས་མདོར་བསྡུས་ན་འདི་ལྟར་ཏེ།

གཅིག ཇོ་བཙུན་མི་ལ་རས་པའི་《རག་མའི་བྱང་ཆུབ་རྫོང་གི་མགུར་》དུ་རྣལ་འབྱོར་པའི་ཉམས་རྟོགས་སུ་ཤར་བའི་སྣང་བ་སྒྱུ་མའི་རང་བཞིན་ནི་རྣམ་རྟོག་གི་ཉོན་མོངས་པའི་དྲི་མ་སྒྲོ་བུར་བའམ། ཀུན་གཞིའི་བག་ཆགས་ལ་ཞུགས་པའི་གཟུང་འཛིན་གཉིས་སྣང་གི་བདེན་འཛིན་དུ་ངེས་ན། བདེ་སྟོང་ཟུང་འཇུག་དབྱིངས་སུ་གཤུག་སེམས་མ་བུ་ངོ་འཕྲོད་པའི་རང་རིག་ཡེ་ཤེས་ཀྱི་ཆོས་སྐུའི་གོ་འཕང་ནི་མཐར་ཐུག་གི་གྲུབ་དོན་ལ་བཞེད། འདི་ནི་སྒྲུབ་བརྒྱུད་ཤིང་རྟ་ཐམས་ཅད་ཀྱིས་བསྔགས་པའི་རྣལ་འབྱོར་བླ་མེད་ཀྱི་རྒྱུད་སྡེའམ། སྔ་འགྱུར་རྒྱུད་སྡེའི་སྔགས་ཀྱི་དབུ་མ་སྟེ། རྡོ་རྗེ་འཆང་གི་བརྒྱུད་པ་དང་། བྱམས་ཆོས་གཞུང་གི་དགོངས་པར་བཞེད་དོ། །

རྩ་བ་ནི་གཞིའི་གཤུག་མ་འོད་གསལ་ཏེ། རྒྱལ་བས་ཀྱང་མ་རྙེད་པའི་རང་བཞིན་རྣམ་དག་སྟོང་པ་ནམ་མཁའ་ལྟ་བུའི་སེམས་ནི་དབྱིབས་དང་། ཁ་དོག་གང་དུའང་མ་གྲུབ་པ་འཁོར་འདས་ཆོས་ཀུན་གྱི་རྩ་བར་བཞེད། དེའི་ཕྱིར་སྣང་བ་སྒྱུ་མའི་རང་བཞིན་ནི་ཀུན་རྫོབ་ཆོས་ཀྱི་རྟེན་འབྲེལ་ཟུང་པའི་རང་བཞིན་ཡིན་པའི་ཕྱིར། རྣལ་འབྱོར་པའི་ཉམས་རྟོགས་ངོར་སྒྱུ་མའི་སྣང་བར་འཆར་བ་ལས། བདེན་པར་གྲུབ་པ་ཅི་ཡང་མེད་པས། སྔགས་ལུགས་ཀྱི་ཡུལ་ཅན་བདེ་བ་ཆེན་པོ་དང་། ཡུལ་གྱི་རང་བཞིན་སྟོང་པ་རྟོགས་བྱ་རྟོགས་བྱེད་མེད་པར་དབྱེར་མེད་གཅིག་ཏུ་འདྲེས་པའི་རང་རིག་ཡེ་ཤེས་ཆོས་སྐུའི་གོ་འཕང་མཐར་ཐུག་གི་འབྲས་བུར་བཞེད་ཅིང་། འཛིན་པ་ཡིན་ན་ལྟ་བ་མིན་ཕྱིར་འཛིན་མེད་ལྟ་བའི་སྙིང་པོར་འདོད་དོ། །

ལུགས་འདི་ནི་ཆོས་ལུགས་ཀྱི་འཁོར་བ་སྙིང་པོ་མེད་པར་སྨྲ་བ་དང་། རྣལ་

འཁྲོར་སྐྱོད་པའི་གཟུགས་འདས་སྨྲ་བའི་མི་ཚེའི་རིན་ཐང་ལྟ་བ་བསྟན་པ་གང་ཞིག ཆོས་ཀུན་ངོ་བོ་ཉིད་མེད་པར་སྨྲ་བའི་མཚན་ཉིད་རིག་པའི་གྲུབ་དོན་སྟོང་པའི་རང་བཞིན་བསྟན་པའི་ཆོས་ལུགས་མཚན་ཉིད་རིག་པའི་རྣམ་གཞག་ཅིག་གོ།

གཉིས། རྗེ་ཙོང་ཁ་པ་ཆེན་པོའི་《རྟེན་འབྲེལ་བསྟོད་པ་》ནི་སྟོང་པ་རྟེན་འབྱུང་གི་དོན་དུ་གཟིགས་ཏེ། དེ་གཉིས་མི་འགལ་བའི་སྣང་སྟོང་གཉིས་ཚོགས་ཀྱི་རྟེན་འབྱུང་གི་རིགས་པ་བསྟན་པའི་སྙིང་པོ་དང་། ཟབ་མོའི་གསུང་གི་མཛོད་ལྟ་བུར་བསྒྲུབས་པའི་སྣང་སྟོང་གཉིས་ཚོགས་ཀྱི་མཐའ་བྲལ་རྟེན་འབྱུང་གི་དགོངས་པ་བསྟན། འདི་ནི་རྒྱལ་བའི་མཐར་ཐུག་གི་དགོངས་པར་བཞེད།

དགོངས་པའི་རྩ་བ་ནི་ཆོས་ཐམས་ཅད་ཀྱི་རང་བཞིན་བདེན་པར་མ་གྲུབ་པ་ལས། སྟོང་པ་གཏན་མེད་ཀྱི་དོན་མིན་ན། རང་གིས་ངོ་བོས་གྲུབ་པའི་རང་བཞིན་མ་ལུས་པ་ཁེགས་པ་དང་། རང་བཞིན་མེད་པའི་གང་ཟག་ལ་སོགས་པ་ལས་གསོག་པ་པོ་དང་། འབྲས་བུ་སྤྱོད་པ་པོར་འཛོག་པའི་སྣང་སྟོང་གཉིས་ཚོགས་ནི་མཁས་པ་དབུ་མ་པ་ཁོ་ནས་རྟོགས་པར་བཞེད། དེ་ལྟར་མ་བརྟགས་མ་དཔྱད་པའི་འཇིག་རྟེན་གྲགས་པའི་ངོར་འི་ཐ་སྙད་ཤེས་པ་ཚད་མ་དང་། དོན་དམ་དཔྱོད་བྱེད་ཀྱི་རིགས་ཤེས་ལ་སོགས་པ་ཐ་སྙད་ཚད་གྲུབ་བཞེད་ཅིང་། རྟོག་པའམ་བློར་ཡང་བདེན་འཛིན་དང་ཚད་མ་ཞེས་བཟང་རྟོག་ངན་རྟོག་གི་རབ་དབྱེ་མཛད་དེ། རྟེན་འབྱུང་རྟགས་ཀྱིས་བསྒྲུབ་བྱ་སྟོང་པ་ཉིད་བསྒྲུབ་ནུས་པའི་སྣང་སྟོང་གཉིས་ཚོགས་ཀྱི་རིགས་པའི་གཞུང་ཤིང་ལས། རྒྱུ་འབྲས་དང་། བདེན་བཞི། ས་དང་ལམ་ལ་སོགས་པའི་སྒྲུབ་ཕྱོགས་ཀྱི་རྟེན་འབྲེལ་དོན་དམ་དཔྱོད་བྱེད་ཀྱི་རིགས་པས་མི་འགོག་པ་གང་ཞིག རིགས་པའི་དགག་བྱ་རང་བཞིན་ཁེགས་ཤུལ་གྱི་ཐ་སྙད་དུ་བྱ་བྱེད་འཐད་པའི་སྣང་སྟོང་གཉིས་ཚོགས་ཀྱི་མཐའ་བྲལ་རྟེན་འབྱུང་རྒྱལ་བའི་གསུང་གི་མཛོད་དང་།

བསྟན་པའི་སྙིང་པོར་བཞེད་དོ། །

ལུགས་འདི་ནི་རང་བཞིན་བདེན་པར་གྲུབ་པ་རྡུལ་ཙམ་མེད་པའི་འཁོར་བར་སྙིང་པོ་མེད་ཀྱང་དོན་གོ་ཆོད་པར་སྨྲ་བའི་རྒྱ་ཆེན་སྤྱོད་པའི་ལུགས་དང་། མ་བརྟགས་མ་དཔྱད་པའི་འཇིག་རྟེན་གྲགས་ངོའི་ཐ་སྙད་ཤེས་པ་ཚད་མར་གྲུབ་པ་གང་ཞིག རང་བཞིན་རིགས་པའི་དགག་བྱར་བཞེད་པའི་མཚན་ཉིད་རིག་པའི་གྲུབ་དོན་སྟོང་པའི་རང་བཞིན་བསྟན་པའི་ཆོས་ལུགས་མཚན་ཉིད་རིག་པའི་རྣམ་གཞག་ཅིག་གོ།

གསུམ། མཁས་དབང་དགེ་འདུན་ཆོས་འཕེལ་གྱི་《བཙོན་ནས་ཧོར་ཁང་ལ་གནང་བའི་མགུར་》དུ་སྟོང་ཉིད་བསྟན་པའི་སྙིང་པོ་དང་། མཐའ་བཞི་སྤྲོས་བྲལ་རྒྱལ་བའི་མཐར་ཐུག་དགོངས་པར་བཞེད། སྒྱུ་མའི་རྟེན་འབྲེལ་ནི་ཀུན་རྫོབ་ཆོས་ཀྱི་རང་བཞིན་ཡིན་པས། སྟོང་པ་རྟེན་འབྱུང་གི་དོན་དུ་གོ་མི་ནུས་སོ། །སངས་རྒྱས་ཀྱི་ངོ་སྐོམས་ས་ནི་དབྱིངས་རིག་འདྲེས་པའི་ཆོས་དབྱིངས་སྟོང་པར་བཞེད།

རང་བློ་ཚད་མ་མིན་ཕྱིར་ཐ་སྙད་ཚད་གྲུབ་མི་འདོད་ཅིང་། འཇིག་རྟེན་གྲགས་ཚོད་ཀྱི་སྒྱུ་མའི་སྣང་བ་གཞན་ངོའི་ཁས་ལེན་ཡིན་ཕྱིར་དབུ་མ་པར་རང་རྒྱུད་ཀྱི་དམ་བཅའ་དང་ཁས་ལེན་ཡོད་པར་མི་འདོད། སྒྲུབ་ཕྱོགས་ཀྱི་རྟེན་འབྲེལ་ནི་རྫུན་པའི་ཆོས་ཀྱི་རང་བཞིན་ཡིན་ཕྱིར་དགག་ཕྱོགས་ཀྱི་སྟོང་པ་ཉིད་ཀྱིས་ཁེགས་ནུས་པར་བཞེད་པ་སོགས་མཐའ་བཞི་སྤྲོས་བྲལ་ཆོས་ཀྱི་མཐར་ཐུག་གནས་ལུགས་ཏེ། སྟོང་ཉིད་ལྟ་བ་རིགས་པའི་རྩལ་དུ་འདོན་པའི་ངོ་མཚར་བསམ་གྱིས་མི་ཁྱབ་བོ། །

ལུགས་འདི་ནི་ཆོས་ལུགས་ཀྱི་འཁོར་བ་སྙིང་པོ་མེད་པར་སྨྲ་བ་དང་། གཉུག་སེམས་ཕྲ་མོ་འཁོར་འདས་ཀྱི་རྩ་བར་སྨྲ་བའི་གཟུགས་འདས་སྨྲ་བའི་མི་ཚེའི་རིན་ཐང་ལྟ་བ་ཡིན་པ་གང་ཞིག ཆོས་ཀུན་ངོ་བོ་མེད་པར་སྨྲ་བའི་མཚན་ཉིད་རིག་པའི་

གྲུབ་དོན་སྟོང་པའི་རང་བཞིན་བསྟན་པའི་རྣམ་གཞག་ཅིག་གོ།

སྤྱིར་རང་རང་གྲུབ་མཐའི་ལྟ་གྲུབ་ལྟར་དགག་བྱའི་ཚད་དང་། རིགས་པའི་ཕྲ་རགས་ཀྱི་ཟབ་ཁྱད་མཆིས་མོད། རིག་གནས་མིའི་རིགས་རིག་པས་གསུངས་པའི་རིག་གནས་ཀྱི་མཚན་ཉིད་ལྟར་མིའི་འགྲོ་བའི་གཉུག་མའི་རང་བཞིན་འཚོལ་བྱེད་ཀྱི་རྣམ་གཞག་ལས་མ་འདས་པ་སྟེ། དགོངས་པའི་སྙིང་པོར་གྱུར་པའི་གཏན་གྱི་འདུན་མའི་མཐར་ཐུག་གི་གོ་འཕང་ནི་གཉུག་སེམས་ཕྲ་མོའི་གནས་ལུགས་ཏེ། མཐར་རྟོག་པའི་དྲ་བ་བསལ་ཏེ། ཆོས་དབྱིངས་སྟོང་པའི་དབྱིངས་སུ་དབྱིངས་རིག་འདྲེས་པའི་གྲུབ་དོན་སྟོང་པའི་རང་བཞིན་གྱི་གཟུགས་འདས་སླ་བའི་མི་ཚེ་རིན་ཐང་ལྟ་བ་བསྟན་པའོ། །

འོ་ན་ནང་བསྟན་རྩོམ་རིག་གིས་ཁ་གཏད་ཡུལ་གྱི་མིའི་གོ་བབ་ཅི་ཡིན་ཞེ་ན། འདི་ནི་རྩོམ་རིག་དང་མི་ལྟོས་གྲུབ་ཏུ་སླ་བའི་ལུགས་ཏེ། རྩོམ་རིག་ནི་མིའི་རིག་པ་ཡིན་ཞེས་སླ་བའི་ལུགས་སོ། །རྩ་བའི་དམ་བཅའ་ནི་མི་ཚུལ་རིག་པའི་མི་ཚེའི་རིན་ཐང་ལྟ་བ་སྟེ། མི་རྟག་པའི་ཡུལ་དུས་ལས་མིའི་འགྲོ་བའི་ཚེ་སྲོག་གི་རིན་ཐང་ལྟ་བར་བསྐྱེ་བཀུར་དང་། མིའི་འགྲོ་བའི་བྱ་བྱེད་ཀྱི་རང་བཞིན་ལས་མི་གཞིའི་གནས་ལུགས་ཅི་ཡིན་བཙལ་ཏེ། མིའི་གོ་བབ་བཙོས་མ་མ་ཡིན་པ་རྩད་ཞིབ་བརྒྱུད་མི་རང་མཚན་པའི་ངོ་བོར་རྟོགས་པ་སད་རྒྱུ་ཉིད་དགོས་སུ་ལེགས་པར་བསྟན་ནོ། །

ནང་བསྟན་ཆོས་ལུགས་ཀྱི་དགོངས་པ་ལྟར་ན། འཁོར་བའི་སྡུག་བསྔལ་གྱི་རྩ་བ་བཟློག་པའི་ཕྱིར་ཚེ་སྲོག་གི་རིན་ཐང་མངོན་དུ་གྱུར་པའོ། །རྒྱུ་འབྲས་བསླུ་མེད་ཕྱིར་མིའི་འགྲོ་བའི་བྱ་བྱེད་སྟོང་པ་གཏན་མེད་མ་ཡིན་ནོ། །རང་བཞིན་རྣམ་དག་གི་གཉུག་སེམས་ཕྲ་མོ་འོད་གསལ་ཕྱིར་མི་གཞི་དྲི་མེད་དོ། །རིགས་ཤེས་ཀྱི་ཡུལ་ཅན་ཡིན་པ་གང་ཞིག ལས་འབྲས་ཀྱི་རྟེན་དུ་གྱུར་པའི་ང་ཙམ་བཅིངས་གྲོལ་གྱི་

གཞི་ཡིན་པའི་ཕྱིར་མིའི་གོ་བབ་བཙོས་མ་མ་ཡིན་པར་བཞེད་པས། མིའི་གོ་བབ་དེ་ལྟ་བུ་ནི་བྱང་སེམས་འཕགས་པ་དང་། སྐྱེས་བུ་ཆེན་པོ་ལྟ་ཅི། རྟོག་པའི་འཇུག་པ་ཤས་ཆེ་བའི་སོ་སོ་སྐྱེ་བོ་རང་མཚན་པ་སྟེ། ལུགས་ཟུང་གི་རྟེན་དུ་གྱུར་བའི་ཡུལ་ཅན་གང་ཟུང་ཞིག་གི་མཐར་ཐུག་གི་སྤྱོད་ཡུལ་དུ་གྱུར་བའི་དཔལ་བའི་རྟེན་གྱི་སྙིང་པོ་ཡིན་པ་གདོན་མི་ཟ།

དེའི་ཕྱིར་ང་ཅམ་གྱི་མིའི་གོ་བབ་བཙོས་མིན་དང་། བྱ་བྱེད་ཀྱང་སྟོང་པ་གཏན་མེད་མ་ཡིན་པས། མེད་བཞིན་སྣང་བའི་མི་རྟག་པའི་ཡུལ་དུས་སུ་སྟུག་བསྔལ་གྱི་རྩ་བ་བཟློག་སྟེ། ཚེ་སྲོག་གི་རིན་ཐང་མངོན་གྱུར་དང་། ཉོན་མོངས་པའི་དྲི་མ་གློ་བུར་བ་བསལ་ཏེ། གཉུག་སེམས་ཕྲ་མོའི་མི་གཞི་དྲི་མེད་རྙེད་ཐུང་བ་ནི་ཡུལ་ཅན་སོ་འཕགས་གང་ཟུང་ཞིག་གི་མཐར་ཐུག་གི་སྙིང་དོན་ནམ། གྲུབ་དོན་སྟོང་པའི་རང་བཞིན་ལས་མ་འདས་སོ། །འདི་ནི་ཚོམ་རིག་དང་མི་ལྟོས་གྲུབ་ཏུ་སྨྲ་བ་སྟེ། ནང་བསྟན་ཚོམ་རིག་གི་གཏན་གྱི་འདུན་མའི་བརྗོད་གཞིར་གྱུར་བའི་མིའི་གོ་བབ་ཡིན་པ་གང་ཞིག ལྷ་མེད་སྨྲ་བའི་སངས་རྒྱས་ཆོས་ལུགས་ཀྱིས་བདག་ཉིད་བདག་གི་མགོན་ཏུ་གྱུར་ཅེས་གསུངས་པའི་མི་ལྟེ་བར་སྨྲ་བའི་དགོངས་པའི་སྙིང་པོའོ། །

མདོ་ལས་ཀྱང་། "བདག་ཉིད་བདག་གི་མགོན་ཡིན་ཏེ། །གཞན་དག་སུ་ཞིག་མགོན་དུ་འགྱུར། །ཤིགས་དང་ཉེས་པ་ཅི་བྱས་པ། །བདག་ཉིད་བདག་གི་མགོན་ཡིན་ནོ་"ཞེས་ང་ཅམ་བདེན་པར་མ་གྲུབ་ཀྱང་། སྙིང་པོ་མེད་པར་མ་གསུངས་ཤིང་། "ཐར་པ་རང་ལ་རག་ལས་ཀྱིས། །ངས་ནི་ཁྱོད་ལ་བསྟན་པར་བྱ་"ཞེས་གསུངས་པའི་ཕུང་པོའི་མཚན་གཞིར་གྱུར་བའམ། ལས་འབྲས་ཀྱི་རྟེན་དུ་གྱུར་བའི་ང་ཅམ་ནི་འཁོར་འདས་ཀུན་གྱི་བཅིངས་གྲོལ་གྱི་གཞིར་གྱུར་ཅིང་། འཇིག་རྟེན་བྱེད་པོར་ཡིད་མི་རྟོན་པའི་བདག་ཉིད་ལྟེ་བར་སྨྲ་བ་དགོངས་པའི་མཐིལ་ཡིན་པ་ཤིན་ཏུ

རྟོགས་སླ་འོ། །འདི་ནི་ལྷ་མེད་སྨྲ་བའི་སངས་རྒྱས་ཆོས་ལུགས་ཀྱི་མི་ཆོས་རིག་པའམ། མི་ལ་ཕྱི་བར་སྨྲ་བའི་དགོངས་པའི་སྙིང་པོ་ཡིན་ན། ལུགས་འདིས་བཞེད་པའི་མིའི་གོ་བབ་ནི་ཆོས་འཛིན་རྟེན་གཉིས་གའི་ལུགས་ཟུང་ཤེས་རིག་གི་ལམ་སྲོལ་དང་མཐུན་པའི་དལ་བའི་རྟེན་གྱི་སྙིང་པོའོ། །

ཉེ་རབས་རྩོམ་རིག་གི་དུས་རབས་སུ་མདོ་སྔགས་རིག་པའི་གནས་ལ་མཁྱེན་པའི་མངའ་བརྙེས་ཤིང་། སྐུ་རྩལ་གྱི་ཁོ་ལག་རབ་ཏུ་རྫོགས་པའི་མཁས་གྲུབ་ལོ་པཎ་ཚོའི་རྩོམ་པའི་འཕྲིན་ལས་བཟང་པོས་གྲགས་རྩོམ་རི་བོའི་གཏོས་ལྟར་བརྩམས་ཤིང་། གཏན་གྱི་འདུན་མའི་ཟབ་དོན་གྲགས་རྩོམ་གྱི་སྒྲོག་གི་དབང་པོར་ཏིལ་ལ་ཏིལ་མར་གྱི་ཚུལ་དུ་ངོ་བོ་དབྱེར་མེད་དུ་གྲུབ། ལར་ཆོས་བརྒྱུད་གྲུབ་མཐའ་སོ་སོའི་ལྟ་གྲུབ་ཀྱི་འཕེལ་འགྲོས་ལྟར་བསམ་བློའི་རིན་ཐང་ལྟ་བ་འཕེལ་རྒྱས་ཀྱི་ཡང་རྩེར་སོན་ཏེ། ནང་བསྟན་རྩོམ་རིག་ནི་འཛམ་གླིང་གི་ཤར་ནུབ་རྩོམ་རིག་སྡེའི་གཏན་གྱི་འདུན་མའི་གསར་རྩོམ་གྱི་བསམ་བློའི་ལྟེ་བ་དང་། གཙོ་རྒྱུན་རྩོམ་སྲོལ་དུ་གྱུར་པའི་གསར་རྩོམ་གྱི་སྣང་ཚུལ་འདི་གྲུབ། འདི་ནི་ནང་བསྟན་རྩོམ་རིག་གི་གཏན་གྱི་འདུན་མའི་གསར་རྩོམ་གྱི་གོ་ས་ བླ་ན་མ་མཆིས་པ་དེའོ། །རང་རེའི་རྩོམ་བྱུང་ལོ་རྒྱུས་ལ་ཆ་མཚོན་ན། རྩོམ་རིག་གི་རིག་པའི་གཞུང་ལུགས་སུ་བརྟ་ཆད་འདི་མ་དར་མ་གྲུབ་མོད། རྩོམ་པའི་རྣམ་གཞག་སྔ་ཤོས་སུ་གྲགས་པའི་མི་རིགས་རང་མཚན་པའི་རྩོམ་སྲོལ་མ་ཡིན་ཞེས་སུས་ཀྱང་བསྙོན་མི་ནུས་སོ། །

སྤྱི་ཚོགས་རིག་གནས་ཀྱི་རྣམ་གཞག་ལྟར་ན། རིག་གནས་ཀྱི་སྒྲིག་གཞིར་སྲོལ་རྒྱུན་རིག་གནས་དང་། གཙོ་རྒྱུན་རིག་གནས། དམངས་ཀྱི་རིག་གནས། རོལ་རྩེད་རིག་གནས་བཅས་རིགས་ཆེ་བ་བཞིའོ། །ཕྱི་བྲག་ཏུ་ནང་བསྟན་ཆོས་ལུགས་ནི་གདོད་མའི་བོན་ཆོས་ཀྱི་ཆ་ག་ཕྲུག་ལེན་ལ་བཅོས་སྒྱུར་དང་། གསར་བརྗེ་བྱས་པའི་རྒྱང་

གཞིར་སངས་རྒྱས་ཆོས་ལུགས་ཀྱི་དགོངས་པ་བོད་པའི་ཁམས་དང་སོས་པར་མཐུན་ཏེ། སྲོལ་རྒྱུན་རིག་གནས་ཀྱི་ངོ་བོར་གཞི་གྲུབ་པ་གང་ཞིག གཙོ་རྒྱུན་རིག་གནས་ཀྱི་རྣམ་པར་གྱུར། རིམ་བཞིན་སྲོལ་རྒྱུན་རིག་གནས་དང་། དེང་རབས་རིག་གནས་མཐུན་སྦྱོར་སྙོམས་སྒྲིག་གི་དུས་རབས་སུ་བོད་པའི་རིག་གནས་འདུ་ཤེས་ཀྱི་སྲོག་ཤིང་ལྟ་བུའི་སྲོལ་རྒྱུན་རིག་གནས་ཀྱི་གོ་ས་ཟླ་ན་མེད་པ་མཆིས། སྤྱིར་དགེ་སྡིག་གསལ་བྱེད་ཀྱི་ལྷ་ཆོས་དང་། བླང་དོར་སྟོན་བྱེད་ཀྱི་མི་ཆོས་བཅས་ལུགས་ཟུང་ཤེས་རིག་གི་རྟེན་དུ་གྱུར་ཏེ། ལྷ་ཆོས་ཀྱི་སྙིང་པོ་ལས་འབྲས་དང་། མི་ཆོས་ཀྱི་སྙིང་པོ་ཡ་རབས་གཉིས་ག་སྲོག་ལྟར་སྲུང་བའི་མི་རིགས་རང་མཚན་པ་ཞིག་གི་རིག་གནས་འདུ་ཤེས་ཐུན་མོང་མ་ཡིན་པར་གཞི་གྲུབ་བོ། །

འདི་ནི་བཟང་ཕྱོགས་ཏེ། ལས་འབྲས་དང་། ཡ་རབས་ནི་རིགས་ཤེས་ལས་ཀྱང་འགོངས་པའི་སྤྱོད་བ་རང་མཚན་པ་དད་པའི་སྤྱོད་ཡུལ་ཡིན་ན། དད་པར་ཡིད་མི་རྟོན་ཅིང་། རྣམ་ཤེས་དང་། སྐྱེ་བ་སྔ་ཕྱི། ལས་འབྲས་ལ་སོགས་པ་ཁ་ནང་གི་མཆིལ་མ་ལྟར་དོར་ཏེ། དབང་དང་འཁོར་པ་མཚན་སྙན་མི་ཚེའི་དོན་སྙིང་ལ་རློམ་པའི་བླ་བློའི་རིགས་ལ་དོན་གོ་མི་ཆོད་ཀྱང་། བོད་པ་གང་ཉུང་ཞིག་ལ་བཟོ་ལས་དང་། ཚོང་ལས་གསར་བརྗེའི་ཡོ་ལང་དྲག་པོའི་བརྡབ་གསིག་ཕོག་པའི་དད་པའི་ཉམས་ཉེན་འཕྲད་རྒྱུ་ཤིན་ཏུ་ཉག་ཕྲ་བའི་མི་ཆོས་སློབ་གསོའི་དགེ་མཚན་ལྷིངོ། །འདི་ནི་གཏན་གྱི་འདུན་མའི་རིན་ཐང་ལྟ་བ་སྲོལ་རྒྱུན་རིག་གནས་ཀྱི་སྲོག་ཏུ་གྲུབ་པའི་རིག་གནས་འདུ་ཤེས་ཀྱིས་བརྟས་པའི་མི་གཞི་བཟང་པོ་སྟེ། འཛམ་གླིང་ཤར་ནུབ་ཀྱི་ཤེས་རིག་བྱུང་འཕེལ་ལོ་རྒྱུས་སུ་རིག་གནས་སྨྱུངས་པའི་ཉེན་དགོས་ནི་མི་གཞི་གསོ་སྦྱོང་བྱ་རྒྱུ་ཡིན་ཞེས་རླུང་ལྟར་གྲགས་པས་སོ། །

ནང་བསྟན་རྩོམ་རིག་གི་གཏན་གྱི་འདུན་མའི་ཟབ་དོན་གྱིས་བོད་པ་རང་

མཚན་པ་མི་སྙེར་གྱི་ལྷ་སྤྱོད་རང་ག་བ་དང་། སྤྱི་ཚོགས་རྒྱལ་པོའི་ལམ་སྲོལ་ཡན་ཆོད་ལ་ཆོས་ལུགས་མཚན་ཉིད་རིག་པའི་གཟུགས་འདས་སྨྲ་བའི་མི་ཚེའི་རིན་ཐང་ལྷ་བ་སྟེ། གཏན་གྱི་འདུན་མའི་མི་ཚེའི་རྟོགས་པ་ཐུར་མེད་གསར་དུ་བསྐྱལ། དེའི་ཕྱིར་རྒྱུ་ནོར་གྱུ་ནོམ་པའི་དངོས་པོའི་དཔལ་ཡོན་གྱི་རྙེད་པ་འཐོབ་རྒྱུ་ཉིང་དགོས་སུ་མི་འཛིན། ལྟོག་སྟེ་འདི་ཕྱིའི་མཐར་ཐུག་གི་ཤེས་པའི་དཔལ་ཡོན་གྱི་རྙེད་པ་སྟེ། གཏན་གྱི་འདུན་མའི་མི་ཚེའི་རྟོགས་པ་ཊང་གི་ཁོང་དུ་སིམ་པའི་རིག་གནས་འདུ་ཤེས་ཀྱི་ཡུལ་དུས་ངོ་མཚར་ཅན་འདི་གྲུབ། འདི་ནི་བདག་ཅག་གི་མེས་རབས་ཚ་རྒྱུད་ཀྱིས་མི་ལོ་སྟོང་ཕྲག་ཏུ་འབད་ཅིང་གཏོད་པའི་ཤེས་རིག་གི་འབྲས་བུའོ། །

མ་གཞིར་དེང་རབས་ཀྱི་རིགས་ཤེས་དུས་རབས་དང་། ད་རབས་ཀྱི་སྣ་མང་རིག་གནས་དུས་རབས་ཀྱི་སྒྲིལ་མཚམས་སུ་འཚོ་ཞིང་གཞིས་པའི་བོད་པ་སྤྱི་ཙམ་རོལ་རྩེད་རིག་གནས་ལ་དབྱིངས་ཞུགས་པས་སྐྱིད་འདོད་ལེ་ལོའམ། དམངས་ཀྱི་རིག་གནས་ལ་དར་སྲོལ་ཆེའོ། །འཛིག་རྟེན་ཐམས་ཅད་ཕལ་ལ་ཆགས་ཞེས་གསུངས་པ་ལྟར་འཚོ་ཐབས་རིག་གནས་དང་། ཁྲིམས་ལུགས་འདུ་ཤེས། ལམ་དང་རྒྱུན་ཤེས་སོགས་ཀྱི་ཤེས་བྱའི་སྣོ་མིག་གིས་ལྟོངས་པའི་སྤྱི་ཚོགས་རིག་གནས་ཉམས་ཉེན་གྱི་སྣང་ཚུལ་བསུས་མོད། འདི་ནི་གཙོ་རྒྱུན་རིག་གནས་དང་། སྲོལ་རྒྱུན་རིག་གནས་ཀྱི་རིན་ཐང་ལྷ་བའི་འགལ་འདུ་སྟེ། རིག་གནས་དང་མི་ལྟོས་མེད་དམ། ཡ་བྲལ་དུ་གྱུར་བའི་སྐྱོན་མིན། ལྟོག་སྟེ་སྲོལ་རྒྱུན་རིག་གནས་ཀྱི་གཞུང་གི་རྩལ་མ་གོ་ཞིང་། ཉམས་ལེན་གནད་དུ་སྦྱོར་བ་སྲིད་མཐའ་ཙམ་ཡིན་པ་གང་ཞིག དེང་རབས་རིག་གནས་ནང་འདྲེན་ལྟོས་མེད་དུ་གྱུར་བའི་སྐྱོན་འབའ་ཞིག་གོ།

སྐབས་བབ་བོད་སྔ་ཕྱི་གཉིས་ཀྱི་དགོངས་པ་གཤིབ་སྡུར་གྱི་བརྟག་ཐབས་སྤྱད་དེ། ཉེ་རབས་ནང་བསྟན་རྩོམ་རིག་གི་གཏན་གྱི་འདུན་མའི་ཟབ་དོན་གཅིག་ཤེས་

ཀུན་གྲོལ་ཚུལ་གྱིས་འཆད་པ་ནི་གྲགས་རྩོམ་གྱི་བསམ་བློའི་རིན་ཐང་ལྟ་བའི་ཕྲ་བའི་གནད་ལ་སྦྱོང་རོལ་དང་། ནང་བསྟན་རྩོམ་རིག་གི་གཏན་གྱི་འདུན་མའི་ཟབ་དོན་སྤྲོས་ཕྱིར་ཡིན་ན། "བོད་སྟ་མ་ལ་དགག་པ་བྱེད་ཐུབ་ན། མཁས་པ་དཔའ་བོའི་མིང་ཐོགས་པ་"[①]དང་། "བོད་སྟ་མའི་མཁས་གྲུབ་ཁོང་ཚོའི་ཐུགས་ཀྱི་དགོངས་ཚུལ་ལ་ནི་མ་འཁྲིག་པ་ཆེར་མེད་མོད་ཀྱི། ཁ་ནས་བཤད་པའི་ཚེ་རྗེ་བླ་མ་ལྟ་བུའི་ཞབ་ཆ་མ་ཐོན་པ་ཙམ་ཡིན་ཟེར་"[②]བའི་རྫོ་བཟང་གི་མིང་དུ་རེ་བའི་གཟུ་ལུམ་ཚིག་གི་བསླད་པ་དོར་ཏེ། དྲང་ངེས་གསུང་གི་ལུང་རིགས་ཡང་དག་གཟུ་བོའི་གཏམ་དུ་སྨྲ་འདོད་པའི་ཕྱིར་རོ། །བདག་ནི་ཚེ་འདིར་རྗེ་ཙོང་ཁ་པ་ཆེན་པོ་དང་། གོ་སྟག་ཤཱཀ་གསུམ་ལྟ་བུའི་བོད་སྟ་ཕྱིར་གྲགས་པའི་མཁས་པ་དབུ་མ་པ་དག་གི་ལེགས་བཤད་ཚིག་གི་བདུད་རྩིར་རོལ་ཅིང་། དགོངས་པའི་ཟླ་ཟེར་གྱིས་ཉོན་མོངས་ཚ་བའི་གདུང་བ་སེལ་རྒྱུའི་རེ་དོགས་ཞེན་ཏུ་ཆེ། རྟག་ཏུ་རྒྱལ་བའི་བསྟན་པ་རིན་པོ་ཆེ་དང་མཛལ་བའི་སྐྱ་དྲིན་མི་ཆུང་སྙམ་སྟེ། ཐམས་ཅད་ལ་དད་པ་དམ་ཚིག་ཞེན་ཏུ་གཙང་བ་འདིའང་བསོད་ནམས་ཀྱི་རྒྱུ་ཙ་བསྩོ་བཞིན་ཡོད། དེའི་ཕྱིར་གྲུབ་མཐའི་ སྟང་ཟུག་དྲག་པོ་མི་བཟོད་པ་གང་དག་གིས་བདག་ལྟ་བུའི་མི་ཆུང་རང་གཤིས་ངན་པས་ཆགས་སྡང་གཏམ་དུ་སྨྲས་སོང་སྙམ་བཞིན་ཕྱོགས་པར་མི་འཚལ། ལར་ཆེན་པོ་རྣམས་འཚོག་པ་ཟ་བ་ནི་དེ་བས་འོས་སུ་མ་མཆིས་པས་མགོ་སྙོམས་མཛོད་ཅིག

མདོར་ན་ནང་བསྟན་རྩོམ་རིག་གི་གཏན་གྱི་འདུན་མའི་རྩོམ་པའི་རྣམ་གཞག

---

① དགེ་འདུན་ཆོས་འཕེལ། 《དགེ་འདུན་ཆོས་འཕེལ་གྱི་གསུང་རྩོམ་》(གཉིས་པ)(M)བོད་ལྗོངས་བོད་ཡིག་དཔེ་རྙིང་དཔེ་སྐྲུན་ཁང་། ༢༠༡༢/༧པར་གཞི་གཉིས་པ། ཤ༢༨༨

② དགེ་འདུན་ཆོས་འཕེལ། 《དགེ་འདུན་ཆོས་འཕེལ་གྱི་གསུང་རྩོམ་》(གཉིས་པ)(M)བོད་ལྗོངས་བོད་ཡིག་དཔེ་རྙིང་དཔེ་སྐྲུན་ཁང་། ༢༠༡༢/༧པར་གཞི་གཉིས་པ། ཤ༢༨༨

ཉེ་རབས་རྩོམ་རིག་གི་གཙོ་རྒྱུན་རྩོམ་སྒྲོལ་དུ་གྱུར་ཏེ། གྲགས་རྩོམ་གྱི་སྒྲོག་གི་དབང་པོའི་ཆོས་ལུགས་མཚན་ཉིད་རིག་པའི་གཟུགས་འདས་སྨྲ་བའི་མི་ཚེའི་རིན་ཐང་ལྟ་བས་མི་རིགས་རང་མཚན་པའི་རྩོམ་རིག་གི་བསམ་བློའི་བང་མཛོད་དམ། སྤྱིར་རོལ་གྱི་མཛེས་པའི་ཁམས་ཐུན་མོང་མ་ཡིན་པ་བསྐྱལ་བ་འདི་ཤིན་ཏུ་དགའ་བའི་གནས་སོ། །

ས་བཅད་གཉིས་པ། དེང་ད་རབས་རྩོམ་རིག་གི་གཏན་གྱི་འདུན་མ།

དེང་ད་རབས་རྩོམ་རིག་ནི་བོད་ཀྱི་དུས་རབས་གསར་པའི་སྤྱི་ཚོགས་ཀྱི་རྣམ་པ་དང་། ངོ་བོ་ཚུར་སྣང་བྱས་པའི་རྩོམ་རིག་གསར་པའི་སྣང་ཚུལ་དང་། བོད་ཀྱི་དུས་རབས་གསར་པའི་མི་རབས་གསར་པའི་ན་གཞོན་རྩོམ་པ་པོའི་མཐོང་སྣེ་གསར་པས་གྲུབ་པའི་རྩོམ་རིག་གི་འཇིག་རྟེན་གསར་པ་ཞིག་གོ།

སྐབས་བབ་ཀྱི་དེང་ད་རབས་ཀྱི་རྩོམ་རིག་ཅེས་པའང་དེང་རབས་དང་ད་རབས་རྩོམ་རིག་གི་བསྡུས་མིང་ལ་གོ། དུས་མཚམས་ཀྱི་རིགས་དབྱེ་ལྟར་ན། བོད་ལ་ཞི་བས་བཅིངས་འགྲོལ་བཏང་བ་ནས་དུས་རབས་ཉི་ཤུའི་ལོ་རབས་དགུ་བཅུའི་བར་ནི་དེང་རབས་རྩོམ་རིག་གི་དུས་མཚམས་དང་། དུས་རབས་ཉི་ཤུའི་ལོ་རབས་དགུ་བཅུ་ནས་ད་ལྟའི་བར་ནི་ད་རབས་རྩོམ་རིག་གི་དུས་མཚམས་སུ་འཛོག

སྤྱིར་དུས་མཚམས་འདིའི་སྲོལ་རྒྱུན་རྩོམ་རིག་གི་བསམ་བློའི་རང་བཞིན་དང་། སྒྱུ་རྩལ་གྱི་མཚོན་ཐབས། སྤྱོད་རོལ་གྱི་མཛེས་པའི་ཁམས་བཅས་ཀྱི་གསར་རྩོམ་ལ་རྩོམ་རིག་གསར་བརྗེའི་རང་བཞིན་ཆེ་བ་སྟེ། གཅིག བསམ་བློའི་རང་བཞིན། སྲོལ་རྒྱུན་གྱི་ཚོས་ལུགས་མཚན་ཉིད་རིག་པའི་གྲུབ་དོན་སྟོང་པའི་རང་བཞིན་ནས་ནུབ་ཕྱོགས་ཀྱི་མི་ཚུལ་རིག་པ་དང་། གཞི་གྲུབ་རིང་ལུགས། ཚད་རྟོལ་རིག་པ་བཅས་ཀྱི་མི་ཚེའི་རིན་ཐང་ལྟ་བར་བར་བརྒྱལ་བྱས། གཉིས། སྒྱུ་རྩལ་གྱི་མཚོན་ཐབས། སྙན་ངག་གསར་རྩོམ་སྐོར་ལ་སྙན་རོ་ཕུན་སུམ་ཚོགས་པའི་སྲོལ་རྒྱུན་ཚིག་རྒྱན་གྱི་རྩོམ་སྲོལ་ནས་དེང་རབས་སྙན་གཞུང་རིག་པའི་རྩོམ་པའི་རྣམ་གཞག་སྟེ། འཆར་

ཡན་རིང་ལུགས་ཀྱི་ཡིད་འགྱུར་མཚོན་པའི་སྣོན་ངག་གི་ཁམས་དང་། ཡིད་བརྙན་རིང་ལུགས་ཀྱི་མཚོན་པ་ཅན་གྱི་ཡིད་བརྙན། དེང་རབས་རིང་ལུགས་ཕྱི་མའི་སྐད་བརྡའི་གོ་ཚུལ་སྣ་མང་ཅན་གྱི་སྐད་བརྡའི་ཁམས་སུ་བར་བརྒལ་བྱས། བརྩམས་སྒྲུང་གསར་རྩོམ་སྐོར་ལ་སྤྲོལ་རྒྱུན་སྒྲུང་གཏམ་གྱི་གཏམ་རྒྱུད་ཞིབ་འབྲི་ནས་དེང་རབས་བརྩམས་སྒྲུང་གི་བྱུང་རིམ་འབྲི་བཞེངས་དང་། རྟོག་པ་རང་ཡན། བརྩམས་སྒྲུང་གསར་པ་ལ་སོགས་པ་དོན་བརྗོད་གསར་བརྗེའི་རྩོམ་སྤྲོལ་དུ་བར་བརྒལ་བྱས། གསུམ། སྤྱོད་རོལ་གྱི་མཛེས་པའི་ཁམས། སྤྲོལ་རྒྱུན་ཚིག་རྒྱན་གྱི་གོ་ཚུལ་ཆིག་རྐྱང་ནས་མཚོན་དོན་སྣ་མང་རང་བཞིན་གྱི་སྤྱོད་རོལ་ཟབ་པའི་མཛེས་པའི་ཁམས་སུ་བར་བརྒལ་བྱས་ཡོད།

རྩོམ་རིག་གསར་རྩོམ་གྱི་བསམ་བློའི་རང་བཞིན་གྱི་དཀྱུགས་མཚམས་གཉིས་སུ་ངེས་པ་སྟེ། བོད་ལ་ཞི་བས་བཅིངས་འགྲོལ་བཏང་བ་ནས་དུས་རབས་ཉི་ཤུའི་ལོ་རབས་དགུ་བཅུའི་བར་གྱི་དེང་རབས་རྩོམ་རིག་སྟེར་བློ་འཕྱེད་དུས་རབས་ཀྱི་མི་ཚུལ་རིག་པའི་རྟོགས་སད་ཀྱི་བསམ་བློའི་རླབས་རྒྱུན་དྲག་པོས་སྤྲོལ་རྒྱུན་རྩོམ་རིག་གི་དགོངས་པར་དོགས་སློང་བརྩམས་ཏེ། རྩོམ་རིག་གི་བརྗོད་གཞིར་གསར་བརྗེ་བྱས་པའི་གསར་རྩོམ་གྱི་སྣང་ཚུལ་ཏེ། བློ་འཕྱེད་དུས་རབས་ཀྱི་རྩོམ་རིག་གི་ཉམས་སྣང་ཟབ། རྩ་བའི་ཁྲོད་ཆོས་སུ་སྤྲོལ་རྒྱུན་རིག་གནས་དང་། དེང་རབས་རིག་གནས་ཀྱི་མི་ཚེའི་རིན་ཐང་ལྟ་བ་འགལ་བ་ལྟག་སྤྱོད་དུ་གནས། དེ་ལྟ་བུའི་འགལ་བ་ཁ་འཐབ་ཀྱི་རིག་གནས་གདམ་གའི་བསམ་བློའི་ཡོ་ལང་གིས་སྤྲོལ་རྒྱུན་རྩོམ་རིག་གི་དགོངས་པའི་ཞན་ཆ་དོར་ཅིང་། དེང་རབས་རྩོམ་རིག་གི་བསམ་བློའི་དགེ་མཚན་དང་ལེན་བྱས་པའི་བློ་འཕྱེད་དང་། རྟོགས་སད། འཚོལ་ཞིབ་བཅས་ཀྱི་འཚོལ་དཔྱོད་ཀྱི་རང་བཞིན་ལྡན་ནོ། །

དུས་རབས་དགུ་བཅུ་ནས་ད་བར་གྱི་ད་རབས་རྩོམ་རིག་སྤྱིར་རིགས་ཤེས་དུས་རབས་ཀྱི་དཔྱོད་ཤེས་བསམ་བློའི་རླབས་རྒྱུན་དྲག་པོས་ད་རབས་རྩོམ་རིག་གི་སྣ་མང་རིག་གནས་འདྲེས་མའི་མི་ཚེའི་རིན་ཐང་ལྟ་བར་དོགས་སློང་དང་། རིག་གནས་གདམ་གའི་འགལ་འདུའི་ཕན་གནོད་ལ་བསྐྱར་ཞིབ་བྱས་ཏེ། གཙོ་རྒྱུན་རྩོམ་སྤྲོལ་དུ་གྲུབ་པའི་གསར་རྩོམ་གྱི་བསམ་བློའི་རྒྱུན་ནས་མི་རིགས་རང་མཚན་པའི་རིག་གནས་འདུ་ཤེས་ཅུང་ཞིབ་ཀྱི་རེ་དོགས་ཆེ། ཁྱད་པར་དུ་གཞི་གྲུབ་རིང་ལུགས་ཀྱི་མཚན་ཉིད་རིག་པ་དང་། ཚད་རྟུལ་རིག་པའི་དགོངས་པའི་བག་ཆགས་ལས་གྲུབ་དོན་སྟོང་པའི་རང་བཞིན་གྱི་རྩོམ་རིག་གི་གཏན་གྱི་འདུན་མའི་གསར་རྩོམ་ལ་འཚོལ་སྒྲིག་བྱས། རྩ་བའི་ཁྱད་ཆོས་སུ་ད་རབས་སྣ་མང་རིག་གནས་འདྲེས་མའི་མི་ཚེའི་རིན་ཐང་ལྟ་བ་དང་། རིག་གནས་གདམ་གའི་འགལ་འདུའི་ཕན་གནོད་ཀྱིས་བརྩམས་པའི་ད་རབས་ཤེས་རིག་གི་འབྲས་བུ་མི་རིགས་རང་མཚན་པའི་རིག་གནས་འདུ་ཤེས་དང་ལྡོས་མེད་ཡ་བྲལ་དུ་གྱུར་བས། སྤྲོལ་རྒྱུན་རྩོམ་རིག་གི་བསམ་བློའི་རྒྱུན་ཅུང་ཞིབ་ཀྱི་གསར་རྩོམ་གྱི་ཚོད་ལྟ་དང་། འཚོལ་དཔྱོད་ཀྱི་ལམ་བུར་ཁ་ཕྱོགས་པའི་ཉམས་སྣང་ཟབ་པོ། །

མདོར་ན་དེང་ད་རབས་རྩོམ་རིག་སྟེ། སྔོ་འཕྱེད་དུས་རབས་ཀྱི་དེང་རབས་རྩོམ་རིག་དང་། རིགས་ཤེས་དུས་རབས་ཀྱི་ད་རབས་རྩོམ་རིག་གིས་འདུས་པའི་རྩོམ་རིག་གི་དུས་རབས་ཤིག་གོ། འདི་ལྟར་བརྗེ་ཆད་དུ་བྱས་པའི་“དུས་རབས་”ཀྱང་ཡུལ་དུས་ལྟ་བུ་ལོ་ཚིགས་གྱང་བསྒྲིགས་པའི་དོན་མིན། གཙོ་བོ་ནི་བསམ་བློའི་འཕེལ་རིམ་གྱི་དུས་མཚམས་ལ་བརྟག་ཕྱིར་རིགས་དབྱེ་འདི་ལྟར་བྱས་པས། ཡུལ་དུས་དང་། ལོ་ཟླའི་གོ་དོན་ལྡན་མེད་དོ། །

རྩོམ་པ་པོའི་སྤྱིའི་འཕེལ་འགྱུར་ལ་ཆ་མཚོན་ན། སྤྲོལ་རྒྱུན་གྱི་ཉམས་རྟོགས་

དཔེ་རུ་འདྲེན་པའི་རྣལ་འབྱོར་པ་དང་། ལྷ་བ་ཚིག་ཏུ་བཞེངས་པའི་ཆོས་པ་རྣམ་དག་སྟེ། སངས་རྒྱས་ཆོས་ལུགས་ཀྱི་མདོ་སྔགས་བསྟན་པའི་བདག་པོར་གྲགས་ཤིང་། མཁྱེན་བརྩེ་ནུས་གསུམ་གྱི་བདག་ཉིད་དུ་གྱུར་བའི་སྐྱེས་ཆེན་དམ་པའི་གསར་རྩོམ་གྱི་གཙོ་རྒྱུན་རྩོམ་སྲོལ་གྱི་རྒྱུན་དོར་ཏེ། དུས་རབས་གསར་པའི་མི་རབས་གསར་པའི་རྩོམ་པ་པོ་སྐྱ་བོའི་སྡེ་དང་། དགོན་སྡེ་ཁག་གི་རྩོམ་པ་པོ་སེར་མོ་བའི་སྡེ་བཅས་སོ་སོར་གྱེས་སོ། །

རྩོམ་པ་པོ་སྐྱ་བོའི་སྡེ་ནི་གསར་རྩོམ་གྱི་གཙོ་རྒྱུན་རྩོམ་སྲོལ་གྱི་སྒྲུལ་ཤུགས་ཡིན་པ་གང་ཞིག ལོ་རྒྱུས་ཡུན་རིང་ལྡན་པའི་བོད་ཀྱི་སྲོལ་རྒྱུན་རིག་གནས་ཏེ། བོད་བརྒྱུད་ནང་བསྟན་ཆོས་ལུགས་ཀྱི་མི་ཚེའི་རིན་ཐང་ལྟ་བར་དོགས་སློང་གི་འདུ་ཤེས་ཟབ་ཅིང་། དུས་རབས་གསར་པའི་རྩོམ་རིག་གི་བསམ་བློའི་རླབས་རྒྱུན་གསར་པ་སྟེ། མི་ཚུལ་རིང་ལུགས་ཀྱི་མི་ལྟེ་བར་སྒྲ་བའི་དགོངས་པ་དང་། མིའི་འགྲོ་བའི་ཐོབ་ཐང་སྟེ། རང་དབང་དང་། འདྲ་མཉམ། དམངས་གཙོ་བཅས་ཀྱི་བརྗོད་གཞི་གསར་རྩོམ་གྱི་ཉིང་དགོས་སུ་བཟུང་སྟེ། མིའི་འགྲོ་བའི་ལས་དབང་ལ་དོ་ཁུར་ཆེན་པོས་རྩོམ་རིག་གི་མིའི་རིག་པའི་སྙིང་སྟོབས་དར་སྤེལ་དང་། མིའི་འགྲོ་བའི་རྐང་གི་ཁོང་གི་སྡུག་བསྔལ་དབྱངས་སུ་གྱུར་མཁན་གྱི་མགྲིན་ཚབ་པར་གྱུར།

རྩོམ་པ་པོ་སེར་མོ་བའི་སྡེ་ནི་གསར་རྩོམ་གྱི་གཙོ་རྒྱུན་རྩོམ་སྲོལ་གྱི་སྒྲུལ་ཤུགས་མ་ཡིན་མོད། རྣལ་འབྱོར་པའི་ཉམས་རྟོགས་དང་། ཆོས་པ་རྣམ་དག་གི་སྒོམ་བ་ལྟ་བུའི་སངས་རྒྱས་ཆོས་ལུགས་ཀྱི་མི་ཚེའི་རིན་ཐང་ལྟ་བར་ངེས་ཤེས་འདྲོངས་ཤིང་། བསྟན་པར་ལྷག་བསམ་དག་པ་གང་ཞིག དུས་རབས་གསར་པའི་རྩོམ་རིག་གི་བསམ་བློའི་རླབས་རྒྱུན་གསར་པར་ཡིད་ཀྱི་དང་བ་འདྲེན་པའི་དགོན་སྡེའི་གྲྭ་བཙུན་སྙན་ངག་པ་དག་གོ། སྔོར་དམ་པའི་ལྷ་ཆོས་ཀྱི་དགེ་སྡིག་ལས་འབྲས་དང་། མི་

ཆོས་ཀྱི་སྣང་དོར་འཇུག་ལྡོག་རྩོམ་པའི་དམ་བཅར་བཟུང་སྟེ། ཆོས་འཛིག་རྟེན་གཉིས་ཀའི་ལམ་སྲོལ་ལ་མི་གནོད་པའི་གྲུ་བཙུན་གྱི་མི་ཚེའི་རིན་ཐང་ལྟ་བ་ལྷུར་ལེན་ནོ། །

རྩོམ་རིག་གསར་རྩོམ་གྱི་བརྒྱུད་རིམ་དུ་གཙོ་རྒྱུན་བསམ་བློའི་འཕེལ་འགྲོས་ལྟར་དུས་རབས་སོ་སོའི་རྩོམ་རིག་གི་བསམ་བློའི་རང་བཞིན་ལ་འགྱུར་བའི་རང་བཞིན་ཆེ།

གཅིག དེང་རབས་རྩོམ་རིག་གིས་བློ་འབྱེད་དུས་རབས་ཀྱི་རིན་ཐང་ལྟ་བ་སྟེ། སྲོལ་རྒྱུན་རིག་གནས་ལ་དོགས་སློང་བརྩམས་ཏེ། འདས་པའི་རིན་ཐང་ཡོད་ཚད་ལ་རྙོགས་སད་དང་། བསྐྱར་ཞིབ་ནན་པོས་མི་ཚུལ་རིང་ལུགས་ཀྱི་མི་ལྟེ་བར་སྨྲ་བའི་བསམ་བློའི་ས་བོན་མིའི་འགྲོ་བའི་དལ་བའི་རྟེན་གྱི་སྙིང་པོར་བཞེད་ཅིང་། མིའི་འགྲོ་བའི་ཐོབ་ཐང་རྩོམ་རིག་གི་མི་ནུབ་པའི་བརྗོད་གཞིར་བཟུང་སྟེ། རྩོམ་རིག་ནི་མིའི་རིག་པ་ཡིན་ཞེས་པའི་རྩོམ་པའི་ལམ་སྲོལ་ལས་མིའི་འགྲོ་བའི་ལས་དབང་ཞིབ་བྲིས་ལམ་དང་རྒྱུན་ཤེས་ལ་མ་རྫོངས་ཤིང་། བདག་ཉིད་བདག་གི་མགོན་དུ་གྱུར་བའི་མི་སྣའི་སྣང་བརྙན་དཔེ་གཞི་ཅན་འབྲི་བཞེངས་བྱས། དཔེར་ན། ར་ལོའི་སྣང་བརྙན་ལྟ་བུའོ། །འདི་ནི་མི་ཚུལ་རིང་ལུགས་ཀྱི་མི་ལྟེ་བར་སྨྲ་བའི་བསམ་བློའི་སྙིང་པོ་དང་། སངས་རྒྱས་ཆོས་ལུགས་ཀྱི་བདག་ཉིད་བདག་གི་མགོན་དུ་གྱུར་བའི་ལྷ་མེད་སྨྲ་བའི་མི་ཆོས་རིང་ལུགས་ཀྱི་མི་ལྟེ་བར་སྨྲ་བའི་དགོངས་པོའོ། །

མི་སྣའི་སྣང་བརྙན་དཔེ་གཞི་ཅན་འདི་ནི་སྲོལ་རྒྱུན་རྩོམ་རིག་གི་བསམ་བློའི་གཞུང་ཤིང་གི་རིན་ཐང་ལྟ་བ་ལས་གྲུབ་པ་མ་ཡིན། ཕྱིར་རྩོམ་པ་པོ་དང་། སྔན་ངག་པ་གང་ཞིག་ལ་བློ་འབྱེད་དུས་རབས་ཀྱི་རྙོགས་སད་དང་། མི་ཚུལ་རིང་ལུགས་ཀྱི་མི་ལྟེ་བར་སྨྲ་བའི་བསམ་བློའི་བག་ཆགས་ཀྱི་ཉེར་ལེན་རྒྱུས་གྲུབ་པ་ཞིག་སྟེ། སྲོལ་རྒྱུན་རྩོམ་རིག་གི་གཟུགས་འདས་སྨྲ་བའི་མི་སྣའི་སྣང་བརྙན་གྱི་གཙོ་རྒྱུན་རྩོམ་སྲོལ་

གྱི་རྒྱུན་ཆད་དེ། སངས་རྒྱས་ཆོས་ལུགས་ཀྱི་བདག་ཉིད་བདག་གི་མགོན་དུ་གྱུར་བའི་ལྷ་མེད་སྨྲ་བའི་དགོངས་པའི་རྒྱང་གཞིར་མི་ཚུལ་རིང་ལུགས་ཀྱི་མི་ལྟེ་བར་སྨྲ་བའི་མི་སྣའི་སྣང་བརྙན་བསྐྲུན་དུ་རྙེད་པའི་བསམ་བློ་གསར་པའི་འབྲས་བུ་ཡིན་པ་གོར་མ་ཆག

སྤྱིར་མི་རང་མཚན་པ་ཞིག་གི་སྣང་བརྙན་ཡིན་མོད། སོ་སོ་སྐྱེ་བོ་རང་ག་བའི་གནས་སྐབས་དང་ཤིན་ཏུ་མི་མཚུངས་པ་སྟེ། ལམ་དང་རྒྱུན་ཤེས་ལ་མ་རྫོངས་པ་གང་ཞིག མིའི་འགྲོ་བའི་ཐོབ་ཐང་འཚོལ་སྐྱིག་ཕྱིར་དལ་བའི་རྟེན་གྱི་སྙིང་པོ་ཆུད་མི་འཛའ་བར་རང་ལམ་རང་གིས་གཏོད་མཁན་ཞིག་སྟེ། མི་ནི་འཇིག་རྟེན་ཁམས་སུ་ནག་ཐིག་ཅིག་ལྟར་ཅི་འདྲའི་གཉོམ་ཆུང་ཞིང་། ཚེ་སྲོག་ཀྱང་ཤིན་ཏུ་ཉག་ཕྲ་མོད། མིའི་འགྲོ་བས་ཚད་ཡོད་ཀྱི་ཚེ་སྲོག་གི་རྒྱུན་ལས་ཚད་མེད་ཀྱི་རིན་ཐང་བསྐྲུན་ནུས་པའི་སྙིང་སྟོབས་ཏེ། མི་ནི་འཇིག་རྟེན་མགོན་པོའི་ངོ་བོར་གྱུར་བའི་སྣང་བརྙན་ཞིག་གོ།

གཅིག་ཤོས། ད་རབས་རྩོམ་རིག་གིས་རིགས་ཤེས་དུས་རབས་ཀྱི་རིན་ཐང་ལྟ་བ་སྟེ། དཔྱོད་ཤེས་བསམ་བློས་སྣ་མང་རིག་གནས་འདྲེས་མའི་ལྟ་གྲུབ་སྣ་ཚོགས་པར་བསྐྲུན་ཞིབ་དང་། རིག་གནས་གདམ་གའི་མ་ལག་ཏུ་རིག་གནས་དང་ལེན་གྱི་འགལ་འདུའི་ཕན་གནོད་ལུང་མ་བསྟན་ལ་དོགས་སློང་བྱས་ཏེ། སྣ་མང་རིག་གནས་འདྲེས་མའི་ད་རབས་གཙོ་རྒྱུན་རིག་གནས་ཀྱི་མ་གཞུང་ནས་སྲོལ་རྒྱུན་རིག་གནས་ཀྱི་རིག་གནས་འདུ་ཤེས་སམ། མི་རིགས་རང་མཚན་པའི་རིག་གནས་འདུ་ཤེས་རྩད་ཞིབ་བྱ་རྒྱུ་དེའོ། །འདི་ནི་སྣ་མང་རིག་གནས་ཀྱི་དད་པའི་ཉམས་ཉེན་གྱི་ཤུགས་བསྟན་ལས་གཏམས་པའི་སྲོལ་རྒྱུན་རིག་གནས་ཀྱི་འཚོལ་ཞིབ་དང་། སླར་གསོ་ཐེངས་ཤིག་སྟེ། སྲོལ་རྒྱུན་རིག་གནས་ཀྱི་མ་རྒྱུད་ནས་མི་རིགས་རང་མཚན་

པའི་རིག་གནས་ཀྱི་འདུ་ཤེས་འཚོལ་སྐྱངས་སམ། སྣ་མང་རིག་གནས་ཀྱི་དད་པའི་ཉམས་ཉེན་གྱི་ཤུགས་བསྐྱན་ནས་སྲོལ་རྒྱུན་རིག་གནས་ཀྱི་རིན་ཐང་ལྡ་བར་སླར་ཡང་ངེས་ཤེས་འཛིངས་སྐྱངས་ཤིག་གོ།

སྣ་མང་རིག་གནས་འདྲེས་མའི་ད་རབས་རྩོམ་རིག་སྟེར་རིག་གནས་དང་ལེན་གྱི་འགྲོས་རིམ་ཤིན་ཏུ་མྱུར་བ་སྟེ། ཆ་འཕྲིན་དུས་རབས་ཀྱི་འཕྲིན་ལམ་དར་ཞིང་རྒྱས་པས་སོ། །དེའི་ཕྱིར་རྩོམ་སྲོལ་སྣ་ཚོགས་ཤིང་། རྩོམ་རིག་གི་སྲོག་གི་དབང་པོ་འབྱམས་ཀླས་པའི་རྩོམ་པའི་རྣམ་གཞག་འདི་གྲུབ། ཁྱད་པར་དུ་གཞི་གྲུབ་རིང་ལུགས་ཀྱི་མཚན་ཉིད་རིག་པ་དང་། ཚད་རྟུལ་རིག་པའི་དགོངས་པའི་བག་ཆགས་ལས་གྲུབ་དོན་སྟོང་པའི་རང་བཞིན་གྱི་མི་ཚེའི་རིན་ཐང་ལྡ་བ་སྟེ། རྩོམ་རིག་གི་གདན་གྱི་འདུན་མའི་རྩོམ་པའི་རྣམ་གཞག་གསར་རྩོམ་གྱི་སྲོག་ཏུ་གྲུབ་པ་གོར་མ་ཆག འདི་ནི་སྲོལ་རྒྱུན་རྩོམ་རིག་གི་གཙོ་རྒྱུན་རྩོམ་སྲོལ་ཏེ། ནང་བསྟན་རྩོམ་རིག་གི་གདན་གྱི་འདུན་མའི་ཟབ་དོན་གྱི་རྒྱང་གཞིར་གཞི་གྲུབ་རིང་ལུགས་ཀྱི་གྲུབ་དོན་སྟོང་པའི་མི་ཚེའི་རིན་ཐང་ལྡ་བའི་རྩོམ་པའི་རྣམ་གཞག་དར་བ་ཞིག་གོ། དཔེར་ན། གངས་ཀྱི་སྣང་བརྙན་ལྟ་བུའོ། །

སྤྱིར་རྩོམ་རིག་གི་བརྗོད་གཞིར་མི་ཚུལ་རིང་ལུགས་ཀྱི་མི་ལྟེ་བར་སྨྲ་བའི་མིསྣའི་སྣང་བརྙན་དཔེ་གཞི་ཅན་ནས་གཞི་གྲུབ་རིང་ལུགས་ཀྱི་གྲུབ་དོན་སྟོང་པའི་མི་ཚེའི་རིན་ཐང་ལྡ་བར་བར་བརྒལ་བྱས་པ་ནི་དེང་ད་རབས་རྩོམ་རིག་གི་བསམ་བློའི་འཕེལ་འགྱུར་ཆེན་པོ་ཞིག་གོ། རྩོམ་རིག་གི་གདན་གྱི་འདུན་མའི་ཟབ་དོན་ལྟར་ན། མིའི་འགྲོ་བ་ནི་འཇིག་རྟེན་མགོན་པོ་སྟེ། བདག་ཉིད་བདག་གི་མགོན་དུ་གྱུར་བའི་མི་ཚུལ་རིང་ལུགས་ཀྱི་བསམ་བློའི་སྙིང་པ་དོར་ཏེ། གཞི་གྲུབ་རིང་ལུགས་ཀྱི་གྲུབ་དོན་སྟོང་པའི་མི་ཚེའི་རྟོགས་པར་བར་བརྒལ་བྱས་པ་དེའོ། །འདི་ནི་གཞི

གྲུབ་རིང་ལུགས་ཀྱི་མི་ཚེའི་རིན་ཐང་ལྟ་བའི་ཤུགས་བསྐྱེད་ནས་སྲོལ་རྒྱུན་རྩོམ་རིག་གི་གཙོ་རྒྱུན་བསམ་བློའི་རྒྱུན་རྗེད་སྟངས་ཤིག་ཀྱང་ངོ་། །

དུས་མཚམས་འདི་ནི་སྲོལ་རྒྱུན་རིག་གནས་ཏེ། ནང་བསྟན་ཆོས་ལུགས་ཀྱི་མི་ཚེའི་རིན་ཐང་ལྟ་བ་དོགས་སློང་དང་བསྐྱར་ཞིབ་ཀྱི་ཡུལ་དུ་གྱུར་ཏེ། མི་རིགས་རང་མཚན་པའི་རིག་གནས་འདུ་ཤེས་བག་ཏུ་ཞ་བ་གང་ཞིག གཙོ་རྒྱུན་རིག་གནས་ཀྱི་རིག་གནས་འདུ་ཤེས་ལུང་མ་བསྟན་གྱི་དད་པའི་ཉམས་ཉེན་ཕྲད་པའི་དུས་རབས་ཤིག་གོ། དེའི་ཕྱིར་སྲོལ་རྒྱུན་རྩོམ་རིག་གི་གདན་གྱི་འདུན་མའི་བསམ་བློའི་རྒྱུན་ཆད་པའམ། མཇུག་བསྒྲིལ་བའི་གསར་རྩོམ་གྱི་ཤུགས་བསྐྱེད་ལས་མི་ཚུལ་རིག་པའི་མི་ལྟེ་བར་སྒྲུབ་དང་། གཞི་གྲུབ་རིང་ལུགས་ཀྱི་གྲུབ་དོན་སྟོང་པའི་རང་བཞིན་གྱི་རྩོམ་རིག་གི་གདན་གྱི་འདུན་མའི་རྩོམ་སྲོལ་གྱི་རྣམ་པ་འདི་གྲུབ།

དེང་ད་རབས་རྩོམ་རིག་གི་བསམ་བློའི་རྒྱུན་གྱི་འཕེལ་རིམ་འདི་ནི་སྲོལ་རྒྱུན་རྩོམ་རིག་གི་གདན་གྱི་འདུན་མའི་རྣམ་པ་གཞན་འགྱུར་གྱི་རྩོམ་སྲོལ་ལམ། གཙོ་རྒྱུན་རིག་གནས་ཀྱི་དད་པའི་ཉམས་ཉེན་གྱི་ཤུགས་བསྐྱེད་ལས་སྲོལ་རྒྱུན་རྩོམ་རིག་གི་བསམ་བློའི་རྒྱུན་རྗེད་སྟངས་ཤིག་ཀྱང་ཡིན་སྲིད།

རྩོམ་པ་པོའི་གསར་རྩོམ་གྱི་འཕྲིན་ལས་དར་ཞིང་རྒྱས་པས་གཡུར་ཟའི་འབྲས་བུ་སྨིན་པ་ཉེ་སྐོས་ཅི་དགོས། ཁྲི་ཕྲག་ཏུ་སླན་དག་ལ་རྩོམ་ལུས་ཡོད་རྒྱུའི་གསར་རྩོམ་གྱི་ཧྲག་ཏུ་གྱུར་བའི་རྩོམ་རིག་གི་གོ་ས་མཆིས་ཤིང་། བརྩམས་སྒྲུང་གི་གསར་རྩོམ་ལའང་གཡུར་ཟའི་འབྲས་བུ་སྨིན། དེང་ད་རབས་ཀྱི་རྩོམ་རིག་གི་གསར་རྩོམ་ཡང་དུས་རབས་གསར་པ་དང་། མཐོང་སྣེ་གསར་པ། བརྗོད་གཞི་གསར་པ། མཚོན་ཐབས་གསར་པ་ལ་སོགས་པའི་རྗེན་འབྲེལ་འཛོམས་པོས་ད་ལྟའི་བར་ཆགས་འཛིག་དང་། འཕེལ་འགྲིབ་རེས་མོས་ཀྱིས་མིའི་འགྲོ་བའི་ལས་དབང་གི་ཁ་སྐབས་དང་གྱུར་

བའི་ཚིག་གི་རི་མོ་དོན་གྱི་སྣུག་ཚའི་སྣང་བརྙན་དུ་བཏོད་དང་གཏོད་ཐུས་སོ། །

མདོར་ན་གློ་འཕེད་དུས་རབས་ཀྱི་དེང་རབས་རྩོམ་རིག་དང་། རིགས་ཤེས་དུས་རབས་ཀྱི་ད་རབས་རྩོམ་རིག་གཉི་གའི་བསམ་བློའི་རླབས་རྒྱུན་མི་འདྲ་བས། གསར་རྩོམ་གྱི་གནས་བབ་ཏུའང་གཙོ་རྒྱུན་རྩོམ་སྲོལ་གྱི་རྣམ་པ་མི་འདྲ་བ་གཉིས་གྲུབ། སྔ་མ་ནི་རྟོགས་སད་ཀྱི་གོ་རྟོགས་ཡངས་པོས་མི་ཚུལ་རིག་པའི་དགོངས་པ་གསར་རྩོམ་གྱི་སྙིང་པོར་བཟུང་ཞིང་། ཕྱི་མ་ནི་དཔྱོད་ཤེས་ཀྱི་འཇུག་པ་ཡངས་པོས་སྲོལ་རྒྱུན་གྱི་རིག་པའི་གཞུང་ལུགས་སུ་གྲུབ་པའི་མི་རིགས་རང་མཚན་པའི་རིག་གནས་འདུ་ཤེས་ཀྱི་འཚོལ་སྙེག་གསར་རྩོམ་གྱི་སྙིང་པོར་བཟུང་བ་གང་ཞིག གཞི་གྲུབ་རིང་ལུགས་དང་། ཚད་རྟུལ་རིག་པའི་གྲུབ་དོན་སྟོང་པའི་རང་བཞིན་གསར་རྩོམ་གྱི་ལྟེ་བར་བཟུང་ངོ་། །

མདོ་དོན་གྱི་སྙིང་པོ་ལྟར་ན། དུས་མཚམས་སྔ་ཕྱི་གཉིས་ཀྱིས་གྲུབ་པའི་དེང་ད་རབས་རྩོམ་རིག་གི་བརྗོད་གཞི་མི་ཚུལ་རིང་ལུགས་ཀྱི་མི་ལྟེ་བར་སྨྲ་བའི་མི་སྣའི་སྣང་བརྙན་དཔེ་གཞི་ཅན་ནས་གཞི་གྲུབ་རིང་ལུགས་ཀྱི་གྲུབ་དོན་སྟོང་པའི་མི་ཚེའི་རིན་ཐང་ལྟ་བར་བར་བརྒལ་བྱུས་ཡོད། འདི་ནི་མི་ཚུལ་རིང་ལུགས་ཀྱི་བསམ་བློའི་ཉེད་པ་དོར་ཏེ། གཞི་གྲུབ་རིང་ལུགས་ཀྱི་མི་ཚེའི་རིན་ཐང་ལྟ་བའི་ཤུགས་བསྟན་ནས་སྲོལ་རྒྱུན་རྩོམ་རིག་གི་གཙོ་རྒྱུན་བསམ་བློའི་རྒྱུན་ཏེ། ནང་བསྟན་རྩོམ་རིག་གི་གཏན་གྱི་འདུན་མའི་རྩོམ་སྲོལ་སླར་གསོའི་ལམ་དུ་འཇུག་སྟངས་ཤིག་ཡིན་པ་གོར་མ་ཆག

གཅིག ཚབ་མཚོན་བརྩམས་ཆོས་སྦྱོང་རོལ།

དེང་ད་རབས་རྩོམ་རིག་གི་བསམ་བློ་གསར་པ་ཡིན་པ་གང་ཞིག སྒྱུ་རྩལ་མཚོན་ཐབས་ཀྱི་ཁོ་ལག་ཀྱང་ཤིན་ཏུ་ཡངས་པས་སྦྱོང་རོལ་གྱི་མཛེས་པའི་ཁམས་

ཞེན་ཏུ་ཡངས་སོ། །དེའང་དེང་རབས་རིང་ལུགས་ཀྱི་སྣང་བརྙན་འབྲི་བཞེངས་ཀྱི་སྣར་མཚོན་དང་། ཐ་སྙད་སྤྲོས་བརྗོད་ཀྱི་ཚིག་གི་སྒྱུ་རྩལ་ལས་རབ་ཏུ་འགོངས་ཏེ། དེང་རབས་རིང་ལུགས་ཕྱི་མའི་སྣང་བརྙན་གྱི་གཏན་ཚིགས་བོར་བའི་མཚོན་པ་ཅན་དང་། ཚིག་གམ་ཐ་སྙད་རང་ངོས་ཀྱི་བརྡ་རྟགས་ཀྱི་རང་བཞིན་ཏེ། མཚོན་དོན་སྣ་མང་གི་མཛེས་པའི་ཁམས་སུ་བར་བརྒལ་བྱས་སོ། །

རྩོམ་པ་པོ་དང་། སྙན་ངག་པའི་སྒྱུ་རྩལ་གྱི་བློ་སྦྱོང་ལས་འཕྲོས་པའི་ལྷན་སྐྱེས་ཀྱི་ཤེས་རབ་དང་། མཚོན་ཐབས་གསར་པའི་བག་ཆགས་ཀྱི་ཉེར་ལེན་རྒྱུ་ལས་རྩོམ་རིག་གསར་པའི་མཛེས་པའི་ཁམས་ཐུན་མོང་མ་ཡིན་པ་གཞི་གྲུབ། སྨྱོང་རོལ་གྱི་གནས་སྐབས་སུ་སྤྲོལ་རྒྱུན་རྩོམ་རིག་གི་གོ་ཚུལ་ལས་འགོངས་པའི་སྨྱོང་ཚོར་ཐུན་མོང་མ་ཡིན་པ་སྟེ། གྲགས་རྩོམ་དང་། ལེགས་རྩོམ་ཕལ་མོ་ཆེ་ཁྲིས་ལྡུགས་གོང་དམུར་བའམ། ལྐུགས་པས་བུ་རམ་གྱི་རོ་མྱོང་བ་ལྟར་འདི་ཡིན་འཕྲོ་ལ་དེ་མིན་གཞན་ཞིག་གི་རྟོག་པའི་འཕྲོ་འདུ་སྐྱེ་ཞིང་། མྱོང་བ་རང་མཚན་པ་འདི་ཡིན་ཞེས་ཐ་སྙད་ཀྱི་སྤྲོས་བརྗོད་ཡུལ་ལས་འདས་པའི་ཡོད་མིན་མེད་མིན་གྱི་རྟོག་མེད་ཤེས་པའི་གོ་ཚུལ་ཏེ། སྨྲ་བསམ་བརྗོད་འདས་ཀྱི་མྱོང་བ་རང་མཚན་པ་ཞིག་བསྐྱལ་དང་སྐྱོལ་ནུས་སོ། །ཁ་ཅིག་འདི་ལ་གབ་ཚིག་གམ་ཁེད་ཀྱི་རྣམ་པར་སྨྲ་མོད། འདི་ནི་སྒྱུ་རྩལ་གྱི་བློ་སྦྱོང་དབུལ་ཞིང་། མྱོང་རོལ་གྱི་དབང་པོ་རྟུལ་བའི་རང་མཚང་ཡིན་ན། མྱོང་རོལ་ནི་སྒྱུ་རྩལ་བརྩམས་ཆོས་གང་ཞིག་གི་སྒྱུ་མའི་ཕོ་བྲང་འཇུལ་བྱེད་ཀྱི་རྟོག་མེད་ཤེས་པའི་ལྡེ་མིག་ཡིན་པ་རྟོགས་པར་བྱ་རྒྱུ་གལ་ཤིན་ཏུ་ཆེའོ། །

འདིར་ཡང་རྩོམ་རིག་མྱོང་རོལ་གྱི་བརྟག་ཐབས་དང་། རྩོམ་རིག་གི་གཏན་གྱི་འདུན་མའི་མྱོང་རོལ་གྱི་བླང་བྱ་ལྷན་ཐབས་སུ་ཁྱེར་བ་གང་ཞིག དེང་དུ་རབས་རྩོམ་རིག་གི་ཚབ་མཚོན་བརྩམས་ཆོས་སམ། གྲགས་རྩོམ་སྟེ། དཔལ་དོན་གྲུབ་རྒྱལ་

གྱི་《ལང་ཚོའི་རྦབ་ཆུ་》དང་། ཚེ་རིང་དོན་གྲུབ་ཀྱི་《ར་ལོ་》 པད་མ་ཚེ་བརྟན་གྱི་《གངས་》བཅས་བདམས་བཀོད་བྱས་ཏེ། དེང་ད་རབས་རྩོམ་རིག་གི་གཏན་གྱི་འདུན་མའི་ཟབ་དོན་གཅིག་ཤེས་ཀུན་གྲོལ་ཚུལ་གྱིས་རྟོགས་སླ་ཕྱིར་འཆད་པར་འགྱུར་རོ། །

༡ དཔལ་དོན་གྲུབ་རྒྱལ་གྱི་《ལང་ཚོའི་རྦབ་ཆུ་》

དཔལ་དོན་གྲུབ་རྒྱལ་ནི་བོད་ཀྱི་དེང་རབས་རྩོམ་རིག་གི་ཤིང་རྟའི་སྲོལ་འབྱེད་པ་དང་། མི་གཞི་གསར་པའི་བསམ་བློ་སྨྲ་བའི་སྔེར་ཕྱོན་པའི་བློ་འབྱེད་དུས་རབས་ཀྱི་རྟོགས་སད་པ་ཞིག་གོ། འདི་པས་བསམ་བློ་གསར་པའི་རང་མདངས་ཟབ་པའི་བརྩམས་ཆོས་མི་ཉུང་བ་བརྩམས་ཏེ། དུས་རབས་ཤིག་གི་མི་རབས་གསར་པའི་རྩོམ་རིག་གསར་པའི་སྲོག་གི་དབང་པོར་མི་ཚུལ་རིག་པའི་བསམ་བློའི་རླབས་རྒྱུན་ཐོག་མར་དྲངས། དེ་ནས་བཟུང་མིའི་འགྲོ་བའི་ལས་དབང་རྩོམ་རིག་གི་མི་ནུབ་པའི་བརྗོད་གཞིར་གྱུར།

སྤྱི་ལོ་༡༩༨༣ལོར་ནི་སྙན་ངག་གི་ངོ་མཚར་དུས་རབས་ཤིག་སྟེ། ལོ་དེའི་《སྦྲང་ཆར་》དེབ་གསུམ་པའི་ཐོག་ལོ་རྒྱུས་རང་བཞིན་གྱི་སྙན་གསར་གྱི་བརྩམས་ཆོས་ཐོག་མ་《ལང་ཚོའི་རྦབ་ཆུ་》དངོས་སུ་སྤེལ་བས། བོད་ཀྱི་སྙན་ངག་སྟེང་"རང་མོས་སྙན་ངག་"ཏུ་གྲགས་པའི་སྙན་གསར་གྱི་བརྡ་ཆད་ཐོག་མར་དར་ཞིང་། དེང་རབས་རྩོམ་སྡེགས་སུའང་སྙན་ངག་གསར་བརྗེའི་རྩོམ་རིག་གི་སྣང་ཚུལ་གསར་པའི་ཡོལ་བ་ཐོག་མར་ཕྱེ།

《ལང་ཚོའི་རྦབ་ཆུ་》ནི་སྙན་གསར་གྱི་ཤིང་རྟའི་སྲོལ་འབྱེད་པ་དཔལ་དོན་གྲུབ་རྒྱལ་གྱི་ཚབ་མཚོན་བརྩམས་ཆོས་དང་། དེང་རབས་སྙན་ངག་སྔེའི་སྙན་གསར་བརྩམས་ཆོས་ཀྱི་ཕྱི་མོར་གྲགས་པས། སྙན་ངག་གསར་པའམ། རང་མོས་སྙན་ངག་

ཅེས་པའི་རྩོམ་ལུས་གསར་པའི་རྩོམ་ཕུད་དང་། དེང་རབས་སྙན་ངག་སྡེའི་སྙན་ངག་པ་ཀུན་གྱི་མིག་ལྟོས་སུ་གྱུར་བའི་གསར་རྩོམ་གྱི་ཕྱི་མོར་ངེས་པའི་རྩོམ་རིག་གི་གོ་ས་བླ་ན་མེད་པ་མཆིས་སོ། །

མིའི་འགྲོ་བའི་སྙན་ངག་བྱུང་འཕེལ་གྱི་ལོ་རྒྱུས་ལྟར་ན། སྙན་ངག་ནི་ངག་རིག་གི་རྣམ་པ་ཐོག་མའམ། ཚིག་གི་སྒྱུ་རྩལ་གྱི་མེས་པོ་སྟེ། རྩོམ་ལུས་ཡོད་རྒྱུའི་ཕ་མེས་སུ་གྲགས་པས། བོད་དུ་བསྐལ་པ་ཡ་ཐོག་ནས་སྙན་ངག་གི་རྩོམ་སྒྲོལ་དར་བ་གདོན་མི་ཟ། དཔེར་ན། གདོད་མའི་སྲིད་པ་ཆགས་གླུ་དང་། བཙན་པོའི་སྐུ་དུས་ཀྱི་མོ་ཚིག རྣལ་འབྱོར་པའི་མགུར་མ་སོགས་ཀྱི་གསར་རྩོམ་དར་ཞིང་རྒྱས་པ་ལྟ་བུའོ། །ཕྱི་ཐུག་ཏུ་མོ་ཚིག་གི་ཚིག་གི་བརྙན་རིས་ལས་མངོན་པའི་མཚོན་དོན་གྱི་སྣ་མང་རང་བཞིན་དང་། མགུར་གླུའི་ཕྱི་གནས་འགྱུར་ཁུགས་ཀྱི་དབྱངས་འཁྲོས་རང་དབང་ཅན་གྱི་མཛེས་པ་སོགས་ནི་ངོ་མཚར་གྱི་ཡུལ་ལས་འགོངས་སོ། །

《ལང་ཚོའི་ཐབ་ཚུ་》ཏུའང་བོད་སྔ་རབས་པའི་ངག་ཐོག་ཚིག་རྒྱན་གྱི་ཚིག་ཉམས་ཏེ། ཚིག་སྦྲོས་ཀྱི་འདེགས་འཛོག་ལ་རོལ་མོའི་འགྱུར་ཁུགས་སམ། ཕྱི་གནས་འགྱུར་ཁུགས་མངོན་པར་གསལ་བའི་མགུར་རྟའི་དབྱངས་འཁྲོས་རང་དབང་ཅན་གྱི་ཁྱད་ཆོས་ལྡན། འདི་ནི་སྒྲོལ་རྒྱུན་སྙན་ངག་གི་གཙོ་རྒྱུན་རྩོམ་སྒྲོལ་སྙན་གཞུང་《མེ་ལོང་མ་》ཡི་དགོངས་པའི་རྩོམ་ཁྲུ་ལས་གྲོལ་ཏེ། བོད་རྩོམ་རྣལ་མའི་རྩོམ་གཤིས་ཏེ། མགུར་གླུའི་དབྱངས་འཁྲོས་སམ། ཚིག་སྦྲོས་ཀྱི་རྩོམ་སྒྲོལ་ཐུན་མོང་མ་ཡིན་པའི་རྒྱུན་བསྐྱངས་པ་གང་ཞིག གྱེར་འདོན་སྙན་ངག་གི་བླང་བྱ་ལྟར་སྙན་ངག་པའི་ཡིད་འགྱུར་དྲག་པོའི་འཁྲོས་རིམ་གྲིམ་ལྡེད་རན་པའི་ཚིག་སྦྲོས་ཀྱི་སྙན་རོར་དྲངས་པའི་འཆར་ཡན་རིང་ལུགས་ཀྱི་སྒྱུ་རྩལ་ཉམས་འགྱུར་ཆེད་དུ་བྱུང་བའི་རྩོམ་རིག་གསར་བརྗེའི་སྒྱུ་རྩལ་གྱི་རང་མདངས་སོ། །ཁ་ཅིག་མགུར་རྟའི་དབྱངས་འཁྲོས་ཀྱི་རྣལ་

མ་གོ་བར་མགུར་མ་སྙན་གསར་གྱི་ཕྱི་མོར་འདོད་པའི་གནད་ཀྱང་འདི་ལ་ཐུག་གོ།

《ལང་ཚོའི་ཐབ་ཚུ་》ཊ་སྙན་ངག་པའི་ཚོར་འདུ་དྲག་པོའི་འགྲོས་རིམ་གྲིམ་ལྡོད་རན་པའི་ཚིག་སྦྲོས་ལྷར་ནད་མེད་འཁྱུན་སྒྲ་དང་། ཚོར་འདུ་གསོག་གསོབ་ཀྱི་འཆིང་རྒྱ་ལས་གྲོལ་ཏེ། སྙན་ངག་གི་ཁམས་ནས་ཡིད་འགྱུར་རང་དབང་དང་མཚོན་ཡོད། འདི་ལ་ནུབ་ཕྱོགས་སྙན་གཞུང་དུ“དམངས་གཙོའི་སྣུ་དབྱངས་སྲོལ་རྒྱུན་སྙན་ངག་གི་རྣམ་པའི་བཀག་རྒྱར་ཚུད་མི་ཊུང་”①ཞེས་གསུངས་ན། སྲོལ་རྒྱུན་ཚིགས་བཅད་སྙན་ངག་གི་རྩོམ་པའི་ལམ་སྲོལ་དུ་སྙན་ངག་པའི་ཚོར་འདུ་ཚིག་རྒྱན་གྱི་བག་ཏུ་ཞ་སྟེ། ཡིད་འགྱུར་གྱི་འགྲོས་རིམ་གཞན་དབང་གི་རྒྱ་ཊུ་ཚུད་པ་ནི་འཆར་ཡན་རིང་ལུགས་ཀྱི་གསར་རྩོམ་གྱི་གོལ་ས་དང་། སྒྱུ་རྩལ་གྱི་འཛེམ་བྱར་འདོད་པ་ཤིན་ཏུ་རྟོགས་སླའོ། །

སྙན་ངག་གི་ཁམས་ནི་སྙན་ངག་སྣང་བརྙན་གྱི་རིགས་ཤིག་སྟེ། སྙན་ངག་པའི་ཚོར་འདུའི་བརྙན་རིས་ཀྱི་དོན་ནོ། །ཕྱིར་ཚོར་འདུ་དྲག་པོ་དོན་བརྗོད་དང་། སྦྲོས་བརྗོད་ཚུལ་གྱིས་སྟོང་པོར་བརྗོད་པ་མིན་པར་ཡུལ་ལ་བརྟེན་ནས་ཡིད་འགྱུར་དང་། ཡུལ་ཡུལ་ཅན་དབྱེར་མེད། ཡུལ་ཚོར་རོ་གཅིག་གི་སྙན་ངག་གི་ཁམས་ནས་ཡིད་འགྱུར་འཁྲུག་པོར་མཚོན་པའི་སྙན་ངག་སྒྱུ་རྩལ་གྱི་མཚོན་ཐབས་ཤིག་གོ། 《ལང་ཚོའི་ཐབ་ཚུ་》ཡིས་ཀྱང་ཚིག་རྒྱན་གྱི་དུས་མཚམས་ནས་འཆར་ཡན་རིང་ལུགས་སུ་བར་བརྒལ་བྱས་ཏེ། སྲོལ་རྒྱུན་སྙན་ངག་གི་ཚིག་གི་སྙན་རོ་དང་། སྒྱུ་རྩལ་གྱི་སྣར་མཚོན་གསར་རྩོམ་གྱི་དམིགས་ཡུལ་དུ་མ་བཟུང་བར་སྙན་ངག་གི་ཁམས་ནས་ཡིད་འགྱུར་མཚོན་རྒྱུ་སྒྱུ་རྩལ་གྱི་སྙིང་པོར་བཟུང་བས། བོད་ཀྱི་སྙན་ངག་བྱུང་འཕེལ་གྱི་ལོ་རྒྱུས་སུ“སྙན་ངག་གི་ཁམས་”ཞེས་པའི་གསར་རྩོམ་གྱི་སྣང་ཚུལ་གསར་པ

① 郑克鲁：《外国文学史》，（上）〔M〕高等教育出版社2006/3第2版，P217

འདི་ཐོག་མར་བསུས།

ཡོངས་གྲགས་སུ་སྙན་ངག་གི་ཁམས་ལ་ཡིད་ཡུལ་ལམ། རྟོག་ལྡོངས་ཞེས་ཀྱང་ཟེར། འདི་ནི་སྙན་ངག་པའི་ཡིད་འགྱུར་དྲག་པོའི་ཚོར་འདུའི་བརྙན་རིས་ཤིག་སྟེ། སྲོལ་རྒྱུན་གྱི་ཚིགས་བཅད་སྙན་ངག་གི་ཚིག་རྒྱན་གྱི་སྙན་རོ་དང་། རྣལ་འབྱོར་པའི་གནས་བསྟོད་མགུར་མའི་ལྡོངས་བཀོད་ཀྱི་སྣང་མཚོན་ལྟ་བུའི་སྒྱུ་རྩལ་གྱི་མཚོན་ཐབས་ལས་ཡོངས་སུ་འགོངས་ཏེ། ཚོར་འདུ་རྣལ་མས་བསླད་པའི་ལྡོངས་བཀོད་ཞིབ་འབྲིའམ། སྙན་ངག་གི་ཁམས་ནས་ཡིད་འགྱུར་དྲག་པོ་མཚོན་སྟངས་ཤིག་གོ། ཚིག་གི་སྙན་རོ་དང་། ལྡོངས་བཀོད་ཀྱི་སྣང་མཚོན་སྒྱུ་རྩལ་གྱི་ཉིང་དགོས་མིན་པ་གང་ཞིག རི་ཆུ་ལྟ་བུའི་ལྡོངས་བཀོད་ཞིབ་འབྲིའི་ཕག་ནས་ཡིད་འགྱུར་དྲག་པོ་མཚོན་པ་བླང་བྱ་དང་། ཚིག་གི་སྙན་རོའི་ལམ་ནས་ལྡོངས་བཀོད་ཀྱི་ སྲུ་རིས་མ་ཉོག་པར་ཇི་བཞིན་མཚོན་པ་འཇོམ་བྱར་ལྟའོ། །

《ལང་ཚོའི་རྦབ་རྒྱུ》ཏུའང་“སྔོ་ཞིང་དྭངས་པའི་ནམ་མཁའ། /དྭྲོ་ཞིང་འཇམ་པའི་ཉི་འོད། /ཡངས་ཤིང་ཆེ་བའི་ས་གཞི། /མཛེས་ཤིང་སྡུག་པའི་མེ་ཏོག /མཐོ་ཞིང་བརྗིད་པའི་ལྷུན་པོ་… …”ཞེས་གངས་ཅན་ཁ་བའི་ལྡོངས་ཀྱི་ཐུན་མོང་མ་ཡིན་པའི་ཕྱི་སྣོད་ཀྱི་ལྡོངས་བཀོད་བསྟན། འདི་ནི་དབེན་གྲོང་བའི་ལུགས་ལྟར་རི་ཆུའི་རྣམ་པ་ཞིབ་འབྲིའམ། སྣང་མཚོན་བྱས་པའི་ལྡོངས་བཀོད་ཀྱི་སྐྲ་བྲིས་མིན། ལྟོག་སྟེ་སྙན་ངག་པའི་ཚོར་འདུ་རྣལ་མས་གྲུབ་པའི་སྙན་ངག་གི་ཁམས་ཀྱི་མཛེས་དཔྱོད་ཁམས་ནས་ཡིད་འགྱུར་དྲག་པོ་མཚོན་པའི་ཚོར་འདུའི་བརྙན་རིས་ཏེ། ལོ་རབས་བརྒྱད་ཅུའི་བོད་སྤྱི་ཚོགས་ཀྱི་གསོན་སྟོབས་གསར་པའམ། བོད་འདི་བཀས་བཀོད་རྒྱུད་འཛིན་གྱི་སྤྱི་ཚོགས་དང་། ལོ་བཅུའི་རིག་གསར་གྱི་གོད་ཆག་ལས་གྲོལ་བའི་མི་རབས་གསར་པའི་སྤྱི་ཚོགས་གསར་པའི་རྣམ་པ་དང་། སྙན་ངག་པའི་རེ་སྨོན

གི་མཚོན་དོན་དུ་གྱུར་བའི་སྤྱི་ཚོགས་ཀྱི་རྣམ་པ་གསར་པའི་འགྱུལ་རིས་ཤིག་སྟེ། སྐྱིད་སྙིང་མཁྲེགས་བཟུང་དང་། འཕོས་ཚུད་བག་འཁྱམ་ཀྱི་མི་གཞིའི་འཆིང་རྒྱ་ལས་གྲོལ་ཏེ། བསམ་བློར་བཅིངས་འགྲོལ་དང་། ཡར་ཐོན་གྱི་སྤོབས་པ་རབ་ཏུ་རྒྱས་པའི་མི་རབས་གསར་པའི་གཞོན་ནུའི་གསོན་སྟོབས་དཔལ་གྱིས་ཕྱུག་པའི་སྤྱི་ཚོགས་ཀྱི་ཁོར་ཡུག་གསར་པ་ཞིག་ཡིན་པ་གོར་མ་ཆག ཇན་བདུད་ལྷ་རྒྱལ་ལགས་ནས་ཀྱང་"ང་ཚོའི་སྣང་ངོར་དྭངས་གཙང་གི་འཛིག་རྟེན་གསར་བ་ཞིག ……"① བསྟན་གསུངས་པ་ལྟར། དུས་རབས་གསར་པའི་གཞོན་ནུའི་མི་གཞི་དྲི་མེད་ཀྱི་ཉེར་ལེན་རྒྱུས་གྲུབ་པའི་སྤྱི་ཚོགས་ཀྱི་ཁོར་ཡུག་གསར་པ་རྣམ་པར་དག་པ་ཞིག་གོ།

སྐབས་དག་པས་ཀྱང་མཐོང་སྣེ་གསར་པ་དང་། སེམས་བག་ཡངས་པོས《ལང་ཚོའི་ཐབ་ཚུ》ཡི་མཆོད་བརྗོད་ཀྱི་ཚུལ་དུ"མདུན་ཕྱོགས་ཀྱི་བྲག་ངོས་གཟར་པོ་ན། / ཆལ་ཆིལ་དུ་འབབ་པའི་ཐབ་ཚུ་རེད"ཅེས་བྲག་ངོས་གཟར་པོ་ནས་ཐུར་དུ་འབབ་བཞིན་པའི་ཐབ་ཚུའི་རྣམ་པའི་འགྱུལ་རིས་ཤིག་གློག་པ་པོའི་མིག་གི་སྔོན་མོར་བཤམས་ཤིང་། "ཀྱི— འདི་ནི་རང་བཞིན་གྱི་ཐབ་ཚུ་དཀྱུས་མ་ཞིག་མ་ཡིན་ཏེ་"ཞེས་གོ་ཚུལ་ཤུགས་བསྟན་གྱི་ལམ་ནས་ཐབ་ཚུ་དཀྱུས་མ་མ་ཡིན་པ་བསྟན།

མཚོན་བྱེད་ཐབ་ཚུ་ནི་སྐབས་དག་འདིའི་བརྗོད་བྱ་དང་། སྒྱིང་རོལ་གྱི་རྟེན་དུ་གྱུབ་པས། སྐབས་དག་པའི་ཡིད་འགྱུར་གྱི་ཁོང་ཐིག་དང་། སྐབས་དག་གི་ཁམས་འགྱུབ་བྱེད་ཀྱི་རྩ་བའི་ཆོན་རྩེ་ལོས་ཡིན། ཐབ་ཚུ་དཀྱུས་མ་མ་ཡིན་པའི་ཕྱིར། "འདི་ནི་— / བོད་གངས་ཅན་གྱི་གཞོན་ནུ་རྣམས་ཀྱི་ལང་ཚོའི་ཐབ་ཚུ་རེད། / འདི་ནི་— / དུས་རབས་ཉི་ཤུའི་ལོ་རབས་བརྒྱད་ཅུའི་བོད་རིགས་གཞོན་ནུ་རྣམས་ཀྱི་"ཞེས་མཚོན་བྱེད་ཐབ་ཚུ་ནི་མཚོན་བྱ་བོད་གངས་ཅན་གྱི་གཞོན་ནུའི་མི་གཞི་དང་།

① བདུད་ལྷ་རྒྱལ། 《བོད་ཀྱི་རྩོམ་རིག་གསར་པའི་བརྩམས་ཆོས་བདམས་བསྒྲིགས་དང་བཤད་པ་》(M) ཀན་སུའུ་མི་རིགས་དཔེ་སྐྲུན་ཁང་། ༡༩༩༥/༡༠པར་གཞི་དང་པོ། ཤ༣༣

ཐབ་ཚུའི་བཞུར་སྒྲ་ནི་ལང་ཚོའི་སྒྲུ་དབྱངས་སུ་བསྟན་ཅིང་། ཁྱད་པར་དུ་"ལྦུ་བའི་རླབས་ཕྲེང་དཀར་ཞིང་དྲི་མ་མེད་ལ" ཞེས་དྲི་མེད་དྭངས་གཙང་གི་རང་བཞིན་ལས་གཞོན་ནུའི་མི་གཞི་དྲི་མེད་རྣམ་དག་ཏུ་བསྟན་ནོ། །

སྤྱིར་ཐབ་ཚུའི་འགྲུལ་རིས་ཀྱི་རྣམ་པ་ནི་རི་ཆུའི་ལྗོངས་བཀོད་ཀྱི་སྣར་མཚོན་དང་། ཡུལ་གྱི་དངོས་ཡོད་རྣམ་པའི་སྲུ་རིས་མ་ཉོག་པར་ཇི་བཞིན་མཚོན་པའི་སྒྱུ་ཐྲིས་ཤིག་མིན། འོ་ན་གང་ཡིན་ཞེ་ན། འདི་ནི་སྙན་ངག་པའི་ཚོར་འདུ་རྣལ་མས་བསླད་པའི་ཡིད་འགྱུར་གྱི་རྟེན་ནམ། སྙན་ངག་གི་ཁམས་འགྲུབ་བྱེད་ཀྱི་ཚོན་རྩིར་གྲུབ་བོ། །དེའང་འཆར་ཡན་རིང་ལུགས་ཀྱི་སྙན་ངག་གི་ཁམས་ཞེས་བྱ་བའི་ཡིད་འགྱུར་གྱི་མཚོན་ཐབས་ཐུན་མོང་མ་ཡིན་པ་ཞིག་གོ། ཐན་བདུད་ལྷ་རྒྱལ་ལགས་ནས་ཀྱང་"རྩོམ་པ་པོས་བདམས་པའི་སྣང་བརྙན་རང་མཚན་པ་དེ་དག་ནི། དངོས་ཡོད་ཀྱི་ཚོས་ཤིག་ཇི་མ་ཇི་བཞིན་དུ་འབྲི་བ་ཞིག་མིན་པར་ནང་སེམས་ཀྱི་འགྱུར་བ་དེ་སྟོན་བྱེད་ཀྱི་མཚམས་སྦྱོར་དུ་བྲིས་པ་ཞིག་ཡིན་"[①]ཞེས་གསུངས་སོ། །

དེ་ལྟར་"བརྗིད་ཅིང་ཧམ་པའི་ཉམས། / འཇིགས་པ་མེད་པའི་སྙིང་། / ཞུམ་པ་མེད་པའི་དཔའ་ ...... གསར་གཏོད་ཀྱི་སྙིང་སྟོབས། / འཐབ་འཛིང་གི་ཉམས་འགྱུར་ ...... ཁྱེད་ལ་འཇིགས་པ་མེད་པའི་སྙིང་སྟོབས་དང་། / — ཞུམ་པ་མེད་པའི་སྤོབས་པ། — ཉམས་པ་མེད་པའི་ཐྲིལ་ཤུགས། — འཛད་མཐའ་མེད་པའི་སྟོབས་ཤུགས་འདི་ལྟ་བུ་ཞིག་ཇི་ལྟར་རྒྱས་པ་ཡིན་" ཞེས་མཚོན་བྱེད་ཐབ་ཚུའི་རང་བཞིན་ཇི་བཞིན་བརྗོད་པའི་ཤུགས་བསྟན་ལས་མཚོན་བྱ་ལོ་རབས་བརྒྱད་ཅུའི་བོད་གངས་ཅན་གྱི་གཞོན་ནུའི་མི་གཞི་གསར་པ་སྟེ། བསམ་ཕོད་པ་དང་། སྨྲ་ཕོད་པ། སྒྲུབ་ཕོད་པའི་རང་བཞིན་ལ་བསྔགས་པ་བརྗོད་དོ། །འདི་ནི་འདས་པའི་དུས་

① བདུད་ལྷ་རྒྱལ། 《བདུད་ལྷ་རྒྱལ་གྱི་དཔྱད་རྩོམ་ཕྱོགས་བསྒྲིགས་》(M)མཚོ་སྔོན་མི་རིགས་དཔེ་སྐྲུན་ཁང་། ༢༠༢༡/༡༡པར་གཞི་དང་པོ། ༦༡༥༥

རབས་ཀྱི་སྐད་རྙིང་མཁྲིགས་བཟུང་དང་། འཕོས་ཆུང་བག་འཕྲུམ་གྱི་མི་གཞི་རྙིང་པ་དང་བསྡོས་ན་ཤིན་ཏུ་ཐུན་མོང་མ་ཡིན་པ་སྟེ། བསམ་གཞིག་རང་རྒྱུ་དང་། མི་གཞི་སྣམ་ཚུགས། དྲང་བདེན་དཀྱིལ་ཡངས་བཅས་ཁྱད་ཆོས་གསུམ་ལྡན་གྱི་དུས་རབས་གསར་པའི་མི་རབས་གསར་པའི་གཞོན་ནུའི་མི་གཞི་གསར་པ་མཚོན་ནོ། །

སྐབས་དག་པའི་ཡིད་འགྱུར་གྱི་རྗེན་དུ་གྱུར་བའི་བོད་གདངས་ཅན་གྱི་གཞོན་ནུ་རྣམས་ཀྱང་དུས་རབས་གསར་པའི་འཕེལ་འགྲོས་དང་མཐུན་པའི་དུས་རབས་ཀྱི་བདག་པོ་སྟེ། བསམ་བློ་རྙིང་པའི་འཆིང་རྒྱ་ལས་ཡོངས་སུ་གྲོལ་བའི་དུས་རབས་ཀྱི་མཚུབ་སྟོན་པ་ཞིག་ལས་མ་འདས། དེའང"རྙིང་ཞེན། བག་འཕྲུམས། རྨོངས་དད། ལེ་ལོ་ ...... / ང་ཚོའི་མི་རབས་འདིར་འཇུག་ཡུལ་གཏན་ནས་མེད། / རྗེས་ལུས། ཀླ་ཀློ། མུན་ནག ལོག་སྤྱོད་ ...... / ང་ཚོའི་དུས་རབས་འདིར་གནས་ས་ཡེ་ནས་མེད་"ཅེས་ལམ་དང་རྒྱུན་ཤེས་ལ་མ་རྨོངས་ཤིང་། དམངས་གཙོ་དང་། རང་དབང་། འདྲ་མཉམ་བཅས་ཀྱི་མིའི་འགྲོ་བའི་ཐོབ་ཐང་ལ་རྟོགས་པ་སད་དེ། མི་ཚུལ་རིག་པའི་འཚོ་སྡོད་ཀྱི་རྩ་བའི་དམ་བཅའ་སྟེ། མི་གཞིར་བཅིངས་འགྲོལ་དང་། ཚེ་སྲོག་གི་རིན་ཐང་ལ་ངེས་ཤེས་འདྲོངས་པའི་བློ་འཁྱེད་དུས་རབས་ཀྱི་རྟོགས་སད་པའི་སྣང་བརྙན་དུ་བཞེངས་ཏེ། བཙོས་མིན་ཚོར་འདུ་ཡིད་འགྱུར་དྲག་པོས་མཚོན་ནོ། །

བོད་གདངས་ཅན་གྱི་གཞོན་ནུ་རྣམས་ཀྱི་ཁ་གཏོད་ཡུལ་དུ་གྱུར་བའི་སྐབས་དེའི་སྤྱི་ཚོགས་ཀྱི་བསམ་བློའི་རླབས་རྒྱུན་ཡང"མཚར་སྡུག་འོད་སྟོང་འབར་བའི་སྟོན་ཆད་ཀྱིས་ད་ལྟའི་ཚབ་བྱེད་མི་ཐུང་ལ། / བ་རྔའི་དྲི་དང་འགྲོགས་པའི་ཁ་སང་གིས་དེ་རིང་གི་སྙོམ་པ་ག་ལ་སོད། / རྙེད་པར་དཀའ་བའི་ལོ་རྒྱུས་ཀྱི་བེམ་པོའི་ལུས་ལ། / དུས་དང་མཐུན་པའི་སྲོག་གི་དབང་པོ་མ་ཞུགས་ན། / ཡར་རྒྱས་ཀྱི་འཕར་རྩ་ལྡིང་མི་སྲིད་ལ། / སྔོན་ཐོན་གྱི་སྙིང་ཁྲག་རྒྱུ་མི་ཐུབ་ཅིང་། / མདུན་

སྐྱིད་ཀྱི་གོམ་པ་ནི་དེ་བས་ཀྱང་ཙོ་"ཞེས་རིག་གནས་གསར་རྙིང་གི་ཡོ་ལང་དྲག་ཅིང་། འདུ་ཤེས་གསར་རྙིང་གི་འཁྲུན་རྩོད་མྱུར་བའི་བློ་འཕྲེད་དུས་རབས་ཀྱི་རྟོགས་སད་པའི་མི་ཚེའི་རིན་ཐང་ལྟ་བ་སྟེ། སྤྱི་ཚོགས་ཀྱི་རིག་གནས་འདུ་ཤེས་གསར་བརྗེ་དང་། བསམ་བློ་བཅོས་སྒྱུར་གྱི་བརྗོད་གཞིས་གྲུབ་པའི་རྙིང་ཚབ་གསར་བརྗེའི་བྱ་འགུལ་གྱི་བསམ་བློའི་རླབས་རྒྱུན་གྱི་རང་བཞིན་དུ་ངེས་སོ། །

འདི་ནི་དུས་རབས་གསར་པའི་གོམ་འགྲོས་དང་ཡོངས་སུ་མཐུན་པའི་བོད་གངས་ཅན་གྱི་གཞོན་ནུ་རྣམས་ཀྱི་འཇིགས་པ་མེད་པའི་སྙིང་སྟོབས་དང་། ཞུམ་པ་མེད་པའི་དཔའ་སྤྱོབས་ཀྱི་མི་གཞི་གསར་པའི་གསར་གཏོད་ཀྱི་སྙིང་སྟོབས་ལས་གྲུབ་པའི་དུས་རབས་གསར་པའི་སྤྱི་ཚོགས་ཤིག་གམ། འཆར་ཡན་གྱི་ཚོན་རྩིས་ཕྱུག་པའི་ཕྱུགས་བསམ་གྱི་སྙིང་ཞིག་སྟེ། "འོད་གསལ་གྱི་ལམ་ཆེན། / གཟི་བརྗིད་ཀྱི་ལས་འགན། / བདེ་སྐྱིད་ཀྱི་འཚོ་བ"ཞེས་དུས་རབས་ཀྱི་བདག་པོར་གྱུར་བའི་བོད་གངས་ཅན་གྱི་གཞོན་ནུ་རྣམས་ཀྱི་རྗོག་ཐོན་གྱི་ལམ་བུ་གསར་པ་ཞིག་ཡིན་པ་བསྟན།

《ལང་ཚོའི་རྦབ་རྒྱུ》ར་མཚོན་བྱེད་རྦབ་རྒྱུའི་འགུལ་རིས་ཀྱི་རྣམ་པ་ལས་མཚོན་བྱ་ལོ་རབས་བརྒྱད་ཅུའི་བོད་གངས་ཅན་གྱི་གཞོན་ནུ་རྣམས་ཀྱི་བསམ་ཕོད་པ་དང་། སྨྲ་ཕོད་པ། སྒྲུབ་ཕོད་པའི་མི་གཞི་གསར་པའི་ཐུན་མིན་གྱི་འཇིག་རྟེན་ལྟ་གྲུབ་སྟེ། བློ་འཕྲེད་དུས་རབས་ཀྱི་རྟོགས་སད་པའི་མི་ཚེའི་རིན་ཐང་ལྟ་བ་མཚོན་ནོ། །

སྤྱིར་དུས་རབས་ཀྱིས་སྔན་ངག་པ་གྲགས་ཅན་བསྐྲུན་ཅེས་ཧྲུང་ལྟར་གྲགས་ན། དཔལ་དོན་གྲུབ་རྒྱལ་ཡང་གསར་རྙིང་དུས་རབས་སྤྲེལ་མཚམས་སུ་ཐོན་པའི་དུས་རབས་ཀྱི་ལས་དབང་དབྱངས་སུ་གྱེར་མཁན་གྱི་དུང་པ་ཁེར་ལེན་པ་ཞིག་གོ། འདི་པའི་རྩོམ་རིག་གི་བསམ་བློའི་རླབས་རྒྱུན་གསར་པ་ཡང་བློ་འཕྲེད་དུས་རབས་ཀྱི་

བརྗོད་གཞི་སྟེ། སྲོལ་རྒྱུན་རིག་གནས་ཀྱི་རིན་ཐང་ལྡ་བར་རྟོགས་པ་སད་དེ། དེང་རབས་རིག་གནས་དང་ལེན་དང་། གདམ་ག་ལྷོས་གྲུབ་ཀྱི་རིག་གནས་འདུ་ཤེས་ལ་བསྐུར་ཞིབ་ཀྱི་མྱུར་ལམ་བཤདས་པ་དེའོ། །དེའི་ཕྱིར་《ལང་ཚོའི་ཐབ་ཚུ》ཏུའང་དུས་རབས་གསར་པའི་བོད་གངས་ཅན་གྱི་གཞོན་ནུའི་མི་གཞི་གསར་པའི་རང་བཞིན་དང་ཁ་འཕྲོད་པའི་མི་ཚེའི་རིན་ཐང་ལྟ་བ་སྟེ། རང་དབང་དང་། འདྲ་མཉམ། དམངས་གཙོ་བཅས་ཀྱི་མིའི་འགྲོ་བའི་ཐོབ་ཐང་དང་། མི་ཚུལ་རིང་ལུགས་ཀྱི་མི་ལྟེ་བར་སྒྲུ་བའི་མི་ཚེའི་རྟོགས་པ་མཚོན་ཡོད།

བློ་འབྱེད་དུས་རབས་ཀྱི་བསམ་བློའི་རླབས་རྒྱུན་གྱི་གཡུར་ཟའི་འབྲས་བུར་ངེས་པའི་《ལང་ཚོའི་ཐབ་ཚུ》ཡིས་འཆར་ཡན་རིང་ལུགས་ཀྱི་རྩོམ་པའི་རྣམ་གཞག་དང་། མི་ཚུལ་རིང་ལུགས་ཀྱི་བསམ་བློའི་རླབས་རྒྱུན་ཐོག་མར་དེང་རབས་ཀྱི་རྩོམ་སྐྱིགས་སུ་བསྒྱུས་པས། དཔལ་དོན་གྲུབ་རྒྱལ་ནི་རྩོམ་རིག་གསར་པའི་བྱ་འགུལ་ལ་དད་ཅིང་། བློ་འབྱེད་ཀྱི་བརྗོད་གཞི་ལས་རྟོགས་སད་པའི་ལས་དབང་ཉམས་སུ་ལེན་པའི་རྩོམ་པ་པོ་དང་། སྙན་ངག་པ་གྲགས་ཅན་ཡིན་པ་གང་ཞིག 《ལང་ཚོའི་ཐབ་ཚུ》ནི་བོད་ཀྱི་དུས་རབས་གསར་པའི་སྙན་གསར་གསར་རྩོམ་ལོ་རྒྱུས་ཀྱི་དཀྱིགས་མཚམས་མཚོན་པའི་ལམ་ཚད་ཀྱི་རྗེ་རིང་ཞིག་ཀྱང་ངོ་། །

《ལང་ཚོའི་ཐབ་ཚུ》ཡིས་སྲོལ་རྒྱུན་གྱི་གཙོ་རྒྱུན་རྩོམ་སྲོལ་དུ་གྲུབ་པའི་ཚིགས་བཅད་སྙན་ངག་གི་ཚིག་བར་དོ་སྙོམས་པའི་ཚིག་ཏང་དང་བཅས་པའི་ཚིགས་བཅད་ཤོ་ལོ་ཀའི་སྒྲིག་གཞི་དང་། ཚིག་རྒྱན་གྱི་སྙན་རོ། བློས་བསླངས་ངོ་མཚར་ཅན་གྱི་རྣམ་པའི་མཛེས་པ་སོགས་ཀྱི་དགེ་སྐྱོན་ལ་སྙིགས་དོར་བཅུད་ལེན་བརྒྱུད་ཚིག་རྒྱན་གྱི་སྙན་རོ་སྙན་ངག་སྐད་ཆའི་ཡོན་ཏན་དུ་ཁས་འཆེས་ཀྱང་། གསར་རྩོམ་གྱི་ཉིང་དགོས་སུ་མི་བཞེད་པ་གང་ཞིག སྙན་ངག་པའི་དགའ་སྤྲུག་ཆགས་སྣང་གི་

ཚོར་འདུ་རྣལ་མ་ཚིག་སྒྲོས་རང་དབང་ཅན་གྱི་དབྱངས་རྟར་བསྒེབས་ཤིང་། ཡིད་འགྱུར་དྲག་པོ་སྐད་ངག་གི་ཁམས་ནས་མི་མངོན་པར་མཆོན་པའི་མཛེས་དཔྱོད་ཀྱི་ཁམས་ཀློག་པ་པོའི་སྙིང་རོལ་གྱི་གཞི་རུ་དྲངས་སོ། །སྤྱིར་ཚིག་རྒྱན་དང་། དོན་བརྗོད། སྒྲོས་བརྗོད་ལྟ་བུ་འཇོམ་བྱ་ཞག་གཅིག་དང་། ཡིད་འགྱུར་ནི་སྐད་ངག་སྒྱུ་རྩལ་གྱི་རྩ་བའི་ སྣང་བྱའམ་གསར་རྩོམ་གྱི་ཉིང་དགོས་སུ་བཞེད་དོ། །འདི་ནི་《ལང་ཚོའི་རྦབ་ཆུ་》ཡིས་བོད་ཀྱི་སྐད་ངག་སྔེའི་ཚིག་གི་སྒྱུ་རྩལ་གསར་བརྗེའི་བྱས་པའི་དན་རྟགས་སོ། །

བློ་འབྱེད་དུས་རབས་ཀྱིས་བརྗོད་གཞིས་གཏམས་པའི་གྲགས་རྩོམ་ཞིག་ཡིན་ཕྱིར། 《ལང་ཚོའི་རྦབ་ཆུ་》ནི་དུས་རབས་ཀྱི་བསམ་བློའི་ངན་ཁྲག་གཏར་བྱེད་ཀྱི་ཅག་གུ་དང་། རྩོམ་རིག་སྔེའི་རྟོགས་སད་པ་ཞིག་གི་རྣམ་ཤེས་ཀྱི་འབོད་པ་སྟེ། མི་གཞི་རྙིང་པའི་འཆིང་ཐག་ལས་གྲོལ་བའི་བསམ་གཞིག་རང་རྒྱ་ཅན་དང་། མི་གཞི་སྐྱེར་ཚུགས་ཅན་གྱི་མི་རབས་གསར་པའི་བོད་གདངས་ཅན་གྱི་གཞོན་ནུ་ཞིག་གི་མི་ཚེའི་རྟོགས་པའི་མཐོང་སྣེས་གྲུབ་པའི་བསམ་བློའི་འཇིག་རྟེན་གསར་པའམ། མི་ཚུལ་རིང་ལུགས་ཀྱི་མི་ཚེའི་རིན་ཐང་ལྟ་བའི་སྐྱ་རེངས་ཐོག་མར་འཆར་སའི་ཕུགས་བསམ་གྱི་སྙིང་ཞིག་ཀྱང་ཡིན་སྲིད།

མདོར་ན་《ལང་ཚོའི་རྦབ་ཆུ་》ཡིས་སྒྱུ་རྩལ་གྱི་མཚོན་ཐབས་དང་། མི་ཚེའི་རིན་ཐང་ལྟ་བ་གང་གི་ཆ་ནས་རྩོམ་རིག་གི་བསམ་བློའི་རླབས་རྒྱུན་གསར་པ་བོད་ཀྱི་དེང་རབས་སྐད་ངག་གསར་རྩོམ་སྔེར་དྲངས་ཏེ། སྐད་གསར་རམ། རང་མོས་སྐད་ངག་གི་རྩོམ་སྲོལ་ལ་མྱུར་ལམ་བཤངས་ཤིང་། རྩོམ་པའི་རྣམ་གཞག་འདི་སྐད་ངག་གསར་རྩོམ་གྱི་གཙོ་རྒྱུན་རྩོམ་སྲོལ་དུ་གྲུབ་པའི་གསར་རྩོམ་གྱི་གཡུར་ཟའི་འབྲས་བུ་སྨིན་ནོ། །

འོ་ན་《ཡང་ཚེའི་ཐབ་ཚུ་》རུ་རྩོམ་རིག་གི་གཏན་གྱི་འདུན་མའི་ཟབ་དོན་ཇི་ལྟར་བསྟན་ཡོད་ཅེ་ན། དཔལ་དོན་གྲུབ་རྒྱལ་ནི་གསར་རྙིང་དུས་རབས་སྤྲེལ་མཚམས་སུ་བྱོན་པའི་རྩོམ་རིག་སྡེའི་རྩོགས་སད་པ་དང་། རྫི་གསང་དོད་ཅིང་། ཚོར་བ་སྐྱེན་པའི་སྐན་ངག་པ་ཞིག་ཡིན་པས། སྐན་ངག་གི་སྒྲིག་གཞིའི་ནང་གནས་ཁོང་ཐིག་གི་རྟོག་རྒྱུན་ལྟར་ན། བློ་འཕྱེད་དུས་རབས་ཀྱི་འདུ་ཤེས་གསར་བརྗེ་དང་། བསམ་བློ་བཅོས་སྒྱུར་གྱི་ཡོ་ལང་དྲག་པོའི་རྟོགས་སད་ལས། དུས་རབས་འཕེལ་རྒྱས་ཀྱི་ཚོས་ཉིད་དང་མི་མཐུན་པའི་སྲོལ་རྒྱུན་རིག་གནས་ཀྱི་དད་པའི་ཉམས་ཉེན་གང་ཞིག ཟླད་རྙིང་མཁྲིགས་བཟུང་དང་། འཁོས་ཚུང་བག་འཁུམ་གྱི་མི་གཞི་རྙིང་པའི་རང་བཞིན་ལ་སུན་འབྱིན་ཏེ། བསམ་བློར་བཅིངས་འགྲོལ་དང་། དུས་བསྟུན་ཡར་རྒྱས་ཀྱི་མི་རབས་གསར་པའི་གཞོན་ནུའི་མི་གཞི་གསར་པ་སྟེ། བསམ་ཕོད་པ་དང་། སྨྲ་ཕོད་པ། སྒྲུབ་ཕོད་པའི་རང་བཞིན་བཟང་པོར་བསྔགས་པ་བརྗོད་པའི་ཡིད་འགྱུར་གྱི་འགྲོས་རིམ་ལས་རང་དབང་དང་། འདྲ་མཉམ། དམངས་གཙོ་བཅས་ཀྱི་མིའི་འགྲོ་བའི་ཐོབ་ཐང་དང་། མི་ཚུལ་རིང་ལུགས་ཀྱི་མི་ལྷེ་བར་སྨྲ་བའི་མི་ཚེའི་རིན་ཐང་ལྟ་བ་མངོན་པར་མཚོན་ནོ། །

འདི་ནི་སྲོལ་རྒྱུན་རིག་གནས་ཀྱི་དགོངས་པའི་རྣལ་མ་གོ་བར་ཉམས་ལེན་འཕྲུགས་པའམ། སྲོལ་རྒྱུན་རིག་གནས་གཙོ་རྒྱུན་རིག་གནས་ཀྱི་རྣམ་པར་མ་གྲུབ་པའི་དད་པའི་ཉམས་ཉེན་གྱིས་གཏམས་པའི་མི་གཞི་རྙིང་པར་རྟོགས་པ་སད་པའི་གོ་རྟོགས་ཁྱད་པར་བ་ཞིག་གོ། བློ་འཕྱེད་དུས་རབས་ཀྱི་ལོ་རབས་བརྒྱད་ཅུ་པར་ཚ་མཚོན་ན། བསམ་བློའི་རླབས་རྒྱུན་གསར་པ་ཡིན་ཞིང་། དཔལ་དོན་གྲུབ་རྒྱལ་ལ་ཚ་མཚོན་ན། བསམ་བློའི་མཛུབ་སྟོན་པའམ། བོད་གངས་ཅན་གྱི་གཞོན་ནུ་རྣམས་ཀྱི་རུ་འདྲེན་གྱི་རུ་དཔོན་དང་། དུས་རབས་ཀྱི་མདུན་དུ་འགྲེངས་པའི་འདུ་ཤེས་

གསར་བརྗེ་པ་ཡིན་པ་གང་ཞིག བསམ་བློའི་རླབས་རྒྱུན་གསར་པའི་ས་བོན་ཐོག་མར་མངའ་བའི་རྩོམ་རིག་སྟེའི་རྩོམ་པའི་ཁྱུ་མཆོག་ཅིག་ཡིན། འདི་པ་ནི་མིང་དོན་མཚུངས་པའི་རྩོམ་རིག་གསར་པའི་ཤིང་རྟའི་སྲོལ་འབྱེད་པ་དང་། བློ་འབྱེད་རིང་ལུགས་ཀྱི་རྟོགས་སད་པ་ཞིག་གོ། དེའི་ཕྱིར་《ལང་ཚོའི་ཐབ་ཚུ》ཡི་དགོངས་པ་རྒྱ་ཆེ་གཏིང་ཟབ་སྟེ། མིའི་འགྲོ་བའི་ཐོབ་ཐང་རྩད་ཞིབ་དང་། མི་ཚུལ་རིང་ལུགས་ཀྱི་མི་ལྟེ་བར་སྒྲ་བའི་མིའི་འགྲོ་བའི་ལས་དབང་ཐོག་མར་དབྱངས་སུ་གྱེར་རོ། །

མཚོན་བྱེད་ཐབ་ཚུའི་མཚོན་བྱར་གྱུར་བའི་བོད་གངས་ཅན་གྱི་གཞོན་ནུ་རྣམས་ཀྱི་མི་གཞི་གསར་པ་ནི་དཔལ་དོན་གྲུབ་རྒྱལ་གྱིས་རྟོགས་སད་པའི་ཤུལ་ལམ་ནས་རྙེད་པའི་མི་ཚེའི་རིན་ཐང་ལྟ་བ་སྟེ། བློ་འབྱེད་དུས་རབས་ཀྱི་འདུ་ཤེས་གསར་བརྗེ་པའི་ཚོར་བ་རྙོན་པོའི་གོ་རྟོགས་ཁྱད་པར་བ་ཞིག་ཡིན་པས། དེང་ད་རབས་རྩོམ་རིག་ཀུན་གྱི་བསམ་བློའི་ས་བོན་ཡིན་པ་གང་ཞིག རྩོམ་པ་པོ་དང་། སྙན་ངག་པ་ཐམས་ཅད་ཀྱི་གསར་རྩོམ་གྱི་བསམ་བློའི་སྒྲུལ་ཤུགས་གཙོ་བོར་གྱུར་ཡོད།

དཔལ་དོན་གྲུབ་རྒྱལ་ནི་རྩོམ་རིག་སྟེའི་རྟོགས་སད་པ་ཞིག་གོ། སྤྱིར་སྲོལ་རྒྱུན་རྩོམ་རིག་གི་རྩོམ་པའི་རྣམ་གཞག་ལ་ནང་བྱན་ཆུད་པ་གང་ཞིག རྒྱ་ཡིག་རྩོམ་རིག་ལྟ་ཀློག་གི་ཉམས་མྱོང་ཕུན་སུམ་ཚོགས་ཤིང་། ལར་ནུབ་ཕྱོགས་མི་ཚུལ་རིང་ལུགས་ཀྱི་བསམ་བློའི་རླབས་རྒྱུན་དང་། སངས་རྒྱས་ཆོས་ལུགས་ཀྱི་ལྷ་མེད་སྒྲ་བའི་མི་ལྟེ་བར་སྒྲ་བའི་མི་ཚེའི་རིན་ཐང་ལྟ་བར་ངེས་ཤེས་འཇོངས་ཡོད་པས། བོད་གངས་ཅན་གྱི་གཞོན་ནུའི་མི་གཞི་གསར་པའི་འཛིག་རྟེན་ནི་《ལང་ཚོའི་ཐབ་ཚུ》ཡི་མི་ནུབ་པའི་བསམ་བློའི་མཚོན་དོན་དུ་གྱུར་ཏོ། །

མདོར་ན་ཐབ་ཚུའི་མཚོན་དོན་དུ་གྱུར་བའི་བོད་གངས་ཅན་གྱི་གཞོན་ནུའི་མི་གཞི་གསར་པའི་རང་བཞིན་བཟང་པོར་བསྔགས་པ་བརྗོད་པའི་ཡིད་འགྱུར་

གྱི་འགྲོས་རིམ་ལས་མིའི་འགྲོ་བའི་ཐོབ་ཐང་དང་། མི་ཚུལ་རིང་ལུགས་ཀྱི་རྩ་བའི་དམ་བཅའ་སྟེ། མི་གཞིར་བཅིངས་འགྲོལ་དང་། ཚེ་སྲོག་གི་རིན་ཐང་ལ་ངེས་ཤེས་འདྲོངས་པའི་མི་ལྟེ་བར་སྒྲུ་བའི་མི་ཚེའི་རིན་ཐང་བསྟན་ཡོད།

འདི་ནི་གློ་འབྱེད་དུས་རབས་ཀྱི་རྟོགས་སད་པ་ཞིག་གི་མི་ཚེའི་རིན་ཐང་ལྟ་བ་སྟེ། རིག་གནས་གསར་རྙིང་གི་འགལ་འདུས་གྲུབ་པའི་འདུ་ཤེས་གསར་བརྗེ་པ་ཞིག་གི་མི་ཚེའི་ལས་དབང་ལ་བཞི་ཤད་སྟོན་བྱེད་ཀྱི་སེམས་པའི་ན་ཟུག་དང་། གློ་འབྱེད་དུས་རབས་ཀྱི་བསམ་བློའི་རླབས་རྒྱུན་གྱིས་གཏམས་པའི་གྲགས་རྩོམ་《ལང་ཚོའི་ཐབ་ཚ》ཡི་གཏན་གྱི་འདུན་མའི་ཟབ་དོན་ནོ། །

༢ ཚེ་རིང་དོན་གྲུབ་ཀྱི་《ར་ལོ་》

རྩོམ་པ་པོ་ཚེ་རིང་དོན་གྲུབ་ནི་དངོས་ཡོད་དགག་སྒྲུབ་རིང་ལུགས་ཀྱི་ཤིང་རྟའི་སྲོལ་འབྱེད་པ་དང་། དེང་རབས་རིང་ལུགས་ཀྱི་སྲུང་གཏམ་པ། ད་རབས་རྩོམ་རིག་སྡེའི་རྩོམ་པ་པོ་གྲགས་ཅན་བཅས་ཡིན།

ད་རབས་རྩོམ་རིག་སྟེར་དངོས་ཡོད་དགག་སྒྲུབ་རིང་ལུགས་ཀྱི་རྩོམ་གཤིས་ཏེ། རྩོམ་པ་པོས་མི་སྣའི་སྣང་བརྙན་དཔེ་གཞི་ཅན་དང་ཁ་འཁྱོད་པའི་མི་སྣའི་རང་གཤིས[①]ཐུན་མོང་མ་ཡིན་པ་འབྲི་བཞེངས་བྱས་ཏེ། རིགས་ཤེས་དུས་རབས་ཀྱི་ད་རབས་སྤྱི་ཚོགས་ཀྱི་སྣང་ཚུལ་ངན་པར་དགག་སྒྲུབ་དང་། སུན་འབྱིན་དྲག

① མི་སྣའི་རང་གཤིས། དངོས་ཡོད་དགག་སྒྲུབ་རིང་ལུགས་ཀྱི་མི་སྣའི་སྣང་བརྙན་དཔེ་གཞི་ཅན་དང་ཁ་འཁྱོད་པའི་མི་སྣའི་ལྷན་སྐྱེས་ཀྱི་གཤིས་ཀར་ཟེར། འདི་ནི་རྩོམ་པ་པོས་དངོས་ཡོད་ཀྱི་མཛེས་པ་ལས་འགོངས་པའི་སྒྱུ་རྩལ་གྱི་མཛེས་པའི་སྣང་བརྙན་འབྲི་བཞེངས་ཕྱིར། མི་སྣའི་རང་གཤིས་སྟེས་དབང་ཅན་གང་ཞིག་མིའི་འགྲོ་བའམ། མི་རིགས་ཤིག་གི་སྤྱིའི་བསྡུས་གཟུགས་ཀྱི་མཚོན་བྱེད་དུ་འབྲི་བཞེངས་བྱས་པའི་རང་གཤིས་ཐུན་མོང་མ་ཡིན་པ་ཞིག་སྟེ། སྐྱེས་བུ་སྐར་གྱི་གཤིས་ཀ་སྣ་ཚོགས་པ་མི་སྣའི་སྣང་བརྙན་དཔེ་གཞི་ཅན་གྱི་རང་གཤིས་ཐུན་མོང་མ་ཡིན་པར་གཞི་གཅིག་ཏུ་འདུས་པའི་གོང་བུ་གཟུགས་ཅན་གྱི་རྣམ་པའོ། །དཔེར་ན། ཨQཡིས་མཚོན་པའི་ཀྲུང་གོའི་ཤེས་ཡོན་ཅན་གྱི་མི་གཞི་རྙིང་པའི་འཕོས་ཚུང་བག་འཕྲུམ་གྱི་རང་གཤིས་ལྟ་བུའོ། །

པོ་བརྒྱུད་དུས་རབས་ཤིག་དང་། མི་རིགས་ཤིག་གི་ལས་དབང་གི་མཚོན་དོན་དུ་གྱུར་བའི་ཐུན་མོང་མ་ཡིན་པའི་མི་ཚེའི་རྟོགས་པ་མངོན་པར་མཚོན་ཡོད། དཔེར་ན། པལ་ཅག་གི་གྲགས་རྩོམ་《ཡ་ང་བའི་འཇིག་རྟེན་》ནི་ཕྱ་རན་སིའི་སྤྱི་ཚོགས་ཀྱི་སྣང་ཚུལ་གསལ་བའི་མེ་ལོང་ཡིན་ཞེས་གྲགས་པའི་གསར་རྩོམ་གྱི་ཆུ་ཚད་དུ་སོན་ཡོད་སྙམ། གང་ལགས་ཤེ་ན། རྩོམ་པ་པོར་གང་ཞིག་འཕྲི་དང་། ཇི་ལྟར་འཕྲི་བའི་རྩོམ་པའི་ཁོ་ལག་གི་ཆ་རྫོགས་པ་གང་ཞིག ཅིའི་ཕྱིར་འཕྲི་བའི་གསར་རྩོམ་གྱི་བསམ་བློའི་རྒྱུགས་ཕྲེ་གྲུ་ནོམ་པས་སོ། །དངོས་ཡོད་དགག་སྒྲུབ་རིང་ལུགས་ཀྱི་རྩོམ་པ་པོའམ། སྒྲུང་གཏམ་པ་ཞིག་ལ་ཆ་མཚོན་ན། བརྩམས་སྒྲུང་གསར་རྩོམ་གྱི་ཕྱི་མོར་གྱུར་བའི་བསམ་བློའི་གཟུངས་གཞུག་ཡིན་པ་གོར་མ་ཆག

གསར་རྩོམ་གྱི་བརྒྱུད་རིམ་ཧྲིལ་པོར་《ཚེ་རིང་དོན་གྲུབ་ཀྱི་སྒྲུང་ཐུང་བདམས་བསྒྲིགས་》དང་། 《ཚེ་རིང་དོན་གྲུབ་ཀྱི་སྒྲུང་འབྲིང་ཕྱོགས་བསྒྲིགས་》 《ཚེ་རིང་དོན་གྲུབ་ཀྱི་སྒྲུང་གསར་བདམས་སྒྲིག་》 སྒྲུང་རིང་《མེས་པོ་》དང་། 《སྨུག་པ་》《ཧྲུང་དམར་ཨུར་ཨུར་》སོགས་བརྩམས།

ཚབ་མཚོན་བརྩམས་ཚོས་ཏེ། སྒྲུང་ཐུང་《སྤྱི་འགྲོས་ཤིག་》དང་། 《Dསྡེ་པའི་ཀླན་ཀ་》 སྒྲུང་འབྲིང་《ར་ལོ་》དང་། 《ཤི་གསོན་》 སྒྲུང་རིང་《མེས་པོ་》དང་། 《སྨུག་པ་》 《ཧྲུང་དམར་ཨུར་ཨུར་》 སོགས་བརྩམས་ཏེ། དངོས་ཡོད་དགག་སྒྲུབ་རིང་ལུགས་ཀྱི་ཤིང་རྟའི་སྲོལ་ཕྱེ་ཞིང་། ད་རབས་བརྩམས་སྒྲུང་གསར་རྩོམ་ལ་མྱུར་ལམ་བཤངས་པའི་རྩོམ་རིག་གི་གོ་ས་ཕྲ་ན་མ་མཆིས་པ་མངའ་བའི་རྩོམ་པ་པོ་གཞན་དྲིང་མི་འཇོག་པ་ཞིག་གོ།

སྤྱི་ལོ༡༩༩༡ལོ་ནི་བོད་ཀྱི་ད་རབས་བརྩམས་སྒྲུང་གི་ངོ་མཚར་དུས་རབས་ཤིག་སྟེ། ལོ་དེའི་《སྤྲང་ཆར་》དེབ་དང་པོའི་ཐོག་ལོ་རྒྱུས་རང་བཞིན་གྱི་བརྩམས་སྒྲུང་

《ར་ལོ་》དངོས་སུ་སྤེལ་བས། བཙམས་སྒྲུང་སྡེར“དངོས་ཡོད་དགག་སྒྲུབ་རིང་ལུགས་”སུ་གྲགས་པའི་བརྡ་ཆད་ཐོག་མར་དར་ཞིང་། ད་རབས་རྩོམ་སྡེགས་སུ་བཙམས་སྒྲུང་གསར་བརྗེའི་རྩོམ་རིག་གི་སྣང་ཚུལ་གསར་པའི་ཡོལ་བ་ཐོག་མར་ཕྱེའོ། །

《ར་ལོ་》རྩོམ་ཚོས་སུ་གྱུར་བ་ནི་རྩོམ་པ་པོའི་གསར་རྩོམ་གྱི་བརྒྱུད་རིམ་དང་། བཙམས་ཚོས་སུ་གྱུར་བ་ནི་ཀློག་པ་པོའི་ལྟ་ཀློག་གི་བརྒྱུད་རིམ་མོ། །གྲགས་རྩོམ་ཞིག་ལ་ཆ་མཚོན་ན། གསར་རྩོམ་གྱི་བརྒྱུད་རིམ་དང་ཁ་འཁྱོད་པའི་ཀློག་པ་པོའི་ལྟ་ཀློག་བརྒྱུད་རིམ་གྱི་སྙིང་རོལ་གྱི་མཐུན་སྣང་གལ་ཤིན་ཏུ་ཆེ་བར་སྙམ། འདི་ནི་དང་ལེན་མཛེས་རིག་གི་རྩ་བའི་ བླང་བྱ་ཡང་ངོ་། །དེ་ལྟ་དེ་ལྟར་ཏེ། རྣན་བདུད་ལྷ་རྒྱལ་ལགས་ནས《བོད་མིའི་རྣམ་ཤེས་ཀྱི་རང་གཟུགས — ར་ལོ་》ཞེས་པའི་དཔྱད་རྩོམ་ཐོག་མར་སྤེལ་བ་ནས་བཟུང་《ར་ལོ་》གཞི་ནས་དངོས་ཡོད་དགག་སྒྲུབ་རིང་ལུགས་ཀྱི་ཚབ་མཚོན་བཙམས་ཚོས་སུ་གྱུར་བ་གང་ཞིག ཀློག་པ་པོར《ར་ལོ་》ཡི་བསམ་བློ་དང་། སྒྱུ་རྩལ་གྱི་རིན་ཐང་རྟོགས་རྒྱུའི་གོ་སྐབས་ཕྱིན། རིམ་བཞིན་མཐོང་སྣེ་མི་འདྲ་བ་དང་། བརྟག་ཐབས་མི་འདྲ་བའི་ར་ལོ་ཞིབ་འཇུག་གི་ཚ་རླབས་འཕྱུར་སྒྲོང་། འདི་ནི《ར་ལོ་》རྩོམ་ཚོས་ནས་བཙམས་ཚོས་སུ་འགྱུར་བྱེད་ཀྱི་ཀློག་པ་པོའི་ལྟ་ཀློག་བརྒྱུད་རིམ་གྱི་སྙིང་རོལ་གྱི་མཐུན་སྣང་བྱ་བ་དེའོ། །ལྟ་ཀློག་གི་མཇུབ་སྟོན་འདི་ལས་གྲགས་རྩོམ་ཞིག་གི་རིན་ཐང་ཀློག་པ་པོའི་སྙིང་རོལ་གྱི་མཐུན་སྣང་ལ་རག་ལས་པ་ཤིན་ཏུ་རྟོགས་སླའོ། །

《ར་ལོ་》ནི་རྩོམ་པ་པོས་བྱུང་རིམ་དོན་བརྗོད་ཀྱི་ཁོང་ཐིག་ཏུ་བཟུང་སྟེ། མི་སྣའི་སྣང་བརྟན་དཔེ་གཞི་ཅན་ནམ། རང་གཤིས་ཅན་དུ་འབྲི་བཞེངས་བྱས་པའི་དངོས་ཡོད་དགག་སྒྲུབ་རིང་ལུགས་ཀྱི་ཚབ་མཚོན་བཙམས་ཚོས་ཤིག་གོ།

ཡོངས་གྲགས་སུ་ནུབ་ཕྱོགས་ཀྱི་རྩོམ་རིག་གཞུང་ལུགས་སུ་བརྩམས་སྒྲུང་ལ་“ལ་ཏིན་གྱི་སྐད་དོད་དུFictionཟེར། གོ་དོན་ནི‘གྲུབ་པ’ ཡི་དོན་ཏེ། སྤྱིར‘རྩོག་བཟོ’ བྱ་བ་དེའོ་” ①ཞེས་པ་དང་། “Narrativeཞེས་པའི་སྐད་དོད་ཀྱི་གོ་དོན་ནི‘གཏམ་རྒྱུད་འཆད་པ’ སྟེ། ‘སྤྲོས་བརྗོད’ དང་། ‘དོན་བརྗོད’ ལ་བྱའོ་” ②ཞེས་གསུངས་པ་ལྟར། བརྩམས་སྒྲུང་ཞེས་པ་ནི་རྩོག་བཟོ་ཡིན་པ་གང་ཞིག སྤྲོས་བརྗོད་དང་དོན་བརྗོད་ཀྱི་སྒྱུ་རྩལ་མཚོན་ཐབས་ནི་བརྩམས་སྒྲུང་ཉིད་རྩོམ་ལུས་གཞན་ལས་རྣམ་པར་འབྱེད་བྱེད་ཀྱི་ཁྱད་ཆོས་ཤག་གཅིག་ཏུ་མཐོང་བ་སྟེ། “བརྩམས་སྒྲུང་དུ་གཏམ་རྒྱུད་སྤྲོས་བརྗོད་བྱ་རྒྱུ་ནི་སྔོན་ངག་ཏུ་ཡིད་འགྱུར་མཚོན་པའི་ངང་ཚུལ་ལས་མ་འདས་” ③ཞེས་གསུངས་པ་ལྟར་རོ། །

བྱེ་བྲག་ཏུ་སྤྲོས་བརྗོད་དང་། དོན་བརྗོད་ལས། སྔ་མ་ནི་གཏམ་རྒྱུད་ཀྱི་སྤྲོས་བརྗོད་དང་། ཕྱི་མ་ནི་བྱུང་རིམ་གྱི་དོན་བརྗོད་ལ་ཟེར། གཏམ་རྒྱུད་འཆད་མཁས་པའི་རྩོམ་པ་པོ་གང་ཞིག་གིས་སྤྲོས་བརྗོད་བྱས་པའི་མི་སྣའི་ལོ་རྒྱུས་ཀྱི་རྩོག་བཟོའི་རང་བཞིན་ཁྱད་དུ་འཕགས་པས། བརྩམས་སྒྲུང་གི་གཏམ་རྒྱུད་ལ་དགོད་བྲོའི་ཉམས་སྣང་ཆད་དུ་བྱུང་ཞིང་། བྱུང་རིམ་གྱི་དོན་བརྗོད་ཁོང་ཐིག་ཏུ་འཛིན་མཁས་པའི་རྩོམ་པ་པོ་གང་ཞིག་གིས་ཞིབ་འབྲི་བྱས་པའི་མི་སྣའི་སྣང་བརྙན་དཔེ་གཞི་ཅན་གྱི་སྒྱུ་རྩལ་རང་མདངས་ཟབ་པས། མི་སྣའི་རང་གཤིས་མངོན་པར་མཚོན་པའི་ཉམས་འགྱུར་ཆད་དུ་བྱུང་བ་ཡིན།

སྤྲོས་བརྗོད་ནི་དོན་བརྗོད་རྩོམ་རིག་གི་མཚོན་ཐབས་སྤྱི་དང་། དོན་བརྗོད་ནི་བརྩམས་སྒྲུང་པོ་ནའི་ལུགས་ཀྱི་མཚོན་ཐབས་བྱེ་བྲག་པ་ཞིག་གོ། འོན་ཀྱང་དེང་

① 周宪：《文学理论引导》，〔M〕高等教育出版社2014/3第1版，P156

② 周宪：《文学理论引导》，〔M〕高等教育出版社2014/3第1版，P157

③ 周宪：《文学理论引导》，〔M〕高等教育出版社2014/3第1版，P158

རབས་རིང་ལུགས་ཕྱི་མའི་དུས་སུ་སྤྲོ་ལ་རྒྱུན་བརྩམས་སྒྲུང་གི་དོན་བརྗོད་སྒྲིག་གཞིར་གསར་བརྗེ་བྱས་ཏེ། གཏམ་རྒྱུད་དང་། བྱུང་རིམ་དོན་བརྗོད་ཀྱི་ཁོང་ཐིག་ཏུ་མ་བཟུང་བ་གང་ཞིག གཏམ་རྒྱུད་སྦྲོས་བརྗོད་ཀྱི་གཏན་ཚིགས་དང་། བྱུང་རིམ་ཞིབ་འབྲིའི་དོན་བརྗོད་ཀྱི་རྒྱ་ལས་གྲོལ་ཏེ། མི་སྣའི་སེམས་ཁམས་ཀྱི་ཡུལ་དུས་དོན་བརྗོད་ཀྱི་ཁོང་ཐིག་ཏུ་བཟུང་བ་ལས། གཏམ་རྒྱུད་དང་། བྱུང་རིམ་བརྩམས་སྒྲུང་སྒྱུ་རྩལ་གྱི་རྩ་བའི་མཚོན་ཐབས་སུ་མི་བཞེད། དེའི་ཕྱིར་འདི་ནི་དེང་རབས་རིང་ལུགས་ཀྱི་གཙོ་རྒྱུན་རྩོམ་སྤྲོ་ལ་ཏེ། དངོས་ཡོད་དགག་སྒྲུབ་རིང་ལུགས་བརྩམས་སྒྲུང་གི་ཐུན་མོང་མ་ཡིན་པའི་སྒྱུ་རྩལ་གྱི་མཚོན་ཐབས་འབའ་ཞིག་གོ།

ལུགས་འདིས་བྱུང་རིམ་དོན་བརྗོད་ཀྱི་ཁོང་ཐིག་ཏུ་བཟུང་སྟེ། མི་སྣའི་སྣང་བརྙན་དཔེ་གཞི་ཅན་ནམ། རང་གཤིས་ཅན་དུ་འབྲི་བཞེངས་བྱ་རྒྱུ་སྒྱུ་རྩལ་གྱི་བླང་བྱར་བཞེད་ན། དོན་བརྗོད་ནི་བྱུང་རིམ་ཞིབ་འབྲིའི་མཚོན་ཐབས་དང་། མི་སྣའི་རང་གཤིས་ནི་བྱུང་རིམ་ཞིབ་འབྲིའི་སྒྱུ་རྩལ་གྱི་ཉིང་དགོས་སོ། །དེ་བཞིན་མི་སྣའི་རང་གཤིས་དང་འབྲེལ་བའི་གཤིས་ཀ་ཞིབ་འབྲི་དང་། སེམས་ཁམས་ཞིབ་འབྲི་ལ་སོགས་པའི་དོན་བརྗོད་མཚོན་ཐབས་ཀྱི་རྣམ་གྲངས་ཀྱང་སྣ་ཚོགས་སོ། །བརྩམས་སྒྲུང་དོན་བརྗོད་ཀྱི་འཕེལ་རིམ་ལྟར་ན། གཏམ་རྒྱུད་སྦྲོས་བརྗོད་ནས་བྱུང་རིམ་ཞིབ་འབྲི་དང་། དེ་ནས་སེམས་ཁམས་ཞིབ་འབྲི་བཅས་དུས་མཚམས་གསུམ་བརྒྱུད་ཡོད། གན་བདུད་ལྷ་རྒྱལ་ལགས་ནས་ཀྱང་"《ར་ལོ་》ནི་བོད་ཀྱི་བརྩམས་སྒྲུང་གསར་བའི་ལོ་རྒྱུས་སྟེང་ནས་མི་སྣའི་གཤིས་ཀ་འབྲི་བ་ཅན་ཨང་དང་པོ་བ་ཡིན་ཞེས་བཤད་ཚོག"①ཅེས་གསུངས་པ་ལྟར། བྱུང་རིམ་དང་ཁ་འཁྱོད་པའི་མི་སྣའི་རང་གཤིས་ཞིབ་འབྲིའི་སྒྱུ་རྩལ་མཚོན་ཐབས་ཀྱི་དུས་མཚམས་སུ་སོན་པའོ། །

① བདུད་ལྷ་རྒྱལ། 《བདུད་ལྷ་རྒྱལ་གྱི་དཔྱད་རྩོམ་ཕྱོགས་བསྒྲིགས་》(M)མཚོ་སྔོན་མི་རིགས་དཔེ་སྐྲུན་ཁང་། ༢༠༢༡/༡༡པར་གཞི་དང་པོ། ༤༣༥

སྐབས་བབ་ཀྱི་གཏམ་རྒྱུད་དང་། བྱུང་རིམ་གྱི་ངོ་བོའང་སོ་སོ་བ་སྟེ། སྤྱིར་གཉིག་གཏམ་རྒྱུད་ཀྱི་རང་བཞིན་ཡིན་རུང་། སྔ་མ་ནི་མི་སྣའི་ལོ་རྒྱུས་ཀྱི་བྱུང་རབས་ལྟ་བུའི་དོན་གྱི་བྱུང་བའི་སྒྲོས་བརྗོད་དང་། ཕྱི་མ་ནི་མི་སྣའི་རང་གཤིས་དང་ཁ་འཕྲོད་པའི་བྱུང་རིམ་ཞིབ་འབྲིའི་དོན་བརྗོད་ལ་ཟེར། འཕྱེད་ཆོས་ནི་མི་སྣའི་རང་གཤིས་དང་རྒྱུ་འབྲས་ཀྱི་འབྲེལ་བར་གྲུབ་མ་གྲུབ་ཀྱིས་ཡིན་པ་སྟེ། གྲུབ་ན་བྱུང་རིམ་དང་། མ་གྲུབ་ན་གཏམ་རྒྱུད་དུ་བཞེད་པ་ཐུན་མོང་གི་འདོད་ཚུལ་ལོ། །དེའི་ཕྱིར་གཏམ་རྒྱུད་ནི་ཡུལ་དུས་ཀྱི་གཏན་ཚིགས་ལྟར་འཆད་མཁས་པ་དང་། བྱུང་རིམ་ནི་སྟེས་དབང་རང་བཞིན་གྱི་སྒྱུ་རྩལ་གྱི་མཛེས་པའི་ལམ་ནས་མི་སྣའི་རང་གཤིས་དང་རྒྱུ་འབྲས་ཀྱི་འབྲེལ་བར་གྲུབ་དགོས་པ་རྩ་བའི་བླང་བྱའོ། །རང་བཞིན་འདྲ་བའི་ཕྱིར་བརྩམས་སྒྲུང་གི་རྩ་བའི་ཁྱད་ཆོས་སུ་འདོད་པ་ལས། མཚོན་ཐབས་ཀྱི་གྲུབ་ཆ་གཙོ་བོ་ནི་བྱུང་རིམ་ཞིབ་འབྲི་ཡིན་པ་ལས། གཏམ་རྒྱུད་སྒྲོས་བརྗོད་མ་ཡིན་པ་སྟེ། "བྱུང་རིམ་ཞིབ་འབྲི་ནི་དོན་བརྗོད་ཀྱི་སྙིང་པོ་དང་། མི་སྣའི་རང་གཤིས་འབྲི་བཞེངས་བྱ་རྒྱུའི་རྐྱེན་གྱི་དམ་པའོ་"①ཞེས་གསུངས་པ་ལས་རྟོགས་ནུས་སོ། །

《ར་ལོ་》ཡི་སྒྱུ་རྩལ་གྱི་ཁྱད་ཆོས་དཀྱུས་སུ་འཆད་ན། གཅིག གཏམ་རྒྱུད་སྒྲོས་བརྗོད་ཀྱི་ཉམས་འགྱུར་ལྟར་ན། རྩོམ་པ་པོས་མི་སྣ་གཙོ་བོ་ར་ལོའི་ལོ་རྒྱུས་ཀྱི་བྱུང་རབས་སམ། སྐྱིད་གསུམ་སྡུག་གསུམ་གྱི་མི་ཚེའི་གཏམ་རྒྱུད་ཀྱི་བྱུང་བ་ཡུལ་དུས་ཀྱི་གཏན་ཚིགས་ལྟར་རྗེ་ལམ་སྒྱུ་མའི་ངང་ཚུལ་གྱིས་འཆད་མཁས་པ་སྟེ། ར་ལོ་བྱི་ཕྲུག་ཅིག་ཡིན་པ་ནས་ཕ་ཡར་ཞིག་དང་མཉམ་དུ་འཚོ་བར་རོལ། མི་རིང་བར་ཨ་མ་ཕྱི་མའི་ལམ་དུ་གཤེགས་པས་དྭ་ཕྲུག་ལྷོམ་པོ་མཚན་ཉིད་པ་ཞིག་ཏུ་གྱུར། སྡེ་མིའི་རོགས་རམ་འོག་སློབ་གྲྭར་ཞུགས། སྦྱངས་འབྲས་མི་ལེགས་པས་སློབ་གྲྭ་ནས

① 李长中：《文学文本基本问题研究》，〔M〕中央民族大学出版社2012/12第1版，P198

བསྐྲད། དེ་ནས་མི་གཡོག་རྒྱུག སྤུབས་ལེགས་པར་མི་ཚང་ཞིག་གི་མག་པར་བསྡད། སྐྱིད་ལུག་གི་གཤིས་ཀའི་དབང་གིས་ཁྲིད་གསོད་དཔེ་མི་སྲིད་པ་དང་སྦྲགས་ཁྲིམ་སྐོར་བསྐྲད། དེ་ནས་དགོན་པའི་གྲྭ་པ་བྱས། འདུལ་ཁྲིམས་མ་སྲུང་བས་སྒྲུ་སར་ཕབ། དེ་ནས་སྟེས་དབང་དང་ཁྱོ་ལྷན་བུད་མེད་ཅིག་ཆུང་མར་བསྲུས། བུད་མེད་དེས་གཉེན་རྩེག་སྒྲིག་གི་ཉེས་པ་བསགས་པས་བཙོན་དུ་བཙུག མཐར་དང་སྡུག་གི་ལོ་ཟླ་རིང་མོའི་ཀློང་མི་རྒྱུང་ལྷོམ་པོའི་འཚོ་བར་མི་རོལ་ཀ་མེད་དུ་གྱུར་བའི་མི་ཚེའི་སྐྱོ་གར་དེའོ། །

མི་རང་མཚན་པའི་ཞིག་གི་གཤིས་ཀ་དང་བསྡོས་ན། ར་ལོས་མྱངས་པའི་དཀའ་སྡུག་ཚད་མེད་ཀྱི་མི་ཚེ་ནི་སྐྱོ་གར་ཞིག་ལས་མ་འདས། འོན་ཀྱང་ར་ལོའི་སྣང་ལ་མ་ངེས་པའི་གཤིས་ཀ་དང་བསྡོས་ན། རྩི་ལམ་སྒྱུ་མའི་དང་ཚུལ་ཡིན་པ་གང་ཞིག སྐྱོ་གར་གྱི་ཚོན་རྩིས་ཕྱུག་པའི་གཏམ་རྒྱུད་ཀྱི་ཡན་ལག་རེ་རེར་ངོ་མཚར་གྱི་ཉམས་འགྱུར་ཆད་དུ་བྱུང་བའོ། །དེའང་ར་ལོ་འཛིན་གྲྭ་འཕར་མ་ཐུབ་ཀྱང་། “ར་ལོར་མཚོན་ན་སེམས་ཁུར་བྱེད་དགོས་པའི་དོན་ཞིག་མིན” པར “སེམས་ཁུར་བྱེད་ས་གཙོ་བོ་ནི་ཁོ་རང་དབྱར་གནང་གི་སྐབས་སུ་ཡུལ་ལ་འགྲོ་ས་མེད་པ་དང་། དགེ་སློབ་ཚོ་ཡུལ་ལ་སོང་རྗེས་ཁོའི་དུ་བའི་འབྱུང་ཁུངས་ཆད་པ་དེ་རེད” ཅེས་པ་དང་། ཡང་ཁྲིད་གསོད་དཔེ་མི་སྲིད་པ་དང་སྦྲགས་ཁྲིམ་སྐོར་བསྐྲད་ཀྱང་། “ར་ལོས་ཁོ་རང་མ་བདའ་གོང་ལ་ཆུང་མར་མག་པ་བཞག་པ་དེར་སེམས་ཁྲལ་བྱེད་ཀྱི་མེད་ལ། སེམས་ཁྲལ་བྱེད་ས་གཙོ་བོ་ནི་རང་གི་ཡིད་དུ་འོང་བའི་རལ་བ་དེ་མེད་པར་མི་གྲལ་ལ་ཇི་ལྟར་འགྲོ་བསམ་གྱིན་ཡོད་པ” དེའོ། །དེ་བཞིན་རྩེ་ཆུའི་འགྲམ་གྱི་ཆུ་ལེན་བུ་མོ་ཡིད་འོང་མ་དེར་ལ་གཞས་བླངས་པའི་གླུ་ལན་དུ “སྤྲིན་པ་ཁ་སེར་གཏིང་ནག། སད་དང་སེར་བའི་གཞི་མ། །བརྡེ་སྐྱུ་མིན་སེར་མིན། །སངས་རྒྱས་བསྟན་པའི་དགྲ་

ཛོ་”ཞེས་ཀུན་སློའི་གཞས་དབྱངས་ཀྱིས་ སྟེགས་ཀྱང་། ར་ལོས་དེའི་ཚིག་འབྲུ་ཏ་མ་གོ་ལ། བསམ་བློ་ཡང་མ་བཏང་བར་སེམས་སུ“སྤྱིར་ན་བུ་མོ་ཚོས་སྐྱེས་པ་ཚོའི་ལ་གཞས་ལ་ལན་སྟེར་བ་ཏ་ཙང་དཀོན་ཡང་། བུ་མོ་འདིས་དེ་མ་ཐག་ལན་བྱིན་པ་ནི་ང་རང་བློ་ལ་བབས་པ་མིན་ན་ཅི་ཡིན”སྙམ་པ་སོགས་གཏམ་རྒྱུད་ཀྱི་བྱུང་བ་ངོ་མཚར་ཞིང་། སྤྲོས་བརྗོད་ཀྱི་ངག་རྩལ་ཇད་དུ་བྱུང་བས། གློག་པ་པོ་ཞིག་ལ་གློག་གིན་གློག་གིན་གློག་སྒྲོ་ཞིང་། བརྩམས་སྒྲུང་ལྟ་གློག་གི་མོས་པ་འཕེལ་བྱེད་ཀྱི་གཏམ་རྒྱུད་སྤྲོས་བརྗོད་ཀྱི་སྐད་ཆའི་མཛེས་པའི་སྣན་རོ་མྱོང་ཐུབ།

ཁྱད་པར་དུ་ར་ལོའི་སྤྱོད་ལུགས་དང་། མདོ་མེད་ཀྱི་གཤིས་ཀ་དང་བསྟུན་པའི་གཏམ་རྒྱུད་ཀྱི་ཡན་ལག་སྟེ། ར་ལོ་སློབ་གྲྭར་ཡོད་དུས“ཚང་མས་ར་ལོར་སློབ་སྦྱོང་བྱོས་”ཞེས་པ་ནས“ཚང་མས་ར་ལོར་སློབ་སྦྱོང་བྱེད་མི་ཉུང་”ཞེས་པ་དང་། མི་གཡོག་རྒྱག་དུས“ར་ལོ་དང་ཐོག་སུ་ཚང་ལ་སླེབས་ནའང་རང་འགུལ་གྱིས་དེ་ཚང་ནས་ལས་ཀ་ལས་པ་དང་ཟོག་རྫི་ཉུ་འགྲོ”ཞེས་པ་ནས“ང་རང་ཁྱོད་ཚང་གི་མག་པ་ཡིན་པ་ལས་གཡོག་པོ་མིན་”ཞེས་ལས་ཀ་ཅི་ཡང་མི་ལས་ཤིང་། ཟོག་རྫིར་ཡང་མི་འགྲོ་བའི་ཉམས་དགའ་ཞིང་། བསྟན་བཤིག་ཚ་བའི་ནང་སེམས་ཀྱི་འཇིགས་རྟེན་ཆུང་ཆུང་དེ་ཉུལ་བ་ཙམ་གྱིས་སྐྱོ་གར་གྱི་མི་སྡུག་པའི་ཉམས་དང་། རྩོམ་པ་པོའི་གཏམ་རྒྱུད་སྤྲོས་བརྗོད་ཀྱི་ངག་སྦྱོར་གྱི་སྣན་རོ་སྟེ། མི་སྡུག་པའི་དགོད་བྲོའི་ཉམས་སྣང་གིས་ཁྱུག་པའི་ངག་རྩལ་ཇད་དུ་བྱུང་བའི་སྐད་ཆའི་མཛེས་པ་དེ་མྱོང་ཐུབ། སྒྲུང་གཏམ་པ་ཞིག་ལ་ཆ་མཚོན་ན། བརྩམས་སྒྲུང་རྟོག་བཟོའི་དོན་བརྗོད་ཀྱི་རྩ་བའི་མ་ལག་དང་། གཏམ་རྒྱུད་སྤྲོས་བརྗོད་ཀྱི་ངག་རྩལ་ཐུན་མོང་མ་ཡིན་པ་ཞིག་ཡིན་པ་གདོན་མི་ཟ་འོ། །

མི་ཚེའི་སྐྱོ་གར་དེ་ལྟ་བུ་ནི་སྣ་མདོར་འཕྱུང་བའི་སེར་ལ་སྤྲོམ་པའི་སྣབས་ཕར་

གཡོ་ཚུར་གཡོ་དང་། ཡུལ་དུས་ངེས་མེད་དུ་འགྲམ་ལྷག་གཞུས་པའི་བརྡུས་བཅོས་གྲངས་མེད་ཕོག་ཀྱང་། ནམ་ཡང་ཡིད་དུ་འོང་བའི་རལ་པ་གཙིགས་ཆེར་བཟུང་མཁན་གྱི་ཚོག་ཤེས་སེམས་འཕང་མཐོ་བའི་ར་ལོའི་མི་ཚེའི་རྟོགས་པ་གསལ་བྱེད་ཀྱི་སྐད་ཆའི་མེ་ལོང་དང་། སྙིད་འདོད་ལེ་ལོ་ཅན་གྱི་ར་ལོའི་མི་ཚེའི་བྱུང་བ་མཚོན་བྱེད་ཀྱི་ཐ་སྙད་ཀྱི་ཚོན་རྩིར་གྱུར་ཡོད། གཏམ་རྒྱུད་འཕེལ་འགྲོས་ཀྱི་གྲིམ་ལྡོད་ལྟར་ན། ཀློག་པ་པོར་བརྩམས་སྒྲུང་ལྟ་ཀློག་གི་མོས་པ་རབ་དུ་འཕེལ་ཏེ། ལྟ་ཀློག་ལ་སྤུན་སྣང་མི་འཕྲིན་པའི་སྐད་ཆའི་སྨན་རོ་དང་། རྩོམ་པ་པོའི་གཏམ་རྒྱུད་སྒྲོས་བསྒྲངས་ཀྱི་རྟོག་བཟོའམ། གཏམ་རྒྱུད་སྒྲོས་བརྗོད་ཀྱི་ངག་རྩལ་ཐུན་མོང་མ་ཡིན་པའི་སྐད་ཆའི་མཛེས་པའི་སྨན་རོ་སྤྱོད་ཐུབ།

གཉིས། བྱུང་རིམ་དོན་བརྗོད་ཀྱི་ཁོང་ཐིག་ཏུ་བཟུང་སྟེ། མི་སྣའི་སྣང་བརྙན་དཔེ་གཞི་ཅན་འབྲི་བཞེངས་བྱ་བའི་དངོས་ཡོད་དགག་སྒྲུབ་རིང་ལུགས་ཀྱི་བརྩམས་སྒྲུང་གི་སྒྲུ་རྩལ་ཉམས་འགྱུར་ལྟར་ན། མི་ཚེའི་སྐྱོ་གར་འཁྲུབ་བྱེད་ཀྱི་གཏམ་རྒྱུད་ཀྱི་བྱུང་བ་དེ་དག་བྱུང་རིམ་ཕྲ་རབ་ཀྱི་ངོ་བོར་གྱུར་ཏེ། མི་སྣ་གཙོ་བོ་ར་ལོའི་རང་གཤིས་དང་རྒྱུ་འབྲས་ཀྱི་འབྲེལ་བར་གྲུབ་པ་གང་ཞིག བྱུང་རིམ་ཕྲ་རབ་ལ་སྟེས་དབང་རང་བཞིན་གྱི་སྒྲུ་རྩལ་མཛེས་པ་བླ་ན་མེད་པ་མཆིས་སོ། །དེའང་ཕྱོགས་བཞི་ནས་མདོར་པར་མཚོན་པ་སྟེ།

ཀ ར་ལོ་ནི་བྱ་བ་གང་ལ་འཇུག་ཀྱང་བརྩོན་འགྲུས་མི་རྩོམ་པའི་སྙིད་འདོད་ལེ་ལོ་ཅན་ཞིག་ཡིན། དང་ཐོག་སློབ་གྲོགས་སུས་ཀྱང་ཀ་མད་སུམ་ཅུ་ཀློར་མ་བཟུང་གོང་ལ་ར་ལོས་ཀློར་ཟིན་པས“ཚང་མས་ར་ལོར་སློབ་སྦྱོང་བྱོས”ཟེར། འོན་ཀྱང་ཉིན་འགའི་རྗེས་སུ་ར་ལོས“ཀ”གཅིག་པུའང་འབྲི་མི་ཤེས་པས“ཚང་མས་ར་ལོར་སློབ་སྦྱོང་བྱེད་མི་རུང”ཟེར། མི་གཡོག་རྒྱུག་དུས་ཀྱང་ཐོག་མར་སུ་ཚང་ལ་སླེབས

ན་རང་འགྲུལ་གྱིས་ལས་ཀ་ལས་ཀྱང་། རིམ་བཞིན་ར་ལོ་གདོན་གྱིས་བསླུས་པ་ལྟར་"ང་རང་ཁྱོད་ཚང་གི་མག་པ་ཡིན་པ་ལས་གཡོག་པོ་མིན་" ཟེར་ནས་ལས་ཀ་ཅི་ཡང་མི་ལས་ཞིང་ཐོག་རྗེ་ལའང་མི་འགྲོ་བར་སྤྱོད་ལུག་ཇེ་ཆེ་དང་། སྐད་ཆ་བཤད་སྐབས་ཀྱང་"ཨ —" "འོ —" ·"དེ་འདྲ་ཡིན་ནམ —" ཟེར་བ་སོགས་ཁ་ཞེ་ཇེ་ཆེར་གྱུར་བས། མཐར་ཁྲུད་གསོད་དཔེ་མི་སྲིད་པ་དང་སྡུགས་ཁྱིམ་སྐོར་བསྒྲད། གྲྭ་པ་བྱེད་དུས་ཀྱང་ཐོག་མར་"ཚོགས་ལ་ཐེངས་གཅིག་ཀྱང་ཆད་མ་མྱོང་བ་དང་། སྐྱབས་འགྲོ་སོགས་ཐོག་མའི་འདོན་པ་རྣམས་ཀྱང་ཚང་མའི་སྔོན་ལ་བློར་ཟིན …… དགེ་བསྐོས་ཀྱིས་ཀྱང་ཁོ་ལ་བསྟོད་བསྔགས་ཡང་ཡང་བྱས" མོད། "དགོན་པའི་ཉེ་འགྲམ་ན་ཇོང་མཁར་ཞིག་ཡོད་པ་དེར་སོང་ནས་གློག་བརྙན་ལྟ་བ་དང་དུ་བ་འཐེན་པ། ཐ་ན་སིལ་ཁྲུ་ཡིན་ཟེར་ནས་ཕྱུ་ཆང་ཡང་འཐུང་གིན་ཡོད" པས། མཐར་སྐྱ་སར་ཕབ་བོ། །

མ་གཞིར་ར་ལོས་སློབ་མ་བཟང་པོ་ཞིག་དང་། མག་པ་ལེགས་པོ་ཞིག གྲྭ་པ་རྩེ་གྲ་ཞིག་བྱ་ཐུབ་རྒྱུ་གོར་མ་ཆག ལར་ར་ལོར་ལྷན་སྐྱེས་ཀྱི་ཤེས་རབ་ཀྱང་ལྡན། འོན་ཀྱང་ར་ལོ་ནི་སྐྱིད་འདོད་ལེ་ལོ་ཅན་ཞིག་ཡིན་པའི་ཕྱིར། བསྒྱུར་དུ་མི་བཏུབ་པའི་སྤྱོད་ལུག་དང་། ཁ་ཞེ་ཆེ་བའི་རང་གཤིས་ངན་པས་མཐར་རང་ཉིད་ཕུང་ངོ་། །
ར་ལོ་ནི་སྐྱིད་འདོད་ལེ་ལོས་དུས་འདའ་མཁན་ཡིན་པ་གང་ཞིག དུས་ཚོད་ཀྱི་འདུ་ཤེས་དབུལ་བའི་མི་ཚེ་སྟོང་ཟད་ཅན་ནམ། ཚེ་སྲོག་གི་རིན་ཐང་ལྟ་བར་བརྩི་འཇོག་མི་བྱེད་པའི་མི་ཚུང་མདོ་མེད་རང་གཤིས་ངན་པ་ཞིག་ཅིས་མ་ཡིན།

཈ ར་ལོ་ནི་དཔྱོད་ཤེས་ཀྱིས་དབུལ་བའི་ཚོར་བའི་ཆགས་སྣང་ཅན་ཞིག་ཡིན། ར་ལོ་འཛིན་གྲྭ་འཕར་མ་ཐུབ་ཀྱང་། "ར་ལོར་མཚོན་ན་སེམས་ཁུར་བྱེད་དགོས་པའི་དོན་ཞིག་མིན་" པར་"སེམས་ཁུར་བྱེད་ས་གཙོ་བོ་ནི་ཁོ་རང་དབྱར་གནང་

གི་སྐབས་སུ་ཡུལ་ལ་འགྲོ་ས་མེད་པ་དང་། དགེ་སློབ་ཚོ་ཡུལ་ལ་སོང་རྗེས་ཕོའི་དུ་བའི་འབྱུང་ཁུངས་ཆད་པ་དེ་རེད།” ཅེས་པ་དང་། ཡང་ཁྱད་གསོད་དཔེ་མི་སྲིད་པ་དང་སྦྲགས་ཁྲིམ་སྐོར་བསྐྱད་ཀྱང་། “ར་ལོས་ཕོ་རང་མ་བདའ་གོང་ལ་ཆུང་མར་མག་པ་བཞག་པ་དེར་སེམས་ཁྲལ་བྱེད་ཀྱི་མེད་ལ། སེམས་ཁྲལ་བྱེད་ས་གཙོ་བོ་ནི་རང་གི་ཡིད་དུ་འོང་བའི་རལ་བ་དེ་མེད་པར་མི་གྲུལ་ལ་ཇི་ལྟར་འགྲོ་བསམ་གྱིན་ཡོད་པ”ལྟ་བུ་དཔྱོད་ཤེས་ཀྱི་བློ་མིག་ལྡོངས་པ་སྟེ། བསམ་གཞིག་ནར་མ་སོན་པའི་བྱིས་བློ་ཅན་ཞིག་གོ།

ཀློག་པ་པོ་ཞིག་གིས་ར་ལོའི་ཡིད་དུ་འོང་བའི་རལ་པ་ལས་རྟོག་པ་འཕྲོས་ཏེ། ཨQཡི་རལ་པ་ཁམ་སྐྱ་དེའང་རང་བཞིན་གྱིས་དྲན་སྲིད་ན། ཆོག་ཤེས་སེམས་འཕང་མཐོ་བའི་ར་ལོ་དང་། བསམ་པའི་ང་རྒྱལ་སྟོམ་མཁན་གྱི་ཨQཡི་མི་ཚེའི་རྟོགས་པ་དབྱེར་མ་མཆིས་སོ། །

གང་ཞིག་དཔྱོད་ཤེས་ཀྱིས་དབྱུལ་བ་ནི་ཚོར་བའི་ཆགས་སྣང་ཅན་ཏེ། བྱ་བ་གང་ལ་འཇུག་ཀྱང་བསམ་གཞིག་གི་གཏན་ཚིགས་བོར་ཏེ། དགའ་སྡུག་ཆགས་སྣང་གིས་བསླད་པའི་ཚོར་ཤེས་ཀྱི་རྗེས་སུ་འཇུག་ལྡོག་བྱ་བས་སོ། །ར་ལོའི་བྱིས་བློའི་འཇིག་རྟེན་དུ་དཔྱོད་ཤེས་ཀྱི་གཉོམ་ལག་རྒྱས་ཐབས་བྲལ་ཅིང་། འཇིག་རྟེན་གྲགས་པར་མི་གནོད་པའི་སྣང་དོར་འཇུག་ལྡོག་དང་མཐུན་པའི་རྒྱུ་འབྲས་ཀྱི་གཏན་ཚིགས་ཀྱང་ལྡན་མེད། གནད་ཀ་འདིས་ར་ལོ་ནི་བསམ་གཞིག་གི་གཏན་ཚིགས་བོར་ཅིང་། མི་ཚེའི་རིན་ཐང་ལྟ་བ་ཕྱིན་ཅི་ལོག་པའི་ཆགས་སྣང་ཕྱོགས་རིས་ཅན་ཞིག་གོ།

ག ར་ལོ་ནི་ལམ་དང་རྒྱུན་ཤེས་ལ་རྫོངས་པའི་རང་བྱུང་གི་མི་ཞིག་ཡིན། ར་ལོས་བསོད་ནམས་དར་རྒྱས་ཀྱི་ཁྲིམས་མཐུན་ཆུང་མ་དང་གཉེན་སྒྲིག་བྱ་ཕྱིར་ཁྲིམས་གཏུག་གི་སྔ་གོན་ལ་ཞུགས་མོད། “ངས་དམངས་དོན་མ་དོན་མི་ཤེས”

ཟེར་བ་དང་། བསོད་ནམས་དར་རྒྱས་པོའི་གམ་ལ་ཡོང་ནས་"པོ་མོ་ངའི་ཁྲིམས་མཐུན་གྱི་ཚུང་མ་ཡིན་པས......"ཞེས་པ་དང་། "དེ་ཕྱོགས་པ་རེད་བསམ་ན་ཁྱོད་རང་ཁྲིམས་ཁང་ལ་གཏུག་ཏུ་སོང་དང་། པོ་མོ་ཨུ་གཉིས་ཀ་སུའི་ཚུང་མ་ཡིན་པ་དེ་ནས་ཐག་གཅོད་བྱེད་སྲིད"ཅེས་ཟེར་བས། ར་ལོས་ད་གཟོད་ཁྲིམས་ཁང་ཟེར་བའི་བཙན་པོ་གཞན་གནོན་དང་། གཉོམ་པོའི་མགོན་སྐྱབས་ཤིག་ཡོད་པ་ཡིད་ལ་དྲན།

ཡང་རྩེ་ཆུ་ཁའི་ཆུ་ལེན་བུ་མོ་ཡིན་མི་སྲིད་པའི་བུ་མོ་མཐའ་མ་དེ་དང་གཉེན་སྒྲིག་བྱ་ཕྱིར། ར་ལོས་བུ་མོ་དེར་"ཨུ་གཉིས་ཀས་གཉེན་སྒྲིག་དཔང་ཡིག་ལེན་ཨང་"ཟེར། "ཨ་ཅི་འདྲིས་ཅི་ཟེར། ང་ལ་སྐྱེས་པ་ཡོད་ཡ" "ཧེ། གཉེན་སྒྲིག་དཔང་ཡིག་བླངས་རྗེས་ཁྱོད་ངའི་ཁྲིམས་མཐུན་གྱི་ཚུང་མ་རེད། སྐྱེས་པ་སྔོན་མ་ཡོད་མེད་ལ་སུས་ཐེ་གཏོགས་བྱེད་རྒྱུ"ཞེས་གཉེན་རྩིག་སྒྲིག་གི་ཉེས་པ་བསགས་པའི་བུ་མོ་དེ་དང་ཁྲིམས་འགལ་གྱི་གཉེན་སྒྲིག་བྱས་པའོ། །

སྤྱིར་རང་བྱུང་གི་མི་ཞེས་པ་ནི་སྤྱི་ཚོགས་རིག་གནས་རིག་པའི་བརྡ་ཆད་ཅིག་སྟེ། སྤྱི་ཚོགས་ཀྱི་མི་དང་ལྟོས་མེད་དུ་གྱུར་པ་གང་ཞིག ལམ་དང་རྒྱུན་ཤེས་ལ་རྫོངས་ཤིང་། ཁྲིམས་ལུགས་ཀྱི་ཤེས་བྱ་དབུལ་བའི་འབྱུང་ཁམས་དང་ཁ་འཕྲོད་པའི་འཛིག་རྟེན་འཚོ་གནས་ཀྱི་གནས་ཚོད་ལས་འགོངས་པའི་མིའི་གདགས་གཞིར་ཟེར། ཁྱད་ཆོས་ལ་སྤྱི་ཚོགས་ཀྱི་ཡུལ་དུས་ལ་རྒྱུས་མངའ་མེད་པ་སྟེ། འཚོ་སྡོད་ཀྱི་སྣང་ཚུལ་ལ་རྟོགས་པ་མ་སད་པ་གང་ཞིག འཚོ་སྡོད་ཀྱི་ཡང་སྙིང་པོར་ཅིང་། འཚོ་སྡོད་ཀྱི་དམིགས་ཡུལ་ལུང་མ་བསྟན་དུ་གྲུབ་པའི་རང་བྱུང་གི་མིའོ། །

དམངས་དོན་དང་། ཁྲིམས་ཁང་། གཉེན་སྒྲིག་དཔང་ཡིག གཉེན་རྩིག་སྒྲིག་གི་ཉེས་པ་སོགས་ནི་ཁྲིམས་ལུགས་ཀྱི་ཡོངས་གྲགས་ཀྱི་བརྡ་ཆད་ཅིག་གོ། སྤྱི་ཚོགས་ཀྱི་མི་ཞིག་ལ་ཆ་མཚོན་ན། ལམ་དང་རྒྱུན་ཤེས་ཏེ། འཚོ་བའི་རྒྱུན་ཤེས་སམ། འཚོ་

སྲོད་ཀྱི་རྩ་བའི་བླང་བྱ་ཡིན་པ་གོར་མ་ཆག འོན་ཀྱང་ར་ཡོ་ནི་ནམ་ཡང་ཤེས་བྱའི་གནས་ལུགས་ཕྲན་ཚེགས་ཙམ་གྱི་རྫོངས་པའི་བྲན་གཤེས་སུ་གྱུར་བའི་རང་བྱུང་གི་མིའམ། གྲུབ་མཐས་བློ་མ་བསྒྱུར་བའི་མི་ཞིག་གམ། སྤྱི་ཚོགས་ཀྱི་ཡུལ་དུས་ཀྱིས་ཐོར་བའི་མི་མགོ་མེད་དེ། རང་གནས་སའི་སྤྱི་ཚོགས་ལ་རྒྱུས་མངའ་ཅི་ཡང་མེད་ཅིང་། འཚོ་སྲོད་ཀྱི་དམིགས་ཡུལ་ཡེ་ནས་མེད་པ་ཞིག་གོ །

ང་། ར་ཡོ་ནི་ཚོར་བ་བཏང་སློམས་ཅན་གྱི་སྐྱེས་བུ་གཉོམ་ཆུང་ནུས་མེད་ཅིག་ཡིན། ར་ཡོའི་མི་ཚེ་གང་ལ་ཨ་མ་དང་། ཕ་ཡར། ཐ་ན་རང་གིས་རང་ལ་འགྲམ་ལྕག་གཞུས་སྐྱོང་ཞིང་། ཡིད་དུ་འོང་བའི་རལ་པ་ནས་ཀྱང་བཟུང་སྟེ། གན་རྒྱལ་དུ་གཡུག་ཅིང་། རལ་པ་རྩ་ནས་བལ་སྐྱོང་། དེ་བཞིན་ཉིན་ཞིག་ཕོ་ལས་ལོ་བདུན་གྱིས་ཆུང་བའི་སློབ་མ་ཞིག་གིས་ཁོ་རང་ཁ་སྦུབ་ཏུ་མནན་ནས་རྒྱབ་ལ་ཞོན་ཏེ་“ངའི་རྟ་འདི་གོམ་ལག་བདེ་བར་ལྟོས་དང་” ཟེར་ཞོར་ཨོང་རྗེབ་བྱེད་པ་སོགས་བརྙས་བཅོས་དཔེ་མི་སྲིད་པ་ཐེངས་མང་ཐོག་སྐྱོང་།

བརྩམས་སྒྲུང་གི་མཇུག་འབྲས་སུའང་“གང་ལྟར་ཡང་བུ་མོ་དེ་དང་མཉམ་དུ་བསྡད་པ་ནས་བཟུང་ར་ཡོ་དངོས་གནས་མི་གཞན་ཞིག་ཏུ་གྱུར་སོང་། ཐ་ན་ཁོའི་སྣ་མདོའི་སྣབས་དེའང་ལྷབ་འགྱུར་གྱིས་ཇེ་ཉུང་དུ་སོང་ཡོད་” ཅེས་བདེ་སྡུག་གི་ཚོར་བ་དྲག་པོའི་མི་རང་མཚན་པ་ཞིག་ཏུ་གྱུར་བ་སྟེ། རང་རྙོན་དང་། རང་བརྩིའི་བསམ་བློས་ཕྱུག་ཅིང་། སྐལ་ཚོགས་ཀྱང་འཛོངས་ཡོད། “འོན་ཀྱང་བློ་ཡུལ་ལས་འདས་པ་ཞིག་ལ་ཉིན་ཞིག་སྤྱི་བདེ་མི་སྣ་གཉིས་ཡོང་ནས་ར་ཡོ་བཟའ་ཟླ་གཉིས་རྫོང་ཐོག་ཏུ་ཁྲིད་” ཅིང་། “བུ་མོ་དེས་གཉེན་རྩིག་སྒྲིག་གི་ཉེས་པ་བསགས་ཡོད་པས་དུས་བཅད་བཙོན་འཇུག་ཟླ་དྲུག་ལ་བྱེད་རྒྱུའི་ཐག་བཅད། ར་ཡོའི་མིག་ཆུ་སྣབས་དང་འདྲེས་ཤིང་སྣབས་མ་ལེའི་སྟེང་ལ་ལུག་ཡོང་” ཞེས་སྐྱེས་བུ་གཉོམ་ཆུང་

ནུས་མེད་ཀྱི་སྣང་བརྙན་དུ་གྱུར་ཅིང་། སླད་དང་སྨུག་གི་ལོ་རླ་རིང་མོའི་གློང་མི་ཚེའི་ལམ་བཞི་མདོར་འགྲེངས་བའི་སྨྲིང་རོལ་གྱི་གདམ་ག་བསྒྲུལ་ཏེ། ར་ལོ་ནི་ཚོར་བ་བཏང་སྙོམས་ཅན་གྱི་སྐྱེས་བུ་གཉོམ་ཆུང་ནུས་ཅན་ཞིག་ཡིན་པ་མཚོན་ཡོད།

ར་ལོ་ནི་ཚོར་བ་བཏང་སྙོམས་ཅན་ཞིག་ཡིན་པའི་ཕྱིར། བདེ་སྡུག་གི་ཚོར་བ་དྲག་པོ་ལྟ་ཅི། མི་ཚེའི་ཁ་སྐབས་དང་མཐུན་པའི་འཚོ་བའི་དཔའ་སྤོབས་ཀྱིས་ཀྱང་ཞེན་ཏུ་དབུལ། རྩ་བ་ནི་སྐྱེས་བུ་ཞིག་གི་རང་རྒྱུད་སྨིན་བྱེད་ཀྱི་རང་རྟོན་དང་། རང་བརྩིའི་བསམ་བློ་མེད་པས་སོ། །དེའི་ཕྱིར་གཉོམ་ཆུང་ནུས་མེད་ཀྱི་རྣམ་པ་དེའང་ས་འབུ་ཀང་མེད་ཁོག་བསྒྲོད་ཀྱིས་ནུར་བའི་ངང་ཚུལ་ཏེ། སྐལ་ཚོགས་འཛྲོང་ཐབས་མེད་པའི་གཞན་རྟེན་འཕོས་ཆུང་གི་ངང་ཚུལ་ལས་མ་འདས། ར་ལོར་རང་བརྩིའི་བསམ་བློ་མེད་པས་ཚོར་བ་བཏང་སྙོམས་ཅན་དུ་གྱུར་ཅིང་། ར་ལོར་སྐལ་ཚོགས་མེད་པས་སྐྱེས་བུ་གཉོམ་ཆུང་ནུས་མེད་ཅན་དུ་གྱུར།

མདོར་ན་ར་ལོ་ནི་བྱ་བ་གང་ལ་འཇུག་ཀྱང་བརྩོན་འགྲུས་མི་རྩོམ་པའི་སྙིད་འདོད་ལེ་ལོ་ཅན་དང་། དཔྱོད་ཤེས་ཀྱིས་དབུལ་བའི་ཚོར་བའི་ཆགས་སྣང་ཅན། ལམ་དང་རྒྱུན་ཤེས་ལ་རྫོངས་པའི་རང་བྱུང་གི་མི། ཚོར་བ་བཏང་སྙོམས་ཅན་གྱི་སྐྱེས་བུ་གཉོམ་ཆུང་ནུས་མེད་ཀྱི་རང་གཤིས་ཀྱི་མཚོན་བྱེད་དོ། །དེ་དག་ཀྱང་བྱུང་རིམ་ཕྲ་རབ་སོ་སོའི་མཚོན་དོན་བྱེ་བྲག་པ་དང་། ཁྱད་པར་དུ་བྱུང་རིམ་དང་། རང་གཤིས་རྒྱུ་འབྲས་ཀྱི་འབྲེལ་བར་གྲུབ་སྟེ། སྟེས་དབང་རང་བཞིན་གྱི་སྒྱུ་རྩལ་མཛེས་པའི་ལམ་ནས་མཚོན་ཡོད་པ་སྟེ། རང་གཤིས་ཀྱི་ཕྱི་མོ་འཚོ་བ་དངོས་ལས་བྱུང་ཡང་། དངོས་ཡོད་ཀྱི་མཛེས་པ་ལས་རབ་ཏུ་འགོངས་ཏེ། སྒྱུ་རྩལ་གྱི་མཛེས་པའི་གོང་བུར་གཅིག་སྡུད་ནས། སྐྱེས་བུ་དུ་མའི་རང་གཤིས་སྣ་ཚོགས་ཀྱི་བསྡུས་གཟུགས་སུ་གྱུར་བའོ། །

གསུམ། མི་སྣའི་རང་གཤིས་ཀྱི་སྒྱུ་རྩལ་ཉམས་འགྱུར་ལྟར་ན། དངོས་ཡོད་རིང་ལུགས་ཀྱི་མི་སྣའི་རང་གཤིས་སམ། མི་སྣའི་སྣང་བརྙན་དཔེ་གཞི་ཅན་གྱི་དོན་གཅིག་གོ། འདི་ནི་ཁོར་ཡུག་དཔེ་གཞི་ཅན་དང་ཕྱོས་གྲུབ་ཏུ་གྱུར་བའི་མི་སྣའི་རང་གཤིས་ཏེ། མི་རིགས་ཤིག་དང་། དུས་རབས་ཤིག་གི་སྤྱི་ཚོགས་ཡུལ་དུས་ཀྱི་རིག་གནས་འདུ་ཤེས་དང་ཁ་འཁྱོད་པའི་མི་སྣ་གཙོ་བོ་གང་དེའི་མི་ཚེའི་རིན་ཐང་ལྟ་བ་དམིགས་བསལ་ཅན་དེའོ། །དེ་གཉིས་ཀ་ཕྱོས་གྲུབ་ཏུ་མ་གྱུར་ན། མི་སྣའི་སྣང་བརྙན་དཔེ་གཞི་ཅན་གྱི་རང་གཤིས་ཀྱང་མངོན་དཀའ།

ར་ལོའི་རང་གཤིས་བྱེ་བྲག་པ་སྟེ། མི་རང་མཚན་པའི་བདེ་སྡུག་གི་ཚོར་བ་བོར་བ་དང་། ལམ་དང་རྒྱུན་ཤེས་ལ་རྫོངས་པ། ཚེ་སྲོག་གི་རིན་ཐང་ལ་བརྩི་འཇོག་མི་བྱེད་པ་སྟེ། མི་རང་མཚན་པའི་ངོ་བོ་བོར་ཏེ། བདེ་སྡུག་གི་ཚོར་བ་མེད་ཅིང་། སྲོག་གི་དབང་པོ་མ་ཞུགས་པའི་བེམ་པོ་དང་འདྲའོ། །དོན་དམ་དུ་ར་ལོ་ནི་ཡིད་རྟོག་དཔྱོད་ཀྱི་འཇུག་པ་ཤས་ཆེ་བའི་མི་རང་མཚན་པ་ཞིག་མ་ཡིན་པའི་ཕྱིར་ཚོར་བའི་བདེ་སྡུག་བཏང་སྙོམས་སུ་འཇོག་མཁས་པ་སྟེ། རྣམ་དཔྱོད་དམ། རིགས་ཤེས་ཀྱི་འཇུག་པ་ཡངས་པའི་མིའི་མཚན་ཉིད་ཀྱིས་དབུལ་བའི་ཀླ་ཀློ་ལྟ་བུའོ། །དེའི་ཕྱིར་ར་ལོའི་རང་རྟོན་དང་། རང་བརྩིས་དབུལ་ཅིང་། བྲན་གཤིས་དང་། རྫོངས་རྟུལ་གྱིས་གཏམས་པའི་རང་གཤིས་འདིས་བྱ་བ་གང་ལ་འཇུག་ཀྱང་། དཀར་ནག་གོ་ལོག་དང་། སྐྱིད་འདོད་ལེ་ལོ། མི་ཚེ་སྟོང་ཟད་ཀྱི་སྙོམས་ལས་མི་རྩོམ་མི་སྲིད། འདི་ནི་སྤྱི་ཚོགས་རིག་གནས་འདུ་ཤེས་ཀྱིས་ཕོངས་པའི་རང་བྱུང་མིའི་མི་ཚེའི་རིན་ཐང་ལྟ་བར་ཟད་དོ། །དཔེར་ན། ར་ལོ་ནི་དོང་ཁུང་དུ་གསོས་པའི་ཕག་དང་འདྲ་བ་སྟེ། གཏི་མུག་ཕག་གིས་རང་སྲོག་ལྡེབ་བྱེད་ཀྱི་ཟས་ལ་ཇི་ལྟར་རོལ་ཡང་གནོང་འགྱོད་ཅི་ཡང་མེད་པ་ལྟར་རོ། །ར་ལོར་ཆ་བཞག་ནའང་དེ་ལྟ་དེ་ལྟར་རོ། །

ཞུབ་ཕྱོགས་མཚན་ཉིད་རིག་པའི་བརྟག་ཐབས་ལྟར་ན། བདག་ཉིད་ཀྱི་འདུ་ཤེས་ཀྱིས་དབུལ་བ་དེའོ། །ཕྱིར་མི་ཚུལ་རིག་པའི་མི་ལྟེ་བར་སྨྲ་བའི་བསམ་བློའི་སྙིང་པོ་ཡིན་ན། མི་རང་མཚན་པ་ཞིག་གིས་མིའི་གོ་བབ་རྩད་ཞིབ་བརྒྱུད་མི་གཤིས་ལ་བཅིངས་འགྲོལ་དང་། ཚེ་སྲོག་གི་རིན་ཐང་ལ་བསྒྲེ་འཇོག་བྱ་རྒྱུའི་འཚོ་སྟོད་ཀྱི་རྩ་བའི་གླང་བྱར་བཞེད། ར་ལོ་ནི་འདི་དང་ཁ་ཐག་ཆེས་རིང་བ་སྟེ། དཔེར་ན། གཏི་མུག་ཕག་གིས་རང་སྲོག་ལྟེབ་བྱེད་ཀྱི་ཟས་ལ་ཇི་མི་སྙམ་པར་རོལ་བ་ལྟར་རོ། །རྒྱན་བདུད་ལྷ་རྒྱལ་ལགས་ནས་ཀྱང་“དེའི་སྲོག་ཤིང་ནི་གཅིག་སྟེ - བདག་གི་འཛིན་པ་མེད་པའམ་ཡུལ་ཅན་གྱི་འཛིན་པ་མེད་པ་དེའོ། །བདག་གི་འཛིན་པ་མེད་པ་འདི་ར་ལོའི་གཤིས་ཀའི་རྨང་གཞི་དང་གཤིས་ཀའི་རྩ་བ་ཡིན་”[①]ཞེས་མི་སྣ་གཙོ་བོ་ར་ལོའི་རང་གཤིས་ཇི་ལྟ་བ་ཐོག་མར་གསལ་སྟོན་མཛད་དོ། །

ནང་བསྟན་ཆོས་ལུགས་ཀྱི་ལྟ་གྲུབ་ལྟར་ན། ལས་འབྲས་ཀྱི་རྟེན་ནམ། བཅིངས་འགྲོལ་གྱི་གཞིར་གྱུར་བའི་ང་ཙམ་བདེན་པར་མ་གྲུབ་པ་ལས། སྙིང་པོ་མེད་པར་མི་བཞེད་པས། ཐར་པ་རང་ལ་རག་ལས་ཤིང་། བདག་ཉིད་བདག་གི་མགོན་དུ་གྱུར་བའི་དལ་བའི་རྟེན་གྱི་སྙིང་པོ་སྟེ། སངས་རྒྱས་ཆོས་ལུགས་ཀྱི་ལྷ་མེད་སྨྲ་བའི་མི་ལྟེ་བར་སྨྲ་བའི་མི་ཆོས་ཀྱི་ལམ་སྲོལ་དང་གོ་ལྡོག་པའོ། །དེའང་གང་ཞིག་ཅི་ཡང་སྙིང་པོ་མེད་ཅེས་རང་མལ་ཡང་མི་སྲུང་བ་དག་གི་སྐྱིད་འདོད་ལེ་ལོ་དང་། འཇིག་རྟེན་བྱེད་པོ་ཡོད་ཅེས་རང་རྩོལ་བོར་མཁན་དག་གི་རྫོངས་པའི་བྲན་གཤིས་ཀྱི་ངང་ཚུལ་ལས་མ་འདས་སོ། །

དེ་ལྟ་བུའི་རང་གཤིས་ཀྱང་ཁོར་ཡུག་དཔེ་གཞི་ཅན་དང་ལྟོས་གྲུབ་ཏུ་སྨྲ་བ་དངོས་ཡོད་རིང་ལུགས་ཀྱི་སྒྱུ་རྩལ་ཉམས་འགྱུར་གྱི་རྩ་བའི་གླང་བྱ་ཡིན་ན། ར་ལོའི་

① བདུད་ལྷ་རྒྱལ། 《འཚོལ་རྟོག་གི་སྙིང་སྟོབས་》[M]ཡུན་ནན་མི་རིགས་དཔེ་སྐྲུན་ཁང་། ༢༠༠༩/༨པར་གཞི་དང་པོ། ཤ༧༠

བདག་ཉིད་ཀྱི་འདུ་ཤེས་མེད་པའི་རང་གཤིས་ཀྱང་རིགས་ཤེས་དུས་རབས་ཀྱི་ད་རབབས་སྒྱི་ཚོགས་ཀྱི་རིག་གནས་འདུ་ཤེས་ཀྱི་འབྲས་བུ་ཉག་གཅིག་ཏུ་ཟད་སྙམ། ཞིབ་ཕྲ་འོག་ཏུ་འཆད་པར་འགྱུར་རོ། །

མི་སྨའི་སྨང་བརྟན་དཔེ་གཞི་ཅན་ཞེས་པའི་"དཔེ་གཞི་ཅན་"གྱི་ངེས་ཚིག་ནི་མི་སྨ་གཙོ་བོ་གང་དེའི་རང་གཤིས་རང་མཚན་པར་དུས་རབས་ཤིག་གི་སྤྱི་ཚོགས་ཀྱི་ཡུལ་དུས་དང་ཁ་འཁྲོད་པའི་མི་རིགས་ཤིག་གམ། མིའི་འགྲོ་བ་ཐུན་མོང་གི་ངོ་བོ་མ་ལུས་པ་སྡེས་དབང་རང་བཞིན་ཅན་གྱི་སྒྱུ་རྩལ་མཛོས་པའི་ལམ་ནས་གོང་བུ་གཅིག་སྡུད་དམ། བསྡུས་གཟུགས་ཀྱི་མཚོན་བྱེད་དུ་གྱུར་བའི་དོན་ཡིན། ར་ལོའི་རང་གཤིས་ཀྱང་ད་རབས་སྤྱི་ཚོགས་ཀྱི་བོད་པ་ཐུན་མོང་གི་རང་གཤིས་ཀྱི་མཚོན་དོན་དུ་གྱུར་བ་གོར་མ་ཆག རྒན་བདུད་ལྷ་རྒྱལ་ལགས་ནས་ཀྱང་"ར་ལོ་ནི་བོད་མིའི་ནང་གི་རྣམ་ཤེས་དེ་ཕྱི་རོལ་རང་གཟུགས་སུ་ཤར་བ་ཡིན་"[①]ཞེས་གསུངས་སོ། །

བོད་ཀྱི་བརྩམས་སྒྲུང་བྱུང་འཕེལ་གྱི་ལོ་རྒྱུས་ལྟར་ན། རྒན་བདུད་ལྷ་རྒྱལ་ལགས་ནས་གསུངས་པ་ལྟར་"《ར་ལོ་》འདི་བོད་ཀྱི་བརྩམས་སྒྲུང་གསར་པའི་ལོ་རྒྱུས་སྟེང་ནས་མི་སྨའི་གཤིས་ཀ་འབྲི་བ་ཨང་དང་པོ་པ་ཡིན་ཞེས་བཤད་ཚོག་"[②]པ་གང་ཞིག བྱུང་རིམ་དོན་བརྗོད་ཀྱི་ཁོང་ཐིག་ཏུ་བཟུང་སྟེ། མི་སྨའི་སྨང་བརྟན་དཔེ་གཞི་ཅན་ནམ། མི་སྨའི་རང་གཤིས་སྒྱུ་རྩལ་གྱི་ཉིང་དགོས་སུ་བཞེད་ཅིང་། མི་སྨའི་སྨང་བརྟན་འབྲི་བཞེངས་གསར་རྩོམ་གྱི་ལྟེ་བར་སྨྲ་བའི་དངོས་ཡོད་དགག་སྒྲུབ་རིང་ལུགས་ཀྱི་མིང་དོན་མཚུངས་པའི་བརྩམས་སྒྲུང་ཞིག་ཡིན་པ་སྟེ། སྤྱིར་གཏམ་

① བདུད་ལྷ་རྒྱལ། 《འཚོལ་རྟོག་གི་སྙིང་སྟོབས་》(M)ཡུན་ནན་མི་རིགས་དཔེ་སྐྲུན་ཁང་། ༢༠༠༩/༨པར་གཞི་དང་པོ། ཤ༣༧

② བདུད་ལྷ་རྒྱལ། 《འཚོལ་རྟོག་གི་སྙིང་སྟོབས་》(M)ཡུན་ནན་མི་རིགས་དཔེ་སྐྲུན་ཁང་། ༢༠༠༩/༨པར་གཞི་དང་པོ། ཤ༨༠-༨༧

རྒྱུད་དང་ཐུང་རིམ་གྱི་ངོ་བོར་ནམ་པར་རྫོངས་ཏེ། གཏམ་རྒྱུད་སྒྲོས་བརྗོད་ཀྱི་ཕོང་ཐིག་ཏུ་མི་སྣའི་སྣང་བརྙན་འབྲི་བཞེངས་བག་ཏུ་ཞ་བའི་གསར་རྩོམ་གྱི་སྤྱི་སྤྲོལ་ངན་པ་མཇུག་སྒྲིལ་བའི་རྩོམ་རིག་གི་གོ་ས་ལྷ་ན་མ་མཆིས་པས་སོ། །དེའང་ཨQགཉིས་པ་ཞིག་མེད་པར་གྲགས་པ་ལྟར། ར་ཡོའང་གཉིས་པ་ཞིག་མེད་སྲིད་པ་སྟེ། ཨQགཉིས་པ་ཞིག་དང་། ར་ཡོ་གཉིས་པ་ཞིག་གི་སྣང་བརྙན་འབྲི་བཞེངས་བྱ་རྒྱུ་ནི་གྱི་ན་བའི་ལས་ཏེ། བསྐྱར་ཟློས་ནི་སྒྱུ་རྩལ་གསར་གཏོད་ཀྱི་འཇོམ་བྱེད། །མ་གཞིར་སྒྱུ་རྩལ་པའི་ལས་དབང་ནི་འབྱུང་སྲིད་པའི་གནད་དོན་ལས། བྱུང་ཟིན་པའི་གནད་དོན་འབྲི་རྒྱུ་མ་ཡིན་པའི་ཕྱིར་རོ། །

འོ་ན་《ར་ཡོ་》རུ་རྩོམ་རིག་གི་གཏན་གྱི་འདུན་མའི་ཟབ་དོན་ཇི་ལྟར་བསྟན་ཡོད་ཅེ་ན། སྤྱིར་རིགས་ཤེས་དུས་རབས་ཀྱི་དུ་རབས་སྤྱི་ཚོགས་ཀྱི་སྤྲོལ་རྒྱུན་རིག་གནས་དང་། དེང་རབས་རིག་གནས་ཀྱི་འགལ་འདུའི་ཕན་གནོད་ལས་གྲུབ་པའི་གཙོ་རྒྱུན་རིག་གནས་ཀྱི་སྒྲིག་གཞི་ཞན་པོའམ། སྨྲ་མང་རིག་གནས་ཀྱི་མི་ཚེའི་རིན་ཐང་ལྟ་བའི་ཡོ་ལང་གིས་བལྟམས་པའི་དད་པའི་ཉམས་ཉེན་ཏེ། མིའི་འགྲོ་བའི་ཐོབ་ཐང་གི་བརྗོད་གཞིར་གྱུར་བའི་མི་རང་མཚན་པའི་མི་གཞིར་བཅིངས་འགྲོལ་དང་། ཚེ་སྲོག་གི་རིན་ཐང་ལ་བརྩི་འཇོག་བྱ་རྒྱུའི་འཚོ་སྡོད་ཀྱི་རྩ་བའི་གླང་བྱ་བསྒྲུབ་རྒྱུ་ལྟ་ཅི། མིའི་གོ་བབ་སྟེ། མི་རང་མཚན་པ་གང་ཞིག་དགོད་ཤེས་སམ། རིགས་ཤེས་ཀྱི་བདག་ཉིད་ཡིན་མིན་གྱི་མི་གཞིའི་རྩད་ཞིབ་ཀྱང་ཀུན་ཏུ་འཕྲུགས་ཏེ། རང་དབང་དང་། འདྲ་མཉམ། དམངས་གཙོ་བཅས་མིའི་འགྲོ་བའི་ཐོབ་ཐང་ཡོངས་སུ་སྐྱོད་པའི་དུ་རབས་ཤེས་དཔལ་གྱི་སྤྱི་ཚོགས་སུའང་མི་རང་མཚན་པའི་བདེ་སྡུག་གི་ཚོར་བ་བོར་ཅིང་། ལམ་དང་རྒྱུན་ཤེས་ལ་རྫོངས་པ། ཚེ་སྲོག་གི་རིན་ཐང་ལ་བརྩི་འཇོག་མི་བྱེད་པའི་བདག་ཉིད་ཀྱི་འདུ་ཤེས་དབུལ་བའི་བོད་པ་ཐུན་མོང་གི་

དཀར་ནག་གོ་ལྡོག་དང་། སྐྱིད་འདོད་ལེ་ལོ། མི་ཚེ་སྟོང་ཟད་ལ་སོགས་པའི་མི་ཚེའི་རིན་ཐང་ལྟ་བར་དོགས་སློང་བརྒྱུད་མིའི་འགྲོ་བའི་ཐོབ་ཐང་གི་ལ་རྒྱ་རྩོད་དེ། མི་རང་མཚན་པའི་གོ་བབ་རྩད་ཞིབ་དང་། མི་ཚུལ་རིག་པའི་རྩ་བའི་བླང་བྱ་སྟེ། མི་གཞིར་བཅིངས་འགྲོལ་དང་། ཚེ་སྲོག་གི་རིན་ཐང་ལ་བརྩི་འཇོག་བྱས་ཏེ། མི་རང་མཚན་པའི་འཚོ་གནས་ཀྱི་ཉམས་ཉེན་དང་། བདག་ཉིད་འདུ་ཤེས་ཀྱི་འཇིག་ཉེན་སྐྱོབ་བྱེད་ཀྱི་བསམ་བློའི་རང་བཞིན་རྒྱ་ཆེ་གཏིང་ཟབ་ཏུ་བསྟན་པ་དེའོ། །

འདི་ནི་བདེ་སྡུག་གི་ཚོར་བ་དྲག་པོའི་མི་རང་མཚན་པ་ཞིག་གི་འཚོ་གནས་ཀྱི་ལམ་སྲོལ་ཡིན་པ་གང་ཞིག མིའི་གོ་བབ་རྩད་ཞིབ་དང་། མིའི་འགྲོ་བའི་ཐོབ་ཐང་རྩོད་དེ། རྩོངས་པའི་བྲན་གཡེས་སུ་གྱུར་བའི་བོད་པ་ཐུན་མོང་གི་མི་ཚེའི་རིན་ཐང་ལྟ་བའི་གཞན་འགྱུར་གྱི་རྩ་བ་སྟེ། བདག་ཉིད་འདུ་ཤེས་ཀྱི་ཉམས་ཉེན་ལ་རྟོགས་པ་སད་བྱེད་ཀྱི་མི་ཚུལ་རིག་པའི་མི་ལྟེ་བར་སྨྲ་བའི་མི་ཚེའི་རིན་ཐང་ལྟ་བ་ཞིག་ཀྱང་ངོ་། །

དེ་ལྟ་བུའི་རང་གཤིས་ཀྱི་ཉེར་ལེན་རྒྱུའི་རིག་གནས་ཀྱི་ངོ་བོ་ཅི་ཡིན་ཞེ་ན། འདི་ལ་རྣན་བདུད་ལྷ་རྒྱལ་ལགས་ནས“མི་རིགས་གང་དང་གང་ཡིན་ཡང་དེའི་གཤིས་ཀའམ‘རྣམ་ཤེས’ དེ་ལྟར་དུ་ཡིན་བྱེད་ཅིག་ངེས་པར་དུ་ཡོད་པ་ཡིན། དེ་ནི་འགྲོ་བ་མིའི་རིག་པས་བཤད་པའི‘མིས་རིག་གནས་བསྐྲུན་ལ། མི་ནི་རིག་གནས་ཀྱི་འབྲས་བུའོ’ ཞེས་པ་དེ་ཡིན་”[①]ཞེས་རིག་གནས་མིའི་རིགས་རིག་པས་རིག་གནས་དང་མི་ལྟོས་གྲུབ་ཏུ་སྨྲ་བའི་ལྟ་གྲུབ་རིགས་པའི་གཞུང་ཤིང་དུ་མཛད་དེ། ར་ཡོའི་“གཤིས་ཀ་དེ་དངོས་སུ་སངས་རྒྱས་ཆོས་ལུགས་དང་འབྲེལ་བ་ཡོད་པ་ཡིན་”[②]ཞེས་

① བདུད་ལྷ་རྒྱལ། 《འཚོལ་རྟོག་གི་སྙིང་སྟོབས་》(M)ཡུན་ནན་མི་རིགས་དཔེ་སྐྲུན་ཁང་། ༢༠༠༩/༨པར་གཞི་དང་པོ། ༢༧༨

② བདུད་ལྷ་རྒྱལ། 《འཚོལ་རྟོག་གི་སྙིང་སྟོབས་》(M)ཡུན་ནན་མི་རིགས་དཔེ་སྐྲུན་ཁང་། ༢༠༠༩/༨པར་

གསུངས་སོ། །

རིགས་པའི་སྒྲུབ་བྱེད་དུ་“འཛིན་པ་སྤོང་དགོས་པ་འདི་སངས་རྒྱས་ཆོས་ལུགས་ལ་མཚོན་ན་ཁོའི་དགོངས་པའི་བཅུད་ཡིན་”①ཞེས་བོད་སྤྱི་རབས་པའི་སྤྲོས་བྲལ་གྱི་ལྟ་བ་དང་། རྗེ་བཙུན་མི་ལ་རས་པའི་འཛིན་པ་ཡོད་ན་ལྟ་བ་མིན་པའི་དགོངས་པ་ཁུངས་སུ་མཛད་དོ། །འོ་ན་བདག་གི་འཛིན་པ་མེད་པའམ། ཡུལ་ཅན་གྱི་འཛིན་པ་མེད་པའི་ར་ལོ་སྒྲ་རྟོག་གི་སྤྲོས་པ་བྲལ་བའི་ཆོས་དབྱིངས་སྟོང་པའི་རང་བཞིན་དང་རོ་སྙོམས་པའི་ཕྱིར་ར་ལོ་ཆོས་སྐུའོ། །ར་ལོ་སངས་རྒྱས་སོ་ཞེས་པའི་ལུང་རིགས་ཀྱི་གནོད་བྱེད་འཇུག་གམ་སྙམ་ན། འདི་ཡང་འཇུག་མི་ནུས་ཏེ། བདེན་པའི་སྒྲུབ་བྱེད་དུ་བདེན་གཉིས་ཀྱི་དཀའ་བའི་གནད་དང་། བོད་ཕྱི་རབས་པའི་སྣང་སྟོང་གཉིས་ཚོགས་ཀྱི་ལུང་རིགས་ལ་བརྟེན་ཏེ། “འཛིན་མེད་དེ་ཡང་ཐོག་མར་འཛིན་པ་ཆེན་པོའི་སྒོ་ནས་རང་གི་འདས་མ་འོངས་ད་ལྟ་གསུམ་གྱི་གནས་བབ་ལ་ཞིབ་ཏུ་དཔྱད་དེ་ཤེས་པའི་སྒོ་ནས་ཚད་མཐོན་པོ་ཞིག་གི་སྟེང་ནས་སྤོང་དགོས་པ་ཞིག་ལས། བློ་དམན་གང་ཡིན་ཐམས་ཅད་ཀྱིས་ཐོག་མ་ནས་སྤང་རྒྱུང་བ་དང་སྤང་བར་བྱ་བ་ཞིག་ཡིན་མི་སྲིད་”②ཅེས་ར་ལོ་སངས་རྒྱས་མ་ཡིན་པ་རིགས་པས་བསྒྲུབས་ཤིང་། ཡང་རིག་པ་ཐ་མལ་བའི་གནོད་བྱེད་འགོག་ཕྱིར་“འཛིན་མེད་ཅེས་པའི་ཚིག་ཟིན་ལ་འཁྲི་ནས་དེ་ལྟོས་མེད་ཅིག་ཏུ་སེམས་ན་མི་ལས་དུད་འགྲོ་ཕག་ལ་འཛིན་པ་མེད་པ་ཀུན་གྱིས་ཤེས་”③ཞེས་གསུངས་པ་ལས་ས་རྗེ་སངས་རྒྱས་སུ་འདོད་པའི་

གཞི་དང་པོ། ༢༧༨

① བདུད་ལྷ་རྒྱལ། 《འཚོལ་རྟོག་གི་སྙིང་སྟོབས་》(M)ཡུན་ནན་མི་རིགས་དཔེ་སྐྲུན་ཁང་། ༢༠༠༩/༨པར་གཞི་དང་པོ། ༢༧༩

② བདུད་ལྷ་རྒྱལ། 《འཚོལ་རྟོག་གི་སྙིང་སྟོབས་》(M)ཡུན་ནན་མི་རིགས་དཔེ་སྐྲུན་ཁང་། ༢༠༠༩/༨པར་གཞི་དང་པོ། ༢༨༣

③ བདུད་ལྷ་རྒྱལ། 《འཚོལ་རྟོག་གི་སྙིང་སྟོབས་》(M)ཡུན་ནན་མི་རིགས་དཔེ་སྐྲུན་ཁང་། ༢༠༠༩/༨པར་གཞི་དང་པོ། ༢༨༣

ལུགས་ཀྱི་རྟོག་གེའི་རིགས་པའང་བརྡློག་པར་མཛད་དོ། །མདོར་ན་ར་ཡོའི་བདག་གི་འཛིན་པ་མེད་པའི་གཞིས་ཀའི་རྩ་བ་སངས་རྒྱས་ཆོས་ལུགས་ཀྱི་འཛིན་མེད་ཀྱི་ལྟ་བར་ཐུག་པ་བསྟན་པར་མཛད་དོ། །

འདི་ཡང་ཡིན་སྲིད་པ་སྟེ། བོད་པ་མགོ་ནག་ཅིག་གི་འདི་ཕྱིའི་དད་པའི་རྟེན་དུ་ལྷ་ཆོས་རིག་གནས་འདི་མི་རྟེན་ཐུ་མེད་ཡིན་པའི་སྲོལ་རྒྱུན་རིག་གནས་ཀྱི་བག་ཆགས་སྟུག་པོ་ཞིག་ཤོག་བུ་སྟུམ་གྱིས་སྦྱགས་པ་ལྟར་གྲུབ་པ་མངོན་སུམ་མི་བསླུ་བའི་གཏམ་ཡིན་པའི་ཕྱིར། འོན་ཀྱང་བདག་གི་བསམ་ཚུལ་ལྟར་ན། འཛིན་མེད་དང་། སྤྲོས་བྲལ་ཞེས་པ་ནི་དབུ་མའི་རིགས་པའི་ཕྲ་བའི་མཐར་ཐུག་སྟེ། དགག་ཕྱོགས་ཀྱི་ཤེས་རབ་སྟོང་པ་ཉིད་ཀྱི་རིགས་པའོ། །གོ་བའི་རྣལ་མ་ནི་ཆོས་ཀུན་གྱི་རང་བཞིན་བདེན་པར་མ་གྲུབ་པ་གང་ཞིག ཆོས་དབྱིངས་སྟོང་པའི་རང་བཞིན་གྱི་ཡུལ་ཅེར་ཡང་བདེན་པར་མ་གྲུབ་པས། རྟོགས་བྱེད་ཀྱི་བློའམ། རྟོག་པའི་སྤྱོད་ཡུལ་དུ་མ་གྱུར་བའི་དོན་ནོ། །དེའི་ཕྱིར་བློའི་འཛིན་པའམ་སྤྱོད་ཡུལ་མིན་ན་འཛིན་མེད་དང་། སྤྲོ་དང་རྟོག་པའི་སྤྲོས་པ་དང་བྲལ་ན་སྤྲོས་བྲལ་ཞེས་བྱའོ། །འདི་ནི་དོན་དམ་པ་དང་། དེ་ཁོ་ན་ཉིད། སྟོང་པ་ཉིད་ཀྱི་དོན་ཡིན་ན། དེ་ལྟ་བུའི་བསྟན་པའི་སྙིང་པོ་སྟོང་པ་ཉིད་རྟོགས་པའི་ཤེས་རབ་ཀྱིས་ར་ཡོའི་བདག་གི་འཛིན་པ་མེད་པའམ། ཡུལ་ཅན་གྱི་འཛིན་པ་མེད་པ་སྟེ། རྣམ་དཔྱོད་ཀྱི་ཁོ་ལག་མ་རྫོགས་པར་ཚོར་བའི་བདེ་སྡུག་བཏང་སྙོམས་སུ་འཛོག་པའི་ངན་རྟོག་ཕྱི་ཕྱིར་འཕེལ་ཏེ་བདག་ཏུ་ལྟ་བ་ཇེ་བརྟན་དུ་འགྲོ་བ་མ་ངེས་པའི་ཕྱིར། ཅིའི་ཕྱིར་ཞེ་ན། ཚོར་བའི་བདེ་སྡུག་བཏང་སྙོམས་སུ་འཛོག་པའི་ར་ཡོའི་དཀར་ནག་གོ་ལྡོག་གི་བློ་ཐ་མལ་བ་རྣམ་རྟོག་ཡིན་པའི་ཕྱིར། དེ་ལྟན་སྐྱེས་ཀྱི་བདེན་འཛིན་མ་རིག་པ་ཡིན་པའི་ཕྱིར། དེ་བདག་འཛིན་ཡིན་པའི་ཕྱིར། དེའི་གཉེན་པོ་ནི་སྟོང་ཉིད་རྟོགས་པའི་ཤེས་རབ་ཡིན་པའི་ཕྱིར་རོ། །

སྤྱིར་འཛིན་མེད་དང་། སྤྲོས་བྲལ་ནི་ཡུལ་སྟོང་པའི་རང་བཞིན་དང་། སེམས་སྟོང་པའི་རང་བཞིན་རྟོགས་བྱ་རྟོགས་བྱེད་མེད་པར་ངོ་བོ་དབྱེར་མེད་དུ་འདྲེས་པའི་སངས་རྒྱས་ཀྱི་རོ་སྙོམས་སའི་དོན་ཏེ། བདག་མེད་སྨྲ་བའི་སངས་རྒྱས་ཆོས་ལུགས་ཀྱི་བསྟན་པའི་སྙིང་པོ་སྟོང་པ་ཉིད་ཀྱི་དོན་ཡིན་ཞིང་། ར་ལོའི་བདག་གི་འཛིན་པ་མེད་པའམ། ཡུལ་ཅན་གྱི་འཛིན་པ་མེད་པ་ནི་རྣམ་དཔྱོད་ཀྱིས་དཔྱལ་བའི་དཀར་ནག་གོ་ལྡོག་པའི་བློ་ཐ་མལ་བ་ཡིན་པ་གང་ཞིག བདེན་འཛིན་མ་རིག་པའི་རྣམ་རྟོག་གི་དོན་ནོ། །ཟླ་མ་ནི་རྟོག་པའི་དྲ་བ་བསལ་བའི་ཟག་མེད་ཡེ་ཤེས་དང་། ཕྱི་མ་ནི་སོ་སོ་སྐྱེ་བོའི་བདེན་འཛིན་མ་རིག་པའོ། །དེའི་ཕྱིར་སྟོང་པ་ཉིད་རྟོགས་པའི་ཤེས་རབ་བདེན་འཛིན་མ་རིག་པའི་གཉེན་པོར་རྒྱལ་བས་གསུངས་པས། རིགས་པ་དེས་ཅིའི་ཕྱིར་བདེན་འཛིན་ཕྱི་ཕྱིར་འཕེལ་ཏེ་བདག་ཏུ་ལྟ་བ་ཇེ་བརྟན་དུ་འགྲོའོ། །

མཚན་ཉིད་རིག་པའི་སྤྱི་སྤྲོལ་ལྟར་ན། བདག་གི་འཛིན་པའམ། ཡུལ་ཅན་གྱི་འཛིན་པ། བདག་ཉིད་ཀྱི་འདུ་ཤེས་གསུམ་དོན་གཅིག་གོ། རྒྱ་ཡིག་གི་སྐད་དོད་དུ་"自我意识"ཞེས་ཟེར། རྩ་བ་ནི་ནུབ་ཕྱོགས་མཚན་ཉིད་རིག་པའི་ལོ་རྒྱུས་ཐོག་ཨི་མན་ནེའུ་ཁན་ཐེས་ཐོག་མར་སྤྱད་པའི་མཚན་ཉིད་རིག་པའི་བརྗོད་ཚད་ཅིག་གོ། གོ་དོན་ནི་མིའི་གོ་བབ་རྩད་ཞིབ་བརྒྱུད་མི་རང་མཚན་པའི་ངོ་བོར་དཔྱོད་སྟངས་ཤིག་སྟེ། ཡུལ་ཅན་གྱི་རྟོག་པའི་ནུས་པ་རྩེ་གྲར་གྱུར་བའི་རིགས་ཤེས་ལ་གོ། ཡོད་ན་བདག་གི་འཛིན་པ་ཡོད་པའི་ཕྱིར་བདག་ཉིད་བདག་གི་མགོན་དུ་འགྱུར་ཞིང་། མེད་ན་བདག་གི་འཛིན་པ་མེད་པའི་ཕྱིར་གཞན་རྟེན་རྫོངས་པའི་བྲན་གཤེས་སུ་འགྱུར་རོ། །ར་ལོ་ནི་ཕྱི་མའི་རིགས་སོ། །དེའི་ཕྱིར་སངས་རྒྱས་ཆོས་ལུགས་ཀྱི་འཛིན་མེད་དམ་སྤྲོས་མེད་དང་། ཨི་མན་ནེའུ་ཁན་ཐེའི་བདག་གི་འཛིན་པ་མེད་པའམ་

ཡུལ་ཅན་གྱི་འཛིན་པ་མེད་པ་གཉིས་གའི་གཞུང་གི་གོ་བ་ཐ་དད་དོ། །

བདག་གི་བསམ་ཚུལ་ལྟར་ན། ར་ཡོའི་བདག་གི་འཛིན་པ་མེད་པའི་རང་གཤིས་གྲུབ་བྱེད་ཀྱི་རིག་གནས་ཀྱི་རྩ་བ་འདི་ལྟར་ཡིན་སྙམ་པ་སྟེ། རིགས་ཤེས་དུས་རབས་ཀྱི་ད་རབས་སྤྱི་ཚོགས་སུ་སྤྲོལ་རྒྱུན་རིག་གནས་ཀྱི་སྒྲིག་གཞི་གཙོ་རྒྱུན་རིག་གནས་ཀྱི་རྣམ་པར་མ་གྲུབ་ཅིང་། དེང་རབས་རིག་གནས་ཀྱང་དང་ལེན་གནས་སྐབས་ཀྱི་ཚོད་ལྟའི་རྣམ་པར་ལུས་པས། རིག་གནས་བར་བརྒྱལ་དུས་མཚམས་སུ་འཕྲད་སྲིད་པའི་སྣ་མང་རིག་གནས་ཀྱི་དད་པའི་ཉམས་ཉེན་ཏེ། གཙོ་རྒྱུན་རིག་གནས་ཀྱི་མི་ཚེའི་རིན་ཐང་ལྟ་བ་ལུང་མ་བསྟན་བོད་པའི་ཁམས་དང་སོས་པར་འཕྲོད་མིན་གྱི་གདམ་ག་ཅི་ཡང་མེད་པར་རྨ་བྱའི་ཁ་ཟས་ལྟར་སྤྱད་པའི་སྤྱི་ཚོགས་རིག་གནས་ཀྱི་ཁོར་ཡུག་ལ་ཐུག་སྙམ། རིག་གནས་དང་མི་ལྟོས་མེད་དུ་གྱུར་བའི་ཡུལ་དུས་དེ་འདྲར་སྲོལ་རྒྱུན་རིག་གནས་ཀྱི་བསམ་བློའི་གཟུངས་གཞུག་ཟད་པས་བོད་པའི་རྐང་གི་ཁོང་གི་མི་རིགས་རང་མཚན་པའི་རིག་གནས་འདུ་ཤེས་རྩད་ནས་ཉམས་ཤིང་། དེང་རབས་རིག་གནས་ལ་དང་ལེན་མི་མཁས་པས་འཚོ་སྡོད་རིག་གནས་ཀྱི་རྩ་བའི་སྣང་བྱར་ཀུན་ཏུ་རྨོངས་སོ། །ཡར་དམངས་ཀྱི་རིག་གནས་དར་སྤྲོལ་ཆེ་བས་ལམ་དང་རྒྱུན་ཤེས་ལ་རྨོངས་ཤིང་། རོལ་རྩེད་རིག་གནས་ལ་དབྱིངས་ཞུགས་པས་སྙིད་འདོད་ལེ་ཡོའི་བྲན་གཤིས་ཀྱི་རྩ་བ་ཤེན་ཏུ་བརྟན་པའི་འདུ་ཤེས་གཞན་འགྱུར་དང་། མི་གཞི་ཉམས་ཉེན་གྱི་འཇིགས་ཉེན་ཕྲད་དོ། །རྩ་བ་ནི་ད་རབས་སྤྱི་ཚོགས་ཀྱི་གཙོ་རྒྱུན་རིག་གནས་ཀྱི་མི་ཚེའི་རིན་ཐང་ལྟ་བ་ལུང་མ་བསྟན་དུ་གྲུབ་པའི་སྐྱོན་ཆ་འབའ་ཞིག་ལ་ཐུག་པར་སྙམ།

གཙོ་རྒྱུན་རིག་གནས་དེའང་གཟིངས་ཤིག་དང་འདྲ་བ་སྟེ། དཔེར་ན། སྐན་དག་པ་ལྷང་བུའི་《གྲུ་གཟིངས་ཆེན་པོ་འདིས་ང་ཚོ་ཕ་རོལ་དུ་སྒྲོལ་ཐུབ་བམ་》

ཞེས་པར་"གྲུ་གཟིངས་ཆེན་པོ་འདི་ཆེ་དྲགས་བཞག / སྐེའུ་ཁུང་མི་འདུག སྒོ་མི་འདུག ང་ཚོ། /སྐྱེས་པ་ནས་དེའི་ནང་ལ་འཚོ་དགོས་བྱུང་། ...... བཙོན་ཁང་མ་ཡིན། བཙོན་ཁང་དང་འདྲ་བར་སྣང་བ་ཙམ། / ང་ཚོ་ཆེས་དམའ་ས་སྟེ་ཁྲོན་པའི་གཏིང་ལྟ་བུའི་ཆེས་དམའ་ས་རུ་བསྡད་ནས་ཡར་ནམ་མཁའ་ལ་ལྟ་དུས། ...... གྲུ་གཟིངས་འདིས་མི་ཚོགས་ཀྱི་འཚང་ག་དང་སེམས་ཁྲལ་དང་ཐླུན་རྫོངས་ཁྱེར་ནས་ང་ཚོ་ཁ་ཕྱོགས་གང་ལ་འཁྲིད་ཀྱིན་ཡོད། / ང་ཚོ་ཕ་རོལ་དུ་སླེབས་པར་ད་དུང་གཡོ་སྒྱུ་དང་བཙན་ཤུགས་ཅི་ཙམ་དགོས་" ཞེས་པ་ལྟར་རོ། །

དེའི་ཕྱིར་བདག་དང་འདྲ་བའི་ར་ལོ་ཚོ་གཟིངས་སུ་ཞུགས་ཡུན་རིང་དྲགས་པར་གནོངས་འགྱོད་ཅི་ཡང་མེད་ཀྱང་། ར་ལོའི་ཕྱི་རབས་པ་ཚོ་གཟིངས་སུ་ཞུགས་ཡུན་རིང་དྲགས་ན། གྲགས་རྩོམ《ར་ལོ་》བསྒྲགས་པའི་གོ་སྐབས་འཕྲུག་ཅིང་།《གྲུ་གཟིངས་ཆེན་པོ་འདིས་ང་ཚོ་ཕ་རོལ་དུ་སྒྲོལ་ཐུབ་བམ་》ཞེས་པར་ལན་ལྡོན་རྒྱུའི་ངག་སྒོ་དོག་པོར་གྱུར་བ་བདག་ཅག་ར་ལོ་སྔེར་གྱི་སྐྱོན་དུ་རིག་པར་བྱའོ། །སླད་རྟོགས་པ་སད་པར་བྱའོ། །

༣ པད་མ་ཚེ་བརྟན་གྱི་《གངས་》

རྩོམ་པ་པོ་པད་མ་ཚེ་བརྟན་ནི་བོད་ཀྱི་མདོན་མཚོན་རིང་ལུགས་བརྩམས་སྒྲུང་གི་ཤིང་རྟའི་སྲོལ་འབྱེད་པ་དང་། དེང་རབས་རིང་ལུགས་ཕྱི་མའི་བརྩམས་སྒྲུང་གི་སྒྲུང་གཏམ་པ། བོད་རྒྱ་སྐད་གཉིས་ཀྱི་རྩོམ་པ་པོ། གློག་བརྙན་འཁྲབ་ཁྲིད་པ། འཁྲབ་གཞུང་རྩོམ་པ་པོ་གྲགས་ཅན་བཅས་ཡིན།

འདི་པའི་བརྩམས་སྒྲུང་ཕལ་མོ་ཆེར་མདོན་མཚོན་རིང་ལུགས་བརྩམས་སྒྲུང་གི་མཚོན་པ་ཅན་ཏེ། ཞིབ་འབྲི་སྒྲི་མཚན་དང་། སྤྲོས་བརྗོད་གཟུགས་འགྱུར། ཡུལ་དུས་སྟོལ་མ། ཆློས་བསླངས་ངོ་མཚར་ཅན་ལ་སོགས་པ་དངོས་དང་དངོས་མིན་

ལས་འདས་པའི་རྙིས་འཕྲུལ་དང་། སྒྱུ་འཕྲུལ་གྱི་མཛེས་པ་མངའ་བ་གང་ཞིག དེང་རབས་རིང་ལུགས་ཕྱི་མའི་བརྩམས་སྒྲུང་གསར་པ་དང་། བརྩམས་སྒྲུང་གི་ལོག་པའི་དོན་བརྗོད་གསར་བརྗེའི་སྒྱུ་རྩལ་གྱི་ཉམས་འགྱུར་ལྡན། ལར་གཞི་གྲུབ་རིང་ལུགས་ཀྱི་མཚན་ཉིད་རིག་པའི་མི་ཚེའི་རིན་ཐང་ལྟ་བ་སྟེ། གྲུབ་དོན་སྟོང་པའི་རང་བཞིན་དང་། མི་ཚེ་ནི་སྣང་བ་སྒྱུ་མའི་སྡུག་བསྔལ་གྱི་ངོ་བོར་བཞེད་པའི་བསམ་བློའི་རང་བཞིན་གྱིས་ཁྱབ་གོ།

གསར་རྩོམ་གྱི་བརྒྱུད་རིམ་ལྟར་ན། སྔ་མར་《རྩྭ་ཐང་》དང་། 《གྲོང་ཁྱེར་གྱི་འཚོ་བ་》སོགས་དངོས་ཡོད་རིང་ལུགས་ཀྱི་བྱུང་རིམ་ཞིབ་འབྲིའི་དོན་བརྗོད་ཀྱི་ཉམས་འགྱུར་དང་། ཕྱི་མར་《གངས་》དང་། 《ཨ་ཁུ་ཐོད་པར་བཅར་འདྲིར་ཕྱིན་པ་》སོགས་མདོན་མཚོན་རིང་ལུགས་དང་། དེང་རབས་རིང་ལུགས་ཕྱི་མའི་སྦྲོས་བརྗོད་ཀྱི་སྒྱུ་རྩལ་མཛེས་པ་མཆིས། ཅི་བྲག་ཏུ་གསར་རྩོམ་གྱི་བརྒྱུད་རིམ་ཕྱི་མར་གཡུར་ཟའི་འབྲས་བུ་སྨིན་པ་སྟེ། བོད་ཀྱི་ད་རབས་བརྩམས་སྒྲུང་གསར་རྩོམ་ལ་མདོན་མཚོན་རིང་ལུགས་དང་། དེང་རབས་རིང་ལུགས་ཕྱི་མའི་དོན་བརྗོད་གསར་བརྗེའི་གསར་རྩོམ་གྱི་མྱུར་ལམ་བཤངས་ཤིང་། གཞི་གྲུབ་རིང་ལུགས་ཀྱི་བསམ་བློའི་རླབས་རྒྱུན་བརྩམས་སྒྲུང་གི་གཙོ་རྒྱུན་རྩོམ་སྒྲོལ་གྱི་སྒྲོག་གི་དབང་པོར་གྲུབ།

ཚབ་མཚོན་བརྩམས་ཚོས་སུ་《རྩྭ་ཐང་》དང་། 《ཡུལ་གྱུར་ཧྲང་ལེན་པ་ཞིག་གི་རྙི་ལམ་》《བསླུ་བྲིད་》《ཁ་བ་མེད་པའི་དགུན་ཁ་》《གངས་》《ཨ་ཁུ་ཐོད་པར་བཅར་འདྲིར་ཕྱིན་པ་》སོགས་བརྩམས། སྤྱིར་དངོས་ཡོད་རིང་ལུགས་ཀྱི་བྱུང་རིམ་ཞིབ་འབྲི་དང་། གཏམ་རྒྱུད་སྦྲོས་བརྗོད་ཀྱི་གསར་རྩོམ་གྱི་རྒྱུན་བསྐྱངས་ཤིང་། ལར་མདོན་མཚོན་རིང་ལུགས་དང་། དེང་རབས་རིང་ལུགས་ཕྱི་མའི་གཏམ་རྒྱུད་སྦྲོས་བརྗོད་ཀྱི་མཚོན་ཐབས་གསར་པའི་མྱུར་ལམ་བཤངས་ཏེ། བརྩམས་སྒྲུང་གི་རྣམ་པ་

དང་ནང་དོན་གཉི་གར་དོན་བརྗོད་གསར་བརྗེའི་ཡོ་ལང་དྲག་པོ་བཙམས་སོ། །

སྤྱི་ལོ༡༩༩༩ལོ་ནི་བོད་ཀྱི་ད་རབས་བརྩམས་སྒྲུང་གི་ངོ་མཚར་དུས་རབས་ཤིག་སྟེ། ལོ་དེའི་《སྲྲང་ཆར་》དེབ་གཉིས་པའི་ཐོག་ལོ་རྒྱུས་རང་བཞིན་གྱི་བརྩམས་སྒྲུང་《གངས་》དངོས་སུ་སྤེལ་བས། བོད་ཀྱི་བརྩམས་སྒྲུང་སྟེང་"མངོན་མཚོན་རིང་ལུགས་ཀྱི་བརྩམས་སྒྲུང་"དུ་གྲགས་པའི་བརྗ་ཆད་ཐོག་མར་དར་ཞིང་། ད་རབས་རྩོམ་སྡེགས་སུའང་བརྩམས་སྒྲུང་གི་རྣམ་པ་དང་ནང་དོན་གཉི་གར་གསར་བརྗེ་བྱས་པའི་རྩོམ་རིག་གི་སྣང་ཚུལ་གསར་པའི་ཡོལ་བ་ཐོག་མར་ཕྱེའོ། །

ཡོངས་གྲགས་སུ་《གངས་》ནི་བོད་ཀྱི་དུས་རབས་གསར་པའི་སྲོལ་རྒྱུན་བརྩམས་སྒྲུང་སྟེ། དེང་རབས་རིང་ལུགས་བརྩམས་སྒྲུང་གི་མཚོན་ཐབས་ཉེར་པའི་འཆིང་རྒྱ་ལས་གྲོལ་བ་གང་ཞིག རྒྱ་ཆེའི་གློག་པ་པོའི་ལྟ་གློག་གི་ཚུ་ཚོད་དང་། སྒྲོང་རོལ་གྱི་བློ་སྦྱོང་ལས་ཀྱང་རབ་ཏུ་འགོངས་པས། སྐབས་དེའི་《སྲྲང་ཆར་》གྱི་རྩོམ་སྒྲིག་པའི་སྟེར་ཡང་དུས་དེབ་ཏུ་འགོད་མིན་ཆར་རྩོད་གཞི་བྱུང་བ་འདྲ། འོན་ཀྱང་"མཁས་བརྒྱ་འགྲན་སླེང་དང་། །མེ་ཏོག་མཉམ་བཞད་"ཀྱི་རིག་རྩལ་སྣང་བྱ་དཔྲལ་བའི་མིག་ལྟར་སྲུང་བའི་《སྲྲང་ཆར་》གྱིས་རང་སའི་རྩོམ་རིག་གཞིན་སར་《གངས་》ཀྱི་སྐྱུ་རྩལ་འཚོལ་སླེག་གི་ས་བོན་ཐོག་མར་བཏབ་ཅིང་། མཚོ་སྔོན་ཞིང་ཆེན་སྐབས་བཞི་པའི་རྩོམ་རིག་གསར་རྩོམ་གྱི་བྱ་དགའ་ཡང་ཐོབ། དེའི་ཕྱིར་ད་རབས་རྩོམ་རིག་སྟེར་《གངས་》ལས་འཕྲོས་པའི་གློག་པ་པོའི་གླིང་ཕྱོགས་སྣ་ཚོགས་ཀྱི་གྲག་འགྲུལ་མི་ཉུང་བ་བརྩམས་ཤིང་། རྩོམ་པ་པོ་པད་མ་ཚེ་བརྟན་ཡང་ད་རབས་བརྩམས་སྒྲུང་སྟེའི་རྩོམ་རིག་གི་བརྗ་ཆད་ཐུན་མོང་མ་ཡིན་པ་ཞིག་ཏུ་གཞི་གྲུབ།

གློག་པ་པོའི་གླིང་ཕྱོགས་ལས་འཕྲོས་པའི་གྲག་འགྲུལ་གྱི་རྩ་བ་འདི་འང་རྒྱུ་མེད་རྐྱེན་མེད་ཅིག་མ་ཡིན། གང་ལགས་ཤེ་ན། 《གངས་》ཀྱིས་དངོས་ཡོད་རིང་ལུགས་

ཀྱི་བརྩམས་སྒྲུང་ལྟར་བྱུང་རིམ་ཞིབ་འབྲིའི་དོན་བརྗོད་ཀྱི་སྒྲིག་གཞིར་བརྟེན་ཏེ། མི་སྣའི་སྣང་བརྙན་དཔེ་གཞི་ཅན་འབྲི་བཞེངས་བརྒྱུད་སྒྱུ་རྩལ་ཚུར་སྣང་གི་མཛེས་དཔྱོད་ཀྱི་ཁམས་ནས་ཡུལ་དུས་ཤིག་གི་སྤྱི་ཚོགས་ཀྱི་སྣང་ཚུལ་མཚོན་པའི་བསྟན་དོན་རྗོག་རྗོག་ཅིག་སྨྱོང་རོལ་གྱི་གཞིར་འདྲེན་དཀའ། ཐ་ན་འཛིག་རྟེན་གྲགས་ཚོད་ཀྱི་གདན་ཚིགས་ལས་ཀྱང་རབ་ཏུ་འགོངས་ཏེ། བསྟན་དོན་འདི་ཡིན་དེ་མིན་གྱི་མཐའ་གཉིས་ལས་ཡོངས་སུ་གྲོལ་ཡོད་པས་སོ། །

《གདངས་》ཀྱི་མཚོན་ཐབས་གསར་པའི་སྒྱུ་རྩལ་ཁྱད་ཆོས་དཀྱུས་སུ་འཆད་ན། གཅིག མངོན་མཚོན་རིང་ལུགས་བརྩམས་སྒྲུང་གི་མཚོན་པ་ཅན་གྱི་སྒྱུ་རྩལ་ཉམས་འགྱུར་ལྟར་ན། 《གདངས་》ཀྱིས་སྲོལ་རྒྱུན་བརྩམས་སྒྲུང་གི་བྱུང་རིམ་ཞིབ་འབྲི་དང་། མི་སྣའི་སྣང་བརྙན་འབྲི་བཞེངས་ཀྱི་གསར་རྩོམ་གྱི་དམིགས་ཡུལ་བོར་ཅིང་། དོན་བརྗོད་ཀྱི་སྒྲིག་གཞི་རྙིང་པའི་འཆིང་རྒྱ་ལས་གྲོལ་ཏེ། ཞིབ་འབྲི་སྤྱི་མཚན་དང་། སྲོས་བརྗོད་གཟུགས་འགྱུར། ཡུལ་དུས་སྟོལ་མ། བློས་བསླངས་ངོ་མཚར་ལ་སོགས་པ་དངོས་དང་དངོས་མིན་ལས་འདས་པའི་རྨིས་འཕྲུལ་དང་། སྒྱུ་འཕྲུལ་རང་བཞིན་གྱི་སྣང་བ་སྒྱུ་མའི་སྨྱོང་རོལ་གྱི་ཁམས་ཤིག་བསྐྲུལ་ཡོད།

ཀློག་པ་པོ་ཞིག་ལ་ཆ་མཚོན་ན། མཛེས་དཔྱོད་ཀྱི་ཁམས་འདི་ནི་འཛིག་རྟེན་གྲགས་ཚོད་ཀྱི་གདན་ཚིགས་ལས་ཀྱང་འགོངས་པའི་ཡོད་མིན་མེད་མིན་ལྟ་བུའི་མཐའ་བཞི་སྤྲོས་བྲལ་གྱི་རང་བཞིན་ལས་མ་འདས་པས། གོ་བ་ལེན་མི་བཏུབ་ཅིང་། ཐ་ན་སྨྱོང་རོལ་གྱི་རྒྱུན་ཆད་དེ། བསྟན་དོན་རྗོག་རྗོག་ལྟ་ཅི། ལྷུགས་པས་བུ་རམ་གྱི་རོ་སྨྱོང་ཚུལ་གྱི་སྣང་བ་ཟ་ཟི་ཙམ་ལས་བྲོ་བ་འདིའོ་ཞེས་སྨྲ་བསམ་བརྗོད་མེད་ཀྱི་ཡུལ་དུ་གྱུར་བ་དེའོ། །འདི་ནི་《གདངས་》ཀྱི་སྒྱུ་རྩལ་གྱི་ཉམས་འགྱུར་ལས་མངོན་པའི་སྨྱོང་རོལ་གྱི་ཁམས་ཐུན་མོང་མ་ཡིན་པ་དེའོ། །

《གངས་》ནི་གཏམ་རྒྱུད་སྒྲོས་བརྗོད་ཀྱི་ཚོན་རྩིས་བཞེངས་པའི་སྒྱུ་མའི་ཕོ་བྲང་ཞིག་རེད། སྲོལ་རྒྱུན་རྩོམ་རིག་གི་བློ་སྦྱོང་ལ་གོམས་འདྲིས་ཟབ་པའི་ཀློག་པ་པོ་སུ་ཡང་སྦྱོང་རོལ་གྱི་ལྡེ་མིག་ནམ་ཡང་རག་མི་སྲིད། ཅིའི་ཕྱིར་ཞེ་ན། བྱུང་རིམ་ཞིབ་འབྲི་དང་། མི་སྣའི་སྣང་བརྙན་དཔེ་གཞི་ཅན་འབྲི་བཞེངས་ཀྱི་དོན་བརྗོད་ཞིབ་འབྲིའི་ཁོ་ལག་བོར་ཏེ། གཏམ་རྒྱུད་སྒྲོས་བརྗོད་ཕོར་བུ་གསར་རྩོམ་གྱི་དམིགས་ཡུལ་དུ་བཟུང་ཞིང་། ཁྱད་པར་དུ་ཡུལ་དུས་སྙོལ་མའི་སྒྱུ་རྩལ་གྱི་ཅུད་བརྗོད་མཛེས་པ་དང་། བློས་བསླངས་ངོ་མཚར་བའི་རྫིས་འཕྲུལ་གྱི་རང་བཞིན་ལ་སོགས་པའི་མཚོན་པ་ཅན་གྱི་སྒྱུ་རྩལ་ཉམས་འགྱུར་ཕུན་སུམ་ཚོགས་པས། ཞིབ་འབྲི་སྤྱི་མཚན་དང་། སྒྲོས་བརྗོད་གཟུགས་འགྱུར། ལྗོངས་བཀོད་སྐྲ་བྲིས་ལྟ་བུར་མངོན་པར་མཚོན་ན། མི་སྣའི་སྣང་བརྙན་ལ་ཚུགས་ཐུབ་ཀྱི་རང་བཞིན་དང་། གཏམ་རྒྱུད་ཀྱི་སྒྲོས་བརྗོད་ལ་གཏན་ཚིགས་ཀྱི་རང་བཞིན་མེད་པའི་ཐུན་མིན་ཁྱད་ཆོས་འཛོམས་སོ། །

སྐབས་བབ་ཀྱི་མངོན་མཚོན་རིང་ལུགས་ཞེས་པ་ནི་དེང་རབས་རིང་ལུགས་ཀྱི་སྒྱུ་རྩལ་གྲུབ་མཐའ་ཞིག་སྟེ། "ལ་ཏིན་གྱི་སྐད་དོད་དུ་Expressusཟེར། གོ་དོན་ནི་མཚོན་པ་ཅན་ཏེ། ནང་སེམས་ཀྱི་ཆགས་སྣང་མངོན་པར་མཚོན་བྱེད་ཀྱི་སྒྱུ་རྩལ་གྱི་མཚོན་ཐབས་གསར་པའི་བསམ་བློའི་རླབས་རྒྱུན་"[1]ཞིག་གོ། ཐོག་མར་རི་མོའི་སྡེར་དར། རིམ་བཞིན་རོལ་མོ་དང་། རྩོམ་རིག་སྡེར་དར་ཞིང་རྒྱས། རྩོམ་རིག་སྡེར་ཆ་མཚོན་ན། དུས་རབས་ཉི་ཤུའི་དུས་འགོ་ནས་ལོ་རབས་སུམ་ཅུའི་བར་དར་སྲོལ་ཤིན་ཏུ་ཆེ་བའི་དེང་རབས་རིང་ལུགས་ཀྱི་རྩོམ་རིག་གྲུབ་མཐའ་ཞིག་ཏུ་གྱུར།

ཕྱིར་"སྒྱུ་རྩལ་ནི་དངོས་ཡོད་ཀྱི་མཛེས་པ་ལས་འགོངས་པའི་བསམ་པའི་འདུ་ཤེས་ཡིན་ན། ངེས་པར་དུ་མཚོན་པ་ཅན་གྱི་ལམ་ནས་མངོན་པར་མཚོན་དགོས་པ་

① 杨惠林：《外国文学阅读与欣赏》，〔M〕首都大学出版社1999/9第1版，P545

ལས་སྣང་མཚོན་བྱེ་མི་རུང་”[1]ཞེས་པའི་གསར་རྩོམ་གྱི་རྩ་བའི་བླང་བྱ་ལྟར། མི་སྣའི་སྣང་བརྙན་འབྲི་བཞེངས་གསོན་ཉམས་དོད་པོ་དང་། ལྗོངས་བཀོད་ཞིབ་འབྲི་ཇི་མ་ཇི་བཞིན་མི་མཚོན། ལྟོག་སྟེ་སྤྱི་མཚན་དང་། གཟུགས་འགྱུར་གྱི་སྒྱུ་རྩལ་མཛེས་པ་གསར་རྩོམ་གྱི་བླང་བྱར་བཞེད། སྲོས་བརྗོད་ཀྱི་སྦྲིག་གཞིའང་སིལ་བུའམ་ཐོར་བུའི་ཆ་ཤས་ཀྱིས་གྲུབ་པས། གདམ་རྒྱུད་གྲུང་བསྒྲིགས་པའི་ཁོང་ཐིག་མི་གསལ་ཞིང་། ཡུལ་དུས་ཀྱི་གོ་རིམ་འཚོལ་ལོ། །དེ་བཞིན་སྒྱུ་རྩལ་གྱི་ཝུད་བརྗོད་མཛེས་པ་དང་། བློས་བསླངས་ངོ་མཚར་བའི་ཚིག་རིས་ཀྱི་ཤུགས་བསྟན་ལས་དངོས་དང་དངོས་མིན་ལས་འདས་པའི་རྫིས་འཕྲུལ་དང་། འཕྲུལ་སྣང་ལྟ་བུའི་སྦྱོང་རོལ་གྱི་བསླུ་བྲིད་ཟབ་པའི་ཐུན་མིན་གྱི་ཁྱད་ཆོས་ལྡན།

འཛམ་གླིང་གི་ཤར་ནུབ་རྩོམ་རིག་སྤེར་ཆ་མཚོན་ན། ཚབ་མཚོན་གྱི་རྩོམ་པ་པོ་ནི་ཧྲུ་རན་ཛི་ཁྲ་ཧྲུ་ཁའོ། །འདི་པའི་སྒྲུང་རིང་《མཁར་རྫོང་》དང་། སྒྲུང་འབྲིང་《གཟུགས་འགྱུར་ཟིན་ཐོ་》 དེ་བཞིན་སྒྲུང་ཐུང་《སྡེ་པའི་སྨན་པ་》དང་། 《བཀྲེས་ལྟོགས་ཀྱིས་མནར་བའི་སྒྱུ་རྩལ་པ་》《པུ་ལོམ་ཧྲིའུ་ཧྲ། ལོ་ན་རྒས་པའི་མི་རྒྱུད་ཞིག》ལ་སོགས་པའི་ཚབ་མཚོན་བརྩམས་ཆོས་སུ་མངོན་མཚོན་རིང་ལུགས་ཀྱི་མཚོན་ཐབས་སྤྱད་པར་འདོད་པ་ཁ་གཅིག་གྲག་གི་གདམ་མོ།། ཞིབ་ཕྲ་གཤམ་དུ་འཆད་པར་འགྱུར་རོ། །

《གངས་》ལ་ཆ་མཚོན་ན། ཀ མི་སྣའི་སྣང་བརྙན་ལ་ཚུགས་ཐུབ་ཀྱི་རང་བཞིན་མེད། མི་སྣ་གཙོ་བོ་གངས་ཀྱི་སྣང་བརྙན་རབ་རིབ་དང་། མག་མོག་ཐ་ན་རྒྱུས་མེད་ཅན་དུ་མངོན་པར་མཚོན་ཏེ། ཀླུག་པ་པོའི་སྦྱོང་རོལ་གྱི་མོས་པའི་ཁམས་ལས་ཡོངས་སུ་འགོངས་པའོ། །གངས་ནི་ཁ་བའི་དོན་དང་། ཡང་ན་ལུག་རྫི་གཙོད་

---

[1] 杨惠林：《外国文学阅读与欣赏》，〔M〕首都大学出版社1999/9第1版，P546

པའི་རྐྱེ་ལམ་དུ་རྐྱེས་པའི་ལོ་བཅོ་ལྔའི་སྟོན་གྱི་མཚན་མོ་ཞིག་ཏུ་ཁ་བའི་ཁྲོད་ནས་རྙེད་པའི་བུ་མོ་ཞིག་གི་མིང་དང་། ཡང་ན་ལུག་རྫི་གཙོད་པའི་རྐྱེ་ལམ་དུ་རྐྱེས་པའི་ཚུང་མས་ལོ་བཅོ་ལྔའི་སྟོན་གྱི་མཚན་མོ་ཞིག་ཏུ་ཁ་བའི་ཁྲོད་ནས་རྙེད་པའི་བུ་ཞིག་གི་མིང་ཡང་ངོ་། །

དོན་དམ་དུ་གངས་ཀྱི་སྣང་བརྙན་ལ་ཚུགས་ཐུབ་ཀྱི་རང་བཞིན་དང་། རང་ཚུགས་ཀྱི་གོ་དོན་ཞིག་གཏན་ནས་མེད་པ་སྟེ། ཁ་བའམ། བུ་མོ། ཡང་ན་བུ་ཞིག་གི་མིང་གི་གདགས་གཞི་ཙམ་མོ། །ཡར་ཁ་བ་ལྟར་དཀར་ཞིང་། རང་ལུས་ཟླ་འོད་ལྟར་འོད་ཁྲིག་ཁྲིག་ཏུ་སྣང་བའི་ལུས་པོ་ཕྱི་གསལ་ནང་གསལ་ཅན་གྱི་བུ་ཞིག་ཡིན་ཆོག་ལ། ཡང་ན་བུ་མོ་ཞིག་ཀྱང་ཡིན་ཆོག་པའི་སྒྱུང་རོལ་གྱི་གདམ་ག་དེ་བསྐྱལ་ཏོ། །

“གངས་ནི་ཁ་བའི་དོན་དང་། བུ་མོ་ཞིག་གི་མིང་ཡང་ཡིན་ཏེ། ལོ་བཅོ་ལྔའི་སྟོན་གྱི་མཚན་མོ་ཞིག་ལ། ལུག་རྫི་གཙོད་པས་ཁ་བའི་ཁྲོད་དུ་རྙེད་པའི་བུ་མོ་ཞིག་གི་ཡིན་”ཞེས་པ་དང་། “ཨ། དེ་ནི་དངོས་གནས་བྱིས་པ་ཞིག་རེད། བཙས་མ་ཐག་པའི་བྱིས་པ་དམར་རྗེན་ཞིག་སྟེ། ལུས་པོ་ཧྲིལ་པོ་ཁ་བ་ལྟར་དཀར་ཞིང་ཟླ་འོད་འོག་ཏུ་འོད་ཁྲིག་ཁྲིག་ཏུ་སྣང་”ངོ་། །དེ་བཞིན་“མ་གཞིར་བྱིས་པ་དེའི་ལུས་པོ་ཕྱི་གསལ་ནང་གསལ་ཞིག་ཡིན་ལ། ཡ་ཆུང་ཁོག་གི་དོན་ལྔ་སྣོད་དྲུག་ཀྱང་དབུགས་ཀྱི་རྒྱུ་བ་དང་བསྟུན་ནས་ལྷེམ་ལྷེམ་དུ་འགུལ་བཞིན་པ་མཐོང་ཐུབ་”ཅེས་པ་སོགས་ལས་གངས་ནི་ཁ་བའི་དོན་དང་། ཡང་ན་ལུག་རྫི་གཙོད་པའི་རྐྱེ་ལམ་དུ་ལོ་བཅོ་ལྔའི་སྟོན་གྱི་མཚན་མོ་ཞིག་ཏུ་ཁ་བའི་ཁྲོད་ནས་རྙེད་པའི་ལུས་པོ་ཕྱི་གསལ་ནང་གསལ་གྱི་བུ་ཞིག་གི་མིང་ཡིན།

“གངས་ཀྱིས་གར་སྐྱིགས་སུ་སླུ་ལེན་བཞིན་པའི་བུ་མོ་དེ་ལ་ཅེར་ནས་ཏད་”ཅེང་། སློབ་གྲོགས་དཔལ་འབྱོར་གྱིས་“མོའི་མིང་ལའང་གངས་ཟེར། …… ད་ལྟ་

ཞིབ་བསྟུར་ཞིག་བྱས་ཚེ་ཕོ་མོའི་དབྱེ་བ་ཙམ་ལས་ཁྱད་གཉིས་ཀའི་ཕྱིའི་རྣམ་པ་དང་ལུས་ཀྱི་སྐྱེ་གཟུགས་ངོ་མ་ཨ་ན་མ་ན་རེད། ...... མོ་ཁ་བ་ལྟར་དཀར་ཟེར། སློབ་གྲོགས་ལ་ལས་བཤད་པ་ལྟར་ན་མོའི་ལུས་པོ་ནི་ཤེལ་ཕུང་བཞིན་ཕྱི་གསལ་ནང་གསལ་དུ་སྣང་ཟེར ......” ཞེས་བཤད་པ་ལྟར། གངས་ནི་གངས་དང་མཚོ་མ་ལྟར་སྣང་བའི་སྨྱུ་མ་ཞིག་སྟེ། ལུག་རྫི་གཙོད་པའི་རྨི་ལམ་དུ་རྨིས་པའི་ཚུང་མས་ལོ་བཅོ་ལྔའི་སྔོན་གྱི་མཚན་མོ་ཞིག་ཏུ་ཁ་བའི་ཁྲོད་ནས་རྙེད་པའི་ལུས་པོ་ཕྱི་གསལ་ནང་གསལ་གྱི་བུ་མོ་ཞིག་གི་མིང་ཡང་ངོ་། །

སྤྱིར་མི་སྣ་གཙོ་བོ་གངས་ལ་ར་ལོ་ལྟ་བུའི་མི་སྣའི་སྣང་བརྙན་དཔེ་གཞི་ཅན་གྱི་རང་གཤིས་མེད། ཐ་ན་ལུས་པོ་ཕྱི་གསལ་ནང་གསལ་ཡིན་ཞེས་པའི་ཞིབ་འབྲི་རགས་པ་འདིའང་གངས་ཀྱི་སྣང་བརྙན་ལ་སྨྱོང་རོལ་བྱེད་ཐབས་ཀྱི་ཁོང་ཐིག་ཏུ་ནམ་ཡང་འགྱུར་མི་བཏུབ། གངས་ནི་གོ་དོན་དང་། མཚོན་དོན་གྱི་འཁོར་རྒྱ་ལས་འདས་པའི་བརྡ་རྟགས་ཤིག་སྟེ། བཏགས་དོན་བཙལ་ནས་མ་རྙེད་པའི་བདག་བཏགས་པ་བ་ཐ་སྙད་མིང་རྐྱང་གི་གཞིར་འཛུག་པ་གང་ཞིག ལུས་པོ་ཕྱི་གསལ་ནང་གསལ་གྱི་ཞིབ་འབྲི་རགས་པ་ལས་གཏུག་སེམས་ཕྲ་མོའམ། ཁམས་བདེ་གཤེགས་སྙིང་པོ་སྟེ། མིའི་འགྲོ་བ་ལྟ་ཅི། སེམས་ཅན་རིས་མེད་ཀྱི་རྒྱུད་དུ་རང་ཆས་སུ་ཡོད་པའི་གཉུག་སེམས་དྲི་མེད་དམ། ཀ་དག་མི་གཞི་དྲི་མེད་སྟོན་བྱེད་ཀྱི་བརྡ་རྟགས་ཤིག་ཏུའང་གྱུར་སྙམ།

གངས་ནི་མཚན་ཉིད་རིག་པའི་མི་ནུབ་པའི་བརྗོད་གཞི་སྟེ། “བདག་ཅི་ཞིག” ཅེས་པའི་བཏགས་དོན་བཙལ་ནས་མ་རྙེད་པའི་བདག་བཏགས་པ་བའི་བརྡ་རྟགས་སམ། ཡང་ན་“བདག་གང་ནས་འོངས། གང་དུ་ཆས” ཞེས་པའི་གདགས་གཞི་བདག་བྱ་བ་སྣང་བ་སྒྱུ་མའི་འཇིག་རྟེན་ན་བདེན་པར་མ་གྲུབ་ཅིང་། སྔགས་མཁན་གྱི་སྔགས་རྫས་བཏབ་པའི་སྒྱུ་མའི་རྟ་གླང་ལྟ་བུའི་མིང་རྐྱང་བཏགས་པ་བའི་བརྡ

རྟགས་ཤིག་གོ།

གངས་ཀྱི་སྣང་བརྙན་རབ་རིབ་དང་། མག་མོག ཐ་ན་རྒྱུས་མེད་ཅན་འདི་བརྗ་རྟགས་ཤིག་གམ། བཏགས་དོན་བཙལ་ནས་མ་རྙེད་པའི་བདག་བཏགས་པ་བའི་ངོ་བོ་སྟེ། རང་བཞིན་བདེན་པར་མ་གྲུབ་པའི་མིང་རྐྱང་གི་ངོ་བོར་ཟད། དཔེར་ན། གཞི་གྲུབ་རིང་ལུགས་ཀྱི་འཁྲབ་གཞུང་རྩོམ་པ་པོ་སྨུ་མུའར་པེག་ཁེ་ཐེའི་《ཀོ་ཏོར་བསྒུགས་པ་》ཞེས་པར་མི་ལྤོམ་གཉིས་ཀྱིས་གྲོང་གསེབ་ཀྱི་སྲང་ལམ་འགྲམ་གྱི་སྡོང་སྐམ་འོག་སྒུག་བཞིན་པའི་སྐུ་ཞབས་ཀོ་ཏོར་ལྟ་བུ་སྟེ། མི་ལྤོམ་གཉིས་ལ་ཆ་མཚོན་ན། སུར་ཡང་ཆ་རྒྱུས་ཡེ་ནས་མེད། ཀོ་ཏོར་ནི་དཀོན་མཆོག་གི་གདགས་གཞིའམ། ཡང་ན་ཅི་ཡང་ཡིན་ཆོག་པའི་བརྗ་རྟགས་ཤིག་རེད། མི་ལྤོམ་གཉིས་ཀྱིས་རང་ཉིད་ཀྱིས་སྒུག་བཞིན་པའི་སྐུ་ཞབས་ཀོ་ཏོར་ལ་ཆ་རྒྱུས་ཡེ་ནས་མེད་པ་ལྟར་རང་རེའི་ཀློག་པ་པོ་སུས་ཀྱང་གངས་ལ་རྒྱུས་མངའ་ཡོན་ཐབས་བྲལ། གང་ལགས་ཤེ་ན། གངས་ནི་ནམ་ཡང་བརྗ་རྟགས་སམ། བཏགས་དོན་བཙལ་ནས་མ་རྙེད་པའི་བདག་བཏགས་པ་བའི་གདགས་གཞི་ཡིན་པའི་ཕྱིར་རོ། །

ཁ། གཏམ་རྒྱུད་སྒྲོས་བརྗོད་ལ་གཏན་ཚིགས་ཀྱི་རང་བཞིན་མེད། 《གངས་》ཀྱིས་དེང་རབས་རིང་ལུགས་ཀྱི་གཙོ་རྒྱུན་རྩོམ་སྒྲོལ་དུ་གྲུབ་པའི་དངོས་ཡོད་རིང་ལུགས་ཀྱི་བརྩམས་སྒྲུང་སྟེ། སྒྲོལ་རྒྱུན་བརྩམས་སྒྲུང་གི་བྱུང་རིམ་ཞིབ་འབྲི་དང་། མི་སྣ་འབྲི་བཞེངས་ཀྱི་རྩོམ་པའི་རྣམ་གཞག་དོར་ཏེ། གཏམ་རྒྱུད་སྒྲོས་བརྗོད་གསར་རྩོམ་གྱི་དམིགས་ཡུལ་དུ་ལྷུར་ལེན་བྱས་ཡོད། སྒྲོས་བརྗོད་ཀྱི་སྒྲིག་གཞིའང་སེལ་བུའམ། ཐོར་བུའི་ཆ་ཤས་ཀྱིས་གྲུབ་པས། གཏམ་རྒྱུད་གུང་བསྒྲིགས་པའི་ཐིང་ཐིག་མི་གསལ་ཞིང་། ཡུལ་དུས་ཀྱི་གོ་རིམ་འཚོལ་ལོ། །ཁྱད་པར་དུ་གཏམ་རྒྱུད་ཀྱི་ཚིག་རིས་ལ་སྒྱུ་རྩལ་གྱི་ཡུད་བརྗོད་མཛེས་པ་དང་། བློས་བསླངས་ངོ་མཚར་བའི་སྦྱོང་རོལ་

གྱི་བསླུ་བྲིད་ཟབ་པའི་མཚོན་པ་ཅན་གྱི་ཉམས་འགྱུར་ཟམད་དུ་བྱུང་བ་མཆིས་སོ། །

གཏམ་རྒྱུད་སྒྲོས་བརྗོད་ཀྱི་ཁོང་ཐིག་ཡུལ་དུས་སྙོལ་ཞིང་། སིལ་བུའམ། ཐོར་བུའི་ཆ་ཤས་ཀྱི་ངོ་བོར་མངོན་པའི་རྐྱི་ལམ་གསུམ་སྟེ། ལུག་རྫི་གཙོད་པས་རྨིས་པའི་རྨི་ལམ་དང་། ཁོའི་ཆུང་མས་རྨིས་པའི་རྨི་ལམ། དེ་བཞིན་གཏམ་རྒྱུད་མཇུག་སྒྲིལ་ཁར་ལུག་རྫི་གཙོད་པ་དང་། ཁོའི་ཆུང་མ། སྲིད་གཞུང་གི་ལས་བྱེད་པ། སྡེ་དཔོན། ཙྪ་ཐང་གི་མི་རྣམས་ཀྱིས་མཉམ་གཅིག་ཏུ་རྨིས་པའི་རྨི་ལམ་རིགས་འདྲ་བཅས་ཀྱི་མཐོང་སྣེས་གྲུབ། རྨི་ལམ་ཡང་རྨི་ལམ་ལྟར་འཕྲུལ་སྣང་གི་འཆར་སྒོ་དང་། དངོས་ཡོད་ལྟར་མངོན་སུམ་དབང་པོའི་སྤྱོད་ཡུལ་ཏེ། དངོས་དང་དངོས་མིན་ལས་འདས་པའི་སྣང་བ་སྒྱུ་མའི་དཔེ་ཏུ་དྲངས་པའོ། །

གཏམ་རྒྱུད་ཀྱི་གོ་རིམ་རྨི་ལམ་གྱི་མཐོང་སྣེའི་སྒྲོས་བརྗོད་ཀྱིས་གྲུང་བསྒྲིགས་པས། སྒྲོས་བརྗོད་ཀྱི་གཏན་ཚིགས་བོར་ཞིང་། གཏམ་རྒྱུད་རྩེལ་པོའི་རྣམ་པའང་སྐྱེ་བྲིས་ཤིག་ལྟར་གསོན་ཉམས་ཅི་ཡང་མེད། སྤྱིར་མངོན་མཚོན་རིང་ལུགས་ཀྱི་མཚོན་པ་ཅན་ཏེ། རྩོམ་པ་པོས་རྟོག་པ་འོག་འགྱུའི་ཚོར་བ་ཟ་ཟི་མངོན་པར་མཚོན་པ་གང་ཞིག བྱུང་རིམ་ཞིབ་འབྲི་དང་། སྣང་བརྙན་འབྲི་བཞེངས་ཀྱི་སྒྱུ་རྩལ་སྣར་མཚོན་འཛོམ་བྱར་བཞེད་དེ། ཞིབ་འབྲི་སྤྱི་མཚན་དང་། སྒྲོས་བརྗོད་གཟུགས་འགྱུར་གྱི་རྣམ་པར་མངོན་པར་མཚོན་ནོ། །

འདི་ནི་《གངས་》ཀྱི་ཐུན་མོང་མ་ཡིན་པའི་གཏམ་རྒྱུད་སྒྲོས་བརྗོད་ཀྱི་ཁྱད་ཆོས་ཆེན་པོ་ཞིག་སྟེ། ལུག་རྫི་གཙོད་པས་རྨིས་པའི་རྨི་ལམ་དང་། ཁོའི་ཆུང་མས་རྨིས་པའི་རྨི་ལམ། དེ་བཞིན་ཙྪ་ཐང་གི་མི་ཚང་མས་མཉམ་གཅིག་ཏུ་རྨིས་པའི་རྨི་ལམ་རིགས་འདྲ་སྟེ། རྨི་ལམ་གསུམ་གྱི་མཐོང་སྣེ་ལས《གངས་》ཀྱི་གཏམ་རྒྱུད་སྒྲོས་བརྗོད་ཀྱི་ཁོང་ཐིག་མཐོང་ཐུབ། རྨི་ལམ་དེ་དག་ཀྱང་སྲིད་བུར་བརྒྱུས་པའི་མུ་ཏིག

རྫོག་པོ་ལྟར་གོ་རིམ་རིམ་ཅན་མ་ཡིན། ལྷོག་སྐྱེ་ཡུལ་དུས་སྟོལ་མ་དང་། གཟུགས་འགྱུར་གྱི་རྣམ་པས་ཅི་ལྟར་ཡང་སེལ་བུ་དང་། ཚོ་མེད་པའི་རྣམ་པར་གྲུབ་པོ། །

"མཚན་མོ་དེའི་རྨི་ལམ་ཁྲིད། ལུག་རྫི་གཙོད་པས་རང་གི་ཆུང་མ་ཡིན་ཟེར་བའི་བུད་མེད་ཅིག་གིས་བྱིས་པ་དམར་རྗེན་ཞིག་པང་ནས་ཁ་བ་ལྷབ་ལྷུབ་བབས་པའི་ཁྲོད་ཚབ་ཚུབ་དང་བསྐྱོད་བཞིན་པ་རྨིས།" ཤིང་། "རྨི་ལམ་ཁྲོད་ཀྱི'ཆུང་མ'དང་བྱིས་པ་གཉིས་ཀྱི་གཟུགས་བརྙན་གསལ་ལེར་སྣང་།" འོན་ཀྱང་"རྨི་ལམ་ཁྲོད་ཀྱི་བུད་མེད་དེ་དང་བྱིས་པ་དམར་རྗེན་གཉིས་ལ་དེ་བས་ཆ་རྒྱུས་མེད།" དེའི་ཕྱིར"ཉིན་ཞག་ཕྲེང་བ་རེ་རེ་བཞིན་འདས་ཤིང་། རང་གི་ཆུང་མ་ཡིན་ཟེར་བའི་བུད་མེད་དེ་ཐེངས་གང་མང་ལ་ལུག་རྫི་གཙོད་པའི་རྨི་ལམ་གྱི་ཞིང་ཁམས་སུ་མངོན་པས། དེ་ལ་འཆང་བའི་དྲན་གདུང་གི་སེམས་པའང་ཉིན་རེ་བཞིན་ཇེ་དྲག་ཏུ་གྱུར།" རོ། །འདི་ནི་ལུག་རྫིའི་གཙོད་པས་རྨིས་པའི་རྨི་ལམ་མོ། །

"བུ་ལགས། ད་ནི་ཁྱོད་ཀྱིས་ཡོད་ཚད་ཤེས་རན་ལ་སླེབས་འདུག ཁྱོད་ནི་ལོ་བཅོ་ལྔའི་སྔོན་གྱི་ཟླ་འོད་ཡོད་པའི་མཚན་མོ་ཞིག་ལ་ངས་ཁ་བའི་ནང་ནས་རྙེད་པ་ཡིན། ཁྱོད་གང་གི་ཡིན་པ་དང་ཕ་མ་སུ་ཞིག་ཡིན་པ་ངས་ཀྱང་མི་ཤེས། གང་ལྟར་མིང་ནི་ངས་རྗེས་སུ་བཏགས་པ་ཡིན།" ནོ། །འདི་ནི་ལུག་རྫི་གཙོད་པའི་ཆུང་མས་རྨིས་པའི་རྨི་ལམ་མོ། །

"མཚན་མོ་དེར། སྲིད་གཞུང་གི་ལས་བྱེད་པ་དང་། དེ་གའི་སྡེ་དཔོན། ད་དུང་རྩ་ཐང་གི་མི་གཞན་ཚང་མས་མཉམ་གཅིག་ཏུ་རྨི་ལམ་རིགས་འདྲ་ཞིག་རྨིས། རྨི་ལམ་དུ་དབུ་སྐྲ་དང་སྨ་ར་དུང་ལྟར་དཀར་བའི་བགྲེས་པོ་ཞིག་གིས་ཁོང་ཁྲོའི་ངང'གངས་དང་གངས་ནི་གངས་རིའི་ཁྲིའུ་ཡིན། ཁྱེད་ཚོས་དྲིན་ལན་ལོག་འཇལ་བྱེད་མི་རུང' ཞེས་བཤད།" ཅེང་། "དེ་བཞིན་ལུག་རྫི་གཙོད་པ་དང་ཁོའི་ཆུང་མས

ཀྱང་རྨི་ལམ་ཞིག་རྨིས་བྱུང་སྟེ། དབུ་སྐྲ་དང་སྨ་ར་དུང་ལྟར་དཀར་བའི་བགྲེས་པོ་ཞིག་གིས‘གངས་དང་གངས་ནི་གངས་རིའི་ཁྲིའུ་ཡིན། ཕོ་གཉིས་ཀྱི་མཐའ་མཇུག་གི་གནས་མལ་གངས་རི་ཡིན་པས། ད་ཕྱིར་བསླེབས་རན་འདུག བདག་གིས་སྙིང་ཐག་པ་ནས་ཁྱེད་གཉིས་ལ་བཀའ་དྲིན་ཆེ་ཞུ’ཞེས་འཛུམ་ཤིག་ཤིག་གིས་བཤད་རྗེས་མི་སྣང་བར་གྱུར”སོང་། འདི་ནི་ལུག་རྫི་གཙོད་པ་དང་། ཕོའི་ཆུང་མ་སོགས་རྩ་ཐང་གི་མི་ཚང་མས་མཉམ་གཅིག་ཏུ་རྨིས་པའི་རྨི་ལམ་རིགས་འདྲ་དེའོ། །

རྨི་ལམ་གསུམ་གྱི་མཐོང་སྣེ་ལས་བརྩམས་པའི་གཏམ་རྒྱུད་སྤྲོས་བརྗོད་ཀྱི་ཁོང་ཐིག་གིས《གངས》ཀྱི་དོན་བརྗོད་ཀྱི་གྲུབ་ཆ་རྟིལ་པོ་བཟུང་ཞིང་། རྩོམ་མཇུག་ལེགས་པར་སྒྲིལ་ཡོད། བྱེ་བྲག་ཏུ་རྨི་ལམ་གསུམ་གྱི་རྨིས་ཚུལ་ཕྱི་དོན་ཡུལ་དུས་ཀྱི་གོ་རིམ་ལྟར་མ་ཡིན། ལྡོག་སྟེ་མི་སྣའི་སེམས་ཁམས་ཀྱི་ཡུལ་དུས་ལྟར་གོ་རིམ་འཚོལ་ཞིང་། ཡུལ་དུས་སྟོལ་མའི་ཤུགས་བསྟན་ལས་སྤྱི་མཚན་དང་། གཟུགས་འགྱུར་གྱི་རྣམ་པའི་མཚོན་པ་ཅན་གྱི་སྒྱུ་རྩལ་མཛེས་པའི་རང་མདངས་ཀྱིས་ཕྱུག་གོ། འདི་ནི《གངས》ཀྱི་དངོས་མེད་ཀྱི་ཆ་སྟེ། རྨི་ལམ་སྤྲོས་བརྗོད་ཀྱི་འཕྲུལ་སྣང་གི་རྣམ་པའི་མཛེས་པ་དེའོ། །

སྤྲོས་བརྗོད་ཀྱི་མཐོང་སྣེ་གཞན་ཏེ། རྨི་ལམ་དང་ངོ་བོ་དབྱེར་མེད་དུ་འདྲེས་པའི་དངོས་ཡོད་སྤྲོས་བརྗོད་ཀྱི་ཆ་དེའོ། །ཕྱིར་རང་ཚུགས་ཀྱི་མཛེས་པ་མངོན་ཐབས་མེད་སོད། རྨི་ལམ་དང་ལྟོས་གྲུབ་ཏུ་གྱུར་དུས་གཞི་ནས་དངོས་དང་དངོས་མིན་ལས་འདས་པའི་རྨིས་འཕྲུལ་དང་། སྒྱུ་འཕྲུལ་ལྟ་བུའི་སྒྱོང་རོལ་གྱི་བསླུ་བྲིད་ཤིན་ཏུ་ཟབ་པོ་མངོན་ནོ། །

ལུག་རྫི་གཙོད་པར་ཆ་མཚོན་ན། བུ་མོ་གངས་དང་། ཆུང་མ་གཉེ་ག་རྨི་ལམ་དུ་རྨིས་ཤིང་། སླར་རྨི་ལམ་ནས་རྗེད་དེ། མཐར་དངོས་ཡོད་འཚོ་བའི་ཁྲོད་

དུ་མཚན་ཉིད་ཚང་བའི་བུ་མོ་དང་། ཆུང་མར་གྱུར་ཅིང་། ཁོའི་ཆུང་མར་ཆ་མཚོན་ནའང་། བུ་གངས་དང་། ཕྱི་བོ་གཉི་ག་ རྨི་ལམ་དུ་རྨིས་ཤིང་། སླར་རྨི་ལམ་ནས་རྙེད་དེ། མཐར་དངོས་ཡོད་འཚོ་བའི་ཁྲོད་དུ་མཚན་ཉིད་ཚང་བའི་བུ་དང་། ཕྱི་བོར་གྱུར་ཡོད། འདི་ནི་ལུག་རྫི་གཅོད་པ་དང་། ཁོའི་ཆུང་མ། དེ་བཞིན་བུ་གངས་དང་། བུ་མོ་གངས་བཅས་མི་སྣ་བཞིས་མྱངས་པའི་རྨི་ལམ་གྱི་ཁ་དོག་ལྡ་བུའི་སྣང་བ་སྒྱུ་མའི་མི་ཚེའི་སྐྱོ་གར་ཞིག་དང་། གློག་པ་པོའི་སྙིང་རོལ་གྱི་གདམ་ག་ལས་འགོངས་པའི་དངོས་དང་དངོས་མིན་ལས་འདས་པའི་སྣང་བ་སྒྱུ་མའི་འཆར་སྣོ་ཞིག་ཀྱང་ཡིན་ཚོག དེའི་ཕྱིར་《གངས་》ཀྱི་དངོས་ཡོད་དང་རྨི་ལམ་ལྷོས་གྲུབ་ཏུ་གྱུར་བའི་དངོས་དང་དངོས་མིན་ལས་འདས་པའི་རྨིས་འཕྲུལ་དང་། སྒྱུ་འཕྲུལ་གྱི་ཞིང་ཁམས་དེ་ སྲུར་ཡང་ཆ་རྒྱུས་མེད། ནམ་ཡང་སྨྲི་མཚན་དང་། གཟུགས་འགྱུར་བའི་བརྡ་རྟགས་ཤིག་སྟེ། སྣང་བ་སྒྱུ་མའི་མཐུན་དཔེའི་རྗེས་འགྲོར་སྣམ།

ཁ་ཅིག་མངོན་མཚོན་རིང་ལུགས་ཀྱི་གཏམ་རྒྱུད་སྲོས་བརྗོད་ཀྱི་རྣལ་མ་གོ་བར་གངས་དང་གངས་ཀྱིས་རྫ་ཐང་གི་སློབ་ཆུང་དུ་དགེ་རྒན་གྱི་བྱ་བ་བསྒྲུབས་ཤིང་། ལུས་གཟུགས་བཤམས་སྟོན་བྱས་ཏེ། འབྲོག་ཁུལ་གྱི་གངས་སྐྱོན་གྱི་གནོད་པ་བཟློགས། མཐར་མཐའ་མཐུག་གི་གནས་མལ་གངས་རིའི་ཁྲོད་དུ་ཕེབས་པའི་སྐྱོ་གར་འདི་སྨྲུལ་ལ་རྐང་ལག་བྲིས་པ་ལྡ་བུའི་བྱུང་རིམ་ཟློས་སྐྱོན་ནམ། མཁོ་མེད་དེ། 《གངས་》ཀྱི་དོན་བརྗོད་ཀྱི་སྐྱོན་ཆར་ཁས་འཆེས་པའི་རི་བོང་གནམ་རྗེབ་ཀྱི་རྟུལ་ཞུགས་འཆང་ངོ་། །

འདི་ནི་ཤིན་ཏུ་མི་འོས་པ་སྟེ། མངོན་མཚོན་རིང་ལུགས་ཀྱི་དོན་བརྗོད་ཀྱི་ཁོང་ཐིག་ནི་གཏམ་རྒྱུད་ཀྱི་སྲོས་བརྗོད་དོ། །དེའི་ཕྱིར་དངོས་ཡོད་རིང་ལུགས་ལྟར་བྱུང་རིམ་ཞིབ་འཕྲིའི་ངལ་བ་ལྷུར་མི་ལེན་ན། མི་སྣའི་རང་གཤིས་དང་རྒྱུ་འབྲས་

ཀྱི་འབྲེལ་བར་གྲུབ་པའི་བྱུང་རིམ་དང་། བྱུང་རིམ་ཕྲ་རབ་ཀྱི་ཡན་ལག་རྩོམ་པའི་རྣམ་གཞག་ཏུ་མ་ངེས་སོ། །ཁྱད་པར་དུ་《གཏམ་》གྱིས་དངོས་ཡོད་དང་རྨི་ལམ་ལྷོས་གྲུབ་ཏུ་གྱུར་བའི་གཏམ་རྒྱུད་སྒྲོས་བརྗོད་ཀྱི་ཁོང་ཁྲིག་ལས་དངོས་དང་དངོས་མིན་ལས་འདས་པའི་སྒྱུ་རྩལ་གྱི་མཛེས་པ་མངོན་པར་མཚོན་ཕྱིར། དངོས་ཡོད་འཚོ་བའི་ཁ་དོག་བཀྲ་བའི་གཏམ་རྒྱུད་སྒྲོས་བརྗོད་ཀྱི་ཁོང་ཁྲིག་དངོས་མེད་ཀྱི་རྨི་ལམ་ཏེ། རྫ་ཐང་གི་མི་ཚང་མས་མཉམ་གཅིག་ཏུ་རྨིས་པའི་རྨི་ལམ་རིགས་འདྲ་དེའི་མཐོང་སྣེར་གཞི་གཅིག་ཏུ་འདུས་ཡོད།

སྤྱིར་ཡུལ་དུས་སྟོལ་མའི་རྩོལ་གྱིས་གྲུང་བསྒྲིགས་པའི་གཏམ་རྒྱུད་ཀྱི་སྒྲོས་བརྗོད་སིལ་བུའམ། ཐོར་བུའི་རྣམ་པས་ཁ་ཐོར་དུ་གནས་ཤིང་། ལར་གཏམ་རྒྱུད་སྒྲོས་བརྗོད་ལ་གཏན་ཚིགས་ཀྱི་རང་བཞིན་བོར་ཀྱང་། རྨི་ལམ་གྱི་མཐོང་སྣེས་དགོད་ཚུ་སྣ་མི་གཅིག་རྒྱ་མཚོར་འདུས་པའི་དཔེ་ལྟར་གོང་བུར་སྒྲིལ་ཏེ། ཞིབ་འབྲི་སྤྱི་མཚན་དང་། སྒྲོས་བརྗོད་གཟུགས་འགྱུར་ལྟ་བུའི་མངོན་མཚོན་རིང་ལུགས་ཀྱི་སྒྱུ་རྩལ་ཉམས་འགྱུར་མངོན་པར་མཚོན་པ་གང་ཞིག དངོས་དང་དངོས་མིན་ལས་འདས་པའི་རྨིས་འཕྲུལ་དང་། སྒྱུ་འཕྲུལ་ལྟ་བུའི་སྣང་བ་སྒྱུ་མའི་མཛེས་དཔྱོད་ཀྱི་ཁམས་བཤམས་ཡོད། འདི་ནི་བྱུང་རིམ་ཐློས་སྐྱོན་ནམ། མགོ་མེད་དེ། 《གཏམ་》ཀྱི་དོན་བརྗོད་ཀྱི་སྐྱོན་ཆ་མིན། ལོག་སྟེ་བྱུང་རིམ་ཞིབ་འབྲིའི་མཚོན་ཐབས་ལས་རབ་ཏུ་འགོངས་པའི་《གཏམ་》ཀྱི་སྒྲོས་བརྗོད་ལྷུར་ལེན་བྱས་པའི་མཚོན་པ་ཅན་གྱི་དོན་བརྗོད་ཀྱི་ངོ་བོར་ཟད་དོ། །

གཅིག་ཤོས། དེང་རབས་རིང་ལུགས་ཕྱི་མའི་བརྩམས་སྒྲུང་གི་སྒྱུ་རྩལ་ཉམས་འགྱུར་ལྟར་ན། 《གཏམ་》ནི་བརྩམས་སྒྲུང་གསར་པའམ། བརྩམས་སྒྲུང་གི་ལྷོག་པ་ཞེས་བྱ་བའི་དོན་བརྗོད་གསར་བརྗེའི་མཚོན་ཐབས་གསར་པའི་རྣམ་པའི་བྱེ་

བྲག་ཅིག་གོ།

"བརྩམས་སྒྲུང་གསར་པར་བརྩམས་སྒྲུང་གི་ལྟོག་པ་ཞེས་ཀྱང་ཟེར། འདི་ནི་དུས་རབས་ཉི་ཤུའི་ལོ་རབས་ལྔ་བཅུར་རྡ་རན་སིར་དར་ཞིང་། ལོ་རབས་དྲུག་ཅུར་དར་སྤྲོལ་ཤིན་ཏུ་ཆེ་བའི་གཙོ་རྒྱུན་རྩོམ་སྤྲོལ་དུ"[1]གྱུར། ཕྱིར"སྤྲོལ་རྒྱུན་བརྩམས་སྒྲུང་གི་མི་སྣའི་སྣང་བརྙན་འབྲི་བཞེངས་དང་། སེམས་ཁམས་ཞིབ་འབྲིའི་དོན་བརྗོད་ལ་གསར་བརྗེ་བྱས་ཏེ། མི་སྣ་གཙོ་བོའི་སྣང་བརྙན་དང་། མི་སྣའི་གོ་བབ་ལྟེ་བར་བཟུང་བའི་གཙོ་རྒྱུན་རྩོམ་སྤྲོལ་དོར"[2]བ་ནི་སྒྱུ་རྩལ་གྱི་རྩ་བའི་ བླང་བྱའོ། །

ལུགས་འདི་ནི་རྩོམ་པ་པོ་དང་རྩོམ་ཆོས་ལྟོས་མེད་དུ་གྱུར་བའི་སྒྲོས་བརྗོད་ཆིག་རྐྱང་སྟེ། རྩོམ་པ་པོའི་ཚོར་བའི་ཆགས་སྡང་ཚོད་འཛིན་བྱས་ཏེ། ཕྱི་དོན་གྱི་སྣང་ཚུལ་གཙོ་བོར་མཚོན་ན། བརྩམས་སྒྲུང་གི་མི་སྣ་གཙོ་བོར་སྣང་བརྙན་དང་། འབོད་པའི་ཐ་སྙད། ཐ་ན་རུས་རྒྱུད་དང་། མིང་གི་འབོད་ཚུལ་ཡང་མེད་པའི་སྣང་བརྙན་རབ་རིབ་ཏུ་མཚོན་པའི་དོན་བརྗོད་གསར་བརྗེའི་མཚོན་ཐབས་ཤིག་ལས་མ་འདས།

《གངས་》ཀྱི་མི་སྣ་གཙོ་བོའི་སྣང་བརྙན་ཡང་དེ་ལྟ་དེ་ལྟར་ཏེ། འབོད་པའི་ཐ་སྙད་ཅི་ཡང་མི་འཇུག གངས་ནི་ཁ་བའི་དོན་དང་། བུ་མོ་ཞིག་གམ། ཡང་ན་བུ་ཞིག་གི་མིང་ཡང་ཡིན་པ་སྟེ། རུས་རྒྱུད་དང་། མིང་གི་འབོད་ཚུལ་ལྟ་ཅི། ཕོ་མོའི་དབྱེ་བ་མེད་ཅིང་། ཐ་ན་འཛིག་རྟེན་གྲགས་ཚོད་ཀྱི་རྒྱུ་འབྲས་སམ། གཏན་ཚིགས་ཀྱི་གོ་ཚུལ་ལས་ཀྱང་རབ་ཏུ་འགོངས་ཏེ། གོ་དོན་ནམ། གོ་ཚུལ། ཐ་ན་མཚོན་དོན་ཅི་ཡང་མེད་པའི་བརྡ་རྟགས་ཀྱི་ངོ་བོར་གྱུར་ཡོད།

དོན་བརྗོད་གསར་བརྗེའི་མཚོན་ཐབས་འདིར་རྩོམ་པ་པོ་ནི་རྩོམ་ཆོས་གསར་

① 哈罗德·布鲁姆:《小说家与小说》,〔M〕译林出版社2018/10第1版,P498
② 哈罗德·布鲁姆:《小说家与小说》,〔M〕译林出版社2018/10第1版,P512

རྩོམ་གྱི་བྱེད་པ་པོ་མིན། ལྟོག་སྟེ་མི་སྣ་གཙོ་བོ་དང་འབྲེལ་བའི་གཏམ་རྒྱུད་ཅི་རིགས་ཀྱི་སྒྲོས་བརྗོད་པ་སྟེ། རམ་འདེགས་སམ། གཞོགས་འདེགས་ཚུལ་གྱི་ཟུར་བཞུགས་པའོ། །རྩོམ་པ་པོ་དང་རྩོམ་ཆོས་འབྲེལ་མེད་དམ། ལྟོས་མེད་དུ་གནས་པས། མི་སྣ་གཙོ་བོ་རྩོམ་ཆོས་ཀྱི་ལྟེ་བར་མ་གྱུར་ཅིང་། རྩོམ་ཆོས་ཧྲིལ་པོ་ནི་མི་སྣའི་སྣང་བརྙན་དང་འབྲེལ་མེད་ཀྱི་གཏམ་རྒྱུད་སྒྲོས་བརྗོད་ཀྱི་དོན་བརྗོད་རིགས་སུ་གཏོགས། དེ་ལྟ་བུའི་རྩོམ་ཆོས་གློག་པ་པོའི་ལྟ་གློག་ཏུ་གྱུར་དུས་ད་གཟོད་གོ་ཚུལ་ལྟ་ཅི། སྒྱུང་རོལ་གྱི་ཁོང་ཐིག་ཀྱང་བརླག་པའི་གབ་ཚིག་གམ། ཁེད་ལྟ་བུའི་གོ་དཀའི་རང་བཞིན་གྱི་བརྩམས་ཆོས་སུ་གྱུར་བ་གོར་མ་ཆག

བྱེ་བྲག་ཏུ་རྩོམ་པ་པོ་ནི་གཏམ་རྒྱུད་སྒྲོས་བརྗོད་པ་སྟེ། མི་སྣའི་སྒྲོས་བརྗོད་ཀྱི་མཐོང་སྣེ་མི་འདྲ་བ་ལས་མི་སྣ་གཙོ་བོའི་སྣང་བརྙན་ལ་ཚུགས་ཐུབ་ཀྱི་རང་བཞིན་མེད་པར་རབ་རིབ་ཏུ་གྱུར་ཏེ། གོ་ཚུལ་ཅི་ཡང་མེད་པའི་བརྡ་རྟགས་ཀྱི་ངོ་བོར་གྲུབ་པའོ། །གསར་རྩོམ་གྱི་བརྒྱུད་རིམ་ཕྱི་མར་གཏོགས་པའི་《ཨ་ཁྲུ་ཐོད་པར་བཅར་འདྲིར་ཕྱིན་པ་》ལྟ་བུར་ཆ་མཚོན་ན། རྣན་བདུད་ལྷ་རྒྱལ་ལགས་ནས "བརྩམས་ཆོས་སུ་རང་ཉིད་སྤྱིར་མི་སྣ་གསུམ་གྱི་ལྟུག་བརྗོད་ཀྱིས་གྲུབ་ཅིང་། ཨ་ཁྲུ་ཐོད་པའི་ངོ་བོའམ་རང་བཞིན་ཡང་མི་སྣ་གསུམ་གྱི་མཐོང་སྣེ་ནས་གྲུབ་པ་ཡིན་པར། མི་སྣ་གསུམ་པོའི་སྐད་ཆར་འདི་འདྲའི་མི་འདྲ་བའི་ཁྱད་ཡོད་ལ། མཇུག་མཐར་ཡང་གཏན་འཁེལ་གྱི་ལན་གསལ་པོ་ཞིག་མེད་པར་རྩོམ་མཇུག་སྒྲིལ་པ་འདི་ལས་བརྩམས་ཆོས་འདི་སྤྱིར་བཏང་གི་དངོས་ཡོད་རིང་ལུགས་པའི་འབྲི་ཐབས་སྤྱད་པའི་བརྩམས་ཆོས་ཤིག་མིན་པ་གསལ་ཐུབ"①ཅེས་གསུངས་པ་ལྟར། དེང་རབས་རིང་ལུགས་ཕྱི་མའི་དོན་བརྗོད་གསར་བརྗེ་སྟེ། རྩོམ་པ་པོ་དང་རྩོམ་ཆོས་

① བདུད་ལྷ་རྒྱལ། 《འཚོལ་རྟོག་གི་སྙིང་སྟོབས་》[M]ཡུལ་ནན་མི་རིགས་དཔེ་སྐྲུན་ཁང་། ༢༠༠༩/༦པར་གཞི་དང་པོ། ༡༥

འབྲེལ་མེད་དུ་གནས་ཏེ། མི་སྣའི་ལྷུག་བརྗོད་མི་འདྲ་བའི་མཐོང་སྣེར་བརྟེན་པའི་དོན་བརྗོད་ཀྱི་སྒྲིག་གཞི་སྤྱོད་པ་ལྟ་བུའོ། །

《གངས་》སྲུའང་མི་སྣ་གཙོ་བོ་གངས་ཀྱི་སྣང་བརྙན་གཏམ་རྒྱུད་སྒྲོས་བརྗོད་ཀྱི་ཁོང་ཐེག་སྟེ། རྨི་ལམ་མི་འདྲ་བ་གསུམ་གྱི་མཐོང་སྣེར་བརྟེན་པ་གང་ཞིག རྩོམ་པ་པོའི་སྨྱུག་གུའི་རྩོལ་བའི་གཞན་དབང་དུ་མ་གྱུར་ཅིང་། རྟོག་བཟོའི་དྲི་མས་མ་བསླད་པར་ལྷོས་མེད་ཀྱི་ངོ་བོར་གྲུབ། གངས་ནི་རྩོམ་པ་པོའི་སྨྱུག་ཟོར་ལས་འབྲུངས་པ་མ་ཡིན། ལྟོག་སྟེ་རྨི་ལམ་མི་འདྲ་བ་གསུམ་གྱི་གཏམ་རྒྱུད་སྒྲོས་བརྗོད་ཀྱི་མཐོང་སྣེ་མི་འདྲ་བའི་ངོ་བོར་གྲུབ་པའི་བརྡ་རྟགས་ཀྱི་རང་བཞིན་ནོ། །དེའི་ཕྱིར་གངས་ནི་གོ་ཚུལ་ལས། གོ་དོན། ཐ་ན་མཚོན་དོན་ཅི་ཡང་མི་མངའ་བའི་བརྡ་རྟགས་སོ། །

སྐད་བརྡ་རིག་པའི་རྣམ་གཞག་ལྟར་ན། དེང་རབས་རིང་ལུགས་ཕྱི་མའི་སྔོན་ངག་གསར་རྩོམ་ནི་སྐད་བརྡའི་གོ་ཚུལ་གྱི་ཉེད་པ་ལྷུར་ལེན་པའི་དུས་རབས་སུ་གཏོགས། རྩོམ་རིག་སྟེར་ཡིད་འགྱུར་ལྟ་ཅི། དོན་བརྗོད་རྩོམ་རིག་སྟེར་ཡང་"གསར་རྩོམ་གྱི་འགོ་སྐད་བརྡ་ནས་རྩོམ"ཞེས་པའི་སྒྱུ་རྩལ་ཐ་ཚིག་གི་བླང་བྱ་ལྟར་སྐད་བརྡ་ནི་རྩོམ་ཚོས་གྲུབ་བྱེད་ཀྱི་ཆ་ཤས་ཡིན་པ་གང་ཞིག མིག་གིས་བལྟ་བྱའི་ཁ་དོག་དང་། ཉེས་མྱོང་བྱའི་སྒྲ་བ་ལྟར། ཁ་དོག་རྣམ་པར་བཀྲ་ཞིང་། སྒྲ་བ་ཕུན་སུམ་ཚོགས་ཏུང་། སྒྲ་རྟོག་གི་སྒྲོས་པ་བྲལ་བའི་བརྡ་རྟགས་ཀྱི་ངོ་བོར་གྱུར་པར་བཞེད་དོ། །

འདི་ནི་སྲོལ་རྒྱུན་གྱི་སྐད་བརྡའི་ལམ་སྲོལ་ཏེ། "སྐད་བརྡ་ནི་བསམ་གཞིག་གི་ཕྱི་ཤུན་ཡིན"ཞེས་པ་ལས་ཀྱང་རབ་ཏུ་འགོངས་ཏེ། གོ་དོན་ནམ། གོ་ཚུལ། ཐ་ན་མཚོན་དོན་ཅི་ཡང་མེད་པའི་བརྡ་རྟགས་ཀྱི་ངོ་བོར་འགྱུར་སྟངས་ཤིག་གོ། བརྩམས་སྒྲུང་གསར་པའི་དོན་བརྗོད་གསར་བརྗེའི་མཚོན་ཐབས་སུ་གྱུར་བའི་སྐད་བརྡ་ཡང་འདི་ལས་མ་འདས་པ་སྟེ། སྐད་བརྡ་ནི་བརྩམས་ཆོས་ཀྱི་ཆ་ཤས་གྲུབ་བྱེད་ཀྱི་ཐ་སྙད

ཀྱི་ཚོན་རྩེ་ཡིན་པ་ལས། གོ་དོན་ནམ། གོ་ཚུལ་ལྟ་ཅི། ཐ་ན་མཚོན་དོན་ཅི་ཡང་མེད་པའི་རབ་རིབ་བམ། མག་མོག་ལྟ་བུའི་སྐད་བརྡའི་བྱིངས་ཀྱིས་གྲུབ་པའི་བརྡ་རྟགས་ཀྱི་ངོ་བོར་གྱུར་ཡོད། སྲོལ་རྒྱུན་གྱི་གློག་པ་པོ་ཞིག་ལ་ཆ་མཚོན་ན། 《གངས་》ཀྱི་ལྟ་གློག་ལ་ཚོགས་ཆེ་ཞིང་། ནམ་ཡང་ལྟ་གློག་གི་བློ་སྦྱོང་ལས་རབ་ཏུ་འགོངས་པའི་གནད་ཀྱང་འདིར་ཐུག་གོ། 《གངས་》ནི་"སྦྲ་ཐང་སྨུག་གུ་བཞི་སྒོ་བརྒྱད་རེད། ། སྒོ་གང་ནས་འཛུལ་ཏེ་གང་ནས་འབུད་" ཅེས་པ་ལྟ་བུའི་བརྡ་རྟགས་ཀྱི་སྒྱུ་མའི་ཕོ་བྲང་ཞིག་རེད།

མདོར་ན་《གངས་》ཀྱིས་ད་རབས་རྩོམ་རིག་སྔེའི་གཞིན་སར་མངོན་མཚོན་རིང་ལུགས་དང་། དེང་རབས་རིང་ལུགས་ཕྱི་མའི་དོན་བརྗོད་གསར་བརྗེའི་བརྩམས་སྒྲུང་གི་ས་བོན་ཐོག་མར་བཏབ་ཅིང་། བརྩམས་སྒྲུང་གསར་པའི་གསར་རྩོམ་ལ་ཐོག་མའི་མྱུར་ལམ་བཤད་ངས་པའི་རྩོམ་རིག་གི་གོ་ས་ཕྲ་ན་མ་མཆིས་པ་གང་ཞིག གློག་པ་པོའི་སྔེར་ཡང་ལྟ་གློག་ཚོགས་ཆེ་ཞིང་། སྦྱོང་རོལ་གོ་དཀའ་བའི་མཛེས་དཔྱོད་ཀྱི་ཁམས་གསར་པའི་སྟོན་མོ་བཤམས་པའི་བརྩམས་སྒྲུང་གི་ངོ་མཚར་དུས་རབས་ཤིག་བསུས་སོ། །

འདི་ནི་བློ་ཕམ་ཞིག་ཀྱང་ཡིན་ཚོག་པ་སྟེ། རྩོམ་པ་པོ་པད་མ་ཚེ་བརྟན་ནི་གསར་རྩོམ་གྱི་འཚོལ་ཞིབ་ལམ་བུར་ཐེ་གསང་དོད་པའི་སྒྲུང་གཏམ་པ་ཞིག་ཏུ་གྱུར་མོད། ཕྱི་ལོ༢༠༡༢ལོའི་《སྦྲང་ཆར་》དེབ་གསུམ་པར་སྒྲུང་ཐུང་《ཨོ་རྒྱན་གྱི་སོ་》(བོད་འགྱུར་མའང་མཆིས)སྤེལ་བ་ནས་བཟུང་བརྩམས་སྒྲུང་གསར་རྩོམ་གྱི་རྒྱུན་ཡོངས་སུ་ཆད་དོ། །མ་གཞིར་འཕྲབ་གཞུང་གསར་རྩོམ་དང་། གློག་བརྙན་འཕྲབ་ཁྲིད་ལ་གཡུར་ཟའི་འབྲས་བུ་སྨིན་ཅིང་། གསར་རྩོམ་གྱི་མཐོང་སྣེའང་མི་རིགས་ནས་འཇམ་གླིང་དུ་ཁ་ཕྱོགས་མོད། ད་རབས་བརྩམས་སྒྲུང་སྔེར་སྒྱུ་རྩལ

འཚོལ་ཞིབ་ཀྱི་འཇུག་པ་ཡངས་པའི་སྒྲུང་གཏམ་པ་ཞིག་གི་རྩོམ་པའི་འཕྲིན་ལས་མཇུག་སྒྲིལ་བའི་གསར་རྩོམ་གྱི་ཉམས་ཉེན་བསུས་སོ། །

ཁ་ཅིག 《གངས་》ནི་དངོས་ཡོད་སྒྱུ་འཕྲུལ་རིང་ལུགས་ཀྱི་མཚོན་ཐབས་སུ་བཞེད་དོ། །དེ་ཡང་ཡིན་སྲིད་པ་ཞིག་གོ། འོན་ཀྱང་བདག་གི་བསམ་ཚུལ་ལྟར་ན། དངོས་ཡོད་སྒྱུ་འཕྲུལ་རིང་ལུགས་ནི་དོན་བརྗོད་གསར་བརྗེའི་མཚོན་ཐབས་གསར་པ་སྟེ། གཏམ་རྒྱུད་སྲོས་བརྗོད་དོན་བརྗོད་ཀྱི་ཁོང་ཐིག་ཏུ་བཟུང་བ་མ་ཡིན། ལོག་སྟེ་སྲོལ་རྒྱུན་བརྩམས་སྒྲུང་སྟེ། དེང་རབས་རིང་ལུགས་བརྩམས་སྒྲུང་གི་དོན་བརྗོད་ཀྱི་ཁོང་ཐིག་ཏུ་གྱུར་བའི་བྱུང་རིམ་ཞིབ་འབྲི་དང་། མི་སྣའི་སྣང་བརྙན་འབྲི་བཞེངས་བྱ་རྒྱུ་སྒྱུ་རྩལ་གྱི་ཉིང་དགོས་སུ་བཞེད་དོ། །ཕྱིར་མངོན་མཚོན་རིང་ལུགས་ཀྱི་ཞིབ་འབྲི་སྤྱི་མཚན་དང་། སྲོས་བརྗོད་གཟུགས་འགྱུར་གྱི་དངོས་དང་དངོས་མིན་ལས་འདས་པའི་རྣམ་འཕྲུལ་དང་། འཕྲུལ་སྣང་ལྟ་བུའི་མཛེས་དཔྱོད་ཀྱི་ཁམས་འདྲ་བ་རྒྱུ་མཚན་དུ་བྱས་ཏེ། མཐུན་ཐབས་སུ་བཞེད་པ་ཙང་མི་འོས་ཞེས་སྨྲ་བཞར་བྱུང་གི་གཏམ་མོ། །

འོ་ན《གངས་》ཀྱིས་རྩོམ་རིག་གི་གཏན་གྱི་འདུན་མའི་ཟབ་དོན་ཇི་ལྟར་བསྟན་ཡོད་ཅེ་ན། 《གངས་》ཀྱི་མི་སྣ་གཙོ་བོའི་སྣང་བརྙན་ལ་ཚུགས་ཐུབ་ཀྱི་རང་བཞིན་མེད། འདི་ནི་བརྟ་རྟགས་སམ། བརྟགས་དོན་བཅལ་ནས་མ་རྙེད་པའི་བདག་བརྟགས་པ་བའི་མིང་རྐྱང་གི་གོ་ཚུལ་ཏེ། དང་ལེན་མཛེས་རིག་གི་སྨྱུང་རོལ་ལས་འགོངས་ཤིང་། སྙིག་པ་པོའི་སྨྱུང་རོལ་གྱི་མཐུན་སྣང་དུ་གྲུབ་ཐབས་མེད་པའི་སྣང་བརྙན་རབ་རིབ་བམ། མག་མོག་ཅིག་ལས་མ་འདས།

ཞིབ་འབྲི་སྤྱི་མཚན་དང་། གཏམ་རྒྱུད་གཟུགས་འགྱུར་གྱི་སྒྱུ་རྩལ་ཡང་ཉམས་འགྱུར་ཆད་དུ་བྱུང་བས། སྙིག་པ་པོར་དངོས་དང་དངོས་མིན་ལས་འདས་པའི་རྣམ་

འཕྲུལ་དང་། སྒྱུ་འཕྲུལ་ལྟ་བུའི་སྤྱོད་རོལ་གྱི་ཁམས་ཤིག་བཤམས་སོ། །སྒྱུ་མའི་ཕོ་བྲང་དེ་ནི་《གངས་》ཀྱི་སྒྱུ་རྩལ་མཛེས་པ་སྟེ། སྣང་བ་སྒྱུ་མའི་རང་བཞིན་གྱི་མཐུན་དཔེ་མངོན་སུམ་བདེན་པར་གྲུབ་པའི་སྤྱོད་བ་རང་མཚན་པའོ། །

སྤྱིར་《གངས་》ཀྱིས་བརྡ་རྟགས་སམ། ཐ་སྙད་བཏགས་པ་བའི་རྣམ་པ་ལས་སྣང་བ་སྒྱུ་མའི་རང་བཞིན་དཔེ་དུ་དྲངས་ཏེ། འཇིག་རྟེན་གྲགས་ཚོད་ཀྱི་གཏན་ཚིགས་དང་རྗེས་སུ་མཐུན་པའི་རྟེན་འབྲེལ་ལམ། ཀུན་རྫོབ་ཆོས་ཀྱི་རྫུན་པའི་རང་བཞིན་ཏེ། སྣང་བ་བདེན་པར་མ་གྲུབ་པའམ། སྣང་བ་སྒྱུ་མའི་རང་བཞིན་དུ་བཞེད་པའི་མཚན་ཉིད་རིག་པའི་ཟབ་དོན་བསྟན་པར་སྣམ། དེའང་སངས་རྒྱས་ཆོས་ལུགས་ཀྱི་མཚན་ཉིད་རིག་པའི་རིགས་ལམ་ལྟར་ན། རྟེན་ཅིང་འབྲེལ་བའི་ཆོས་ཀྱི་སྣང་ཚུལ་སྣང་བ་སྒྱུ་མའི་ཚུལ་ལྟར་བདེན་པར་སྣང་མོད། གཞི་དངོས་པོའི་གནས་ཚོད་དུ་བདེན་པར་གྲུབ་པ་རྡུལ་ཙམ་མེད་པའི་ངོ་བོ་ཉིད་མེད་པར་སྨྲ་བའི་མི་ཚེའི་རིན་ཐང་ལྟ་བ་དེའོ། །

རྩོམ་པ་པོ་པད་མ་ཚེ་བརྟན་ནི་བོད་རྒྱ་སྐད་གཉིས་ཀྱི་རྩོམ་པ་པོ་དང་། སྨན་རིག་གནས་དུས་རབས་ཀྱི་ཡོ་ལང་དྲག་པོའི་བག་ཆགས་ཀྱིས་བརྟས་པའི་འཚོལ་ཞིབ་པ་གཞན་དྲིང་མི་འཇོག་པ་ཞིག་ཡིན་ན། ཚད་རྟུལ་སྨྲ་བ་དང་། སྟོང་ཁམས་རིག་པ། གཞི་གྲུབ་རིང་ལུགས་ལ་སོགས་པའི་བསམ་བློའི་རླབས་རྒྱུན་དང་། ལར་གཞི་གྲུབ་རིང་ལུགས་ཀྱི་གྲུབ་དོན་སྟོང་པའི་མི་ཚེའི་རིན་ཐང་ལྟ་བར་ངེས་ཤེས་ཉེད་རྒྱུ་གདོན་མི་ཟ། དཔེར་ན། ད་རབས་རྩོམ་སྡེབས་སུ་བརྩམས་སྐྲུང་གི་ངོ་མཚར་དུས་རབས་བསྐྲུན་སྤྱོད་བའི་སྐྲུང་ཐུང་《གངས་》དང་། 《ཨ་ཁུ་ཐོད་པར་བཅར་འདྲིར་ཕྱིན་པ་》ལ་སོགས་པ་བརྩམས་ཏེ། གློག་པ་པོའི་སྤྱོད་རོལ་གྱི་ཁམས་ལ་བསླུ་བྲིད་ཟམ་མི་ཆད་པ་བསྟུལ་སྤྱོད་བས་སོ། །

གཞི་གྲུབ་རིང་ལུགས་ནི་ནུབ་ཕྱོགས་ཀྱི་མཚན་ཉིད་རིག་པ་ངོ་བོ་ཉིད་མེད་པར་སྨྲ་བར་ཐོག་མར་གཞི་གྲུབ་བྱེད་ཀྱི་མཚན་ཉིད་རིག་པའི་གྲུབ་མཐའ་ཞིག་གོ། རིགས་པའི་རྩ་བར་གཞི་གྲུབ་དང་། སྟོང་པ་ལྟོས་གྲུབ་ཏུ་སྨྲ་བ་གང་ཞིག གཞི་གྲུབ་ནི་འཚོ་སྡོད་དེ། སྣང་བ་སྒྱུ་མའི་རང་བཞིན་དང་། སྟོང་པ་ནི་གྲུབ་དོན་ཏེ། གྲུབ་དོན་སྟོང་པའི་རང་བཞིན་དུ་བཞེད་ཅིང་། "སྣང་བ་སྒྱུ་མ་དང་། སྡུག་བསྔལ་ནི་གཞི་གྲུབ་རིང་ལུགས་ཀྱི་མི་ཚེའི་རིན་ཐང་ལྟ་བ"[①]ཟེར་བཞེད་དོ། །

བསམ་བློའི་རྣམ་ཀྱུན་འདིས་ནུབ་ཕྱོགས་ཀྱི་རྩོམ་རིག་གསར་རྩོམ་ལ་མཚན་ཉིད་རིག་པའི་ངོ་མཚར་གྱི་དུས་རབས་བསུ་སྐྱོང་། ཚབ་མཚོན་བརྩམས་ཆོས་སུ་མངོན་མཚོན་རིང་ལུགས་ཀྱི་རྩོམ་པ་པོ་གྲགས་ཅན་ཧྲུ་རན་ཛོ་ཁྲ་ཧྲུ་ཁའི་སྒྲུང་རིང་《མཁར་རྫོང་》དང་། གཞི་གྲུབ་རིང་ལུགས་ཀྱི་འཁྲབ་གཞུང་རྩོམ་པ་པོ་སྨྲ་མུའར་པེག་ཁེ་ཐེའི་《ཀོ་ཏོར་བསྒུགས་པ་》སོགས་མཆིས།

བྱེ་བྲག་ཏུ་《མཁར་རྫོང་》དུ་བསྟན་པའི་མཁར་རྫོང་ནི་དངོས་དང་དངོས་མིན་ལས་འདས་པའི་ཡུལ་སྒྱི་མཚན་དང་། མི་སྣ་གཙོ་བོKནི་སྣང་ལ་མ་ངེས་པའི་ཡུལ་ཅན་སྒྱུ་མའི་སྐྱེས་བུའོ། །དེ་ལྟ་བུའི་ཡུལ་ཡུལ་ཅན་གྱི་ལྟོས་གྲུབ་ལས་བྱེད་པ་པོ་སུ་ཞིག་གིས་མངགས་ཤིང་། རང་ཉིད་ཅི་ཞིག་གི་ཕྱིར་འོངས་བ་ཅི་ཡིན་ཆ་མ་མཆིས་པའི་མི་སྣ་གཙོ་བོ་Kཡིས་མངོན་སུམ་དབང་པོའི་སྤྱོད་ཡུལ་དུ་གྱུར་པའི་མཁར་རྫོང་སྣང་ལ་མ་ངེས་པའི་ཚུལ་ལྟར་ཆེ་གང་ཉེ་བར་བཅར་རྒྱུ་ལྟ་ཅི། ཐ་ན་བགྲོད་བྱེད་ཀྱི་ལམ་ཡིག་ཀྱང་མ་རག་པའི་སྣང་བ་སྒྱུ་མའི་རང་བཞིན་གྱི་མི་ཚེའི་གནས་ལུགས་མཚོན་ཏེ། གཞི་གྲུབ་རིང་ལུགས་ཀྱི་གྲུབ་དོན་སྟོང་པའི་རང་བཞིན་གྱི་མི་ཚེའི་རིན་ཐང་ལྟ་བ་མཚོན་ནོ། །

① 杨惠林：《外国文学阅读与欣赏》，〔M〕首都大学出版社1999/9第1版，P545

《གངས་》ཀྱི་མི་སྣ་གཙོ་བོ་གངས་ཀུང་བཟ་རྟགས་སམ། ཐ་སྙད་བཏགས་པ་བ་སྟེ། མི་སྣ་གཙོ་བོ་Kལྟར་སྣང་ལ་མ་ངེས་པའི་སྒྱུ་མའི་སྐྱེས་བུའི་རང་མདངས་ལས་མ་འདས། གངས་ནི་འཇིག་རྟེན་གྲགས་ཚོད་ཀྱི་གཏན་ཚིགས་ལས་འདས་པ་གང་ཞིག ཞིབ་འབྲི་སྤྱི་མཚན་དང་། སྤྲོས་བརྗོད་གཟུགས་འགྱུར་གྱི་རྣམ་པས་སྣང་བརྙན་རབ་རིབ་བམ། མག་མོག་ཏུ་གྱུར་ཅིང་། བཏགས་དོན་བཙལ་ནས་མ་རྙེད་པའི་བདག་བཏགས་པ་བའི་གཞིར་གྱུར་བའི་གངས་དང་ལྷོས་གྲུབ་ཀྱི་སྣང་ཚུལ་ཡང་སྣང་བ་སྒྱུ་མའི་རང་མདངས་ཏེ། དངོས་དང་དངོས་མིན་ལས་འདས་པའི་རྫིས་འཕྲུལ་དང་། སྒྱུ་འཕྲུལ་གྱི་ཞིང་ཁམས་སུ་མཚོན་ཏེ། གཞི་དངོས་པོའི་གནས་ཚོད་དུ་གྲུབ་དོན་སྟོང་པར་སླ་བའི་གཞི་གྲུབ་རིང་ལུགས་ཀྱི་མི་ཚེའི་རིན་ཐང་ལྟ་བ་བསྟན་ནོ། །

རྩོམ་པ་པོ་པད་མ་ཚེ་བརྟན་ལ་ཆ་མཚོན། ཕྱིར་མངོན་མཚོན་རིང་ལུགས་དང་། དེང་རབས་རིང་ལུགས་ཕྱི་མའི་རྩོམ་རིག་གྲུབ་མཐའ་དང་། གཞི་གྲུབ་རིང་ལུགས་ཀྱི་མཚན་ཉིད་རིག་པའི་བསམ་བློའི་རླབས་རྒྱུན་ཏེ། རྩོམ་རིག་དང་མཚན་ཉིད་རིག་པའི་འགལ་འདུས་གྲུབ་པའི་མི་ཚེའི་རྟོགས་པའི་འཚོལ་ཞིབ་དང་། ཡར་བོད་ཀྱི་སྲོལ་རྒྱུན་གྱི་རིག་གནས་འདུ་ཤེས་དང་། སྲོལ་རྒྱུན་རྩོམ་རིག་གི་གཙོ་རྒྱུན་རྩོམ་སྲོལ་དུ་གྲུབ་པའི་སྲོག་གི་དབང་པོ་སྟེ། ནང་བསྟན་རྩོམ་རིག་གི་གཏན་གྱི་འདུན་མའི་བསམ་བློའི་རྒྱུན་གྱི་བསྐྱར་གསོ་ཐེངས་ཤིག་ཡིན་པ་གོར་མ་ཆག

《གངས་》ནི་གཞི་གྲུབ་རིང་ལུགས་ཀྱི་གྲུབ་དོན་སྟོང་པའི་མི་ཚེའི་རིན་ཐང་ལྟ་བར་ངེས་ཤེས་རྙེད་པའི་ད་རབས་རྩོམ་རིག་གི་གཏན་གྱི་འདུན་མའི་ཟབ་དོན་རྒྱ་ཆེ་གཏིང་ཟབ་ཏུ་བསྟན་པའི་བརྩམས་ཆོས་ཀུན་གྱི་ཕྱི་མོའོ། །ད་རབས་ཀྱི་རྩོམ་རིག་ སྤྱིར་གཞི་གྲུབ་རིང་ལུགས་ཀྱི་གྲུབ་དོན་སྟོང་པའི་རྩོམ་རིག་གི་གཏན་གྱི་འདུན་མའི་

རིགས་པའི་ས་བོན་ཐོག་མར་བཏབ་སྟེ། ཤློག་པ་པོའི་སྟེར་བརྩམས་ཚོས་ཀྱི་རྣམ་པ་དང་། ནང་དོན་མ་ལུས་པ་སྲོལ་རྒྱུན་གྱི་གཙོ་རྒྱུན་རྩོམ་སྲོལ་ལས་རབ་ཏུ་འགོངས་པའི་སྤྱོད་རོལ་གྱི་ཁམས་གསར་པ་བསྐྱལ་ཅིང་། བརྩམས་སྒྲུང་གསར་པའི་ལུགས་ཀྱི་གསར་རྩོམ་ལ་མྱུར་ལམ་བཤངས་པའི་རྩོམ་རིག་གི་གོ་ས་བླ་ན་མེད་པ་མཆིས་སོ། །

《གངས་》ཀྱི་སྒྲུ་རྩལ་ཉམས་འགྱུར་དང་། བསྟན་བྱའི་སྙིང་པོ་ཤློག་པ་པོ་ཀུན་གྱི་ངོ་མཚར་གྱི་ཡུལ་ལས་འདས་ཤིང་། སྤྱོད་རོལ་གྱི་བསླུ་བྲིད་ཤིན་ཏུ་ཟབ་ན། སྔད་ད་རབས་རྩོམ་སྟེགས་སུ་མངོན་མཚོན་རིང་ལུགས་དང་། དེང་རབས་རིང་ལུགས་ཕྱི་མའི་རྩོམ་རིག་གྲུབ་མཐའི་བསམ་བློའི་རླབས་རྒྱུན་གྱིས་བསྐྱངས་པའི་བརྩམས་སྒྲུང་གསར་པའི་གསར་རྩོམ་གྱི་འཕྲིན་ལས་ཡར་ངོའི་ཟླ་ལྟར་འཕེལ་བ་ཤོག

གཉིས། མཐའ་སྡོམ།

དེང་ད་རབས་རྩོམ་རིག་གི་གཏན་གྱི་འདུན་མ་ནི་བོད་ཀྱི་དུས་རབས་གསར་པའི་རྩོམ་རིག་གསར་རྩོམ་གྱི་འབྲས་བུར་ངེས་པའི་མི་རབས་གསར་པའི་མི་ཚེའི་རིན་ཐང་ལྟ་བ་གསར་པ་ཞིག་གོ། བྱེ་བྲག་ཏུ་སྤྱི་མར་བློ་འབྱེད་དུས་རབས་ཀྱི་དེང་རབས་རྩོམ་རིག་གི་རྟོགས་སད་ཀྱི་གོ་རྟོགས་ཡངས་པོས་མི་ཚུལ་རིག་པའི་བསམ་བློ་གསར་རྩོམ་གྱི་སྙིང་པོར་བཟུང་ཞིང་། ཕྱི་མར་རིགས་ཤེས་དུས་རབས་ཀྱི་ད་རབས་རྩོམ་རིག་གི་དཔྱོད་ཤེས་ཀྱི་འཇུག་པ་ཡངས་པོས་སྲོལ་རྒྱུན་གྱི་རིག་པའི་གཞུང་ལུགས་སུ་གྲུབ་པའི་མི་རིགས་རང་མཚན་པའི་རིག་གནས་འདུ་ཤེས་ཀྱི་འཚོལ་སྙེག་གསར་རྩོམ་གྱི་སྙིང་པོར་བཟུང་བ་གང་ཞིག གཞི་གྲུབ་རིང་ལུགས་དང་། ཚད་རྟུལ་རིག་པའི་གྲུབ་དོན་སྟོང་པའི་རང་བཞིན་གསར་རྩོམ་གྱི་ལྟེ་བར་བཟུང་ངོ་། །རྩ་བ་ནི་མི་གཞིར་བཅིངས་འགྲོལ་དང་། ཚེ་སྲོག་གི་རིན་ཐང་ལ་བརྩི་

འཇོག་བྱ་རྒྱུ་གསར་རྩོམ་གྱི་བླང་བྱ་དང་ཉེང་དགོས་ཡིན་པ་སྟེ། རང་དབང་དང་། འདྲ་མཉམ། དམངས་གཙོ་བཅས་ཀྱི་མིའི་འགྲོ་བའི་ཐོབ་ཐང་དང་། དཔྱོད་ཤེས་སམ། རིགས་ཤེས་ཀྱི་བདག་ཉིད་དུ་གྱུར་པའི་མིའི་གོ་བབ་རྩད་ཞིབ་ཀྱི་མི་ཚེའི་རིན་ཐང་ལྟ་བ་བསྟན་པའོ། །

འདི་ནི་སྲོལ་རྒྱུན་རིག་གནས་དང་། གཙོ་རྒྱུན་རིག་གནས་ཀྱི་རང་བཞིན་ལྟོས་གྲུབ་སྒྲོས་ལྡན་ཐབས་སུ་སྤྱོད་པའི་འཚོ་སྤྱོད་རིག་པ་ཞིག་སྟེ། འཛིག་རྟེན་མིའི་བཟང་སྤྱོད་དང་འབྲེལ་བའི་མི་གཞི་རྣམ་དག་གི་ལེགས་བྱས་འབྲས་བུའི་མངོན་ཚུལ་ལོ། །དེའང་རིགས་ཤེས་མིའི་གོ་བབ་དང་། མི་ལྟེ་བར་སྨྲ་བའི་མི་ཚུལ་རིག་པའི་བླང་བྱ་འཚོ་སྤྱོད་ཀྱི་རིག་པའི་རྩ་བར་བཞེད་ཅིང་། མིའི་འགྲོ་བ་རིས་མེད་ཀྱི་འཕྲུལ་ཕྱུགས་འདི་ཕྱིའི་བདེ་ཐབས་ཏེ། མི་གཞིར་བཅིངས་འགྲོལ་དང་། ཚེ་སྲོག་གི་རིན་ཐང་ལ་བརྩི་འཇོག མིའི་གོ་བབ་རྩད་ཞིབ་བརྒྱུད་མིའི་འགྲོ་བའི་ཐོབ་ཐང་མངོན་གྱུར་བྱ་རྒྱུའི་འཚོ་སྤྱོད་རིག་པའི་མི་ཚེའི་རིན་ཐང་ལྟ་བའོ། །ཅི་སྟེ་རྟོགས་སད་དང་། དགོས་སློང་གི་འཇུག་པ་ཡངས་པའི་མིའི་འགྲོ་བས་ཉམས་སུ་བླངས་ཚེ་ལེགས་བྱས་ཀྱི་འབྲས་བུ་སྨིན་རྒྱུ་གདོན་མི་ཟ།

རིགས་པའི་ས་བོན་ནི་མི་ཚུལ་རིག་པའི་མི་ལྟེ་བར་སྨྲ་བ་དང་། དེང་རབས་སྤྱི་ཚོགས་རིག་གནས་རིག་པའི་འཚོ་སྤྱོད་ཀྱི་རྣམ་གཞག་གོ། ཁ་གཏོད་ཡུལ་ནི་མིའི་འགྲོ་བ་རིས་མེད་ཡིན་པ་གང་ཞིག མི་རང་མཚན་པའི་ངོ་བོ་མ་བོར་བའི་སྤྱི་ཚོགས་ཀྱི་མིའམ། གྲུབ་མཐས་བློ་བསྒྱུར་བའི་མིའི་འགྲོ་བའི་རིགས་སོ། །དེའི་ཕྱིར་འདི་ནི་མི་ཚུལ་རིག་པའི་མི་ལྟེ་བར་སྨྲ་བའི་མི་ཚེའི་རིན་ཐང་ལྟ་བ་ཡིན་པ་གང་ཞིག རྟོགས་སད་དང་། དགོས་སློང་གི་བརྗོད་གཞིས་གྲུབ་པའི་མི་རང་མཚན་པའི་གོ་བབ་རྩད་ཞིབ་ཀྱི་ཐབས་དམ་པའོ། །

དེང་དུ་རྩོམ་རིག་བྱུང་འཕེལ་གྱི་ལོ་རྒྱུས་ལྟར་ན། བརྩམས་སྒྲུང་སྙེར་དཔལ་དོན་གྲུབ་རྒྱལ་དང་། སླང་མདུན་དཔལ་འབྱོར། ཚེ་རིང་དོན་གྲུབ། པདྨ་ཚེ་བརྟན། སྟག་འབུམ་རྒྱལ་ལ་སོགས་དང་། སྙན་ངག་སྙེར་དཔལ་དོན་གྲུབ་རྒྱལ་དང་། ལྡང་བྱ། གཙན་མེ་སྟག བྱ་གཞུང་དབྱངས་ཧྲ། སྐྱབས་ཆེན་བདེ་གྲོལ་ལ་སོགས་ཀྱིས་གཙོས་པའི་དུས་རབས་གསར་པའི་མི་རབས་གསར་པའི་རྩོམ་པ་པོ་དང་། སྙན་ངག་པའི་ཚབ་མཚོན་བརྩམས་ཆོས་ཀྱི་བསམ་བློའི་རང་བཞིན་ལས་དུས་རབས་གསར་པའི་རྩོམ་རིག་གི་མི་ཚེའི་རིན་ཐང་ལྟ་བ་ཐུན་མོང་མ་ཡིན་པ་སྟེ། བློ་འབྱེད་དུས་རབས་ཀྱི་རྟོགས་སད་དང་། རིགས་ཤེས་དུས་རབས་ཀྱི་དོགས་སློང་གི་བསམ་བློའི་རང་བཞིན་སོ་སོར་བསྟན་པ་གང་ཞིག གཙོ་རྒྱུན་རྩོམ་སྲོལ་དུ་གྲུབ་པའི་མི་ཚུལ་རིང་ལུགས་ཀྱི་བསམ་བློའི་སྙིང་པ་དོར་ཏེ། གཞི་གྲུབ་རིང་ལུགས་དང་། ཚད་རྟུལ་རིག་པའི་གྲུབ་དོན་སྟོང་པའི་རང་བཞིན་གྱི་རྩོམ་རིག་གི་གནད་ཀྱི་འདུན་མའི་ཟབ་དོན་རྒྱ་ཆེ་གཏིང་ཟབ་ཏུ་བསྟན། འདི་ནི་གཞི་གྲུབ་རིང་ལུགས་ཀྱི་མི་ཚེའི་རིན་ཐང་ལྟ་བའི་ཤུགས་བསྟན་ནས་སྲོལ་རྒྱུན་རྩོམ་རིག་གི་བསམ་བློའི་རྒྱུན་ཏེ། ནང་བསྟན་རྩོམ་རིག་གི་གནད་ཀྱི་འདུན་མའི་གཙོ་རྒྱུན་རྩོམ་སྲོལ་སླར་གསོའི་ལམ་དུ་འཇུག་སྟངས་ཤིག་ཀྱང་ཡིན་པ་གོར་མ་ཆག །

དུས་མཚམས་གཉིས་པའི་རྩོམ་རིག་གི་བསམ་བློའི་སྙིང་པོ་མི་ཚུལ་རིག་པའི་མི་ལྟེ་བར་སྒྲུ་བའི་མི་ཚེའི་རིན་ཐང་ལྟ་བ་དང་། གཞི་གྲུབ་རིང་ལུགས་ཀྱི་གྲུབ་དོན་སྟོང་པའི་རང་བཞིན་གྱི་རྩོམ་རིག་གི་གནད་ཀྱི་འདུན་མའི་ཟབ་དོན་སོ་སོར་རྒྱ་ཆེ་གཏིང་ཟབ་ཏུ་བསྟན་པ་ཤིན་ཏུ་རྟོགས་སླའོ། །

ཁ་ཅིག་མི་ཚུལ་རིག་པ་དང་། མི་རང་མཚན་པ། སྤྱི་ཚོགས་ཀྱི་མི་ཞེས་པའི་ཐ་སྙད་ཀྱི་སྒྲ་ཙམ་སྨོས་པར་རང་བློ་རྩིང་པོ་ཆེས་དོགས་ཏེ། འདི་ནི་སོ་སོ་སྐྱེ་བོའི་

གནས་སྐབས་ཀྱི་འཚོ་ཚེས་ཀྱི་རྣམ་གཞག་ཁྲན་ཚོགས་བསྟན་པའི་འཛིག་རྟེན་རང་ག་བའི་མི་ཚེའི་རིན་ཐང་ལྟ་བ་ཡིན་སྙམ་ན། དེ་ནི་ཧ་ཅང་ཐལ་དྲགས་པ་སྟེ། འདི་ནི་མི་ཚུལ་རིག་པའི་མི་ལྟེ་བར་སྨྲ་བའི་འཚོ་སྡོད་ཀྱི་རིག་པ་ཡིན་པའི་ཕྱིར། ལམ་དང་རྒྱུན་ཤེས་ལ་མ་རྫོངས་ཤིང་། བདག་ཉིད་བདག་གི་མགོན་དུ་གྱུར་བའི་འཛིག་རྟེན་མགོན་པོ་ལྟ་བུའི་སྐྱེས་བུ་བློ་གྲོས་ཅན་གྱི་མི་ཚེའི་རྟོགས་པའི་རྣམ་གཞག་ཏུ་ངེས་པས་སོ། །དོན་དམ་དུ་རིགས་ཤེས་ཀྱི་བདག་ཉིད་ཡིན་པ་གང་ཞིག སྤྱི་ཚོགས་ཀྱི་མིའི་ངོ་བོ་མ་བོར་ཞིང་། ལྷང་དོར་གྱི་འཇུག་ལྡོག་ཡངས་པའི་སྐྱེས་བུ་བློ་གྲོས་ཅན་གྱི་འཕྲུལ་ཤུགས་འདི་ཕྱིའི་མི་ཚེའི་རྟོགས་པའི་ཞེ་འདོད་ལས་འགོངས་མི་ནུས་པའི་ཕྱིར། སོ་སོ་སྐྱེ་བོའི་གནས་སྐབས་ཀྱི་འཇུག་ཡུལ་ནམ་ཡང་མ་ཡིན་ཞེས་སྨྲའོ། །

སྤྱིར་བློ་འཕྲེད་དུས་རབས་ཀྱི་དེང་རབས་རྩོམ་རིག་གིས་རྟོགས་སད་ཀྱི་བརྗོད་གཞི་དང་། རིགས་ཤེས་དུས་རབས་ཀྱི་ད་རབས་རྩོམ་རིག་གིས་དོགས་སློང་གི་བརྗོད་གཞི་སོ་སོར་བསྟན་ཅིང་། གཞི་གྲུབ་རིང་ལུགས་ཀྱི་གྲུབ་དོན་སྟོང་པའི་རང་བཞིན་ཡང་རྒྱ་ཆེ་གཏིང་ཟབ་ཏུ་བསྟན་ནོ། །མཐར་གཏུགས་ན་སྤྱི་ཚོགས་ཀྱི་མིའི་ངོ་བོ་མ་བོར་བའི་མི་རང་མཚན་པའི་འཕྲུལ་ཤུགས་འདི་ཕྱིའི་འཚོ་སྡོད་དང་ཁ་འཕྲོད་པའི་མི་ཚེའི་རིན་ཐང་ལྟ་བ་སྟེ། བློ་འཕྲེད་དུས་རབས་ཀྱི་རྟོགས་སད་དང་། རིགས་ཤེས་དུས་རབས་ཀྱི་དོགས་སློང་གི་མི་ཚེའི་རིན་ཐང་ལྟ་བ་གཙོ་བོར་བསྟན་པ་གང་ཞིག གཞི་གྲུབ་རིང་ལུགས་ཀྱི་གྲུབ་དོན་སྟོང་པའི་རང་བཞིན་གྱི་བསམ་བློའི་རང་བཞིན་གྱི་ཤུགས་བསྟན་ལས་སྲོལ་རྒྱུན་གྱི་གཙོ་རྒྱུན་རྩོམ་སྲོལ་གྱི་སྲོག་གི་དབང་པོ་སྟེ། ནང་བསྟན་རྩོམ་རིག་གི་གཏན་གྱི་འདུན་མའི་བསམ་བློའི་སྙིང་པ་འཚོལ་སྒྲིག་གི་གསར་རྩོམ་འཚོལ་ཞིབ་བྱས་ཡོད། དེའི་ཕྱིར་དུས་མཚམས་གཉིས་པའི་རྩོམ་རིག་གི་བསམ་བློའི་རྒྱུན་ནི་མི་ཚུལ་རིག་པའི་མི་ལྟེ་བར་སྨྲ་བའི་མིའི་གདགས་གཞི་དང་།

སྣར་ཡང་དེའི་བསམ་བློའི་སྙིང་པོ་དོར་ཏེ། གཞི་གྲུབ་རིང་ལུགས་ཀྱི་གྲུབ་དོན་སྟོང་པའི་རྩོམ་རིག་གི་གཏན་གྱི་འདུན་མ་འཚོལ་ཞིབ་ཀྱི་རྩོམ་རིག་གསར་བརྗེའི་དུས་རབས་སུ་ཁ་ཕྱོགས་ཡོད།

བསམ་བློའི་ས་བོན་ནི་མི་ཚུལ་རིག་པའི་ཕ་སར་གྲགས་པའི་ཡོ་རོབ་གླིང་དང་། ཨ་མེ་རི་ཁ་གླིང་གི་སྤྱི་ཚོགས་རིག་གནས་རིག་པ་སྟེ། རིགས་ཤེས་རིང་ལུགས་དང་། གཞི་གྲུབ་རིང་ལུགས་ལ་སོགས་པའི་མཚན་ཉིད་རིག་པ་དང་། དེ་བཞིན་ཚད་རྟུལ་སྨྲ་བ་དང་། སྟོང་ཁམས་རིག་པ་ལ་སོགས་པའི་རིགས་གསར་གྱི་མི་ཚེའི་རིན་ཐང་ལྟ་བ་ཡིན་པ་གང་ཞིག ནུབ་ཕྱོགས་དེང་རབས་རིང་ལུགས་ཀྱི་མི་ཚུལ་རིག་པའི་བསམ་བློའི་རླབས་རྒྱུན་ཏེ། བློ་འབྱེད་དུས་རབས་དང་། རིགས་ཤེས་དུས་རབས་ཀྱི་མི་ཚེའི་རིན་ཐང་ལྟ་བའོ། །ཡར་བོད་ཀྱི་སྲོལ་རྒྱུན་རྩོམ་རིག་གི་སྲོག་གི་དབང་པོ་སྟེ། ནང་བསྟན་རྩོམ་རིག་གི་གཏན་གྱི་འདུན་མའི་བསམ་བློའི་རྒྱུན་འཚོལ་ཞིབ་ཀྱི་འབྲས་བུ་ཡིན་པའང་གོར་མ་ཆག

དེང་དུས་རབས་རྩོམ་རིག་གི་བསམ་བློའི་རླབས་རྒྱུན་འདི་ནི་སྔ་མང་རིག་གནས་དུས་རབས་སུ་གོ་ལ་གཅིག་གྱུར་ཅན་གྱི་རིག་གནས་ཁྱབ་སྤེལ་ལས། ཆ་འཕྲིན་རྒྱུད་སྦྲིད་ཀྱི་འདུ་ཤེས་སྣ་ཚོགས་པའི་གནོན་ཤུགས་དང་། ལར་གཙོ་རྒྱུན་རིག་གནས་ལུང་མ་བསྟན་དུ་གྲུབ་པའི་བསམ་བློའི་ཤུགས་བསྟན་ལས་ནང་བསྟན་རྩོམ་རིག་གི་གཏན་གྱི་འདུན་མའི་བསམ་བློའི་སྙིང་པོ་འཚོལ་ཞིབ་ཀྱི་གསར་རྩོམ་གྱི་སྣང་ཚུལ་དང་། རྩོམ་རིག་གི་བསམ་བློའི་རང་བཞིན་གྱི་ཐོད་བརྒལ་ཏེ། སྲོལ་རྒྱུན་རིག་གནས་ཀྱི་སྒྲིག་གཞིར་གྱུར་བའི་མི་རིགས་རང་མཚན་པའི་རིག་གནས་འདུ་ཤེས་ཀྱི་སྙིང་པོ་འཚོལ་སྐབས་ཀྱི་རྩོམ་རིག་གསར་བརྗེའི་བསམ་བློའི་རང་བཞིན་ཡང་ཡིན་སྲིད།

ཅི་ལྟར་ཡང་བློ་འབྱེད་དུས་རབས་དང་། རིགས་ཤེས་དུས་རབས་སོ་སོའི་ཚབ་

མཚོན་བརྩམས་ཚོས་ཀྱི་བསམ་བློའི་རང་བཞིན་གྱིས་མི་ཚུལ་རིག་པའི་མི་ཚེའི་རིན་ཐང་ལྟ་བ་ལེགས་པར་བསྟན་པས། ལམ་དང་རྒྱུན་ཤེས་ཀྱི་རྫོངས་པའི་བྲན་གཤིས་སུ་གྱུར་བའི་ཡུལ་ལས་འགོངས་ཏེ། མི་གཞིར་བཙིངས་འགྲོལ་དང་། ཚེ་སྲོག་གི་རིན་ཐང་ལ་བརྩི་འཇོག་བརྒྱུད་མིའི་གོ་བབ་ལས་དལ་བའི་རྟེན་གྱི་སྙིང་པོ་རྩོད་དེ། མིའི་འགྲོ་བའི་ཐོབ་ཐང་མངོན་གྱུར་གྱི་འཚོ་སྡོད་ཀྱི་རྣམ་གཞག་བསྟན་ནོ། །འདི་ནི་མི་གཞི་རྙིང་པའི་འཆིང་རྒྱ་ལས་གྲོལ་ཏེ། མི་ལྟེ་བར་སྒྲུ་བའི་འཚོ་སྡོད་དང་ཁ་འཁྱོད་པའི་མི་ཚུལ་རིག་པའི་བསམ་བློའི་རླབས་རྒྱུན་གསར་རྩོམ་གྱི་ཉིང་དགོས་སུ་གྱུར་བའི་སྣང་ཚུལ་ཞིག་གོ།

སྐབས་བབ་དཔེ་མཚོན་གྱི་ཚུལ་དུ་གྲགས་རྩོམ་གསུམ་བྲངས་ཤིང་། དེ་དག་གི་བསྟན་བྱའི་སྙིང་པོའང་གཅིག་ཤེས་ཀུན་གྲོལ་ཚུལ་གྱིས་རྟོགས་བདེ་ཕྱིར་བརྩམས་ཚོས་སྒྲིང་རོལ་གྱི་གོ་ཚུལ་ལྟར་མདོར་བསྡུས་ན་འདི་ལྟར་ཏེ།

གཅིག དཔལ་དོན་གྲུབ་རྒྱལ་གྱི་《ལང་ཚོའི་ཐབ་ཆུ》ཏུ་ཐབ་ཆུའི་མཚོན་དོན་དུ་གྱུར་བའི་བོད་གངས་ཅན་གྱི་མི་རབས་གསར་པའི་གཞོན་ནུའི་མི་གཞི་དྲི་མེད་ཀྱི་རང་བཞིན་ལས་དུས་རབས་གསར་པའི་མ་འོངས་སྤྱི་ཚོགས་རེ་བས་གཏམས་པའི་ཡིད་འགྱུར་དྲག་པོ་མཚོན་ཏེ། གཞོན་ནུའི་མི་གཞི་གསར་པ་ལས་མིའི་འགྲོ་བའི་ཐོབ་ཐང་དང་། མིའི་གོ་བབ་རྩད་ཞིབ། ཚེ་སྲོག་གི་རིན་ཐང་ལ་བརྩི་འཇོག་བྱ་རྒྱུའི་མི་ཚུལ་རིག་པའི་མི་ཚེའི་རིན་ཐང་ལྟ་བ་བསྟན་ཅིང་། བློ་འཕྱིད་དུས་རབས་ཀྱི་རྟོགས་སད་ཀྱི་ཡ་ལད་དྲག་པོས་སྤྲོལ་རྒྱུན་རིག་གནས་དང་། དེང་རབས་རིག་གནས་གདམ་གའི་སྣང་ཚུལ་ཏེ། གཙོ་རྒྱུན་རིག་གནས་ཀྱི་རིན་ཐང་ལྟ་བ་ལུང་མ་བསྟན་དུ་གྲུབ་པའི་དད་པའི་ཉམས་ཉེན་ལ་སུན་འཕྱིན་དང་། མ་འོངས་དུས་རབས་གསར་པ་རེ་བས་གཏམས་པའི་འཆར་ཡན་གྱི་ཞུགས་བསམ་སྒྲིང་ནས་སྐྱན་ངག

པའི་བསམ་བློའི་བརྩེ་དུང་ཐོལ་མེད་མཚོན་ཡོད།

འདི་ནི་བློ་འཕྱེད་དུས་རབས་ཀྱི་རྟོགས་སད་པ་ཞིག་གི་མི་ཚེའི་རྟོགས་པ་སྟེ། སྐད་རྙིང་མཁྲིགས་བཟུང་དང་། འཕོས་ཆུང་བག་འཁུམ་ཀྱི་མི་གཞི་རྙིང་པའི་འཆིང་རྒྱ་ལས་གྲོལ་ཏེ། བསམ་བློར་བཅིངས་འགྲོལ་དང་། ཡར་ཐོན་གྱི་སྤོབས་པ་རབ་ཏུ་བརྟས་པའི་བོད་གངས་ཅན་གྱི་མི་རབས་གསར་པའི་གཞོན་ནུའི་བསམ་ཕོད་པ་དང་། སྙ་ཕོད་པ། སྒྲུབ་ཕོད་པའི་མི་གཞི་དྲི་མེད་ཀྱི་རང་བཞིན་ལ་བསྟོགས་པ་བརྗོད་དེ། དེ་ལྟ་བུའི་ཡར་ཐོན་སྤྱི་ཚོགས་ཀྱི་ཕྱུགས་བསམ་གླིང་བློས་བསླངས་ཀྱི་འདུན་པ་མངོན་པར་མཚོན་ནོ། །

གཉིས། ཚེ་རིང་དོན་གྲུབ་ཀྱི་《ར་ལོ་》རུ་ར་ལོའི་བདག་ཉིད་ཀྱི་འདུ་ཤེས་དབྱེལ་བའི་མི་སྣའི་སྣང་བརྙན་དཔེ་གཞི་ཅན་ལས་བོད་པ་ཐུན་མོང་གི་བསྟུས་གཟུགས་མཚོན་ཞིང་། དེ་ལྟ་བུའི་སྤྱི་ཚོགས་ཀྱི་སྣང་ཚུལ་ལ་སྲུན་འཕྱིན་ཡང་དག་བྱས་ཏེ། རིགས་ཤེས་དུས་རབས་ཀྱི་སྲོལ་རྒྱུན་རིག་གནས་དང་། དེང་རབས་རིག་གནས་ཀྱི་འགལ་འདུའི་ཕན་གནོད་ཀྱིས་བརྩམས་པའི་སྣ་མང་རིག་གནས་ཀྱི་དད་པའི་ཉམས་ཉེན་ཏེ། མིའི་འགྲོ་བའི་ཐོབ་ཐང་གི་བརྗོད་གཞིར་གྱུར་བའི་མི་རང་མཚན་པའི་མི་གཞིར་བཅིངས་འགྲོལ་དང་། ཚེ་སྲོག་གི་རིན་ཐང་ལ་བརྩི་འཇོག་བྱ་རྒྱུའི་རྩ་བའི་བླང་བྱ་བསྒྲུབ་རྒྱུ་ལྟ་ཅི། མིའི་གོ་བབ་སྟེ། མིའི་འགྲོ་བ་གང་ཞིག་དཔྱོད་ཤེས་སམ། རིགས་ཤེས་ཀྱི་བདག་ཉིད་ཡིན་མིན་གྱི་མི་གཞི་རྩད་ཞིབ་ཀྱང་ཀུན་ཏུ་འཕྱུགས་ཏེ། རང་དབང་དང་། འདྲ་མཉམ། དམངས་གཙོ་བཅས་མིའི་འགྲོ་བའི་ཐོབ་ཐང་ལོངས་སུ་སྤྱོད་པའི་ཤེས་དཔལ་གྱི་སྤྱི་ཚོགས་སུའང་མི་རང་མཚན་པའི་བདེ་སྡུག་གི་ཚོར་བ་ཐོར་ཞིང་། ལམ་དང་རྒྱུན་ཤེས་ལ་རྫོངས་པ། ཚེ་སྲོག་གི་རིན་ཐང་ལ་བརྩི་འཇོག་མི་བྱེད་པ་བཅས་བདག་ཉིད་ཀྱི་འདུ་ཤེས་དབྱེལ་བའི་བོད་པ་ཐུན་མོང་གི་དཀར་

ནག་གོ་ཞོག་དང་། སྐྱིད་འདོད་ལེ་ཡོ། མི་ཚེ་སྟོང་ཟད་ལ་སོགས་པའི་མི་ཚེའི་རིན་ཐང་ལྟ་བར་དོགས་སློང་བརྒྱུད་མིའི་འགྲོ་བའི་ཐོབ་ཐང་གི་ལ་རྒྱ་རྩོད་དེ། མི་རང་མཚན་པའི་གོ་བབ་རྩད་ཞིབ་དང་། མི་ཚུལ་རིག་པའི་འཚོ་སྡོད་ཀྱི་རྩ་བའི་བླང་བྱ་སྟེ། མི་གཞིར་བཅིངས་འགྲོལ་དང་། ཚེ་སྲོག་གི་རིན་ཐང་ལ་བརྩི་འཇོག་བྱ་རྒྱུའི་མི་རང་མཚན་པའི་འཚོ་གནས་ཀྱི་ཉམས་ཉེན་དང་། བདག་ཉིད་འདུ་ཤེས་ཀྱི་འཇིག་ཉེན་སྐྱོབ་བྱེད་ཀྱི་བསམ་བློའི་རང་བཞིན་རྒྱ་ཆེ་གཏིང་ཟབ་ཏུ་བསྟན་ནོ། །

འདི་ནི་རིགས་ཤེས་དུས་རབས་ཀྱི་དོགས་སློང་གི་བསམ་བློའི་སྙིང་པོས་ཕྱུག་པ་སྟེ། མི་རང་མཚན་པའི་གོ་བབ་རྩད་ཞིབ་བརྒྱུད་མིའི་འགྲོ་བའི་དལ་བའི་རྟེན་གྱི་སྙིང་པོ་སྟེ། མི་ནི་རྣམ་དཔྱོད་དམ། རིགས་ཤེས་ཀྱི་ངོ་བོར་བསྟན་ཅིང་། མིའི་འགྲོ་བའི་ལས་དབང་ནི་རྩོམ་རིག་གི་མི་ནུབ་པའི་བརྗོད་གཞི་ཡིན་པ་མངོན་པར་མཚོན་ནོ། །

གསུམ། པད་མ་ཚེ་བརྟན་གྱི་《གངས་》ཀྱིས་མངོན་མཚོན་རིང་ལུགས་ཀྱི་ཞིབ་འབྲི་སྒྲི་མཚན་དང་། སྒྲོས་བརྗོད་གཟུགས་འགྱུར། དེ་བཞིན་དེང་རབས་རིང་ལུགས་ཕྱི་མའི་བརྩམས་སྒྲུང་གསར་པའི་དོན་བརྗོད་གསར་བརྗེའི་མཚོན་ཐབས་གསར་པ་འཚོལ་ཞིབ་བྱས་ཏེ། གཞི་གྲུབ་རིང་ལུགས་ཀྱི་གྲུབ་དོན་སྟོང་པའི་རང་བཞིན་གྱི་མི་ཚེའི་རིན་ཐང་ལྟ་བ་དང་ཁ་འཁྱིད་པའི་རྩོམ་རིག་གི་གཏན་གྱི་འདུན་མའི་ཟབ་དོན་རྒྱ་ཆེ་གཏིང་ཟབ་ཏུ་བསྟན་ནོ། །

《གངས་》སུ་མི་སྣ་གཙོ་བོ་གངས་ཀྱི་སྣང་བརྙན་རབ་རིབ་དང་། མག་མོག་ཐ་ན་རྒྱུས་མེད་ཅན་ཏེ། མི་སྣའི་སྣང་བརྙན་གྱི་གཏན་ཚིགས་རང་བཞིན་པོར་ཏེ། ཀློག་པ་པོའི་སྨྱོང་རོལ་གྱི་མོས་པའི་ཁམས་ལས་ཡོངས་སུ་འགོངས་སོ། །ཕྱིར་གངས་ནི་བརྡ་རྟགས་སམ། ཐ་སྙད་བཏགས་པ་བ་སྟེ། འཇིག་རྟེན་གྲགས་ཚོད་ཀྱི་གཏན་ཚིགས་ལས་འདས་པའི་མིང་ཀྲུང་གི་ངོ་བོར་བསྟན་ནོ། །དེ་བཞིན་ཞིབ་འབྲི་སྒྲི་

མཚན་དང་། སྤྲོས་བརྗོད་གཟུགས་འགྱུར་ལ་སོགས་པའི་མཚོན་ཐབས་ཀྱི་ཕྲུགས་བསྟན་ལས་དངོས་དང་དངོས་མིན་ལས་འདས་པའི་རྨིས་འཕྲུལ་དང་། སྒྱུ་འཕྲུལ་གྱི་ཞིང་ཁམས་དང་ཁ་འཕྲོད་པའི་སྣང་བ་སྒྱུ་མའི་རང་བཞིན་མཚོན་ཏེ། གཞི་གྲུབ་རིང་ལུགས་ཀྱི་གྲུབ་དོན་སྟོང་པའི་མི་ཚེའི་རིན་ཐང་ལྟ་བ་བསྟན།

འདི་ནི་གཞི་གྲུབ་རིང་ལུགས་ཀྱི་གྲུབ་དོན་སྟོང་པའི་རང་བཞིན་གྱི་རྩོམ་རིག་གི་གཏན་གྱི་འདུན་མའི་འཚོལ་ཞིབ་དང་། ཡར་སྤྲོལ་རྒྱུན་གྱི་གཙོ་རྒྱུན་རྩོམ་སྤྲོལ་དུ་གྲུབ་པའི་སྤྲོག་གི་དབང་པོ་སྟེ། ནང་བསྟན་རྩོམ་རིག་གི་གཏན་གྱི་འདུན་མའི་བསམ་བློའི་རྒྱུན་བསྐྱར་གསོ་བྱས་པའི་གསར་རྩོམ་གྱི་འབྲས་བུར་ཡང་ངེས་སོ། །

མདོར་ན་དེང་དུ་རབས་རྩོམ་རིག་གི་བསམ་བློའི་རང་བཞིན་གྱི་བརྗོད་གཞིར་རྟོགས་སད་དང་། དོགས་སློང་གི་བསམ་བློའི་རང་བཞིན་སོ་སོར་བསྟན་ཅིང་། གྲུབ་དོན་སྟོང་པའི་མི་ཚེའི་རིན་ཐང་ལྟ་བའང་བསྟན་ནོ། །མདོ་དོན་གྱི་སྙིང་པོ་ལྟར་ན། སྤྱི་ཚོགས་ཀྱི་མིའི་ངོ་བོ་མ་བོར་བའི་མི་རང་མཚན་པའི་མི་ཚེའི་རིན་ཐང་ལྟ་བ་སྟེ། མི་ཚུལ་རིག་པའི་མི་ལྟེ་བར་སྨྲ་བའི་བསམ་བློའི་སྙིང་པོས་ཁྱུག་ཅིང་། གཞི་གྲུབ་རིང་ལུགས་ཀྱི་གྲུབ་དོན་སྟོང་པའི་རང་བཞིན་གྱི་རྩོམ་རིག་གི་གཏན་གྱི་འདུན་མའི་ཟབ་དོན་བཅས་སོ་སོར་རྒྱ་ཆེ་གཏིང་ཟབ་ཏུ་བསྟན་ནོ། །

རྩོམ་རིག་གི་གཏན་གྱི་འདུན་མ་གསར་རྩོམ་གྱི་བསམ་བློའི་སྨྱུལ་ཕྲུགས་སུ་གྱུར་ཏེ། དེང་དུ་རབས་རྩོམ་རིག་གི་བསམ་བློ་གསར་པར་གཟུངས་གཞུག་བསྐུལ་ཅིང་། མིའི་འགྲོ་བའི་ལས་དབང་རྩོམ་རིག་གི་མི་ནུབ་པའི་བརྗོད་གཞིར་གྱུར་བ་གང་ཞིག རྩོམ་རིག་ནི་མིའི་རིག་པ་ཡིན་ཞེས་པའི་རྩོམ་རིག་གསར་པའི་རིན་ཐང་ལྟ་བ་མངོན་པར་མཚོན། དེ་བཞིན་གཙོ་རྒྱུན་རྩོམ་སྤྲོལ་དུ་གྲུབ་པའི་རྩོམ་རིག་གི་བསམ་བློ་གསར་པར་གཞི་གྲུབ་རིང་ལུགས་ཀྱི་གྲུབ་དོན་སྟོང་པའི་རང་བཞིན་གྱི་

མི་ཚེའི་རིན་ཐང་ལྟ་བའི་གསར་རྩོམ་ལ་ཐོག་མའི་མྱུར་ལམ་བཤངས་པ་ལ་སོགས་ངོ་མཚར་ཤིན་ཏུ་ཆེའོ། །

དེང་ད་རབས་རྩོམ་རིག་གསར་རྩོམ་གྱི་བྱུང་འཕེལ་ལོ་རྒྱུས་ལྟར་ན། བརྩམས་ཆོས་ཀྱི་བསམ་བློའི་བརྗོད་གཞིར་རྟོགས་སད་དང་། དོགས་སློང་ལྟ་བུ་མི་ཚུལ་རིག་པའི་མི་ཚེའི་རིན་ཐང་ལྟ་བ་དང་། གྲུབ་དོན་སྟོང་པའི་རང་བཞིན་ལྟ་བུ་གཞི་གྲུབ་རིང་ལུགས་ཀྱི་བསམ་བློའི་རང་བཞིན་བཅས་སོ་སོར་གྲུབ་སྟེ། རྩོམ་རིག་ནི་མིའི་རིག་པ་ཡིན་ཞེས་པའི་སྨྲ་རྩལ་གསར་རྩོམ་གྱི་ཉིང་དགོས་མངོན་གྱུར་དང་། ཡར་སྤྲོལ་རྒྱུན་གཙོ་རྒྱུན་རྩོམ་སྤྲོལ་གྱི་སྤྲོག་གི་དབང་པོ་སྟེ། ནང་བསྟན་རྩོམ་རིག་གི་གཏན་གྱི་འདུན་མའི་བསམ་བློའི་རྒྱུན་འཚོལ་ཞིབ་དང་། རྩོམ་རིག་གསར་བརྗེའི་བསམ་བློའི་རླབས་རྒྱུན་དར་ཞིང་རྒྱས་པའི་གསར་རྩོམ་གྱི་སྣང་ཚུལ་བསྟུས་སོ། །

ཕྱིར་ལྟ་དང་འཚོལ་ཞིབ།

ནང་བསྟན་རྩོམ་རིག་དང་། དེང་ད་རབས་རྩོམ་རིག་གི་གཏན་གྱི་འདུན་མའི་ཟབ་དོན་མི་འདྲ་བ་སྟེ། སྔ་མར་ཆོས་ལུགས་མཚན་ཉིད་རིག་པའི་གཟུགས་འདས་སྨྲ་བའི་མི་ཚེའི་རིན་ཐང་ལྟ་བ་དང་། ཕྱི་མར་མི་ཚུལ་རིག་པའི་མི་ལྟེ་བར་སྨྲ་བ་གང་ཞིག གཞི་གྲུབ་རིང་ལུགས་ཀྱི་གྲུབ་དོན་སྟོང་པའི་རང་བཞིན་གྱི་མི་ཚེའི་རིན་ཐང་ལྟ་བ་སོ་སོར་བསྟན་ནོ། །

གཅིག ནང་བསྟན་རྩོམ་རིག་གི་གཏན་གྱི་འདུན་མའི་ཟབ་དོན་གྱིས་ཆོས་ལུགས་ཀྱི་འཁོར་བ་སྙིང་པོ་མེད་པར་སྨྲ་བ་དང་། མཚན་ཉིད་རིག་པའི་ངོ་བོ་ཉིད་མེད་པར་སྨྲ་བ་སྟེ། ཆོས་ལུགས་མཚན་ཉིད་རིག་པའི་གཟུགས་འདས་སྨྲ་བའི་མི་ཚེའི་རིན་ཐང་ལྟ་བ་བསྟན་ཏེ། མིའི་འགྲོ་བ་ཐུན་མོང་གི་མཐར་ཐུག་གི་བསྒྲུབ་བྱ་

ཉེད་བྱའི་གྲུབ་དོན་ཏེ། མིའི་འགྲོ་བའི་གཏུག་གཤིས་དང་ཁ་འཕྲོད་པའི་དངོས་པོའི་གནས་ལུགས་སྟོང་པའི་རང་བཞིན་ཇི་ལྟ་བ་ཕྱིན་ཅི་མ་ལོག་པར་བསྟན།

འདི་ནི་རིགས་རྒྱུད་དང་། དད་པས་རིས་སུ་མ་བཅད་པའི་མིའི་འགྲོ་བ་རིས་མེད་ཀྱི་སྐྱེ་ཕྱིའི་སྡུག་བསྔལ་ཟློག་བྱེད་ཀྱི་ཐར་པ་དང་། སྡུག་བསྔལ་བདེན་འཛིན་གྱི་རྩ་བ་རྩད་ནས་བཅད་པའི་མཐར་ཐུག་གི་གོ་འཕང་སྟེ། ཐོས་བསམ་སྒོམ་གསུམ་གྱི་གཞིར་གྱུར་བའི་རིགས་ཤེས་ལས་ཀྱང་འདས་པའི་སྤྱོད་བ་རང་མཚན་པའི་སྤྱོད་ཡུལ་གྱི་གྲུབ་དོན་སྟོང་པའི་རང་བཞིན་ནམ། རང་བཞིན་བདེན་པར་མ་གྲུབ་པའི་དངོས་པོའི་གཤིས་ལུགས་སྤྱོད་བྱེད་ཀྱི་མཐར་ཐུག་གི་མི་ཚེའི་རིན་ཐང་ལྟ་བའོ། །

ཕྱིར་མི་གཞི་དང་། མིའི་མཚན་ཉིད། མིའི་གོ་བབ། དད་པ། རྣམ་ཤེས། སྐྱེ་བ་སྔ་ཕྱི། ལས་འབྲས། གྲུབ་དོན་ལ་སོགས་པ་ཆོས་ལུགས་མཚན་ཉིད་རིག་པའི་གཟུགས་འདས་སྨྲ་བའི་རིགས་པའི་རྣམ་གཞག་རྣམ་པར་འབྱེད་དེ། རིགས་ཤེས་ཀྱི་བདག་ཉིད་ཡིན་པ་གང་ཞིག ལས་འབྲས་ཀྱི་རྟེན་དུ་གྱུར་བའི་དལ་བའི་རྟེན་གྱི་སྙིང་པོ་ལས་མིའི་གོ་བབ་རྩད་ཞིབ་བརྒྱུད་མིའི་འགྲོ་བ་རིས་མེད་ཀྱི་མཐར་ཐུག་གི་གྲུབ་དོན་སྟོང་པའི་རང་བཞིན་དང་། དེའི་ཟློག་བྱེད་ཀྱི་གཉེན་པོའང་རིགས་པ་བརྒྱ་ཕྲག་ལམ་ནས་ལེགས་པར་བསྟན་ན། འདི་ནི་རིགས་ཤེས་ལས་ཀྱང་འདས་པའི་སྤྱོད་བ་རང་མཚན་པའི་སྤྱོད་ཡུལ་དུ་གྱུར་བའི་གཟུགས་འདས་སྨྲ་བའི་མི་ཚེའི་རིན་ཐང་ལྟ་བ་ཡིན་པ་གང་ཞིག མིའི་འགྲོ་བ་ཐུན་མོང་གི་གཏུག་མའི་རང་བཞིན་ཇི་ལྟ་བར་བསྟན་པའི་ཆོས་ལུགས་མཚན་ཉིད་རིག་པའི་མཐར་ཐུག་གི་མི་ཚེའི་རིན་ཐང་ལྟ་བའོ། །

དེའི་ཕྱིར་ནང་བསྟན་རྩོམ་རིག་གི་གཏན་གྱི་འདུན་མ་ནི་རིགས་རྒྱུད་དང་། དད་པས་རིས་སུ་མ་བཅད་པའི་མིའི་འགྲོ་བ་ཐུན་མོང་གི་སྤྱོད་ཡུལ་དུ་གྱུར་བའི་མཐར་ཐུག་གི་ཞི་འདོད་མངོན་གྱུར་གྱི་ཐབས་དམ་པ་དང་། འཕྲུལ་ཤུགས་འདི་ཕྱིའི་

སྡུག་བསྔལ་གྱི་རྩ་བ་རྩད་ནས་གཅོད་བྱེད་ཀྱི་རིགས་པའི་ས་བོན་ཡིན་པས། འཛམ་གླིང་ཤར་ནུབ་ཀྱི་རྩོམ་རིག་སྔེའི་ཐུན་མོང་གི་གཙོ་རྒྱུན་རྩོམ་སྲོལ་དུ་གྲུབ་པའི་རྩོམ་རིག་གི་གཏན་གྱི་འདུན་མའི་ཟབ་དོན་ཡིན་པ་མངོན་སུམ་མི་བསླུ་བའི་གཏམ་མོ། །

འདས་པའི་ལོ་ཟླའི་ཆུ་རྒྱུན་རིང་མོའི་གློང་ཡ་རབས་སྙིང་རྗེའི་གཞན་དབང་དུ་གྱུར་པའི་བོད་པ་ནི་དད་པའི་ཉམས་ཉེན་གྱིས་མི་བསྲུན་ཞིང་། དགེ་སྡིག་ལས་འབྲས་ཀྱི་རྣམ་འབྱེད་ལ་མཁས་པ། སྙིང་རྗེའི་རང་སྟོབས་ཀྱིས་སེམས་ཅན་སྤྱི་མཐུན་གྱི་ལས་དབང་སྲོག་ལྟར་སྲུང་བ། དབང་དང་འབྱོར་པ་མཚན་སྙན་མི་རྩོད་པའི་འདོད་ཆུང་ཆོག་ཤེས་ཀྱི་སྤྱོད་པས་མཛེས་པ། དཀར་པོ་དགེ་བའི་ས་བོན་གྱི་དད་པ་བརྟན་ཅིང་མི་གཡོ་བ་སོགས་སེམས་པའི་ཡོན་ཏན་གྱིས་རབ་ཏུ་བརྒྱན་ནོ། །འདི་ནི་མི་རིགས་རང་མཚན་པའི་སྲོལ་རྒྱུན་རིག་གནས་འདུ་ཤེས་ཀྱི་རྩ་བ་ཤིན་ཏུ་བརྟན་པའི་དན་རྟགས་ཏེ། སྔ་མང་རིག་གནས་ཀྱི་ཡོ་ལང་དྲག་པོའི་རིགས་ཤེས་དུས་རབས་ཀྱི་བཟོ་ལས་གསར་བརྗེ་དང་། དེང་རབས་ཤེས་རིག་གིས་བརྩམས་པའི་དད་པའི་ཉམས་ཉེན་གྱི་གོལ་སར་ལྷུང་དཀའ་འོ། །

ཁྱད་པར་དུ་དེང་རབས་རིང་ལུགས་ཀྱི་དུས་མཚམས་སུ་ནུབ་ཕྱོགས་མཚན་ཉིད་རིག་པ་དང་། རིགས་གསར་གྱིས་གཞི་ནས་རྫོགས་པར་གྱུར་བའི་ཆོས་ལུགས་མཚན་ཉིད་རིག་པའི་གྲུབ་དོན་སྟོང་པའི་མི་ཚེའི་རིན་ཐང་ལྟ་བའི་ཟབ་དོན་བདག་ཅག་གི་མཁས་པ་དབུ་མ་པར་གྲགས་པའི་དམ་པ་གོང་མ་ཚོས་སྔར་ནས་རྫོགས་ཤིང་། སྲོལ་རྒྱུན་རྩོམ་རིག་གི་གཙོ་རྒྱུན་རྩོམ་སྲོལ་གྱི་སྲོག་གི་དབང་པོར་གྱུར་ཏེ། མི་རིགས་རང་མཚན་པའི་ཐུན་མོང་མ་ཡིན་པའི་རིག་གནས་འདུ་ཤེས་ཀྱིས་བརྒྱན་པའི་རྩོམ་པའི་རྣམ་གཞག་འདི་གྲུབ་ཡོད།

སེམས་པོ་དམ་པ་གོང་མ་ཚོའི་རྣམ་ཐར་མཇལ་ཚེ། གང་དག་ནི་རང་བཞིན་

རྣམ་དག་སྟོང་པ་ནམ་མཁའ་ལྟ་བུའི་གཏུག་སེམས་སྟོང་པའི་བདེ་བར་སྤྱོད་ཅིང་། རང་བཞིན་བདེན་པར་མ་གྲུབ་པའི་ཡུལ་སྟོང་པར་རོ་གཅིག་འདྲེས་པའི་གྲུབ་དོན་སྟོང་པའི་རང་བཞིན་དགག་བྱེད་ཀྱི་ཤེས་རབ་སྟོང་པ་ཉིད་དང་། སྒྲུབ་བྱེད་ཀྱི་ཐབས་སྙིང་རྗེ་ཆེན་པོའི་གཞན་དབང་དུ་མ་གྱུར་བ་གཅིག་ཀྱང་མེད། དེ་ལྟ་བུའི་དལ་བའི་རྟེན་གྱི་སྙིང་པོ་ཅན་གྱི་སྐྱེས་བུ་ཤེས་རབ་ཅན། རིགས་པ་སྨྲ་བའི་ཁྱུ་མཆོག་དག་ཕྱོན་པའི་འདས་པའི་དུས་རབས་ནི་ཤེས་དཔལ་གྱི་སྤྱི་ཚོགས་ཉག་གཅིག་སྟེ། མིའི་འགྲོ་བ་རིས་མེད་དམ། སེམས་ཅན་སྤྱི་མཐུན་གྱི་ལས་དབང་སྤྲོག་ལྟར་སྐྱུང་ཞིང་། གཏན་གྱི་འདུན་མའི་མི་ཚེའི་རིན་ཐང་ལྟ་བ་སྤྱི་ཚོགས་ཀྱི་སྲོལ་རྒྱུན་རིག་གནས་དང་། གསོ་རྒྱུན་རྩོམ་སྲོལ་གྱི་རྩོམ་པའི་རྣམ་གཞག་ཏུ་གྲུབ།

འཛམ་གླིང་ཆོས་ལུགས་མཚན་ཉིད་རིག་པའི་བྱུང་འཕེལ་ལྟར་ན། གཏན་གྱི་འདུན་མའི་གྲུབ་དོན་སྟོང་པའི་རང་བཞིན་གྱི་རིགས་པའི་ས་བོན་ཡེ་ཤུའི་ཆོས་ལུགས་ཀྱི་ལྟ་གྲུབ་ལ་འདོད་མོད། ལུང་རིགས་ཀྱི་གཞི་འཛིན་ས་ཤར་ཕྱོགས་ཀྱི་ཆོས་ལུགས་ཏེ། རྒྱ་གར་སངས་རྒྱས་ཆོས་ལུགས་ཀྱི་ལྟ་གྲུབ་ལ་འདོད་པ་ཐུན་མོང་གི་བཞེད་ཚུལ་ལོ། །དེའི་ཕྱིར་ནང་བསྟན་རྩོམ་རིག་གི་གཏན་གྱི་འདུན་མ་ནི་འཛམ་གླིང་ཤར་ནུབ་ཀྱི་རྩོམ་རིག་སྟེའི་རྩོམ་པའི་རྣམ་གཞག་གི་སྲོག་གི་དབང་པོའི་གཟུངས་གཞུག་དང་། བསམ་བློའི་བང་མཛོད་ཡིན་པ་གང་ཞིག རྩོམ་རིག་གི་གཏན་གྱི་འདུན་མའི་གསར་རྩོམ་གྱི་ཕ་སའམ། ནར་སོན་བྱེད་ཀྱི་སྐྱུལ་སློ་ལྟ་བུར་གྱུར་བ་གོར་མ་ཆག འདི་ནི་ནང་བསྟན་རྩོམ་རིག་གི་གཏན་གྱི་འདུན་མའི་རྩོམ་རིག་གི་གོ་ས་བླ་ན་མ་མཆིས་པ་སྟེ། རྩོམ་རིག་དང་། ཆོས་ལུགས། མཚན་ཉིད་རིག་པ་བཅས་ཀྱི་ཁ་དོག་རྣམ་པར་བཀྲ་བའི་རྩོམ་རིག་བསམ་བློའི་གཤིན་སར་གྱུར་བས་སོ། །

གཅིག་ཤོས། དེང་ད་རབས་རྩོམ་རིག་གི་གཏན་གྱི་འདུན་མའི་ཟབ་དོན་ནི་

མི་ཚུལ་རིག་པའི་མི་ལྷེ་བར་སྨྲ་བའི་མི་ཚེའི་རིན་ཐང་ལྟ་བ་སྟེ། མི་གཞིར་བཅིངས་འགྲོལ་དང་། ཚེ་སྲོག་གི་རིན་ཐང་ལ་བརྩི་འཛོག་བརྒྱུད་རང་དབང་དང་། འདྲ་མཉམ། དམངས་གཙོ་བཅས་ཀྱི་མིའི་འགྲོ་བའི་ཐོབ་ཐང་མངོན་གྱུར་དང་། རིགས་ཤེས་ཀྱི་བདག་ཉིད་དུ་གྱུར་བའི་མིའི་གོ་བབ་རྩད་ཞིབ་བྱས་ཏེ། མིའི་འགྲོ་བའི་འཚོ་སྡོད་ཀྱི་རྩ་བའི་བླང་བྱ་དོན་གཉེར་བྱ་རྒྱུ་ཡིན་པ་གང་ཞིག གཞི་གྲུབ་རིང་ལུགས་ཀྱི་གྲུབ་དོན་སྟོང་པའི་རང་བཞིན་གྱི་མི་ཚེའི་རིན་ཐང་ལྟ་བ་སོ་སོར་བསྟན་པའོ། །

སྤྱིར་མི་ཚུལ་རིག་པའི་མི་ལྷེ་བར་སྨྲ་བའི་མི་ཚེའི་རིན་ཐང་ལྟ་བ་ཡིན་པ་གང་ཞིག བློ་འབྱེད་དུས་རབས་ཀྱི་རིག་གནས་གདམ་གའི་སྒྲིག་གཞི་དང་། རིགས་ཤེས་དུས་རབས་ཀྱི་སྣ་མང་རིག་གནས་ཀྱི་ཡོ་ལང་དྲག་པོའི་ཤུགས་བསྟན་གྱིས་བརྩམས་པའི་བོད་པའི་མི་ཚེའི་རིན་ཐང་ལྟ་བ་གཞན་འགྱུར་དང་། སྤྱི་ཚོགས་ཀྱི་རིག་གནས་འདུ་ཤེས་ཀྱི་དད་པའི་ཉམས་ཉེན་ཏེ། འཚོ་སྡོད་རིག་གནས་ཀྱིས་བོར་བའི་རང་བྱུང་མིའི་མི་ཚེའི་རིན་ཐང་ལྟ་བའི་མངོན་ཚུལ་ཞིག་གོ། དེ་ལྟ་བུའི་རིག་གནས་ཉམས་ཉེན་གྱི་གོལ་ས་ལས་སྲོལ་རྒྱུན་རིག་གནས་ཀྱི་ཉེད་པ་འཐོབ་ཕྱིར་གཞི་གྲུབ་རིང་ལུགས་ཀྱི་གྲུབ་དོན་སྟོང་པའི་རང་བཞིན་གྱི་རྩོམ་རིག་གི་གཏན་གྱི་འདུན་མའི་གསར་རྩོམ་འཚོལ་སྐྱེག་བྱས་ཡོད།

གསར་རྩོམ་དངོས་ཀྱི་གནས་བབ་ལྟར་ན། མི་ཚུལ་རིག་པའི་མི་ལྷེ་བར་སྨྲ་བའི་མི་ཚེའི་རིན་ཐང་ལྟ་བ་ནས་གཞི་གྲུབ་རིང་ལུགས་ཀྱི་གྲུབ་དོན་སྟོང་པའི་རང་བཞིན་གྱི་གསར་རྩོམ་དུ་བར་བརྒྱལ་ལམ། ཐོད་བརྒྱལ་བྱས་པའི་རྩོམ་རིག་བསམ་བློ་གསར་བརྗེའི་རྣམ་པ་མཆིས། འདི་ནི་སྲོལ་རྒྱུན་གྱི་གཙོ་རྒྱུན་རྩོམ་སྲོལ་ཏེ། ནང་བསྟན་རྩོམ་རིག་གི་གཏན་གྱི་འདུན་མའི་བསམ་བློའི་རྒྱུན་ཆད་པའི་སྣང་ཚུལ་མ་ཡིན། ཤོག་སྟེ་གཞི་གྲུབ་རིང་ལུགས་ཀྱི་བསམ་བློའི་ རླབས་རྒྱུན་གསར་པའི་འཚོལ་

སྙེག་དང་། ཡར་སྤྲོལ་རྒྱུན་རིག་གནས་འདུ་ཤེས་ཀྱི་རྙེད་པ་འཐོབ་ཕྱིར་ནང་བསྟན་རྩོམ་རིག་གི་གདན་གྱི་འདུན་མའི་གསར་རྩོམ་སྐྱར་གསོའམ། འཚོལ་ཞིབ་བྱས་པའི་འབྲས་བུ་ཉག་གཅིག་གོ།

རྩོམ་རིག་ནི་མིའི་རིག་པ་དང་། མིའི་འགྲོ་བའི་ལས་དབང་ནི་རྩོམ་རིག་གི་མི་ཉབ་པའི་བརྗོད་གཞི་ཡིན་ན། དེང་དུ་རབས་རྩོམ་རིག་གིས་ངེས་པར་དུ་རང་གི་ཁ་གཏོད་ཡུལ་དུ་གྱུར་བའི་མིའི་གདགས་གཞིར་ངེས་ཤེས་འདྲོངས་ཏེ། འདས་པའི་སེམས་པ་གོང་མ་ཚོའི་ཐབས་ཤེས་ཟུང་འཇུག་གི་རིགས་པའི་གཟི་བྱིན་མི་མཐོང་ཞིང་། ད་ལྟའི་སྤྱི་ཚོགས་ཀྱི་འཚོ་སྡོད་རིག་པར་རྒྱུས་མངའ་ཅི་ཡང་མེད་པའི་དབང་རྩལ་གཡམ་རྒྱུག་གི་མི་གཞི་ཐ་མལ་བ་སྟེ། རྫོངས་པའི་བྲན་གཡེས་སུ་གྱུར་བའི་བདག་ཅག་རང་ལོའི་མི་ཚེའི་ཁ་སྣབས་སྐྱོ་པོ་དང་། མི་ཚེའི་རིན་ཐང་ལྟ་བ་ལུང་མ་བསྟན་རྩོམ་རིག་གི་བརྗོད་གཞིར་བཙམས་ཏེ། མི་གཞིར་བསྐྱུར་བརྟག་དང་། མིའི་གོ་བབ་རྩད་ཞིབ་བྱ་རྒྱུ་ཅིའི་ཕྱིར་འབྲི་བའི་གསར་རྩོམ་གྱི་ཉིང་དགོས་སུ་འཛུག་རྒྱུ་ཤིན་ཏུ་གལ་ཆེའོ། །

ཡར་ནང་བསྟན་རྩོམ་རིག་གི་གདན་གྱི་འདུན་མའི་ཟབ་དོན་འཚོལ་སྙེག་གི་ལམ་བུ་ནས་གཞི་གྲུབ་རིང་ལུགས་ཀྱི་གྲུབ་དོན་སྟོང་པའི་མི་ཚེའི་རིན་ཐང་ལྟ་བ་མངོན་པར་མཚོན་ཏེ། རྩོམ་རིག་གི་གདན་གྱི་འདུན་མའམ། རྩོམ་རིག་གི་མཐར་ཐུག་གི་བསམ་བློའི་རང་བཞིན་ལས་ཆོས་ལུགས་མཚན་ཉིད་རིག་པའི་མི་ཚེའི་རིན་ཐང་ལྟ་བ་བསྟན་རྒྱུ་ཉིང་དགོས་སོ། །དེ་ལྟར་ན་ཅིའི་ཕྱིར་འབྲི་བའི་གསར་རྩོམ་གྱི་དགོས་པ་བདེ་བླག་ཏུ་འཕྲོངས་ཏེ། གསར་རྩོམ་གྱི་མ་གཞུང་དུ་འཚོ་བའི་ཁ་དོག་ཙམ་མཚོན་པའི་གྱི་ན་བའི་མི་ཚེའི་ཁྲལ་ལས་ཀྱི་མཇུག་སྒྲིལ་རྒྱུ་གོར་མ་ཆག

མདོ་དོན་གྱི་སྙིང་པོ་ལྟར་ན། རྩོམ་རིག་གི་གདན་གྱི་འདུན་མ་ནི་བཙམས་ཆོས་ཀྱི་མཐར་ཐུག་གི་བསམ་བློའི་རང་བཞིན་ཡིན་པ་གང་ཞིག ཡུལ་དུས་གང་ཅུང་ཞིག་

གི་མི་རིགས་ཅི་རྒྱང་ཞིག་གི་ཆོས་ལུགས་དང་། མཚན་ཉིད་རིག་པའི་རྣམ་གཞག་ལས་འཕྲོས་པའི་མི་རིགས་རང་མཚན་པའི་ཐུན་མོང་མ་ཡིན་པའི་འཇིག་རྟེན་ལྟ་བ་དང་། མི་ཚེའི་ལྟ་བའི་མངོན་ཚུལ་ཡིན་ཞིང་། མི་ཚུལ་རིག་པའི་མི་ལྟེ་བར་སྒྲུབ་པའི་མི་ཚེའི་རིན་ཐང་ལྟ་བ་ནི་འཚོ་སྐྱོད་རིག་པའི་རྩ་བའི་བླང་བྱ་ཡིན་པ་གདོན་མི་ཟ། དེའི་ཕྱིར་མ་འོངས་པའི་རྩོམ་རིག་གསར་རྩོམ་གྱི་ལམ་བུར་ཆོས་ལུགས་མཚན་ཉིད་རིག་པའི་གཟུགས་འདས་སྒྲུབ་དང་། མི་ཚུལ་རིག་པའི་མི་ལྟེ་བར་སྒྲུབ་པའི་མི་ཚེའི་རིན་ཐང་ལྟ་བ་གཙོ་རྒྱུན་རྩོམ་སྲོལ་གྱི་བསམ་བློའི་མ་གཞུང་དུ་བཞག་སྟེ། རྩོམ་ལུས་སྣ་ཚོགས་ཤིང་། མཚོན་ཐབས་ཕུན་སུམ་ཚོགས་པའི་ལམ་ནས་རྩོམ་རིག་གི་གསར་རྩོམ་ལ་བསམ་བློའི་རྒྱུགས་ཕྱི་གྲུ་ནོམ་པ་འབྱིན་རྒྱུ་ཤིན་ཏུ་གལ་ཆེའོ། །

སྤྱིར་ནང་བསྟན་རྩོམ་རིག་གི་གཏན་གྱི་འདུན་མས་ཆོས་ལུགས་མཚན་ཉིད་རིག་པའི་གྲུབ་དོན་སྟོང་པའི་བསམ་བློའི་རང་བཞིན་ནམ། སངས་རྒྱས་ཆོས་ལུགས་ཀྱི་བདག་མེད་སྒྲུབ་པའི་མི་ཚེའི་རིན་ཐང་ལྟ་བ་སྟེ། ཆོས་ལུགས་མཚན་ཉིད་རིག་པའི་ལྟ་གྲུབ་ལས་འཕྲོས་པའི་སྐྱེ་འཆིའི་སྡུག་བསྔལ་ཟློག་བྱེད་ཀྱི་ཐབས་དམ་པ་དང་། དངོས་པོའི་རང་བཞིན་བདེན་པར་མ་གྲུབ་ཀྱང་གཏན་མེད་མ་ཡིན་པའི་མཚན་ཉིད་རིག་པའི་ཟབ་དོན་རྒྱ་ཆེ་གཏིང་ཟབ་ཏུ་བསྟན་ན། རྩོམ་རིག་གི་སྲོག་གི་དབང་པོ་འདི་ནི་ཡོངས་གྲགས་ཀྱི་རྩོམ་རིག་གི་གཏན་གྱི་འདུན་མའི་ཟབ་དོན་ཏེ། རྩོམ་རིག་གི་མཐར་ཐུག་གི་བསམ་བློའི་རང་བཞིན་བྱ་བ་དེའོ། །

སྐབས་བབ་ཀྱི་མི་ཚུལ་རིག་པ་སྟེ། "དབྱིན་ཇིའི་སྐད་དོད་དུ'humanism' ཞེས་པ་དང་། གོ་དོན་ནི'མི་ཚུལ་གྱི་སྙིང་སྟོབས' ཏེ། ཡོངས་གྲགས་སུ་མི་ཚུལ་རིང་ལུགས་དང་། མི་གཙོ་རིང་ལུགས། མི་ཆོས་རིང་ལུགས་བཅས་སུ་བཞེད་"[①]དོ། །

---

① 周国平：《人文精神的哲学思考》，〔M〕长江文艺出版社2014/6第1版，P3

འདི་ནི་“དབྱི་ཐ་ལི་དང་། ཡོ་རོབ་རིག་རྩལ་བསྐྱར་དར་ལས་འགྱུལ་གྱི་སྙིང་སྟོབས་”①ལས་ཐོག་མར་དར་ཞིང་། སྤྱིར་“ཆེ་སྤྲོག་དང་། མི་གཞིའི་གནད་དོན་ལས་འཕྲོས་པའི་ཆེ་སྤྲོག་གི་རིན་ཐང་ལྟ་བ་བསྟན་པ་”②གང་ཞིག “མི་ཚུལ་རིག་པ་ནི་མིའི་འགྲོ་བའི་མི་གཞིར་བཙིངས་འགྲོལ་གཏོང་བྱེད་ཀྱི་རིགས་པའི་རྣམ་གཞག་ཏུ་འདོད། མིའི་འགྲོ་བར་ཚ་མཚོན་ན། འཚོ་སྡོད་ཀྱི་གཞི་མར་བསྒྱུར་བཅོས་བྱས་ཏེ། ཞིགས་ལམ་དུ་དགྲི་བྱེད་ཀྱི་ཐབས་དམ་པར་”③ངེས་པའི་འཚོ་གནས་རིག་པ་ཞིག་གོ།

ནུབ་ཕྱོགས་ཤེས་རིག་བྱུང་འཕེལ་གྱི་ལོ་རྒྱུས་ལྟར་ན། ཡོ་རོབ་ཀྱི་ཤེས་རིག་དཔལ་ཡོན་ལ་སྤྱི་ཚོགས་འཕོ་འགྱུར་གྱི་བརྗབ་གསིག་གྲངས་མེད་ཐོག་སྟེ། འདུ་ཤེས་ཐོད་བརྒལ་དང་། སྤྲོལ་རྒྱུན་ནས་དེང་རབས་རིག་གནས་བར་བརྒལ་གྱི་དང་པའི་ཉམས་ཉེན་ཐྲད་ཚུང་། “མི་ཚུལ་རིག་པ་ནི་ནུབ་ཕྱོགས་ཀྱི་འཚོ་བ་དང་། འདུ་ཤེས་ཀྱི་རྗེན་དུ་གྱུར་”④བའི་“མི་གཞིའི་གནས་ལུགས་འཚོལ་བྱེད་ཀྱི་འཚོ་གནས་རིག་པ་”⑤ཞིག་ཏུ་གྲགས་སོ། །

དེང་དུ་རབས་རྩོམ་རིག་གི་གཙོ་རྒྱུན་རྩོམ་སྤྲོལ་གྱི་བསམ་བློའི་གཞུང་ཤིང་དུ་མི་ཚུལ་རིག་པའི་མི་ལྟེ་བར་སྨྲ་བའི་མི་ཚེའི་རིན་ཐང་ལྟ་བ་ལྷུར་བླངས་ཏེ། རྩོམ་རིག་ནི་མིའི་རིག་པ་ཡིན་ཞེས་པའི་སྤྲོག་གི་དབང་པོ་དོར་མི་ཏུང་། འདི་ནི་རྩོམ་པའི་ཐྲན་གཤིས་སུ་གྱུར་ཅིང་། གྲུབ་མཐས་བློ་མ་བསྒྱུར་བའི་རང་བྱུང་མིའི་འཚོ་སྡོད་ལུང་མ་བསྟན་དུ་གྲུབ་པའི་བོད་པ་ཡིངས་ཀྱི་མི་ཚེའི་རིན་ཐང་ལྟ་བ་གཞན་

① 费尔南·布罗代尔：《文明史》，〔M〕中信出版社2014/5第1版，P362

② 费尔南·布罗代尔：《文明史》，〔M〕中信出版社2014/5第1版，P362

③ 费尔南·布罗代尔：《文明史》，〔M〕中信出版社2014/5第1版，P363

④ 费尔南·布罗代尔：《文明史》，〔M〕中信出版社2014/5第1版，P367

⑤ 王素色：《欧洲文艺复兴艺术史》，〔M〕中央民族大学出版社2007/12第1版，P356

འགྱུར་གྱི་གོལ་ས་ལྡོག་སྟེ། མི་གཞིའི་གནས་ལུགས་ཡང་དག་འཚོལ་བྱེད་ཀྱི་ཐབས་དག་པའོ། །དེ་བཞིན་གཞི་གྲུབ་རིང་ལུགས་ཀྱི་གྲུབ་དོན་སྟོང་པའི་རང་བཞིན་གྱི་མི་ཚེའི་རིན་ཐང་ལྟ་བ་མཚོན་ཏེ། གཞི་གྲུབ་རིང་ལུགས་ཀྱི་མཚན་ཉིད་རིག་པའི་བསམ་བློའི་རླབས་རྒྱུན་དང་། ཡར་ནང་བསྟན་རྩོམ་རིག་གི་གཏན་གྱི་འདུན་མའི་ཟབ་དོན་ཏེ། དབུ་མའི་ལྟ་གྲུབ་ལས་འཕྲོས་པའི་ནང་བསྟན་མཚན་ཉིད་རིག་པའི་གཟུགས་འདས་སྨྲ་བའི་མི་ཚེའི་རྟོགས་པའམ། མི་རིགས་རང་མཚན་པའི་རིག་གནས་འདུ་ཤེས་ཀྱི་བསམ་བློའི་རྒྱུན་གཙོ་རྒྱུན་རྩོམ་སྲོལ་གྱི་སྲོག་གི་དབང་པོར་གྲུབ་པར་བྱའོ། །

མི་ཚུལ་རིག་པའི་མི་ལྟེ་བར་སྨྲ་བས་མིའི་འགྲོ་བའི་འཚོ་སྡོད་རིག་པའི་རྣམ་གཞག་རྒྱས་པར་བསྟན་ན། བློ་འཆེད་ཀྱི་ཤུགས་བསྟན་ལས་རྟོགས་སད་དང་། དཔྱོད་ཤེས་ཀྱི་ཤུགས་བསྟན་ལས་དོགས་སློང་འབྲུངས་ཏེ། མི་གཞིའི་གནས་ལུགས་ཡང་དག་རྙེད་ཅིང་། འབངས་ཀྱི་རྫོངས་པའི་བྲན་གཤིས་བཟློག་སྟེ། ཡམ་དང་རྒྱུན་ཤེས་ཀྱི་གོལ་སའི་འཆིང་རྒྱ་ལས་རྣམ་པར་གྲོལ་བ་གང་ཞིག རིགས་ཤེས་ཀྱི་བདག་ཉིད་དུ་གྱུར་བའི་མིའི་གོ་བབ་ཀྱི་རྟེན་ལས་རང་རྟོན་དང་། རང་བརྩིའི་དབུ་འཕང་མཐོན་པོའི་རང་རྩོལ་གྱིས་ཤེས་དཔལ་སྤྱི་ཚོགས་ཀྱི་སྐྱིད་པའི་ཉི་མ་བསུ་ཐུབ་པོ། །

གཞི་གྲུབ་རིང་ལུགས་ཀྱི་གྲུབ་དོན་སྟོང་པའི་རང་བཞིན་གྱིས་གཞི་གྲུབ་རིང་ལུགས་ཀྱི་མཚན་ཉིད་རིག་པའི་མི་ཚེའི་རིན་ཐང་བསྟན་པ་གང་ཞིག ཡར་སྲོལ་རྒྱུན་རྩོམ་རིག་གི་གཙོ་རྒྱུན་རྩོམ་སྲོལ་གྱི་སྲོག་གི་དབང་པོ་སྟེ། ནང་བསྟན་རྩོམ་རིག་གི་གཏན་གྱི་འདུན་མའི་བསམ་བློའི་རྒྱུན་འཚོལ་ཞིབ་བྱས་ཏེ། རྩོམ་རིག་གི་མཐར་ཐུག་གི་བསམ་བློའི་རང་བཞིན་གྱི་ཆོས་ལུགས་མཚན་ཉིད་རིག་པའི་གཟུགས་འདས་སྨྲ་བའི་མི་ཚེའི་རིན་ཐང་ལྟ་བ་རྒྱ་ཆེ་གཏིང་ཟབ་ཏུ་བསྟན་རྒྱུ་ཉིད་དགོས་ལས་མ་འདས། འདི་ནི་མ་འོངས་པའི་རྩོམ་རིག་གསར་རྩོམ་གྱི་འཚོལ་སྐྱེལ་རླབས་པོ་ཆེ་

ཞིག་ཡིན་ན། ནམ་ཞིག་རྣམ་དཔྱོད་ཀྱི་འཇུག་པ་ཡངས་ཤིང་། སྒྱུ་རྩལ་གྱི་བོ་ལག་རྒྱས་པའི་རྩོམ་པ་པོ་དང་། སྐན་ངག་པ་ཀུན་མིའི་འགྲོ་བ་རིས་མེད་དམ། སེམས་ཅན་སྤྱི་མཐུན་གྱི་ལས་དབང་ཐེག་ནུས་པའི་བསམ་པ་རྒྱ་ཆེ་བའི་བདག་ཉིད་ཅན་དུ་འགྱུར་ཐུབ། དེའི་ཕྱིར་མ་འོངས་པར་"མཁས་བརྒྱ་འབྲན་གླིང་དང་། །མེ་ཏོག་མཉམ་བཞད་"ཀྱི་རྩོམ་རིག་གསར་རྩོམ་གྱི་བསམ་བློའི་ཁོར་ཡུག་བསྐྲུན་རྒྱུ་ཡོང་འཕྲིད་དམིགས་བུའི་དཔེ་ཟློའོ། །

སྣོད་ནང་བསྟན་རྩོམ་རིག་ནས་དེང་དུ་རབས་རྩོམ་རིག་གི་གཏན་གྱི་འདུན་མའི་བསམ་བློའི་རྒྱུན་བསྐྱངས་ཏེ། བརྩམས་ཆོས་ཀྱི་མཐར་ཐུག་གི་བསམ་བློའི་རང་བཞིན་ཏེ། ཆོས་ལུགས་མཚན་ཉིད་རིག་པའི་མི་ཚེའི་རིན་ཐང་ལྟ་བ་གསར་རྩོམ་གྱི་རྩོམ་པའི་རྣམ་གཞག་དང་། མི་ཚུལ་རིང་ལུགས་ཀྱི་མི་ལྟེ་བར་སྒྲུབ་བའི་མི་ཚེའི་རིན་ཐང་ལྟ་བའི་བསམ་བློའི་རླབས་རྒྱུན་གཙོ་རྒྱུན་རྩོམ་སྲོལ་གྱི་སྲོག་གི་དབང་པོར་བཟུང་སྟེ། ཆོས་ལུགས་མཚན་ཉིད་རིག་པའི་མི་ཚེའི་རིན་ཐང་ལྟ་བའི་གསར་རྩོམ་ལ་གཡུར་ཟའི་འབྲས་བུ་སྨིན་ཅིང་། "རྩོམ་རིག་ནི་མིའི་རིག་པ་ཡིན"ཞེས་པའི་ལྟ་བའི་ཕྲ་སའི་གནད་རྟོགས་ཏེ། མིའི་འགྲོ་བའི་ལས་དབང་རྩོམ་རིག་གི་མི་ནུབ་པའི་བརྗོད་གཞིར་གྱུར་བ་གང་ཞིག རྩོམ་རིག་དང་མི་ལྟོས་གྲུབ་ཏུ་སྒྲུབ་བའི་རིགས་ལམ་གྱི་གོ་ཆོད་དེ། སྐྱེས་བུ་སྐྱེར་དང་། མི་རིགས། ཐ་ན་མིའི་འགྲོ་བ་རིས་མེད་ཀྱི་ཐློག་པ་པོའི་བསམ་པའི་ཡོངས་སྤྱོད་དང་། སྤྱིང་རོལ་གྱི་སྟོན་མོར་གྱུར་བའི་གྲགས་རྩོམ་རི་བོའི་གཏོས་ལྟར་བརྩམས་ཏེ། རང་གཞན་གྱི་ཕན་བདེའི་དཔལ་དུ་འགྱུར་བྱེད་ཀྱི་རྩོམ་པའི་རྣམ་གཞག་གི་འཕྲིན་ལས་བཟང་པོའི་སྟོད་དུ་ས་གཞིའང་ཆུང་བར་གྱུར་ཅིག་གྱ། །

མཇུག་བྱང་།

ཆེད་རྩོམ་འདིར་ཆོས་ལུགས་དང་། མཚན་ཉིད་རིག་པ། རྩོམ་རིག་བཅས་ཀྱི་འགལ་འདུར་བརྟགས་ཤིང་། ལར་རིག་གནས་དང་མི་ལོ་གྲུབ་ཏུ་སྨྲ་བའི་མཐོང་སྣེ་དང་། ཆོས་ལུགས་མཚན་ཉིད་རིག་པའི་གཏན་གྱི་འདུན་མའི་བརྟག་ཐབས་སྤྱད་དེ། བོད་ཀྱི་ཉེ་རབས་ནང་བསྟན་རྩོམ་རིག་ནས་དེང་ད་རབས་རྩོམ་རིག་བརྩམས་ཆོས་ཀྱི་མཐར་ཐུག་གི་བསམ་བློའི་རང་བཞིན་ཏེ། རྩོམ་རིག་གི་གཏན་གྱི་འདུན་མའི་ཟབ་དོན་ལ་དཔྱད་ཅིང་། རྩོམ་རིག་གི་བསམ་བློའི་རྒྱུན་འཚོལ་ཁུལ་གྱི་བགྱི་བའང་ལྷུར་ལེན་བྱས་ལགས།

རིགས་པ་འདི་ནི་ད་ལྟའི་འཛམ་གླིང་གི་ཤར་ནུབ་རྩོམ་རིག་སྟེར་གསར་དུ་དར་བའི་བསམ་བློའི་རླབས་རྒྱུན་ཡིན་པ་གང་ཞིག ཆོས་ལུགས་མཚན་ཉིད་རིག་པའི་གཟུགས་འདས་སྨྲ་བའི་མི་ཚེའི་རྟོགས་པར་གྲགས་ན། ཟབ་དོན་གྱི་ཕྲ་བའི་གནད་ཤིན་ཏུ་རྟོགས་དཀའ་བ་རྒྱ་འབྲས་མི་བསླུ་བའི་གཏམ་སོ། །

འདིར་ཡང་གྱི་ན་བ་བདག་ནི་མཚན་ཉིད་རིག་པའི་ཤེས་རབ་རྩལ་ཞིང་། རྩོམ་རིག་གི་བློ་སྦྱོང་ཡང་ཤིན་ཏུ་དམན་པས། མ་རྟོགས་ལོག་རྟོག་གི་སྐྱོན་ཆ་གང་མང་མཆིས་པ་སྨྲོག་པ་པོ་ཀུན་གྱི་སྤྱན་སྔར་བཤགས་སུ་གསོལ།

མཇུག་ཏུ་བདག་གི་སློབ་དཔོན་ལྷག་པ་ཆོས་འཕེལ་མཆོག་གིས་ཐུགས་ཉེ་རིང་མེད་པར་རིག་པའི་ནུ་ཞོས་བསྐྱངས་གནང་བར་ཐུགས་རྗེ་ལན་བརྒྱར་ཞུ། དེ་བཞིན་

ཆེད་རྩོམ་གྱི་དཔེ་སྐྲུན་ཐད་ཀོ་སྐབས་བཟང་པོ་གནང་མཁན་གྱི་བོད་ལྗོངས་བོད་ཡིག་དཔེ་རྙིང་དཔེ་སྐྲུན་ཁང་གི་རྒྱན་བསོད་ནམས་ཚེ་བརྟན་ལགས་ལ་ཐུགས་རྗེ་ཆེ་ཞུ་། །

རྩོམ་པ་པོས་ལྷ་སར་སྦྱར།

༢༠༢༣.༢.༧

ཟུར་བཀོལ། 7 མི་མིང་ཕན་སྦྱར་ཕྱོགས་སྒྲིག

ཀ།

ཀའར་སྡྲེ་ཧོར་ཙ་སེ་ཕེར་སི། Karl Theodor Jaspers 卡尔·西奥多·雅斯贝尔斯

ཀིར་ཐེ། J.W.Goether 歌德

ཁ།

ཁའར་ཁུ་སི་སྟཱ་ཙོང་གེ། Carl Gustav Jüng 荣格

ཁེར་ཚོ། Geertz 格尔茨

ཁེའར་ཁེ་ཀར་ཐེ། Kierkegaard 基尔凯戈尔

ཁོ་བེར། A.L.Krober 克鲁伯

ག།

གླ་ཧེ་ཁོ་གན། Clyde Kluckhohn 克勒克洪

ཇ།

འཇེམ་སི་འཇོ་དབྱི་སི། James Joyce 詹姆斯·乔伊斯

འཇོན་ཁོ་ལི་པེ་ཧྥི་ཆ་ཐེ། Johann Gottlieb Fichte 约翰·戈特利布·费希特

འཇོན་ཧར་ཝོར་ཏ་ཧིག་ཁ། John Harwood Hick 希克

ཏ།

ཏན་ཐེ། A.Dante 但丁

ཏར་ཝིན། C.R.Darwin 达尔文

ཏུ་ཧྥིར་ནེ། M.Dufrenne 杜夫海纳

དེ་ཁར། R.Descartes 笛卡尔

ཐ།

ཐེ་གོར། R.Tagore 泰戈尔

ཐོལ་སི་ཐོ། Tolstoy 托尔斯泰

ན།

ནི་ནིན་ཡན་སི་མར་ཐེ། Ninian Smart 斯马特

ནིས་ཆ། F.W.Nietzsche 尼采

པ།

པལ་ཙག Balzac 巴尔扎克

ཕ།

ཕི་ལ་ཐོ། Plato 柏拉图

ཕུན་ལིན་སི། Punllins 帕林斯

ཕོང་དེ། E.Pound 庞德

ཕོའུ་ཐི་ལི་ཆ། Paul Tillich 蒂利希

ཧྥི་རོའུ་དེ། S.Freud 弗洛伊德

ཧྥུ་རན་ཛི་ཁྲ་ཧྥུ་ཁ། Franz Kafka 弗兰茨·卡大卡

མ།

མར་སི་ལི་ཧྥི་ཁི་ནོ། Marsilio Ficino 马西里奥·费奇诺

མོ་རེ། A.Moore A.莫尔

ཝ།

ཝེ་ལིམ་འཛེམ་སི། William James 威廉·詹姆斯

ཞ།

ཤོ་པེན་ཧུར། A.Schoppenhauer 叔本华

ར།

རལྥ་ལྷ་ལིན་ཐོན། Ralph Linton 拉尔夫·林顿

རི་ཆར་ཏེ་རོར་ཐི། Richard Rorty 理查德·罗蒂

ལ།

ལ་ཧྥི་ཐོར། J.F.Lafitau J.F.拉菲托

ལེ་སིའུ་ཨའུ་ཝིན་ཝའི་ཐི། Leslie Alvin White 莱斯利·阿尔文·怀特

ལེ་ཝི་སི་མོར་ཁན། Lewis Henry Morgan 路易斯·亨利·摩根

ཤ

ཤིག་སི་པེར། W.Shakespeare 莎士比亚

ས།

སར་ཐར། J.P.Sartre 萨特

སཱ་མུའར་པེག་ཁེ་ཐི། Samuel Beckett 赛谬尔·贝克特

སེ་ཆ་ལིང་། Schelling 谢林

སོ་ཁི་ར་ཐི། Socrates 苏格拉底

ཧ།

ཧེ་ཀེལ། G.W.F.Hegel 黑格尔

ཧེས་ཏེ་ཀེར། M.Heidegger 海德格尔

ཨ།

ཨ་དམ། Adam 亚当

ཨ་རི་སི་ཏོ་ཏལ། Aristotles 亚里士多德

ཨ་ཏོ་ཧྥུ་པ་སེ་ཐིན། Adolf Bastian 阿道夫·巴斯蒂安

ཨ་ལོ་ཐེ། T.S.Eliot T.S.艾略特

ཨི་མན་ནེའུ་ཁན་ཐེ། Immanuel Kant 伊曼努尔·康德

ཨེ་ཏ་ཝར་ཏ་པུར་ནེ་ཐེ་ཐེ་ལོར། Edward Burnett Tylor 爱德华·伯纳特·泰勒

ཨེན་སེ་ཐེ་ཁ་སོར། Enst Cassirer 恩斯特·卡西尔

ཟུར་བཀོལ། ༢ བརྡ་ཆད་ཤན་སྦྱར་ཚིགས་སྒྲིག

ཀ

ཀུན་མཁྱེན་པ། 全知

ཀུན་བཏུབ་པ། 全能

ཀུན་ལ་བྱམས་པ། 全善

བཀའ། 启示 （དམ་པའི་གསུང་རབ་ཀྱི་ཆོས་ལུགས་བརྡ་ཆད་）

དཀའ་ཐུབ་སྤྱོད་པ། 苦修

དཀོན་མཆོག 上帝、圣父、太一（Soa）

སྐད་བརྡའི་ཁམས། སྐད་བརྡའི་ཁྱིངས། 语境

སྐད་བརྡ་ར་མ་ལུག 语言的杂合

སྐྱ་བྲིས། 白描

སྐྱོབ་པ་པོ། 拯救

ཁ།

ཁོང་ཐིག 主线

ཁོར་ཡུག་དཔེ་གཞི་ཅན། 典型的环境

མཁའ་འགྲོ་མ། 女巫（མཁས་དབང་དགེ་འདུན་ཆོས་འཕེལ་གྱི་《གསེར་ཐང་》དུ་གསལ་）

འཁྲིང་མདུད། 情结 （ཕོང་ཏེའི་སྨན་གཞུང་གི་བརྡ་ཆད）

ག

གབ་སྦེད་རང་བཞིན། 隐喻性、暗示性

གོ་དཀའི་རང་བཞིན། 晦涩性、含蓄性

གོ་བབ། 定位

གོ་ལ་གཅིག་གྱུར། 全球化

གྲགས་རྩོམ། 名著

གྲུབ་དོན། 实体

འགྱུར་བའི་རང་བཞིན། 可变性

སྒྱུ་རྩལ་གྱི་རྣམ་པའི་མཛེས་པ། 艺术形式美

སྒྱུ་རྩལ་གྱི་བློ་སྦྱོང་། 艺术感悟、艺术修养

སྒྱུ་རྩལ་གྱི་ཚུར་སྣང་། 艺术的再现

སྒྲིག་གཞི་རིང་ལུགས། 结构主义

སྒྲིབ་པ་དག་ཐབས། 染净法

ང་།

ང་ཙམ། 此在、本我、伊德

ང་ཙམ་ལ་དམིགས་པའི་འདུན་པ། 求力量的意志、权利意志、自由意志

ང་ཙམ་གྱི་གཞི་གྲུབ། 存在本身

ངོ་བོ་དབྱེར་མེད། 非二元化

དངོས་ཡོད་དགག་སྒྲུབ་རིང་ལུགས། 批判现实主义

དངོས་ཡོད་སྒྱུ་འཕྲུལ་རིང་ལུགས། 魔幻现实主义

མངོན་མཚོན་རིང་ལུགས། 表现主义

ཙ།

གཙེར་བུ་བ། 耆那

ཚ།

ཚ་འཕྲིན་རྒྱུད་སྤྲོད། 信息传递

ཚགས་སེམས། 情结（ཧྥི་རའུ་ཏེའི་སྨྱོ་ནད་སེམས་ཁམས་རིག་པའི་བརྡ་ཆད།）

ཆེས་མཐོའི་རྣམ་པར་ཤེས་པའི་རྟོགས་སད། 最高灵境的启示

ཆོས་སྐུ། 法身

ཆོས་ལུགས་གོ་བསྡུར། 宗教对话

ཆོས་ལུགས་སྤྱོད་པ་སློབ་བ། 宗教伦理学

ཆོས་ལུགས་བརྡ་ཆད་རིག་པ། 宗教术语学

ཆོས་ལུགས་ལྟོས་བཅས་རིང་ལུགས། 宗教相对主义

ཆོས་ལུགས་མཚན་ཉིད་རིག་པ། 宗教哲学

ཆོས་ལུགས་གསར་མའི་དད་ལྡན་པ། 新教徒

ཆོས་ལོག་པ། 异教徒

ཇ།

འཇིག་རྟེན་ལས་འདས་པའི་རང་བཞིན། 超越性

འཇིག་རྟེན་ལས་འདས་པའི་གོ་འཕང་། 超越者

མཇུག་སྒྲིལ་བ། 终结

ཇེ་ཧོ་ཝཱ། 耶和华

ལྗོངས་བཀོད། 景物

ཉ།

ཉེར་མཁོ་སྨྲ་བ། 实用主义

གཉུག་གཤིས། 原型

གཉུག་གཤིས་ཀྱི་ངོ་བོ་འཚོལ་བ། 活化原始模型

སྙན་ངག་གི་ཁམས། 意境

སྙན་ངག་གི་གཏན་ཚིགས། 诗的逻辑

སྙན་ངག་གི་བར་ཚད། 诗的幅度、诗的跨度

སྙན་ངག་གསར་པ། 新诗

ཏ།

གཏན་གྱི་འདུན་མ། 终极关怀

གཏམ་རྒྱུད། 故事

རྟག་བརྟན། 永生

རྟག་བརྟན་གྱི་གོ་འཕང་། 永恒者

རྟོག་ངོར་གཞི་གྲུབ་པ་ཙམ་གྱི་བདག 我思故我在

རྟོག་རྒྱུན། 思绪

རྟོག་པ། 意识

རྟོག་པ་དབྱེ་ཞིབ་རིག་པ། 精神分析学

རྟོག་པ་རང་ཡན། 意识流

རྟོག་པ་འོག་འགྱུ། རྟོག་འདང་། 潜意识

རྟོག་མེད། 无意识

རྟོགས་བརྗོད་རྩོམ་རིག 传记文学

རྟོགས་སད། 启示、启蒙 （བློ་འབྱེད་རིང་ལུགས་ཀྱི་མཚན་ཉིད་རིག་པའི་བརྡ་ཆད།）

ལྟོས་བཅས་རིང་ལུགས། 相对主义

ལྟོས་མེད་ཤེས་པ། 绝对精神

སྐྱེས་དབང་རང་བཞིན། 偶然性

སྟོང་ཁམས་རིག་པ། 宇宙学

སྟོང་པ། 空

ཐ།

ཐ་སྙད་ཀྱི་སྤྲོས་བརྗོད། 直抒胸臆

ཐར་པ། 超越

མཐར་ཐུག་གི་གོ་འཕང་། 终极者

མཐར་ཐུག་གི་ཞེ་འདོད། 终极渴望

མཐར་ཐུག་གི་གྲུབ་དོན། 终极实在

མཐར་ཐུག་གི་སྙིང་དོན། 超焦点

མཐར་ཐུག་གི་ཤེས་པའི་རང་དབང་། 绝对的精神自由

མཐུན་སྣང་། མཉམ་འུར། 共鸣

ཐོ་ཐེམ། 图腾

ཐོ་ཐེམ་གྱི་མཆོད་ཟས། 图腾餐

ད།

ད་ཡོད་རིག་གནས་ཀྱི་སྒྲིག་གཞི། 现状文化结构

ད་རབས་རྩོམ་རིག 当代文学

དང་ལེན་མཛེས་རིག 接受美学

དད་པའི་རྗེས་འབྲངས་ཀྱི་མྱོང་བ། 既敬畏又向往的经验

དད་པའི་ཉམས་ཉེན། 信仰危机

དེང་རབས་རྩོམ་རིག 现代文学

དེང་རབས་རིང་ལུགས། 现代主义

དོགས་སློང་། 怀疑、批判

དོན་བརྗོད། 叙事

དོན་བརྗོད་ཀྱི་སོང་ཐིག 叙事主线

དོན་བརྗོད་ཀྱི་སྒྲིག་གཞི། 叙事结构

དོན་བརྗོད་ཀྱི་ཉམས་འགྱུར། 叙事风格

དོན་བརྗོད་གསར་བརྗེ། 叙事革新

དོན་མང་རང་བཞིན། 多义性

གདམས་པ། 说教

བདག་ཉིད། 自我

བདག་ཉིད་ཀྱི་འདུ་ཤེས། བདག་ཉིད་བརྟགས་པའི་ཤེས་པ། 自我意识

བདག་ཉིད་ལས་འདས་པའི་ངོ། །超我

བདག་ཉིད་ཀྱི་གཞི་གྲུབ། 自我存在

འདུ་ཤེས་ཐོད་བརྒལ། 超观念

འདུལ་བའི་བསླབ་ཁྲིམས། 伦理说教

འདོད་ཅན་གྱི་རྟོག་པ་འོག་འགྱུ། 个体意识

བརྡ་ཆད། 术语

བརྡ་རྟགས། 符号

ན།

ནང་གནས་འགྱུར་ཁུགས། 内在节奏

ནུབ་ཕྱོགས་ཀྱི་རིག་གནས། 西方文化

གནམ་བདག་ཆོས་པ། 天主教徒

གནས་ལུགས་བསྟན་པའི་སྙན་ངག 哲理诗

གནས་ཚུལ། གནས་སྐོད། ཆོས་ཉིད། 本质

གནས་ཚུལ་གྱི་བདེན་པ། དོན་དམ་བདེན་པ། 本体焦点

དཔྱོད་ཤེས། རིགས་ཤེས། 理性

རྣམ་ཤེས། 心灵

རྣམ་ཤེས་ཀྱི་ཐུན་མིན་གཤིས། 心灵的个性化

སྣ་མང་ཆོས་ལུགས་སྨྲ་བ། 多元宗教论

སྣ་མང་རང་བཞིན་གྱི་དུས་རབས། 多元化时代

སྣ་མང་རིག་གནས། 多元文化

སྣང་ཚ་མེད་པ། 无意象

སྣང་ཚུལ། 现象

སྣང་ཚུལ་གྱི་བདེན་པ། ཐ་སྙད་ཚད་མ། 现象焦点

པ།

དཔེ་གཞི་ཅན་གྱི་མི་སྣའི་སྣང་བརྙན། 人物形象典型化

སྤྱི་ཚོགས་ཀྱི་མི། གྲུབ་མཐས་བློ་བསྒྱུར་བའི་མི། 社会人

སྤྲོས་བརྗོད། 叙述

ཕ།

ཕར་བརྩེ་བའི་ཆགས་སེམས། 恋父情结

འཕེལ་འགྱུར་སྨྲ་བ། 进化论

ཕྱི་དོན་བདེན་གྲུབ། 物自体

ཕྱི་གནས་འགྱུར་ཁུགས། 外在节奏

ཕྱིའི་རྣམ་པའི་མཛེས་པ། 外在形式美

ཕྱོགས་བསྡུས་ཀྱི་ཚོར་ཤེས། 归纳的感性

བ།

བག་ཆགས། 本能

བག་ཆགས་ཀྱི་རྟོག་པ་འོག་འགྱུ། 集体意识

དབང་རྩ་སྐྱེ་ཁམས་རིག་པ། 神经生理学

དབང་རྩ་སེམས་ཁམས་རིག་པ། 神经心理学

དབེན་གྲོང་བ། 田园派

བྱམས་པ། 恩典

བྱི་བའི་རིམས་ནད། 鼠疫

བྱུང་རིམ། 情节

བྱུང་རིམ་ཕྲ་རབ། 细节

བླ་ན་མེད་པའི་གོ་འཕང་། 神圣者

བློ་འབྱེད་དུས་རབས། 启蒙时代

བློས་བསླངས་ངོ་མཚར་ཅན། 构思奇特

མ།

མ་རིག་པ། 无明

མར་བརྩེ་བའི་ཆགས་སེམས། 恋母情结

མི་སྣའི་སྣང་བརྙན་དཔེ་གཞི་ཅན། 典型的人物形象

མི་སྣའི་གཤིས་ཀ་འབྲི་བཞེངས། 人物性格塑造

མི་སྣའི་སེམས་ཁམས་ཀྱི་ཡུལ་དུས། 人物心理时空

མི་ཆོས་རིང་ལུགས། 人道主义

མི་གཙོ་རིང་ལུགས། 人本主义

མི་ཚུལ་རིང་ལུགས། 人文主义

མི་ཚུལ་གྱི་སྙིང་སྟོབས། 人文精神

མི་ཚུལ་རིག་པ། 人文学

མི་གཞི་དྲི་བཅས། 人性原罪

མི་གཞི་ཚུགས་ཐུབ། 人格独立

མི་གཞི་སེམས་ཁམས་རིག་པ། 人格心理学

མིའི་འགྲོ་བའི་ཐོབ་ཐང་། 人权

མིའི་རིགས་ཀྱི་ངོ་བོ་མཚུངས་པར་སྨྲ་བ། 人类本质一致说

མིའི་ལྷན་སྐྱེས་ཀྱི་ཞེ་འདོད། 人的先天倾向

དམངས་ཀྱི་རིག་གནས། 大众文化

སྨྱོང་རོལ། 欣赏

སྨྱོང་བ་ངོ་མཚར་ཅན། 妙悟

རྨི་ལམ་བརྟག་ཐབས་སྨྲ་བ། 梦的解析

སྨྱོ་ནད་སེམས་ཁམས་རིག་པ། 精神心理学
སྨྲེང་ཡང་མི་འཁྲེང་བ། 哀而不伤
ཙ།
གཙོ་རྒྱུན་རིག་གནས། 主流文化
རྩོམ་ཚོས། 文本
རྩོམ་ཚོས་གཙོ་བོ། 重文本、重文体
རྩོམ་རིག་སྤྱོད་མཁོ་སྨྲ་བ། 文学功利说
རྩོམ་རིག་གསར་བརྗེ། 文学革新
རྩོམ་ལུས། 体裁
བརྩམས་སྒྲུང་། 小说
བརྩམས་སྒྲུང་གསར་པ། 新小说、元小说
བརྩམས་སྒྲུང་གི་ལྡོག་པ། 反小说
བརྩམས་ཆོས། 作品
ཚ།
ཚད་རྡུལ་རིག་པ། 量子学
ཚད་མེད་སྙིང་རྗེ། 博爱
ཚུགས་ཐུབ། 自在
ཚུགས་ཐུབ་ཀྱི་བདེན་གྲུབ། 自存的实在
ཚོང་ལས་ཅན། 商业化
ཚོར་འདུ། 情感
ཚོར་འདུ་གསོག་གསོབ། 矫揉造作

ཚོར་བའི་སྣང་བརྙན། 意之形象

ཚོར་བའི་འགྲོས་རིམ། 情感节奏

ཚོར་ཤེས། 感性

མཚོན་པ་ཅན། 表现

ཚོར་བའི་ཆགས་སྣང་ཅན། 感性者

མཚོན་བྱེད། 象征

མཚོན་ཐབས། 手法

འཚོ་ཐབས་ཀྱི་ལམ་སྲོལ། 生存法则

ཛ།

མཛེས་དཔྱོད་ཀྱི་ཁམས། 审美客体

མཛེས་དཔྱོད་ཀྱི་རིན་ཐང་། 审美价值

ཞ།

ཞིབ་འབྲི། 描写

གཞན་འགྱུར། 异化

གཞི་གྲུབ། 存在

གཞི་གྲུབ་ཀྱི་ཡུལ་ཅན། 存在者

གཞི་གྲུབ་རིང་ལུགས། 存在主义

ཟ།

གཟུགས་སྐུའི་རྣམ་པའི་ཡེ་ཤུ། 道成肉身基督

བཟོ་ལས་གསར་བརྗེ། 工业革命

ཡ།

ཡིད་འགྱུར། 抒情

ཡིད་བརྙན། 意象

ཡིད་བརྙན་གྱི་ཆ་ཤས། 意象组合

ཡིད་བརྙན་རིང་ལུགས། 意象主义

ཡིད་ཤེས། 心智

ཡུ་དོན་གྱི་དུས་ཚོད། 物理时间

ཡུལ་ཡུལ་ཅན་དབྱེར་མེད། 物我交融

ཡུལ་ཚོར་རོ་གཅིག 情景交融

ཡུལ་ལ་བརྟེན་ནས་ཡིད་འགྱུར། 借景抒情

ཡུལ་གྱི་སྣང་བ་བསལ་བ། 去蔽

ཡེ་ཤུ། 圣子、耶稣

ཡེ་ཤུ་རྣམ་དག་པ། 正统基督徒

ཡོ་ག་རྒྱལ་འཁོར་སྤྱོད་པ། 瑜伽派

ར།

རང་བྱུང་གི་མི། གྲུབ་མཐས་བློ་མ་བསྒྱུར་བའི་མི། 自然人

རང་མོས་སྙན་ངག 自由诗

རང་བཞིན་སྟོང་པ། 虚无

རང་གཤིས། 个性

རབ་རིབ་ཀྱི་རང་བཞིན། 朦胧性

རིག་གནས་ཁས་ལེན། 文化认同

རིག་གནས་ཁྱབ་སྤེལ། 文化传播

རིག་གནས་འགྲེལ་བརྗོད་སྨྲ་བ། 文化解释说

རིག་གནས་ཀྱི་སྒྲིག་གཞི། 文化结构

རིག་གནས་གདམ་ག 文化选择

རིག་གནས་བར་བརྒལ། 跨文化

རིག་བྱེད། ཚངས་པ། 梵

རིག་ཚན། 学科

དཔྱོད་ཤེས། རིགས་ཤེས། 理性

རིགས་ཤེས་རིང་ལུགས། 理性主义

རིགས་ཤེས་ཀྱི་དུས་རབས། 理性时代

རིགས་ཤེས་ཀྱི་སྣང་མིག 理性之光

རིགས་གསར། 科学

རིམས་ནད། 瘟疫

རོལ་རྩེད་རིག་གནས། 娱乐文化

ལ།

ལས་འབྲས་ཀྱི་རྣམ་གཞག 业的理论

ལི་པི་དོ། Libido 里比多

ལུང་གི་ཚོས། 教条

ཤ

ཤར་ཕྱོགས་ཀྱི་རིག་གནས། 东方文化

ཤེས་པ། 纯意识

ཤེས་དཔལ་གྱི་སྤྱི་ཚོགས། 文明社会

ཤེས་རབ། 明慧

ཤེས་རིག 文明

གཤིས་ཀ་ཉིས་འགྱུར། 双重性格

ས།

ས་ཐན། Satan 撒旦

སད་ཏུ་ཁེ་སེ་པ། Sadducees 撒都该人

སེམས་ཀྱི་འཕྲོ་འདུ་སྨྲ་བ། 情绪学

སེམས་ཀྱི་རང་བཞིན་གཅིག་ཏུ་སྨྲ་བ། 心性一致说

སེམས་ཁམས་དབྱེ་ཞིབ་རིག་པ། 分析心理学

སེམས་ཁམས་ཞིབ་འབྲི། 心理描写

སེམས་ཁམས་ཀྱི་ཡུལ་དུས། 心理时空

སེམས་རྣལ་དུ་ཕབ་པ། 沉思

གསང་བ་བསམ་གྱིས་མི་ཁྱབ་པའི་མྱོང་བ། 神秘经验

གསོ་རིག་སེམས་ཁམས་རིག་པ། 医学心理学

བསམ་གཏན། 禅定

བསམ་པའི་ང་རྒྱལ་བསྒོམས་པ། 精神胜利法

བསམ་བློའི་འཕེལ་རིམ་གྱི་དུས་ཚོད། 思想史时间

བསམ་བློའི་རླབས་རྒྱུན། 思潮

བསམ་བློའི་རང་བཞིན། 思想性

སྲོལ་རྒྱུན་རིག་གནས། 传统文化

སླར་མཆོན། 再现

ཏ།

ཕ་རི་སེའུ་སེ་པ། Pharisees 法利赛人

ཨ།

ཨ་ལ། Allah 安拉、真主

ཨོ་ དི་ཕུ་སེའི་ཆགས་སེམས། 俄狄浦斯情结

དཔྱད་གཞིའི་རྒྱུ་ཆ་ཕྱོགས་སྒྲིག

བོད་ཡིག་གི་དཔྱད་གཞིའི་རྒྱུ་ཆ།

༡.རྗེ་བཙུན་བྱམས་པ་མགོན་པོ། 《བྱམས་ཆོས་སྡེ་ལྔ་》(M)མི་རིགས་དཔེ་སྐྲུན་ཁང་། ༡༩༩༡/༡༢པར་གཞི་དང་པོ།

༢.སློབ་དཔོན་ཀླུ་སྒྲུབ། 《དབུ་མ་རིགས་པའི་ཚོགས་དྲུག་དང་བྱང་ཆུབ་སེམས་འགྲེལ་བཞུགས་སོ་》(M)བོད་ལྗོངས་མི་དམངས་དཔེ་སྐྲུན་ཁང་།

༣.སློབ་དཔོན་ཟླ་བ་གྲགས་པ། 《བཞི་བརྒྱ་པའི་འགྲེལ་པ་ཞེས་བྱ་བ་བཞུགས་སོ་》(M)སེར་གཙུག་ནང་བསྟན་དཔེ་སྙིང་འཚོལ་བསྡུ་ཕྱོགས་བསྒྲིགས་ཁང་།

༤.སློབ་དཔོན་ཟླ་བ་གྲགས་པ། 《དབུ་མ་རྩ་བའི་འགྲེལ་པ་ཚིག་གསལ་ཞེས་བྱ་བ་བཞུགས་སོ་》(M)སེར་གཙུག་ནང་བསྟན་དཔེ་སྙིང་འཚོལ་བསྡུ་ཕྱོགས་བསྒྲིགས་ཁང་།

༥.སློབ་དཔོན་ཟླ་བ་གྲགས་པ། 《དབུ་མ་འཇུག་པའི་རང་འགྲེལ་》(M)སེར་གཙུག་ནང་བསྟན་དཔེ་སྙིང་འཚོལ་བསྡུ་ཕྱོགས་བསྒྲིགས་ཁང་།

༦.སློབ་དཔོན་ཐོགས་མེད། 《རྒྱུད་བླ་ཐོགས་འགྲེལ་》(M)སེར་གཙུག་ནང་བསྟན་དཔེ་སྙིང་འཚོལ་བསྡུ་ཕྱོགས་བསྒྲིགས་ཁང་།

༧.ཇོ་བོ་རྗེ་དཔལ་ལྡན་ཨ་ཏི་ཤ། 《བློ་སྦྱོང་བརྒྱ་རྩ་ཕྱོགས་སྒྲིག་》(M)བོད་ལྗོངས་མི་དམངས་དཔེ་སྐྲུན་ཁང་།

༨.རྗེ་ཙོང་ཁ་པ། 《རྗེ་ཙོང་ཁ་པ་ཆེན་པོའི་གསུང་འབུམ་བཞུགས་སོ་》(པ)(M)མཚོ་སྔོན་མི་རིགས་དཔེ་སྐྲུན་ཁང་། ༢༠༠༨/༣པར་གཞི་གཉིས་པ།

༩.རྫོ་ཙོང་ཁ་པ། 《རྫོ་ཙོང་ཁ་པ་ཆེན་པོའི་གསུང་འབུམ་བཞུགས་སོ་》(ཁ)(M)ཀྲུང་གོའི་བོད་རིག་པ་དཔེ་སྐྲུན་ཁང་། ༢༠༠༨/༣པར་གཞི་གཉིས་པ།

༡༠.རྫོ་ཙོང་ཁ་པ། 《རྫོ་ཙོང་ཁ་པ་ཆེན་པོའི་གསུང་འབུམ་བཞུགས་སོ་》(ཕ)(M)ཀྲུང་གོའི་བོད་རིག་པ་དཔེ་སྐྲུན་ཁང་། ༢༠༠༨/༣པར་གཞི་གཉིས་པ།

༡༡.མཉམ་མེད་རྫོ་ཙོང་ཁ་པ། 《དྲང་ངེས་ལེགས་བཤད་སྙིང་པོ་》(M)སེར་གཙུག་ནང་བསྟན་དཔེ་སྙིང་འཚོལ་བསྡུ་ཕྱོགས་བསྒྲིགས་ཁང་།

༡༢.སྟག་ཚང་ལོ་ཙྪ་བ་ཤེས་རབ་རིན་ཆེན། 《གྲུབ་མཐའ་》(བོད་བཅུ་པ)(M)མི་རིགས་དཔེ་སྐྲུན་ཁང་། ༢༠༠༩/༥པར་གཞི་དང་པོ།

༡༣.པཎ་ཆེན་ཤཱཀྱ་མཆོག་ལྡན། 《ལྷ་བའི་སྐོར་ལས་འཕྲོས་པའི་མཁས་པའི་ལེགས་བཤད་གཅེས་སྒྲིག་》(M)སེར་གཙུག་དཔེ་སྙིང་འཚོལ་བསྡུ་ཕྱོགས་བསྒྲིགས་ཁང་།

༡༤.པོ་ཏོ་བ་རིན་ཆེན་གསལ། 《དཔེ་ཆོས་དང་དཔེ་ཆོས་རིན་ཆེན་སྤུངས་པ་བཞུགས་སོ་》(M)སེར་གཙུག་ནང་བསྟན་དཔེ་སྙིང་འཚོལ་བསྡུ་ཕྱོགས་བསྒྲིགས་ཁང་།

༡༥.རྒྱལ་ཚབ་དར་མ་རིན་ཆེན། 《སྤྱོད་འཇུག་རྩ་འགྲེལ་ཆེན་མོ་》(M)སེར་གཙུག་ནང་བསྟན་དཔེ་སྙིང་འཚོལ་བསྡུ་ཕྱོགས་བསྒྲིགས་ཁང་།

༡༦.བུ་སྟོན་ཐམས་ཅད་མཁྱེན་པ། 《སྤྱོད་འཇུག་འགྲེལ་པ་བྱང་ཆུབ་ཀྱི་སེམས་གསལ་བར་བྱེད་པ་ཟླ་བའི་འོད་ཟེར་》(M)ཀྲུང་གོ་བོད་རིགས་པ་དཔེ་སྐྲུན་ཁང་།

༡༧.ཏུས་པའི་རྒྱན་ཅན། 《རྫེ་བཙུན་མི་ལ་རས་པའི་རྣམ་མགུར་》(M)མཚོ་སྔོན་མི་རིགས་དཔེ་སྐྲུན་ཁང་། ༢༠༠༩/༨པར་གཞི་དང་པོ།

༡༨.གུང་ཐུ་རྒྱལ་མཚན་བཟང་པོ། 《གུང་ཐུ་རྒྱལ་མཚན་བཟང་པོའི་སྟོང་ཐུན་》(M)སེར་གཙུག་ནང་བསྟན་དཔེ་སྙིང་འཚོལ་བསྡུ་ཕྱོགས་བསྒྲིགས་ཁང་།

༡༩.བོ་དོང་ཕྱོགས་ལས་རྣམ་རྒྱལ། 《སྐྱེས་བུ་གསུམ་གྱི་ལམ་གྱི་རིམ་པ་རྒྱས་པའི་ཁྲིད་བྱང་

ཚུལ་ལམ་གྱི་སྒྲོན་མ་》(M)བོད་ལྗོངས་མི་དམངས་དཔེ་སྐྲུན་ཁང་།

༢༠.ཐུའུ་བཀྭན་བློ་བཟང་ཆོས་ཀྱི་ཉི་མ། 《ཐུའུ་བཀྭན་གྲུབ་མཐའ་》(M)ཀན་སུའུ་མི་རིགས་དཔེ་སྐྲུན་ཁང་། ༡༩༨༩/༨པར་གཞི་དང་པོ།

༢༡.ཤར་རྫ་བཀྲ་ཤིས་རྒྱལ་མཚན། 《ལེགས་བཤད་རིན་པོ་ཆེའི་གཏེར་མཛོད་》(M)མི་རིགས་དཔེ་སྐྲུན་ཁང་། ༡༩༨༥/༩པར་གཞི་དང་པོ།

༢༢.དཔའ་བོ་གཙུག་ལག་ཕྲེང་བ། 《ཆོས་འབྱུང་མཁས་པའི་དགའ་སྟོན་》(M)མི་རིགས་དཔེ་སྐྲུན་ཁང་། ༢༠༡༢/༣པར་གཞི་གཉིས་པ།

༢༣.དྭགས་པོ་བཀྲ་ཤིས་རྣམ་རྒྱལ། 《ཕྱག་ཆེན་ཟླ་བའི་འོད་ཟེར་》(M)སེར་གཙུག་ནང་བསྟན་དཔེ་རྙིང་འཚོལ་བསྡུ་ཕྱོགས་བསྒྲིགས་ཁང་།

༢༤.ཀོང་སྤྲུལ་ཡོན་ཏན་རྒྱ་མཚོ། 《ཤེས་བྱ་ཀུན་ཁྱབ་》སྟོད་ཆ།(M)མི་རིགས་དཔེ་སྐྲུན་ཁང་། ༡༩༨༢/༢པར་གཞི་དང་པོ།

༢༥.གུང་ཐང་བསྟན་པའི་སྒྲོན་མེ། 《གུང་ཐང་བསྟན་པའི་སྒྲོན་མེད་གསུང་འབུམ་》(ཀ)(M)མི་རིགས་དཔེ་སྐྲུན་ཁང་། ༢༠༠༧/༡༢པར་གཞི་གཉིས་པ།

༢༦.ཡོངས་འཛིན་ཡེ་ཤེས་རྒྱལ་མཚན། 《བློ་རྟགས་བསྡུས་གསུམ་དང་སེམས་སེམས་བྱུང་གི་ཕྱོགས་བསྒྲིགས་》(M)སེར་གཙུག་དཔེ་རྙིང་ཕྱོགས་བསྒྲིགས་ཁང་།

༢༧.དགེ་འདུན་ཆོས་འཕེལ། 《དགེ་འདུན་ཆོས་འཕེལ་གྱི་གསུང་རྩོམ་》(དང་པོ)(M)བོད་ལྗོངས་བོད་ཡིག་དཔེ་རྙིང་དཔེ་སྐྲུན་ཁང་། ༢༠༡༢/༧པར་གཞི་གཉིས་པ།

༢༨.དགེ་འདུན་ཆོས་འཕེལ། 《དགེ་འདུན་ཆོས་འཕེལ་གྱི་གསུང་རྩོམ་》(གཉིས་པ)(M)བོད་ལྗོངས་བོད་ཡིག་དཔེ་རྙིང་དཔེ་སྐྲུན་ཁང་། ༢༠༡༢/༧པར་གཞི་གཉིས་པ།

༢༩.དགེ་འདུན་ཆོས་འཕེལ། 《དགེ་འདུན་ཆོས་འཕེལ་གྱི་གསུང་རྩོམ་》(གསུམ་པ)(M)བོད་ལྗོངས་བོད་ཡིག་དཔེ་རྙིང་དཔེ་སྐྲུན་ཁང་། ༢༠༡༢/༧པར་གཞི་གཉིས་པ།

༣༠.དགེ་འདུན་ཆོས་འཕེལ། 《མཁས་དབང་དགེ་འདུན་ཆོས་འཕེལ་གྱི་གསུང་རྩོམ་ཕྱོགས་སྒྲིག་》(M)སི་ཁྲོན་མི་རིགས་དཔེ་སྐྲུན་ཁང་། ༡༩༨༨/༤པར་གཞི་དང་པོ།

༣༡.དགེ་འདུན་ཆོས་འཕེལ། 《མཁས་དབང་དགེ་འདུན་ཆོས་འཕེལ་གྱི་གསུང་རྩོམ་ཕྱོགས་སྒྲིག་》(༡)(M)༢༠༠༣ལོའི་ནུབ་བྱང་སློབ་ཆེན་གྱི་དངོས་གཞིའི་འཛིན་གྲྭ།

༣༢.ལམ་རིམ་པ། 《རྗེ་བཙུན་ངག་དབང་ཕུན་ཚོགས་ཀྱི་གསུང་འབུམ་》(པོད་གཉིས་པ)(M)སེར་གཙུག་དཔེ་རྙིང་འཚོལ་བསྡུ་ཕྱོགས་བསྒྲིགས་ཁང་།

༣༣.མཁས་གྲུབ་སྦྱིན་པ་དར་རྒྱས། 《བྱང་རྩེའི་བློ་རིག་ཀུན་བཏུས་》(M)སེར་གཙུག་ནང་བསྟན་དཔེ་རྙིང་འཚོལ་བསྡུ་ཕྱོགས་བསྒྲིགས་ཁང་།

༣༤.བྱང་རྩེ་མཁན་ཟུར། 《དེ་བཞིན་གཤེགས་པའི་སྙིང་པོའི་དོན་རྒྱ་བོད་མཁས་པའི་བཞེད་སྲོལ་གསལ་བྱེད་ཟླ་གཞོན་》(M)སེར་གཙུག་དཔེ་རྙིང་ཕྱོགས་བསྒྲིགས་ཁང་།

༣༥.མཁས་དབང་བློ་བཟང་རྒྱ་མཚོ། 《མཁས་དབང་བློ་བཟང་རྒྱ་མཚོའི་བློ་རིག་བཞུགས་སོ་》(M)སེར་གཙུག་ནང་བསྟན་དཔེ་རྙིང་འཚོལ་བསྡུ་ཕྱོགས་བསྒྲིགས་ཁང་།

༣༦.དགུ་དགེ་བསམ་གཏན། 《ཤེས་བྱའི་རྣམ་གྲངས་བློ་གསལ་རིགས་སྒོ་》(དང་པོ)(M)མཚོ་སྔོན་མི་དམངས་དཔེ་སྐྲུན་ཁང་། ༢༠༠༢/༦པར་གཞི་གསུམ་པ།

༣༧.དུང་དཀར་བློ་བཟང་འཕྲིན་ལས། 《ཚིག་རྒྱན་རིག་པའི་སྒོ་འབྱེད་》(M)མཚོ་སྔོན་མི་རིགས་དཔེ་སྐྲུན་ཁང་། ༢༠༡༥/༨པར་གཞི་བཅུ་གཉིས།

༣༨.ལྷག་པ་ཆོས་འཕེལ། 《བོད་ཀྱི་རྩོམ་རིག་ལོ་རྒྱུས་》(སྟོད་ཆ)(M)མི་རིགས་དཔེ་སྐྲུན་ཁང་། ༢༠༠༦/༡༠པར་གཞི་དང་པོ།

༣༩.བདུད་ལྷ་རྒྱལ། 《བོད་ཀྱི་རྩོམ་རིག་གསར་པའི་བརྩམས་ཆོས་བདམས་བཀོད་དང་བཤད་པ་》(M)ཀན་སུའུ་མི་རིགས་དཔེ་སྐྲུན་ཁང་། ༡༩༩༨/༡༠པར་གཞི་དང་པོ།

༤༠.བདུད་ལྷ་རྒྱལ། 《འཚོལ་རྟོག་གི་སྙིང་སྟོབས་》(M)ཡུན་ནན་མི་རིགས་དཔེ་སྐྲུན་ཁང་།

༢༠༠༤/༥པར་གཞི་དང་པོ།

༤༡.བདུད་ལྷ་རྒྱལ། 《བདུད་ལྷ་རྒྱལ་གྱི་དཔྱད་རྩོམ་ཕྱོགས་བསྒྲིགས་》(M)མཚོ་སྔོན་མི་རིགས་དཔེ་སྐྲུན་ཁང་། ༢༠༡༧/༡༡པར་གཞི་དང་པོ།

༤༢.ནམ་མཁའི་ནོར་བུ། 《ཞང་བོད་གནའ་རབས་ཀྱི་ལོ་རྒྱུས་ནོར་བུའི་མེ་ལོང་》(M)སི་ཁྲོན་མི་རིགས་དཔེ་སྐྲུན་ཁང་། ༡༩༩༠/༤པར་གཞི་དང་པོ།

༤༣.མཁར་རྩེའུ་བསམ་གཏན། 《མདའ་དང་འཕང་》(སྟོད་ཆ)(M)ཀྲུང་གོའི་བོད་རིག་པ་དཔེ་སྐྲུན་ཁང་། ༢༠༠༧/༩པར་གཞི་དང་པོ།

༤༤.ཁུ་བྱུག 《བོད་ཀྱི་སྒྲུབ་བརྒྱུད་འཛིན་པ་རྣམས་ཀྱི་ལྟ་གྲུབ་མཐོང་བ་ཀུན་གསལ་》(M)སི་ཁྲོན་མི་རིགས་དཔེ་སྐྲུན་ཁང་། ༢༠༡༡/༤པར་གཞི་དང་པོ།

རྒྱ་ཡིག་གི་དཔྱད་གཞིའི་རྒྱུ་ཆ།

1. 罗素：《宗教与科学》，〔M〕商务印书馆2015/5第4版

2. 路易斯·P·波伊曼：《宗教哲学是什么》，〔M〕中国人民大学出版社2014/1第1版

3. 段德智：《哲学的宗教纬度》，〔M〕商务印书馆2014/10第1版

4. 张志刚：《宗教学是什么》，〔M〕北京大学出版社2008/4第2版

5. 弗朗西斯·麦克唐纳·康复德：《从宗教到哲学》，〔M〕上海三联书店2014/12第1版

6. 舍尔巴茨基：《佛教逻辑》，〔M〕商务印书馆2015/6第5版

7. 梯利：《西方哲学史》，〔M〕商务印书馆2015/11第1版

8. 安东尼·肯尼：《牛津西方哲学史》，〔M〕中国人民大学出版社2014/1第1版

9. 傅佩荣：《西方哲学史》，〔M〕中华书局2014/8第5版

10. 唐纳德·帕尔默：《看，这是哲学》，〔M〕北京联合出版公司2016/2第1版

11. 伯特兰·罗素：《西方的智慧》，〔M〕中央编译出版社2007/11第1版

12. 吉姆·霍尔特：《世界为何存在？》，〔M〕北京大学出版社2015/5第1版

13. 马丁·海德格尔：《存在与时间》，〔M〕生活·读书·新知三联书店1987/12第1版

14. 詹妮·瓦蒂莫：《现代性的终结》，〔M〕商务印书馆2013/12第1版

15. 威廉·巴雷特：《非理性的人》，〔M〕译文出版社2012/11第1版

16. 费尔南·布罗代尔：《文明史》，〔M〕中信出版社2014/5第1版

17. 周国平：《人文精神的哲学思考》，〔M〕长江文艺出版社2014/6第1版

18. 威廉A.哈维兰等：《文化人类学—人类的挑战》，〔M〕机械工业出版社2014/9第1版

19. 威廉A.哈维兰：《文化人类学》，〔M〕上海社会科学出版社2006/1第1版

20. 林耀华：《民族学通论》，〔M〕中央民族大学出版社1997/12第1版

21.J.G.弗雷泽：《金枝—巫术与宗教之研究》，（上册）〔M〕商务印书馆2012/10第1版

22. 夏建中：《文化人类学理论学派》，〔M〕中国人民大学出版社1997/7第1版

23. 弗洛伊德：《弗洛伊德自传》，〔M〕国际文化出版公司2013/2第1版

24. 弗洛伊德：《梦的解析》，〔M〕吉林大学出版社2014/6第1版

25. 威廉·詹姆斯：《心理学原理》，〔M〕中国人民大学出版社2015/6第2版

26. 荣格：《分析心理学的理论与实践》，〔M〕译林出版社2014/10第1版

27. 卡希尔：《人伦》，〔M〕吉林出版集团有限责任公司2014/11第1版

28. 朱光潜：《西方美学史》，（上、下）〔M〕江苏人民出版社2015/6第1版

29. 克里夫顿·费迪曼：《一生的读书计划》，〔M〕译林出版社2013/5第1版

30. 卡夫卡：《卡夫卡谈话录》，〔M〕漓江出版社2015/1第1版

31. 庞德：《庞德诗选比萨诗章》，〔M〕漓江出版社1998/1第1版

32. 乔治·斯坦纳：《语言与沉默》，〔M〕上海人民出版社2013/11第1版

33. 托马斯·福斯特：《如何阅读一本小说》，〔M〕海南出版公司2015/4第1版

34. 斯科特·贝尔：《冲突与悬念》，〔M〕中国人民大学出版社2014/7第1版

35. 杰夫·格尔克：《情结与人物》，〔M〕中国人民大学出版社2014/6第1版

36. 阮草：《北大讲座–文学》，〔M〕北京大学出版社2014/4第1版

37. 刘再复：《文学思维空间的拓展》，〔M〕工人出版社1988/6第1版

38. 哈罗德·布鲁姆：《小说家与小说》，〔M〕译林出版社2018/10第1版

39. 于连·沃尔夫莱：《批评关键词：文学与文化理论》，〔M〕北京大学

出版社2015/3第1版

40. 杨惠林：《外国文学阅读与欣赏》，〔M〕首都大学出版社1999/9第1版

41. 梁展：《颠覆与生存》，〔M〕上海文艺出版总社2007/11第1版

42. 孙彩霞：《西方现当代文论要著研读》，〔M〕上海教育出版社2013/5第1版

43. 郑克鲁：《外国文学史》，（上）〔M〕高等教育出版社2006/3第2版

44. 韩水法：《从文本到思想》，〔M〕北京大学出版社2015/11第1版

45. 胡山林：《文学艺术与终极关怀》，〔M〕中国社会科学出版社2001/1第1版

46. 周宪：《文学理论引导》，〔M〕高等教育出版社2014/3第1版

47. 李长中：《文学文本基本问题研究》，〔M〕中央民族大学出版社2012/12第1版

48. 林平：《现代诗歌创作研究》，〔M〕西南财经大学出版社2013/10第1版

49. 王素色：《欧洲文艺复兴艺术史》，〔M〕中央民族大学出版社2007/12第1版

50. 王建平：《美国后现代小说与历史话语》，〔M〕中央民族大学出版社2012/12第1版

51. 何其芳：《语言人类学教程》，〔M〕中央民族大学出版社2005/8第1版

52. 杜永彬：《二十世纪西藏奇僧—人文主义先驱更敦群培大师评传》，〔M〕中国藏学出版社2000/1第1版

༄༅། །རྩོམ་རིག་གི་གཏན་གྱི་འདུན་མ།

——བོད་ཀྱི་ནང་བསྟན་རྩོམ་རིག་ནས་དེང་ད་རབས་རྩོམ་རིག་གི་བསམ་བློའི་རྒྱུན་འཚོལ་བ།

རྩོམ་པ་པོ།	སྦྱིན་པ་དོན་གྲུབ།
རྩོམ་སྒྲིག་འགན་འཁུར་བ།	བུ་ཁྱུང་དབང་འདུས།
མཐའ་ཞུས།	བསོད་ནམས་བཀྲ་ཤིས།
ཁ་ཤོག་ཇུས་འགོད།	སྐལ་བཟང་ནོར་བུ།
པར་སྒྲིག་པ།	བསོད་ནམས་རྡོ་རྗེ།
དཔེ་སྐྲུན་འགྲེམས་སྤེལ་པ།	བོད་ལྗོངས་བོད་ཡིག་དཔེ་རྙིང་དཔེ་སྐྲུན་ཁང་།
པར་འདེབས།	སི་ཁྲོན་འཇའ་ཚོན་པར་འདེབས་ཚད་ཡོད་ཀུང་སི།
དེབ་ཚད།	787×1092 1/16
པར་ཤོག	23
ཡིག་གྲངས།	ཁྲི་24.6
པར་གྲངས།	01–2,000
པར་གཞི།	2023ལོའི་ཟླ་11པར་པར་གཞི་དང་པོ་བསྒྲིགས།
པར་ཐེངས།	2023ལོའི་ཟླ་11པར་པར་ཐེངས་དང་པོ་བཏབ།
དཔེ་རྟགས།	ISBN 978-7-5700-0766-0(བོད།)
རིན་གོང།	46.00